MARIE BLANCHE

AU FIL DE LA VIE

Du même auteur
au cherche midi

Mille femmes blanches, 2000, 2013
La Fille sauvage, 2004
Espaces sauvages, 2011
Marie-Blanche, 2011
Mon Amérique, 2013
Chrysis, 2013
La Vengeance des mères, 2016
Les Amazones, 2019

Jim FERGUS

MARIE BLANCHE

AU FIL DE LA VIE

Mémoires romancés

Traduits de l'anglais (États-Unis)
par Jean-Luc Piningre

le cherche midi

Vous pouvez consulter notre catalogue général
et l'annonce de nos prochaines parutions sur notre site :
www.cherche-midi.com

Ouvrage publié sous la direction d'Arnaud Hofmarcher
avec la collaboration de Marie Misandeau

Tous les documents font partie de la collection personnelle de l'auteur.

92, avenue de France
75013 Paris

Mis en pages par Nord Compo
Dépôt légal : août 2021
ISBN : 978-2-7491-4138-1

À la mémoire de

William Dodd Fergus, 24 juin 1909 - 23 mars 1966
William Guy Leander Fergus, 11 septembre 1941 - 27 juillet 1947
Marie-Blanche de Brotonne Fergus, 7 décembre 1920 - 12 mars 1966

À ma sœur, Leandra J. Fergus,
courageuse survivante

« Pourquoi gémir sur les détails de la vie ? C'est la vie entière qu'il faut déplorer. »

Sénèque, *Consolation à Marcia*

« Je ne suis ni heureux ni malheureux : je vis en suspens, comme une plume dans l'amalgame nébuleux de mes souvenirs [...] L'apaisement que me donne ce travail de la tête et du cœur réside en cela que c'est ici seulement, dans le silence du peintre ou de l'écrivain, que la réalité peut-être recréée [...] C'est dans l'exercice de son art que l'artiste trouve un heureux compromis avec tout ce qui l'a blessé ou vaincu dans la vie quotidienne, par l'imagination, non pour échapper à son destin comme fait l'homme ordinaire, mais pour l'accomplir le plus totalement et le plus adéquatement possible. »

Lawrence Durrel, *Justine*

« La mort vole tout, sauf nos récits. »

Jim Harrison, *Larson's Holstein Bull* (poème)

NOTE DE L'AUTEUR

Si un grand nombre de noms, événements, intrigues et péripéties – tous réels – apparaissent dans ce livre, celui-ci reste un roman, une fiction, une œuvre d'imagination, mais ce sont aussi des mémoires autobiographiques documentés, qui ont fait l'objet de recherches approfondies. Bien des personnages, y compris celui de l'auteur, sont basés sur des personnages réels, et décrits aussi précisément que possible dans leur expression fictive comme factuelle. Bien que certaines libertés aient été prises avec les « faits », ce livre a été écrit dans le souci de la vérité.

Jim Fergus
Tubac, Arizona
Décembre 2020

PRÉFACE

À l'automne 1995, je suis allé rendre visite à ma grand-mère, Renée de Fontarce McCormick, qui arrivait au terme de sa longue existence. Âgée de quatre-vingt-seize ans, elle habitait à Lake Forest, dans l'Illinois, chez Vernon et Louise Parker, qui ont veillé sur elle pendant sa dernière décennie. Louise avait été la femme de chambre de mon oncle Thierry, le fils de Renée, que tout le monde appelait Toto. Avant de prendre sa retraite, Vernon avait travaillé quarante-quatre ans comme chef de produit dans une grande firme pharmaceutique. Modestes, économes, consciencieux, les Parker étaient un couple respectable de la classe moyenne. Ils ont pris grand soin d'elle. Par plaisanterie, Vernon appelait sa femme « l'assistant respiratoire de Renée » et je ne doute pas une seconde qu'elle doit à leur dévouement d'avoir vécu si longtemps. Les voyages ont toujours été un des grands plaisirs de ma grand-mère, et ils l'ont emmenée partout avec eux, en Europe, aux États-Unis, dans les Caraïbes, tant qu'elle a été capable de les suivre – même en fauteuil roulant, même diminuée par la maladie d'Alzheimer. Lorsque, plus tard, celle-ci l'a entraînée dans de lointains abysses, ils ont continué de s'occuper d'elle, plutôt que de la confier à une maison de soins. Je suis convaincu qu'ils l'aimaient sincèrement – alors que, pour être franc, Renée n'était ni facile, ni spécialement aimable. Je crois pouvoir affirmer qu'à sa mort, un an ou deux après cette visite, aucun de ses proches – ni son fils, ni ses petits-enfants – ne l'a pleurée. Les Parker, si.

De passage à Chicago, je m'étais arrêté au cimetière de Lake Forest où sont enterrés mon père, ma mère et mon frère. Si j'avais grandi dans cette ville, je n'y étais retourné qu'une poignée de fois depuis le décès de mes parents, trente ans plus tôt à l'époque (et aujourd'hui plus de quarante). J'y revenais toujours pour la même raison : me recueillir sur leurs tombes. Elles sont évidemment tout ce qui nous reste des êtres chers, la dernière trace de leur existence, à nous qui sommes leurs derniers témoins. Cette permanence est un réconfort, elle offre la certitude que, quoi qu'il arrive, ils seront là où nous les avons laissés, prêts à nous accueillir en quelque sorte chez nous.

Lake Forest est pour moi un souvenir triste et, de plus, c'était l'automne, la saison du déclin. De fait, peu de choses sur terre sont aussi mélancoliques qu'un cimetière du Midwest à ce moment de l'année. Ma famille n'était pas allée bien loin. Ce champ du repos au-dessus du lac Michigan, à l'ombre de vieux ormes et érables, immenses, se trouve à quelques carrefours seulement de notre ancienne maison. Les feuilles des arbres jaunissaient et commençaient à tomber.

J'ai eu d'abord un peu de mal à me repérer, comme quoi bien des années s'étaient écoulées depuis la dernière fois et, de toute façon, je n'ai jamais eu le sens de l'orientation. Déambulant entre les tombes des autres familles, je me sentais assez bête d'avoir ainsi à chercher la mienne. J'entendais presque papa me dire : « Si tu n'avais pas la tête vissée sur le cou, il y a belle lurette que tu l'aurais perdue. »

Tout en parcourant les allées, je reconnaissais le nom de personnes que j'avais fréquentées jadis, parents et grands-parents de plusieurs amis avec qui je n'entretenais plus de relations depuis des lustres. J'étais navré, et somme toute étonné, de m'apercevoir qu'un grand nombre d'entre eux étaient morts. C'est une idée bizarre de croire qu'après une longue absence, nous pourrions retrouver le monde de notre enfance – nos vieux amis redevenus petits, pédalant sur le chemin de l'école, leurs parents et grands-parents toujours en vie, bon pied bon œil, dans une bulle épargnée par le temps où nous reprenons pied.

À mon vif soulagement, mes pas m'ont finalement mené à mes parents. Trois pierres plates, sans prétention, mon père à gauche, ma mère à droite, mon frère au milieu. Pour autant que je sache, personne à part moi ne leur rend jamais visite, et j'ai toujours le sentiment qu'ils se réjouissent de me voir – comme s'ils attendaient mon retour avec assez de patience pour ne pas me reprocher mes rares apparitions. Il y a un plaisir doux-amer dans ces retrouvailles entre les vivants et les morts, les cendres et les os confiés à la terre.

Après m'être recueilli, j'ai repris la voiture, direction cette fois la maison Parker et ma grand-mère. Louise m'a conduit au salon, où Renée, une couverture sur les genoux, les pieds dans des pantoufles, était installée dans une bergère. Ils lui avaient fait quitter le lit pour l'occasion, et l'avaient habillée d'une douillette matelassée. Je n'ai pu m'empêcher de remarquer qu'elle était retenue au fauteuil par de curieuses sangles, qui ressemblaient beaucoup aux cravates de Vernon.

– Elle n'a plus de muscles, m'a dit Louise avant même que je pose la question. Elle préfère s'asseoir ici, plutôt que rester au lit toute la journée, et on pense que c'est mieux pour elle. Seulement, il faut l'attacher parce que, sinon, elle glisse.

Lors de ma dernière visite, quelques années plus tôt, Renée paraissait encore à peu près valide, et ce fut un choc de constater à quel point son état s'était dégradé. Certes, elle était de petite taille, mais elle avait rétréci au point d'être minuscule, à peine plus grande qu'une enfant. Excepté de rares mèches blanches, elle était chauve, et ce front qu'on trouvait déjà très grand était plus proéminent que jamais. Bizarrement, elle avait conservé une certaine beauté au crépuscule de sa vie. Elle avait la peau du visage ferme, bien tendue et, calés dans leurs orbites entre d'épaisses paupières, d'immenses yeux d'un bleu lumineux.

– Renée, regardez qui est là ! a crié Louise, comme si Alzheimer se résumait à une surdité passagère. Votre petit-fils, Jimmy ! Elle ne parle plus, m'a-t-elle expliqué. Mais nous croyons qu'elle comprend encore ce qu'on lui raconte. Dites bonjour à Jimmy, ma chérie ! Et vous, prenez-lui la main, dites-lui bonjour aussi, qu'elle sache que vous êtes là.

Il n'y avait rien d'autre à faire que jouer cette comédie, même si, à l'évidence, le cerveau de ma grand-mère ne recevait plus les messages de ses sens.

– Hello, mamie ! ai-je gueulé à mon tour (à la manière des Français, nous l'avions toujours appelée ainsi, et non *granny)*. C'est moi, Jimmy, votre petit-fils !

J'ai hésité au moment de prendre sa main ; sa peau, presque translucide, était fine et sèche comme du papier de riz, et j'avais l'impression étrange qu'en la serrant, même très légèrement, elle se désagrégerait à mon contact.

– Elle est ravie que vous soyez là ! a dit Louise, optimiste. Avec Vernon, on pensait profiter de votre visite pour faire des courses ensemble. Ça nous arrive rarement, l'un de nous reste toujours ici avec elle.

Je dois souligner que, même dans nos meilleurs jours, malgré quelques efforts de part et d'autre, je n'ai jamais été proche de ma grand-mère. La perspective de rester seul avec elle n'avait rien d'agréable. Mais je ne pouvais refuser aux Parker une de leurs rares sorties communes.

– Bien sûr, Louise, allez-y. Je serai content de passer un moment avec elle. Dois-je surveiller quelque chose en particulier ?

– Elle porte des couches, vous n'avez besoin de vous inquiéter de rien. Il faut lui parler, Jimmy. Elle ne vous répondra pas, mais elle aime le son des voix. Elle a toujours détesté la solitude, comme vous le savez. On ne sera pas longs.

Nous n'étions donc plus qu'elle et moi, dans le living des Parker, par une fin d'après-midi automnal, dans le nord de l'Illinois. Je me suis raclé la gorge.

– Eh bien, mamie, nous voilà tous les deux, lui ai-je dit, peu convaincu. Je suis heureux de vous revoir. Vous avez l'air en forme.

Curieusement, je trouvais plus incongru de parler à cette femme vivante qu'à mes parents au cimetière, ainsi qu'au frère que je n'aurai pas connu, leur fils qui aurait toujours cinq ans.

J'ai étudié Renée à la recherche d'un vague signal de reconnaissance. Un neurone ou deux allaient-ils se réveiller dans ce cerveau désespérément engourdi ? Peut-être espérais-je secrètement un de ces brefs moments de lucidité, ces éclairs subits auxquels veulent nous faire croire les téléfilms ringards, lorsqu'un Alzheimer sort subitement de sa transe pour délivrer un message de paix et de bon sens à sa famille, avant de s'en retourner dans les profondeurs de l'oubli. Il était clair, cependant, qu'un tel scénario ne se réaliserait pas aujourd'hui.

Sans doute attendrait-on d'un homme d'âge mûr qu'il fasse preuve d'un peu d'indulgence envers une femme qui, à la fin d'une longue existence, n'était plus que l'ombre d'elle-même. Mais en regardant Renée, je me suis rendu compte que je lui en voulais toujours. Le temps n'avait rien changé à l'affaire : je la tenais responsable de la mort de ma mère, je ne pouvais accepter qu'elle lui ait survécu plus d'un quart de siècle, je lui reprochais d'avoir traité mon père par le mépris. À quoi s'ajoutaient tous les affronts, tous les coups bas, présumés comme certains, qu'elle avait infligés aux siens. Amer, je me suis demandé ce qui lui donnait le droit de vivre aussi vieille, après avoir pourri l'existence de tout le monde autour d'elle ? Les vieux poisons de mon enfance me remontaient dans la gorge comme un épanchement de bile, et j'étais à nouveau le gamin blessé qui, quel que soit notre âge, se tapit en chacun de nous. J'éprouvais un soulagement aussi puéril qu'embarrassant en pensant que, du formidable personnage d'antan, de cette femme qui avait intimidé et manipulé tant de gens, il ne restait que cette carcasse ratatinée.

– Est-ce que vous m'entendez, mamie ? lui ai-je dit, assis sur le canapé.

Je me suis penché vers elle en essayant de trouver son regard entre ses paupières mi-closes. Puis je me suis rapproché.

– Je sais que vous êtes là-dedans, lui ai-je glissé à l'oreille, presque honteux des rancunes que je gardais contre elle. J'ai quelque chose à vous dire. Vous avez bousillé la vie de tous ceux que vous avez touchés. Tous sans exception. Et voilà maintenant que vous portez des couches, attachée à un fauteuil avec des cravates, et personne en ce bas monde n'a aucune affection pour vous.

Je sentais sur ma joue son souffle court et brûlant, l'odeur douce-amère du déclin, de la mort.

– *Cela n'est pas vrai. Vernon et Louise en ont, de l'affection pour moi. Vous n'avez qu'à voir comment ils me soignent. Ils sont merveilleux.*

– Personne ne vous a jamais vraiment aimée, mamie. Vous achetez les gens pour qu'ils s'occupent de vous. Vous n'avez eu que des compagnons intéressés. Les Parker ne font pas exception à la règle. Vous avez toujours fonctionné ainsi. De transactions en arrangements, et ainsi de suite. Même avec votre famille.

– *Vous ne savez rien de ma vie. Mon père m'aimait. Mon oncle Gabriel m'aimait également. Leander aussi.*

– Et vous, vous n'avez jamais aimé personne.

– *Cela n'est pas vrai non plus. J'aimais papa et mon oncle. Gabriel est le seul homme que j'aie véritablement aimé. Leander et moi nous aimions à notre façon. Et j'aimais votre frère Billy. Ce que je l'aimais, ce petit garçon !*

– Vous vous êtes servie des gens et, s'ils vous décevaient, s'ils ne faisaient pas vos quatre volontés, vous les rejetiez.

– *Je reconnais qu'on m'a souvent déçue.*

– Comme vous avez rejeté votre fille. Pour qui vous n'aviez pas le moindre sentiment.

– *Marie-Blanche m'a* terriblement *déçue. Ce qui ne revient pas à dire que je ne l'aimais pas.*

– Vous l'avez abandonnée.

– *C'est* elle *qui m'a abandonnée. Elle n'aurait jamais dû épouser son paysan. Je l'avais prévenue, pourtant. En fichant le camp avec votre père, elle s'est condamnée toute seule.*

– Vous l'avez laissée mourir dans la solitude.

– *Certainement pas. Vous ne savez rien de rien. Je lui ai réservé une place dans une clinique à Lausanne, c'est moi qui ai payé sa cure. Je lui ai loué un appartement quand ils lui ont permis de sortir. Seulement, votre mère était une faible femme.*

– D'ailleurs aucun d'entre nous ne vous aimait. Nous n'avions pas une once de sympathie à votre encontre. Chacune de vos visites était une épreuve pour nous, surtout quand vous restiez un moment à la maison.

– *Vous aviez peur de moi. Même votre paysan de père me craignait.*

– Maman vous redoutait plus que tout. Elle se mettait à boire une semaine avant que vous arriviez. Quand vous étiez là, c'était déjà une épave.

– *Marie-Blanche était faible, mais c'était aussi une idiote. Je l'ai souvent mise en garde. Votre paysan de père a-t-il cessé de boire pour l'aider ? Non, il ne l'a pas fait.*

– Il fallait que vous déplaciez tous les meubles quand vous veniez chez nous. Et on remettait les choses en place quand vous repartiez. Vous aviez toujours ces minables clébards. Nous étions obligés de mettre les nôtres au chenil le temps de votre séjour.

– *J'adorais mes chiens.*

– Beaucoup plus que votre fille et vos petits-enfants.

– *On n'est jamais déçu par les animaux.*

– Qu'est-ce qui a bien pu se passer pour que vous soyez cette femme-là ?

– *Il est un peu tard pour poser la question, non ?*

– J'aurais dû y penser quand c'était encore possible. Mais vous ne m'auriez sans doute pas répondu.

– *Vous ne vous êtes jamais soucié de moi, ni de la vie que j'ai vécue. Seul mon argent intéressait mes petits-enfants. Il n'y en a qu'un qui m'ait jamais aimée, et c'est Billy. Ce qu'il était adorable, ce bout de chou !*

– Vous vous rappelez quand je venais vous voir à Paris, en 1970 ? J'avais dix-neuf ans, je m'étais inscrit à l'université de Grenoble. Papa et maman étaient morts depuis trois ans exactement. Je souhaitais établir une relation avec vous, parce que j'en avais besoin. Je ne savais pas comment m'y prendre, vous ne m'avez jamais témoigné d'affection. Je ne comprenais pas pourquoi, et je n'ai pas eu le courage de vous en demander la raison.

– *Quand votre frère Billy est mort, j'ai décidé de ne plus m'occuper de mes petits-enfants. Cela m'avait brisé le cœur, et une fois suffisait.*

– Je me rappelle une photo de moi dans un album de famille. Quelqu'un l'avait prise pendant la guerre. Papa était soldat à l'époque, maman et Billy étaient partis chez vous et Leander à New York. Vous avez Billy dans vos bras, vous êtes assise sur le bord de la fontaine du Plaza Hotel. Vous vous en souvenez ? Je n'étais pas encore né, évidemment. Mais quand j'étais petit, que je vous voyais comme ça, je me demandais pourquoi, moi, vous ne m'aviez jamais pris dans vos bras. Vous avez toujours été froide et distante.

– *Billy ne serait pas mort, vous n'auriez pas été conçu. Vos parents ne voulaient pas d'autres enfants, au départ. Ce n'est pas votre faute s'ils vous ont mis au monde, mais vous n'êtes pas Billy.*

– Je regrette de ne pas avoir appris à vous connaître. J'aurais pu vous demander de me parler de vous quand il était encore temps. J'aurais tant de questions à poser, à présent. Mais vous savez, mamie, quand on est jeune, on ne s'intéresse pas beaucoup à la vie de ses grands-parents. Comme en plus je ne vous portais pas dans mon cœur…

– *Je sais. Quand vous veniez me voir à Paris, c'était pour la seule et bonne raison que je vous donnais à chaque fois cinq cents francs.*

– Oui, j'attendais que vous alliez vous coucher, et je partais en taxi rue Saint-Denis pour aller voir les putes, que je payais avec votre fric.

– *Vous rapportiez avec vous une odeur de mauvais parfum. Ça me rappelait mon père, quand il faisait la vie avec les filles de joie et qu'il revenait tôt le matin au « 29 ». L'escalier empestait le cigare, le cognac, l'eau de Cologne à deux sous. C'était bon de se réveiller avec cette odeur et de savoir qu'il était rentré.*

– Vous êtes si diminuée qu'il serait vain de vous en vouloir. Pourtant j'ai honte d'avouer que je ne vous aime toujours pas. J'aimerais pouvoir vous pardonner, et que vous puissiez m'expliquer des choses.

– *Je n'ai pas besoin de votre pardon. Et je ne vous dois aucune explication. Vous m'aimeriez peut-être davantage si vous aviez essayé de me connaître.*

– Je devrais en dire autant, non ? Quand on est jeune, il n'y a que le présent qui compte. Il faut atteindre un certain âge pour s'intéresser à ce qu'ont fait nos parents et nos grands-parents. Mais c'est en général trop tard.

Ma colère retombait. Je me suis rassis sur le canapé avec ce creux au ventre qu'on a après une violente querelle de famille. Nous sommes restés silencieux, la nuit enveloppait le salon, et je n'ai pas pris la peine d'allumer une lampe.

– Eh bien, mamie, lui ai-je dit au bout d'un moment. Je ne sais pas ce que vous en pensez, mais je suis content qu'on ait parlé ouvertement. Dommage qu'on ne l'ait pas fait plus tôt.

Malgré les cravates qui la retenaient au fauteuil, elle commençait à s'affaisser. Je n'ai pas tenté de la redresser, tant j'avais peur de briser ses vieux os fragiles.

Je ne sais combien de temps nous sommes restés silencieux dans le soir tombant. Des phares derrière la fenêtre ont brusquement troué l'obscurité. La voiture des Parker s'engageait dans l'allée. Louise est entrée par la porte du garage.

– Que faites-vous dans le noir, Jimmy ? a-t-elle dit en actionnant l'interrupteur. Tout va bien ?

– Oui, oui, lui ai-je répondu, clignant des paupières dans cette clarté soudaine. Tout va bien, Louise.

– Pas de problème ?

– Non, aucun. On a passé un moment agréable... Même si c'est moi qui ai parlé tout le temps, bien sûr.

– Eh oui, c'est comme ça, maintenant, avec elle. Mais je pense qu'elle comprend plus de choses qu'elle n'en a l'air.

– Je n'en suis pas si sûr. Elle m'a donné l'impression de dormir tout le temps.

– Elle a du mal à garder les yeux ouverts. Ses muscles ne réagissent plus. Mais elle sait quand quelqu'un est là, et elle l'entend.

– On peut avoir plaisir à le croire.

– Vernon, a-t-elle demandé à son mari, qui arrivait dans la pièce. Redresse-la, elle est en train de tomber.

– Je voulais le faire, ai-je dit, mais je craignais de lui faire mal.

Avec douceur, Vernon a placé ses deux mains sous les aisselles de ma grand-mère et l'a remise en place, comme un enfant manipule une poupée de chiffon.

– Voilà, Renée, lui a-t-il dit gentiment, à voix basse. Ça va mieux comme ça, hein ?

Une fois encore, j'étais frappé par la générosité, le dévouement de ce couple, les soins qu'ils apportaient à ma grand-mère sans même lui être apparentés – Renée dont la propre famille attendait simplement qu'elle s'éteigne.

– Je dois y aller, leur ai-je dit en me levant. J'ai de la route à faire. Merci de veiller si bien sur elle. Je tâcherai de revenir dès que j'aurai une minute.

Nous savions tous trois, je suppose, que je ne la reverrais pas vivante.

– Dites au revoir à Jimmy, Renée ! a beuglé Louise. Il s'en va !

Venait le moment inévitable où, pour sauver les apparences, il fallait, devant les Parker, que j'embrasse ce bout de femme décrépite. Nous n'étions déjà pas habitués, cela va sans dire, aux démonstrations d'affection. Consciencieusement, je me suis penché sur ce corps fatigué, cette cosse pleine de vieux os cassants qui semblait rétrécir devant moi, disparaître peu à peu de la surface du monde, et j'ai embrassé ses joues de papier de riz.

– Au revoir, mamie, lui ai-je chuchoté à l'oreille. Je vous pardonne, finalement.

Une dernière fois, j'ai senti son souffle léger sur mon visage.

– *Je n'ai pas besoin de votre pardon.*

– Que si.

PROLOGUE

MARIE-BLANCHE
Lausanne, Suisse
Mars 1966

Petite fille, je vivais dans un château enchanté, peuplé de fées et de fantômes. Marzac fut construit aux XIIe, XIIIe et XIVe siècles, sur une colline qui domine la Vézère et le petit village de Tursac dans le Périgord. Propriété de mon beau-père, le comte Pierre de Fleurieu, deuxième des trois maris de ma mère, le château appartient à la famille depuis plusieurs générations. Oncle Pierre disait que, pendant la guerre de Cent Ans, les Français et les Anglais l'occupèrent à tour de rôle. Que des centaines, même des milliers de personnes y trouvèrent la mort à travers les époques, souvent dans des conditions atroces, au terme d'un long siège. Il racontait également que, lorsqu'il était gamin, il parlait lui aussi aux fées et aux fantômes, car seuls les enfants peuvent les voir.

Je n'avais pas assez d'imagination, à cet âge, pour les distinguer entre eux. Je savais qu'ils résidaient dans l'air frais et humide, dans les éclairages imprécis, qu'ils peuplaient les vieux murs de pierre. Ils se glissaient silencieusement dans les couloirs, sans que les flammes des bougies oscillent sur leur passage. Ils s'élevaient en tourbillonnant dans l'escalier circulaire de la tour, dédaignant les marches de grès qu'ils avaient foulées durant leur existence terrestre, et dont je poursuivais, avec mes petits pieds, la lente érosion. Leurs souffles et leurs soupirs, leurs pleurs et leurs rires, leurs amours et leurs guerres m'accompagnaient dans le labyrinthe des pièces, huit siècles de souvenirs aussi présents dans le château que les membres de ma famille.

Bien que chargé d'histoire, Marzac n'avait rien de triste ni de funèbre, et les enfants n'y avaient pas peur. Bien au contraire : lorsqu'ils venaient passer le week-end, mes amis de Paris embrassaient la pierre avant de repartir, comme on dit au revoir à un vieil être cher.

Quarante et quelques années plus tard, je suis aujourd'hui nue sur le balcon de mon minuscule studio, au quatrième étage de l'hôtel Florybel, la petite pension de Lausanne où je loge en ce moment. Je n'ai pas oublié ces jours lointains, qui furent les plus heureux de ma vie. L'écho de mes pas légers dans le vaste escalier me revient en mémoire, je grimpe jusqu'en haut de la tour et je vois, entre les créneaux, la grande vallée verdoyante, les méandres de la rivière, les champs cultivés et les bois sombres au-delà. Au-dessus de la Vézère, les falaises de pierre sont truffées de grottes et de cavernes que je me fais une joie d'explorer avec mes amis. Oncle Pierre dit qu'il y a des milliers d'années, longtemps, longtemps avant que le château soit construit, des hommes habitèrent là. Il est difficile, pour des enfants, de se représenter un passé aussi lointain, mais nous avons bien observé les dessins de ces espèces disparues, et nous comprenons assez de choses pour que les fresques nous donnent la chair de poule. Nous jouons souvent aux hommes préhistoriques : vêtus de peaux de bêtes, assis autour du feu dans une caverne, nous faisons griller le produit de nos chasses, sous les parois noircies par la fumée. Peut-être était-ce seulement hier, peut-être reviendront-ils… ou certains sont-ils encore là ? Chaque fois que nous découvrons une nouvelle grotte, nous imaginons, tout excités, qu'ils nous attendent pour le dîner, et nous nous défions les uns les autres d'entrer le premier.

En suivant le chemin de ronde, je scrute les maisons de Tursac dans la vallée, et je rêve que les paysans, les villageois me regardent au sommet de ma tour d'ivoire. Je suis une princesse. C'est ainsi que m'appelle Pierre : la princesse de Marzac. Comme ils doivent m'envier, au village, cette vie de conte de fées…

Folle de joie, j'aperçois soudain la Citroën de mon oncle qui remonte l'allée sinueuse en direction du château. Il est allé à la gare des Eyzies chercher mes invités du week-end, qui se pressent contre les vitres de la voiture et s'agitent en riant. Je leur fais signe depuis la tour, mais ils ne me voient pas, minuscule silhouette que je suis, juchée sur la muraille. Qu'importe, je continue à lever les bras, souriant de plaisir à l'idée d'aventures et de jeux nouveaux. Je suis perchée dans le ciel, sur la plus haute tour.

Comment ai-je pu tomber si bas ?

Dans la rue, mes vêtements sont éparpillés sur les trottoirs, les branches des arbres et les toits des autos. Je les ai jetés l'un après l'autre depuis le balcon de mon petit hôtel. Dans ma soûlographie, à la lumière de la pleine lune, ils composent un curieux et joyeux spectacle, un matelas brisé de formes et de couleurs. Tels les festons d'un asile de fous, robes, jupes et corsages dans les teintes éclatantes que j'aime, pantalons, soutiens-gorge et culottes, et encore mes ceintures, mes bas et mes chaussures ornent gaiement les alentours. Minuit est passé depuis longtemps, et les rues sont vides. J'avoue être un peu déçue que personne ne soit là pour me voir renoncer à mes biens terrestres – et admirer le quartier, qui est bien plus joli grâce à moi.

Évidemment, ce n'est pas la première fois que je fais ça – la dernière, c'était il n'y a pas si longtemps, la veille de Noël à Chicago, depuis ma chambre au sixième étage de l'hôtel Drake. Les lumières de la ville se reflétaient dans les eaux glacées du lac Michigan, et une foule de curieux s'était rassemblée dans la rue enneigée pour regarder une folle, nue et soûle, qui dispersait ses habits par-dessus la rambarde. Ils riaient en me montrant du doigt. L'un d'eux avait même crié : « Saute, ma fille, saute ! », pendant que mes vêtements flottaient comme de petits parachutes – cadeaux de Noël pour un public reconnaissant. Les plus entreprenants ou les plus sportifs sautaient pour attraper un bas ou un corsage avant qu'ils ne touchent le sol. D'autres se les disputaient comme des clients de Marshall Field[1], le jour des soldes en janvier. J'ai toujours eu de beaux habits.

Finalement, le gérant de l'hôtel et un employé de la sécurité étaient entrés dans ma chambre à l'aide de leur passe. Me pro-

1. Grands magasins de Chicago.

mettant un verre si je voulais bien quitter la fenêtre, ils m'avaient chacun pris un bras, et j'avais passé le reste des fêtes dans l'aile psychiatrique de l'hôpital Passavant.

Le lendemain, Bill, mon mari, était venu me rendre visite avec nos deux enfants, Jimmy et Leandra.

– Joyeux Noël, maman, avait chuchoté le premier, visiblement embarrassé.

Timide malgré ses quatorze ans, il sentait bien ce que la formule avait d'incongru dans ce contexte.

– Ouais, m'man, avait persiflé sa sœur, joyeux Noël !

Leandra, son aînée de deux ans, verse volontiers dans le cynisme. Elle me déteste, et comment le lui reprocher, vraiment ? J'ai été une mère lamentable, issue d'une longue lignée de mères lamentables.

Ce soir, les rues sont désertes et, depuis mon balcon, je profite d'une vue superbe sur le lac Léman. Au-delà scintillent les lumières d'Évian, sur l'autre rive. Nous sommes le 12 mars 1966, il est trois heures du matin, et Marie-Blanche Gabrielle Mauricette de Brotonne McCormick Fergus a quarante-six ans. Elle est ivre, elle est nue, elle a jeté dehors le contenu de sa valise. Dans quelques heures, je me réveillerai, dégrisée, à l'hôpital, dans la clinique où l'on m'a soignée en ville, ou en prison. J'aurai la gueule de bois, je serai la proie des remords. Je ne me rappellerai rien du tout, je n'aurai aucune idée du pourquoi et du comment, ce sera aux médecins de le trouver. J'en ai consulté des dizaines au fil des ans, et leurs explications tombent toujours à côté. Chaque fois, j'ai envie de leur dire : « Vous ne savez rien de moi ! », mais j'ai en général trop mal au cœur pour y arriver. Quand j'y parviens, ils me répondent toujours avec une insupportable condescendance :

– Eh bien, je vous en prie, parlez-nous de vous.

– OK… OK… Mais c'est une assez longue histoire. Voulez-vous d'abord me servir un verre ? Je vous dirai tout ensuite. Tout ce que vous voulez savoir.

Pourtant, en ce matin froid du mois de mars, tandis que je contemple les eaux noires du lac, émaillées des lumières qui, sur l'autre bord, me parlent de la France, tout est parfaitement clair.

Dans la lucidité mensongère de l'ivresse, je vois l'arc immuable de mon existence : depuis la grande tour de Marzac jusqu'au balcon de cette pension, en passant par l'hôtel Drake à Chicago. Je sais d'où je viens, pourquoi je suis ici, vers où je me dirige. Je sais pourquoi j'ai tout jeté par la fenêtre, et ce qu'il faut jeter ensuite.

On a coutume de dire que notre vie entière défile devant nos yeux au moment de mourir, comme ces petits carnets d'images pour enfants dont on feuillette les pages à toute vitesse. Bien sûr, cela n'est pas vrai, c'est une absurdité, car pourquoi reproduire à l'extrême fin ce que nous savons déjà, ce qui a été vécu ? De toute façon, le vrai récit de nos existences ne commence pas à la naissance, non, il faut remonter bien plus loin, prendre à contre-courant le fleuve ombilical, jusqu'à la source maternelle qui, liant les générations, nous nourrit et, avec les blessures, nous inocule le poison familial. Passagère libérée de mes servitudes, je m'élance dans l'espace avant de plonger à terre, pour ce voyage-là.

LIVRE I

RENÉE

Portrait de Renée

LA BORNE-BLANCHE
Orry-la-ville, Oise, France
Juillet 1899

1

La naissance de Renée étant voilée de mystère, les domestiques répétèrent longtemps à voix basse qu'une cigogne aurait aussi bien pu l'apporter à la Borne-Blanche, l'élégant petit château familial d'Orry-la-Ville, dans la plaine de Senlis. Âgé de quelques heures à peine, accompagné par sa nourrice, le bébé était en fait arrivé de Paris dans une voiture conduite par le vieux Rigobert, le fidèle cocher des Fontarce. Au milieu d'une nuit sans lune, on avait ouvert les grilles pour laisser passer l'attelage, les sabots des chevaux avaient claqué dans la cour, et les quatre roues en fer avaient lancé des étincelles en s'arrêtant sur les pavés. C'était le dernier jour du mois de juillet 1899.

On chuchota que le père, le comte Maurice de Fontarce, était sorti du bâtiment à l'arrivée du carrosse et que, prenant l'enfant que lui tendait la nurse, il s'était exclamé en l'étudiant :

– Mais qu'est-ce que c'est que ça ? Le docteur m'a assuré que la fille aurait un garçon. Dites-moi : où est la bite de mon fils ?

La « fille » qu'il désignait ainsi froidement était sans doute Héloïse Lafarge, danseuse de ballet, ex-petit rat de l'Opéra, roturière et courtisane, bref, une de ses nombreuses maîtresses.

– Je crains que le médecin se soit trompé, monsieur le comte, répondit la nourrice. Comme vous pouvez le constater, mademoiselle a donné naissance à une fille.

Pour confirmer cette version, on rappela que M. et Mme de Fontarce étaient mari et femme depuis cinq ans le jour où Renée était « arrivée », que leurs parents leur avaient imposé le mariage, et que l'amour n'avait rien à voir dans l'histoire. Certains dirent que la comtesse avait accepté le principe d'une adoption furtive afin que le comte ait un héritier et qu'elle n'ait plus à supporter que, une fois par semaine au meilleur de sa forme, il tente d'en concevoir un avec elle. Pour parfaire l'illusion, elle était restée alitée plusieurs mois avant la « naissance », en feignant d'être enceinte. Enfin, on était allé chercher Mme Rouault (la sage-femme du village à qui M. de Fontarce avait donné la somme astronomique de dix mille francs contre son silence), on avait fait chauffer de l'eau et monté des linges, puisque la comtesse avait ses « premières contractions » le soir de ce 31 juillet, au moment précis où l'attelage quittait Paris avec le nouveau-né.

On raconta aussi que le comte, une fois remis de sa désagréable surprise, avait emmené la nurse – celle-ci cachant la petite sous son ample pèlerine – à la chambre de sa femme au premier étage. Il fut expliqué aux domestiques qu'une nourrice avait été engagée, conformément aux ordres du médecin. Mme de Fontarce n'était pas en mesure d'allaiter un bébé, cela n'avait rien d'inhabituel chez les aristocrates de la région. À l'étage, Mme Rouault, jouant à son tour la comédie, avait démailloté l'enfant et, lui donnant une claque sur les fesses, l'avait fait crier à pleins poumons, pour ce qu'on pourrait appeler une seconde naissance.

Enfin, on murmura que les premiers mots d'Henriette Boutet, devenue comtesse de Fontarce, furent les suivants lorsqu'on lui présenta le bébé :

– Mais cela ne peut pas être ma fille ! Jamais elle ne serait aussi grasse ! La mienne aurait la peau claire ! Celle-ci a le teint mat et elle est bâtie comme une paysanne. Mme Rouault, avait-elle poursuivi, soit vous vous êtes trompée d'enfant, soit… (elle se tourna vers son mari) vous, Maurice, vous êtes accouplé avec une bohémienne.

Voici donc le récit qu'on fit au village de la naissance de Renée. Une légende étoffée au fil du temps, et qui n'est peut-être rien de plus qu'un de ces commérages dont sont friands les paysans, lesquels, faute d'avoir les privilèges des nobles, n'aiment rien tant que les rabaisser au rang de simples mortels.

Renée à la Borne-Blanche, 1905

La Borne-Blanche,
avec les domestiques de la famille de Fontarce, 1906

D'année en année, Renée elle-même entendit les domestiques parler entre eux et, toute jeune fille, elle trouva romantique l'idée que sa vraie mère fût une ballerine, plutôt que cette grande asperge d'Henriette, dure et indifférente. La comtesse, qui passait une bonne partie de ses journées seule dans sa chambre, n'éprouvait que peu d'affection pour les enfants. Il suffisait, selon elle, que la gouvernante lui présentât Renée matin et soir afin de vérifier qu'elle fût propre et correctement habillée, après quoi la petite s'en revenait dans ses quartiers, situés dans une autre aile du château, où elle s'occupait comme un enfant de son âge. Cela jusqu'à ce qu'on la laisse prendre ses repas avec les adultes.

En revanche, dès le début, elle adora son père. Le comte de Fontarce, officier des dragons (un grade essentiellement honorifique en période de paix), était replet, jovial, doté d'une tête ronde au volume exceptionnel. Sa calvitie accentuait un front proéminent, dont Renée avait d'ailleurs hérité. Grand chasseur, amoureux des chevaux, des femmes et des bonnes manières, Fontarce était un homme charmant, mais faible, et loin d'être étouffé par son intelligence. Il connaissait une foule de maximes, en nombre suffisant pour correspondre à toutes sortes de circonstances. « Haute naissance et grande fortune sont les deux apanages d'une bonne existence », aimait-il à dire, un cigare dans une main, un verre de cognac dans l'autre.

Sa distinction aristocratique ne l'empêchait pas d'être coléreux, et il ne supportait pas que l'on se dérobe aux convenances en présence d'une femme. Il était connu dans la région pour provoquer en duel quiconque se montrait grossier, à ses yeux du moins, envers une représentante du beau sexe. Malgré sa corpulence, c'était une fine lame. Le boucher du village s'étant mal tenu devant son épouse (du moins le pensait-il), il lui avait un jour tranché le bout du nez d'un coup d'épée.

Renée n'était pas le garçon qu'il avait espéré, mais c'était une petite blonde souriante et rondelette, à l'esprit vif, dont il s'éprit rapidement. Cependant les pères ne s'occupaient guère de l'éducation de leurs filles, et le comte restait avant tout attaché à l'administration de son domaine, à ses écuries, ses copains et ses maîtresses.

C'est pourquoi Renée, enfant, passait plus de temps avec les domestiques de la maisonnée, notamment sa gouvernante, une solide Anglaise répondant au nom de miss Hayes, qu'avec ses parents. Ses autres compagnons se trouvaient parmi les chevaux et les chiens, dont Cora, un bouledogue français, qui était la reine de la maison, et Sultan, un danois qui nichait dehors et gardait la propriété. Lorsqu'elles partaient en promenade dans la forêt, Renée et miss Hayes emmenaient toujours Sultan, attaché à une laisse. Si, par malheur, un vagabond surgissait en chemin, Renée lui criait de décamper, expliquant que son chien, habitué aux gens de bonne tenue, aimait à égorger les voleurs en haillons.

Solitaire, Renée s'absorbait dans la lecture des romans contemporains qu'elle empruntait en douce dans le bureau de son père, où il conservait certaines collections à l'abri des regards. Comme bien des aristocrates, Fontarce s'estimait supérieur au reste du monde, ce qui incluait les commerçants et les artistes, dont il était absolument interdit de parler à table. Il avait cependant un faible pour les auteurs à scandale, parmi lesquels Colette. Cela n'était pas des livres à confier à une jeune enfant, c'est pourquoi miss Hayes les confisquait toujours à la jeune fille, dont l'intérêt pour ceux-ci redoublait.

Souvent livrée à elle-même, Renée conquit une certaine indépendance, apprit à s'occuper seule, à puiser dans son imagination, nourrissant un tempérament rebelle, conforté par les libres penseurs qu'elle parvenait quand même à lire. Cette éducation atypique engendra chez elle une curiosité insatiable pour tout ce qui pouvait exister hors des murs de la Borne. Elle rêvait de devenir un de ces écrivains modernes et, le château étant l'unique endroit qu'elle connaissait, se mit à l'étudier avec un certain détachement, comme s'il était le cadre d'un roman plutôt que son domicile. Assidue aux écuries et à la cuisine, elle espionnait les domestiques et recueillait leurs confidences, tout spécialement celles de Tata, la cuisinière. Robuste, forte en gueule et querelleuse, celle-ci adorait ses fourneaux, le vin de sa Bourgogne natale, et elle régentait l'office d'une main de fer. Son mari Adrien, le majordome, toujours droit comme un *i*, était un homme taciturne et malicieux qui régnait sur les autres pièces avec une égale tyrannie. Les boutons de cuivre de son uniforme étaient frappés aux armoiries des Fontarce. Rien de ce qui avait lieu au château n'échappait à l'un ou à l'autre, et la cuisinière ne rechignait pas à s'en ouvrir à Renée, en échange des potins que cette dernière rapportait des parties éloignées de la propriété, auxquelles Tata n'avait pas accès. La jeune maîtresse et la vénérable employée devinrent ainsi de parfaites conspiratrices, et Renée était l'une des rares personnes admises dans l'enceinte sacrée de la cuisine.

Parmi les autres domestiques se trouvait également Mathilde, une femme effacée mais compétente. Mi-gardienne, mi-intendante, elle accueillait les visiteurs, planifiait les bals et les festivités, préparait les chambres pour les invités d'un soir, s'assurait que la maison restât fleurie au gré des saisons, et portait ses repas à la comtesse quand celle-ci préférait dîner dans sa chambre, ce qui était souvent le cas. Angélique, la bonne à tout faire, était une jolie jeune femme mince, exagérément timide, et bien trop encline à plaire. Rebutés par les exigences de Tata et d'Adrien, voire par le caractère impossible de Mme de Fontarce, d'autres employés étaient engagés et congédiés trop vite pour qu'on se rappelle leurs noms ou même leurs visages.

Cela n'était pas tout : cinq jardiniers étaient chargés d'entretenir les jardins anglais, leurs pelouses et parterres que la comtesse aimait tant. Bien sûr, il y avait aussi le bon vieux Rigobert, à la fois cocher et maître d'écuries. Et, *last but not least*, Julien, le jeune palefrenier, fils du maréchal-ferrant d'Orry, un gamin énergique et court sur pattes qui, par excès de romantisme, avait pris le surnom de Lancelot du Lac, sous lequel il projetait de faire carrière comme « roi des jockeys ».

Il y avait peu à faire à la Borne-Blanche et, avec le temps, Renée finit par tout savoir des petites histoires et des secrets du personnel, y compris ceux qu'ils détenaient sur les Fontarce – dont, bien sûr, la légende que le village entretenait sur sa naissance. L'idée que sa vraie mère était une ballerine confortait le sentiment qu'elle et la comtesse venaient d'univers bien distincts. Certes, le thème aurait convenu à ces romans modernes qu'elle affectionnait, mais son instinct d'enfant ne la trompait pas.

Elle n'était pas en reste pour épier ses parents. Renée avait de nombreuses cachettes dans le château, où elle se glissait pour écouter leurs conversations, s'initiant ainsi au monde fascinant et souvent corrompu des adultes. Tous les matins, par exemple, Larose, le coiffeur du village, qui était nain, venait raser M. de Fontarce. Il arrivait à la Borne sur une charrette attelée à un poney. Tel un quotidien du matin, il lui rapportait les derniers ragots du village. Pendant que les femmes de chambre montaient à la salle de bains les marmites d'eau mises à chauffer sur les fourneaux, Renée se glissait silencieusement derrière le petit rideau sous le lavabo.

– Quoi de neuf, Larose ? demandait le comte en s'installant dans son tub en zinc.

Ses épaules velues rougissaient à la chaleur. Le nain repassait sur le cuir la lame de son coupe-choux, puis prenait place sur l'escabeau.

Larose connaissait tout le monde à vingt lieues à la ronde, et aucun événement ne lui échappait. Enveloppé dans un nuage de vapeur, il se lançait dans ses commérages : Mme Laval, l'épouse du boucher, avait une liaison avec le maire, M. Dalamare ; Célestine, la fille du fermier Dubois, n'était toujours pas mariée, et voilà pourtant qu'elle était enceinte ; on pensait que c'était Boniface, l'idiot du village, qui l'avait engrossée… Fontarce adorait ces indiscrétions, gloussait, s'exclamait et, lorsqu'un détail juteux le faisait partir d'un rire tonitruant, le barbier rouspétait :

– Attention, monsieur le comte, ne bougez comme ça ou vous aurez la gorge tranchée !

– Enfin, Larose, vous n'êtes pas devenu sans-culotte, quand même ?

Il organisait sa vie sentimentale depuis son bureau au rez-de-chaussée. Il s'y trouvait un canapé anglais, aux pieds juste assez hauts pour que Renée parvienne à se faufiler dessous. Elle craignait toujours qu'un beau matin, Balou l'écrase comme une grappe de raisin en prenant place au-dessus de son petit corps. Rouquin, rebondi et couperosé, oncle Balou, comme elle l'appelait, avait étudié chez les jésuites dans la même classe que son père. Désargenté – sa seule fortune consistant en un stock apparemment inépuisable d'histoires drôles et de bonnes farces –, il vivait en parasite chez les Fontarce six mois par an, servant au comte d'entremetteur et de confident, à la comtesse de garçon de courses, et de bouffon au reste de la maisonnée.

Sous le Chesterfield, Renée l'écoutait converser avec son père de femmes, de chasse et de chevaux, leurs sujets de prédilection, et préparer quelques escapades galantes, dont la mise au point la fascinait toujours.

– Dis-moi, mon vieil ami, demanda un jour Fontarce à celui-ci. J'ai des vues sur la fille de la couturière. Jeannette, c'est bien son nom ? L'aurais-tu aperçue, récemment ?

– Oui, oui, Maurice, répondit Balou avec un vigoureux hochement de tête. L'année dernière, cela n'était qu'un bourgeon, et c'est aujourd'hui une bien jolie fleur. Cependant, mon cher, je sais par expérience que les plus belles roses ne durent qu'un temps. Elle sera bientôt grasse et rongée par les soucis, comme toutes les femmes du village. Tant qu'elle est épanouie, veux-tu que je glisse pour toi un mot à sa mère, Mme Bonnat ?

– Elle a le sens des réalités, n'est-ce pas ?

– Je ne vois pas comment elle pourrait dénier à sa fille l'avantage considérable de lier connaissance avec M. le comte. Je vais m'occuper personnellement d'un arrangement.

– Parfait, parfait ! Que ferais-je sans toi, Balou ?

De tout le château, c'est encore dans le grand salon que Renée préférait se cacher. Elle ne nichait dans un antique coffret égyptien, garni de coussins de soie et plaqué d'or fin, cadeau de son oncle bien-aimé, le fringant vicomte Gabriel de Fontarce, frère cadet de Maurice. Gabriel possédait de très rentables plantations de coton et de canne à sucre en Égypte, d'où il revenait une fois l'an rendre visite à la famille pendant la saison de la chasse. Il ne manquait jamais de rapporter bonbons et babioles exotiques à Renée, qui l'adorait.

Grâce à ses différentes cachettes, la fillette avait une connaissance approfondie des rythmes et des habitudes du château, qui l'édifièrent assez tôt sur la nature de ses semblables. Au point qu'elle finit par se considérer comme la déesse omnisciente de la Borne-Blanche. Forte de son intelligence des lieux, elle pensait en savoir plus long sur les siens, sur les serviteurs et les villageois que ceux-ci, comme s'ils étaient les personnages d'une fiction de son cru. Leurs destinées reposaient dans ses mains et, bien sûr, elle était l'héroïne de l'histoire.

Elle apprit très tôt à ne pas s'étonner de ce que disaient ou faisaient les adultes, de ce qu'elle voyait et entendait. Renée se rendit vite compte que, les êtres humains étant des créatures imparfaites, capables de toutes les vanités et de toutes les tromperies, il ne faut jamais trop en attendre, ni pour autant sous-estimer leurs capacités de nuisance. Elle s'efforçait aussi de ne pas juger sévèrement leurs défauts – s'appropriant une autre des maximes du comte : « Aucune faute n'est impardonnable. »

Une leçon qui trouva une confirmation impérieuse, un après-midi d'automne, alors qu'elle n'avait que six ans. En sus d'être un bon poste de surveillance, le coffre égyptien du salon était un repaire confortable pour la sieste, et elle s'y était justement assoupie ce jour-là. S'ils laissaient parfois échapper quelque chose de croustillant, ses parents, leurs discussions et leurs relations (une classe sociale qui, dispensée de travail, vivait dans l'oisiveté) n'en restaient pas moins ennuyeux, et Renée s'était endormie.

Elle fut soudain réveillée par des sons étouffés, indistincts, et des propos à voix basse. Dans l'obscurité de sa cachette, elle crut d'abord rêver, car le curieux dialogue qu'elle percevait, guttural et inintelligible, semblait emprunté à une langue étrangère. Plaçant un œil devant la fente du couvercle, elle fut le témoin d'une scène que, sa vie durant, elle ne put oublier : la comtesse était étendue sur le divan brodé, son corset déboutonné sur sa poitrine menue et pâle, ses jupons relevés sur la peau tendre de ses cuisses blanches. Tournant le dos à Renée, le vicomte et beau-frère de madame se tenait entre ses jambes écartées. Il avait son pantalon en accordéon sur les chevilles, et ses fesses à la même hauteur que la jeune fille.

Renée était trop jeune pour comprendre exactement ce qu'ils faisaient, s'il s'agissait d'un acte d'amour ou de violence, s'ils se donnaient du plaisir ou le contraire. En revanche, elle devinait d'instinct que leur accouplement représentait une sorte d'union, intime et mystérieuse. Passé le choc initial et le trouble qui en résultait, elle ressentit une jalousie brûlante à l'idée que cette femme, froide, maigre et distante, qui usurpait si mal son titre de mère, puisse partager cette intimité avec Gabriel, l'oncle bien-aimé.

2

Presque un mois plus tard, le vicomte était reparti en Égypte, et Mme de Fontarce se réveilla un matin avec la nausée et de sérieuses douleurs à l'estomac. Craignant une crise d'appendicite, le comte fit immédiatement chercher au village le Dr Laverneau, un petit homme pointilleux, à la moustache cirée et effilée qui ressemblait aux cornes d'un taureau. Après avoir examiné madame dans sa chambre, le médecin présenta son diagnostic à Fontarce dans son bureau du rez-de-chaussée. Pour ne pas en perdre une miette, Renée s'était glissée sous le canapé anglais, l'oreille tendue.

– Ah, monsieur le comte, j'ai d'excellentes nouvelles pour vous ! dit Laverneau. Votre femme n'a rien de grave. Bien au contraire, il faut fêter ça !

– Fêter quoi ? répondit un Fontarce à l'évidence perplexe.

– Laissez-moi vous féliciter avant tout le monde, monsieur ! Vous allez être de nouveau père !

Le comte pâlit. Il n'était pas ravi à l'idée d'avoir bientôt l'héritier qu'il souhaitait depuis si longtemps. Il n'offrit pas au médecin une flûte de champagne ou un dé de cognac, comme il l'aurait fait en d'autres circonstances pour célébrer la chose. Se détournant de Laverneau, il ignora la main que celui-ci lui tendait.

– Impossible, murmura-t-il, affligé. Êtes-vous sûr de vous, docteur ?

– Parfaitement, monsieur le comte, répondit l'homme, visiblement vexé, tant par cette réaction que par la mise en cause de ses capacités. Je n'ai aucun doute.

Quelques années passeraient avant que René soit en âge d'interpréter cette discussion, toutefois son petit frère Jean-Pierre naquit moins de huit mois plus tard, à la date prévue. Sans devenir pour autant la plus attentive des mères, la comtesse témoigna une claire préférence pour son fils, que Renée, par conséquent, détesta dès le départ. Curieusement, Fontarce, dont on aurait pu attendre le contraire, démontra une indifférence presque totale pour ce garçon. Depuis sa naissance, Jean-Pierre ne cessait de pleurer et tombait fréquemment malade – un bébé frêle, malingre, avec un crâne minuscule et une peau si transparente qu'on avait l'impression de voir la chair en dessous. Presque une créature d'un autre monde.

En consultant des spécialistes à Paris, le Dr Laverneau découvrit que l'enfant souffrait d'une rare pathologie du sang. Lorsqu'il atteignit l'âge de trois ans, le comte et la comtesse décidèrent de l'envoyer avec sa gouvernante, Brigitte, dans les Alpes suisses, un environnement jugé plus propice à une amélioration générale. Le petit Jean-Pierre revenait pour les vacances ou pour les fêtes, mais il parut bientôt ne plus réellement faire partie de la famille. C'était comme un lointain parent, souffrant, dont les visites se traduisaient à la Borne par du désagrément et de l'anxiété. Habituée à être fille unique, Renée acceptait difficilement ses retours. Ses allures de fantôme, et l'attention dont soudain l'entourait la maisonnée, ébranlaient la conviction de la jeune fille que tout au château tournait autour d'elle. Ce jeune frère souffreteux, aux yeux d'une pâleur effrayante, cernés de jaune et enfoncés dans leurs orbites, n'avait pas de place dans le roman de son enfance. En guise de confirmation, Jean-Pierre mourut en Suisse peu avant son cinquième anniversaire. Renée redevenait fille unique.

Renée, sa mère et son frère Jean-Pierre, 1908

Le comte Maurice de Fontarce (au milieu), en compagnie de son ami Balou (à droite)

3

Jamais Fontarce n'aborda avec son épouse ou son frère le sujet de cet adultère commis chez lui. Jamais non plus il ne reconnut, en public comme en privé, la paternité du pauvre Jean-Pierre. La famille, au contraire, serra les rangs autour du secret, faisant sienne la devise d'Henriette : « Évitons les scandales autant que faire se peut. »

La comtesse était depuis toujours amoureuse de son beau-frère. Lui aurait-on donné le choix, jeune fille, elle aurait choisi le vicomte plutôt que son aîné, cependant le mariage avait été arrangé de longue date par les parents. Son affaire avec Gabriel lui permettait de circonscrire ses infidélités dans l'enceinte du château, de la famille, et dans la limite d'une occurrence par an – le moindre scandale possible dans ces conditions, du moins l'un et l'autre l'espéraient-ils.

Les domestiques comprenant tout, ils ne mirent pas longtemps à évoquer entre eux les bruits curieux et les rapports furtifs que laissaient filtrer les portes verrouillées. Leurs suspicions atteignirent sans tarder les oreilles du barbier Larose, après quoi la liaison d'Henriette et de Gabriel aurait aussi bien pu faire l'objet d'un article dans le quotidien départemental. Il n'y eut bientôt plus personne dans la région pour ignorer qui était le père du petit Jean-Pierre, de la même façon qu'auparavant, la rumeur avait colporté la « double » naissance de Renée.

Les années qui suivirent, lors des visites de Gabriel – et jusqu'à ce qu'elle soit trop grande pour nicher dans le coffre égyptien –,

Renée vit sa mère et son oncle faire l'amour des quantités de fois dans le grand salon. Elle apprit à prévoir quand cela aurait lieu, toujours en l'absence du comte, parti entraîner ses chevaux ou satisfaire ses propres besoins hors de la Borne-Blanche.

Tapie dans le noir, Renée se familiarisa avec la langue étrange des amours adultes et, son champ de vision étant limité à l'étroite fente du couvercle, elle entrevit les deux partenaires s'accoupler dans toutes les positions imaginables – parfois habillés, parfois presque nus, sur le divan, par terre, voire sur le coffre lui-même dans lequel elle se cachait. Son cœur battait si fort, si vite, qu'elle redoutait qu'il la trahît.

Voyeuse malgré elle, elle comprit très tôt que l'acte sexuel avait le pouvoir de transformer les individus, comme s'ils étaient momentanément possédés par le diable. Effrayée et fascinée à la fois, elle voyait le vernis sous lequel la comtesse considérait le monde et sa famille fondre dans le feu de la passion – le désir la rendait méconnaissable. Renée fit le vœu de ne jamais se laisser emporter comme sa mère, perdue dans les bras d'un autre au comble de l'extase.

Arrivée au seuil de l'adolescence, toujours témoin de leurs étreintes, elle trouva bientôt à celles-ci un sens nouveau, commença à apprécier la plastique de son oncle, mince et musclé par les mois de labeur à la plantation. Il était si différent de son père qui, lui, rappelait la forme d'une poire. Quand Gabriel glissait ses doigts fermes et fuselés sur le corps d'Henriette, Renée était maintenant prise de frissons, son cœur battait avec une insistance insoupçonnée.

Elle devint de plus en plus jalouse de sa mère, de sa silhouette élancée, élégante – de sa poitrine exquise et pâle, ses cuisses d'ivoire, son cou de cygne, la parfaite rondeur de ses fesses. Plus encore que de son corps, elle était jalouse de l'effet qu'exerçait la passion sur celui-ci. Renée nourrissait une vive rancœur à l'égard de cette femme qui avait su si bien cacher le feu qui l'habitait, et priver d'affection une fille qu'elle n'aimait évidemment pas.

Lors d'un de ses séjours annuels, Gabriel avait gardé Henriette dans ses bras à la fin de leurs ébats. Comme elle-même épuisée par leur œuvre de chair, Renée était à moitié assoupie dans le coffre égyptien lorsqu'elle se réveilla en sursaut et les entendit murmurer.

– Avez-vous parlé d'un divorce à Adelaïde ? demandait la comtesse.

– Oui, répondit le vicomte. Et vous, chérie, en avez-vous parlé à Maurice ?

– Pas encore. Je ne voyais pas l'intérêt de le faire avant que vous ayez mis votre situation au clair. Qu'a-t-elle dit, votre épouse ?

– Comme vous le savez, Henriette, Adélaïde est entrée au couvent d'Argenteuil. Il est hors de question de divorcer, mais je lui ai suggéré d'annuler notre mariage. Vu que nous ne l'avons jamais consommé, ma demande reste dans les limites du raisonnable.

La comtesse émit un petit rire moqueur.

– Cela n'a rien d'étonnant. Elle est laide comme les sept péchés capitaux.

– Mais gentille et attentionnée.

– Et riche.

– Riche aussi, admit le vicomte. J'ai toujours reconnu ma chance d'avoir pu l'épouser. Si vous vous souvenez bien, ma chère, la concurrence était rude.

– Et aujourd'hui, le mari dévoué que vous êtes possède plusieurs plantations en Égypte et une écurie de course en Irlande. Sans jamais avoir eu besoin de toucher votre pauvre épouse.

– Remplir le devoir conjugal aurait été au-dessus de mes forces.

– Vous ne m'avez pas répondu : qu'a-t-elle dit au sujet de cette demande d'annulation ?

– Hélas, elle a refusé. Mais je n'ai pas perdu tout espoir de la convaincre un jour.

– Je m'y attendais, admit la comtesse. C'est précisément la raison pour laquelle je n'ai rien dit à Maurice.

– Nous nous marierons, assura Gabriel. Je vous le promets. Cala n'est qu'une question de temps. Nous serons tous deux libérés de nos chaînes, et nous vivrons enfin comme mari et femme.

Il embrassa Henriette et, sans doute stimulés par cette heureuse perspective, ils firent de nouveau l'amour.

Dans sa cachette, Renée était profondément choquée par ces révélations. Depuis longtemps, elle avait accepté avec résignation que son oncle et sa mère entretiennent une liaison – témoin privilégié, elle s'imaginait parfois être leur complice. En revanche, l'éventualité que ses parents divorcent, que sa mère se remarie avec son oncle était exclue du scénario qu'elle écrivait de son enfance. Elle adorait son père et la vie à la Borne. Sur le moment, elle faillit céder à l'impulsion d'ouvrir le couvercle et de lancer aux deux amants adultères :

– Non ! Vous ne divorcerez pas ! Je vous l'interdis !

Elle n'en fit rien, bien sûr, préférant tisser une intrigue différente, dévier le cours de l'histoire, empêcher par tout moyen un rebondissement aussi inacceptable que celui-ci.

4

Renée avait seulement douze ans qu'il était déjà clair pour ses parents, nonobstant la devise d'Henriette, que non seulement leur fille n'échapperait pas aux scandales, mais encore que ceux-ci prendraient des proportions spectaculaires. Forte tête, elle paraissait plus mûre et plus adulte que d'autres filles de son âge, et les Fontarce étaient loin de se douter qu'elle avait acquis une grande partie de son expérience en épiant leurs moments d'intimité depuis ses diverses cachettes.

Si le comte ne recevait jamais ses conquêtes à la Borne-Blanche, Renée savait – comme d'habitude, l'oreille aux portes – qu'il était un mari aussi infidèle qu'éhonté. Témoin ses relations avec la fille de la couturière, entamées des années plus tôt après les longues négociations menées par Balou auprès de Mme Bonnat. Femme astucieuse, consciente du bénéfice matériel et social qu'elle retirait de l'échange, celle-ci avait marchandé au prix fort l'honneur supposé de sa fille. La liaison s'était poursuivie au-delà du mariage de la petite avec le jeune assistant du pharmacien, qui, nouveau venu au village, était peut-être la seule personne de la région à tout ignorer de l'arrangement. Le comte pouvait ainsi continuer à revendiquer son « droit de cuissage », et la famille de la couturière profiter de ses largesses. Renée apprit là encore une précieuse leçon sur les réalités économiques, aussi banales que fréquentes, des amours et de la sexualité.

L'été suivant le douzième anniversaire de sa fille, Fontarce la surprit un après-midi dans l'écurie avec Julien, le palefrenier, plus âgé qu'elle de quelques années. Ni l'un ni l'autre ne s'était dévêtu, cependant Renée, aussi froide et détachée qu'une aide-soignante, tenait dans sa main le membre gonflé du garçon, qu'elle avait sorti de son pantalon. Elle était avant tout curieuse de l'objet en question – faute d'avoir pu étudier celui de son oncle depuis le coffre égyptien du salon.

– Monsieur le comte ! beugla Julien qui, se redressant d'un bond, remit son engin à sa place.

– Qu'est-ce que cela signifie ? cria Fontarce, abattant sa cravache sur le palefrenier. Dehors ! Dehors ! Hors de chez moi, ouste ! Tu es licencié ! Que je ne te revoie plus dans mon domaine ou je te tue !

Donnant libre cours à sa colère, le comte rossa le pauvre Julien, qui tentait vainement de protéger sa tête et de parer les coups. Un tel remue-ménage sortit le vieux Rigobert de la sellerie où il savonnait ses cuirs.

– Rigobert ! hurla Fontarce, vert de rage, je viens de surprendre le gamin en train d'importuner ma fille. Sortez-le d'ici avant que je l'achève !

Bien que Renée eût initié l'affaire, c'est Julien qui en paya le prix. On ne viole pas impunément la relation maître-serviteur… Le lendemain à l'aube, le gamin vint faire ses adieux à la jeune fille. Son sac à dos rempli de ses maigres biens, il se présenta furtivement aux écuries.

– Mais que vas-tu faire, mon petit Lancelot ? lui demanda-t-elle, usant de son pseudonyme pour le flatter.

– Offrir mes services au terrain de courses à Longchamp, répondit-il, grandiloquent. Je voulais de toute façon démissionner. Je commencerai comme lad et je gravirai tous les échelons pour devenir roi des jockeys.

– Comment peux-tu être sûr qu'ils t'engageront ? Ce n'est pas mon père qui te donnera une lettre de recommandation…

– Ça, c'est sûr.

– Mademoiselle Renée, dit galamment Lancelot, je reviendrai lui demander votre main dès que je serai champion.

La comtesse Henriette de Fontarce

Elle ne put se retenir de rire. C'était un tel mélange d'absurdité et de romantisme.

– Mais papa ne voudra jamais que j'épouse un jockey, affirma-t-elle. Même le meilleur d'entre eux. Ça ou un palefrenier, c'est pareil.

Par charité chrétienne, elle s'abstint de révéler qu'elle visait elle-même bien plus haut.

Se consultant entre-temps, le comte et la comtesse décidèrent que le mieux serait de marier la petite, dès que son âge le permettrait, à un jeune homme d'un rang convenable – dans l'espoir que les inévitables scandales à venir se déclarent au moins chez quelqu'un d'autre.

– Renée ne sera qu'une petite traînée, Maurice, jeta la comtesse quand celui-ci rapporta l'incident avec Julien. Cela ne fait aucun doute. Je n'attends rien d'autre de cette fille, et les années n'ont servi qu'à conforter mon opinion.

– S'il vous plaît, Henriette, dois-je vous rappeler que cette fille, comme vous le dites sèchement, est notre enfant à tous deux ?

Elle lâcha un soupir entre ses lèvres crispées.

– Elle ne nous vaudra que des ennuis, c'était clair dès le départ. Faute de lui trouver lui un mari correct, nous serons obligés de la mettre au couvent. Les sœurs se chargeront de la corriger.

– Jamais je ne mettrais ma fille entre leurs mains ! asséna le comte.

– Eh bien, vous allez au-devant de scandales dont vous n'imaginez pas l'ampleur, l'avertit Henriette. Retenez bien ce que je vous dis.

L'automne arriva bientôt et, Gabriel revenant pour la saison de la chasse, il remarqua que Renée n'était plus exactement une petite fille. Tous deux attendaient au salon que le comte et la comtesse descendent dîner quand l'oncle se mit à étudier sa nièce comme il ne l'avait encore jamais fait – ou plutôt comme il regardait jusque-là sa belle-sœur. S'empourprant, Renée sentit un frisson lui parcourir l'échine.

Les jambes sagement croisées, assise face à lui à l'autre bout de la pièce, elle le dévisageait en priant son cœur de se taire.

– Venez ici, lui ordonna-t-il. Venez embrasser votre oncle.

– Je ne suis pas votre petit chien, rétorqua-t-elle d'un ton aussi mesuré qu'elle en était capable. Mais si vous me demandez gentiment, peut-être le ferai-je.

Il s'esclaffa.

– Eh bien, s'il vous plaît, mademoiselle Ronchon. Si vous souhaitez le bonheur de votre oncle, vous pourriez le rejoindre et lui donner un baiser.

– D'accord, dit-elle, mais c'est seulement parce que vous me le demandez poliment. Et parce que vous avez une belle barbiche.

– Ah, elle vous plaît, ma barbiche ! s'exclama-t-il, prenant sa nièce par les épaules et glissant ses lèvres sur ses joues.

– Oui, et vous sentez toujours bon, remarqua Renée, humant l'odeur de son eau de Cologne avant de pouffer. Mais ça pique !

– J'aimerais savoir, ma petite, fit Gabriel, comme s'il complotait quelque chose. Que dit votre mère à mon propos ?

– Pourquoi me posez-vous la question ? s'étonna Renée, peu désireuse d'aborder ce sujet.

– Simple curiosité.

– Elle dit que vous vous moquez de tout, répondit-elle franchement. Voilà ce qu'elle répète sans cesse.

Le vicomte rit de bon cœur.

– Ce n'est pas entièrement faux. Mais jamais je ne me moquerais de vous. Approchez, que je vous regarde.

Tendant les bras et les posant sur ses hanches, il l'étudia de pied en cap comme s'il la voyait pour la première fois.

– Mais c'est que vous avez grandi depuis ma dernière visite ! Vous êtes presque une jeune femme, maintenant.

– Je *suis* une jeune femme.

– Quel âge avez-vous donc ?

– Treize ans.

Il hocha la tête.

– Ah, vous allez me causer bien du souci, ma fille, dit Gabriel, songeur. Pour sûr. Je serai vite dans tous mes états.

L'attirant de nouveau vers lui, il posa sa tête contre la sienne.

– Prenez garde à vous, mon enfant, murmura-t-il. J'aime trop l'odeur de votre peau.

5

Tôt un matin de la semaine suivante, la comtesse était encore couchée quand Gabriel entra dans la chambre de Renée pour la réveiller et lui demander d'enfiler sa tenue de cavalière.

– Nous allons cueillir des champignons dans les bois, annonça-t-il.

Rigobert, qui remplaçait Julien à l'écurie, sella leurs chevaux. Ils mettaient le pied à l'étrier lorsqu'il leur dit :

– Je vous conseille de ne pas partir trop loin, monsieur le vicomte.

Rigobert était déjà employé à la Borne quand le vicomte était petit garçon, et il ne l'avait jamais aimé. Le tenant pour un menteur et un goujat, il avait toujours préféré son frère aîné. Et, par nature, le vieux cocher était enclin à protéger sa jeune Renée.

– Pourquoi cela, Rigobert ? demanda Gabriel.

– On a signalé des braconniers et des brigands, monsieur le vicomte. Cela n'est pas prudent de vous enfoncer dans la forêt. Surtout avec mademoiselle.

– Balivernes ! rétorqua Gabriel, souriant tendrement à celle-ci. C'est une matinée splendide pour une promenade. Où voulez-vous que nous trouvions des champignons, d'ailleurs ? De toute façon, votre jeune maîtresse aura son oncle pour la défendre contre vos brigands.

Renée se retourna vers lui, si élégant avec ses bottes et sa culotte de cheval, si droit et séduisant sur sa selle. Elle était transportée par un sentiment de fierté. Jamais encore elle ne s'était sentie aussi mûre, aussi sûre d'elle, aussi… amoureuse.

Rigobert remarqua son expression radieuse, cette allure caractéristique des jeunes femmes éprises, et il en conclut que cela n'augurait rien de bon.

– C'est précisément de cela que j'ai peur, monsieur le vicomte, marmonna-t-il.

– Je vous demande pardon, vieil homme ?

– Rien, monsieur, soupira Rigobert. Rien du tout.

Éperonnant leurs montures, l'oncle et sa nièce partirent en riant au petit galop, suivis des yeux par le vieux maître d'écurie qui hochait tristement la tête.

C'était une ravissante matinée d'automne. L'herbe dorée étincelait dans les prés sous la rosée. Les arbres étaient teintés de jaune, d'orange et de rouge. Sous le souffle d'une brise minuscule, les feuilles dansaient sur les branches comme des flammèches. L'air avait encore la douceur rayonnante de l'été et semblait envelopper les deux cavaliers de tendres caresses.

Écuyère chevronnée, Renée montait à cheval depuis presque aussi longtemps qu'elle savait marcher. Ils galopaient de conserve, côte à côte et, traversant la prairie avec son oncle, elle avait le sentiment de l'accompagner dans un monde distinct – deux passagers sur une mer calme, dans un vaisseau au balancement sensuel, semblable au rythme de l'amour. Comme pénétrés d'un univers qu'ils étaient seuls à partager, ils se tournèrent l'un vers l'autre et tout était dit dans ce regard.

Jusqu'à la fin de sa longue existence, Renée garderait en mémoire un vif souvenir de cette journée à l'automne de ses treize ans. Bien des années plus tard, devenue vieille, le corps et l'esprit fané, détachée des soucis de la vie quotidienne, elle se rappellerait parfaitement cette matinée, que ses sens lui restituaient intacte. Elle revoyait les prés parsemés d'ocre à l'été finissant, elle éprouvait la tiédeur de la brise sur ses joues, les muscles de son cheval ondulaient entre ses cuisses, elle reconnaissait même l'eau de Cologne dont s'était servi Gabriel après sa toilette. Son parfum léger virevoltait dans l'air avec l'odeur de l'herbe, des bêtes,

Le vicomte Gabriel de Fontarce

de la terre qu'ils retournaient. Relevant sa tête ridée et presque chauve, Renée retrouvait au fond d'elle ses yeux de jeune fille et le visage souriant de Gabriel, si droit, si élégant – la blondeur luisante de ses cheveux dans la lumière oblique de l'automne, sa barbiche et sa moustache bien taillées, sa peau bronzée au soleil de l'Égypte. Leurs regards se croisaient, l'étincelle jaillissait encore dans ses reins, le même frisson lui parcourait le corps.

Passant du galop au trot, puis au pas, ils entrèrent dans la forêt. Le soleil ruisselait entre les arbres, mouillant un mince tapis de feuilles mortes qui, bientôt desséchées, bruissaient à peine sous les sabots des chevaux.

Fontarce avait interdit à sa fille de s'aventurer là seule. C'était une chose de s'y rendre pendant les chasses à courre, dans une atmosphère de fête et d'exaltation – les veneurs sonnant de leurs trompes, les cavaliers filant vers les abois des chiens. Mais malgré sa jeunesse et son audace, lorsqu'elle partait sans la protection de son danois Sultan, Renée évitait soigneusement les bois. Elle avait entendu parler des bohémiens qui s'y réfugiaient, des vagabonds, des brigands, des anarchistes qui attaquaient les voyageurs imprudents. Et il y avait ces diables de braconniers qui piégeaient un gibier qui, de droit, appartenait à sa famille. En revanche, ce matin-là avec son oncle, les mystères et les dangers de la forêt portaient la promesse de nouveaux émois.

Ils n'allèrent pas bien loin avant que Gabriel propose de mettre pied à terre et de chercher les champignons à l'ombre des troncs. Le vicomte, grand chasseur et gourmet, avait emporté sa gibecière, tapissée d'un linge propre, afin d'y ranger le produit de leur cueillette. Il montra à Renée plusieurs espèces comestibles ou vénéneuses, lui apprit à les distinguer. La jeune fille n'était pas tout à fait novice, car elle avait plusieurs fois accompagné Tata, la cuisinière, dans le même but, à l'orée des bois juste derrière le château. Elle se garda bien de le révéler à son oncle, préférant l'écouter et, sous sa direction, se laisser envoûter par les formes, les textures, la sensation de fraîcheur qui lui picotait le bout des doigts.

– Ma petite grenouille, les chanterelles sont une espèce à chair ferme, lui expliqua-t-il, qui convient merveilleusement au gibier.

Il lui en tendit une pour qu'elle hume son parfum, puis s'en servit pour dessiner le tour de sa bouche.

– Vous sentez cette odeur fruitée, légèrement sucrée ?

Il se pencha vers elle et posa ses lèvres, chaudes et charnues, sur celles de Renée, qui garda en bouche la saveur terreuse du champignon cru et son doux arôme dans les narines. L'effleurant à peine, Gabriel lui donnait un baiser qui pouvait encore paraître innocent.

Lorsqu'ils rentrèrent à l'écurie ce matin-là, Rigobert comprit aussitôt qu'un secret les liait, qu'ils s'étaient livrés à un acte interdit. À voir Renée empourprée, avec cette expression rêveuse, cet air d'adoration muette, plus nets encore qu'à leur départ, il n'eut aucun doute. Toutefois, ce n'était pas son rôle de rapporter ces choses. D'ailleurs, qu'allait-il dire, et à qui ? Certainement pas à M. le comte. Comment expliquer à son employeur qu'il suspectait son frère, après l'avoir cocufié avec sa femme, de maintenant séduire sa fille ? Non, la seule chose raisonnable que le vieil homme pût envisager était d'en glisser un mot à son épouse, pour se décharger du lourd fardeau des soupçons. Dans l'obscurité de leur chambre, Mme Berteaux fit claquer sa langue, et ce fut tout. C'était une femme réaliste qu'on ne choquait pas aisément, et elle trouvait là confirmation de l'idée qu'elle se faisait de la noblesse : une bande de dégénérés.

– Espérons quand même que le vicomte n'engrosse pas la petite, dit-elle. C'est assez qu'il soit le père de son neveu… sans aller par-dessus le marché faire un gamin à la nièce. Du coup, Fontarce serait grand-père grâce à son frère…

Et Rigobert de pousser un profond soupir. L'arbre généalogique de cette famille était décidément tordu, d'une insoluble complexité. Mais au moins, le vieil homme se sentait mieux de s'être confié à son épouse.

6

La comtesse fut la première à noter l'intérêt soudain de son amant pour la petite. Bien des mères redoutent secrètement le jour où les hommes, se détachant d'elles, regardent plutôt leurs filles, et c'est avec un sentiment d'horreur qu'Henriette voyait Gabriel considérer Renée avec l'œil inquisiteur du mâle.

C'était bientôt la pleine saison de la chasse au cerf et au sanglier et, respectant les traditions intemporelles de leurs aïeux, le comte et la comtesse recevaient les veneurs dans leur domaine ou se déplaçaient dans les châteaux voisins de leurs amis. De grands dîners et de grands bals furent donnés, tant chez ceux-ci qu'à la Borne-Blanche. Renée était maintenant assez grande pour qu'on lui permette d'y assister avec les adultes, au lieu d'observer les festivités avec les autres enfants depuis le palier à l'étage, comme elle l'avait fait pendant des années. L'oncle Gabriel se fit un plaisir de lui offrir une danse au moins, à chacune de ces soirées, la serrant dans ses bras et la faisant tourbillonner jusqu'à l'essoufflement. Les joues rouges comme des pommes, riant gaiement, elle sentait à peine ses pieds toucher le sol.

N'ayant guère d'autre occupation dans leurs existences oisives que de colporter les ragots et de flairer les scandales, les doyennes de ces assemblées ne manquèrent pas de s'intéresser aux rapports pour le moins curieux que semblaient entretenir le vicomte et sa nièce. Tandis qu'un soir ceux-ci, bras dessus bras dessous et le sourire aux lèvres, concluaient une danse dans le grand salon de la Borne, la comtesse les rejoignit, le regard étincelant de rage, donnant ainsi du grain à moudre aux commères.

– Montez dans votre chambre, jeune fille, lui dit-elle à voix basse, en ajoutant pour Gabriel : Vous vous ridiculisez devant tout le monde, monsieur. Allez plutôt danser avec une de ces dames et fichez la paix aux enfants.

Dédaigneux comme à son habitude, le vicomte ricana. Il se moquait depuis belle lurette de ce que la noblesse étriquée de la région pouvait bien penser de lui. Enfant, puis adolescent à la Borne-Blanche, il était déjà la brebis galeuse de la famille ; jamais il n'avait profité des égards ou de l'affection auxquels Maurice, plus distingué et plus courtois, avait eu droit. En revanche, les demoiselles l'avaient toujours trouvé irrésistible, attirées peut-être par son indifférence et le soupçon de cruauté qu'il laissait deviner. Après avoir épousé Adélaïde et puisé dans sa fortune de quoi acquérir ses plantations en Égypte et son écurie irlandaise, Gabriel fit preuve d'un mépris croissant pour une aristocratie qu'il trouvait décadente et sans intérêt. Revenant une fois l'an, il se plaisait à étaler sa réussite, à choquer et nourrir les commérages de ces rescapés du siècle écoulé, dont la richesse s'amenuisait à cause de leur entêtement à vivre dans le passé, leur incapacité à embrasser l'époque. Il traitait avec une égale condescendance son frère qui, étant l'aîné, avait reçu le titre de comte et hérité de la plus grande partie du domaine. Car pour rester solvable, Maurice dépendait maintenant de lui et de son sens aigu des affaires. Et voilà qu'aujourd'hui tant la comtesse que sa fille étaient amoureuses du vicomte.

– Je préfère danser avec les jeunesses, ma chère, répondit-il. Elles ont moins de mal à me suivre.

Le sous-entendu était à peine voilé.

– Je ne suis pas aveugle, monsieur ! rétorqua Henriette, furieuse. Et personne ne l'est dans cette pièce. Vous vous donnez en spectacle avec votre propre nièce, au risque de déshonorer notre nom.

– Je ne comprends rien à ces propos, dit Gabriel sans se départir de son sourire. Le plus inconvenant est peut-être que vous me fassiez une scène. À mon sens, les gens devraient se réjouir qu'un oncle s'intéresse à sa jeune nièce.

D'un geste conciliant, il prit la main d'Henriette dans la sienne. Comme bien des séducteurs, il était passé maître dans l'art de faire croire à celle qui réclamait ses attentions qu'il n'existait plus qu'elle.

– Voulez-vous m'accorder cette danse, ma douce ? la pria-t-il d'une voix suave. Au moins, ces vieilles casse-pieds auront un vrai sujet de conversation. Pardonnez-moi, ma chérie, dit-il ensuite à Renée, avec une courte révérence. Mais c'est au tour de votre maman.

Blême de jalousie, elle les regarda entamer une valse.

Cet automne-là, le vicomte séjourna fréquemment à Paris et à Londres pour consulter ses associés, prolongeant d'autant son séjour à la Borne-Blanche. Si, au château, maîtres et domestiques parlaient à voix basse d'une guerre imminente, Renée était trop jeune pour y prêter réellement attention. Ces choses-là semblaient trop éloignées de son univers personnel.

Les jours raccourcissaient, le vent du nord annonçait les rigueurs de l'hiver, un air frais et humide s'insinuait dans les vieux murs de pierre, au point que tout le monde se promenait emmitouflé dans des couches de vêtements. Malgré les feux allumés dans les cheminées de chaque pièce, personne ne parvenait vraiment à se réchauffer.

Gabriel s'efforça de maintenir un semblant de paix dans la maisonnée, manipulant Henriette et Renée pour tourner la concurrence à son avantage. Avec le temps, le comte s'était résigné à ce que sa femme et son frère soient amants, mais il était loin de supposer que Gabriel ait avec sa fille des manières inconvenantes. Pendant les bals, Maurice préférait se retirer au fumoir avec ses amis, ses cigares, son cognac, et se lancer dans ces discussions qu'il aimait tant – comme toujours la chasse, les chevaux, les femmes. Il se rendait de plus en plus souvent à Paris, rejoignait ses amis aux clubs, dînait avec eux chez Maxim's, chacun accompagné de sa maîtresse, après quoi l'on partait au Café Riche voir les danseurs de tango. Les hommes s'encanaillaient parfois jusqu'à l'aube, de dancings en cabarets malfamés, en passant par le Moulin-Rouge et l'Abbaye de Thélème, partageant avec les classes populaires les grands lieux de débauche de la capitale. Malgré son snobisme aristocratique, ses opinions ultraroyalistes et sa tendance à dénoncer l'« abominable » Troisième République, le comte était au fond un libertin, comme bien des messieurs de la bonne société. Se jeter dans ce tourbillon des plaisirs lui permettait surtout de fermer les yeux sur ce qui se tramait chez lui.

7

Un soir au salon, le comte, la comtesse et Renée attendaient Gabriel qui, de retour d'Angleterre, devait arriver par le train du soir. Ils entendirent Rigobert, qui était allé le chercher à la gare, arrêter son attelage devant la Borne-Blanche. Même dans la grisaille de la fin d'automne, le vicomte gardait une peau hâlée et il paraissait toujours apporter avec lui un peu du soleil d'Égypte, ce qui rendait sa présence bienvenue au château.

En revanche, ce jour-là, Gabriel semblait particulièrement sombre lorsqu'il entra dans le salon.

– Je dois repartir d'urgence en Égypte, annonça-t-il sans préambule. Les Anglais affirment que la guerre va éclater, cela n'est plus qu'une question de temps. Ils auront besoin d'un approvisionnement régulier en sucre et en coton pour soutenir l'effort de guerre. Il va falloir que j'agrandisse les plantations pour répondre à la demande. Tout cela implique beaucoup de travail.

Henriette et sa fille sentirent un frisson leur parcourir l'échine – qui n'avait rien à voir avec l'imminence de l'hiver ou d'un conflit mondial. Quand les domestiques apprirent la nouvelle, ce qui ne tarda pas, seule Angélique, l'aide de cuisine qui occupait une chambre minuscule au-dessus de l'écurie, fut navrée d'apprendre le départ du vicomte.

– J'ai pris toutes les dispositions utiles, expliqua celui-ci. Nous allons passer un mois à Paris, où j'ai loué un appartement suffisamment grand pour la famille, sur les Champs-Élysées. Après quoi, vous m'accompagnerez en Égypte.

– Que nous chantez-vous, Gabriel ? s'exclama son frère. Vous êtes complètement fou ? J'ai des responsabilités ici. Et mes chevaux ? En outre, si les Anglais disent vrai, je servirai ma patrie comme il se doit, et je mobiliserai mes dragons. Comme vous le savez, dit-il d'un air suffisant, nous faisons des manœuvres chaque semaine dans cette éventualité.

– Franchement, Maurice, il serait temps que vous viviez au XXe siècle. Cette guerre ne sera pas menée à coups d'épée par des lourdauds à cheval. Cela étant, je vous demande de m'écouter. Vous n'ignorez pas que j'ai eu plusieurs rendez-vous avec nos comptables à Paris. Ce qu'ils disent de votre situation financière, mon cher frère, est plus catastrophique encore que je ne le redoutais.

Maussade, le comte repoussa la remarque d'un revers de la main – parler d'argent en présence de la famille étant pour lui le comble de la vulgarité

– Je vous en prie, Gabriel. Ce n'est ni l'endroit ni le moment de tenir cette conversation.

– Au contraire, Maurice, si j'aborde le sujet maintenant, c'est parce que cela nous concerne tous autant que nous sommes. Il est grand temps de faire face. Vous êtes criblé de dettes et je n'ai plus les moyens de les rembourser. Vous n'y échapperez pas : il faut vendre la Borne-Blanche.

– Vendre la Borne ? tonna Maurice. C'est hors de question ! Je n'ai pas non plus l'intention de m'exiler en Égypte. Vous savez très bien que je déteste les Arabes.

– Les Égyptiens sont mes amis et mes associés, et je peux vous assurer qu'ils se contrefichent que vous les aimiez ou pas. Ceci dit, j'ai beaucoup réfléchi, et voici ce que je vous propose : vous vendez la Borne pour commencer. J'ai déjà entrepris des démarches dans ce sens. Vos chevaux iront dans une écurie à Neuilly. Vous venez tous avec moi vivre en Égypte, où vous dirigerez la plantation de coton, Maurice, et moi celle de canne à sucre. J'ai besoin de votre aide, et vous d'un revenu. Les prix du coton sont élevés et, si les Anglais voient juste à propos de cette guerre, ce dont je ne doute pas, ils continueront à grimper. Il y a beaucoup d'argent à gagner.

Affaissé sur son siège, le comte paraissait s'évider comme un ballon qui se dégonfle peu à peu. S'adressant à lui comme à un enfant, ou un parent sénile, son frère avait tout préparé, lui ordonnait de plier bagage et de se mettre au travail, cela devant femme et fille, l'une comme l'autre amoureuses de Gabriel.

– Encore une chose, dit ce dernier.

– Quoi donc ? fit Maurice d'un air las.

– Je souhaite adopter la petite.

Éberlué, le comte dévisagea son frère.

– Pardon ?

La comtesse paraissait elle aussi abasourdie.

– Avez-vous perdu la tête, Gabriel ? Et pourquoi diable l'adopter ?

– Parce que j'ai besoin d'un héritier. Quelqu'un qui prenne une part active à mes affaires. Et à qui je laisserai un jour mes biens et ma fortune.

– Faites donc des enfants, dans ce cas, dit Maurice en considérant sa fille d'un œil attendri. Renée a déjà un père, il est inutile de lui en donner un second.

Depuis le début de la conversation, la petite était restée immobile sur son siège, sans rien révéler des sentiments contradictoires dont elle était la proie. Mais son cœur battait à tout rompre et elle avait la chair de poule.

– Vous savez bien qu'Adélaïde et moi sommes dans l'incapacité de concevoir ! assena Gabriel.

– Dans l'incapacité de concevoir ! pouffa Maurice, aux anges, profitant de l'occasion pour recouvrer un semblant de dignité. Vous n'ignorez pas, je pense, que, pour donner lieu à une progéniture, le mariage doit être consommé. Cela étant, vos affaires maritales ne me regardent pas. Je ne vous laisserai pas adopter ma fille, un point, c'est tout.

– Quel avenir lui proposez-vous, Maurice ? Honnêtement ? Vous êtes ruiné, vous devez de l'argent partout, un jour ou l'autre vous serez obligé de le vendre, ce château. Que restera-t-il à Renée ?

– Elle trouvera un bon parti. J'ai évoqué la chose avec M. de Brotonne, il est envisageable qu'elle épouse son fils Guy à leur majorité. C'est une famille très fortunée.

Stupéfaite, Renée prit soudain la parole.

– Je n'ai pas l'intention d'épouser Guy de Brotonne, dit-elle. Je le connais à peine et, en tout cas, je ne l'aime pas.

– Faute de quoi, poursuivit le comte, ignorant l'intervention de sa fille, nous irons voir auprès des grands négociants. Il y en a qui sont millionnaires, et l'argent, ça compte, de nos jours.

– En effet, mon cher frère. Lorsqu'elle sera en âge de se marier, vous serez complètement ruiné, et elle n'aura pour dot que les relances de vos créanciers. Certainement un sac plein. Aucune famille d'un rang convenable ne voudra d'elle. Et je m'oppose à ce qu'elle fraie avec la bourgeoisie, millionnaire ou pas.

– Dans ce cas, ce sera très simple, assura la comtesse. Elle entrera au couvent. J'en ai déjà parlé aux sœurs de Saint-Augustin.

– *Au couvent ?* répéta Renée.

Ce n'était pas la première fois que sa mère y faisait allusion, mais Renée n'y avait vu qu'une vaine menace.

– Je n'entrerai *pas* au couvent ! asséna-t-elle.

Gabriel posa sur elle un regard doux et affectueux.

– Ma petite grenouille chez les sœurs ? dit-il. Jamais de la vie ! Cet enfant est fraîche comme une nymphe des bois. Elles la détruiraient. Non, c'est précisément la raison pour laquelle je veux m'occuper moi-même de son avenir.

– Je me suis exprimé clairement, Gabriel, dit le comte. C'est hors de question.

– Et j'ai rendu compte de la situation sans ambiguïté, Maurice. J'ai une offre à vous faire, je n'y reviendrai pas cent fois : je mets fin à vos problèmes financiers, vous venez vivre avec moi en Égypte, et j'adopte la petite. Ou je vous laisse acculé à la ruine, et vous n'aurez plus un sou de ma part. Choisissez : c'est à prendre ou à laisser.

Visiblement ébranlé par cet ultimatum, le comte se détourna.

– Eh bien, euh… bafouilla-t-il. Naturellement, on ne prend pas une décision de cette importance sur un coup de tête. Il me faudra un délai raisonnable pour réfléchir à votre proposition, Gabriel.

– Non, Maurice, vous n'avez *plus* le temps, et rien d'autre à considérer. Je répète : c'est à prendre ou à laisser.

Le comte de Fontarce étudia un long instant son frère. S'il était son cadet, Gabriel avait toujours été plus intelligent, plus ambitieux, plus cruel aussi. Maurice ne pouvait nier qu'il vivait maintenant à ses crochets. Sans être aussi brillant que lui, il avait tout de même le sens des réalités. Hochant la tête, il marmonna finalement :

– Eh bien, naturellement… Cela aurait été un fils, les choses n'auraient pas eu le même poids… Mais une fille… une fille…

Sans terminer sa phrase, il leva le bras sans conviction.

– Fort bien, Gabriel, fort bien, admit-il avec un long soupir. Prenez vos dispositions. Je ne veux plus entendre parler de tout cela.

Il se leva lourdement, incapable d'adresser un regard à Renée.

– Henriette, dit-il, vous demanderez à Adrien de m'apporter mon dîner dans ma chambre, je vous prie.

Avec une certaine incrédulité, une once de pitié et une profonde tristesse, Renée vit son père quitter la pièce sans se retourner. Certes, elle était enthousiaste à l'idée de partir en Égypte avec son oncle bien-aimé, flattée et reconnaissante aussi qu'il la choisisse pour héritière. Mais d'un autre côté, elle restait pantoise que son père, un homme qu'elle n'estimait pas moins, renonce si aisément à elle et la vende pour ainsi dire au plus offrant. Elle se demanda qui, dans cette famille, l'aimait réellement et pour quelles raisons. Du moins pouvait-elle se consoler en pensant qu'elle n'épouserait jamais Guy de Brotonne, ni un fils de négociant, et qu'elle n'entrerait pas au couvent, ce qui était bien pire.

8

Les Fontarce quittèrent la Borne-Blanche si brusquement qu'ils eurent à peine le temps de faire leurs adieux. Sans doute cela valait-il mieux après tout ; peut-être aucun d'entre eux ne souhaitait s'attarder sur les monceaux de souvenirs accumulés ici, préférant au contraire filer aussi rapidement et discrètement que possible, oubliant le passé pour se régénérer ailleurs.

À l'évidence, le comte fut le plus affecté par cette évacuation forcée. On l'avait élevé pour devenir le maître de cette propriété, un maître fier de ses nobles origines, exerçant sa charge avec une assurance aristocratique, et à l'aise dans ses habitudes – le nain Larose qui venait le raser le matin ; les promenades quotidiennes à cheval sur ses terres, avec un passage à la poste du village, où tout le monde traitait « monsieur le comte » avec le respect dû à son rang ; la saison de la chasse et ses mois de préparation ; ses intrigues avec les jeunes filles, pas toujours très consentantes, de la région. Si, comme son frère l'avait souligné, Fontarce s'était créé une existence largement inspirée du modèle archaïque de la France féodale, il n'était pas facile pour autant d'y renoncer. D'être plongé si abruptement dans le XXe siècle, dans ce monde « moderne » qu'il avait pratiquement réussi à éviter jusque-là, faisait de ce départ une secousse bouleversante.

Bien sûr, Renée elle aussi répugnait à quitter le seul monde qu'elle connaissait. Elle avait adoré son enfance à la campagne, ses chiens et ses chevaux, ce grand domaine à explorer, et les domestiques bien-aimés, spécialement Tata, la vieille cuisinière. L'idée de s'installer à Paris l'intimidait. Lors de ses quelques incursions dans la capitale, elle avait pu observer les jeunes gens aux toilettes élégantes, et elle savait que, malgré sa haute naissance, elle était avant tout une provinciale. Mais elle était assez jeune pour considérer ce déménagement comme une belle aventure. Les derniers jours à la Borne, elle avait veillé la nuit dans son lit, incapable de dormir, tour à tour pleine d'excitation et d'appréhension en s'imaginant parisienne, puis égyptienne. Un chapitre inattendu s'ouvrait dans son roman intérieur, dont Renée, désorientée, ne maîtrisait plus l'intrigue. Elle ignorait tout de ce qui allait suivre. Croire que nos petites existences se poursuivront plus ou moins à l'identique est une des dernières illusions de l'enfance, et en quittant la Borne-Blanche, Renée quittait la sienne à jamais.

La comtesse était la seule à partir sans grands regrets ni souvenirs chéris. Elle avait toujours trouvé la vie à Orry-la-Ville excessivement ennuyeuse et étriquée. C'était essentiellement un univers d'hommes, avec pour occupations les chevaux, la chasse et le domaine que gérait son mari. Sans parler des maîtresses de ce dernier, de ses fréquents allers et retours à Paris où il se gobergeait avec ses amis, tandis qu'elle restait dans le petit château sans rien faire qu'attendre la visite annuelle de son amant le vicomte. Henriette se réjouissait donc de gagner la ville, de parcourir les beaux magasins, d'aller au théâtre et à l'Opéra. Elle était cependant moins enthousiaste au sujet de l'Égypte, qui demeurait un point d'interrogation pour toute la famille.

La nouvelle du départ – et de la vente de lieux – se répandit rapidement parmi le personnel. Rigobert en reçut confirmation le matin où plusieurs hommes se présentèrent à l'écurie pour emmener les chevaux à la gare du village. On les chargea sur des wagons à bestiaux, à destination de Neuilly où un ami de Gabriel, comme prévu, les prenait dans sa propre écurie.

Renée, qui était descendue pour assister à l'opération, trouva Rigobert en train de déambuler dans les stalles, qui exhalaient l'odeur du foin, du crottin et de la sueur animale.

– Je me suis occupé des chevaux pendant plus de cinquante ans, mademoiselle Renée, lui dit le vieil homme, dont la voix résonnait étrangement dans les box désertés. Je viens de m'apercevoir que, pendant tout ce temps, l'écurie n'a jamais été complètement vide. Même pendant les journées de chasse, il y avait ceux de l'attelage, et toujours quelques autres en plus.

– Peut-être viendrez-vous avec nous en Égypte ? lui répondit la jeune fille, pleine d'espoir. Oncle Gabriel a aussi des chevaux là-bas.

– Oh, certainement, admit Rigobert en hochant la tête. Mais il y aura quelqu'un sur place pour prendre soin d'eux. Non, mademoiselle Renée, j'ai vécu toute ma vie dans ce village, et c'est ici que je mourrai.

– Quand ce sera vendu, les nouveaux propriétaires apporteront sûrement les leurs, supposa Renée. Et ils vous engageront pour les soigner.

– Ils viendront certainement avec leurs propres domestiques, mademoiselle. Mais cela n'est pas bien grave, car je me rappelle tous les chevaux qui sont passés dans ces stalles pendant un demi-siècle. Leur souvenir m'accompagnera jusqu'à la fin de mes jours.

Tôt le matin du départ, Gabriel descendit à l'écurie parler à Rigobert d'un problème de dernière minute. Angélique, l'aide de cuisine, se trouvait au pied de l'escalier de pierre qui menait à sa chambre.

– Monsieur le vicomte, murmura-t-elle, puis-je avoir un mot avec vous ?

– Oui, qu'y a-t-il, Angélique ? demanda Gabriel, impatient.

– Quelque chose de très important, monsieur.

– Eh bien, dites. Mais vite, j'ai à faire.

– Je sais, répondit la fille d'une voix mal assurée. Je suis navrée de vous retarder. Mais voyez-vous... je dois vous révéler... une chose...

Elle se mit à pleurer.

– Eh bien, quoi ? Je n'ai pas toute la journée.

– Je suis dans une situation très fâcheuse... Je suis enceinte...

Comme pour lui rafraîchir la mémoire, elle leva les yeux vers le haut de l'escalier.

– … et de vous, monsieur le vicomte.

– C'est fort regrettable, je comprends, et j'en suis désolé pour vous. Mais vous n'êtes *pas* enceinte de moi.

– Si, monsieur, cela ne fait aucun doute. Vous êtes le seul. Il n'y a eu que vous.

– Je crains bien que cela soit impossible. Je ne peux avoir d'enfants, voyez-vous ? C'est pour cela que ma femme et moi n'en avons pas. Maintenant, j'ai besoin de parler avec Rigobert. Au revoir, mademoiselle, et bonne chance pour la suite.

Pleurant à chaudes larmes, Angélique tendit un bras comme pour le retenir, mais il avait déjà tourné les talons et s'éloignait sans un regard derrière lui.

Quand, plus tard dans la matinée, la famille s'apprêtait à prendre place dans la voiture à chevaux en direction de la gare, Tata sortit en courant de sa cuisine. Les larmes aux yeux, elle tira Renée vers elle et la serra sur sa vaste poitrine.

– Mademoiselle Renée ! s'écria-t-elle. N'oubliez pas les bonnes gens de la maison qui vous aiment depuis toujours. Écrivez-nous de temps en temps. Et revenez nous voir, à l'occasion.

Dans les bras de la vieille cuisinière, Renée commença elle aussi à pleurer. Ce moment-là marquait la fin de son enfance.

Adrien, le mari de Tata, chargea le reste des valises et Mathilde, la gardienne, les rejoignit dans la cour. Les larmes aux yeux, ils saluèrent la famille qui, pour la toute dernière fois, quittait la Borne – jusqu'au bout fidèles serviteurs, bien qu'on les abandonnât à un sort incertain.

Seule miss Hayes garda son emploi et partit avec ses maîtres à Paris et en Égypte, puisque, après tout, une jeune fille a besoin de sa gouvernante.

PARIS, France
Octobre 1913

1

Bien que forcés de réduire leur train de vie, les Fontarce étaient loin d'être ruinés. Leur résidence parisienne – qu'ils appelèrent le 29, puisque situé 29, avenue des Champs-Élysées – comportait quatre étages, huit chambres et trois salles de bains pour la famille, quatre pièces pour les domestiques, sans oublier les deux garages du rez-de-chaussée. Le vicomte n'avait rien négligé, allant même jusqu'à engager le célèbre architecte d'intérieur André Carlhian pour décorer et meubler les lieux dans le style Louis XVI. Carlhian avait orné les fenêtres de doubles rideaux de damas jaune citron, la couleur préférée de la comtesse.

Gabriel avait également embauché un majordome anglais du nom de M. Brown, qui manquait singulièrement d'humour et supervisait une escouade de valets soudanais. Ceux-ci portant d'identiques turbans et costumes traditionnels, personne dans la famille ne sut jamais exactement combien ils étaient. Ils servaient leurs maîtres avec le même air impassible, la même attention respectueuse et, comme il se doit, sans les regarder dans les yeux. Renée les trouvait déprimants, obséquieux, avec leurs courbettes incessantes, et regrettait plus que jamais les domestiques excentriques, dynamiques, de la Borne-Blanche, qui, dans l'exercice de leurs fonctions, n'avaient jamais renoncé à leurs vraies personnalités. Elle n'aimait pas non plus son nouveau logement, son manque de caractère et cette morne atmosphère que même les rideaux jaunes ne parvenaient pas à égayer.

Gêné de voir sa nièce et la comtesse dans leurs vieux vêtements de province, Gabriel les emmena chez les meilleurs couturiers, dès leur première semaine en ville. Bien qu'Henriette et lui eussent des goûts fort différents, il insista pour choisir lui-même leur nouvelle garde-robe.

– D'accord, je viens de perdre six kilos, admit Henriette, je n'ai plus besoin de corset et je peux mettre ces robes ridicules de petite fille qui ont votre préférence. Mais enfin, je ne suis plus une gamine, Gabriel !

– J'aime bien les enfants, moi, répondit-il. Et ce côté gamin vous va très bien, justement. Vous avez l'air… comment dire… eh oui, plus jeune !

Il se débrouilla un autre jour pour emmener Renée, sans sa mère, chez Lanvin. S'apercevant, réjoui, que la vendeuse la prenait pour sa fille, il se garda bien de la détromper. En revanche, Renée n'appréciait guère que l'un et l'autre la traitent comme un bébé, sans la consulter sur le choix de ses tenues. Ils sélectionnèrent pour elle plusieurs robes dans différentes teintes pastel, et une autre bleu marine. Elle les essaya devant le miroir, et ils la firent tourner sur elle-même jusqu'à ce qu'elle en eût le vertige. Vint le moment où la vendeuse suggéra un chapeau de paille d'Italie et le suivez-moi-jeune-homme à la mode, ainsi qu'une jupe-culotte ornée de petits nœuds roses, qui, enfin, plaisaient à Renée.

– C'est en vogue, en ce moment ? demanda le vicomte, sceptique.

– Oh oui, monsieur, c'est le dernier cri, garantit la jeune femme. Elle aura tous les garçons à ses pieds.

Il fit la grimace.

– Je ne tiens pas à ce que ma fille soit poursuivie par des hordes de jeunes hommes.

La vendeuse agita un doigt avec un sourire entendu.

– Elle est tellement jolie, monsieur le vicomte… Je crains que vous ne puissiez pas faire autrement.

– C'est là que vous vous trompez, mademoiselle. Et, justement, nous n'achetons pas cette jupe-culotte.

2

Le lendemain, Gabriel annonça à la table du petit déjeuner qu'il emmenait Renée passer la journée à Versailles.

– Je crois que je vais me joindre à vous, déclara Henriette, soucieuse d'empêcher autant que possible son amant de rester seul avec sa fille. C'est vraiment une belle journée pour une promenade.

– Ah, vous avez dû oublier, ma chère, qu'on vous attend pour les essayages, aujourd'hui.

– Eh bien, je prendrai un autre rendez-vous, tout simplement.

– Je pense vous ne pourrez pas. Si vous n'y allez pas aujourd'hui, ils ne feront jamais les retouches à temps pour notre départ en Égypte. Non, c'est le moment rêvé pour montrer à ma future fille quelques-uns de nos magnifiques monuments. On ferait d'ailleurs bien de se mettre en route, dit-il en se levant. Allez, viens, mon petit chat, la Renault nous réserve de belles aventures.

Emballée à l'idée de passer une journée entière avec son oncle, Renée se dépêcha d'embrasser son père, en évitant le regard de sa mère et l'orage sur le point d'éclater.

Sans prêter attention à la conversation, le comte lisait son journal, dès le petit déjeuner comme les Anglais, une habitude qu'il avait prise récemment. Depuis leur arrivée à Paris, il ne s'intéressait plus beaucoup aux activités de la maisonnée. De fait, après avoir conclu ce pacte diabolique avec son jeune frère, il semblait avoir totalement renoncé à son rôle de chef de famille et se montrait de plus en plus distant envers son épouse et sa fille. Il dînait au club plusieurs fois par semaine, souvent avec Gabriel, laissant la comtesse manger dans sa chambre, et Renée et miss Hayes à l'étage en dessous. Puis il rentrait au petit matin, empestant le cognac, la fumée de cigare, le parfum bon marché de ses compagnes, et cette capiteuse eau de Cologne russe qu'il affectionnait. Se réveillant dans son lit, Renée sentait ces diverses odeurs monter dans la cage d'escalier, et c'était un soulagement pour elle de savoir que son père bien-aimé était de retour.

– Au revoir, papa, lui dit-elle en l'embrassant. Je pars en balade avec oncle Gabriel.

– Ah oui, très bien, approuva le comte, levant les yeux au-dessus de son journal, l'air comme toujours distrait. Bonne idée.

C'était une journée parfaite pour une promenade. Le ciel automnal, d'un bleu profond, était parcouru de nuages floconneux, du blanc le plus pur. Renée parcourait en voiture les rues de Paris pour la première fois, et elle tomba sous le charme de la Ville lumière. Le long des Champs-Élysées jusqu'à la place de l'Étoile, elle chanta pour son oncle une chanson à la mode, dans laquelle une certaine Caroline venait d'acheter des bottines en cuir.

Ce qui mit Gabriel dans la meilleure humeur.

– Êtes-vous heureuse, ma petite fleur ? lui demanda-t-il, tandis qu'ils contournaient l'Arc de triomphe.

– Oui, très, répondit-elle.

– Vous ne vous ennuyez pas trop au 29 ?

– Hum… pas tant que ça. La Borne-Blanche me manque, quand même. Nos domestiques, et la campagne. Les animaux, surtout.

– Il faut que vous vous fassiez de jeunes amies avec qui jouer ici, dit le vicomte.

– Des *amies* pour jouer ? répéta Renée, hilare. Les jeunes ne m'intéressent pas, et jouer non plus. Je préfère les gens plus âgés, ils sont moins casse-pieds.

Gabriel rit lui aussi.

– Vous me trouvez très âgé ?

– Pas du tout. Vous paraissez beaucoup plus jeune que papa et ses compères.

– Merci, c'est un joli compliment. Dites-moi, ma petite, et vos parents ? Pensez-vous qu'ils soient heureux ?

– Maman s'ennuie. Mais elle s'ennuie toujours parce qu'elle n'a rien à faire. Si encore elle s'intéressait aux œuvres de charité, ou quelque chose de la sorte, elle aurait de quoi s'occuper. Mais elle n'aime pas les pauvres et les indigents, ils lui portent au moral. Quant à papa, il ne pense qu'à ses chevaux et ses amis. Je ne crois pas qu'ils soient très contents, non.

– Moi non plus. Vous restez toujours si tranquille, à la maison. Pourquoi ne prenez-vous jamais la parole ? Vous ne donnez jamais votre avis sur rien.

– Personne ne me le demande, mon avis. Et vous non plus. Sinon pour savoir si je vous aime et si je vous trouve beau.

Gabriel rit à nouveau, de bon cœur.

– Vous devez avoir raison, admit-il. Pour dire vrai, j'ai mes propres opinions sur un certain nombre de sujets et je ne me soucie pas beaucoup de celles des autres.

– Si je vous disais ce que je pense vraiment à propos de certaines choses, vous me donneriez une fessée.

– Peut-être bien ! dit-il en s'esclaffant. Avez-vous peur de moi, ma petite ?

– Non, pourquoi devrais-je avoir peur ?

– Parce que je peux vous en donner une, de fessée. Et parce que tout le monde a peur de moi.

– Pas moi, affirma Renée, effrontée.

Posant un bras sur son épaule, il attira sa nièce tout contre lui sur la banquette.

– Oui, c'est une des choses que j'aime chez vous, avoua-t-il avant de lui poser un baiser sur le coin de la bouche, effleurant à peine ses lèvres comme il savait si bien faire.

Un long silence s'installa alors. Sentant son cœur qui battait fort, Renée se demanda si son oncle l'entendait aussi.

– Vous devez commencer à avoir faim, pensa-t-il finalement. Nous arrivons bientôt à Versailles, et je vous emmène aux Réservoirs. C'est un endroit très chic.

Il gara la Renault près du restaurant puis, en descendant, arrangea les cheveux de la jeune fille, remonta ses bas et lissa sa robe.

– C'est mieux, dit-il, posant sur elle un regard appréciateur.

– Vous me traitez comme une enfant, mon oncle.

– Mais vous êtes une enfant, ma petite grenouille.

Le vicomte semblait connaître tout le monde dans le restaurant. Tandis qu'ils suivaient le maître d'hôtel en direction de leur table, il salua divers amis et relations, certains se levant pour lui serrer la main, ou le prendre dans leurs bras. Marchant à son côté, Renée se sentait plus gamine que jamais. Malgré ses habits neufs de citadine, elle avait toujours l'impression d'être une provinciale.

Une jolie brune vint à leur rencontre. Renée, qui avait de la mémoire, l'avait vue quelquefois à la Borne-Blanche pendant la saison de la chasse. C'était la nièce de lady Winterbottom, une Anglaise qui faisait partie du cercle élargi de la famille.

– Tiens, bonjour Sophie, lui dit Gabriel, qui l'embrassa sur les deux joues.

À l'évidence, il n'était pas à l'aise.

– Vous revoilà donc à Paris, poursuivit-il. Comment s'est passé votre court... *séjour* à la campagne ?

– J'aimerais beaucoup en discuter avec vous, mais en tête-à-tête, offrit-elle avant d'étudier Renée d'un œil franchement antipathique. Eh bien, je vois que vous les prenez au berceau, maintenant...

– Vous vous souvenez certainement de ma nièce Renée. Qui sera bientôt ma fille adoptive.

– Ah oui, elle a tellement grandi que je ne l'aurais pas reconnue. Cela vous ressemble bien, Gabriel, d'adopter une jolie môme pour votre usage exclusif.

S'approchant du vicomte, Sophie lui chuchota à l'oreille, sur un ton agacé :

– Vous n'avez pas honte ! Monté comme un âne, et il s'attaque aux petites filles, à présent !

S'empourprant vivement, Gabriel fut incapable de répondre. Renée ne l'avait encore jamais vu à ce point décontenancé. Se détachant rapidement de cette femme, il tira sa nièce par la main comme on traîne un enfant récalcitrant.

– Que vous a-t-elle murmuré, mon oncle ? demanda-t-elle.

– Rien d'intéressant. N'y pensez plus.

– Qu'est-ce que cela voulait dire ?

– Rien. Rien du tout. Et cela n'est pas une chose à répéter, surtout à vos parents.

– Mais qu'est-ce que cela voulait dire ? insista Renée.

– Ne me harcelez pas de questions. Faites ce que je vous dis, un point c'est tout.

– Eh bien, si vous ne voulez pas m'expliquer, je demanderai à miss Hayes, s'entêta Renée. Elle a réponse à tout, elle.

Se penchant vers sa nièce, Gabriel lui intima d'une voix basse et mesurée :

– Écoutez-moi attentivement, jeune fille. Je peux vous assurer que miss Hayes n'a pas la réponse à cette question. Et je vous interdis d'en parler avec elle, ou avec qui que ce soit. M'avez-vous bien compris ?

– Oui, mon oncle, se résigna-t-elle, bien que la véhémence de celui-ci ne fît qu'aiguiser sa curiosité. J'ai compris.

Comme surgissant de nulle part, un serveur apparut, muni de deux verres et d'une bouteille de champagne dans un seau à glace. Il dégagea adroitement le bouchon et les servit.

Appliquant son propre verre sur les lèvres de sa nièce, Gabriel lui parla sur un ton plus doux.

– C'est la première fois que vous goûtez du champagne, ma jolie ?

– Oui, répondit-elle, se retenant presque d'éternuer. Ça pique dans les narines !

– Buvez et faites trois vœux, dit le vicomte en riant.

Elle but une gorgée dans le verre de son oncle.

– Voilà, c'est fait.

– Le jour de votre seizième anniversaire, vous me révélerez ce que vous avez souhaité, et si cela s'est réalisé.

– Oh, mais j'aurai oublié, d'ici là.

– On n'oublie jamais rien de ce qui se passe à votre âge. Vous verrez quand vous aurez le mien, vous vous rappellerez cette époque dans les moindres détails. Les souvenirs de la jeunesse sont ce qui nous fait vivre quand on devient vieux.

– Je ne serai jamais vieille.

Ce à quoi Gabriel rit encore.

– C'est cette conviction-là qui me manque. Et celle que j'aime le plus chez les jeunes, aussi.

– Vous n'êtes pas si vieux, mon oncle.

– M'aimez-vous, petite beauté ?

– Comme un père, dit Renée.

Le déjeuner terminé, il l'emmena visiter les jardins du château. Pour la première fois de sa vie, la jeune fille était un peu ivre, et ils marchèrent main dans la main sans parler pendant un long moment.

– Votre mère est amoureuse de moi, déclara finalement Gabriel. Et je ne comprends pas pourquoi vous ne m'aimez pas plus qu'elle.

De trop nombreux verres de champagne avaient délié la langue de la jeune fille, qui, brusquement, confessa :

– Je vous ai vus.

Le vicomte s'arrêta net.

– Comment cela ?

– Je vous ai vu avec maman. Tous les deux tout seuls.

– Quand ?

– La première fois, j'avais six ans. Et bien des fois après.

– Où ?

– Dans le salon, à la Borne. Je me cachais dans le coffre égyptien, et je vous observais.

Elle crut que son oncle allait sur-le-champ lui donner une fessée mais, à sa grande surprise, il éclata de rire.

– Mon Dieu ! Vous n'êtes pas la petite fille innocente dont vous donnez l'impression.

– Je ne suis plus une petite fille.

– Ça, vous pouvez le dire ! En tout cas, pas après une telle éducation. Vous devez nous juger sévèrement, votre mère et moi ?

– Non. Miss Hayes dit qu'il ne faut juger personne.

– Parce que vous lui en avez parlé ?

– Bien sûr que non !

– Ou à quelqu'un d'autre ?

– Mais à qui pourrais-je parler d'une telle chose ? À mon père, peut-être ?

De nouveau, Gabriel attira Renée près de lui, et elle sentit une forme dure contre son ventre.

– Je ne veux pas que vous dansiez avec les garçons, lui murmura-t-il à l'oreille. Vous êtes toute à moi, maintenant, comprenez-vous ? Je suis jaloux de ma petite fille.

Il lui caressa les cheveux.

– Vos lèvres ressemblent à des framboises, lui confia-t-il doucement, avant de se pencher pour les embrasser.

Elle sentit encore son membre dressé contre son estomac.

Ils rentrèrent au 29 presque sans dire un mot. En repassant place de l'Étoile, Gabriel demanda :

– Quand nous serons arrivés, ne parlez pas du champagne, ni du restaurant ni de Sophie que nous avons rencontrée. Ne dites pas que nous nous sommes embrassés, ne répétez pas ce que vous m'avez dit. Ne dites rien, en fait, de Versailles. Gardez simplement cette journée en mémoire, dans notre mémoire à tous deux. Vous m'avez bien compris ?

Acquiesçant d'un air grave, Renée se sentit d'autant plus proche de son oncle qu'elle partageait ses secrets.

3

La semaine suivant la promenade à Versailles, et quelques jours avant le départ en Égypte, le comte emmena fille et femme à l'Opéra, où l'on jouait *La Sylphide*. Renée n'avait encore jamais assisté à un ballet, et tout l'émerveilla : la grâce et l'élégance des danseurs, les filles dans leurs tutus de gaze qui, bondissant, tourbillonnant, semblaient flotter comme des anges au-dessus de la scène. Leurs chaussons touchaient à peine le sol. À la fin du spectacle, elle souhaitait devenir l'une d'elles, et demanda à son père alors qu'ils traversaient le vestibule :

– Papa, j'aimerais apprendre la danse. Vous me trouverez un professeur en Égypte ?

Il s'en amusa.

– Je suis navré, ma petite, mais ce n'est pas un métier pour les gens de notre rang.

L'hiver était brusquement arrivé, il faisait froid et humide. Les premiers flocons de la saison scintillaient comme des tessons de verre à la lueur jaune des réverbères. Emmitouflés dans leurs manteaux, leurs écharpes et leurs toques de fourrure, Renée et ses parents essayaient de conserver un peu de la chaleur emmagasinée dans le bâtiment. Marchant dans la neige entre son père et sa mère, la jeune fille eut l'illusion qu'ils formaient après tout une vraie famille – et une famille heureuse.

Ils rejoignaient la voiture à chevaux qui les attendait sur le boulevard lorsqu'une femme, vêtue d'un pardessus de laine effiloché, s'approcha d'eux d'un pas mal assuré. Elle leur tendit une corbeille abîmée.

– Messieurs dames, dit-elle, auriez-vous une petite pièce pour une pauvre malade par une nuit aussi froide ?

– Elle est ivre, murmura Henriette. Ne lui donnez rien, Maurice.

L'omniprésence des indigents et des nécessiteux était l'aspect de la vie parisienne qu'elle trouvait le plus déplaisant. Elle refusait même certains jours de quitter l'appartement, pour ne pas être confrontée au spectacle de ces infortunés.

Le comte prit femme et fille sous ses bras protecteurs, et tous trois pressèrent l'allure pour éviter cette femme.

– Monsieur le comte ? s'exclama celle-ci, stupéfaite. Est-ce bien vous ?

Il s'arrêta et se retourna. Après une maladroite révérence, la mendiante se prosterna devant lui et, saisissant sa main gantée, tenta de l'embrasser. Elle ne portait pas de gants, ses doigts étaient noueux, sa peau rouge et craquelée aux articulations. D'un geste vif, Fontarce retira sa main.

– Je vous prie de m'excuser, monsieur. Vous ne me reconnaissez pas, évidemment.

Levant la tête, elle lui sourit, comme transportée, découvrant deux rangées incomplètes de dents gâtées.

– C'est moi, monsieur le comte, Héloïse... Héloïse Lafarge ! Nous avions fait connaissance, il y a quelques années. J'ai autrefois dansé ici. Jusqu'à cette blessure à la colonne vertébrale. Vous ne vous souvenez pas de moi ?

Fontarce, ébranlé, la regardait.

– Je suis sincèrement désolé, madame, mais j'ai peur que vous vous trompiez. Je ne vous connais pas. Et de grâce, relevez-vous !

Se baissant, il tendit un bras à la mendiante.

– Enfin, Maurice, ne la touchez pas ! s'écria la comtesse. Ne voyez-vous pas qu'elle est soûle ? Et d'une saleté répugnante, en plus. Elle est sûrement malade et contagieuse !

– Vous avez tout à fait raison, madame, convint la mendiante d'un air contrit.

Se redressant péniblement, elle fit aussi la révérence à Henriette.

– Je suis une épave, n'est-ce pas ? dit-elle en repoussant les mèches grasses échappées de son bonnet. Veuillez excuser mon apparence. Je n'ai pas dû faire ma toilette, ce soir. Et, c'est vrai, je n'en suis pas à mon premier verre. Il faut bien se réchauffer et oublier ses douleurs… Ah, cela doit être votre fille. Comme elle est charmante ! Comment t'appelles-tu, ma petite ?

– Ne lui parlez pas, Renée ! ordonna Henriette. Maurice, allons, dépêchons ! Il gèle.

– Quel âge as-tu, mon enfant ? insista l'intruse.

– Désolé, madame, coupa le comte d'une voix plus douce qu'auparavant, sans aucune animosité. Nous devons partir, notre voiture nous attend.

Il porta la main à son chapeau.

– Bien sûr, bien sûr, répondit la pauvresse sur un ton dans lequel ne pointait ni ironie ni amertume. Madame la comtesse serait mieux devant un bon feu, ou dans un bain chaud.

Se tournant à nouveau vers Renée, elle lui empoigna le bras avec une force étonnante.

– C'est un joli nom, ça, Renée, dit-elle. Je parie que tu as quatorze ans, que tu es venue au monde à l'été 1899. Oui, un bébé de juillet. Un enfant de deux siècles, tiens.

Elle sourit encore, d'un sourire bienveillant que, curieusement, ses dents noires rendaient plus émouvant, au point que Renée en eut le frisson. Quand la mendiante approcha son visage du sien, elle sentit son haleine fétide.

– Quel joli brin de fille ! Tu seras belle quand tu seras grande. Une comtesse, en plus, et toute la vie devant toi !

– Lâchez-moi ! dit Renée, en dégageant brutalement son bras.

– Veuillez nous excuser, madame, insista le comte, qui retira prestement ses gants et les offrit à la malheureuse. Tenez, prenez-les, je vous prie.

Fouillant dans sa poche, il en ressortit une petite liasse de billets froissés.

– Et cela aussi. Prenez, prenez. Je suis navré de vous voir en peine, vraiment. Allons ! dit-il à sa fille et son épouse, les entraînant d'un pas vif vers la voiture.

– Vous êtes fort aimable, monsieur ! cria l'indigente à leur suite. Merci ! Ma fille, tu es bien avisée de ne pas t'encombrer de gens de ma sorte. Une personne si charmante que toi ! Tu as raison ! Ta mère la comtesse t'aura élevée bien comme il faut. Pour ça, oui ! Bravo, madame !

Puis comme Renée s'éloignait :

– Eh, la môme ! Si je peux me permettre de te donner un conseil : évite la bouteille, tu vois où ça m'a conduite !

Piaffant sur les pavés mouillés, les chevaux énervés relâchaient par les naseaux de longs traits de buée. De frêles flocons fondaient au contact de leur dos brûlant. Avant de prendre place, le comte aida son épouse et sa fille à monter dans la voiture. Alors il frappa au plafond avec sa canne.

– En route, monsieur ! lança-t-il au cocher.

– Qui était cette femme, papa ? demanda Renée tandis que le conducteur faisait claquer les rênes.

L'attelage se mit en branle.

Bien sûr, Renée n'avait pas oublié le nom d'Héloïse Lafarge, qu'elle avait surpris sur les lèvres des domestiques lorsqu'elle était petite.

– Personne, répondit son père. Absolument personne.

– C'est vrai que vous la connaissiez, autrefois ? Comment sait-elle mon âge ?

– Aucune idée, dit Fontarce. Peut-être a-t-elle jadis dansé à l'opéra, et il est possible que je l'aie croisée, il y a bien des années, dans les coulisses après une représentation. Cela pouvait être à l'époque de ta naissance. J'étais si fier d'avoir une fille que je m'en glorifiais devant tout le monde. Mais je n'ai aucun souvenir de cette pauvre femme.

– Pourquoi lui avez-vous donné vos gants ? Et de l'argent ?

– Parce qu'elle m'a fait pitié. Et, des gants, j'en ai plusieurs paires.

Renée jeta un coup d'œil par la vitre vers la silhouette voûtée sous la neige légère. La mendiante avait enfilé les gants et regardait la voiture s'éloigner. Renée ne parvenait pas à concilier le souvenir des jeunes danseuses, si gracieuses, qu'elle avait applaudies ce soir, et l'image de cette soûlarde, ses chicots et ses nippes souillées. Non, se dit-elle, cela devait être un mensonge, cette femme n'avait jamais été ballerine, elle n'était pas un ange tombé du ciel. Des êtres aussi merveilleux ne devenaient pas vieux, infirmes, ne mendiaient pas dans les rues ; c'était simplement inconcevable. Elle avait donc menti, inventé ce passé improbable dans le seul but de donner à sa vie un lustre qu'elle n'avait pas.

– Papa ? dit Renée à voix basse. Quand oncle Gabriel m'aura adoptée, je ne pourrai plus prétendre au titre de comtesse ? Je serai seulement vicomtesse ?

– Qu'est-ce qui vous fait penser à cela ?

– Je préfère être une comtesse, moi. C'est plus élevé qu'une vicomtesse.

– De toute façon, vous n'êtes ni l'une ni l'autre, ma chérie. Vous êtes la fille d'un comte, appelée à être celle d'un vicomte. Vous ne pourriez hériter du titre qu'après le décès de votre mère, et à la condition que vous ne soyez pas mariée. Ce qui ne risque pas d'arriver à une belle fille comme vous. Cela étant, oui, après l'adoption, vous serez qualifiée pour recevoir le titre de vicomtesse, quoiqu'il faudrait attendre qu'Adélaïde divorce de Gabriel, ou encore qu'elle décède… que votre oncle ne se remarie pas… et que vous restiez célibataire ! Alors seulement son titre vous reviendrait.

Renée regardait toujours la silhouette, maintenant lointaine, de la mendiante. Avant de se fondre dans la nuit, celle-ci leva sa main gantée en signe d'au revoir. Renée observa la comtesse, assise en face d'elle, enveloppée de son plaid, dans leur voiture confortable avec sa lanterne allumée. Elle eut alors la certitude que les domestiques, jaloux des prérogatives de leurs maîtres, avaient forgé de toutes pièces l'histoire de sa naissance illégitime. Ce n'était qu'une de ces odieuses calomnies, un de ces racontars que les paysans se plaisent à répéter pour rabaisser la noblesse et ajouter un peu de cachet à leur misérable existence. Tandis qu'elle dévisageait Henriette, Renée ressentit, sans doute pour la première fois de sa vie, un pincement qui ressemblait à de la tendresse – pour cette femme, *la comtesse*, sa véritable mère.

LE CAIRE, Égypte
Novembre 1913

1

Le soir du 16 novembre 1913, le comte et la comtesse Maurice de Fontarce, leur fille Renée, âgée de quatorze ans, sa gouvernante anglaise, miss Hayes, ainsi que le vicomte Gabriel, montèrent à bord d'un train de la Compagnie internationale des wagons-lits et des grands express européens. Un long périple qui, depuis la gare de l'Est, allait les mener jusqu'au Caire.

Surexcitée, Renée partit en éclaireuse au wagon-restaurant, où d'élégants garçons en pantalon noir, veste et gants blancs, servaient un dîner tardif aux voyageurs. Les garnitures polies de cuivre et de laiton brillaient sous un éclairage tamisé, tandis que les lumières de la ville commençaient à défiler au-dehors. La compagnie des wagons-lits était gérée par des Italiens et, curieuse, Renée découvrit sur le menu des plats qu'elle ne connaissait pas, comme les spaghetti au parmesan. Ce qui valut au comte, nationaliste et xénophobe, le commentaire suivant : « Prenez garde, ma fille, maugréa-t-il. Si les Italiennes sont si grasses, figurez-vous, c'est parce qu'elles mangent trop de nouilles ! »

Énervée par le roulement du train, Renée dormit d'un sommeil agité et se leva tôt pour petit-déjeuner. Pendant la plus grande partie de la journée, le comte s'enfouit dans l'un ou l'autre de ses journaux, pendant que son frère épluchait les comptes de la plantation. Henriette regardait sans rien dire le paysage par la fenêtre, et miss Hayes lisait un ouvrage sur les antiquités égyptiennes. Leur silence, leur immobilité, étaient pesants, et Renée, qui avait la bougeotte, s'en alla parcourir les couloirs, de voiture en voiture, en étudiant les autres passagers.

Ils arrivèrent en fin d'après-midi à Brindisi, ville portuaire, sale et grouillante d'activité. Gabriel eut beau les mettre en garde contre les pickpockets, omniprésents dans le tohu-bohu de la gare, miss Hayes réussit à se faire arracher son sac.

– Pas de panique ! dit l'astucieuse gouvernante. Il était vide, voyez-vous ? fit-elle en tapotant sur ses hanches généreuses. Ce n'était qu'un leurre ! En voyage, je range toujours mon argent, mon passeport et mes objets de valeur dans une ceinture sous mon corset.

– Bien joué, miss Hayes ! dit le vicomte avec un sourire ironique. En effet, il n'y a pas meilleur coffre-fort !

La famille emprunta une calèche en direction du port, où ils embarquèrent pour l'Égypte. Gabriel avait réservé pour Renée une cabine à côté de la sienne, ainsi que deux autres, elles aussi contiguës, pour son frère et sa belle-sœur plus loin dans le couloir. La pauvre miss Hayes était reléguée – cela n'était pas un accident – au pont inférieur avec les troisième classe.

Le premier soir de la traversée, Gabriel appela sa nièce dans sa cabine pour lui souhaiter bonne nuit. Il était couché et couvert d'un drap seulement.

– Asseyez-vous, ma petite, dit-il en lui indiquant le bord du lit.

Elle s'exécuta et il lui caressa les cheveux.

– Mais… vous ne portez pas de pyjama, mon oncle ? remarqua-t-elle, mal à l'aise.

– Je dors toujours nu, ma chérie, que je sois seul ou pas. Cela vous gêne-t-il ?

– Un peu. Et avec qui dormez-vous ?

– Cela n'est pas votre affaire, jeune fille. Je suis votre oncle, et bientôt votre père. Ne soyez pas timide. Il ne doit pas y avoir de secrets entre nous. Il faut que nous sachions tout l'un de l'autre. Allons, lui dit-il en prenant sa main, posez-la ici.

Sentant quelque chose s'animer sous le drap, à la manière d'un animal qui se réveille lentement, Renée la retira précipitamment.

– Ça me fait peur !

– Mais non ! se moqua Gabriel. Il n'y a aucune raison. On ne va pas vous mordre. Maintenant donnez-moi un petit baiser avant d'aller vous coucher.

– Maman m'a dit que j'irais en enfer si je vous laissais m'embrasser. Parce que c'est un péché, pour un oncle, d'embrasser sa nièce.

– Bêtises. Cela n'est pas un péché et vous n'irez pas en enfer, assura le vicomte. Votre mère raconte des histoires parce qu'elle est jalouse. Elle est amoureuse de moi et elle envie votre jeunesse et votre beauté. C'est pourquoi il ne faut jamais rien lui dire de ce qui se passe entre nous. Elle serait plus jalouse encore et cela ne nous vaudrait que des ennuis. Vous comprenez ?

Renée hocha la tête.

– Juste un petit bisou sur la joue, insista-t-il, l'attirant vers lui et collant son visage contre elle. Et ensuite au lit !

Le vent s'était levé, le navire commençait à rouler, les hublots étaient aspergés par la houle.

– D'accord, dit Renée. Mais rien qu'un.

Deux jours plus tard, après une traversée particulièrement difficile, les Fontarce débarquèrent en pleine nuit dans le port d'Alexandrie. Entre l'épuisement et l'émerveillement, ils clignaient des yeux sur le quai, devant ce curieux monde de couleurs, d'arômes et de sons nouveaux. Des hommes, des femmes et des enfants, portant djellabas, voiles et turbans, se pressaient autour d'eux en jacassant dans les langues indigènes. Des oiseaux, des singes et d'autres animaux criaient, braillaient dans leur cage, le bétail meuglait dans les enclos, sans oublier le braiment des ânes. Calèches, carrioles et chariots brinquebalaient, leurs roues crissant dans différentes tonalités. Plus que tout, un riche bouquet de senteurs flottant dans la nuit chaude révélait l'exotisme de l'Égypte – la sueur humaine, les odeurs animales, la mer et le désert, l'encens et les parfums, l'âcre fumée des feux de bois, les mystérieux aliments cuisant à l'air, et mille épices embaumaient l'atmosphère, comme une fine couche de poussière au-dessus de la ville.

– Avancez, avancez ! dit le comte, poussant fille et femme sans ménagement. N'ayons pas l'air d'une famille d'émigrants arrivés au port !

– Nous ne sommes pourtant rien d'autre, papa, observa Renée.

C'était le pays du vicomte, qui parlait l'arabe des Égyptiens et prit les choses en main. Il engagea un conducteur enturbanné pour transporter dans son chariot la famille et les bagages jusqu'à la gare ferroviaire à quelque distance de là. Comme par enchantement, une demi-douzaine d'autres porteurs, vêtus de longues tuniques noires et de ceintures de tissu rouge, sortirent de la foule en se bousculant pour aider à charger les innombrables malles et valises. Les Fontarce ne voyageaient pas léger.

– *Belek ! Belek !* gueulait Gabriel, distribuant de violents coups de cravache pour calmer les ardeurs de ces hommes.

– Ah, mon cher frère qui aime tant les Arabes, ricana Maurice.

Enfin installée dans le train-couchettes pour Le Caire, la famille constata avec plaisir que la compagnie de chemin de fer était anglaise. Après son immersion brutale dans cet étrange pays, elle profita d'un court répit dans un cadre familier et civilisé. Miss Hayes se réjouit en particulier qu'on lui servît un véritable thé anglais dans la voiture-restaurant.

Ils arrivèrent le lendemain matin au Caire, où les retrouva le Dr Lehman, un des associés britanniques de Gabriel. C'était un petit homme au teint mat, bâti comme un singe, avec des touffes de poils noirs sur le revers de la main.

– Ah, et voici votre fille, monsieur le vicomte ? supposa-t-il.

– Bientôt, répondit l'intéressé en jetant un regard énamouré à Renée.

– On note tout de suite la ressemblance, dit Lehman, convaincu.

Ce dernier avait rassemblé de la main-d'œuvre pour s'occuper des bagages. Tenant sa nièce par la main, Gabriel se fraya un chemin dans la foule, suivi par son frère, Henriette et la gouvernante. Une voiture à chevaux, aux harnais garnis de grelots, les attendait devant la gare. Un des porteurs aida la comtesse à prendre place pendant que deux autres, en quelques mots d'arabe, se demandèrent comment faire monter l'imposante miss Hayes. L'un d'eux plaça finalement son épaule sous son impressionnant fessier et la hissa à bord, tandis qu'elle émettait un curieux petit « Oooh ! », mi-outragé, mi-amusé. On chargea malles et valises dans un deuxième véhicule.

Au son des grelots, les deux voitures s'engagèrent sur un boulevard animé. Fascinée, Renée observait le spectacle de la ville. Comme dans toutes les grandes cités, ce qui ressemblait à première vue au chaos et à l'anarchie reposait en fait sur un ordre sous-jacent, tel un cœur humain avec son rythme particulier.

– Mon Dieu… murmura la comtesse. Quel bazar !

– Vous ferez bien de vous y habituer, lui dit son mari, qui, feignant une indifférence lasse, daignait à peine jeter un coup d'œil au-dehors. Car c'est chez nous, maintenant.

2

La demeure du vicomte au Caire – baptisée Les Roses pour ses jardins exubérants – était plus somptueuse encore qu'ils n'auraient pu l'imaginer. Un vrai palais aux immenses pièces, aux plafonds surélevés, aux murs blancs ornés de toiles gigantesques et d'anciennes tapisseries égyptiennes qui n'auraient pas dépareillé dans un musée. Les sols carrelés et brillants étaient recouverts de superbes tapis persans, les meubles de bois rares avaient des façades sculptées. Dans le vaste vestibule, menant à l'escalier central doté d'une rampe dorée, étaient alignées sur des socles de pierre des rangées de bustes antiques et de vases précieux. Renée imagina la reine Cléopâtre de Macédoine, parée de bijoux, drapée d'une ample robe blanche, descendant les marches d'un pas majestueux pour rejoindre son amant, agenouillé en bas.

La jeune fille et miss Hayes étaient logées dans des pièces contiguës au premier étage, face à la suite du vicomte. Décorées dans le style anglais, chacune des deux chambres disposait de sa propre salle de bains, un luxe inconcevable à la Borne-Blanche.

Le comte et la comtesse devaient quant à eux résider dans une aile distante du bâtiment. Lorsqu'ils visitèrent leur appartement, Maurice s'exclama :

– Gabriel, qu'est-ce que cela signifie ? Il n'y a pas de bidet dans la salle de bains !

– En effet, répondit son frère en riant. Mais, si vous vous souvenez, il n'y avait chez vous qu'une salle d'eau pour toute la famille. Je vous suggère de prendre un bain si vous tenez à vous laver le cul. Vous avez une baignoire pour vous seul, maintenant !

Mme Mesori, l'intendante copte, remplaçait quotidiennement les bouquets de fleurs dans chaque pièce. Cette petite femme énergique, efficace et polyglotte, avait la main haute sur une troupe de domestiques soudanais qui, comme immatériels, semblaient flotter dans la maisonnée. Lorsqu'un membre de la famille entrait quelque part, ils sortaient par une autre porte et disparaissaient dans le couloir, sans rien laisser derrière eux qu'un effluve d'encens et une sorte d'image rémanente.

Revenu chez lui, le vicomte s'institua chef de famille, sans plus feindre de s'en remettre à son frère aîné. Tous les soirs, une demi-heure avant de s'habiller pour le dîner, il faisait irruption chez Renée. Il l'instruisait, la sermonnait, vérifiait qu'elle avait repassé ses leçons, bref, assumait pleinement son rôle de père. Un soir, le comte et la comtesse, passant dans la chambre à l'improviste, trouvèrent la jeune fille sur les genoux de Gabriel.

– Ah, l'enfant-roi tient un conciliabule avec sa cour ! jeta Maurice.

– Cet enfant héritera de mon empire et je l'y prépare dès à présent, rétorqua son frère.

– Je vois cela, Gabriel. Assise sur votre giron, comme ça, on dirait la poupée d'un ventriloque !

– Charmant, en effet, renchérit Henriette. Nous l'avons élevée jusqu'à l'âge de quatorze ans pour qu'elle serve de poupée à son oncle !

– C'est que le prix à payer pour lui assurer un avenir, rappela le vicomte.

– Sans blague ? Je me posais justement la question.

L'oncle Gabriel menait son monde à la baguette, Renée devait vite s'en rendre compte. S'il avait chargé miss Hayes de prendre en main son éducation, il vérifiait personnellement ses progrès en arithmétique, une matière qu'il jugeait plus utile que la littérature, l'histoire, les arts, tous sujets qui avaient, eux, la préférence de la gouvernante.

– Sauf votre respect, monsieur le vicomte… remarqua-t-elle un jour. Je reconnais tout l'intérêt d'une bonne formation en mathématiques, mais nous sommes en Égypte, et Mlle Renée devrait en profiter pour visiter les pyramides, les musées et les monuments, étudier la civilisation de Ramsès II et III. Un pays si ancien, avec une histoire si foisonnante ! Elle pourra toujours se remettre au calcul quand elle sera de retour en France.

– Nous vivons au XXe siècle, miss Hayes, répondit-il sèchement, et le monde va bientôt entrer en guerre. C'est dire si on se fiche des pharaons et des pyramides, et ce n'est pas eux qui aideront la petite à gérer mes affaires quand le jour viendra. Donc, pour l'instant, vous vous concentrez sur l'arithmétique.

– Mon oncle, je n'ai pas l'intention de diriger une banque quand je serai grande, objecta Renée.

À la vérité, les discours interminables de miss Hayes sur les momies et les dynasties ennuyaient autant la jeune fille que les tables de multiplication.

– Ce que j'aimerais vraiment, c'est voir Le Caire, marcher dans les rues, rencontrer les habitants, suggéra Renée.

– Je crains que cela soit impossible, ma chérie, dit Gabriel. C'est beaucoup trop dangereux. Pas plus tard que l'année dernière, la fille du consul de Suède a été kidnappée à la porte d'un musée. Vous n'irez en ville qu'en voiture, accompagnée par votre mère ou miss Hayes, et avec les rideaux tirés derrière les vitres. Je vous interdis formellement de vous risquer dans les rues.

On ne s'opposait pas au vicomte, encore moins chez lui, et ni miss Hayes ni la jeune fille n'osa revenir sur la question. Malgré son jeune âge, Renée comprenait quel jeu il conviendrait de jouer avec lui. L'idée était de se soumettre à sa volonté, tout en le manipulant habilement pour profiter de ses faiblesses. Elle savait qu'il avait besoin d'être craint, de se croire puissant. Il revenait donc à ses femmes de satisfaire ce besoin.

Renée dans le jardin des Roses au Caire, 1914

Ayant eu tout loisir, depuis sa tendre enfance, d'observer les relations orageuses qu'il entretenait avec la comtesse, elle savait également que pour s'assurer ses bonnes grâces, il ne fallait pas donner l'impression de lui être trop attaché, faute de quoi elle finirait comme sa mère – écartée et ignorée. Il se lassait vite de tout, et il suffisait qu'elle se donne entièrement à lui pour qu'il se lasse d'elle aussi. Elle en vint à le comparer au chat aux yeux bleus d'un conte des *Mille et une nuits*, dont miss Hayes lui faisait la lecture dans la douceur du soir. Renée s'identifiait au rossignol, enfermé dans une cage. Tant que le chat était incapable de l'atteindre, l'oiseau exerçait sur lui une insondable fascination, et il restait des heures immobile à le contempler. En revanche, s'il réussissait à l'attraper, il le tuerait et perdrait aussitôt tout intérêt pour lui. Quant au rossignol, acceptant son rôle de prisonnier et la cage qui le retenait, il continuait d'ignorer le chat et de chanter toute la journée.

De la même façon, Renée se sentait enfermée dans la propriété, la ville lui étant pratiquement interdite. Elle ne connaissait du Caire et de ses nombreux trésors que des images volées, aperçues dans l'entrebâillement des rideaux de la voiture à chevaux – les vastes marchés animés et leurs mille boutiques bariolées ; les vendeurs sur les marches de l'hôtel Shepheard, avec leurs colliers d'ambre et de turquoise ; les charmeurs de serpents et leurs cobras ; les jeunes mendiants des rues ; les mosquées et les temples ; les avenues et les contre-allées, grouillant d'une foule composite, de toutes nations et religions – Européens, Africains, Arabes, musulmans, juifs et chrétiens.

Le seul endroit où elle était autorisée à se rendre seule était le jardin intérieur des Roses, où ne parvenaient de la ville que des bribes glanées par le vent brûlant du désert – mais aussi l'odeur entêtante des cuirs tannés, du crottin, les senteurs prolifiques du Nil et le parfum acidulé des citronniers qui bordaient ses rives. Tel le rossignol, Renée pouvait chanter tout son soûl dans ce jardin fleuri, cachée entre les arbres bicentenaires et les murs chaulés du palais, sans jamais échapper à la vigilance de son oncle.

3

Parmi les relations des Fontarce au Caire se trouvait un couple britannique extrêmement riche, sir Herbert et lady Winterbottom, propriétaires d'un splendide palais, dénommé Mena House, et de plusieurs domaines en France. Ils fréquentaient les mêmes cercles, et les hommes étaient membres des mêmes clubs, tant au Caire qu'à Paris. Sir Herbert et son épouse avaient conclu ce qu'on appelait à l'époque un « arrangement ». Toujours tiré à quatre épingles, l'œil pétillant et la moustache bien taillée, monsieur vivait sur un grand pied grâce à la fortune de son épouse, l'une des plus importantes d'Égypte, et madame profitait du titre que lui avait apporté le mariage. C'était une femme solide et astucieuse, avisée en affaires, et à l'affût du moindre scandale.

Sir Herbert avait séjourné à Paris pendant que les Fontarce préparaient leur départ, et il était souvent venu leur rendre visite au 29. Suivant ensuite la famille au Caire, il fit, de même, des apparitions régulières aux Roses. On comprit bientôt qu'il s'était entiché de la comtesse et qu'il lui faisait une cour assidue.

Plusieurs fois par semaine, Maurice et son frère dînaient au club Mohammed Ali, un établissement privé, exclusivement masculin. Ces soirs-là, sir Herbert avait le don mystérieux d'arriver aux Roses à l'improviste, où il s'étonnait que la comtesse soit seule à le recevoir. Portant comme d'habitude un impeccable costume de Saville Row et ses indémodables John Lobb aux pieds, il se présentait avec un bouquet de fleurs fraîches, gage de ses excellentes manières.

Ses attentions flattaient Henriette autant qu'elles lui faisaient passer le temps. Depuis Paris, et plus encore depuis son exil en Égypte, elle vivait très isolée de son mari et de son amant. Peut-être était-ce l'air du désert, chargé d'épices, ou simplement l'exotisme intrinsèque du Caire, mais les Européens, soudain détendus, se comportaient ici différemment, oubliant parfois même les codes et les usages de leurs pays natals.

Pour défier ces messieurs sans doute, elle s'était récemment mise à se maquiller, cédant à une sorte de complaisance effrontée, d'aucuns diraient même vulgaire, qu'elle ne se serait jamais permise en France. Ce qui débuta par un badinage innocent, lorsqu'en tout bien tout honneur elle recevait sir Herbert au salon ou dans le jardin, prit bientôt une tournure indécente quand elle l'autorisa à monter dans sa chambre – en l'absence, toujours, de Maurice et de Gabriel. Puis elle se mit à sortir avec lui le soir, dînant au vu et au su de tous dans les bons restaurants du Caire, et finissant parfois la nuit dans un night-club, pour ne revenir à la propriété qu'aux petites heures du matin.

Certes, Fontarce ne se souciait plus beaucoup de son épouse, cependant le jour vint où un de ses amis du club rapporta qu'on avait vu madame en ville avec l'élégant sujet de Sa Majesté. Voulant en avoir le cœur net, le comte aborda le sujet avec sa femme dans le jardin des Roses.

– Qu'est-ce que cela signifie, Henriette ? brailla-t-il, employant une de ses expressions favorites.

Tout avait selon lui un sens et il était décidé à aller au fond des choses.

– J'ai fermé les yeux depuis assez longtemps, dit-il. Vous vous comportez avec Herbert d'une manière parfaitement scandaleuse ! Vous vous donnez en spectacle ! Vous nous couvrez d'opprobre, moi et toute la famille !

– Vous devriez être content, au contraire, qu'Herbert soit là pour occuper mes journées, répondit calmement la comtesse.

Excepté les attentions de Gabriel – ou son indifférence –, rien ne semblait pouvoir la faire sortir de ses gonds.

– Et pourquoi cela devrait-il me plaire ?

– On m'a répété ce que vous aimez à déclarer au club avant de trinquer, dit-elle, levant un verre imaginaire et imitant la voix tonitruante de son mari : « Messieurs, buvons à nos chevaux, à nos femmes, et à ceux qui les montent ! »

– Quoi ? Quoi ? fulmina le comte. Qui vous a raconté ça ?

– Eh bien, Herbert, évidemment. Cela nous a fait beaucoup rire, d'ailleurs.

Évidemment, les clubs avaient pour règle tacite que rien ne devait filtrer de ce qu'on y disait – encore moins échouer dans les oreilles d'une dame, qui plus est une épouse.

– Quel pignouf ! tempêta Fontarce. Jamais un gentleman ne rapporterait cela à une lady !

– La question serait plutôt de savoir si un vrai gentleman est habilité à proférer des propos insultants à l'égard de sa femme. Herbert et moi parlons librement de toutes choses. Il pense que mes proches font peu de cas de ma personne.

– C'est donc vrai alors, Henriette, qu'il est votre amant ?

– Pourquoi me demandez-vous cela, Maurice ? Voulez-vous boire à sa santé ?

– Je crains que vous ne me laissiez d'autre choix que de le provoquer en duel. Je ne vois pas d'autre façon de sauver l'honneur de la famille.

– Sir Herbert est un homme civilisé qui ne se bat pas en duel. De plus, mon cher mari, vous avez laissé vos épées en France.

Semblant oublier sa colère, le comte prit soudain un ton nostalgique :

– Vous rappelez-vous, ma chère, le jour où j'ai tranché le nez du boucher, qui vous avait manqué de respect ?

Henriette s'esclaffa.

– Comment pourrais-je l'oublier ? fit-elle d'une voix plus douce. Cela vous avait valu, dans toute la région, la réputation d'un grand bretteur.

– Bien sûr, je préférerais un combat à l'épée. Mais je trouverai certainement une paire de pistolets, ici.

– Je vous en prie, Maurice, vous êtes ridicule. Herbert et moi sommes deux amis, deux confidents, rien de plus. Jamais il ne relèvera un défi aussi stupide.

– Eh bien, dans ce cas, c'est un lâche en plus d'un péquenot. S'il refuse, on le montrera du doigt, ce qui me fera presque autant plaisir que de lui coller un pruneau dans le monocle.

Son épouse ayant trouvé un compagnon, et sa fille étant accaparée par son frère, Fontarce se fatigua vite de la vie au Caire. Privé de ses chevaux, il avait peu à faire et, le club Mohammed Ali n'étant qu'un piètre exutoire, il se languissait de la France, de ses vieux copains, notamment du jovial Balou, son ami d'enfance. C'est à lui qu'il aurait demandé, comme par le passé, d'être son témoin lors du duel. Le comte aborda le sujet avec Gabriel, un après-midi, dans le bureau de celui-ci.

– Enfin, Maurice, êtes-vous devenu complètement fou ? répondit le vicomte. Croyez-moi, je ne porte pas Winterbottom dans mon cœur, mais de là à lui jeter le gant ? Ne vous ai-je pas conseillé de vivre enfin au XXe siècle ? Mon Dieu, au lieu de vieillir, vous remontez le temps !

– Je préfère régler ces choses à la manière de nos aïeux, rétorqua le comte, grandiloquent.

– Je suis sûr qu'il y a des lois en Égypte qui interdisent les duels. Si vous tuez sir Herbert, vous serez inculpé de meurtre.

Nullement dissuadé, Fontarce engagea Ali, le majordome, pour lui servir de témoin. En vertu de quoi, Ali – un personnage sombre, barbu, menaçant – partit livrer le cartel du comte en main propre à Mena House. Sir Herbert lut donc :

Monsieur,

Votre comportement inexcusable envers mon épouse, la comtesse de Fontarce, porte gravement atteinte à son honneur ainsi qu'au mien. Pour réparer cet affront, je vous provoque en duel au pistolet, vendredi matin à l'aube, dans le jardin des Roses. Vous serez, bien sûr, accompagné par votre propre témoin. Je vous suggère également de venir en chariot, afin que l'on soit débarrassé de votre carcasse dans les meilleurs délais.

En l'attente d'une réponse immédiate.

Salutations,

Comte Maurice de Fontarce

– Bonté divine ! Voilà qui est original ! Donnez-moi une minute, cher monsieur, dit l'Anglais à Ali, que je rédige ma réponse.

Revenant un instant plus tard, sir Herbert remit une enveloppe cachetée à la cire au majordome, qui la porta sans tarder au destinataire. La famille était en train de prendre le thé dans le jardin. Le comte ouvrit la missive et, paradant, lut à haute voix :

Mon cher Maurice,

Je ne doute pas que nous saurons régler ce différend de façon mutuellement satisfaisante, sans recourir à vos pratiques moyenâgeuses. Puis-je vous proposer de nous retrouver autour d'un verre, demain soir au club, afin d'aborder la question comme des gens civilisés ?

Votre humble serviteur,

Sir Herbert Winterbottom

– Ha, ha ! Vous voyez, Henriette, dit Maurice en brandissant la lettre. Comme je m'y attendais ! Qu'avais-je dit ? Il ne relève pas le gant.

– Et moi, je vous avais dit qu'Herbert est un gentleman, et que les gentlemen ne se battent pas en duel.

– Un gentleman ? J'appelle ça un lâche, oui ! Et je peux vous assurer, dit-il en agitant la lettre, que je vais faire circuler ça ! Tout le club sera au courant. Un pleutre est un pleutre, et il faut que ça se sache ! Ha !

L'honneur étant sauvé sans effusion de sang (de fait, on rapporta que, le lendemain soir, les deux hommes burent cordialement plusieurs cocktails au club), Fontarce décida de précéder le reste de la famille à la plantation d'Armant où, en tant qu'unique maître des lieux, il espérait recouvrer un peu de son prestige de gentilhomme campagnard.

4

Le départ de Fontarce apporta un certain soulagement à la famille. Ses colères à répétition et le mécontentement que tout lui inspirait – l'absence de bidets, les Arabes, la nourriture, le comportement de sa femme, de sa fille, de son frère, et mille autres choses qui l'exaspéraient – devenaient extrêmement lassants pour tout le monde.

Son mari étant écarté, la comtesse avait maintenant toute liberté de rencontrer sir Herbert, ce dont elle profiterait aussi pour bafouer Gabriel. Quant à celui-ci, il se proposait, en l'absence de son frère, de resserrer ses liens de « paternité » avec Renée.

Maurice avait à peine plié bagages que le vicomte se rendit à l'appartement de la petite et de miss Hayes, pour demander à cette dernière de mettre à Renée la robe bleue qu'il lui avait achetée chez Lanvin à Paris.

– J'ai décidé d'emmener ma fille au dîner qu'organise lady Winterbottom, annonça-t-il.

Dans la voiture, il l'évalua du regard et lui arrangea les cheveux.

– Vous embellissez de jour en jour, remarqua-t-il. Je suis fier de vous, ma fille.

– Maman sera furieuse en apprenant que vous m'avez emmenée, dit-elle tandis que l'attelage s'engageait dans l'allée.

– Peu m'importe ce qu'elle pense. Bien, nous sommes arrivés. Marchez comme je vous l'ai appris. Ne courez pas, ne sautillez pas.

– Je ne suis plus une enfant, mon oncle.

Mena House était plus grand et plus luxueux encore que les Roses, toutefois Renée n'eut guère le temps d'admirer la propriété. À peine entrée, elle eut la désagréable sensation que tous les yeux étaient braqués sur elle. Lady Winterbottom vint l'accueillir, sourit à Gabriel et déclara, non sans un brin d'ironie :

– Quelle bonne idée de nous amener votre fille, vicomte. Comment va sa mère ?

Il mentit :

– Au lit avec la migraine, je crois.

– Vraiment ? dit lady Winterbottom avec un petit rire cynique. C'est curieux. Sir Herbert ne sera pas des nôtres, ce soir. Il préfère dîner à son club. Mais vous serez ravi d'apprendre que ma nièce, Sophie Corday, vient d'arriver au Caire à l'improviste. Je sais qu'elle est impatiente de vous revoir, monsieur le vicomte. Elle semble avoir un sujet d'ordre personnel à aborder d'urgence avec vous.

Charmée et craintive à la fois, Renée étudiait les autres invités, tous élégants, lorsqu'elle aperçut Sophie en qui elle reconnut la jeune femme du restaurant à Versailles.

– Veuillez m'excuser, s'il vous plaît, les pria l'hôtesse de maison. Je dois accueillir mes invités. Je vous en prie, monsieur le vicomte, prenez une coupe de champagne et saluez *vos amis.*

– Insupportable vieille salope, marmonna-t-il alors qu'elle s'éloignait.

– Mon oncle, murmura Renée. Cette fille est là-bas contre le mur et elle nous observe.

– Oui, j'ai remarqué. Qu'importe. N'y prêtez pas attention.

– Que fait-elle ici ?

– Elle rend visite à sa tante. Je vous ai dit de ne pas faire attention.

– Viendra-t-elle aussi aux Roses ?

– Certainement pas. On ne l'a pas invitée. Ne vous inquiétez pas.

– Referez-vous encore l'amour avec elle ? lâcha Renée.

– Je vous demande pardon ?!

– Je sais qu'elle était votre maîtresse. Du moins *une* de vos maîtresses.

– Ma vie amoureuse ne vous regarde pas, ma fille. Vous méritez une fessée pour avoir dit ça !

– Pas ici, mon oncle, je vous en prie ! fit Renée, terrifiée.

– Ha, ha ! s'amusa le vicomte. Ce que vous êtes adorable ! Bon, d'accord, j'attendrai que nous soyons rentrés.

Renée s'efforça d'ignorer la jeune femme qui, en revanche, l'étudia tout au long du repas. Rassemblant son courage, elle finit par tourner la tête et la regarder droit dans les yeux. Elle éprouva alors une curieuse sensation de triomphe, à l'idée simplement d'être là en compagnie de son oncle. C'était comme un adoubement, un acte de propriété. Aussi jeune fût-elle, elle prit conscience de sa force innée et de sa supériorité. D'instinct, elle comprenait que les femmes n'avaient de pouvoir que dans le monde des hommes, et que leur survie, leur prospérité dépendaient de leur aptitude à manœuvrer *dans* ce monde, à s'approprier une partie des prérogatives masculines.

La saluant à peine en passant, Gabriel réussit adroitement à éviter Sophie toute la soirée, lui préférant la compagnie des autres invités. Le dîner terminé, il fit aussitôt chercher sa voiture et entraîna Renée au-dehors.

– Vous avez magnifiquement joué votre rôle, ma fille. Dorénavant, je vous emmène partout. Vous me protégerez de ces harpies !

5

Le lendemain même, Sophie Corday se présenta à la porte des Roses, que lui ouvrit Omar, le gardien, un eunuque obèse et chauve, affublé d'une longue tunique blanche.

– Je viens voir monsieur le vicomte, annonça-t-elle. Ainsi que la comtesse de Fontarce, si elle est là.

– Qui dois-je leur annoncer, mademoiselle ? demanda Omar de sa curieuse voix haut perchée.

Avec son visage rose et gras, presque informe, il ressemblait à un énorme bébé.

Sophie lui tendit sa carte de visite.

– Mademoiselle a-t-elle rendez-vous ? dit-il en lisant le bristol.

– Non, mais je pense qu'il m'attend.

– Suivez-moi, je vous prie, fit-il avec une courte révérence.

Il escorta Sophie dans le hall, où aussitôt Ali, flanqué de trois sinistres valets, encercla la jeune femme. Le majordome, comme ses subalternes, avait été bien formé : il fallait protéger le maître des lieux contre les importuns, notamment ses ex-maîtresses, qui le poursuivaient parfois jusqu'ici. La règle était, de toute façon, que personne ne dépassait le vestibule sans son autorisation expresse.

Omar trouva Henriette, Gabrielle et Renée au jardin, où ils prenaient le thé, à l'anglaise, comme à leur habitude.

– Pardonnez-moi, monsieur le vicomte, vous avez de la visite.

Il lui tendit la carte de Mlle Corday en ajoutant :

– Elle demande également à voir Mme la comtesse.

– J'arrive tout de suite, répondit Gabriel avant de se lever.

Veuillez la conduire au salon et dites-lui que la comtesse est indisposée. Excusez-moi, Henriette, je ne serai pas long.

– Non, Omar, déclara-t-elle en se levant aussi, je recevrai cette jeune femme. Je tiens à connaître la raison de sa présence. D'ailleurs, nous allons tous la recevoir. Venez, Renée, voilà qui devrait parfaire votre éducation.

Tous trois avaient pris place au salon quand Ali et les domestiques firent entrer Mlle Corday, qu'ils escortaient comme une détenue des quartiers de sécurité.

– Quel plaisir de vous revoir, ma chère, lui dit la comtesse, toute de politesse feinte. Votre oncle, sir Herbert, m'a fait part de votre arrivée soudaine au Caire. Que nous vaut l'honneur de cette visite ?

– Peut-on se passer des civilités, Henriette ? coupa sèchement Sophie. Je suis là parce que mes parents m'ont fichue dehors.

– Je suis navrée de l'apprendre. Mais je ne vois pas en quoi cela nous concerne.

– Ah bon ? Eh bien, je vais vous expliquer, dit Sophie en sortant de son sac une photographie, transformée en carte postale selon la mode du jour.

Elle se tourna vers Gabriel.

– J'ai pensé que vous aimeriez regarder le portrait de votre fils, annonça-t-elle en lui donnant la carte. Vous verrez par vous-même à quel point il vous ressemble.

Saisissant la photo, le vicomte affecta de l'étudier.

– Je crois que vous vous trompez, Sophie. S'il ressemble à quelqu'un, cet enfant, c'est à votre cher ami, le lieutenant Jousselin. Oui, c'est son portrait tout craché. Regardez, Renée, vous ne pensez pas comme moi ?

Le lieutenant Jousselin était un fringant célibataire qu'elle avait parfois vu à la Borne-Blanche, aux bals ou à la saison de la chasse, et qui avait eu une liaison avec Sophie. Consciente du rôle qu'on lui demandait de jouer dans le minithéâtre de la famille, elle prit la carte des mains de son oncle et fut, de fait, frappée par la ressemblance. Comme l'indiquait Sophie, ce bébé ne pouvait être que le fils de Gabriel : il avait déjà son nez, ses yeux et la même fossette au menton. Hochant la tête d'un air songeur, Renée regarda Sophie avec un petit sourire :

– Il n'y a aucun doute, on reconnaît le lieutenant, c'est bien lui. Tenez, il a son grain de beauté juste à côté de l'œil.

– Espèce de… sale petite salope ! fit Sophie en lui arrachant la photo.

– Eh bien, mademoiselle, trancha le vicomte d'une voix glaciale. Je crains que vous ayez fait tout ce chemin pour rien. Je suis sincèrement désolé que vos parents vous aient mis à la porte. Mais on ne peut conseiller à une femme de concevoir hors des liens du mariage… surtout si elle… voyons, comment dire cela décemment… si elle entretient des relations avec *plusieurs de ses amis*. Vraiment, je ne sais comment vous rendre service.

Sophie se tourna vers la comtesse.

– S'il vous plaît, regardez-la, cette photo, Henriette, dit-elle en la lui tendant. Vous verrez bien vous-même ! Gabriel essaie de me faire passer pour une putain, mais je n'ai jamais fricoté avec Jousselin. Le vicomte est bien le père de mon enfant.

Gabriel fit un geste presque imperceptible à l'intention d'Ali, lequel s'avança vers Sophie, la prit par le bras, pendant que ses sbires se rapprochaient.

– Pardonnez-moi, mademoiselle, dit-il en s'inclinant légèrement.

– Vous ne comprenez donc pas, Henriette ? dit Sophie. Cela ne vous échappe quand même pas ! Votre petite sorcière voit bien au-delà de ses quatorze ans. C'est une tigresse qui défend son mâle. Ouvrez les yeux ! Elle est jeune, jolie et, si ce n'est pas encore le cas, Gabriel la mettra dans son lit. Alors il vous jettera dehors, comme il l'a fait avec moi, conclut-elle en pleurant.

– Navré, mademoiselle, dit Ali qui la tenait toujours – quoique doucement – par le bras. Il va me falloir vous reconduire.

– Je vous en supplie, Henriette ! plaida Sophie. J'ai besoin de votre aide, mon fils a besoin de votre aide, et du nom de son père ! J'ai traversé la Méditerranée pour arriver ici et vous n'allez rien faire pour moi ?

Le majordome et ses acolytes entraînaient déjà la jeune femme vers la porte.

On entendit Sophie s'éloigner dans le jardin en sanglotant, puis un long silence s'installa dans la pièce.

– C'est monstrueux, ce qu'elle a dit, lâcha finalement la comtesse. Mais vrai, n'est-ce pas, Gabriel ?

– Calmez-vous, ma chère, répondit-il d'une voix rassurante. Tout cela n'est qu'un tissu de mensonges. Les détestables inventions d'une femme désespérée. Cet enfant n'est pas le mien, c'est impossible.

– Ce n'est pas ce que je voulais dire. Bien sûr que ce petit est le vôtre. Nous le savons tous. Non, c'est ce qu'elle dit de Renée qui est vrai.

– Bien sûr que non ! Vous êtes grotesque ! protesta le vicomte. J'aime ma fille comme un père, rien de plus.

– Tout ce qu'elle a dit est vrai, maintint Henriette. J'ai fait semblant de croire le contraire, j'ai bien voulu fermer les yeux, mais j'avais tout compris dès le début.

– Ma chère, nous devons nous serrer les coudes. Sophie va certainement me poursuivre en justice, tenter d'obtenir quelque chose, rien ne l'en empêche. Je suis riche et elle n'aimerait rien tant que voir une partie de ma fortune revenir à son enfant naturel. Mais il n'est pas question de nous laisser diviser ou détruire, sous prétexte qu'une femme de mœurs légères vomit d'odieux mensonges sur nous. Maintenant, j'ai une nouvelle importante à vous annoncer, poursuivit-il d'un ton joyeux, désireux de changer de sujet. Je veux vous en parler depuis ce matin. J'ai pris une décision : nous allons à Armant plus tôt que prévu. Ce sera après-demain. Il n'y a donc pas de temps à perdre. Vous pouvez commencer tout de suite à faire vos valises.

Comme Renée, la comtesse devina qu'il venait seulement d'y penser, que ce changement de programme était destiné à les éloigner tous trois de Sophie, à leur faire oublier ses accusations. Henriette et Renée n'avaient pas douté une seconde qu'il était le père du bébé. Ni l'une ni l'autre n'éprouvait pour Sophie la moindre pitié, la moindre sympathie, mais au contraire un profond mépris. Malgré la morgue qu'elle affichait parfois, c'était une femme faible et stupide, qui avait choisi ses amants sans discernement, sans la moindre considération pour son avenir. Voilà que, comble de l'indignité, elle se présentait aux Roses à l'improviste et demandait que son bâtard porte le nom de la famille ! On l'avait éconduite comme n'importe quel mendiant, et elle ne méritait rien d'autre. Renée pensa que son père avait raison : les femmes sont des idiotes, se plaisait-il à répéter. En revanche, elle-même n'en serait pas une, décida-t-elle.

– Dans deux jours, oncle Gabriel ? dit-elle, oubliant toute l'affaire. Mais nous ne serons jamais prêtes à temps ! Miss Hayes va piquer une crise de nerfs !

Ce séjour anticipé à la plantation la ravissait. Après tant de journées cloîtrée au Caire, elle se réjouissait de repartir à l'aventure.

Le lendemain, tandis que Renée et miss Hayes préparaient leurs bagages, le vicomte se rendit dans leurs appartements et déclara qu'il voulait parler à sa fille.

– Bien sûr, monsieur, dit la gouvernante. Je dois d'ailleurs consulter Mme Mesori sur ce qu'il faut emporter. Je descends tout de suite la voir.

Elle partit, après quoi Gabriel se pencha vers la jeune fille et, approchant ses lèvres des siennes, lui effleura la bouche.

– J'ai quelque chose à vous apprendre, ma chérie, je voulais que nous soyons seuls pour cela. Je reviens du consulat de France, et les documents nécessaires à l'adoption ont été approuvés. À partir d'aujourd'hui, vous êtes ma fille. Ma vraie fille !

Il prit sa fraîche progéniture dans ses bras et la serra fort contre lui. Blottie contre son nouveau père, elle sentit, en même temps que la forte odeur de son eau de Cologne, cette forme dure, maintenant familière, qui saillait au bas de son ventre.

– Êtes-vous heureuse d'aller à Armant, ma petite ? murmura-t-il en se détachant d'elle.

Renée recueillit ses mains dans les siennes et les baisa.

– Oh oui, mon oncle, vraiment heureuse.

– Non, non, non, vous ne m'appelez plus mon oncle, maintenant, mais « papa ».

– Je ne peux vous appeler papa, dit-elle en riant. J'en ai déjà un, de papa !

– Vous devez avoir raison. Mais « mon oncle », ça ne va pas.

– Je vous appellerai simplement Gabriel, proposa-t-elle. Comme des adultes entre eux.

– Parfait, convint-il. Nous irons partout ensemble, ma fille. Je vous expliquerai tous les détails de l'exploitation. Deux fois par semaine, nous ferons le tour de la propriété. Elle est immense et descend jusqu'au Nil. Nous prendrons les chevaux, nous dormirons dans les abris, parfois même dans les *jaima.* Ce sont de grandes tentes en coton, merveilleusement décorées par les Égyptiens. Vous verrez, vous allez découvrir mille choses.

Le regard de Renée s'illumina et son visage se fendit d'un large sourire. L'idée de longues promenades à cheval avec son oncle… mais une pensée lui traversa l'esprit :

– Est-ce que maman nous accompagne ?

– Bien sûr que non, il n'y aura que vous et moi.

Elle éprouva une grande satisfaction. En l'espace de deux jours, elle venait d'éliminer deux concurrentes – Sophie d'abord, puis sa propre mère. Elle était à présent la fille du vicomte et la reine incontestée du palais.

ARMANT, Égypte
Décembre 1913

1

Par un matin frais au début du mois de décembre 1913, les Fontarce quittèrent Le Caire à bord d'un *dahabieh*, un des hôtels flottants, rutilants et dorés, de la compagnie Thomas Cook. Des dizaines d'autres bateaux – chalands et felouques aux voiles élancées – jonchaient la vaste étendue du Nil, où les mariniers psalmodiaient un chant monotone.

Pimpants et parfumés, élégamment coiffés et habillés, la comtesse, le vicomte, miss Hayes et Renée ressemblaient à des personnages de carnaval lors d'une parade nautique. Installés sur des chaises longues, ils saluaient avec condescendance les paysans sur les rives – les fellahs égyptiens qui travaillaient dans les champs, arrosaient les cultures à l'aide de seaux remplis dans le fleuve. D'autres encore, simplement accroupis, le chef couvert d'un turban et le corps d'une robe, regardaient, impassibles, l'eau couler. Dans les villages de huttes de terre, des femmes en noir au visage masqué d'épais voiles cuisinaient sur des feux de plein air, pendant que leurs enfants couraient nus dans les allées poussiéreuses. Quelques indigènes daignaient lever la tête au passage du *dahabieh*, et l'on ne décelait aucune envie, aucune jalousie dans leur regard, rien qu'une indifférence séculaire, héritée des générations qui virent défiler en leur temps, sur ces mêmes rives, rois, reines, envahisseurs, occupants ou vaincus.

Après le dîner, Gabriel surprit Renée en lui offrant une djellaba aux superbes broderies.

– Emmenez ma fille dans votre cabine, miss Hayes, pour

qu'elle puisse l'essayer, demanda-t-il à celle-ci. Puis revenez toutes deux que je voie ça de près. Allez les aider, Henriette.

La comtesse obéit et les regarda faire, assise, avec une expression mêlée d'ennui et de résignation.

– Qu'en pensez-vous, maman ? dit Renée en faisant un tour entier sur elle-même. Elle vous plaît ?

– Le vicomte sera enchanté de voir sa petite poupée avec une robe neuve, répondit sa mère en se relevant lentement. Maintenant, je vais me retirer dans ma cabine.

Gabriel était ravi de son choix.

– J'en étais sûr ! s'exclama-t-il. Elle vous va parfaitement ! Vous êtes ravissante, ma fille. N'êtes-ce pas votre avis, miss Hayes ?

– Mais si, bien sûr, monsieur.

– Je la garde avec moi, ce soir. Vous avez votre soirée, madame.

– Fort bien, monsieur le vicomte, dit la gouvernante avec une courte révérence.

Toujours discrète, bien souvent insondable, avait-elle idée de ce qui se tramait entre l'oncle et la nièce ? Vivant depuis assez longtemps avec les Fontarce, et connaissant leur cercle de relations, elle tenait les Français, et tout particulièrement l'aristocratie, pour des pervers. Une opinion, bien sûr, qu'elle gardait pour elle-même. Cependant l'intégrité morale de miss Hayes, sa rectitude britannique et l'aptitude qu'elle démontrait, comme tout domestique compétent, à fermer les yeux sur les défauts de son employeur, l'empêchaient de s'avouer qu'il s'agissait bien d'une entreprise de séduction.

– Eh bien, bonne soirée. Bonne nuit, ma petite, souffla-t-elle avant de refermer lentement la porte derrière elle.

– Comme vous êtes jolie, Renée ! Venez me prendre dans vos bras, dit le vicomte.

À nouveau seule avec lui, Renée sentit son cœur battre à tout rompre.

– Je suis votre père, poursuivit-il. J'ai tous les droits. Venez ici.

Rougissant comme une épouse timide le soir des noces, elle s'approcha et se colla doucement contre lui.

– Nous irons voir les pyramides au clair de lune, susurra-t-il, avant de se rendre compte qu'elle tremblait. Avez-vous froid ?

– Non.

– Peur ?

Elle ne répondit pas.

– Ma fille chérie, dit-il en riant, avant de l'embrasser sur la joue. C'est vous qui commandez, maintenant. Il faut simplement m'obéir et n'avoir peur de rien. Restez là dans mes bras et dormez.

– Où étiez-vous cette nuit ? demanda la comtesse à sa fille, dans la salle à manger du bateau, le lendemain matin au petit déjeuner.

– Dans les bras de Gabriel, répondit franchement Renée.

– Ah, c'est « Gabriel », maintenant ?

– Oui, parce qu'il est mon père. Je ne peux plus l'appeler mon oncle. Comme j'en ai déjà un, de père, je ne peux pas non plus l'appeler papa. Donc on s'est mis d'accord pour que ce soit « Gabriel ».

– Comme on appelle son amant, observa la comtesse.

– Si vous voulez, dit Renée.

Une voiture à chevaux les rejoignit sur le quai à Armant, ainsi que trois chariots à mules pour les bagages. Ceux-ci contenaient, tassés dans deux lourdes caisses, les dix volumes de la monumentale traduction anglaise des *Mille et une nuits*, de sir Richard Francis Burton. Gabriel avait accepté que miss Hayes les sorte de la bibliothèque des Roses, afin qu'elle puisse continuer de les lire à Renée.

Le vicomte s'était fait bâtir une résidence dans le style des palais arabes. Surplombant légèrement le delta du Nil et sa végétation luxuriante, elle se détachait sur des collines de sable blanc. De loin, on aurait cru une petite ville à l'horizon, avec des façades chaulées, une série de dômes qui brillaient au soleil comme des mirages dans le désert ; le tout cerné de murs de terre, parés de pointes de fer « pour éloigner les barbares », selon les propres mots de Gabriel. Tandis que la caravane approchait, Renée se donnait l'impression d'un personnage des *Mille et une nuits.*

Le comte de Fontarce les accueillit devant la grande entrée. S'il ne résidait pas à Armant depuis très longtemps, il était déjà plus mince, bronzé, et n'avait jamais paru en aussi bonne santé. Son humeur également semblait s'être améliorée. Il accueillit fille et épouse avec une gentillesse inhabituelle, comme si elles lui avaient réellement manqué et qu'il se réjouissait de les retrouver.

– On dirait que la vie de propriétaire égyptien vous réussit, mon frère, le flatta Gabriel. Vous avez l'air en grande forme.

– Vos fellahs ont rarement mis autant d'ardeur à travailler dans les champs, lui dit fièrement Maurice. J'avoue qu'ils sont tout dévoués à leur nouveau maître.

– Bravo. Il est vrai que vous vous êtes toujours mieux débrouillé que moi avec les paysans.

Le comte se tourna vers Renée pour l'embrasser.

– Ah, vous voilà, vous, la fille aux deux pères ! s'écria-t-il sans amertume. Comme je suis heureux de vous voir, ma petite.

– Oh moi aussi, papa ! dit-elle en se jetant dans ses bras.

Cette réunion apportait de nouveau à Renée la sensation fugace d'un bonheur partagé, d'un esprit de corps – voire l'assurance que, sans être une famille franchement ordinaire, ils étaient tout de même normaux.

Avec ses épais rideaux écarlates aux fenêtres, ses immenses pièces aux luxueux divans et aux fauteuils profonds, ses tables rondes incrustées de hiéroglyphes, ses grands miroirs vénitiens et ses tapis d'Orient aux superbes motifs, l'intérieur était plus somptueux encore qu'aux Roses. Les fresques ornant les hauts plafonds voûtés représentaient des paysages naturels et des scènes de guerre. Peintes aux couleurs du ciel, certaines donnaient l'impression d'une promenade sous les étoiles.

On attribua à Renée et miss Hayes deux chambres contiguës, dotées d'une salle de bains commune. Comme aux Roses, de larges fenêtres ouvraient sur un jardin garni de figuiers, orangers, pamplemoussiers et citronniers, de toutes sortes de plantes et fleurs exotiques. Il en émanait une odeur intense de jasmin, entrecoupée des senteurs piquantes et sucrées des poivriers. Tout était ici nouveau, différent – sans oublier le désert qui, derrière l'enceinte de cette quasi-oasis, au-delà des rives inondables du Nil, étendait à perte de vue sa monotone blancheur, ses dunes sans cesse remodelées par les vents.

2

Quelques nuits après l'arrivée de la famille, Henriette entra dans la chambre de sa fille au moment où celle-ci s'endormait. Pâle et soucieuse, elle s'assit au bord de son lit.

– Êtes-vous heureuse d'être en Égypte, Renée ?

– Pourquoi ne le serais-je pas, maman ?

– Et Gabriel ? Savez-vous pourquoi il a tant d'affection pour vous ?

– Parce qu'il est mon père ?

– Votre *père* ? Je vous en prie ! dit la comtesse d'une voix méprisante. Et il vous embrasse souvent ?

– Jamais, mentit Renée.

– A-t-il fait le vœu de vous épouser ?

– Quoi ? Non, jamais ! Quelle idée folle !

– Pourquoi êtes-vous braquée contre moi ?

– Je ne suis braquée ni contre vous ni contre personne, maman.

– Peut-être, admit Henriette en hochant la tête. De ce point de vue, vous êtes exactement comme lui. Vous vous fichez complètement des autres, qu'ils soient de votre côté ou pas. Vous ne vous souciez que de vous et ne formez des alliances que pour défendre vos intérêts. Pour ça, vous vous êtes bien trouvés, tous les deux.

Se levant, la comtesse sortit de la pièce comme un fantôme. Enfouissant la tête dans son oreiller, Renée se prit à penser qu'elle avait mené à terme le projet ébauché bien des années plus tôt, lorsqu'elle était petite fille : elle avait réussi à empêcher ses parents de divorcer, sa mère d'épouser Gabriel, et elle lui avait volé ce dernier. Si elle en retirait une froide satisfaction, elle ne nourrissait aucune animosité envers Henriette. Sans doute celle-ci avait-elle vu juste : Renée ressemblait beaucoup à son oncle, tous deux n'accordant, quoi qu'il arrive, que peu d'importance aux autres.

Elle poursuivit un instant sa réflexion, mais somnolait à nouveau quand Gabriel, murmurant quelques mots près d'elle, la réveilla en sursaut.

– Vous dormez ? lui demanda-t-il. J'ai cru entendre votre mère. Que disait-elle ?

– Rien, répondit Renée. Elle ne m'a rien dit. On entre et on sort de ma chambre comme si c'était un hall de gare. Vous m'espionnez, maintenant ?

Gabriel la saisit brusquement par les épaules et la secoua violemment.

– Vous mentez, petite salope ! siffla-t-il entre ses dents. Je vais vous donner une correction. Vous me cachez des choses ! Répétez ce qu'elle a dit !

Les sautes d'humeur de son oncle ne l'étonnant plus, Renée déclara calmement :

– Comme d'habitude : nous ne nous intéressons qu'à nous, vous et moi. Arrêtez, vous me faites mal.

Une fois de plus, la colère du vicomte retomba aussi vite qu'elle était apparue.

– Elle n'a sans doute pas tort, admit-il en lâchant Renée. Peut-être est-ce pour cela que nous nous comprenons bien. Enfilez la djellaba et venez dans ma chambre. J'ai envie de vous câliner.

– Tiens, je croyais que vous vouliez me battre.

– Allons, venez.

Elle le suivit silencieusement dans le couloir, puis s'installa dans son lit. Gabriel s'allongea près d'elle, et elle sentit contre sa cuisse la forme dure et chaude de son sexe sous son pyjama.

– Votre parfum est si doux, murmura-t-il, la serrant contre lui, le nez dans ses cheveux.

Elle s'endormit vite et se réveilla le lendemain matin, seule dans le lit, avec un bracelet en or à son bras.

Lorsqu'elle descendit prendre son petit déjeuner, elle trouva le vicomte et sa mère à la table de la salle à manger. Maurice était déjà parti faire sa tournée de la plantation.

– Henriette, il faut absolument que vous compreniez la place des femmes dans ce pays, insistait Gabriel. On attend d'elles qu'elles se soumettent à leur mari, un point, c'est tout. Dans toutes les classes de la société égyptienne, c'est l'homme qui domine.

– Ah vraiment ? Voulez-vous m'expliquer en quoi cela serait différent de l'Europe ?

– Croyez-moi, ma chère, c'est extrêmement différent. Dans ce pays, le père commande à toute la famille et l'épouse reste constamment dans l'ombre. Faute de quoi, elle risque la répudiation, et toute la société se retournera contre elle. Il est même parfois nécessaire d'exécuter une épouse indocile.

D'un geste d'une grande délicatesse, la comtesse reposa sa tasse dans sa soucoupe.

– Pourquoi me dites-vous cela, Gabriel ? demanda Henriette d'une voix égale. Est-ce un avertissement, des menaces à mon encontre ?

– Dans cette région de l'Égypte, bien plus encore qu'au Caire, c'est moi, le maître du domaine, qui compte avant tout aux yeux du personnel. Il m'est interdit de le décevoir, et rien dans ma vie privée n'est censé fournir matière à scandale. C'est d'une importance capitale et voilà pourquoi ma famille doit m'obéir. Le moindre soupçon d'immoralité est à éviter.

– Ah, vos soupçons d'immoralité…

– Il est donc parfaitement normal que vous preniez la chambre attenante à celle de votre mari. Toute autre disposition serait indécente. Si, par exemple, vous logiez dans la même aile que moi, les domestiques ne manqueraient pas de le remarquer et d'en parler autour d'eux. Voilà exactement le genre de chose qu'on jugerait immoral. Au Caire, ce n'est pas pareil : là-bas, vous avez toute liberté de vous montrer avec sir Herbert ; nos amis européens sont mille fois plus tolérants à cet égard que les habitants de cette région. Mais que le personnel ait vent de quelque indécence de votre part, de la moindre infidélité envers votre mari, et cela pourrait aller mal pour vous. *Même très, très mal.*

– Je vois, fit la comtesse, hochant la tête. Vous me feriez lapider, n'est-ce pas ? Je crois deviner les raisons de votre petit laïus sur la culture égyptienne.

– Cela étant, continua le vicomte, sans relever, il est tout à fait acceptable que ma fille loge dans une chambre contiguë à la mienne. Je la préserve des dangers de la nuit.

Henriette émit un de ses rires moqueurs.

– Les dangers de la nuit… C'est ça ! Je sais fort bien que, depuis que nous sommes ici, elle se glisse dans votre chambre dès que les autres sont couchés, et qu'elle y reste parfois jusqu'au lendemain. Tout le monde le sait. Le vrai danger de la nuit, c'est vous.

Tendant le bras vers Renée, assise à son côté, Gabriel passa une main dans ses cheveux, d'un geste affectueux, puis effleura son nouveau bracelet.

– Venez près de moi, ma petite, murmura-t-il.

Elle s'exécuta docilement et il continua, à l'intention de la comtesse :

– J'admets que je lui ordonne de me rejoindre le soir. Mais seulement pour veiller à sa sécurité. Je lui expose les réalités de cette partie du monde. Mon devoir est de vous en faire prendre conscience. Nous ne sommes plus en France. On nous surveille constamment, cette maison et nous-mêmes. Les barbares dorment à notre porte. Cela implique une vigilance de chaque instant.

Blottie contre son oncle, Renée ressentait toute sa force, sa chaleur, la protection qu'il lui offrait. Tandis qu'ils faisaient front, la comtesse les observait, et son expression tenait plus d'une grande tristesse que de la colère.

– Qu'y a-t-il, Henriette ? dit Gabriel. À vous voir, on dirait qu'il y a un mort dans la famille.

– C'est peut-être le cas. Je ne suis pas heureuse à Armant, je veux m'en aller. Lady Winterbottom m'a invitée à séjourner chez elle au Caire.

– Mais vous êtes à peine arrivée. L'endroit vous déplaît-il à ce point ? Vous n'avez même pas visité le domaine.

– Tout me paraît détestable ici. Vous y compris, Gabriel. Surtout vous.

– Voilà qui est charmant. Et très approprié, compte tenu de ce que j'ai voulu expliquer, concernant le respect dû au maître des lieux.

– Tout est bien fini entre nous, dit la comtesse d'une petite voix vaincue. Je le sais, et pourtant j'ai fait comme s'il restait un peu d'espoir. J'ai simplement besoin d'accepter qu'après tant d'années, ce qui nous lie depuis notre jeunesse est terminé. Cela me paraît vieux d'un siècle, tout à coup.

– Vous me connaissez depuis assez longtemps, Henriette, pour savoir que je ne partage pas les femmes que j'aime. Soit elles m'accompagnent, moi et moi seul, soit je m'en débarrasse.

– Je ne vous ai jamais quitté. C'est vous qui m'avez abandonnée. Pour cette enfant.

– Vous serez certainement plus heureuse au Caire, dit le vicomte. Je suis ravi d'apprendre que lady Winterbottom vous a invitée. Quelle chance pour vous et sir Herbert. Quoi qu'il en soit, j'ordonne au personnel des Roses de vous en fermer la porte. Je ne tiens pas à ce que sir Herbert dorme dans mon lit.

– Quel culot ! Comment osez-vous me parler ainsi ? Devant ma fille, en plus !

– Cela ne vous suffit pas d'humilier mon frère en vous affichant avec l'Angliche ? Évidemment, les domestiques ne m'ont pas caché que vous le receviez dans votre chambre ! Dans ma propre maison ! Il vous rend visite chaque fois que Maurice et moi avons un rendez-vous d'affaires ou un dîner au club.

– Et que vous en profitez pour jouer les pédagogues ? Les pédophiles, plutôt ! lâcha la comtesse. Monsieur met des robes de soirée aux petites filles et leur offre des bracelets en or... On dirait surtout un collier d'esclave... Vous n'aimez personne, Gabriel, et cela depuis toujours. Je prédis que cet enfant signera votre perte. Elle sera votre dernière illusion de jeunesse et elle vous fera mourir d'amour.

À l'évidence, le vicomte était ébranlé par cette dernière repartie.

– Elle est devenue légalement ma fille, rien de plus. J'ai réglé les dettes de votre foyer, Henriette, et il me semble que…

Il ne finit pas sa phrase.

– Oui, vous l'avez achetée contre paiement de nos créanciers. Une transaction fort équitable. Quant à moi, je serais plus heureuse avec sir Herbert. Au moins, il m'est fidèle, lui.

– *Catin !* explosa Gabriel, qui tapa du poing sur la table. Dites cela à votre mari, pas à moi ! Dehors ! Sortez de ma maison !

Affichant une grande dignité, Henriette se leva.

– Dès que j'aurai arrangé mon voyage de retour, je m'en irai. Et je peux vous assurer que je ne reviendrai pas.

Elle sortit tranquillement de la pièce et Renée se mit à pleurer – quoique le départ de sa mère fût hors de cause. S'agenouillant, elle prit la main de son oncle dans les siennes et le supplia :

– Ne me renvoyez pas. Je vous en prie, ne me demandez pas de rentrer au Caire avec maman.

Comme d'habitude, le vicomte retrouva vite son calme, mais il tremblait.

– N'ayez crainte, ma petite, dit-il, caressant ses cheveux avec l'autre main. Je ne vous renverrai pas. Vous êtes encore si jeune. Peut-être apprendrez-vous à m'aimer.

3

Quelques jours plus tard, la comtesse de Fontarce embarquait sur un *dahabieh* que sir Herbert lui avait envoyé depuis Le Caire. Ce fut une étrange et triste séparation pour tous. Préférant s'atteler aux affaires de la plantation, le comte ne vint même pas assister au départ de son épouse. Il ne comprenait pas – et ne voulait pas comprendre – ce qui se tramait dans cette famille et, comme bien souvent, il préférait s'exclure des opérations.

Gabriel et Renée se tenaient sur le quai, dont le vaisseau s'écartait lentement. Henriette, sur le pont, se retourna vers eux. Il n'y eut ni au revoir, ni étreintes, ni mains levées.

L'oncle et la nièce regardèrent le bateau filer jusqu'à ce que ses voiles disparaissent sur la surface du fleuve, plane et lisse, à peine perturbée par les volutes du courant.

– Elle a raison, dit le vicomte à voix basse. Vous êtes ma dernière illusion.

Il posa un bras sur l'épaule de Renée et la serra contre lui.

– Vous dormirez désormais chaque soir avec moi. Mais il faut me promettre de ne le dire à personne. Jamais.

– Même si maman me repose la question ?

– Votre mère n'existe plus pour nous.

Les semaines suivantes, Renée entama avec Gabriel l'exploration de la plantation. Ils inspectèrent les champs de coton, les vergers aux mille citronniers, vérifièrent l'acheminement des produits et l'état des puits, autour desquels des ânes gris tournaient inlassablement dans le sable. Tout cela était moins romantique que Renée l'avait imaginé, et le dur labeur des baudets lui parut être une métaphore de leur propre travail. C'était une activité monotone, sous un soleil de plomb, entrecoupée de repas grossiers en pleine nature, de siestes sur des paillasses dans des tentes infestées de mouches. Pas vraiment le tableau idyllique que son oncle lui avait brossé de la vie à Armant.

En outre, depuis le départ de la comtesse, Gabriel était devenu désagréable et son humeur se dégradait de jour en jour. Il s'emportait facilement et traitait la jeune fille comme si elle était coupable de sa rupture avec Henriette. Renée n'osait pas se plaindre, sachant que, si elle le contrariait, il se débarrasserait d'elle aussi vite que de sa mère. Elle ne voyait presque plus son premier père ; celui-ci s'absentait de la résidence pendant des journées entières pour superviser l'exploitation de la canne à sucre ou d'une autre culture.

À Armant, Gabriel recevait fréquemment à dîner les pachas des environs. Leurs propriétés jouxtaient la sienne, ils avaient de nombreux intérêts communs. Ces hommes gardaient leur fez à table, chacun venait avec un domestique qui restait debout derrière son siège tout au long du repas. Dans un anglais parfait, ils parlaient de leurs faucons de chasse, des écuries et des champs de courses qu'ils possédaient en Irlande ou en Grande-Bretagne. Revenant parfois à leur arabe natal – sans se douter que Renée commençait à le comprendre –, ils louaient les dernières recrues de leurs harems, évoquant leurs qualités physiques avec la même exubérance qu'ils glorifiaient leurs chevaux. Renée trouvait ces conversations fascinantes, car elles l'éclairaient comme jamais sur l'univers des hommes. Bien décidée à frayer dans celui-ci, elle prêtait la plus grande attention à ces propos. Après bien des années passées à espionner son père et ses camarades à la Borne-Blanche, elle remarqua que, malgré d'évidentes différences culturelles entre les Arabes et les Européens, les messieurs étaient au fond partout les mêmes, avec les mêmes préoccupations : les femmes, les chevaux, la chasse.

Lorsque, inévitablement, on abordait la question des affaires, elle s'ennuyait vite et ne les écoutait plus. Soucieux d'associer son héritière présomptive à l'exploitation du domaine, Gabriel se tournait parfois vers elle au cours de ces interminables parlotes et lui demandait :

– Et vous, ma chère, qu'en pensez-vous ?

Peu habitués à la présence d'une jeune fille blonde à la table des repas, les pachas lui souriaient curieusement, révélant au passage d'éblouissantes rangées de dents en or.

Perdue dans sa rêverie, Renée avait rarement de réponse satisfaisante à fournir. Elle n'était, après tout, qu'une gamine de quatorze ans et n'avait guère d'avis sur ces questions qui l'assommaient au plus haut point.

– Eh bien, père, disait-elle, devinant ce qu'il voulait entendre, je crois que ces messieurs sont des hommes d'affaires avisés et j'apprends beaucoup en leur compagnie. Mais je doute qu'il soit convenable de donner mon opinion, car je ne suis encore qu'une jeune fille, très ignorante en la matière.

Cette tirade, ou une autre du même genre, semblait satisfaire les pachas, qui, toujours souriants, acquiesçaient.

Un soir au cours d'un de ces dîners, Gabriel pria ses hôtes de l'excuser, prétextant un brusque malaise.

– Je compte sur vous pour vous occuper de nos invités, s'il vous plaît, murmura-t-il à Renée. J'ai besoin de me retirer dans ma chambre, ma chérie.

Elle n'était pas enchantée de se voir confier le rôle de maîtresse de maison, et la tablée fut gênée par l'absence subite du vicomte. Contrairement à leur habitude, les hommes ne s'abandonnèrent pas, le dîner terminé, au plaisir d'un cognac et d'un bon cigare et, quand le dernier eut pris congé, Renée monta dans sa chambre. Passant devant celle de Gabriel, elle perçut des rires étouffés. Supposant qu'il rêvait, elle colla son oreille à la porte. Un autre rire suivit, cette fois celui d'une femme, plein et guttural. Renée sentit son cœur battre dans sa poitrine. Puis elle entendit son oncle parler à voix basse. En proie à une jalousie dont elle n'aurait pas deviné la violence, elle actionna la poignée. La porte n'était pas verrouillée. Avec prudence, elle l'entrouvrit suffisamment pour risquer un coup d'œil. Elle en eut les jambes molles et l'estomac retourné : Gabriel était au lit avec une des domestiques, une Nubienne potelée que Renée avait fréquemment surprise, au cours de son service, en train de le couver du regard. Assise à califourchon sur lui, elle jouait des hanches, au bord de l'extase, pendant qu'il retenait dans ses mains l'ample poitrine de la jeune femme. Tous deux se chuchotaient des mots tendres et joyeux, et le lit tremblait sous leurs ébats. Folle de rage, Renée ne parvint pas à détourner la tête. Elle se retrouvait telle qu'autrefois, une petite voyeuse en train d'épier, immobile, par la porte entrebâillée, sauf qu'à l'époque Gabriel faisait l'amour à sa mère et qu'elle les observait tapie dans le coffre du salon. Tout semblait revenu au point de départ ; elle avait réalisé son rêve de supplanter sa mère (bien que l'œuvre de chair dût encore attendre), et la voilà qui, clouée au sol, constatait la première infidélité de son oncle et père adoptif.

Aussi discrètement qu'elle était arrivée, elle se retira dans sa chambre où, la tête enfouie dans l'oreiller, elle pleura toutes les larmes de son corps.

Depuis la pièce à côté, miss Hayes entendit ses sanglots et tenta d'ouvrir la porte mitoyenne, que Renée avait fermée à clef.

– Qu'y a-t-il, mon enfant ? demanda la gouvernante. Laissez-moi entrer !

Inconsolable, Renée ne voulut rien savoir.

– Allez-vous-en ! lui dit-elle. Je n'ai pas envie de vous voir !

Une fois la Nubienne renvoyée dans ses quartiers, Gabriel monta et frappa doucement.

– Ouvrez ! dit-il.

– Jamais ! Je vous déteste !

– Je vous ordonne d'ouvrir cette porte.

– Pourquoi ? Pour que je prenne la place de votre grosse négresse ? Partez !

– Je suis votre père. Et le maître de ces lieux. Ouvrez cette porte tout de suite !

– *Fichez le camp !*

Renée resta enfermée dans sa chambre trois jours et trois nuits, refusant même de descendre prendre ses repas. Miss Hayes lui apportait de quoi manger sur un plateau, auquel la jeune fille touchait à peine.

– À un moment ou à un autre, vous devrez bien reprendre une vie normale, lui dit la gouvernante dans le couloir. Ça n'est pas le bout du monde, contrairement à ce que vous pensez.

– Qu'en savez-vous ? répondit Renée. Que savez-vous de l'amour ?

Le quatrième matin, miss Hayes frappa de nouveau.

– Il faut vous lever, ma fille, et venir tout de suite. Le vicomte est en train de faire ses valises et il va partir au Caire sans vous.

– Quoi ? Il me laisse ici ? dit Renée qui, aussitôt, déverrouilla sa porte et l'ouvrit en coup de vent.

Gabriel se tenait dans le couloir à côté de la gouvernante.

– J'allais vous abandonner aux chacals, dit-il en souriant. Mais j'ai décidé de vous accorder une dernière chance. Il est temps que vous arrêtiez de bouder. Allons, débarbouillez-vous et rejoignez-moi en bas pour le petit déjeuner.

– Vous m'avez roulée, reprocha Renée à l'Anglaise. Vous m'avez trahie.

– Vous ne pouviez pas rester recluse comme ça.

Renée s'habilla et descendit à la salle à manger.

– Vous ne partez pas tout de suite au Caire, n'est-ce pas ? demanda-t-elle à son oncle.

– Non, la semaine prochaine comme prévu, à l'avant-veille de Noël. Maintenant, mangez.

– Je n'ai pas faim.

– Pourquoi ?

– Parce que…

Il saisit le pot de confiture qu'il projeta contre le mur. Se brisant en éclats, le verre répandit de longues traînées de groseille sur les carreaux. Puis Gabriel se leva, rejoignit Renée et la força à quitter son siège en la tirant par les cheveux.

– Espèce de petite ordure ! gueula-t-il avant de déchirer son chemisier, de la jeter par terre et de la rosser à coups de cravache. Je suis votre père ! Je suis le maître ici ! Je fais ce que je veux ! Je prends les femmes qui me plaisent et c'est mon droit ! J'en ai marre de vos bouderies imbéciles ! dit-il en la frappant méthodiquement.

« Vous vous foutez de moi ! poursuivit-il. Vous saviez depuis le début qu'Henriette recevait Herbert dans sa chambre ! Sans jamais me le dire ! Me ridiculiser dans ma propre maison ! Prenez ça, petite salope ! Et encore ça !

Tentant de se protéger, Renée s'était lovée en position fœtale et couvrait son visage avec ses bras. Pas un son, cependant, ne sortit de sa bouche. Finalement, la servante soudanaise qui se tenait aux ordres, près de la porte, se mit à crier, comme si c'était elle qu'on battait. L'accès de fureur du vicomte s'arrêta aussi brusquement qu'il avait commencé. Haletant, il était soudain immobile, muet, comme au sortir d'un rêve.

– Eh bien, ma chérie, dit-il d'une voix assurée, quand vous aurez fini de manger, retrouvez-moi dans mon bureau. Je souhaite avoir un mot avec vous.

Tout aussi calmement, il sortit à grands pas de la salle à manger.

René resta un long moment couchée sur le sol à évaluer la gravité de ses blessures. Un instant plus tard, la servante revint avec un bol d'eau chaude et un linge propre pour les lui laver. Les boutons du chemisier étaient arrachés, le tissu déchiré, et de vilaines zébrures apparaissaient sur le dos et les bras de la jeune fille. Se rendant compte qu'elle n'avait rien éprouvé pendant que son oncle la frappait, elle se demanda si elle n'était pas tordue. Elle comprit qu'elle avait en fait pris plaisir à la chose, qu'elle se flattait d'avoir provoqué une telle colère. Et elle se sentit douée d'une sorte de pouvoir pervers, puisqu'il était vraiment sorti de ses gonds. Mieux valait cette considération-là, certes douloureuse, que d'être ignorée, ou remplacée par une autre, pensa-t-elle.

Une fois repris ses esprits, elle se rendit passivement dans le bureau de Gabriel. L'oncle-père referma la porte derrière elle et, la guidant par les épaules, l'assit sur le canapé. Renée grimaça au contact de ses mains mais, ses blessures la faisant maintenant horriblement souffrir, elle n'eut pas la force de résister. Elle devina également qu'elle n'avait plus peur de lui et que, par conséquent, il ne pourrait plus lui faire de mal.

– Écoutez-moi, ma fille, dit-il. Vous ne pouviez pas continuer à bouder ainsi. Vous êtes absolument insupportable depuis quelques jours.

– Vous avez mis une négresse à ma place dans votre lit, répondit-elle. Je suis jalouse. Vous ne comprenez pas ? Et, en plus, il faut que je reçoive une rossée ? Pourquoi ne pas me chasser, tout simplement ?

– S'il vous plaît, Renée. C'est à vous de comprendre. Je suis votre père, le maître de ces lieux, et il faut m'obéir à tout moment.

– Vous m'avez blessée. Vous m'avez frappée comme un fou furieux. Si je ne vous vaux que des ennuis, pourquoi ne pas m'envoyer au couvent, comme ma mère l'a toujours souhaité ? dit-elle en commençant à pleurer.

Il la recueillit dans ses bras.

– Vous êtes encore jeune, il y a tant de choses qui vous échappent. Venez, retournons au lit. C'est très difficile pour moi, murmura-t-il, le nez dans ses cheveux. Je suis votre père, essayez de comprendre.

LE CAIRE, Égypte
Décembre 1913

1

Deux jours avant Noël, Renée se trouvait sur le pont du *dahabieh* entre ses deux pères, alors qu'ils rentraient au Caire. Elle redoutait d'être bientôt confrontée à sa mère et se demandait ce qu'elle allait lui dire.

Comme de bien entendu, lors de leur première soirée aux Roses, la comtesse se présenta à la propriété sans prévenir. Elle entra dans le salon d'un bon pas, avec un grand sourire aux lèvres. Prévenant, le comte se leva pour baiser la main de sa femme. Il paraissait sincèrement heureux de la revoir.

– Ma chère, vous ne pouvez pas rester comme ça en vadrouille au Caire, lui dit-il. Il est temps, s'il vous plaît, de retourner parmi nous.

– Je n'ai guère le loisir de me promener, Maurice. J'aide lady Winterbottom à préparer le bal qu'elle organise, comme chaque année, pour la Saint-Sylvestre, et il y a fort à faire.

– Maintenant que vous êtes là, répondit-il, j'espère que vous avez l'intention de vous installer ici. Vous nous avez manqué et tout est oublié. Comme je le dis toujours, aucune faute n'est impardonnable.

– Parce que c'est moi qui suis en faute, maintenant ? railla la comtesse.

– Embrassez votre mère, demanda Gabriel à la jeune fille, sans manifester l'intention de le faire lui-même.

Henriette étant rarement aussi gaie, il devinait que cela cachait quelque chose.

Obéissante, Renée s'exécuta, assez vite pour éviter le regard d'Henriette.

– Non, Maurice, dit cette dernière. Je reste chez lady Winterbottom. Il y a encore beaucoup à faire avant que tout soit prêt.

– Dans ce cas, je compte que nous dînions ensemble ce soir.

– J'en serais ravie, dit-elle. Vous joindrez-vous à nous, Gabriel ?

– Le voyage m'a plutôt fatigué, répondit-il. J'aimerais autant rester à la maison avec ma fille.

– Votre fille... À ce propos, je crains d'avoir de mauvaises nouvelles pour vous, vicomte, annonça-t-elle, feignant la sympathie. Il semble que la procédure d'adoption soit incomplète... Vous vous en souvenez certainement, nous avions donné notre accord à la condition que vous divorciez, après quoi Renée deviendrait votre unique héritière. Or je viens de découvrir que vous n'avez pas divorcé du tout. En conséquence de quoi, votre seule héritière demeure Adélaïde.

– C'est faux, protesta le vicomte. *J'ai* divorcé.

– Vous mentez, Gabriel, déclara la comtesse, triomphante. Adelaïde m'a dit elle-même qu'il y a six mois, vous avez refusé, *et* le divorce, *et* toute annulation de votre mariage. Notre projet ne tient donc pas, et la garde de Renée revient à ses parents. Étant la mère, j'ai décidé qu'elle finira ses études au couvent. Peut-être les sœurs parviendront-elles à la laver de ses péchés.

– Non, cet enfant m'appartient ! s'écria-t-il. Et si vous causez un scandale, Henriette, je vous jure que je vous anéantis. Vous ne savez pas de quoi je suis capable.

– Que si, je le sais ! Il n'est besoin que de poser la question à votre épouse, ou à la pauvre Sophie !

La comtesse se tourna vers son mari.

– Maurice, pourriez-vous élever la voix, une fois de temps en temps ? Votre frère vous a-t-il corrompu avec son fric au point de faire de vous une mauviette ?

Détournant les yeux d'un air coupable, le comte tirait placidement des bouffées de son cigare.

– Il faudrait aussi que j'élève la voix contre vous, Henriette, murmura-t-il. Et que nous parlions de vos propres outrages.

– J'ai changé d'avis, dit-elle en se levant. Tout compte fait, je n'ai aucune envie de dîner avec mon époux ce soir. Quant à vous, Gabriel, je vous conseille de *vite* nous fournir votre jugement de divorce. *S'il existe, bien sûr.* Bonsoir.

Regardant sa mère partir, Renée se rendit compte qu'elle n'avait pas échangé un mot avec elle.

– Eh bien, soupira le comte, je suppose que je vais dîner au club. Voulez-vous m'accompagner, Gabriel ?

– Je ne pense pas, Maurice. Je dois corriger les exercices d'arithmétique de la petite.

– Eh bien, j'espère y trouver un peu de compagnie, histoire de ne pas manger tout seul.

Il embrassa Renée sur les deux joues et ajouta :

– Ne faites pas attention à votre mère, ma chérie. Elle est fâchée… contre nous tous, je crois.

– C'est vrai, alors ? demanda Renée, après que le comte les eut laissés. Vous n'êtes pas devenu mon père ? Et vous prétendiez avoir tous les droits sur moi ?

– Venez vous asseoir, ma petite, dit-il en tapotant sur ses genoux.

Ce qu'elle fit, comme depuis son plus jeune âge. Elle posa ses bras autour de son cou, et sa joue contre sa barbe.

– Vous me racontez toujours des histoires.

– Ce n'est qu'un petit problème juridique, qui sera vite résolu. Entre-temps, vous restez ma fille.

– Vous ne les laisserez pas m'envoyer au couvent, Gabriel ?

– Bien sûr que non. Dites-moi, ma chérie, voulez-vous m'épouser ?

Elle enfouit son visage dans le creux de son épaule.

– Vous n'avez même pas divorcé, répondit-elle. Si vous n'êtes pas capable de m'adopter, pour commencer, comment feriez-vous pour m'épouser ?

En son for intérieur, elle dut reconnaître une vérité qu'elle niait depuis longtemps : son oncle n'était pas un type bien, mais un mufle et un menteur, un manipulateur, un coureur de jupons, un homme capable de battre une femme, et pour finir un pédophile – bien qu'elle ne fût pas encore tout à fait sûre de ce que cela signifiait. Mais rien de tout cela n'avait d'importance. Ce qui comptait pour elle, et compterait toujours, était que Gabriel l'aimait comme personne ne l'avait fait dans cette famille. Comme lui-même l'avait dit, elle lui appartenait et il lui appartenait. Dans ses bras, Renée se sentait à l'abri des caprices et de la jalousie d'une mère frigide, des tergiversations de son cher papa, qui, l'un et l'autre, étaient prêts à la confier, sans hésiter, à des religieuses sans cœur, de la même façon qu'ils avaient envoyé son pauvre frère terminer sa courte existence dans les montagnes suisses.

– Je vous en prie, Gabriel, le supplia-t-elle. Ne les laissez pas m'enfermer dans un couvent.

– Il n'en est pas question.

2

Le bal de la Saint-Sylvestre chez lady Winterbottom était l'événement mondain de la saison, une réception spectaculaire à laquelle étaient conviées toutes les familles notables du Caire et d'Alexandrie, européennes comme égyptiennes. Pour le plus grand plaisir de Renée, son oncle le vicomte Gabriel de Fontarce accepta de l'y accompagner.

Sir Herbert et son épouse recevaient leurs amis dans le hall monumental de Mena House, au pied du vaste escalier de marbre. La tradition voulait qu'ils se déguisent. Une faux à la main, vêtu d'un sac de pommes de terre retenu à la taille par une ficelle, sir Herbert incarnait le Temps ; accoutrée d'une vieille robe usée, lady Winterbottom représentait, elle, l'Année finissante. Le visage couvert de poudre blanche, elle avait tout d'un fantôme.

Le vicomte et sa nièce n'étaient pas plus tôt entrés que leur hôtesse prit la main de la jeune fille.

– Mais elle est superbe ! déclara-t-elle à Gabriel. Si jeune, si fraîche ! Il faut absolument qu'elle joue le rôle de la Nouvelle Année. Venez vite avec moi, ma fille, nous allons vous donner votre costume.

Sans laisser au vicomte le temps de protester, elle entraîna Renée dans la buanderie où une gouvernante remplaça sa nouvelle robe blanche par une djellaba en tulle doré vaporeux, et une jupe-culotte en dentelle. Puis lady Winterbottom la para d'un collier de gui frais.

– Formidable ! proclama-t-elle. Vous êtes absolument adorable. On dirait lady Godiva !

L'« Année finissante » revint prendre place dans le hall, aux côtés du « Temps » et de leurs amis qui formaient une haie d'honneur pour accueillir les invités. Ils leur présentèrent la « Nouvelle Année ».

Repérant sa nièce depuis l'autre bout de la salle, Gabriel la rejoignit aussitôt.

– Mais enfin, madame, cette enfant est à moitié nue ! s'exclama-t-il.

– La nudité est l'état naturel de l'enfance, lui répondit lady Winterbottom. Dans toute son innocence.

– On voit sa poitrine sous les mailles, observa le vicomte. Je ne permettrai pas ça.

– Une gorge prépubère n'a rien d'obscène. Au contraire, c'est tout à fait charmant. Vous êtes son oncle et son père adoptif, vous devriez le savoir mieux que quiconque.

À cet instant, se présenta lord McFecont Bitt, réputé l'homme le plus riche d'Angleterre. Il s'arrêta devant Renée, l'examina des pieds à la tête et remarqua avec plaisir :

– À en juger par son allure, 1914 devrait être une belle année. Une fort belle année, même !

– Le vieux coureur les trouve en effet charmants, ses seins, marmonna Gabriel, furieux, à l'intention de la maitresse de maison.

– Allons, vicomte, vous n'allez pas nous faire une scène. Je vous en prie, ne troublez pas la fête !

Parmi les nouveaux arrivants, plusieurs femmes dévisagèrent Renée d'un œil moins enthousiaste que lord Bitt, notamment lorsque leurs maris s'attardèrent sur son costume.

Quand le dernier invité fut entré, Gabriel s'approcha de sa nièce et la prit brutalement par le bras.

– Allez vous rhabiller tout de suite ! lui ordonna-t-il. Je ne veux pas que vous vous promeniez toute la nuit à demi-nue. Vous la donnez en spectacle, madame, dit-il ensuite à lady Winterbottom.

Vous ne voyez pas ces messieurs en train de la lorgner ? Eh bien, je m'y oppose.

– Mon orchestre hongrois va commencer à jouer d'un instant à l'autre, plaida-t-elle. Et j'ai besoin que la Nouvelle Année ouvre le bal avec le Temps. S'il vous plaît, Gabriel, c'est la tradition. Ce serait de très mauvais augure pour tout le monde, et une bien triste façon d'aborder 1914, qui promet déjà d'être assez difficile. Ensuite, j'ai réuni ici d'importants représentants de la noblesse britannique, et votre pudibonderie bourgeoise n'est pas de mise. Juste une danse, ce sera tout. Je ne vous demande rien de plus. De grâce, vicomte !

À la grande surprise de Renée, il céda et regarda, en même temps que les autres, sa nièce se placer au milieu de la salle pour la première valse. Visiblement dépités, le comte et la comtesse l'observaient dans les bras de sir Herbert et son sac de pommes de terre.

– Nous sommes fichus, murmura Maurice à sa femme. Après cela, elle ne trouvera jamais un mari. Quelle famille décente voudra encore d'elle ?

L'orchestre terminait à peine que Gabriel traversa la salle et arracha sa nièce des bras de son cavalier, ce qui ne manqua pas de susciter quelques gloussements dans l'assemblée. Quant à elle, Renée était ravie d'être le centre d'intérêt – reluquée par les hommes, jalousée par les femmes. Voir son oncle ainsi agacé, au point de mal se comporter devant ses amis et relations lui plaisait encore plus. À la vérité, elle aurait aimé conserver son costume toute la soirée.

– Allez vous changer tout de suite ! la somma-t-il. Et arrêtez de sourire bêtement !

– Je n'y suis pour rien, dit-elle. Pourquoi êtes-vous en colère contre moi ?

– Parce que vous vous amusez un peu trop à mes yeux. Et aux yeux de tous.

– On n'est pas censé s'amuser à un bal ? Pour le nouvel an, qui plus est ?

– Allez vous rhabiller.

Le temps que Renée reparte enfiler sa robe, les invités s'étaient groupés devant le buffet où, en attendant de se servir, ils admiraient les pyramides de hors-d'œuvre artistiquement disposés devant eux – foie gras aux truffes, caviar, homard, huîtres, sans oublier les dizaines de seaux à champagne qui contenaient chacun une bouteille de Dom Pérignon. Une fois ses hôtes assis, lady Winterbottom fit circuler entre les tables les danseuses du ventre qu'elle avait engagées – le nombril à l'air, toutes en ondulations suggestives.

De peur de perdre sa nièce de vue, Gabriel ne l'avait pas lâchée depuis son retour de la buanderie. La maîtresse de maison ne tarda pas à les rejoindre.

– Maintenant que votre fille est mieux attifée, vicomte, puis-je vous l'emprunter de nouveau ? Les jeunes souhaitent faire sa connaissance.

– Je l'imagine aisément, répondit-il. Seulement, les jeunes ne l'intéressent pas.

– Balivernes ! rétorqua lady Winterbottom. Bien sûr que si, ils l'intéressent. Pensez-vous qu'elle tienne spécialement à s'encombrer de vieux barbons et de vieilles dondons comme nous ? Allons, je vous en prie, confiez-la-moi.

Elle saisit la main de la jeune fille.

– Je vais la présenter aux héritiers de toutes les grosses fortunes d'Alexandrie et du Caire. Qu'elle se fasse donc quelques amis, elle rencontrera peut-être des partenaires pour le tennis. Qui sait, pourquoi pas son futur mari !

La remarque peina visiblement le vicomte, ce que l'hôtesse remarqua avec un sourire narquois. Sans attendre de réponse, elle se hâta d'emmener Renée à l'autre bout de la pièce, où la jeunesse dorée avait établi son camp. Certains étaient à table, de petits groupes bavardaient debout – les garçons en costume sur mesure, les filles en robe de soirée à la française. Ils fumaient des cigarettes anglaises, buvaient leur champagne avec une lassitude affectée, propre à suggérer qu'ils avaient assisté à de trop nombreuses réceptions de cette sorte et qu'ils en concevaient un ennui considérable.

Bien qu'égyptiens de naissance pour la plupart, ces jeunes gens étaient indéniablement marqués par leur éducation britannique et s'exprimaient avec un accent pointu acquis à Oxford et Cambridge. Tous avaient quelques années de plus que Renée et, dans l'ensemble, ils ne manifestèrent qu'une vague indifférence à son égard. De son côté, elle trouva aux demoiselles quelque chose d'anémié, de mal nourri. Leur maigre poitrine était mise en valeur par des décolletés qui n'auraient pas dépareillé à la cour de George V. Toutes avaient noté plus tôt l'apparition de la Française dans son costume diaphane, et elles la regardaient maintenant avec méfiance, comme une dangereuse intruse.

Lady Winterbottom n'était pas repartie depuis cinq minutes que Gabriel, refaisant apparition, prit sa nièce par le bras.

– Cela vous apprendra à ne plus me fausser compagnie, murmura-t-il à son oreille. Voyez dans quel guêpier vous êtes fourrée. Ces filles sont aussi laides qu'elles vous détestent.

– Vous me faites mal, dit-elle. Je vous en prie, lâchez-moi !

Un des jeunes hommes, dégingandé et le teint olivâtre, s'approcha.

– Monsieur le vicomte, commença-t-il dans un français impeccable. Permettez-moi de me présenter. Je suis le prince Badr el-Banderah. Mon père, le pacha Ali el-Banderah, est votre voisin et ami à Armant.

– Oui, bien sûr, fit le vicomte en lui serrant la main. J'ai failli ne pas vous reconnaître, monsieur. La dernière fois que je vous ai vu, vous étiez un petit garçon. Vous passez la majeure partie de l'année en Grande-Bretagne, n'est-ce pas ?

– J'habite en effet là-bas avec ma mère.

– Comment va votre père ?

– Fort bien, je vous remercie. Il est d'ailleurs ici ce soir. Il sera ravi de vous voir, je n'en doute pas.

– Je vais aller à sa rencontre.

– Je souhaite demander à votre charmante nièce de nous rejoindre à notre table, monsieur. Je prendrai le plus grand soin d'elle.

Le visage de Gabriel s'assombrit. Il n'ignorait pas qu'en refusant, il risquait à nouveau de se rendre ridicule devant tout le monde. En outre, le père du jeune prince était non seulement son voisin à Armant, mais aussi l'un de ses principaux associés, qu'il recevait souvent à dîner.

– Entendu, dit-il. Mais il se fait tard et, compte tenu de son âge, je crains que Renée ne puisse rester très longtemps.

D'un regard, il la mit en garde.

– Je reviendrai la chercher à minuit sonnant, conclut-il.

Le jeune prince s'inclina légèrement.

– Je vous remercie, monsieur le vicomte.

Badr mena Renée à une table et la présenta à quelques-uns de ses amis. Maintenant qu'elle était officiellement en sa compagnie, les autres garçons rivalisèrent pour tenter de l'impressionner, évoquant leurs universités respectives, leurs pur-sang, les courses hippiques à Newmarket, les chasses à courre dans le Leicestershire… Les filles en revanche, jalouses de la voir avec le prince, se comportaient comme si elle n'existait pas, pensant peut-être qu'en l'ignorant, elles parviendraient à la faire disparaître.

Renée aperçut Gabriel qui entamait un tango avec une rousse, une Américaine qu'elle avait déjà aperçue au Caire. Sans doute pour continuer à surveiller sa nièce, il évitait de se fondre dans la foule des danseurs. L'Américaine, qui manifestement essayait de le séduire, était aussi impudique que bonne cavalière.

Voyant la jeune fille captivée par son oncle et sa partenaire, le prince se leva et lui tendit la main.

– Venez, mademoiselle Renée, allons danser, nous aussi.

Elle prit sa main et le suivit, certaine de contrarier Gabriel.

– Êtes-vous amoureuse de votre oncle ? demanda Badr en la prenant dans ses bras. Il y a des rumeurs qui circulent. Apparemment, vous ne le quittez pas des yeux. Et lui non plus.

– Ne dites pas de bêtise. Bien sûr que je ne suis pas amoureuse de lui. Je le considère comme mon père.

– Quel âge avez-vous ?

– Quatorze ans.

Effleurant du bout des lèvres la mèche qui couvrait l'oreille de Renée, il chuchota :

– Dans ce pays, les filles se marient à treize ans. Tenez, tous les regards sont sur nous. Encore un instant, et ils vont nous fiancer…

– Que me chantez-vous là ? dit Renée. Je ne sais même pas votre nom.

– Mais si, vous le savez. Je suis le prince Badr el-Banderah. Appelez-moi Badr, tout simplement.

– Jamais mon père ne me laisserait épouser un Arabe, de toute façon.

– Je ne suis qu'à moitié arabe. Ma mère est écossaise. Et mes parents sont divorcés.

– Peu importe. Pour mon père, vous êtes et resterez arabe. Je suppose que vous êtes aussi musulman.

– Non, en réalité, j'ai embrassé la religion de ma mère. Je suis chrétien.

– Je crois que mes parents n'y attacheront pas plus d'importance, dit Renée.

Elle se demandait à quoi bon parler mariage avec un garçon qu'elle connaissait à peine.

– Ma mère n'approuverait pas que j'épouse une Française, poursuivit Badr. Ce serait pourtant très romantique. Des amants maudits ! Nous serions comme Roméo et Juliette. Avec une fin plus heureuse, cependant.

Le prince était un merveilleux danseur. Son corps souple et agile semblait n'en faire qu'un avec celui de Renée. Sentant contre elle ses muscles jeunes et noueux, l'odeur de son eau de Cologne mêlée à celle du tabac anglais, elle se rendit compte qu'elle n'avait jusque-là jamais dansé avec un garçon de son âge – seulement avec son oncle, son père ou encore sir Herbert. Étourdie, comme soûle, elle craignit soudain de s'évanouir.

– Allons dehors regarder la lune, murmura Badr. Avez-vous vu le grand bouquet de gui que lady Winterbottom a fait venir d'Angleterre ? Il est suspendu au-dessus de la porte de la terrasse. J'aimerais que nous soyons dessous à minuit.

Levant les yeux, elle vit que son oncle ne dansait plus. Il venait simplement de laisser sa rousse, éberluée, seule devant les autres invités, et il avançait vers sa nièce en braquant sur elle un curieux regard. L'orchestre avait commencé à jouer *Le Beau Danube bleu*, la traditionnelle valse de minuit, et Gabriel fit signe à la jeune fille de le rejoindre. Mais celle-ci, comme dans un rêve, se sentait incapable de résister à son compagnon, ce garçon brun et mince qui, la tenant dans ses bras, lui donnait un nouvel avantage sur le vicomte. Elle suivit le jeune prince qui l'entraîna vers la terrasse, où il s'arrêta sous le gui.

– Encore deux minutes et c'est le nouvel an, dit-il en lui posant deux mains fermes sur la taille. 1914, et nous avons toute la vie devant nous.

Se penchant, il l'embrassa légèrement sur les lèvres. C'était le premier baiser qu'un garçon lui donnait.

Soudain surgit Gabriel qui, sans un mot, l'arracha brutalement des griffes du prince, puis la tira par la main dans la salle où l'orchestre n'avait pas terminé *Le Beau Danube*. La serrant dans ses bras, il se mit à tournoyer avec elle, comme un dément avec une poupée de chiffon. Croyant toujours flotter dans un rêve, succombant aux pouvoirs enivrants de ces hommes, Renée s'abandonna aussi passivement qu'auparavant avec Badr. Elle se rappela le bal de l'année dernière à son ancien domicile de la Borne-Blanche, qui paraissait maintenant si vieux, si loin dans la campagne française. Cette nuit-là, tous les chandeliers illuminaient la grande salle du château, tandis que, du haut de l'escalier, en pantoufles et peignoir, elle regardait les convives – et surtout sa mère, la séduisante comtesse de Fontarce – danser avec l'oncle Gabriel sur le même air de musique. À peine un an plus tard, elle portait une robe de soirée et des souliers lamés, et c'était maintenant lui, l'amant de ses rêves, qui la faisait tourbillonner.

– Il vous a volé notre premier baiser, murmura le vicomte d'une petite voix d'écolier.

– Je vous en prie, Gabriel, ne soyez pas en colère. Cela ne compte pas. D'ailleurs minuit n'a pas encore sonné. Menez-moi sous le gui, il nous reste encore une minute.

Il ne se fit pas prier. Lorsqu'ils arrivèrent sous le bouquet, les sirènes retentirent, les lumières s'éteignirent dans la salle de bal et, se jetant dans les bras de son oncle, Renée l'embrassa passionnément, prête à le dévorer.

– *Voyez*, lui dit-elle. *Ça*, c'est un premier baiser. Bonne année, *monsieur mon père*...

Mais il restait maussade et annonça qu'il était tard. Il fallait partir. Renée se doutait qu'elle n'avait pas fini d'entendre parler de son prince égyptien et qu'elle encourait une bonne rossée. Ça lui était égal. En lui serrant la nuque d'une main, Gabriel la guida vers l'entrée de la maison, où lady Winterbottom, assise sur un fauteuil telle une reine sur son trône, étudiait ses invités d'un air satisfait.

– Votre jolie blonde est très demandée, ce soir, vicomte. C'est la perle du Caire ! Permettez-lui, s'il vous plaît, de souper avec nous.

– À cette heure-là, dit sèchement Gabriel, elle devrait être au lit.

– Dans ce cas... fit la maîtresse de maison. Je connais un petit pacha qui aura le cœur brisé de la voir partir.

Renée se retourna une dernière fois vers la salle de bal où, sous les chandeliers étincelants, les domestiques en livrée rouge servaient les convives de nouveau attablés.

Elle aperçut Badr, adossé à une énorme statue d'un dieu nu de l'Antiquité. Il la regardait avec un sourire triste, qu'elle lui rendit.

L'oncle et la nièce rentrèrent dans un silence ponctué par les cadences des sabots sur les pavés et le tintement des grelots sur les harnais des chevaux. La nuit était douce, l'air chargé des senteurs du Nil. Blottie contre Gabriel, la jeune fille pensa qu'à cet instant la vie était belle, et tout pour le mieux sur terre.

Elle avait à peine regagné sa chambre aux Roses qu'il apparut à sa porte.

– Vous n'êtes qu'une gamine volage, lui dit-il. Retirez votre robe !

Lentement, Renée défit les premiers boutons.

– Vous savez un peu trop que vous êtes belle, poursuivit-il. À peine quatorze ans, et ça s'amuse à prendre des amants.

Elle ne moufta pas et il ajouta :

– Vous avez fait ça pour me provoquer, n'est-ce pas ? Répondez quand je vous parle, jeune fille !

Elle se dressait maintenant devant lui sans autre vêtement que son jupon de dentelle.

– Vous avez envie de me frapper ? C'est ça ? Eh bien, allez-y, faites. Je m'en fiche. Je n'ai plus peur de vous. J'ai bien compris votre petit jeu. Ce sera mon cadeau de nouvel an, monsieur mon père ? Car ensuite vous voudrez me consoler, me cajoler pour que j'oublie mes blessures…

Neutralisé, Gabriel sourit.

– L'année vient juste de commencer et nous nous disputons déjà. Vous êtes bien trop avisée, bien trop mûre pour une fille de quatorze ans.

– On m'aura éduquée assez tôt. J'avais un professeur exigeant.

– Pourquoi me narguer en laissant ce garçon vous embrasser ? Vous croyez que je ne vous ai pas vue le regarder en partant ?

– J'ai joué avec lui pour vous rendre jaloux, c'est tout. Et pour vous faire payer votre grosse négresse.

Il s'esclaffa.

– C'est réussi, dit-il en hochant la tête. Je vous ai bien montré l'exemple. Nous nous ressemblons trop, vous et moi. Allons, venez. Je vais vous le donner, votre premier vrai baiser.

3

Le lendemain matin, Maurice, son frère et Renée étaient réunis à la cuisine pour le petit déjeuner quand la comtesse arriva aux Roses, une fois encore sans s'annoncer. Elle s'assit à sa place habituelle et pria la domestique de la servir comme si elle habitait toujours là.

– Avez-vous passé une bonne soirée, Gabriel ? demanda-t-elle à celui-ci. Vous êtes-vous bien amusé ? Nous vous avons cherché après minuit, mais lady Winterbottom m'a informée que vous étiez parti sans souper.

– Il commençait à être tard pour la petite.

– Ah oui, la petite…

Henriette se tourna vers sa fille.

– Pourquoi avez-vous les lèvres aussi rouges et gonflées ?

– Un moustique lui a piqué la bouche, au bal hier soir, répondit le vicomte à la place de Renée. Lorsqu'elle est passée sous les branches de gui avec un certain prince.

– Un miracle qu'elle ne soit pas morte de froid, dans ce costume, persifla la comtesse.

– Vous réglerez ça avec vos amis Winterbottom, dit Gabriel. Ce n'est pas moi qui l'ai accoutrée ainsi et je vous garantis que je n'étais pas d'accord.

– Je suis venue voir votre jugement de divorce, et je veux le voir maintenant. Si vous ne pouvez pas me le présenter, je reprends la garde de ma fille. J'ai prévenu le consulat de France à ce sujet, et j'ai pris les dispositions utiles pour mettre Renée dans un couvent en Angleterre. Vous n'êtes pas digne de l'élever. Vous la promenez partout comme une maîtresse, vous vous donnez en spectacle et cela retombe sur la famille. Tout le monde y est allé de son petit commentaire, hier soir, même lady Winterbottom.

– Lady Winterbottom n'est qu'une grosse vache sénile. Elle ferait mieux de s'occuper de ses affaires, notamment des liaisons de votre mari, lâcha Gabriel.

– Très bien, montre-moi ce jugement.

Le comte leva finalement le nez de son journal.

– Pour l'amour du Ciel, Henriette, ça suffit ! Vous ne pouvez pas nous laisser tranquilles, s'il vous plaît ? Vous ne vous êtes jamais souciée ni de votre fille ni de votre mari. Vous ne vous êtes jamais occupée de nous. J'ai confié notre enfant à mon frère et elle restera avec lui. Je lui ai donné ma parole et j'ai signé les papiers pour l'adoption. Ce que vous pouvez dire ou faire n'y changera rien.

– Oui, Maurice. Aucun de nous n'ignore par quel arrangement, légal et financier, nous sommes arrivés à une situation aussi triste : la réduction de votre fille en esclavage et la mise à l'écart de votre épouse.

– Calmons-nous un instant, intervint Gabriel, conciliant. Rappelons-nous que nous sommes une famille, qu'il vaut mieux rester solidaires les uns des autres. Nous repartons demain à Armant, Henriette. Si vous tenez tellement à éviter le scandale, je vous suggère de nous y rejoindre. Je pense que cela permettrait de faire taire les jaseurs.

– Vous ne croyez pas qu'on les connaît, vos ficelles, maintenant ? dit-elle. Dès qu'on vous demande de faire face, vous choisissez la fuite. La prochaine fois que je reviens ici, j'aurai avec moi le préfet de police et le consul de France. Si vous ne produisez pas ce jugement de divorce, je reprends ma fille.

ARMANT, Égypte
Janvier 1914

1

Renée aurait préféré séjourner plus longtemps au Caire. Les températures y étaient douces et, après l'excitation des fêtes, il lui fut difficile de retrouver la haute Égypte, ses fortes chaleurs et les mornes exigences de la plantation. Renée était après tout une demoiselle, qui aimait se divertir, danser, sortir, et le tourbillon de la vie mondaine lui convenait parfaitement. Cependant sa mère venait de proférer des menaces, et elle voyait bien la nécessité de quitter la ville une fois de plus. Elle savait que la comtesse ne reculerait devant rien pour l'envoyer au couvent.

Deux fois par semaine, Gabriel recommença à faire le tour de la propriété à cheval, vérifiant tous les aspects de l'exploitation, et exigeant bien sûr que sa protégée l'accompagne. Armé de sa cravache en cuir de rhinocéros, il parcourait à une allure épuisante les plaines inondables du Nil – qui empestaient la vase, le fumier et, pour Renée, la pourriture, sinon la mort elle-même. Elle avait beau s'enduire le corps d'huile de citronnelle, d'insatiables moustiques la tourmentaient ; l'implacable soleil lui desséchait la peau, décidé, semblait-il, à la poursuivre dans ce pays plat et monotone. Mais elle avait appris à ne pas trop se plaindre de ces désagréments. Vivant constamment dans la peur de l'éloignement, elle craignait avant tout d'agacer son oncle.

Par une de ces journées, elle ressentit au réveil une douleur terrible à l'estomac. Lorsque, le soir, ils mirent pied à terre devant une des huttes de bambou où ils allaient passer la nuit, elle baissa les yeux et remarqua ses jodhpurs, couverts de sang.

– Au secours, Gabriel, aidez-moi, je vais mourir ! s'écria-t-elle, terrifiée.

– Qu'y a-t-il encore ? dit-il, irrité. J'en ai assez de vous entendre gémir.

– Mais regardez mon pantalon, il baigne dans mon sang !

– Bon Dieu ! s'exclama-t-il en le constatant à son tour.

Il appela en arabe une employée de la plantation, Alinda, une Grecque au visage voilé. Elle accourut tandis que, doucement, il prenait sa nièce dans ses bras pour la porter à l'intérieur.

– Allongez-la sur le lit, vicomte, dit Alinda.

– Elle fait une hémorragie, il faut chercher le docteur.

– Calmez-vous. Je ne pense pas que ce soit ça. Elle devient une femme, tout simplement. À l'évidence, c'est la première fois que ça lui arrive. Avez-vous mal, madame Renée ?

– Oui, au ventre, depuis ce matin.

– Pourquoi ne m'avez-vous rien dit ? lui reprocha Gabriel. Pourquoi ne m'avez-vous pas dit que vous étiez souffrante ?

– Quand je me plains de quelque chose, vous vous fâchez. J'ai peur, Gabriel. J'ai peur de mourir.

– Je vous promets que vous n'allez pas mourir, affirma Alinda.

– Miss Hayes m'avait prévenue, se rappela Renée. Mais pourquoi est-ce aussi violent ? Regardez, j'ai du sang partout.

– Restez allongée, conseilla la servante. Je reviens tout de suite.

– Je vais quand même chercher le Dr Lehman, au cas où, dit le vicomte.

– Non, je vous en prie, ne me laissez pas, l'implora sa nièce, s'accrochant à sa main.

La Grecque réapparut alors, munie d'un grand bol d'eau chaude et d'une serviette. Elle fit signe à Gabriel de quitter la pièce, mais Renée refusa de lui lâcher la main.

– Au moins détournez la tête, monsieur, le pria Alinda. Ceci est une affaire de femmes.

Rapide et efficace, elle retira les bottes de Renée, ses jodhpurs et ses sous-vêtements imprégnés de sang. Puis, à l'aide d'un gant de toilette, elle la lava à l'eau chaude, l'essuya avec la serviette et lui plaça entre les jambes une petite bande de coton pliée en deux. Enfin, elle la couvrit d'un drap blanc et propre.

– Dormez, dit Gabriel. Je pars chercher le docteur, juste pour être sûr que ce n'est pas grave. N'ayez crainte, mon amour, je serai vite de retour.

Épuisée, Renée s'assoupit aussitôt. Elle perçut plus tard, comme dans un rêve, des murmures dans la hutte.

– Elle s'est endormie, Lehman. Il n'est peut-être pas nécessaire de l'examiner, après tout. Elle est nue sous le drap.

– Mais enfin, vicomte, cela n'a aucune importance. Je suis médecin et je peux vous assurer que j'en ai vu, des patientes nues. Je peux difficilement les ausculter habillées, quand même…

Levant le drap, le médecin s'agenouilla devant la jeune fille et appliqua délicatement ses mains sur son ventre.

– Quatorze ans, disiez-vous ? Le début de la puberté. Tout cela est parfaitement normal.

– Elle ne court aucun risque ?

– Absolument aucun, affirma le praticien, poursuivant son auscultation.

Dans son rêve, Renée transformait ses petites mains en créatures velues qui lui couraient sur la peau.

– Tout est normal, confirma Lehman. Et c'est une belle représentante du beau sexe. Joliment musclée des pieds à la tête.

– Elle est née sur un cheval, dit le vicomte.

– Comparée aux filles de ce pays, qui sont pour l'ensemble maigrichonnes, fragiles et souvent violées dès l'âge de huit ans, cette enfant est un régal pour les yeux. Une fleur magnifique. Si un de nos pachas la voyait à l'instant, il lui offrirait certainement son poids en or.

– Merci, docteur, dit sèchement Gabriel en replaçant le drap sur le corps de sa nièce, mais elle n'est pas à vendre. Si vous pensez qu'elle a besoin de médicaments, quels qu'ils soient, allez à Armant donner votre ordonnance à Ali, il enverra un *dahabieh* au Caire. Bien, je vous raccompagne.

Renée entendit la porte se refermer, puis leurs voix assourdies, le temps d'un au revoir. Quelques minutes plus tard, la porte se rouvrait. Les paupières closes, elle sentit l'odeur familière de son oncle, mélange de soleil et d'eau de Cologne. Ses mains effleurèrent son ventre, ses seins, puis, se penchant, il l'embrassa doucement sur les lèvres.

Elle dormit toutc la nuit à poings fermés. Le matin venu, Alinda lui apporta ses vêtements, lavés et repassés. Devant la hutte, les chevaux sellés attendaient la jeune fille et Gabriel qui, après le petit déjeuner, reprirent les pistes sans parler des événements de la veille. À la façon dont son oncle la regardait, Renée comprit que les choses avaient changé entre eux, et cela lui perça le cœur. Elle n'était plus une fille-enfant, le jouet de cet homme. Il n'userait plus d'« innocents » prétextes pour l'attirer dans son lit, l'embrasser, la câliner avec son membre dur pressé contre elle.

2

Quelques jours plus tard, alors que le comte, le vicomte et Renée se trouvaient dans le salon, un soir après dîner, Gabriel annonça :

– Maurice, le pacha Ali el-Banderah m'a rendu visite, cet après-midi, dans mon bureau.

– Ah, le voisin ? Que voulait-il ?

– Il a un fils de son ex-femme, qui est écossaise. Un jeune gars de vingt ans, plutôt fringant, qui s'appelle Badr. Il a grandi en Angleterre, c'est un ancien élève d'Eton et il étudie maintenant à Oxford. Peut-être l'avez-vous remarqué au bal du nouvel an, chez lady Winterbottom ? Il a dansé avec notre fille. Tout le monde dit que c'est le plus beau parti du pays.

– Que nous vaut l'honneur de cette visite ? demanda Maurice.

– Eh bien, au nom de son fils, le pacha m'a demandé la main de Renée. Le garçon accepte d'attendre qu'elle ait seize ans. Mais il ne veut courir aucun risque et préférerait se fiancer tout de suite. Il semblerait que, depuis le bal, les garçons de la bonne société cherchent tous un moyen de s'attacher cette jeune fille.

Se tournant vers celle-ci, il ajouta :

– Peut-être y a-t-il un rapport avec la tenue suggestive qu'elle portait ce soir-là ?

– Il va sans dire qu'il n'est pas question de répondre favorablement, dit le comte. Vous savez que je ne la laisserais jamais épouser un Arabe, Gabriel.

– Il ne l'est qu'à moitié. Pourquoi ne pas dire oui ?

M. El-Banderah m'a appris qu'on l'a élevé dans la religion anglicane. Par son éducation, c'est presque un vrai Anglo-Saxon, d'ailleurs il est britannique par sa mère. Sans oublier qu'il héritera d'une vaste fortune. Cela ferait un couple heureux, qui résiderait à Londres, avec certainement un endroit où chasser à la campagne. La belle vie, pour Renée. Et ce serait bon pour nos affaires, dois-je ajouter. Réunir nos propriétés serait bénéfique pour tous. Non, je crois qu'il faut y penser sérieusement.

Renée, qui n'avait jusque-là rien dit, explosa soudainement.

– Qu'est-ce que vous racontez, Gabriel ? Vous parlez de moi comme si je n'étais pas là. Êtes-vous devenu fou ? « Bon pour les affaires » ? Je n'épouserai personne ! Jamais ! Et surtout pas ce garçon !

Continuant de l'ignorer, le vicomte reprit à l'intention de son frère :

– Nous sommes, après tout, ses voisins, Maurice. Un tel rapprochement aurait bien des avantages. En rassemblant nos terres, nous aurions presque le monopole du sucre et du coton. Avec la guerre qui approche, cela représente des millions.

– Gabriel, pourquoi tant de cruauté ? s'exclama Renée. S'il vous plaît ! Je ne veux pas de ça ! Je vous en supplie !

Elle tenta de se jeter à son cou et il la repoussa.

– De la cruauté ? Pourquoi dites-vous cela, ma petite ? demanda-t-il en mimant la surprise. J'essaie simplement de pourvoir au mieux à vos besoins. Puisque vous ne m'aimez pas. Il paraît même que je vous martyrise.

Cette fois, Renée se prosterna devant lui et, sans même réfléchir aux conséquences, lâcha d'une traite :

– Mais si, je vous aime, Gabriel ! Je vous ai toujours aimé, je n'aime que vous ! C'est seulement difficile de le dire ! Que ferais-je sans vous ?

Quittant son fauteuil, le comte se rapprocha de sa fille.

– Qu'est-ce que c'est que cette histoire d'amour ? s'étonna-t-il, perplexe. Que se passe-t-il dans cette famille ? Qu'est-ce que cela signifie, Gabriel ?

– Eh bien, Maurice, ta femme colporte partout au Caire que

j'ai enfermé notre fille, qu'elle est ma prisonnière et mon esclave. Alors le fils du pacha, ce très galant jeune homme, s'est persuadé de venir la sauver, de l'ôter des griffes du vieux satyre qui la retient contre son gré.

– Est-ce donc vrai, ce qu'Henriette prétend depuis le début ? Que vous avez ensorcelé cette petite ?

– Il ne m'a pas ensorcelée ! lança Renée. Je l'aime ! Je suis prête à mourir pour lui !

Soudain blême, le comte trébucha et se retint à une table pour ne pas tomber. D'un pas mal assuré, il s'avança vers le buffet et se servit un verre de cognac, qu'il avala d'un trait.

– Bon Dieu, grommela-t-il en le remplissant de nouveau. Mais que sommes-nous devenus ?

– Le pacha revient demain avec son fils pour avoir notre réponse, dit Gabriel d'une voix égale. Il souhaite une entrevue avec nous tous. Nous devons être très polis avec lui. Vous spécialement, ma chère.

– Non ! Je ne serai pas polie ! s'écria Renée.

– Tenez, prenez mon mouchoir, lui offrit son oncle. Séchez vos larmes et ressaisissez-vous. Il faut vous montrer raisonnable. J'ai travaillé très dur pour bâtir ce domaine, qui un jour sera le vôtre. Le pacha est un homme qui compte beaucoup dans ce pays. Il faut l'écouter, ne pas l'insulter, ni lui ni son fils, ne rien faire qui soit de nature à opposer nos deux familles. Surtout éviter cela.

– Mais je m'en fous, moi, du domaine ! cracha Renée. Je vous aime ! Je vous aime ! J'en ai rien à fiche, du reste ! Je ne veux rien hériter du tout ! C'est vous que je veux, rien d'autre !

Regardant droit devant lui, le comte engloutit un deuxième verre et sortit de la pièce sans prononcer un autre mot.

De nouveau agenouillée devant son oncle, Renée sanglotait en essayant de retrouver son souffle.

– Pourquoi êtes-vous si dur avec moi ? Pourquoi me jouez-vous ces sales tours ? Juste pour me faire souffrir ?

– Arrêtez de gémir. Vous avez mis le doigt dans l'engrenage en permettant à ce gamin de vous embrasser. Vous n'imaginez pas qu'on se moque de moi impunément ?

– Mais je vous ai expliqué. C'était pour vous faire payer votre négresse. Ce que vous pouvez être méchant, Gabriel !

En riant, le vicomte saisit Renée par les bras et la posa sur ses genoux.

– Voilà que vous m'aimez, finalement ! Le pacha m'a rapporté que vous vouliez épouser son fils, que toute l'Égypte est au courant. Croyez-moi, un père est content d'entendre cela ! Il dit aussi qu'au bal, vous vous êtes arrangée pour apprendre à votre gars que les Françaises sont nubiles à seize ans, mais que le consentement du père est requis. Une façon de l'encourager à faire sa demande rapidement. Dont acte : le pacha est venu aujourd'hui me demander votre main.

– C'est quoi, un satyre ?

Riant de nouveau, Gabriel enfouit son nez dans les cheveux de sa nièce, et la serra fort contre lui.

– Ce que je vais devenir si vous continuez comme ça.

– Vous auriez dû me parler plus tôt de cette visite. Jamais je n'aurais dit ces choses devant papa. Il sait tout, maintenant. Vous avez vu la tête qu'il faisait ?

– Je m'inquiéterai de lui plus tard. Allons nous coucher, ma fille.

Le lendemain après-midi, le comte, le vicomte et Renée reçurent Ali el-Banderah et son fils le prince Badr dans le grand salon. Le pacha était un monsieur bienveillant à la voix douce, à la barbe et aux cheveux blancs, qui, dans sa robe immaculée, ressemblait à un saint ou un ascète. Il parlait lui aussi un anglais impeccable, quoique teinté d'un accent oriental plus sensible que celui de son fils. Par respect pour son père, ce dernier avait revêtu pour l'occasion la robe et le turban traditionnels. Renée pensa qu'il ne manquait pas d'un certain charme dans ce costume.

Après des échanges convenus au sujet des deux familles et de leur santé, une servante soudanaise servit le thé.

– Mon cher ami, dit enfin Gabriel, vous nous faites grand honneur en proposant d'unir nos deux familles.

Le pacha s'inclina avec un large sourire.

– Ce serait l'alliance de deux voisins, de leurs domaines, de leurs fortunes, vicomte, sans compter celles que nos beaux enfants porteront à leur doigt. Voilà qui me semble à l'avantage de tous.

– Nous avons eu une longue discussion à ce sujet, pacha. Je crains que le comte de Fontarce et moi-même soyons arrivés à la conclusion que notre fille est encore trop jeune pour considérer le mariage.

– Pardonnez-moi de vous rappeler, monsieur le vicomte, dit Badr, que je suis prêt à attendre qu'elle atteigne l'âge légal. En outre, vous nous avez assuré qu'elle répondrait personnellement à notre demande, et non par votre voix.

– En effet, prince, acquiesça Gabriel. Et elle le fera. Contrairement à ce qu'on vous aura peut-être rapporté au Caire, notre fille n'est pas notre prisonnière. Elle agit de son plein gré, elle prend elle-même ses décisions. Mais du fait qu'elle a seulement quatorze ans, le comte et moi-même gardons une part de responsabilité dans celles-ci.

Il se tourna vers Renée :

– Comme vous le savez, ma fille, cet excellent jeune homme, fils de notre voisin et ami Ali el-Banderah, nous a fort gracieusement demandé votre main. Il souhaite maintenant avoir votre réponse.

La veille au bord de l'hystérie, Renée avait retrouvé une contenance et s'était préparée pour cette entrevue, comme Gabriel l'en avait priée. Elle se leva et s'inclina respectueusement devant leurs hôtes. Le jeune prince en fit autant devant elle.

– Monsieur, dit-elle, je suis honorée par votre proposition et je vous en remercie. J'ai peur, cependant, de n'y être pas favorable. Voyez-vous, je préférerais avoir au moins dix-huit ans pour m'engager. Comme mon père l'indique justement, je n'en ai que quatorze.

– J'ai bien fait valoir que j'acceptais un délai, rappela Badr. En Égypte, on considère comme vieilles filles celles qui ne sont pas mariées à dix-huit ans.

– Cela n'est pas le cas en Angleterre, le pays de votre mère, dit-elle en souriant.

– Certes, fit le prince en hochant la tête. Il est vrai, également, que nous résiderions là-bas la moitié de l'année au moins. Peut-être ne seriez-vous pas opposée à de longues fiançailles, mademoiselle Renée ? Je suis sûrement disposé à attendre que vous ayez dix-huit ans.

– Il peut se passer bien des choses en quatre ans, prince, commenta Gabriel. Eu égard, notamment, à cette guerre qui menace d'éclater. Sans doute faut-il laisser à Renée la possibilité de mûrir un peu avant qu'elle s'engage définitivement.

– Mon cher ami, intervint le pacha, nous avons souvent parlé affaires en présence et avec la participation de votre fille. Vous me l'avez dit vous-même : vous lui enseignez tout ce dont elle aura besoin pour exploiter votre domaine. Mon fils, de son côté, me représente en Angleterre. Imaginez quelle fine équipe ils feraient tous les deux, quelle excellente association cela représente pour nos familles et la poursuite de nos intérêts.

– C'est vrai, pacha, c'est vrai, admit Gabriel, avant de lever les mains en signe d'impuissance. Mais je n'ai pas le choix, c'est elle qui doit décider. Les temps ont changé, et les mariages de raison, chez nous, sont une coutume obsolète. Non seulement Renée est encore jeune, mais c'est une enfant moderne, européenne, qui se forge une idée propre de son avenir. Que voulez-vous faire ?

Badr se tourna vers elle.

– Votre décision est donc prise, mademoiselle ?

Renée l'étudia un instant avant de répondre. Elle se rappela le bal, la sensation de son corps svelte contre le sien, leur baiser sous le gui. Elle imagina la vie différente qu'elle mènerait sous les traits d'une princesse arabe – une Cléopâtre en robe flottante dans son palais, avec une kyrielle de servantes voilées, prêtes à subvenir à ses moindres besoins. Le reste de l'année à Londres, le domaine de chasse à la campagne, la ribambelle d'enfants bruns qu'on attendrait d'elle…

– Oui, monsieur le prince, déclara-t-elle enfin, et presque à contrecœur. Permettez-moi cependant de vous remercier encore pour l'honneur que vous me faites.

Résigné, Badr hocha la tête.

– Monsieur le vicomte, dit-il à celui-ci, mon père et moi vous sommes reconnaissants de nous avoir conviés à cette entrevue. À l'évidence, Mlle Renée conçoit d'autres projets d'avenir.

La rencontre touchant à sa fin, le pacha et son fils prirent congé, déroulant fièrement leurs robes, ne laissant derrière eux qu'une vague senteur d'eau de Cologne et d'encens. Ali, le majordome, les raccompagna.

– Eh bien, je pense que cela s'est bien passé, conclut Gabriel.

– Vous avez été diplomate, renchérit le comte, qui n'avait presque rien dit jusque-là. Vous avez réussi à tirer votre épingle du jeu sans, je pense, altérer les relations qui unissent nos familles.

S'adressant ensuite à Renée, il observa :

– Toutefois, après l'avoir vu de mes yeux, je pense que vous pourriez trouver bien pire, comme mari. D'accord, il a du sang arabe, mais il a belle allure et il s'exprime fort bien. Vous auriez mené une existence très confortable à Londres, vous auriez eu un grand domaine pour les chevaux et la chasse.

Renée se demanda si ce brusque changement d'avis était la conséquence de ses révélations de la veille.

– … où l'on m'aurait laissée m'occuper des enfants, finit-elle à sa place, pendant que le petit prince achèterait de nouveaux spécimens pour son harem. Exactement comme son père. Je commence à comprendre que mère a raison sur un point. Quelle que soit leur race, les hommes sont tous les mêmes.

3

Une semaine plus tard, lors d'une des deux visites hebdomadaires de la plantation, Gabriel et Renée reçurent le Dr Lehman à déjeuner dans la hutte. Le repas terminé, le vicomte se leva.

– Veuillez m'excuser, demanda-t-il, je vais m'allonger un moment. Renée, j'aimerais que vous restiez avec le docteur. Je souhaite qu'il vous explique une chose.

Renée, étonnée, le regarda s'en aller.

À l'évidence gêné, le docteur allongeait ses mains, puis tapotait du bout des doigts sur la chemise cartonnée qu'il avait posée sur la table. Un long silence malaisé s'ensuivit.

L'homme finit par se racler la gorge.

– Mademoiselle Renée, dit-il, votre oncle m'a fait venir aujourd'hui pour que nous parlions.

– J'ai cru comprendre. De quoi s'agit-il, si je puis me permettre ?

Elle se sentit soudain indisposée, pleine d'une appréhension que renforçait l'apparente nervosité du médecin.

– Maintenant que vous êtes pubère, votre oncle estime que vous devez savoir certaines choses.

– Je vous assure, docteur, que j'ai déjà eu une conversation de ce type avec miss Hayes, ma gouvernante. Je n'ai pas besoin de recommencer avec vous.

Le médecin se remit à tapoter sur sa chemise. Renée avait du mal à ne pas observer ses doigts velus – elle se souvenait des petits animaux poilus qu'elle avait cru voir quelques jours plus tôt sur son ventre.

– Mademoiselle, je doute que vous ayez eu avec miss Hayes la conversation que nous allons avoir.

– Ah ?

– Avez-vous, par exemple, évoqué la question des rapports sexuels ?

– Avec miss Hayes ? Certainement pas ! Qu'en saurait-elle, en vérité ?

– C'est précisément la raison pour laquelle votre oncle pense que, en ma qualité de médecin, je suis mieux placé pour le faire.

– Faire quoi ? demanda Renée, de plus en plus incommodée.

Et le médecin de tapoter encore sur sa chemise.

– Vous donner quelques éléments d'anatomie humaine.

Étourdie, Renée redouta un instant de s'évanouir.

– Mon oncle me répète assez que j'ai des lacunes dans quantité de domaines. Pour ce qui est de l'anatomie, il a sûrement raison. Cependant, je ne vois pas la nécessité que vous m'éclairiez sur ce sujet-là.

– Par ordre du vicomte, dit le médecin en poussant un profond soupir, j'ai ici une photographie qu'il me faut vous montrer.

– Une photographie de quoi ?

Entre le dégoût et la fascination, Renée voyait les doigts velus du médecin s'activer sur sa chemise.

– Une photo de... disons... d'une caractéristique assez unique de son anatomie, répondit Lehman en ouvrant le dossier. Dans un état, eh bien, particulier...

Tel un croupier à une table de Blackjack, il glissa la photo vers Renée, qui la découvrit avec une expression d'horreur croissante.

– En pleine érection ! conclut le médecin, triomphant, enfin délivré de sa terrible charge.

– Dieu du Ciel ! s'exclama Renée devant la chose.

Bien que la tête n'apparût pas sur le cliché, elle reconnaissait le corps de Gabriel.

– Dieu du Ciel ! dit-elle à nouveau.

– Comme vous pouvez le voir, mademoiselle, votre oncle

est un homme fort viril. Son membre est très développé, si puissant qu'il a fréquemment du mal à... à pénétrer, euh... Enfin, disons qu'il trouve fort peu de vagins capables de loger une taille aussi exceptionnelle. Il arrive même qu'il abîme l'utérus de ses partenaires.

Renée était maintenant certaine de s'évanouir. La photo, les paroles du médecin, ses horribles doigts, et elle allait perdre connaissance au milieu de cette conversation, dans l'ignorance de ce qui allait suivre...

– Pourquoi me dites-vous cela, docteur ? réussit-elle à demander. Pourquoi me montrer cette photo ?

– Parce que votre oncle souhaite vous faire comprendre que son organe a une certaine autonomie. Le vicomte a souvent les plus grandes difficultés – c'est presque insurmontable – à résister aux femmes très jeunes, lorsqu'elles sont belles et bien bâties comme vous, lâcha le médecin qui transpirait visiblement. Il est conscient que vous êtes trop immature, trop inexpérimentée pour déterminer aujourd'hui s'il sera en mesure de vous épouser. Ce qui le préoccupe au plus haut point.

– Je ne comprends rien du tout à ce que vous dites, docteur, jeta Renée, à qui l'odeur de sueur, imprégnée d'ail, donnait la nausée. Je crois que je vais me sentir mal.

Elle se leva, flageolante, imitée par Lehman qui ne l'était pas moins. Soudain il posa ses mains affreuses sur sa taille et tenta de l'attirer vers lui.

– Je suis bien moins monté que votre oncle, mademoiselle Renée. Je pense que, si je vous sondais avec mon propre membre, moins vigoureux... cela au seul bénéfice de la médecine, bien entendu... nous aurions à notre disposition des indications utiles sur vos propres dimensions et, par conséquent, sur votre capacité à vous accoupler, le moment venu, avec le vicomte !

– Êtes-vous malade ? s'écria Renée. Êtes-vous tous fous ? Ne me touchez pas !

D'instinct, elle ferma le poing et frappa le médecin au visage. Il la lâcha, recula en titubant et porta une main à son nez qui commençait à saigner.

– Mademoiselle, s'il vous plaît ! Pardonnez-moi, je ne sais pas ce qui m'a pris. Peut-être cette conversation a-t-elle eu des effets qui… Je vous en prie, ne dites rien au vicomte. Il me tuerait !

Renée s'enfuyait déjà en courant. Elle détacha son cheval, sauta en selle et le lança au galop, sans s'arrêter avant d'atteindre le Nil, où elle mit pied à terre, s'assit sur la rive et tenta de comprendre ce qu'elle venait de voir et d'entendre. Elle n'avait personne à qui se confier, surtout pas miss Hayes, qui, malgré les propos cyniques qu'elle tenait à propos des Français et de leur moralité, était incapable d'imaginer, même dans ses pires cauchemars, la moindre bribe de cette histoire épouvantable. Renée pensa à son oncle, ses baisers, ses caresses, ses « je t'aime ». Elle se rappela leurs soirées câlines, la chaleur qu'il lui communiquait, la raideur de son sexe pressé contre elle. Certes, dans l'écurie avec Julien, le palefrenier, elle avait eu une vague idée de ce qu'était un pénis en érection. Et, petite fille, elle avait aperçu la « chose » de Gabriel, comme elle l'appelait, en l'épiant depuis le coffre égyptien où elle se cachait. Plus récemment, elle l'avait touché une fois au milieu de la nuit, par inadvertance, alors qu'elle se retournait dans son sommeil. Mais ils n'en avaient jamais parlé, et cela n'était pas allé plus loin. Bien avant que le médecin lui soumette ce cliché explicite, René s'était rendu compte que, depuis ses premières règles, sa nubilité, tout avait changé entre elle et Gabriel. Confrontée aux nouvelles intentions de celui-ci, aux dégâts que, selon Lehman, la « chose » était capable de causer, elle était subitement effondrée. Elle ne voulait pas épouser son oncle, elle voulait que tout reste comme avant. Car elle l'aimait, l'aimait… lui, l'odeur de sa peau, sa force, même sa cruauté.

Elle regarda passer les bateaux aux voiles colorées, huma les senteurs foisonnantes du fleuve, et peu à peu son cœur se mit à battre moins fort. Une sorte de calme la gagna. Avec le recul, elle songea à la photo de son oncle sans tête – métaphore peut-être de ce membre disproportionné que le médecin avait qualifié d'« autonome ». Elle imagina celui-ci et Gabriel mettant au point leur petite opération, son oncle se débrouillant pour atteindre l'érection tandis que Lehman s'occupait de la prise de vue. Elle considéra ce médecin grotesque, dont la sueur sentait l'ail et qui, l'attrapant par la taille avec ses mains velues, lui proposait de la « sonder » avec son membre moins avantageux – au seul bénéfice, bien sûr, de la recherche médicale... Il lui apparut alors que ces hommes étaient totalement ridicules et elle éclata d'un rire inextinguible. Elle se fit l'impression d'être la plus âgée, la plus avisée de toutes les filles de quatorze ans, et la vie sembla redevenir une merveilleuse aventure, qui valait parfaitement la peine d'être vécue.

Euphorique, soulagée, éprouvant une sensation nouvelle de liberté, elle décida de rejoindre un proche village arabe, où Gabriel lui avait strictement défendu de se rendre et qu'ils évitaient soigneusement lors de leurs randonnées dans la plantation.

Il se trouvait qu'on fêtait aujourd'hui al-Hijra, le nouvel an islamique, premier jour du mois de Mouharram. Renée arriva au village alors que les fellahs se hâtaient de le regagner à travers champs, après une longue journée de labeur pour le pacha Gabriel. Pendant que les ouvriers lavaient leurs mains, dans des vasques d'eau comme le veut la coutume, les femmes voilées apportaient de grands plateaux de pâtisseries, de fruits et de légumes. Il flottait dans l'air l'odeur piquante du café maure et celle, alléchante, de la viande mise à rôtir sur les braseros. Dans la lumière du soir, le rougeoiement des charbons ardents était comme un reflet du soleil couchant. Les cuisinières s'activaient autour des feux, tandis que les hommes martelaient en cadence leurs darboukas, dans une langue à laquelle répondaient d'autres tambours à travers le désert, dans d'autres campements eux aussi en fête.

C'était un monde interdit auprès duquel Renée menait une sorte d'existence parallèle, sans jamais y pénétrer. Fascinée, elle s'en rapprocha, fredonnant au rythme des percussions, les yeux grand ouverts et l'eau à la bouche devant tant de mets succulents.

Une vieille femme la héla en anglais depuis son tabouret, avec un fort accent arabe :

– Petite princesse ! Prends cette chaise dorée et parle-moi !

Renée la rejoignit et la femme lui baisa la main.

– Je m'appelle Oum Hassan, leur mère à tous, dit-elle en riant, avec un geste du bras qui embrassait le village. Ravie de te compter parmi nous. Jamais tu ne nous rends visite. La princesse Adelaïde, notre Colombe, venait parfois partager nos repas. Nous n'étions pas pour elle des cailloux dans le fleuve, comme pour notre maître… Non, nous étions des êtres humains. Cela ne veut pas dire que ton oncle n'est pas un homme généreux… seulement qu'il n'a pas de cœur.

– Adélaïde ? Son épouse ? s'étonna Renée. Vous la connaissiez ?

– Bien sûr. Notre princesse Adélaïde aimait Armant, et nous aimait aussi. Mais la fleur de sa jeunesse s'est fanée ici même, et le maître a répudié la Colombe.

D'autres femmes qui, assises autour d'Oum, écoutaient respectueusement, hochèrent la tête, renchérissant avec une sorte de fredonnement guttural – la voix des paysans, de leur éternel désespoir. Un tambourin retentit quand le soleil se coucha sur le Nil, on fit passer des pichets d'eau et de jus de fruits parmi les ouvriers, puis des plateaux d'aubergines grillées, de courgettes farcies, de riz et de viandes rôties.

Le rire aux lèvres, visiblement heureuse de se trouver parmi les fellahs, Renée partagea leur festin. Ces mets lui paraissaient si exotiques, tout cela était si loin de la plantation, de son univers colonial, de la nourriture européenne qu'on y servait.

Au milieu du repas, Alinda, la servante grecque, arriva en courant, essoufflée, et déclara :

– Votre oncle vous cherche partout ! Il est fou de rage ! Il vous croit enfuie avec Badr, le petit pacha ! Revenez tout de suite avec moi, je vous en supplie !

Renée n'avait aucune envie de partir mais, voyant Alinda affolée, elle s'excusa auprès de la vieille femme.

– Merci de m'avoir invitée, Oum Hassan. J'espère vous revoir bientôt. Que la paix soit avec vous.

– À toi de même, petite princesse. Merci d'être venue parmi nous. N'hésite pas à revenir.

Tandis qu'elles quittaient le village, Alinda dit à Renée :

– Il va vous battre ! Férocement ! Il va vous tuer !

– Non, répondit Renée. Il ne me fera rien. Je suis une femme, maintenant. Il n'osera plus me toucher.

– Il vous aime comme un dément, murmura la servante.

– Vous a-t-il déjà frappée, Alinda ?

– Jamais. Il ne frappe que celles qu'il aime.

Renée décela une note de tristesse dans le ton.

– Êtes-vous amoureuse de lui ?

– Je suis à son service depuis dix ans. J'étais encore une enfant quand j'ai commencé. Mais il ne m'a jamais aimée, je ne suis qu'une employée.

Prenant la jeune femme par le bras, Renée l'entraîna vers un bosquet en bordure du village.

– Êtes-vous aussi sa maîtresse ? Dites-moi la vérité, Alinda, je ne répéterai rien, promis.

– Il me couche dans son lit quand il a besoin de moi et il crie votre nom lorsqu'il me prend. Il vous aime. C'est pour cela qu'il vous bat. Et il vous aime comme un fou. Il vous tuera si vous choisissez un autre homme. Comprenez bien une chose, mademoiselle Renée, il fera de vous son esclave. Ne lui parlez pas de moi, ni de ce que je vous ai dit. Il me chasserait s'il l'apprenait, il m'enverrait dans un village au milieu du désert.

– Est-il cruel à ce point ? Pour se débarrasser ainsi d'une servante loyale qui pourvoit à tous ses besoins ?

– Je ne suis rien de plus pour lui.

– Et vous, Alinda… Êtes-vous adaptée à… sa taille ?

La fille hocha la tête.

– C'est pour cette raison que le pacha El-Banderah m'a offerte à lui. Je lui corresponds, de ce point de vue.

– Alors vous êtes aussi son esclave ?

– Servante, esclave, quelle différence ?

4

Quand Renée fut ce soir-là retournée au palais, Gabriel surgit dans sa chambre, blême de rage, et, devant miss Hayes, la gifla violemment sur les deux joues.

– Où étiez-vous ?

Sans attendre de réponse, il la saisit par les cheveux et la traîna hors de la pièce.

– Monsieur le vicomte ! Je vous en prie ! Vous lui faites mal ! protesta la gouvernante.

Gabriel leva un doigt tremblant à son intention.

– De quoi je me mêle ? Cela ne vous regarde pas ! Fichez-nous la paix !

Par les cheveux toujours, il tira sa nièce jusqu'à sa propre chambre et la jeta par terre après avoir claqué la porte.

– Je vous ai posé une question : où étiez-vous passée !

Malgré les vives douleurs qu'elle ressentait, tant aux joues qu'à la racine des cheveux, Renée ne pleura pas. Elle répondit d'une voix égale :

– J'étais au village en compagnie des employés de votre femme. Des gens très pauvres qui l'aimaient. J'ai bu du jus d'abricot, j'ai partagé leur nourriture. Ils m'ont appris que leur maître avait répudié la Colombe d'Armant, leur princesse bien-aimée. Peut-être est-ce ainsi que je finirai, moi aussi.

– Ne mentez pas ! Je vous connais ! Vous êtes allée voir le petit prince, n'est-ce pas ?

– Mais non, bien sûr que non.

– Cela ne sera pas impunément ! Demain à la hutte, je vous battrai jusqu'au sang. Vous avez failli me rendre fou !

– Nous sommes dimanche, demain, remarqua Renée. Le prêtre vient dire la messe.

– En effet. Eh bien, dans ce cas, je n'attendrai pas. Vous avez besoin d'une correction. Je vais vous apprendre l'obéissance, moi !

Il saisit une brosse à habits sur sa commode, colla sa nièce contre son genou, lui retira ses jodhpurs et lui flanqua une rossée comme jamais encore. Elle faillit se trouver mal, mais elle accepta stoïquement, sans une larme et sans un cri, les coups méthodiques qu'il lui portait. Plus tard dans le lit de son oncle, elle chercha vainement le sommeil, tant la peau lui cuisait dans le dos, sur les fesses et en haut des cuisses. Le vicomte lui prit la main.

– Dormez, mon amour, murmura-t-il. Je vous aime, comprenez-vous ? Je croyais que vous m'aviez abandonné.

Le lendemain, miss Hayes, horrifiée, aperçut les marques sur le corps de Renée.

– C'est abominable ! s'écria-t-elle. C'est monstrueux ! Je ne peux pas accepter ça !

Prenant son courage à deux mains, elle se rendit d'un pas vif au bureau de Gabriel, où elle entra comme une furie sans même frapper.

– Monsieur le vicomte ! dit-elle, tremblante de colère et de peur. Elle a des contusions, des ecchymoses partout !

Levant les yeux, vaguement surpris, Gabriel ouvrit un tiroir et en sortit un pot de crème qu'il tendit à la gouvernante.

– Tenez. C'est une pommade que m'a donnée le Dr Lehman. Mettez-lui ça. Ses rougeurs partiront vite.

Stupéfiée par sa nonchalance, miss Hayes saisit tout de même le pot.

– Ce sera tout ? dit Gabriel, impatient.

– Oui, monsieur, ce sera tout.

Revenue dans sa chambre, la gouvernante appliqua le baume sur les plaies de la petite.

– Il est fou, marmonnait-elle, pour Renée comme pour elle-même, hochant tristement la tête, terrassée par ce qu'elle savait et son incapacité à y remédier. Votre oncle est fou. Il faudrait intervenir.

La nuit venue, tandis que des éclairs illuminaient l'horizon, que le vent du désert insufflait un sable fin à travers les volets, Gabriel fumait le cigare en faisant ses comptes dans son bureau, et Renée travaillait son arithmétique comme si de rien n'était.

– Nous repartons après-demain pour Le Caire, lui dit-il. *Sans* miss Hayes. Nous avons rendez-vous avec un médecin suisse, un professeur.

– Pour quoi faire ? demanda Renée.

Le vicomte recula sur son fauteuil.

– Puisque vous êtes maintenant une femme, et non plus une enfant, je peux tout vous dire. Le Dr Lehman a tenté de vous l'expliquer, je ne suis pas fait comme la plupart des gens.

Ils n'avaient pas encore abordé le sujet et Gabriel étudia sa nièce en essayant de lire dans ses pensées. Elle le regarda calmement.

– Oui, le docteur m'a montré une sorte de pièce à conviction, dit-elle sans révéler ce qu'il lui avait proposé ensuite, de crainte que son oncle assassine le pauvre homme.

– Quelle est votre opinion ?

Renée haussa les épaules.

– Cela ne m'inquiète pas. Je pense qu'un Fontarce doit être bâti comme un Fontarce. Par conséquent, vous m'épouserez avec ou sans la permission de votre médecin suisse.

– En voilà une tête bien faite ! dit-il. Vous avez réponse à tout, ma parole !

– J'ai eu un bon professeur. Et ce portrait de votre… *intimité*… a de quoi ouvrir les yeux d'une imbécile de mon genre.

Hochant la tête d'un air approbateur, Gabriel rit.

– Et si le médecin affirme qu'il ne faut pas nous marier ?

– Cela m'est égal. Je resterai avec vous même si je n'ai pas… la bonne taille.

Le vent sifflait dehors, l'orage grondait au-dessus du Nil. Le vicomte observa silencieusement sa nièce. Non, elle n'était plus la petite fille qu'il avait connue, qu'il avait dépouillée de son enfance et de tout reste d'innocence. D'ailleurs, il s'en fichait ; il ressentait plutôt une immense satisfaction, un immense pouvoir. C'était son œuvre, il avait réussi.

– Eh bien, nous verrons cela, dit-il finalement. Venez me donner un baiser, maintenant.

Elle s'exécuta et il lui demanda :

– M'aimez-vous ?

– À la folie, dit-elle, se rendant compte au même moment que sa mère ne répondait pas autre chose quand Gabriel, autrefois, lui posait la question.

LE CAIRE
Avril 1914

1

Les murs de la clinique étaient recouverts de bougainvillées en fleur, ce qui donnait à l'établissement un aspect presque accueillant. Il y avait de quoi rassurer Renée, qui redoutait d'être tâtée, sondée, par les mains sèches, froides et certainement poilues d'un autre vieux médecin lubrique. Quand l'assistante la fit entrer dans le cabinet du fameux professeur suisse, elle eut la surprise de constater que le Dr Lesbedeau était beau garçon, jeune et blond, avec des dents étincelantes.

Le médecin arrêta Gabriel, qui avait suivi sa nièce dans le couloir.

– Désolé, monsieur le vicomte, dit-il, la main levée tel l'agent de police au carrefour, mais je vous demande de bien vouloir retourner dans la salle d'attente. Seuls les patients sont admis dans le cabinet d'examen.

– Avant de faire votre diagnostic, docteur, répondit Gabriel en lui tendant une enveloppe de papier kraft, il vous sera peut-être utile de regarder cette photo.

– Je vous remercie, monsieur, dit le professeur en lui fermant la porte au nez d'un air indifférent.

Sans l'ouvrir, il jeta l'enveloppe sur un guéridon.

– Bien, jeune fille. Veuillez vous déshabiller et vous allonger sur cette table.

– Est-ce vraiment nécessaire ? demanda Renée, qui sentait le sang lui monter aux joues.

Elle était gênée d'avoir à se dévêtir devant le séduisant professeur, et regrettait presque qu'il ne soit pas vieux et velu.

– Vous êtes venue ici pour être examinée, non ?

– Si.

– Vous devez imaginer qu'il me sera difficile de procéder à un examen gynécologique si vous restez habillée.

Elle fit ce qu'on lui demandait, retira sa robe et ses sous-vêtements qu'elle posa en tas par terre. Empourprée jusqu'au nombril, elle s'étendit sur la table d'examen. Le drap blanc amidonné était froid et impeccablement repassé.

– Fermez les yeux et détendez-vous. N'ayez crainte, je ne vous ferai aucun mal.

Méthodique, professionnel, Lesbedeau commença l'examen en lui frôlant le ventre, puis remonta le long de la cage thoracique, et sous les aisselles. Il s'attarda sur les seins, les flatta gentiment, saisit les mamelons entre le pouce et l'index et en joua un instant. Écartant les jambes d'une main, il glissa l'autre vers l'intérieur des cuisses, puis inséra un doigt, délicatement et adroitement, dans le vagin. Il l'explora d'un côté, de l'autre, avec une douceur qui était celle d'un amant plus que d'un médecin. Les yeux fermés, Renée se laissa emporter par les caresses d'un homme qui semblait aussi agile et précis qu'un pianiste de concert.

– Parfait, dit-il en retirant son doigt d'un geste rapide, presque imperceptible. Vous pouvez vous rhabiller, jeune fille. Veuillez passer dans mon bureau. Par cette porte. Je vais demander à M. le vicomte de nous y rejoindre.

Lorsqu'elle entra dans la pièce, le gynécologue, assis derrière son bureau, étudiait la photographie de Gabriel avec une moue perplexe. L'oncle avait pris place en face de lui.

Levant les yeux vers Renée, le professeur déclara, avec une trace évidente d'ironie :

– Du point de vue anatomique, je ne vois rien qui empêcherait cette demoiselle de s'adapter au... à... euh... l'individu en question.

Renée fut si soulagée de l'apprendre qu'elle se jeta au cou du médecin pour l'embrasser sur les deux joues.

– Merci, professeur ! Merci !

Gabriel, lui, s'assombrit.

– Un petit point à éclaircir, monsieur le vicomte, poursuivit le Suisse. Ne m'avez-vous pas dit, en prenant rendez-vous, que cette demoiselle était votre fille ?

– Elle est presque ma fille, docteur. En d'autres termes, je l'ai adoptée. Renée est ma nièce, la fille de mon frère.

– Ah, fit le médecin, perplexe. Permettez-moi d'affirmer qu'elle est une des plus dignes représentantes du beau sexe qu'il m'ait été donné de voir. Quel âge a-t-elle ?

– Quatorze ans.

– Et vous pensez à l'épouser ? demanda Lesbedeau, toujours dubitatif. Votre nièce, votre… fille adoptive ?

– Pourquoi pas ? rétorqua Gabriel, visiblement contrarié par cette attitude. Je suis le maître chez moi et je fais ce qui me plaît.

– C'est souvent ce qu'affirment les pachas de ce pays. Lorsqu'ils m'amènent, pour divers traitements, des jeunes filles à peine sorties de l'enfance. Et vous, mademoiselle, s'enquit-il, souhaitez-vous épouser votre oncle… votre père ?

– Moi ? Bien sûr ! Immédiatement !

– Je vois, dit le médecin qui, songeur, hochait la tête.

Il s'ensuivit un long silence glacial.

– Eh bien, admit le Suisse en haussant les épaules, tout ce que je peux vous dire, monsieur, c'est qu'elle est… prête à vous accueillir. En parfaite condition physique… Rien à craindre… Les tissus sont élastiques, résistants, la structure est excellente… J'ai rarement vu mieux ! Je dois avouer que, dans cette clinique, nous recevons communément des jeunes femmes dont les organes génitaux ont été mutilés par des membres de leur famille. Quand elles ne sont pas atteintes de la syphilis. Savez-vous qu'en Égypte on suture les lèvres des filles, pour garantir leur virginité ? Comme on trousse une volaille ! Quoi de plus monstrueux ?

Il se leva, fit quelques pas vers Renée et saisit son bras.

– Je ne vous demande qu'une chose, monsieur le vicomte, c'est de ne pas contaminer ce magnifique spécimen. Attention aux petites concubines de ce pays, qui ne manquent pas de charme et qui, croyez-moi, sont souvent contagieuses.

– Merci pour le conseil, docteur, dit Gabriel. Mais il est assez superflu.

– Oui, un spécimen réellement magnifique, insista le médecin qui, avec un petit air de regret, pinça une dernière fois le bras de Renée. Prenez grand soin d'elle, monsieur.

Gabriel marmonna en descendant l'escalier :

– J'ai l'impression que le jeune professeur aurait préféré vous garder pour lui. Vous le trouviez beau ?

– Je n'ai pas vraiment remarqué, dit-elle, évasive.

– Menteuse ! Vous l'avez embrassé !

Il la plaqua contre le mur de la cage d'escalier et l'embrassa passionnément à pleine bouche.

– Ce qui compte, ma petite, murmura-t-il, c'est que je n'ai plus d'inquiétudes à avoir. Vous êtes à moi, maintenant...

Il posa une main sur le creux de son ventre.

– ... et que ça vous plaise ou pas, je vous épouse dans six mois. D'ici là, comme on me le recommande, je fais vœu d'abstinence. Cela me fera le plus grand bien. Depuis le temps que le pauvre Lehman me parle de chasteté...

Sur le chemin du retour, Renée ne se faisait plus l'impression d'une petite fille protégée par son oncle, ou d'une enfant par son père ; elle était Cléopâtre avec son amant. Tandis qu'ils passaient devant la maison de lady Winterbottom, Gabriel déclara :

– Nous allons envoyer tout de suite notre faire-part de mariage. Mais d'abord, je vous emmène dîner et danser, ma petite caille. Ce soir, nous fêtons officiellement votre passage à l'âge adulte et nos fiançailles.

2

Ils ne retournèrent aux Roses qu'à une heure fort tardive. Le pas cadencé des chevaux fit un bruit creux en se réverbérant sur les pavés de la cour au milieu de la nuit. Les fenêtres illuminées de la maison donnaient à celle-ci une allure de palais de conte de fées. Omar, le gros eunuque chauve, leur ouvrit la porte. Au bas de l'escalier, Gabriel souleva Renée et la garda dans ses bras.

– Ma fille est fatiguée, expliqua-t-il au concierge en gravissant les premières marches. Je vais la coucher. Vous pouvez vous reposer, Omar, merci.

Le grand miroir doré de la chambre de maître était flanqué de deux candélabres qui éclairaient le lit du vicomte. Mme Mesori, la femme de chambre, avait paré celui-ci de draps de dentelle. Gabriel posa sa nièce sur ceux-ci.

– Je crois que tout ce champagne me monte à la tête, dit-elle.

Sans un mot, il déboutonna sa robe, la retira et contempla la jeune fille d'un air songeur.

– Quand même, il ne manque pas de toupet, ce toubib. Pour commencer, il vous pelote, et ensuite il met en doute ma qualité de père.

Cédant à une brusque impulsion – peut-être était-ce seulement le champagne, ou voulait-elle l'empêcher de se lancer dans une de ses diatribes –, Renée posa ses deux mains sur le torse de son oncle et le poussa brutalement. Lâchant un rire surpris, il tomba à la renverse sur le matelas de plumes et elle bondit sur lui.

– Vous allez me violer, maintenant ?

Elle se blottit contre son cou.

– Non, je ne suis pas votre fille, murmura-t-elle en tremblant. Ni vous mon père. Ce soir, je suis votre femme et vous êtes mon mari.

La retournant sur le lit, Gabriel la couvrit de baisers des pieds à la tête, puis lui écarta les jambes. Elle sentit l'extrémité de son membre dressé contre elle.

– Vous ne me le reprocherez pas, plus tard, mon amour ? demanda-t-il.

– Jamais ! Je vous aime… à la folie !

Il la regarda dans les yeux et posa une main sur sa bouche pour que le personnel ne l'entende pas crier.

– Vous aurez un petit peu mal, murmura-t-il, mais ensuite un long moment de plaisir.

Presque violemment, il la pénétra. Un gémissement s'échappa entre ses doigts. La douleur ne fit que renforcer l'exaltation qu'éprouvait Renée, devenue grâce à lui la femme qu'elle souhaitait être depuis que, petite fille, elle l'épiait en cachette.

Jamais elle ne lui reprocherait son acte. Elle se considérait comme l'architecte de ce dénouement, fruit de ses manipulations. Elle avait contrôlé l'opération depuis le début et obtenait aujourd'hui ce qu'elle avait toujours désiré, le seul homme qu'à la vérité elle aimerait de toute sa vie.

Renée s'assoupit ensuite rapidement, ses jambes encore nouées à celles de son oncle. Prenant appui sur un coude, celui-ci se redressa et déclara :

– Ou pourrait dire qu'une petite fille sage s'est vu récompenser de sa bonne conduite.

Il se pencha au-dessus d'elle et baisa son mont de Vénus.

– Nous devons quand même essayer d'éviter certains désagréments, poursuivit-il.

La prenant dans ses bras, il la porta jusqu'à la salle de bains et lui montra comment se laver après l'œuvre de chair – une forme de contraception inappropriée, comme Renée l'apprendrait plus tard.

– Un aspect de votre éducation qui aura peut-être échappé à Miss Hayes, dit-il.

Renée rit.

– À condition encore qu'elle y ait été initiée !

Il la rapporta au lit, où elle se rendormit vite, tel un enfant dont les yeux se ferment malgré lui. Elle remarqua avec satisfaction le drap taché de sang. Ils passèrent le reste de la nuit à somnoler dans les bras de l'un de l'autre, ne se réveillant que pour faire l'amour, échanger des paroles tendres, d'autres caresses et baisers. Gabriel était adepte de ce qu'il appelait « l'amour oriental ».

Alors qu'en fin de soirée le lendemain, ils étaient affamés après leur marathon amoureux, il appela Mme Mesori pour qu'elle leur prépare un « petit déjeuner ». Quelques instants plus tard, la vieille femme frappa doucement à la porte. Elle entra en évitant de les regarder, toujours enlacés dans un désordre de draps et de couvertures. Mme Mesori était depuis assez longtemps au service du vicomte pour ne plus s'offusquer de ses incartades et, bien sûr, elle n'avait pas d'observation à faire. Mais elle était bonne chrétienne et, s'ils avaient pu lire dans ses yeux, ils y auraient trouvé la désapprobation. Elle leur apporta toasts, confiture, café et jus de fruits.

Après quoi le vicomte annonça :

– Il va falloir penser à retourner à Armant, ma petite.

– Papa nous tuera s'il apprend ce qu'on a fait, dit Renée, revenant brusquement sur terre. Jamais il ne permettra qu'on se marie.

– Non, mon amour. Mais, si vos parents nous cherchent des ennuis, nous nous établirons ici tout simplement, et on les renverra en France.

– Et miss Hayes ?

– Nous lui donnerons congé et elle repartira en Angleterre. Une femme mariée n'a plus besoin d'une gouvernante.

– Elle me manquera, observa Renée. Comme la France, et mes parents aussi.

– C'est affaire d'habitude, vous vous y ferez.

De bonne humeur, il alla se laver et se raser en sifflotant. Se levant à son tour, Renée ouvrit les volets pour profiter de l'air frais de la soirée. Elle vit, par la fenêtre, une voiture s'engager dans la cour, puis un homme et une femme en descendre.

– Zut ! Gabriel ! Ma mère ! s'exclama-t-elle, affolée.

– Qu'y a-t-il, ma chérie ? dit-il à la salle de nains.

– C'est maman, maman est là !

Mme Mesori ne tarda pas à frapper à la porte.

– Monsieur le vicomte ! dit-elle à voix basse et d'un ton pressant. Mme la comtesse vient d'arriver. Elle est accompagnée par un inspecteur de police.

– Dites à Omar de ne pas la laisser entrer. Préparez nos bagages en vitesse. On prendra le second escalier et on passera par le jardin. Et refaites soigneusement le lit avec des draps frais. Elle va sûrement fouiller toute la maison. Rappelez-vous : nous ne sommes pas revenus ici depuis le nouvel an. C'est compris, Mesori ? Veillez à ce que les domestiques confirment mes propos. Attention aux draps sales et à la robe de mademoiselle. Ne les jetez pas, cachez-les au fond d'une armoire. Cachez-les bien ! Henriette a un œil de lynx, elle cherchera des preuves partout. Entendu ?

– Oui, monsieur, répondit Mme Mesori. J'ai compris.

Omar fit attendre la comtesse et le policier à la porte, pendant que Renée et Gabriel s'échappaient en toute hâte par l'arrière de la maison. Le chauffeur les attendait et les conduisit en voiture jusqu'au Nil, où ils embarquèrent sur un *dahabieh* en direction d'Armant. Pour Renée, le monde avait un autre visage ; tout avait changé du jour au lendemain.

ARMANT, Égypte
Juin 1914

1

Deux jours après leur retour à Armant, le père de Renée se présenta à la plantation et fonça droit dans le bureau de Gabriel, où celui-ci ouvrait son courrier, pendant que Renée repassait ses leçons. Passablement agité, le comte de Fontarce parut rassuré par cette scène domestique, somme toute ordinaire. Son frère leva les yeux vers lui.

– Où étiez-vous passé, Maurice ? demanda Gabriel d'un ton nonchalant.

– Vous le savez fort bien. J'étais au Caire, chez lady Winterbottom.

– Ah, très commode pour vous… Eh bien, vous auriez pu nous rendre visite aux Roses. J'étais moi aussi au Caire…

– Oui, avec la petite, je l'ai appris. On vous a vus dîner et danser dans un restaurant. Mais quand Henriette a sonné aux Roses le lendemain, on lui a affirmé que vous n'étiez pas revenus depuis le nouvel an. Qu'est-ce que cela signifie, Gabriel ?

– J'étais là-bas avec *Renée*, rectifia le vicomte, non pas avec « la petite ». C'est aujourd'hui une femme, Maurice.

– Une *femme* ? Mais, pour l'amour du ciel, elle n'a que quatorze ans ! J'aimerais discuter de tout cela en tête-à-tête avec vous.

Se tournant vers sa fille, Fontarce se rendit compte qu'il ne lui avait même pas dit bonjour.

– Laissez-nous ! ordonna-t-il avec une brusquerie qui ne lui ressemblait pas.

– Non, restez, Renée, le pria Gabriel. Elle a le droit de savoir.

– C'est moi qui demande à savoir ! dit Maurice. Et j'en ai le droit aussi ! Je suis son père !

– Très bien, répondit Gabriel. Je vais vous expliquer. J'ai l'intention de l'épouser. Et rien de ce que vous pourrez dire ou faire ne m'arrêtera.

Le comte étudia son frère un long moment, puis s'adressa à Renée.

– Et vous, ma fille ? Vous voulez épouser mon frère ? Votre oncle ?

– S'il le désire, oui. Je le souhaite plus que tout.

Résigné, Maurice hocha la tête d'un air las.

– Vous savez qu'Henriette ne donnera jamais son accord. Elle va arriver ici d'un moment à l'autre, avec un médecin et le consul de France, pour dresser un procès-verbal. Vous risquez de graves ennuis avec les autorités. Je vous rappelle que la petite est mineure.

– Selon les lois françaises, monsieur mon frère, mais pas ici en Égypte.

– Non, vous restez un citoyen français, soumis aux lois de son pays.

– C'est parce que maman me déteste qu'elle recourt à ça ! lâcha Renée, folle furieuse.

– Silence ! coupa Gabriel.

– Non, je ne me tairai pas. Vous n'êtes pas un criminel. Si tout cela est arrivé, c'est parce que je l'ai voulu, prévu, organisé ! Alors qu'elle vienne, cette vipère ! Je lui mettrai son sir Herbert dans la figure, et on verra bien qui est le plus gêné !

– Renée, ça suffit ! jeta Gabriel. Je vous interdis de parler ainsi de votre mère.

– Écoutez-moi, dit le comte, ignorant leurs arguties. J'ai réfléchi. Nous allons mettre Renée en lieu sûr chez le pacha El-Banderah. Il est notre ami, il acceptera volontiers de nous éviter un scandale. Pour ce qui est d'Henriette et du consul, je m'occupe de calmer leurs ardeurs. Vous pouvez compter sur moi.

– Pourquoi prenez-vous notre parti, Maurice ? demanda le

vicomte. Je m'attendais plutôt à ce que vous me provoquiez en duel pour laver l'honneur de votre fille.

– Je devrais, Gabriel, je devrais. Mais je préfère vous aider parce que vous êtes mon frère, qu'elle est ma fille et que, si le scandale éclate, il la poursuivra pendant des années, ainsi que le reste de la famille. Vous tuer en duel ne me dérangerait pas, mais ne ferait qu'aggraver les choses.

Pliant bagage de nouveau en toute hâte, miss Hayes et sa protégée levèrent le camp l'après-midi pour le domaine d'Ali el-Banderah, qui les accueillit à bras ouverts.

– Mon palais est le vôtre, mademoiselle Renée, dit-il avec effusion. Vous n'avez qu'un mot à dire et vos désirs seront exaucés ! Mon majordome est anglais, j'ai quinze domestiques à mon service, quatre eunuques, vingt concubines, et un bidet en or massif.

Le palais trônait au milieu d'un vaste parc où la végétation abondait grâce à un système perfectionné d'arroseurs automatiques ; des sentiers partaient dans l'herbe verte entre les arbres exotiques, traversaient des parterres soigneusement entretenus, ponctués de statues d'apollons en marbre blanc, posant sous des arcades de fleurs lumineuses. Malgré tant de splendeurs, Renée se sentait encore prisonnière, une fugitive bannie de son domicile. De crainte que, mise au courant, la comtesse la fasse enlever par ses hommes de main, le vicomte lui avait interdit de quitter la propriété, même à cheval. Il avait ordonné à sa gouvernante de proscrire toute promenade dans le jardin.

– S'il vous plaît, miss Hayes, la supplia Renée par un autre après-midi, une semaine après leur arrivée. J'ai besoin de me dégourdir les jambes. C'est bon pour les pensionnaires du harem, de ne rien faire… Elles restent au lit toute la journée à engraisser !

– Je reconnais que l'oisiveté est le passe-temps des imbéciles, dit la gouvernante. Mais votre oncle m'a donné des ordres stricts à ce sujet.

– Je suppose que les concubines n'ont pas le choix. Elles sont esclaves, comme la plupart des femmes partout dans le monde.

Mais c'est encore pire ici. Le seul exercice qu'on leur permette consiste à se mettre sur le dos et ouvrir les cuisses.

– Vous dites de ces choses, mon enfant ! Vous avez grandi un peu vite…

– Je vous en prie, chère miss Hayes. Les voyous de ma mère ne viendront pas me kidnapper dans le jardin. De toute façon, les gardes de M. Ali ne les laisseront pas entrer dans le domaine. Allons, juste quelques pas, que je prenne un peu l'air…

– Nous autres Britanniques savons depuis des siècles que les sorties au grand air sont bonnes pour la santé. Il est vrai que ce pays, ici, est cruellement dépourvu de jardins.

– L'Angleterre ne vous manque-t-elle pas ?

– Si, beaucoup.

– Vous la retrouverez peut-être bientôt, dit Renée. Gabriel pense qu'une femme mariée n'a plus besoin de gouvernante.

– Et vous resterez là ? Une fois vos parents retournés en France, à vivre seule avec votre oncle ? Est-ce vraiment ce que vous souhaitez ? Il ne vous manque pas, votre pays, à vous ?

– Oh si, terriblement.

– Je vous permets de marcher un petit peu. Mais ne sortez pas de mon champ de vision.

Des perroquets aux couleurs vives jasaient dans les palmiers, les parterres de pavots en fleur ondulaient sous une brise légère. Tandis qu'elle s'engageait dans un sentier, sous la surveillance de Miss Hayes, Renée sursauta au son d'une voix dans les buissons.

– Approchez, petite princesse, il faut que je vous parle…

Se figeant, elle jeta un coup d'œil à la gouvernante qui, les yeux fermés sur la terrasse, semblait assoupie au soleil. Puis elle fit quelques pas vers les buissons.

– Qui est-ce ? Que voulez-vous ? C'est ma mère qui vous envoie ?

– Mais non, c'est moi, Badr. S'il vous plaît, j'ai besoin de vous dire un mot.

– Montrez-vous !

– Non, votre dame va vous rappeler si je me montre.

– Et si mon oncle vous…

– Impossible. Il est au Caire. Je l'ai vu hier soir chez lady Winterbottom.

– Vraiment ? demanda Renée, sceptique. Il vous a dit que j'étais ici ?

– Pas du tout. C'est mon père. Je suis revenu aujourd'hui car j'embarque bientôt pour l'Angleterre, et je voulais vous revoir avant de partir.

– Si vous partez, je n'ai plus qu'à me jeter dans le fleuve…

– Pourquoi vous moquez-vous de moi ? Vous ne comprenez pas que je suis amoureux de vous ?

– Et moi d'un autre.

– Votre mère répète à tout le monde au Caire qu'elle veut vous envoyer dans un couvent jusqu'à vos dix-huit ans.

– Non ! C'est faux ! Je reste ici avec Gabriel !

– Vous êtes mineure et le consul s'y opposera, dit Badr. De toute façon, si vous restez avec ce fou que vous prétendez aimer, Dieu sait ce qu'il adviendra de vous.

– Je dois rentrer, maintenant.

– J'ai quelque chose pour vous. Un cadeau d'adieu. Retrouvons-nous sur la terrasse.

Quelques minutes plus tard, vêtu d'un costume chic de Saville Row, Badr se présenta devant miss Hayes comme s'il venait d'arriver au palais. Il s'inclina devant elle, puis devant Renée, avec l'élégance étudiée d'un sujet de Sa Majesté, mais aussi une certaine grâce orientale.

– Puis-je solliciter un entretien en privé avec la jeune fille ? demanda-t-il à la gouvernante, dans son parfait anglais d'Oxford.

– Je crains que cela ne soit pas possible, prince. Le vicomte m'a priée de ne pas la quitter un instant.

– Nous sommes ici chez mon père, observa le jeune homme. Tant que je suis avec elle, il ne peut rien lui arriver.

– Navrée, déclara fermement miss Hayes, mais j'ai des consignes précises.

– Permettez-moi de lui parler un instant, prince, dit Renée.

– Je vous en prie, acquiesça le garçon, avant de s'incliner à nouveau et de s'éloigner poliment.

– S'il vous plaît, miss Hayes, accordez-nous juste un petit moment.

– Si le vicomte devait apparaître et vous surprendre, il me congédierait. Et il en aurait parfaitement le droit, puisque j'aurais manqué à mes engagements. Non, je ne peux pas vous laisser faire.

– Mais on ne risque rien, il est au Caire.

– Comment le savez-vous, jeune fille ?

– Un esprit me l'a soufflé dans le jardin...

La gouvernante étudia le prince, nonchalamment adossé à la balustrade.

– J'admets tout de même qu'il est bien élevé, ce jeune homme. Une mère écossaise, des études à Eton puis à Oxford, à ce que j'ai compris. C'est intéressant, comme croisement, du sang écossais et arabe... D'un côté, le climat froid du Nord, de l'autre, le désert brûlant d'Arabie. Chacun ayant un aspect sauvage, impétueux... Entendu, je vous accorde une faveur. Je retourne dans mon fauteuil pour vous surveiller. Mais ne quittez pas mon champ de vision, et n'essayez pas de filer, j'ai un œil de faucon.

Pendant qu'elle se rasseyait, Renée rejoignit Badr.

– Dites-moi ce qui se passait chez lady Winterbottom, où vous avez vu Gabriel ? lui demanda-t-elle.

– Vous m'embrasserez si je vous le dis ?

– Certainement pas.

– Je veux vous montrer quelque chose. Venez.

– Où ça ?

– Au mausolée de mes ancêtres. Le caveau d'un grand saint musulman, le saint de tous les saints.

– C'est un piège pour me voler un baiser...

Il rit.

– Peut-être. Mais d'abord, nous allons danser.

– Danser ? Qu'est-ce que vous racontez ? Depuis quand danse-t-on dans les mausolées ? Miss Hayes ne voudra jamais, je ne dois pas m'éloigner d'elle.

– Regardez-la, dit-il avec un petit signe de tête. Elle est déjà en train de ronfler.

De fait, la gouvernante avait fermé ses « yeux de faucon » et paraissait dormir à poings fermés.

– Bon, mais juste une minute.

Badr mena Renée au bout du parc, vers un grand édifice en pierre dont il ouvrit la porte. L'intérieur était à peine éclairé par quelques chandelles. Au centre se trouvait le tombeau du saint.

– Entrons, dit-il en prenant la jeune fille par le bras. Vous vous habituerez vite à l'obscurité.

Soudain inquiète, Renée hésita.

– Mais si nous dérangeons l'esprit de votre ancêtre ? S'il se réveille et qu'il veut s'enfuir ?

– Nous ne sommes ni en Angleterre ni en France, répondit Badr, mais dans un pays vieux de plusieurs millénaires, où ce valeureux saint dort depuis dix siècles. Il repose paisiblement, il n'a aucune intention de s'échapper et il ne saurait pas où aller.

À sa grande surprise, Renée découvrit un petit gramophone, posé sur le tombeau.

– Votre cadeau. Je vous ai rapporté les derniers airs en vogue à Londres, dit le prince, qui actionna la manivelle et plaça l'aiguille sur le disque. C'est la nouvelle danse noire américaine, ça s'appelle le charleston.

Les murs du mausolée semblaient amplifier la musique.

– Venez, mademoiselle Renée, je vais vous apprendre.

Impossible pour elle de résister à une telle invitation, encore moins dans le caveau d'un saint. Elle bondit joyeusement dans les bras du garçon. Le rythme était envoûtant, endiablé et, même s'ils n'avaient dansé qu'une valse au soir du nouvel an, elle se rappela quel merveilleux cavalier était Badr. Elle était bonne élève et les pas ne lui posèrent aucune difficulté. Ensemble, ils dansèrent comme des fous en éclatant de rire.

Le disque arriva à sa fin, et Badr garda Renée dans ses bras.

– Alors, ce baiser ?

– Sur la joue. Pas sur la bouche. Il ne faudrait pas que j'attrape quelque chose.

Il s'esclaffa.

– Comment ? Que pourriez-vous attraper ?

– Je ne sais pas. La coqueluche ?

– C'est votre oncle qui vous met ces bêtises dans la tête ? demanda-t-il, hilare. Il invente tout cela pour vous attacher. À votre place, j'aurais peur que ce soit lui qui vous rende malade.

– Remettez la musique. Le fantôme de votre saint aimerait encore danser. Et moi aussi !

– Très bien…

Badr donna un coup de manivelle et replaça l'aiguille au début.

– … et je me contenterai de vous embrasser sur les joues.

Ce qu'il fit, et ils se laissèrent de nouveau entraîner par le charleston. Jusqu'à ce qu'une ombre, apparaissant à la porte, s'abatte sur eux tel un vent glacial.

– Le fantôme ! murmura le garçon.

– Non, dit Renée en se figeant, Gabriel !

2

– Qu'est-ce que cela signifie, miss Hayes ?

Se réveillant en sursaut, la gouvernante aperçut le vicomte qui poussait Renée vers elle, et le prince Badr qui les suivait de quelques mètres.

– Voulez-vous m'expliquer ce qui s'est passé ? Je la trouve en train de danser avec ce gosse, et de l'embrasser, qui plus est ! C'est *abominable* ! beuglait Gabriel. Tout ça est votre faute !

– Navrée, monsieur le vicomte, dit l'Anglaise qui se leva, incertaine, en essayant de rassembler ses esprits. J'ai dû m'assoupir au soleil, je suis vraiment désolée.

– Inacceptable ! Absolument inacceptable ! Je vous ai donné une mission et une seule. Vous étiez censée surveiller ma fille. Enfin, je vous le demande, est-ce aussi difficile ?

– Sans doute, sans doute, monsieur le vicomte, fit la gouvernante d'une petite voix. Vous avez parfaitement raison, j'ai manqué à tous mes devoirs. Je n'ai d'autre choix que vous présenter ma démission, à la date d'aujourd'hui. À l'évidence, je ne sais plus me faire obéir par cette petite. Peut-être n'y suis-je jamais arrivée. D'ailleurs, cela n'est plus une enfant. Il faudra vous en occuper vous-même… Je vous souhaite bonne chance, monsieur.

– Non ! s'écria Renée. Chère miss Hayes, ne m'abandonnez pas, je vous en prie ! J'ai trop besoin de vous !

– Je me passe de votre démission, dit Gabriel, dédaigneux. C'est moi qui vous licencie.

Non sans une certaine assurance, Badr prit la parole.

– Monsieur le vicomte, nous sommes ici chez mon père, et cet endroit n'est pas une prison pour votre *fille*. Miss Hayes n'est pour rien dans ce qui vient de se produire, et Mlle Renée non plus. J'en prends toute la responsabilité. C'est moi qui l'ai attirée dans le tombeau pour l'inviter à danser, et j'ai demandé avec insistance la permission de l'embrasser. Tout simplement, elle a fait preuve de courtoisie envers son hôte et moi-même.

– De la courtoisie ? rétorqua Gabriel. J'ose à peine imaginer où cela mène, cette sorte de courtoisie… N'en doutez pas, jeune homme, je porterai cet incident à la connaissance du pacha.

À la dernière minute, Ali el-Banderah organisa ce soir-là une réception dans la grande salle de son palais. Il voulait souhaiter la bienvenue à Gabriel et célébrer le départ de celui-ci et de Renée, prévu le lendemain matin. Illuminée par des appliques en métal et des lustres en cristal suspendus à un plafond d'une hauteur stupéfiante, parcouru de longues poutres, l'immense pièce blanche était ornée de bustes en bronze, de sculptures et d'antiquités égyptiennes. D'une valeur inestimable, ces œuvres avaient été rassemblées au cours des siècles par les ancêtres du pacha, descendants en ligne directe de l'illustre saint, dans le mausolée duquel Renée et Badr avaient dansé. Enfin, de magnifiques tapis persans, fort anciens, couvraient le sol.

Ali el-Banderah installa la jeune fille à droite de son petit trône. À sa gauche se trouvait le prince, vêtu comme son père d'une ample robe blanche. D'humeur maussade après les événements de l'après-midi, Gabriel, debout, paraissait isolé. Une dizaine de domestiques déambulaient sans bruit, pieds nus, proposant obséquieusement aux convives boissons et mets délicats. Drapées de tissus moirés, les concubines du harem étaient mi-assises, mi-étendues aux pieds de leur maître, tels les sujets d'un seigneur médiéval.

– Mademoiselle Renée, commença le pacha en se penchant vers elle, je regrette tant que vous nous quittiez. Vous représentez chez nous un peu de votre belle France, et un ennui profond nous

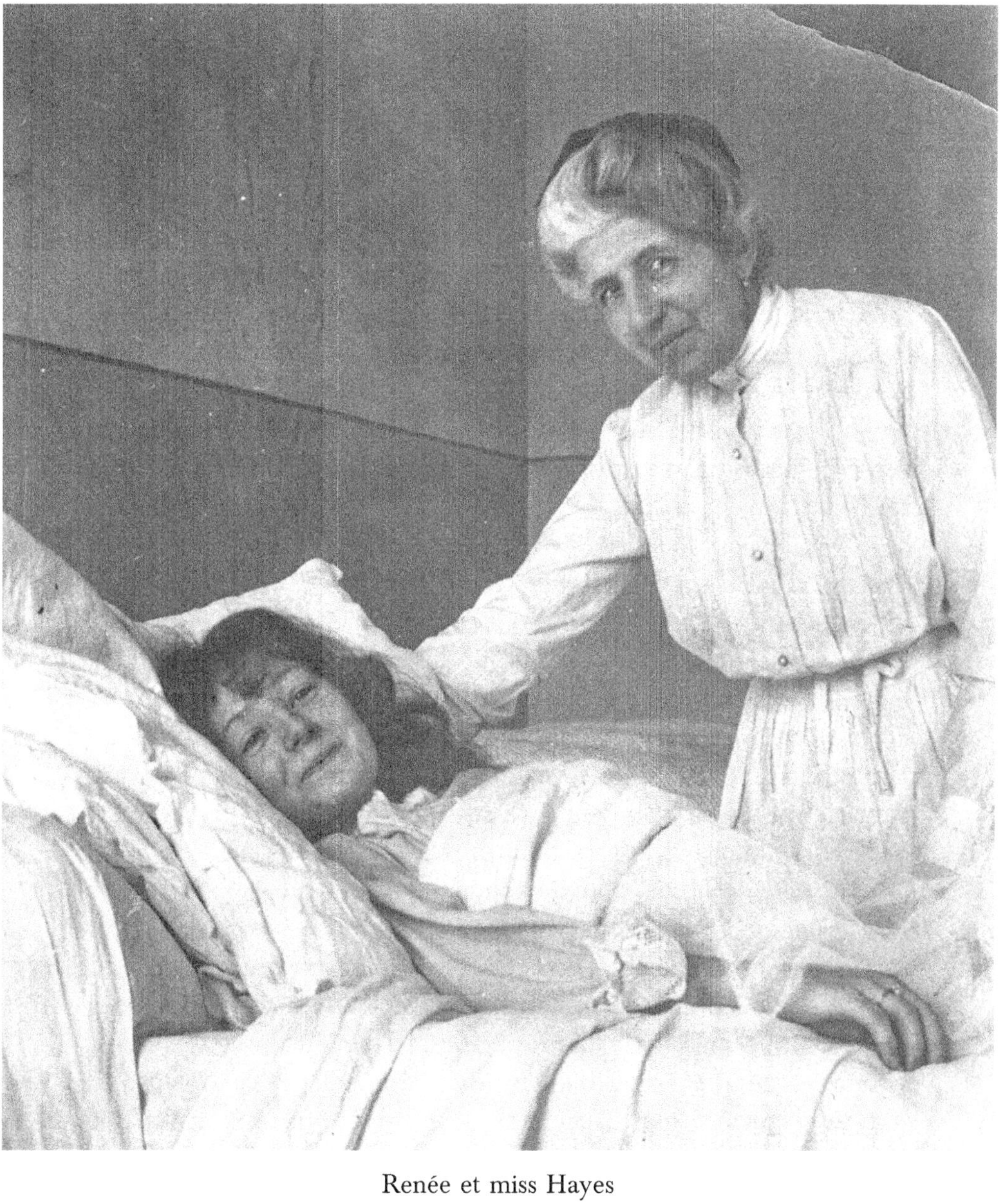

Renée et miss Hayes

attend en votre absence. Vous allez me manquer terriblement. Enfin, regardez mes femmes, fit-il en les désignant d'un geste méprisant. Elles sont bêtes, grasses, laides. J'ai presque envie de toutes les renvoyer... Dites-moi, êtes-vous sûre de ne pas vouloir épouser Badr ? C'est un beau jeune homme, qui vous assurerait une vie délicieuse en Angleterre. Je serais si honoré, quant à moi, de vous recevoir ici avec mes petits-enfants.

– Je ne sais comment vous répondre, pacha, dit Renée qui, pendant la semaine écoulée, s'était prise d'affection pour l'affable vieil homme à la barbe et aux cheveux blancs. Vous avez été si bienveillant à mon égard et je serais très fière de vous avoir pour beau-père. Mais je suis encore mineure et il revient à mon père de prendre de telles décisions.

– Vicomte ! dit Ali el-Banderah. Je vous en supplie, donnez votre princesse à mon fils ! Ils formeraient un si joli couple. Ils sont faits l'un pour l'autre, voyons !

– Non ! lança Gabriel avec rudesse. Il n'en est pas question !

Énervé, il fit signe à Renée de le rejoindre. Celle-ci était surprise par son comportement grossier au domicile même du pacha. Ne lui avait-il pas recommandé la plus extrême politesse envers leur bon voisin ? Leur offrant sans rechigner son hospitalité, Ali ne les aidait-il pas à traverser une période difficile pour toute la famille ? Si elle n'avait que quatorze ans, Renée savait quel gamin capricieux Gabriel pouvait être lorsqu'il n'obtenait pas ce qu'il désirait. L'ignorant, elle resta auprès du pacha, ce qui, elle n'en doutait pas, ne ferait qu'irriter davantage son oncle.

Le pacha ne parut pas vexé par l'attitude du vicomte ; du moins, s'il l'était, il ne le montra pas. Souriant aimablement, il frappa deux fois dans ses mains, et deux eunuques firent entrer une fort jolie brune, du même âge que Renée, sans voile sur le visage, et nue sous une djellaba diaphane. Elle ressemblait aux statues de bronze qui luisaient sous la lumière des innombrables chandelles et elle portait un petit paquet dans ses mains.

Ali murmura quelques mots en arabes à l'intention du vicomte, puis expliqua à Renée :

– Ma dernière acquisition, mademoiselle. Une princesse

turque. Elle est encore vierge, je ne l'ai pas touchée. Elle devrait certainement intéresser votre oncle. Regardez, elle a même son trousseau avec elle. J'espère que vous ne serez pas offusqué par l'éventualité d'un tel échange, mon cher, dit-il ensuite à Gabriel. Une princesse française contre une princesse turque !

Le pacha sourit affectueusement à Renée et poursuivit à son intention :

– Si seulement vous acceptiez d'épouser mon fils, nous irions tous ensemble en Angleterre admirer mes chevaux. Je possède une splendide écurie là-bas, et plusieurs pur-sang de grande valeur. Comme cadeau de mariage, je vous permettrais d'en choisir un, celui qui vous plaira. D'ailleurs, je vous les donne tous !

– C'est fort généreux de votre part, répondit-elle. Mon père serait sûrement ravi d'accepter comme présent cette charmante jeune femme. Il est vrai qu'en ce moment, il a besoin d'une nouvelle maîtresse, puisqu'il a envoyé la précédente, Alinda, dans un village perdu au fin fond du désert.

– Quel dommage, dit le pacha en fronçant les sourcils. Je la lui avais confiée alors qu'elle sortait à peine de l'enfance.

– Mademoiselle Renée, intervint Badr, qui, élevé dans la bonne moralité britannique, semblait perturbé par cette conversation, pendant que nos parents respectifs discutent de leur arrangement, permettez-moi de vous inviter dans une partie du palais que vous n'avez peut-être pas eu l'occasion de visiter. J'aimerais vous montrer personnellement le petit musée qui abrite les collections d'art de ma famille. C'est une des plus belles de tout le pays.

Sans laisser à Gabriel le temps d'objecter, il se leva et tendit une main à Renée.

– Votre père a l'air encore très en colère, dit-il après avoir quitté la pièce.

– J'aurai sans doute droit à une bonne dérouillée quand nous serons rentrés. D'abord, parce qu'il nous a surpris dans le mausolée, et maintenant parce que je m'enfuis avec vous.

– Il vous bat ? Oh, je suis navré de vous causer tous ces ennuis.

Renée haussa les épaules.

– Cela n'a pas d'importance, j'ai l'habitude. Je chérirai le souvenir de cette danse jusqu'à la fin de ma vie. Chaque fois que j'entendrai un… comment appelez-vous ça ? Un charleston ? Eh bien, je penserai à vous, mon petit prince. Et dans le tombeau d'un valeureux saint ! Combien de filles peuvent en dire autant ?

– Vous êtes donc décidée ? demanda Badr. Vous ne m'épouserez pas ? Alors que mon père offre au vicomte cette délicieuse princesse turque ?

– Je ne pense pas que Gabriel acceptera l'échange. Nous sommes déjà fiancés.

– Je vous ai dit que votre mère s'opposera à ce mariage. Elle veut vous envoyer dans un couvent en Grande-Bretagne, dont vous ne sortirez pas avant l'âge de dix-huit ans. Cela serait si terrible de m'épouser moi, plutôt que lui ?

– C'est d'un autre que je suis amoureuse, voilà tout.

– De votre *père* ?

– Il n'est pas mon *vrai* père.

– D'accord, le frère de votre père… votre oncle, dit le garçon en riant.

– Mes lectures m'ont appris que, dans l'ancienne Égypte, l'inceste était considéré comme un devoir religieux chez les classes dirigeantes, observa Renée.

– C'est parfaitement vrai, admit Badr, et c'est encore une pratique courante, destinée à préserver les lignées ancestrales, malgré l'apparition fréquente d'idiots congénitaux. Mais je suis autant anglais qu'arabe, mademoiselle, et je désapprouve ces pratiques barbares.

C'était maintenant elle qui riait.

– À propos de sang royal et d'attardés consanguins, est-il une race plus incestueuse que les Anglais ?

– Les Français, peut-être ?

– Bien vu, Badr ! Mais pourquoi ne l'épousez-vous pas vous-même, la petite princesse turque ? Elle ne manque pas d'attraits.

– C'est que, moi aussi, j'en aime une autre…

Le « musée » était réparti dans sept pièces reliées entre elles, chacune consacrée à une période artistique, de l'Antiquité égyptienne au modernisme américain. Il y figurait plusieurs chefs-d'œuvre, tous des originaux – de Michel-Ange, Rembrandt et Vermeer notamment.

– Ces collections devraient être au Louvre ! s'exclama Renée, émerveillée.

– Je suppose qu'on ne cracherait pas dessus, à Paris.

Comme elle s'en doutait, Gabriel n'allait pas les laisser seuls très longtemps.

– Il est temps de rentrer à Armant, dit-il, toujours d'humeur exécrable, en les retrouvant.

– Ce soir ? Je croyais que nous partions demain matin.

– J'ai changé d'avis. La voiture vient nous prendre.

Le vicomte prit Renée par le bras et l'entraîna avec lui, sans un mot pour le prince qui, d'un œil plein de tristesse, les regarda s'éloigner.

– Ce que vous pouvez être grossier avec ces gens, lui dit-elle. Après tout ce qu'ils ont fait pour nous.

– Qui vous a parlé d'Alinda ?

– Je ne sais plus.

– Vous mentez !

– Dans ce cas, j'ai de qui tenir.

– Je m'en suis séparé parce que je n'ai plus besoin de ses services.

– Vous l'avez expédiée dans un village au milieu du désert. Charmante façon de se débarrasser d'une fidèle servante. Une fille qui s'est consacrée à vous depuis l'âge de dix ans. Et quand je parle de servir, elle n'a rien oublié… Vous finissez toujours par chasser tout le monde, n'est-ce pas ?

– Vous, jeune fille, vous allez surtout recevoir une bonne correction, et cela dès que nous serons à la maison. D'abord pour votre insolence, ensuite parce que vous me désobéissez.

– Et la jolie princesse turque, elle nous accompagne ?

3

Le retour à Armant, ce soir-là, se fit dans le silence. Comme bien souvent, la colère de Gabriel s'était évaporée. On aurait dit le calme qui suit certaines tempêtes. Assise en face d'eux sur la banquette, miss Hayes voyait les deux amants, réconciliés, blottis l'un contre l'autre. Il n'était plus question de la mettre à pied. En réalité, le vicomte avait encore besoin d'elle pour surveiller Renée quand ses affaires l'appelaient au Caire ou ailleurs.

À une heure avancée de la nuit, dans l'intimité de sa chambre, il apprit à la jeune fille que ses parents repartaient ensemble à Paris dans quelques jours. Comme prévu, elle allait rester avec lui en Égypte, en attendant leur mariage six mois plus tard. Renée était comblée de joie à cette nouvelle, car elle n'aurait plus à se cacher de sa mère.

La vie à Armant reprit son cours normal, pour autant qu'une telle vie puisse être qualifiée ainsi. Les tournées dans la plantation, deux fois par semaine, étaient entrecoupées de séjours à la capitale. Le reste du temps se partageait entre les leçons de Renée, les registres comptables, les caresses et baisers de « l'amour oriental » – que la pauvre miss Hayes, devenue malgré elle complice, s'efforçait d'ignorer au moyen d'un garde-vue et de boules Quies.

Renée fut plus heureuse pendant cette période qu'elle ne l'avait été de sa jeune existence et qu'elle ne le serait jamais. À présent la seule femme du vicomte, elle détenait le titre incontesté de reine du palais. Armant était son fief et le personnel ne la traitait plus comme la jeune favorite, mais comme la maîtresse de maison. Elle avait ses propres fellahines, attentives à tous ses désirs, et le vicomte lui-même lui témoignait un respect inattendu, qui faisait presque d'elle une égale. Il ne la frappait plus. Elle aurait dû comprendre que tout cela était trop beau pour durer.

Quelques courtes semaines plus tard, deux lettres arrivèrent de France. Gabriel fit exprès de les laisser sur son bureau, afin sans doute que Renée les voie. L'une provenait de son assistant à Paris, un certain M. Dugond ; et Renée ne reconnut pas l'écriture de la seconde enveloppe. Le dîner terminé, cette soirée au bureau ressemblait à toutes les autres, excepté l'odeur d'ozone qui planait dans l'air, signe que le temps était à l'orage. On l'entendait déjà gronder sur les rives du Nil. Comme d'habitude, le vicomte mettait ses comptes à jour et Renée repassait ses leçons. Il leva soudainement les yeux vers elle.

– Il faut préparer vos valises, dit-il d'une voix froide et sèche.

– On repart au Caire ? Pourquoi ? On vient seulement de rentrer. Cela m'ennuie d'aller là-bas maintenant. J'aime vraiment mieux rester ici.

– Non, pas au Caire. Vous rentrez à Paris.

Elle devina le reste au ton qu'il employait.

– Sans vous ?

– Sans moi.

– Non ! Vous m'aviez dit que non ! Je ne retourne pas en France ! Encore moins à Paris ! Je suis chez moi ici ! Vous l'avez dit vous-même, je suis votre seule femme aujourd'hui !

– Vous n'allez pas passer votre vie enterrée dans le désert, soupira Gabriel. Il est temps de reprendre pied dans la réalité.

– La réalité ? Je croyais que nous étions chez nous. Que vous vouliez me garder auprès de vous ? Que nous allions nous marier.

– Je crains que cela ne soit plus possible.

En pleurs, Renée se jeta à plat ventre sur le canapé.

– Vous disiez tout le contraire, Gabriel ! Comme quoi j'étais à vous. Vous allez me remplacer, n'est-ce pas ? Comme vous le faites avec tout le monde ! Si vous prenez une autre femme, je vous préviens, je vous tue. Je le jure, je les tuerai toutes !

Il vint s'asseoir près d'elle. Le vent du désert s'était levé et un des Soudanais fit irruption pour fermer les volets. La pièce étant plongée dans la pénombre, il alluma la lampe à huile sur le bureau et disparut sans un bruit.

– Je n'ai aucune envie de vous remplacer, affirma Gabriel. Ne vous inquiétez pas pour ça, ma chérie.

– Mais pourquoi, alors ? Vous disiez que nous serions bientôt mariés.

– Avant que vos parents quittent l'Égypte, votre mère m'a fait promettre de ne pas vous épouser tant que mon mariage avec Adélaïde ne sera pas officiellement annulé. Si je n'avais pas cédé, ils seraient repartis avec vous et vous auriez fini chez les sœurs en Angleterre. C'est grâce à moi que vous échappez à ce triste sort et vous pouvez me remercier.

– Votre mariage n'est pas annulé ? Pourquoi ne pas l'avoir annoncé plus tôt ?

– Adélaïde a refusé. Elle a toujours eu peur que j'en profite pour épouser Henriette.

– C'est le même mensonge que vous avez servi à maman pendant des années. C'est vous qui ne voulez pas de cette annulation, qui ne voulez pas vous remarier, qui ne voulez pas renoncer à l'argent de votre femme !

– Quel cynisme !

– Du cynisme ? Parce que je ne crois plus à vos mensonges… Et vous, quand retournez-vous en France ?

– Pas avant un certain temps. Je vais faire l'aller et retour entre Le Caire et Armant jusqu'à la fin du printemps. Je dirige cette plantation, et vous êtes en mesure d'apprécier le travail et le soin que cela demande.

– Si je dois repartir, j'aime autant que ce soit pour la Borne-Blanche, pas pour Paris. Au moins, j'avais mes chevaux et mes chiens là-bas.

Passant un bras autour du cou de Renée, Gabriel l'aida à s'asseoir correctement.

– Ne faites pas l'enfant. Vous savez qu'on a vendu la Borne, et c'est donc impossible. J'ai reçu aujourd'hui un courrier de Dugond. Il vous a inscrite dans un excellent collège de filles à Paris. Vous reviendrez vivre au 29 avec vos deux parents.

– Cela fait longtemps que vous avez tout planifié, n'est-ce pas ? Vous attendiez juste de vous lasser de moi.

– Non.

– Je ne veux pas revenir avec mes parents. Je veux rester ici avec vous. Vous me l'aviez promis.

– Écoutez-moi. L'autre lettre que je reçois est signée du médecin de vos parents en France. Il me prévient que, si nous nous marions, nous risquons de donner naissance à des enfants arriérés.

– Arriérés ? Encore un beau prétexte. Cela ne vous avait pas effleuré l'esprit avant cette lettre ? Très bien, Gabriel, trouvez-vous une autre imbécile pour meubler vos nuits et vos siestes. Couchez avec toutes les femmes que vous voudrez, je m'en fiche. Je m'aperçois que, si vous m'avez gardée ici, c'est parce que vous aviez besoin d'une maîtresse pour remplacer Alinda… et qui soit à votre taille !

– Vous aurez eu vite fait de perdre votre innocence ! lâcha Gabriel sans percevoir, apparemment, l'ironie de la remarque.

– Oui, je suis peut-être devenue trop vieille, trop avisée pour vous, dit Renée avec un rire amer. À vivre dans cette famille, on la perd vite, son innocence. Il suffit de vous regarder faire – vous, ma mère, mon père, tous. C'est vous qui m'avez pervertie. Vous abîmez ce que vous touchez. Vous détruisez tout le monde autour de vous. Vous n'avez jamais aimé ma mère, ni moi non plus. Vous n'aimez personne, en fait, personne d'autre que vous.

Il tenta maladroitement de prendre Renée dans ses bras, moins pour la consoler que pour interrompre un discours qu'il supportait mal, tant il sonnait vrai.

Elle le repoussa de toutes ses forces.

– Ne me touchez pas ! Vous êtes trop vieux pour moi ! Un vieux, un sale vieux ! Vous finissez par m'écœurer, mon… *mon oncle* ! Un vieil homme répugnant, voilà ce que vous êtes !

L'orage se déchaîna sur le palais à cet instant précis – un coup de tonnerre assourdissant, suivi d'une brusque averse qu'un vent violent poussa à travers les volets fermés. L'éclair, simultané, éclaira le visage de Gabriel, soudain très pâle, presque exsangue. Blessé au plus profond d'un orgueil pourtant sans limites, il paraissait assurément bien vieux.

Les deux protagonistes se turent un moment. Il n'y avait plus que les rugissements de la tempête. Le vicomte hocha finalement la tête, comme s'il venait de prendre une décision.

– Bien, dit-il d'une voix sourde. Très bien, ma petite. Rappelez-vous que tout cela…

D'un geste, il embrassa non seulement Armant, mais aussi Le Caire, l'Égypte et tout ce qu'ils y avaient partagé.

– … n'était rien de plus qu'un mirage dans le désert.

PARIS
Juillet 1914

1

Renée et miss Hayes arrivèrent à la gare de l'Est le 3 juillet 1914 peu après minuit. Elles avaient fait en train, depuis Brindisi, la dernière partie du long voyage depuis l'Égypte. En descendant de son wagon-lit de première classe, Renée ressentait une exaltation proche de l'ivresse, car elle retrouvait son pays. Elle ne s'attendait pas à ce que sa mère soit venue l'attendre, mais elle était sûre que son père, lui, serait là. Scrutant le quai avec enthousiasme, elle eut la surprise de reconnaître deux anciens domestiques de la Borne-Blanche – Adrien le majordome, et Rigobert le chauffeur, affichant tous deux un grand sourire de bienvenue.

– Rigobert ! Adrien ! s'écria-t-elle.

Ils surgissaient d'un lointain passé, et elle était tellement ravie qu'elle en oublia l'absence de son père et sa déception.

– Mais que diable faites-vous là ? demanda-t-elle.

Les larmes aux yeux, le vieux Rigobert embrassa sa jeune patronne, bientôt imité par Adrien.

– Nous sommes de nouveau au service de M. le comte, répondit le majordome.

– Tata aussi ? dit Renée.

– Oui, mademoiselle. Elle aussi, bien sûr. Elle vous attend au 29.

– Moi qui pensais ne jamais vous revoir !

– Les nouveaux propriétaires ont voulu nous garder, Tata et moi, à la Borne-Blanche, dit Adrien, mais nous n'étions pas satisfaits de ce qu'ils nous proposaient. Nous avions toujours travaillé pour votre famille et, quand votre père, M. de Fontarce, est revenu d'Égypte, il a offert de nous reprendre à son domicile des Champs-Élysées. Il aurait été difficile de refuser.

– Pareil pour moi, dit Rigobert. Il me manquait tant que j'étais tout prêt à venir à Paris. Vous le savez, j'ai une longue expérience des rues de cette ville. Je vous y ai bien souvent conduits, les uns et les autres, avant les automobiles d'aujourd'hui. La première fois que vous êtes montée dans ma voiture, elle avait des chevaux et vous étiez bébé ! Mais laissez-moi vous regarder ! Ce que vous avez grandi !

– Vous êtes devenue fort jolie, ajouta Adrien. Quoiqu'un rien maigrichonne, et blanche comme un linge. Miss Hayes, que lui avez-vous donné à manger, là-bas en Égypte ? Allons, Tata lui mettra une côtelette crue dans du bouillon bien chaud. Cette petite a besoin d'un peu de rose aux joues et de chair sur les os.

– Papa ne vous a pas accompagnés ?

Ils prirent un air lugubre et Renée comprit qu'il était arrivé quelque chose.

– Il est parti avec Mme la comtesse chez vos grands-parents en Champagne, expliqua Rigobert. Navré de devoir vous l'annoncer moi-même, mais votre grand-père, le comte Armand, est décédé.

– Il était malade ? s'étonna Renée. Personne ne me dit jamais rien.

– Oui, depuis un certain temps et cela s'est aggravé, ajouta Adrien. Votre grand-père était très attaché à votre mère, il a demandé à la voir avant de mourir. Bien sûr, le comte tenait lui aussi à être près de son père.

– Mon oncle Gabriel va-t-il rentrer pour l'enterrement ?

– Je ne pense pas, mademoiselle Renée, dit froidement Adrien.

Malgré l'heure tardive, les boulevards étaient loin d'être déserts. Un peu plus de six mois s'étaient écoulés depuis le départ de Renée, et les automobiles semblaient avoir envahi les rues. Rigobert, qui conduisait maintenant la Renault du vicomte, ne paraissait pas à sa place dans cette voiture moderne. Ils dépassèrent aisément plusieurs attelages de chevaux qui roulaient dans une file réservée, proche du trottoir. Ces voitures-là étaient appelées à disparaître – vestiges du siècle précédent et de l'enfance de Renée. Les sabots claquaient sur les pavés, les cochers en costume donnaient du fouet et elle imagina les passagers au retour d'un restaurant, d'un théâtre, d'un ballet, ou en route vers un rendez-vous galant. Elle se représenta des amants, blottis l'un contre l'autre, leurs corps suivant le lent balancement du véhicule – comme avec Gabriel, quelques semaines plus tôt, au Caire. Regardant par la vitre les lumières de Paris, l'Opéra, la Madeleine, la Concorde, elle se sentait en sécurité sous la tutelle du vieux Rigobert. Adrien, toujours affable, était là lui aussi, et elle avait sa fidèle gouvernante, la rondelette miss Hayes, assise avec elle à l'arrière. Renée s'aperçut que son oncle avait eu raison : ces quelques mois en Égypte n'avaient été qu'un mirage dans le désert, miroitant et déjà indistinct.

Au 29, le personnel fêta son retour. Tata, la vieille cuisinière bourguignonne, épouse du majordome, s'exclama de plaisir, la prit dans ses bras et la serra contre son ample poitrine. Renée remarqua qu'elle sentait toujours le pain frais de son enfance. Mathilde, l'ancienne gardienne, était elle aussi ravie.

– Comme vous avez grandi, mademoiselle ! s'exclama cette dernière. Une petite fille nous quitte et on nous rend une femme !

– Vous ne savez pas à quel point c'est vrai, dit Renée.

Ils dînèrent simplement, dans la bonne humeur, à la table de la cuisine. Les domestiques demandèrent une sorte de compte rendu de voyage. À la grande surprise de Renée, et pour leur grand plaisir, miss Hayes ne trouva rien d'élogieux à dire, ni sur l'Égypte ni sur leur séjour. Elle énuméra les tracas quotidiens – la chaleur, le vent, le sable et ce désert qui n'en finissait pas.

– Un endroit réellement épouvantable, expliqua-t-elle. On recherche au fond de son âme, de son cœur, un havre de verdure où se promener à l'ombre des arbres.

– Mais les pyramides, chère amie ? lui rappela Renée. Et les monuments ! Ces momies dont vous me parliez sans cesse !

– Eh bien oui, les momies ! dit Adrien.

– Mais qu'avez-vous mangé ? coupa Tata. Vous êtes si maigre, ma fille. Votre oncle vous aurait-il affamée ?

– Il aime que ses maîtresses soient minces, répondit Renée.

– Tiens donc, ses maîtresses ! fit Tata, les sourcils levés. Eh bien, vous êtes revenue chez vous, ma petite. Et Tata va se charger de vous remplumer un peu.

2

Quelques jours plus tard, un garçon livreur se présenta au 29 avec un grand bouquet de roses pour la gouvernante. Y était épinglée une carte de visite, portant le nom du vicomte Gabriel de Fontarce, et le mot MERCI inscrit en grandes lettres. Hochant la tête, incrédule, miss Hayes marmonnait :

– Il est fou… il est fou… fou comme un lièvre de mars !

– Pourquoi mon oncle vous envoie-t-il des fleurs ? demanda Renée.

– Aucune idée, ma chérie. Peut-être pour me remercier de vous avoir ramenée à bon port.

– Ça me paraît normal, vous êtes ma gouvernante. Si vous ne le faites pas, qui le fera à votre place ?

– Eh bien, c'est sans doute une gentille attention de sa part. Il veut me montrer qu'il est satisfait de mes services.

Renée ne put réprimer un petit rire amer.

– Gabriel, attentionné ? Et puis quoi encore ? Jamais il ne vous a envoyé de fleurs. Monsieur est un grand manipulateur, je m'en suis rendu compte suffisamment. J'ai plutôt l'impression qu'il vous a chargée de quelque chose et qu'il vous rappelle à votre devoir. N'est-ce pas, chère miss Hayes ?

– Je ne vois pas à quoi vous faites allusion.

À l'évidence, la gouvernante ne disait pas toute la vérité.

Le lendemain matin, pendant que celle-ci bavardait avec Tata à la cuisine, Renée, toujours reine de l'espionnage, se faufila dans la chambre de miss Hayes et dénicha son carnet dans le premier tiroir de la commode. Elle découvrit entre deux pages une lettre du vicomte :

Prenez rendez-vous avec le Dr Vaquez : elle est très pâle, elle s'est évanouie deux fois.

Emmenez-la aussi chez le dentiste.

Achetez-lui des robes blanches et grises chez Lanvin (faites-vous conseiller par ma vendeuse habituelle. Elle connaît mes goûts et sait comment j'aime habiller Renée).

Empêchez-la de se mettre du parfum ou de l'eau de Cologne.

Qu'elle ne se fasse pas couper les cheveux ; je les préfère longs.

Que jamais elle ne mange ni fromage, ni oignon, ni ail, ni poisson. L'odeur reste sur la peau et c'est désagréable.

Ni alcool, d'aucune sorte, ni tabac.

Ne lui parlez pas de moi, qu'elle ne parle jamais de moi en présence de qui que ce soit.

Emmenez-la chaque semaine voir sa tante Yseult à la campagne. J'ai prié celle-ci de lui présenter des gens de son âge. Lui ai également demandé de trouver un bon parti à Renée, un garçon qui ait mon assentiment lorsqu'elle aura dix-sept ans. J'apporterai une belle dot à Renée. Qui, de toute façon, restera mon héritière.

Surtout, surtout, miss Hayes, faites-la travailler ! Il faut qu'elle étudie ! Emmenez-la avec vous chez le notaire au moment de régler les factures de la maison. Je souhaite qu'elle sache précisément de quoi il s'agit. Qu'elle épluche tous mes comptes bancaires à Paris. Il est indispensable que cette jeune fille sache compter correctement !

J'attends de vous un compte rendu hebdomadaire. Dites-moi exactement comment elle se comporte, rapportez-moi tout ce qu'elle fait.

Achetez des fleurs pour la maison.

Il n'y avait pas là de quoi surprendre Renée. Elle entendait presque la voix impérieuse de son oncle relire après elle. Même à distance, après l'avoir rapatriée, il cherchait encore à gouverner son existence. Jusqu'à la marier à quelqu'un de son propre choix.

Si le contenu ne l'étonnait pas, Renée était en revanche profondément déçue par sa gouvernante bien-aimée. Elle l'avait toujours considérée comme sa seule vraie amie – une alliée, un rempart contre la folie collective de la famille. Et voilà qu'avec une simple douzaine de roses, Gabriel se l'était appropriée – elle, miss Hayes, qui pouvait témoigner de ses violences, elle qui savait tout, même si elle fermait les yeux. N'y avait-il plus personne en qui avoir confiance ?

– Il n'a pas tout à fait tort, affirma l'Anglaise quand Renée lui mit la lettre sous le nez. Vous avez besoin qu'on vous serre la vis. Vous êtes insupportable dès qu'on vous refuse quelque chose. Vous ne vouliez pas quitter Armant et, plutôt qu'écouter les arguments de votre oncle, vous avez piqué une crise de rage, comme une petite gamine.

– Je ne veux pas les connaître, ses arguments.

– Peut-être devrais-je vous les rappeler ?

– Bravo, Mme l'agent-chef du vicomte ! Moi qui vous ai toujours prise pour *ma* gouvernante.

– Je défends vos intérêts, ma chère. Cependant votre oncle est mon employeur. Je me réjouis cependant qu'il soit revenu à la raison et qu'il vous ait renvoyée ici. Il ne peut prendre le risque de vous épouser et d'avoir des enfants attardés.

– Oui, oui, c'est ce qu'il dit… enfin, c'est une de ses excuses. Je m'en fiche pas mal, des enfants. En fait, ça me terrifie, les gosses. J'aime beaucoup mieux les animaux.

– Pour une fois dans votre vie, jeune fille, sortez la tête des nuages et mettez les pieds sur terre. On se marie pour en avoir, des enfants.

– Pas dans ma famille, en tout cas.

Miss Hayes leva les yeux au ciel. Elle aurait toutefois eu du mal à affirmer le contraire.

– De plus, vous êtes encore bien jeune. Vous n'aurez vos quinze ans qu'au mois de juillet. Dans ce pays, les gens respectables ne marient pas leurs filles à cet âge.

– Les gens respectables ! s'exclama Renée, moqueuse. J'ai un oncle fort respectable, en effet ! Mon jeune âge ne l'a pas empêché de me mettre dans son lit ! La vérité, c'est qu'il voulait se débarrasser de moi, comme il se débarrasse un beau jour de toutes les femmes. Et maintenant, il voudrait que j'épouse n'importe quel crétin assommant, pourvu qu'il soit à *son* goût. Je n'en ferai rien. J'ai d'ailleurs décidé que je me marierai à quinze ans – et avec quelqu'un de *mon* choix. Je pense même sérieusement à accepter la proposition du prince Badr. Ce garçon m'adore. Et ça lui apprendrait, au vieux !

La gouvernante hocha la tête, visiblement peinée par l'intransigeance de sa protégée.

– Vous êtes impossible ! J'espère que vous changerez d'attitude. Nous nous sommes tous efforcés de bien vous conseiller, et même le vicomte, d'une certaine façon. Il a tenté de vous mettre en garde, contre vous-même et contre lui. Il vous a corrigée, il vous a tirée par les cheveux, il vous a humiliée avec ses maîtresses. Mais rien ne vous atteint. Voilà pourquoi il a été obligé de vous renvoyer, pour que vous reveniez dans le droit chemin, comme une petite fille bien élevée.

– Je ne suis pas bien élevée, et personne n'en doute. Je suis même très, très mal élevée. C'est votre faute à tous, vous y compris, miss Hayes. Et pour ce qui est de revenir dans le droit chemin, c'est un peu tard.

Soupir attristé de la gouvernante.

– J'ai fait de mon mieux dans ces circonstances. Navrée de vous avoir déçue, mais vous ne m'avez pas rendu la vie facile, ni à moi ni aux autres. Vous êtes une entêtée, impulsive, coléreuse, vous finissez toujours par agir à votre guise, sans penser aux conséquences. Je reconnais, en ce qui vous concerne, que je n'ai pas toujours été à la hauteur des responsabilités qu'on m'a confiées, c'est pourquoi j'ai voulu plus d'une fois donner ma démission. Alors, puisque vous êtes si mécontente, je vais à nouveau leur demander de l'accepter. Vous êtes aujourd'hui une jeune femme avisée, sûre de vos intentions et vous n'avez sans doute plus besoin d'une gouvernante.

– Votre démission ? dit Renée.

Sa lèvre inférieure commençait à trembler, signe qu'elle allait pleurer. Malgré ce qui était pour elle une trahison, sa nounou bien-aimée était tout ce qui lui restait de son enfance. L'idée de la perdre elle aussi, la seule personne qu'elle avait toujours eue à ses côtés, était insupportable. Elle se jeta dans ses bras, comme elle le faisait, petite fille.

– Pardon ! Je vous en prie, excusez-moi ! Vous n'allez pas m'abandonner, vous aussi ! Vous êtes tout ce que j'ai !

La gouvernante la serra contre elle et apaisa ses sanglots.

– Vous voyez donc ? Vous n'êtes pas aussi forte que vous le croyez...

– Un jour, Gabriel reviendra en France, fit Renée d'une voix chevrotante. Et il me réclamera. Vous savez ce que je lui dirai ?

– Non. Que lui direz-vous ?

– D'aller coller son gros engin dans le premier trou à rat.

– Mon Dieu ! fit la gouvernante, mortifiée. Les horreurs que vous proférez !

Mais elle ne put réprimer un petit rire surpris.

– Je voudrais le tuer, dit Renée.

Miss Hayes suivit à la lettre les ordres du vicomte. Trouvant la jeune fille anémique, le Dr Vaquez lui recommanda de prendre de l'exercice, et préconisa le tennis. Il prescrivit également des compresses chaudes au citron à appliquer sur le front – pour calmer ses nerfs, car elle était selon lui « irritable ». L'odeur rappelant trop à Renée celle des citronniers dans la vallée du Nil, elle jeta vite dans la Seine le paquet à peine entamé. Quant au dentiste, il déclara que ses dents étaient aussi solides, blanches et brillantes que celles d'une jeune louve.

Chez Lanvin, malgré les conseils de l'obséquieuse vendeuse, elle ne parvint pas à se décider, s'insurgeant contre les tenues de vieille fille – blanc et gris – qui avaient la préférence du vicomte et que miss Hayes tentait de lui imposer.

– S'il tient vraiment à me trouver un bon parti, il doit arrêter de m'habiller comme une institutrice.

– Pourquoi ne pas revenir avec votre père ? proposa la vendeuse, servile. Il vous aidera dans votre choix.

– Je crains que cela soit impossible, répondit Renée. Il a fui la France pour se cacher à l'étranger et on lui interdit de repasser la frontière.

– Ah bon ? dit la fille, stupéfaite. C'est vrai, il y a bien longtemps que le vicomte ne nous a pas rendu visite. Et pourquoi diable se cache-t-il ?

– On l'accuse d'avoir eu des relations sexuelles avec une mineure. C'est un crime, que je sache, dans ce pays.

– Renée ! Je vous en prie ! intervint miss Hayes. Au nom du Ciel, taisez-vous ! Excusez-la, mademoiselle, il ne faut pas croire un mot de ce qu'elle raconte.

À l'expression de la vendeuse, Renée voyait bien, au contraire, qu'elle la croyait ; elle la soupçonnait d'ailleurs d'avoir été une des nombreuses maîtresses de son oncle.

– Il a séduit sa propre fille alors qu'elle n'avait que quatorze ans, dit-elle, sur le ton de la confidence.

La pauvre femme était manifestement embarrassée.

– Mais… mais… n'êtes-vous pas… sa fille ?

– Si, en effet, dit Renée qui, se rapprochant d'elle, lui murmura à l'oreille, une main devant la bouche : N'est-il pas monté comme un âne ?

– *Seigneur !*

3

Renée n'était pas rentrée depuis une semaine que sa cousine Amélie lui téléphona au 29 pour l'inviter le week-end suivant à Chantilly, où la famille avait un élevage de chevaux. Renée était ravie de retourner à la campagne, mais elle éprouvait une certaine appréhension, ce vendredi après-midi-là. La propriété se trouvait à proximité de la Borne-Blanche et le train traversait la forêt, d'où elle aperçut le château. En reconnaissant les volets, le toit d'ardoise grise et la vieille girouette qui s'agitait mollement sous une brise légère, elle mit une main devant ses yeux. Elle imagina le fantôme d'une jeune Renée, regardant passer les trains derrière la fenêtre, comme elle le faisait, petite, sauf qu'elle se voyait elle-même dans celui-ci, avec miss Hayes à son côté.

Tante Yseult et sa fille Amélie vinrent les accueillir à la gare. Amélie observa sa cousine avec une sorte d'étonnement muet, comme si elle était un animal exotique, ce qui embarrassa vite Renée.

– Vous ne m'avez envoyé que trois cartes postales en votre absence, dit la cousine. Nous voulons tout savoir de vos aventures au pays des pharaons et des pyramides.

Renée rit en repensant à la canicule, à la sueur qu'elle sentait encore couler dans son dos, au désert dont elle ne partagerait le souvenir avec personne – un monde de fruits défendus qui, depuis son retour en France, lui paraissait perdu dans une tout autre existence.

Un groupe nombreux de parents jeunes et vieux, proches et éloignés, s'était rassemblé pour l'accueillir. Elle lut sur leurs visages un mélange troublant d'ironie et de curiosité. Qu'avaient-ils appris de sa vie à Armant, de ses séjours au Caire, de ses relations avec son oncle ? Henriette, pourtant soucieuse d'éviter tout scandale, s'était-elle confiée à sa sœur ? Une famille sait-elle garder de tels secrets ? De retour parmi la sienne, dans ce cercle royaliste et collet monté, il était nécessaire pour Renée de redevenir, selon l'expression de miss Hayes, « une jeune fille bien élevée de son temps ». Elle étudia sa cousine qui, bien qu'ayant le même âge qu'elle, n'était encore qu'une gamine aux ongles sales et aux cheveux gras, flottant dans des vêtements trop amples. Renée en conclut qu'en l'espace d'un an, elle-même avait considérablement mûri.

Amélie lui proposa une promenade dans la forêt. Quand les deux filles descendirent aux écuries, Renée découvrit, enchantée, qu'on avait sellé Ulst, son premier cheval. En la reconnaissant, il hennit et piaffa dans son box, impatient de galoper avec son affectueuse maîtresse.

Dans cette forêt pourtant familière, Renée retrouva une facette d'elle-même qu'elle croyait perdue – l'odeur d'un sol fertile, chargé des mille feuilles mortes de son enfance. Mettant pied à terre avec sa cousine pour ramasser des champignons de printemps, elle se rappela une autre promenade, pas si lointaine, avec des girolles cette fois, et un premier baiser qui devait à jamais changer sa vie.

Posant leurs paniers pleins, elles s'étendirent dans l'herbe entre les fleurs nouvelles, dans une petite clairière ensoleillée. Renée savait qu'Amélie n'attendait que ce moment depuis son arrivée, et la cousine demanda alors, intrigante :

– J'ai des nouvelles de votre oncle en Égypte. Dois-je vous raconter ?

– Je n'y tiens pas vraiment, dit Renée, feignant l'indifférence.

Comme malgré elle, elle demanda :

– Qui répand ces nouvelles ?

– Lady Winterbottom. Elle est venue il y a deux jours s'occuper de ses chevaux. Nous avons ici quelques-uns des siens.

– Et qu'a-t-elle dit ?

– Je croyais que cela ne vous intéressait pas

Renée haussa les épaules.

– Pas spécialement, non.

Amélie s'empressa de déclarer :

– Elle dit que le vicomte vous battait jusqu'au sang. Que vous viviez chez lui comme… comme une…

– Une quoi ?

– Une maîtresse ! jeta Amélie avec jubilation.

– Grotesque, persifla Renée. Lady Winterbottom n'est qu'une vieille pipelette, tout le monde le sait. Elle invente n'importe quoi. Mon oncle n'est pas mon amant. Il est bien trop âgé. Fichez-moi la paix avec ces histoires.

– Elle dit aussi que votre mère a été sa maîtresse avant vous. Que vous l'avez détournée de lui. C'est vrai, Renée ? S'il vous plaît, dites-le-moi !

– Bien sûr que non. La vérité, c'est que maman fréquente depuis un bon moment sir Herbert, le mari de lady Winterbottom. Voilà pourquoi cette commère colporte des horreurs sur mes parents.

– Vous êtes bien la fille d'Henriette, tiens ! Vous mentez comme vous respirez, toutes les deux.

– Je ne mens pas, réfuta Renée. Et mes parents non plus.

– À ce que j'ai compris, sir Herbert l'a plaquée pour une petite rousse, une Américaine, qu'il a rencontrée au Caire. Lady Winterbottom rapporte aussi que le vicomte a tout fermé chez lui, qu'il a l'intention de vendre sa maison là-bas.

– Lady Winterbottom ne sait pas ce qu'elle dit.

– Si j'ai d'autres nouvelles, je vous tiendrai au courant. Je suis bien triste pour vous, Renée. Vous avez l'air en mauvaise santé, vous avez perdu du poids, vous avez la peau jaune comme un citron. C'est une maladie ou une peine de cœur ?

– Je fais de l'anémie. Le médecin pense que c'est à cause de la nourriture égyptienne.

Amélie hocha la tête comme si elle n'avait rien entendu.

– Si c'est ça, l'amour, je m'en passerai, déclara-t-elle.

– Arrêtez de parler d'amour, je vous en prie, vous êtes ridicule. Et rendez-moi un service, vous voulez bien ? Dites à vos parents que les affirmations de lady Winterbottom n'ont aucun sens. J'ai appris de mon côté que ce n'est pas sir Herbert, mais en fait Gabriel qui fréquente cette rouquine, et qu'il a l'intention de l'épouser.

Se doutant que ses propos parviendraient aux oreilles de son oncle, Renée savourait une petite vengeance à sa façon. Le vicomte détestait les rousses et prétendait qu'elles sentaient mauvais.

– À propos de rouquins, demanda-t-elle, où est passé Julien, le jeune palefrenier ? Il travaille toujours pour vous ?

– Ah, mon adorable Lancelot, dit Amélie, la bouche en cœur. Je peux vous confier un secret, Renée ? Maman nous a surpris dans la grange, en train de nous embrasser sur une botte de foin. Elle en a fait un drame ! Et elle a envoyé Lancelot en Angleterre chez un autre éleveur. Il va devenir le roi des jockeys, vous savez ?

Renée se mit à rire.

– Oui, je sais. Il n'est pas allé bien loin, finalement, après que mon père l'a licencié.

Elle n'était déjà pas de bonne humeur, mais voilà qui n'arrangeait rien. D'abord ces allégations les concernant, elle et Gabriel, certes pas entièrement fausses ; ensuite l'image de celui-ci, claquemuré à Armant, dans ce domaine dont elle avait été, bien que brièvement, la reine incontestée. Elle se prit à espérer que son oncle mourût d'ennui et de solitude. Maintenant, pour faire déborder le vase, le petit palefrenier, celui-là même qui, l'année précédente, lui avait déclaré son amour éternel, promettant de l'épouser lorsqu'il serait célèbre – Julien donc embrassait sa cousine, ce laideron aux cheveux gras et aux ongles sales.

– Dites-moi, poursuivit Renée, sentant la bile lui monter dans la gorge. Qu'avez-vous fait d'autre avec Julien ?

– Rien, répondit Amélie, sur la défensive. Nous nous sommes embrassés, c'est tout.

Renée pouffa.

– Comme quoi on retrouve aussi chez vous un certain don

pour le mensonge. Il paraît que votre mère vous a surprise en train de lui tripoter la bite.

– *Quoi ?* Mais jamais de la vie ! Qui a dit ça ?

Voyant à l'expression de sa cousine qu'elle ne se trompait pas, Renée éclata de rire.

– Lady Winterbottom, bien sûr ! De passage à Paris, elle le répétait à qui voulait l'entendre. Même que vous ne l'aviez pas en main, son membre, mais carrément dans la bouche !

– *Menteuse !* hurla Amélie. *C'est ignoble ! Dégoûtant !*

– Elle a ajouté… commença Renée, marquant un temps pour faire durer le plaisir… que vos parents ont décidé de vous envoyer dans un couvent en Angleterre jusqu'à l'âge de dix-huit ans. Ce qui devrait donner aux sœurs le temps de vous faire expier vos péchés. À coups de fouet, sûrement. Je parie que vous ne sucerez plus grand-monde, après ça !

Terrifiée, Amélie fondit en larmes.

– Menteuse, taisez-vous ! Elle n'a pas dit ça ! Jamais ils ne m'enverront au couvent !

Renée se remit à rire.

– Cela vous apprendra à colporter des ragots, chère cousine.

Entre deux sanglots, Amélie réussit à répondre :

– Vous êtes infecte, Renée ! Infecte et perverse !

– Oui, je sais, tout le monde le pense.

4

Suivant les conseils de son médecin, Renée décida d'apprendre le tennis, dans le but, notamment, de contrarier son oncle. Gabriel se méfiait en effet de ce sport, pensant qu'il favorisait l'émancipation des femmes, puisqu'il développait leurs biceps et leurs capacités de résistance. Il les préférait minces, faibles et incapables de se défendre lorsqu'il les frappait… Ou encore molles et grasses comme sa servante nubienne… Voire soumises comme cette pauvre esclave d'Alinda qu'il avait envoyée se perdre au fond du désert.

Renée se fixa pour objectif de remporter le tournoi des débutants qu'organisait sa tante chaque année à la fin de l'été, mais aussi de gagner par la même occasion les faveurs d'un jeune fiancé. Gabriel, à n'en pas douter, serait vert de rage.

Tennis, donc, le week-end à Chantilly, et le reste de la semaine, elle poursuivait ses études et se réhabituait à la vie parisienne. Le matin, Rigobert la conduisait dans son coupé Renault au lycée privé de Mlle Fessard où, comme on pouvait s'y attendre, elle restait à l'écart des autres filles. Elle s'estimait trop mûre, trop éclairée, pour les fréquenter, et leur puérilité l'agaçait. De leur côté, elles l'enviaient d'avoir un chauffeur attitré et, apprenant qu'elle avait vécu dans une plantation en Égypte, elles la surnommèrent « la fille du pacha », ce qui laissait Renée parfaitement indifférente.

Rentrant un après-midi au 29 après les cours, elle trouva dans l'étroit escalier Adrien qui, en sueur et jurant à voix basse, portait les encombrants bagages de la comtesse à l'étage.

– Puis-je vous aider ? proposa-t-elle.

– Non, je vous remercie, mademoiselle. Je vais demander à Rigobert. Votre mère est revenue à Paris.

– Je vois ça. Pourquoi ne prenez-vous pas l'ascenseur ?

– J'ai peur de le détraquer, avec ce fourbi. Ça doit être du cuir de rhinocéros, tellement c'est lourd. Et rempli de plomb !

– Non, c'est du crocodile. Du Nil, même, remarqua Renée.

– Voilà pourquoi ! dit Adrien. Un crocodile qui s'appelle M. le vicomte, peut-être ?

Ce commentaire acide était pour elle une surprise. Contrairement à Tata, son épouse, qui ne faisait pas mystère de ses opinions, Adrien était la discrétion incarnée, un modèle de domestique.

– Vous n'appréciez pas mon oncle, alors ?

– Pardonnez-moi, répondit le vieux majordome. Il est incorrect de ma part d'avancer ce genre de chose. Je l'ai connu tout petit, ce monsieur.

– Et vous ne l'avez jamais aimé ?

– Je ne dirais pas cela, mademoiselle, répondit Adrien, équivoque.

Renée planta ses yeux dans les siens. Elle lut dans son regard triste qu'il en savait certainement beaucoup, et elle se rendit compte que, bien sûr, le personnel avait eu vent des rumeurs. Enfant, elle avait constaté elle-même que rien ne lui échappait et elle pensa qu'à l'instant même, Larose, le barbier nain, répandait les nouvelles en cercles concentriques autour d'Orry-la-Ville.

– Où est ma mère ?

– Au salon. Avec son frère, votre oncle Louis. Elle sera sûrement heureuse de vous retrouver, mademoiselle.

La comtesse, qui portait le deuil, embrassa sa fille sans tendresse. Elles ne s'étaient pas revues depuis le bref épisode du Caire, où Henriette vivait, après avoir été chassée d'Armant.

En revanche, l'oncle Louis embrassa sa nièce affectueusement. C'était un personnage haut en couleur, atteint d'une certaine « maladie », disait-on sans jamais s'étendre sur le sujet.

– Eh bien, comme tu as changé, ma cocotte ! s'est-il exclamé.

Six mois ont suffi à te transformer en Anglaise ! Tu n'as que la peau sur les os ! Il va falloir rembourrer ça !

– Son oncle les préfère maigre, couina Henriette avec un sourire amer.

– J'étais navrée d'apprendre le décès de grand-père Armand, dit Renée à sa mère. Je pensais que vous m'enverriez chercher pour les obsèques.

– Malheureusement, tout s'est passé trop vite, expliqua la comtesse, tout le monde arrivait en même temps, vous étiez à peine revenue d'Égypte…

Elle ne termina pas sa phrase.

– Mais j'ai de bonnes nouvelles pour vous, dit-elle, changeant de sujet. Nous allons bientôt emménager dans un haras en Normandie. Et oncle Louis sera là pour nous aider.

– Depuis quand avons-nous un haras en Normandie ?

– Depuis que votre grand-père nous l'a légué sur son lit de mort. Enfin, c'est à moi qu'il le lègue. Il m'aimait beaucoup, comme vous le savez. Il ne voulait pas que je divorce, c'est pourquoi il m'en a fait cadeau, à condition que je reste parmi vous. Maurice est déjà parti en Angleterre à la recherche de bonnes poulinières. Nous allons nous installer là-bas, lui et moi, et si tout se passe bien, vous nous rejoindrez à l'automne avec miss Hayes.

L'argent, l'argent, pensa Renée – c'est lui qui gouverne notre famille, fonde les mariages, les brise ou les cimente – et nous nous conformons à ses ordres sans hésiter.

– Maintenant, ma petite cocotte, dit Louis en faisant de grands gestes des bras, je vais m'occuper de toi personnellement ! Que ce soit ta garde-robe, tes manières, tes habitudes alimentaires, ton maintien… tout ce qu'une jeune fille bien élevée doit savoir pour faire bonne impression.

– Cela implique-t-il que vous allez m'envoyer chez les sœurs ? demanda Renée à sa mère.

– Non, non, pas du tout ! dit Louis, rejetant l'idée d'un revers de sa main gantée. Sauf si tu trouves cela nécessaire pour ton éducation. Dis-moi, ma cocotte, aurais-tu besoin de te délivrer de quelque chose ? Ton vieil oncle peut tout entendre.

– Me délivrer de quoi ?

Nouveau geste de la main, ressemblant à l'envol d'une colombe…

– Oh… peut-être un petit péché que tu aimerais confesser ?

– Quel genre de petit péché ?

– Voyons, ma petite, dit-il d'une voix grave et basse – comme un curé dans son confessionnal –, n'aie pas peur, Louis est là pour t'aider. Alors, Gabriel t'a-t-il mise dans son lit ?

– Comment ? s'exclama Renée, feignant l'ébahissement. Que ferais-je dans son lit ?

La comtesse s'interposa.

– S'il vous plaît, Louis, ça suffit. Gabriel m'a juré qu'il ne l'a jamais touchée, ni même embrassée. N'est-ce pas, miss Hayes ? fit-elle en se tournant vers celle-ci.

Assistant sans rien dire à la scène, la gouvernante était assise sur une fragile chaise Louis XIV, apparemment instable. Elle donnait l'impression d'un éléphant perché sur un tabouret.

– Vous n'avez pas quitté Renée, dont vous aviez la charge, poursuivit Henriette. Contrairement aux rumeurs que se plaît à répandre lady Winterbottom, cette immonde pipelette, le vicomte n'a eu aucun geste déplacé envers sa nièce, n'est-ce pas ?

Regardant sa mère d'un air ahuri, Renée se demanda si elle n'allait pas éclater de rire. Mais c'était une des stratégies qu'employait la comtesse pour minimiser les turpitudes familiales : tout nier en bloc, quels que soient les témoignages fournis.

– Je n'ai rien vu que de parfaitement honnête, répondit miss Hayes, tenant consciencieusement son rôle. L'oncle de mademoiselle s'est comporté à tout moment comme il fallait.

– J'ai pourtant eu vent de certaines choses, ma petite… insista Louis, souriant toujours. Il paraît que tu voudrais l'épouser…

– Quoi ? s'écria Renée. Mais vous êtes fou ! C'est à la fois mon oncle et mon père adoptif !

Louis avait autrefois rêvé d'une carrière théâtrale… La tactique du bon confesseur n'ayant pas porté les fruits escomptés, il changea de registre, jouant maintenant les inspecteurs de police agressifs.

– A-ha ! On persiste à nier ! Dire que, pendant des mois, on s'est fait un sang d'encre, nous autres ! Lady Winterbottom a pourtant rapporté à votre tante Yseult que vous dansiez avec lui dans les palaces du Caire… qu'il a fait de vous sa concubine… qu'il vous battait comme plâtre ! Faut-il que j'aille en Égypte lui demander de préciser ses intentions ?

– Je ne comprends rien à vos histoires. Quelles intentions ? Gabriel ne me doit rien. C'est plutôt lui qui nous entretient tous. Cela n'est-il pas assez ? Pourquoi ne pas écouter miss Hayes ? Elle ne m'a pas lâchée d'un centimètre et elle vient d'affirmer qu'il s'est comporté honorablement.

La comtesse étudia sa fille, sans marque d'affection, mais avec une certaine gratitude, peut-être, de la voir se rallier et faire cause commune.

– Il n'avait d'autres intentions, Louis, que celles d'un père envers sa fille adoptive. Il n'y a pas lieu d'en douter, conclut-elle.

– Gabriel a écrit à Yseult, récemment, pour lui demander de me trouver un bon parti, indiqua Renée. Quelqu'un qui cherche à m'épouser ferait-il ça ? De plus, elle m'a répété ce que lui a dit lady Winterbottom, à savoir que Gabriel s'est fiancé avec une rousse, une Américaine qu'il se propose d'épouser, dès que son mariage avec Adélaïde sera annulé.

– Qu'est-ce c'est que ces histoires ? lâcha Henriette, se départant de son flegme. C'est impossible ! Il déteste les rousses ! Et les Américaines. Que je sache, cette petite garce s'est installée chez sir Herbert.

– Il semble justement qu'elle l'ait plaqué pour Gabriel, maintint Renée, ravie de ce nouveau mensonge – comme quoi deux hommes auraient quitté sa mère pour une autre.

Elle ajouta en souriant :

– N'importe qui aurait fait comme elle.

La comtesse braqua un regard furieux sur Renée. À l'évidence, la vie chez les Fontarce reprenait son cours habituel. Malgré leur brève alliance, mère et fille se détestaient plus que jamais.

5

Déprimée par le lycée et la vie au 29, Renée attendait avec impatience le vendredi après-midi et le train de Chantilly qu'elle prenait avec miss Hayes. Conformément aux souhaits de Gabriel, Yseult invitait chaque week-end des jeunes gens de la région. Tout ce petit monde jouait au tennis la journée et se retrouvait le soir autour du gramophone pour écouter les disques les plus récents. Certaines des demoiselles, provinciales, enviaient les robes Lanvin de Renée, sa coiffure à la mode parisienne… De plus, elle savait déjà danser le charleston, cette danse vaguement obscène des Noirs américains. Mais Renée avait l'habitude des querelles avec les autres filles et leurs simagrées lui étaient indifférentes. Elles n'étaient que des concurrentes, d'ailleurs pas vraiment sérieuses – surtout jalouses de voir Yseult s'ingénier à lui présenter des garçons qui, pour la plupart, lui témoignaient un intérêt dont elles étaient privées. En fin de compte, ce rôle d'intruse lui convenait parfaitement.

L'un d'eux en particulier, Olivier Moussy, grand et hautain, courtisait Joséphine, la sœur aînée d'Amélie, comme le souhaitaient leurs parents respectifs. Joséphine n'était guère plus séduisante qu'Amélie et Olivier fut immédiatement attiré par Renée. Lorsqu'il lui demanda un samedi si elle voulait bien être sa partenaire lors du tournoi qu'organisait Yseult, elle sauta de joie.

Le plus doué, et de loin, parmi les garçons, il lui expliqua toutes les finesses du jeu, la conseilla utilement au plan de la stratégie et l'aida à améliorer ses coups, avec tellement de tact et d'assurance que jamais elle ne se découragea ni ne s'énerva. C'était d'autant plus remarquable que, d'habitude, elle n'appréciait guère qu'on lui explique ce qu'elle avait à faire.

Toujours vigilante, miss Hayes s'aperçut qu'ils étaient sans cesse fourrés ensemble, tant sur les courts qu'en dehors. Un dimanche, alors qu'elles rentraient à Paris par le train du soir, elle demanda à sa protégée :

– Il en a des choses à vous raconter, ce garçon ! De quoi parlez-vous, tout le temps ?

Le soir tombait, et Renée, sans répondre, resta plongée dans la contemplation du paysage.

– Il ne vous quitte pas d'une semelle, poursuivit la gouvernante. Les deux font la paire, dirait-on. Il n'est pas censé fréquenter plutôt votre cousine Joséphine ?

Ricanement de Renée.

– Cela commence à bien faire ! se fâcha miss Hayes. Je ne les connais que trop, vos petits rires ! Répondez-moi !

– Joséphine est laide comme une vache. En quoi cela vous concerne-t-il, ce que nous nous disons ? Je n'ai plus le droit de parler aux garçons ?

– Il se trouve que j'ai reçu des ordres de votre oncle. Je ne dois plus vous laisser aborder les garçons.

– Quoi ? De nouveaux ordres du général ? Mais enfin, il y a quelques semaines, il tenait à ce que je rencontre un époux digne de ce nom. Comment faire, maintenant ? En plus, je n'ai pas besoin de les aborder, ils le font à ma place.

– Les ordres sont les ordres.

– Vous lui envoyez un rapport chaque semaine, n'est-ce pas ?

– Votre oncle est mon employeur, ma chère. Et je suis responsable de vous. Vous comprenez très bien que je n'ai d'autre choix que lui obéir.

En réfléchissant une seconde, Renée comprit que, si miss Hayes devait l'incriminer dans un de ses rapports, Gabriel lui interdirait de passer ses week-ends à Chantilly, ce qu'elle regretterait amèrement.

– Puisque vous tenez à le savoir, dit-elle, soudain plus conciliante, nous parlons surtout de tennis. Un sujet qu'il connaît très bien. Son père a joué en compétition à Wimbledon ! J'apprécie ce garçon et nous sommes capables de gagner le tournoi à la fin de l'été. Mais je ne suis pas amoureuse de lui, si c'est à cela que vous faites allusion. Comme vous le disiez, ses parents ont des vues sur la cousine Joséphine. Quand Mme l'agent secret écrira sa prochaine lettre, j'espère qu'elle en informera le général.

Cela parut satisfaire la gouvernante. Comme celle-ci ne perdrait rien de sa vigilance, Renée devrait être d'une discrétion absolue si elle souhaitait détourner les soupçons. Elle jouait cette partie-là contre sa famille et elle avait appris à ne compter que sur ses propres ressources.

Elle mourait d'envie d'aller au cinéma, mais personne ne voulait l'y accompagner et on lui interdisait de s'y rendre seule. C'était maintenant une distraction très à la mode à Paris, et le personnel du 29 en profitait souvent. Chaque semaine, Tata et Adrien racontaient à Renée les aventures d'une belle Indienne sioux et d'un trappeur dans le Far West. Pour rien au monde, ils n'auraient manqué le prochain épisode de ce feuilleton romantique et mélo. Ils pleuraient encore en en parlant et la jeune fille brûlait d'impatience de se rendre compte par elle-même. Elle se serait bien vue à la place de la jolie squaw, loin de la vie ennuyeuse du 29 Champs-Élysées.

– Emmenez-moi avec vous vendredi prochain, Adrien ! S'il vous plaît, Tata !

– Désolée, mademoiselle Renée, répondait le majordome, compatissant. Nous le ferions volontiers, mais miss Hayes dit que votre oncle s'y oppose. Nous ne pouvons pas contrevenir.

– Même depuis l'Égypte, il se débrouille pour me garder enfermée…

Ce que Renée prenait pour une prison était pour la famille plus un lieu de séjour qu'un vrai domicile. Tous débarquaient et décampaient à n'importe quel moment du jour et de la nuit, chargés d'innombrables bagages qui menaçaient d'endommager le petit ascenseur et d'envoyer Adrien et Rigobert à l'hôpital avec une hernie. Oncle Louis et son « secrétaire » du moment rappliquaient chaque semaine, logeant au deuxième étage dans une grande chambre au vaste lit. La comtesse résidait souvent chez d'autres parents ou amis à la campagne, consacrant également une partie de son temps à réaménager sa nouvelle propriété de Normandie. Elle faisait irruption à Paris et repartait sans prévenir – seuls les grognements de l'ascenseur et du personnel annonçaient ses départs et ses arrivées. Renée la voyait rarement. De retour d'Angleterre où il avait acheté ses poulinières, le comte de Fontarce n'habitait au 29 que lorsque son épouse n'y était pas, bien qu'ils fussent toujours censés s'occuper de leur haras ensemble. Il réservait fréquemment une chambre dans l'immeuble de son club.

Un matin, miss Hayes réveilla Renée de bonne heure.

– Pas d'école aujourd'hui, annonça-t-elle. Nous allons rendre visite à votre tante Adélaïde.

– Pour quoi faire ? demanda Renée, qui connaissait à peine celle-ci.

– Parce que votre oncle y tient.

Elles prirent le tram jusqu'à Neuilly, puis un fiacre les conduisit en banlieue proche jusqu'au couvent. En apercevant cette construction grise, repoussante, Renée se vit confortée dans l'opinion que le mariage était de loin préférable à l'internement dont ses parents la menaçaient. De fait, elle était prête à tout pour éviter ce triste sort.

Elles actionnèrent la cloche en examinant les grandes portes en fer de cette quasi-forteresse, jadis édifiée pour repousser des pillards normands qui ne reculaient devant aucun acte barbare. Quelques instants plus tard, elles entendirent le lourd verrou glisser de l'autre côté et le portail s'ouvrit sur une religieuse, petite et ronde comme un ballon. Sans un mot, celle-ci leur fit signe de retirer leurs chaussures et d'enfiler les chaussettes en flanelle qu'elle leur tendait. Elles la suivirent ensuite dans un couloir où la sœur donnait l'impression d'avancer sur roulettes, ses jambes étant couvertes jusqu'aux pieds par une ample blouse noire. Le long couloir étant mal éclairé par de rares candélabres, tant Renée que sa gouvernante croyaient patiner sur un parquet qui, après des siècles d'entretien minutieux, miroitait comme de la glace. Pour l'empêcher de perdre l'équilibre, Renée tenait solidement miss Hayes par le bras.

Lorsqu'elles arrivèrent au bout, la religieuse frappa doucement à une petite porte, qu'elle ouvrit. La cellule aux murs de pierre était minuscule. Assise sur un lit étroit, bordé d'une simple couverture grise, Adelaïde avait revêtu l'habit de novice. Sur un banc de bois à côté d'elle, brûlait une unique chandelle sur son bougeoir. Renée se fit la remarque que sa tante ressemblait à une souris dans son trou. Miss Hayes resta au-dehors pendant que la sœur refermait la porte, laissant Renée et Adelaïde dans le silence et la pénombre. Elles gardèrent leurs distances ; Adelaïde ne se leva même pas.

– Je suis venue vous voir, ma tante, dit finalement la jeune fille.

– C'est vrai, répondit Adelaïde. Mais je ne suis plus votre tante.

– Comme vous voudrez.

– Asseyez-vous près de moi. Savez-vous que je reviens du Caire ?

– Non. Que faisiez-vous là-bas ?

– Le Dr Lehman m'avait envoyé un télégramme pour me prier de le rejoindre au plus vite. Gabriel a été très malade. Il était mourant.

– Personne ne m'a avertie. De quoi était-il malade ?

– De vous.

– De quoi voulez-vous parler ?

– Vous le savez. Il a failli mourir de chagrin après votre départ. Il vous demande de lui pardonner de vous avoir renvoyée précipitamment.

– Précipitamment ? Il faut toujours qu'il s'excuse, mais *après*, n'est-ce pas ? Il m'a jetée dehors, puisqu'il ne voulait plus de moi. Il faut que j'épouse quelqu'un à sa convenance, maintenant.

– Non, il aimerait vous retrouver.

– Pas moi. J'en ai assez d'être ballottée dans tous les sens, frappée, traitée comme un chat de gouttière. S'il vous plaît, madame, je ne veux plus entendre parler de lui. Allez vous-même le retrouver. Oum Hassan, la vieille Arabe du village qui se présente comme la « mère de tous », m'a priée de vous dire qu'elle vous baise les mains. Elle vous supplie de revenir. Vous êtes la « colombe d'Armant », votre place est là-bas, et ce n'est pas la mienne.

– Impossible, répondit Adelaïde, car Gabriel vous aime. Nous nous sommes finalement mis d'accord pour annuler notre mariage. C'est pour vous que j'ai signé les papiers.

– Pour moi ? Mais je le hais ! dit Renée qui, malgré elle, se mit à pleurer. Je le hais, madame. Je ne veux pas retourner là-bas. Je le déteste. Il affirme que nous aurions des enfants arriérés. Voilà ce que lui a écrit le médecin de ma mère. Il nous tyrannise déjà tous et il souhaite faire de moi son esclave.

– Cette affaire d'enfants arriérés est une absurdité, jeta Adélaïde. Pensez aux poulains impeccables que l'on obtient en protégeant les races. Des races pures.

– Je ne suis pas une poulinière, madame.

– Vous ne le haïssez pas. Vous l'aimez depuis votre tendre enfance et vous savez très bien que vous n'épouserez personne d'autre. N'oubliez pas qu'il est devenu votre mari. Vous ne pourrez jamais l'oublier.

Renée se rendit soudain compte que sa tante était au courant de tout.

– Non, ce n'est pas mon mari ! cria-t-elle. Je le déteste !

– Vous êtes une petite imbécile, irascible comme lui. Vous lui ressemblez de plus en plus.

Témoignant enfin un peu d'affection à la jeune fille, Adélaïde lui passa une main dans les cheveux.

– Soyez raisonnable. Gabriel a besoin de vous. Repartez à Armant. Promettez-moi de ne pas abandonner votre époux.

– Mais je suis tombée amoureuse d'un garçon !

Prenant Renée dans ses bras, Adélaïde se mit elle aussi à pleurer.

– Non, non, vous ne pouvez pas le laisser. Je sais mieux que quiconque à quel point il est difficile, mais cela n'est pas une raison pour vous venger. Il est ce qu'il est, ce n'est pas sa faute. Ne l'abandonnez pas au moment où il a le plus besoin de vous.

Enfant, Renée n'avait jamais aimé cette femme. C'était la plus laide de ses tantes, affirmait-on, on se moquait d'elle dans son dos – la « bondieusarde », la « bigote ». Elle comprit à ce moment que, malgré tout, Adélaïde aimait toujours Gabriel. Pourtant il l'avait épousée pour son argent, ils n'avaient pas consommé leur mariage, il l'avait trompée sans arrêt, notamment avec sa belle-sœur et sa nièce. Sentant ses larmes chaudes lui couler dans le cou, Renée éprouva soudain une immense tendresse, une immense compassion pour cette pauvre femme, enfermée dans une cellule aussi grise qu'elle. Oum Hassan, la vieille Arabe, avait raison : c'était une colombe, et Renée eut envie d'ouvrir toutes les portes pour qu'elle s'envole… car elle aussi, dans cette triste prison, était à sa façon captive du vicomte.

– D'accord, ma tante, je vais essayer, dit-elle, plus pour la réconforter qu'autre chose. Mais je ne suis pas une douce colombe comme vous.

Dans le fiacre sur le chemin du retour, Renée se blottit contre le corps généreux de sa gouvernante, cherchant auprès d'elle, comme dans son enfance, la sécurité et le réconfort.

– Saviez-vous qu'Adélaïde revient tout juste du Caire ? lui demanda-t-elle. Et que Gabriel a été très malade ?

– Oui.

– Pourquoi ne m'avez-vous rien dit ?

– Parce que votre oncle me l'a ordonné.

– Elle l'aime toujours.

– Ils se protègent l'un l'autre.

Puis, de cette façon détournée qu'elle avait parfois de prodiguer ses conseils, miss Hayes ajouta :

– Ma chérie, rappelez-vous que, jour après jour dans le cours d'une vie, l'amitié compte plus que l'amour. Peut-être votre oncle l'aura-t-il appris au contact de cette femme.

6

À huit heures du matin, quelques jours après la visite au couvent, Adrien frappa énergiquement à la porte de Renée.

– Un jeune prince vous demande, mademoiselle. Je lui ai dit que c'était un peu tôt, mais il insiste pour vous parler.

– Un prince ? s'étonna Renée. Je ne connais pas de princes, moi. Comment s'appelle-t-il ?

– Il m'a donné sa carte de visite, répondit Adrien, tendant à la jeune fille son plateau en argent, sur lequel était placé un élégant bristol en carton gaufré.

– Seigneur, mon petit pacha ! s'exclama Renée en lisant son nom. Faites-le patienter au salon, je suis là dans une seconde.

Elle appela sa gouvernante dans la pièce à côté.

– Miss Hayes ! Vite, brossez-moi les cheveux !

Vêtue de sa plus jolie robe de chambre, ses chaussons de satin aux pieds, Renée descendit recevoir Badr el-Banderah. Elle était si heureuse de le retrouver qu'elle se jeta en riant dans ses bras.

– Que diable faites-vous ici ? Moi qui pensais ne plus jamais vous revoir !

– Sans vous, ma chère, Armant est devenu mort ! déclara le jeune prince, romantique invétéré. Je viens de rendre visite à mon père, et j'ai décidé de faire un crochet par Paris avant de retourner à Londres. Je voulais vous demander une dernière fois de m'épouser.

Renée parut réfléchir un instant.

– Navrée, Badr, dit-elle, je viens juste de me fiancer à un autre garçon.

Adrien entrait alors dans le salon et l'entendit. Il était tellement ébahi par cette nouvelle que son plateau trembla dans ses mains. Les tasses s'entrechoquèrent et il eut toutes les peines du monde à poser l'ensemble sur la table.

– Pourquoi toujours vous moquer de moi ? demanda Badr. Comment avez-vous pu vous fiancer, alors que vous êtes peine rentrée en France ?

– Cela s'est fait très rapidement, répondit Renée, faisant claquer ses doigts en guise d'explication. C'est souvent comme ça, l'amour.

– Que savez-vous de l'amour ?

– Bien plus que vous ne l'imaginez, mon petit prince.

– Votre père adoptif ne donnera jamais son accord.

– Bien au contraire, il sera trop heureux de se débarrasser de moi. Et qu'importe s'il n'est pas d'accord. Mon fiancé se fiche complètement de la dot. Il est beaucoup plus riche que Gabriel.

– Votre dot ne m'intéresse pas non plus.

– Contrairement à nos pères, qui voulaient réunir leurs propriétés.

– Ce qui m'amène à la raison de ma visite, mademoiselle, dit Badr d'un ton grave. Votre père n'est pas bien.

– Oui, je viens de l'apprendre.

– Si le Dr Lehman et lady Adélaïde n'étaient pas intervenus, il serait mort. Depuis votre départ, il avale des somnifères et n'arrête pas de fumer.

Renée rit doucement.

– Le vicomte a toujours aimé les cigares. J'ai l'impression qu'on exagère, qu'il n'est pas si malade que ça. Il adore être le centre d'intérêt.

– Ne faites pas l'enfant, rétorqua le prince. Il ne s'agit pas de cigares, mais d'opium. Le vicomte est devenu opiomane. Les Allemands se servent de la petite princesse turque pour lui fournir de la drogue. Elle lui prépare ses pipes pendant que les fritz sont à l'affût de nos terres. Je crois qu'elle est à leur service depuis un certain temps.

– Ah, Gabriel s'en est fait une maîtresse, finalement ? Le scélérat ! J'aurais dû m'en douter…

– Cet aspect-là est secondaire, coupa Badr, repoussant la remarque avec agacement. Essayez un instant de penser à autre chose qu'à vous-même et à votre orgueil blessé ! Vous entendez ce que je vous dis à propos des Allemands ?

– Non. De quels Allemands voulez-vous parler ?

– Ceux qui ont réussi à s'infiltrer chez nous. Ils s'insinuent dans les bonnes grâces des villageois, de nos fellahines, et maintenant ils tentent de nous acheter nos terres. Les Allemands ! Comprenez-vous ce que cela signifie ?

– Je suis navrée, mais non, pas du tout.

– Non, évidemment. Vous êtes trop jeune pour vous soucier des affaires de ce monde, et trop égocentrique pour prendre à cœur ce qui ne vous touche pas de près. Mais croyez-moi, tout cela peut être lourd de conséquences pour vous, votre famille et votre pays. La guerre va éclater, c'est une certitude. Si Gabriel vend Armant aux frisés, alors mon père vendra aussi. Il est aussi facile à berner qu'un nouveau-né.

– Votre père vendrait les terres de ses ancêtres ?

– Il ne veut pas d'Allemands pour voisins.

Le garçon faisait les cent pas dans la pièce, et son sérieux, comme ses inquiétudes, effrayaient Renée. Elle avait bien sûr entendu le comte et ses amis évoquer à voix basse le conflit imminent. La nouvelle circulait dans les rues de Paris, les journaux en parlaient, mais tout cela était si loin de ses préoccupations quotidiennes – les cours, les week-ends à la campagne, le tennis, les flirts…

– Qu'est-ce que j'y peux ? demanda-t-elle. Je ne vais pas empêcher une guerre !

– Non, ma petite Narcisse, vous avez bien des qualités, mais cela, vous n'y parviendrez pas, reconnut Badr en riant. En revanche, vous pouvez peut-être empêcher Gabriel de céder sa plantation. Il n'a pas toute sa tête en ce moment. Il n'y a que vous pour le faire revenir à la raison. Comprenez-vous bien ce que je dis ? *Port-Saïd aux mains des Allemands*… cela n'est pas acceptable.

– Où est-il, en ce moment ?

– Ici, grâce à Adélaïde.

– Ici ? À Paris ? Mais je l'ai vue il y a quelques jours, s'étonna Renée. Elle me l'a caché.

– Il suit une cure de désintoxication dans une clinique privée.

– Oui, eh bien, tout cela est sa faute. Ça lui apprendra. Il m'a jetée dehors, et je ne lui courrai pas après. Je me fiche bien de ce qui peut lui arriver.

Miss Hayes entra alors dans le salon, en peignoir et pantoufles.

– Bonjour, prince, dit-elle avant de venir se placer, tel un bouclier, auprès de Renée.

N'ayant pas oublié les ennuis que ce jeune homme lui avait causés, elle n'avait pas l'intention de le laisser à nouveau seul avec sa protégée.

– Comment allez-vous, madame ? fit Badr avec une courte révérence. Réfléchissez, mademoiselle Renée, poursuivit-il pour celle-ci. Je vous implore de ne pas lui fermer votre porte quand il viendra. Car il viendra. C'est très important pour nous tous. Vous avez de l'influence sur lui, il faut vous en servir. Je dois maintenant prendre congé. Au revoir.

Posant un regard prudent sur la gouvernante, il embrassa Renée sur les deux joues et lui murmura à l'oreille :

– Je vous aime toujours.

Puis il tourna les talons, salua miss Hayes d'un signe de tête et quitta la pièce d'un pas vif.

– À l'évidence, je rendrai compte à votre oncle de la visite de ce jeune homme, annonça fermement la gouvernante.

– Pourquoi ne m'avez-vous pas dit que Gabriel était à Paris ? Il faut toujours que j'apprenne les choses par la bande. Pourquoi ne me dites-vous jamais rien ?

– Parce qu'une fois de plus, on m'a priée de me taire. Comme vous le savez, votre oncle a eu des problèmes de santé. Il craignait que son état l'empêche de venir et il préférait ne pas vous informer de son retour.

– Vous ne m'avez pas dit non plus qu'en fait de « problèmes de santé », il était devenu opiomane. Pourquoi me traitez-vous comme une enfant, miss Hayes ?

– Parce que vous êtes une enfant.

– Pas quand il me couche dans son lit. Il paraît que je suis une femme, dans ce cas.

La gouvernante s'empourpra.

– Vous proférez de ces choses, mademoiselle !

7

Le tournoi de tennis commençait ce week-end-là. Comme d'habitude, Renée et miss Hayes prirent le train le vendredi après-midi. C'était une journée pluvieuse, venteuse et, le soir venu, la famille se rassembla au salon devant la cheminée.

– S'il n'arrête pas de pleuvoir, dit Yseult d'un air sombre, les courts seront trop humides pour jouer demain.

Renée n'avait d'yeux que pour les flammes ; soudain le tournoi ne l'intéressait plus.

– Ce temps et le bon feu me rappellent la Borne-Blanche, remarqua-t-elle, nostalgique.

– Je n'ai jamais compris pourquoi vos parents l'ont vendue, avoua sa tante.

– Parce que M. le vicomte détestait cet endroit, se hâta de répondre miss Hayes.

Il n'était pas question, bien sûr, d'évoquer la trésorerie défaillante du comte de Fontarce, encore moins devant cette branche-là de la famille.

– Ah, ce vicomte… commença Yseult. C'est un despote ! Et capricieux, avec ça ! D'abord, il me demande de trouver un bon parti pour Renée. Puis, il y a quelques jours, je reçois un télégramme dans lequel il m'annonce qu'elle est trop jeune pour se marier, et je ne dois plus lui présenter personne. M. Moussy, le père d'Olivier, va être ulcéré. Il avait fini par autoriser son fils à fréquenter cette petite, alors qu'il s'y opposait au début…

Elle dévisagea la jeune fille.

–... et dire que ce garçon a délaissé la pauvre Joséphine pour vous, Renée. Mais soyez franche, tout le monde meurt d'envie de le savoir : Gabriel est-il vraiment amoureux de vous ?

Renée rougit.

– Amoureux de moi ? C'est ridicule. Dois-je passer ma vie à répéter que cela n'a aucun sens ?

– Lady Winterbottom prétend qu'il vous embrassait à pleine bouche dans les rues du Caire, lâcha sèchement Yseult.

– Lady Winterbottom doit avoir la berlue, coupa miss Hayes. J'étais constamment en leur compagnie, et il n'est jamais rien arrivé de la sorte.

Yseult se tourna vers sa fille Amélie.

– Au fait, où est Olivier ? s'enquit-elle. Je l'ai prié de jouer aux dominos avec votre sœur. Maintenant qu'il est redevenu... disponible, peut-être voudra-t-il à nouveau l'entourer de ses attentions ?

– Il est reparti, répondit Amélie, ravie de voir sa mère mettre Renée sur la sellette. Il avait la migraine.

– Ou le cœur brisé, pensa Yseult à haute voix.

– Ai-je la permission de me retirer, ma tante ? demanda Renée à celle-ci. Je tombe de fatigue.

Yseult la jaugea un instant avant de répondre.

– Bien sûr, ma chérie. Avec un peu de chance il fera meilleur demain et vous aurez besoin d'être reposée. Votre service reste médiocre mais, avec l'aide d'Olivier, vous devriez pouvoir remporter le tournoi. Les autres garçons sont beaucoup moins doués que lui.

Renée avait compris assez tôt qu'entre représentantes du beau sexe, les jalousies et les rivalités se transformaient souvent en haines féroces. Elle se rendit compte que toutes les femmes de sa famille – non seulement sa mère, mais aussi sa tante et ses cousines – la détestaient maintenant. Sans oublier lady Winterbottom, Sophie Corday, et les débutantes attendues le lendemain sur les courts. Elles l'enviaient, l'exécraient, parce qu'elle avait séduit Gabriel, puis Olivier, et que la plupart des hommes tombaient sous son charme. Mais Renée s'en fichait. Plus exactement, elle en retirait une sensation de pouvoir et s'en félicitait.

En montant dans sa chambre, elle s'engagea dans le couloir en haut de l'escalier et se trouva nez à nez avec Olivier, qui paraissait l'attendre. Il la plaqua contre le mur.

– Je vous aime ! dit-il au bord du désespoir.

Renée n'osa pas crier.

– Lâchez-moi ! fit-elle à voix basse. Je croyais que vous aviez la migraine.

– Est-ce vrai que vous l'aimez ? Votre oncle ?

– Lâchez-moi, dit-elle à nouveau.

– Je suis fou de vous, je vous veux ! Vous êtes mon premier amour. Je vous en prie, ne me rejetez pas !

– Laissez-moi. Je suis trop jeune pour vous.

– Pas pour *lui*, en tout cas ! J'ai supplié mon père de me laisser vous voir. Il vous trouve ravissante, mais il se méfie car on lui a raconté que vous étiez la maîtresse de ce vieil homme. Tout le monde le sait. C'est répugnant.

– C'est mon mari arabe, jeta Renée. Les choses se passent ainsi en Égypte, voilà. Maintenant fichez-moi la paix.

Olivier se détendit un instant et elle en profita pour se dégager. Se hâtant de regagner sa chambre, elle répéta en se retournant :

– Je vous ordonne de me ficher la paix. Je suis une femme mariée.

Il cessa de pleuvoir tard dans la soirée, mais le vent soufflait encore. Dans son lit, Renée l'entendait secouer volets et fenêtres et repensait aux orages du désert.

– Quelque chose vous empêche de dormir, ma petite ? demanda miss Hayes depuis la pièce adjacente, dont la porte était restée ouverte. Je vous entends qui vous retournez dans votre lit. C'est le tournoi qui vous inquiète, demain ?

– Non, ça ne m'inquiète pas.

– Alors quoi ? Votre oncle Gabriel ?

– Non plus. C'en est terminé avec lui. Mais il va refaire apparition, je le sens. Je l'ai toujours su, d'ailleurs.

La gouvernante se leva et vint s'asseoir au bord du lit.

– Il est temps d'arrêter ces enfantillages, dit-elle, et d'avancer dans votre vie.

– Ces enfantillages ? Vous me sous-estimez, miss Hayes. Alors vous n'avez jamais rien compris.

Avec cette franchise brutale qui surgit parfois dans le calme de la nuit, Renée décida alors de tout lui raconter – le coffre égyptien dans lequel elle s'était cachée, petite ; les intrigues qu'elle avait tissées ; le roman de sa famille qu'elle avait composé à son gré, transformant ses membres en marionnettes dont elle tirait les ficelles pour satisfaire ses objectifs.

Lorsqu'elle eut fini de s'épancher, la gouvernante frissonna dans la pénombre, et le lit trembla légèrement.

– Mais… c'est monstrueux, fit-elle d'une voix blanche. La vie n'est donc pour vous qu'un jeu ? Dans lequel on manipule les autres ? Qui êtes-vous vraiment ? N'aimez-vous personne ?

– Oh si, répondit Renée. Je vous aime, vous, et Tata, Adrien, Rigobert, Ulst mon cheval, papa… et peut-être encore un peu Gabriel. Mais ne nous voilons pas la face, s'il vous plaît. Vous avez bien vu qu'il s'est conduit comme un salaud avec moi. Il ne mérite pas d'être pardonné. Quels mots faut-il employer pour décrire un individu qui dépucelle sa nièce et qui, sachant qu'aucun homme ne voudra plus d'elle ensuite, s'en débarrasse et demande qu'on lui trouve un mari convenable ?

Miss Hayes n'était pas de cet avis.

– Il a juré à votre mère qu'il ne vous a pas touchée.

Il y avait quelque chose d'obstiné dans cette dénégation et Renée faillit éclater de rire.

– Juré ? Qu'est-ce que cela signifie ? Chez les miens, on a tendance à confondre sa parole avec la vérité. Tout le monde ment et tout le monde le sait. Vous-même en avez pris le chemin, miss Hayes. Vous savez parfaitement ce qui s'est passé en Égypte, avec Gabriel. Cependant vous préférez fermer les yeux et prétendre qu'il n'y a rien eu. Cela fait de vous une menteuse, comme les autres.

– Vous devez comprendre, ma chérie, que j'ai pour profession de ne rien voir et de ne rien entendre. Faute de quoi je changerais de métier. Je ne suis pas habilitée à juger mes employeurs ni à leur dicter une conduite. Ensuite, permettez-moi de vous rappeler que, malgré ses mauvais traitements, vous vouliez encore épouser votre oncle, il n'y a pas si longtemps. Vous me l'avez appris vous-même. Et que dire de vous, mon enfant ? Faut-il vous pardonner le rôle que vous avez joué dans cette histoire sordide, puisque vous prétendez en être l'instigatrice ?

– Je ne nie pas que Gabriel ait de l'emprise sur moi, et que j'aie terriblement besoin de lui. Mais, à bien y réfléchir, je n'ai aucun intérêt à l'épouser. Je souhaite seulement échapper à ses griffes. J'aspire à un mariage raisonnable.

– En jouant de vos charmes, vous avez orchestré tant de dissensions, de déchirements dans cette famille, et maintenant vous « réfléchissez »… vous déclinez toute responsabilité… Mais qui êtes-vous, au fond, ma fille ?

– La partie n'est pas terminée, déclara Renée. Si Gabriel revient me chercher, je triompherai de lui une bonne fois pour toutes. Car je déteste perdre. Je lui dirai d'aller se faire voir, que c'est un vieux débris et que c'est terminé. Je me moquerai de lui, je me foutrai de sa gueule. Voilà ce qu'il déteste plus que tout. Cela fait un moment que j'y pense. *Voilà, je lui rirai au nez.*

La gouvernante poussa un profond soupir, puis se releva lourdement. Elle se sentait vieille, épuisée.

– Vous êtes devenue glaciale, brutale, dit-elle d'une voix grave et triste. Et cynique avant l'heure. Peut-être avez-vous raison de croire que votre oncle vous a définitivement abîmée. Qu'il vous a rendue insensible aux autres, ceux que vous avez aimés comme ceux que vous pourriez aimer maintenant. Mais il est bien possible qu'avec toutes vos machinations, vous vous soyez vous-même détruite.

8

L'orage s'était dissipé pendant la nuit, le vent avait dégagé le ciel qui, aux premières lueurs du jour, était d'un bleu limpide. C'était un matin frais, humide, et Renée alla à la messe avec sa tante et ses cousines. Assis dans la rangée devant elle, Olivier se retourna et lui sourit. Il ne semblait pas lui reprocher ses mots durs de la veille, ce dont elle lui était reconnaissante. Renée lui rendit son sourire ; inutile de se fâcher avec son partenaire le jour du tournoi.

On déjeuna rapidement chez Yseult où, sur le conseil d'Olivier, Renée ne mangea qu'un peu de salade.

– Je vous promets, assura-t-il, que vous jouerez mieux comme ça.

Arrivant en début d'après-midi, les spectateurs prirent place sur les gradins empruntés pour l'occasion au collège voisin. Joséphine, la grande sœur d'Amélie, gagna sa place avec un sourire hautain – une façade masquant une vive jalousie. Pâle, fragile, avec un visage oblong, elle méprisait le tennis, une activité qui, selon elle, « manquait de distinction ». La vérité était surtout – sa cousine ne l'ignorait pas – que Joséphine n'était douée pour aucun sport et qu'elle craignait de se couvrir de ridicule, aurait-elle tenté d'en pratiquer un.

Olivier et Renée remportèrent haut la main les trois premières manches.

– Écoutez-moi, lui dit-il, ce n'est pas parce que nous avons gagné facilement jusque-là qu'il faut se relâcher. L'équipe qu'on affronte maintenant est d'une autre trempe que les précédentes. Je suis meilleur qu'Éric, mais Nadine a plus d'expérience et elle très musclée. Ils vont tenter d'exploiter nos faiblesses.

Renée s'en amusa ; de fait, ces victoires faciles la rendaient un peu trop sûre d'elle.

– Si c'est moi que l'on désigne par le terme de « faiblesses », je proteste !

Le tirage au sort étant favorable à leurs adversaires, ce fut à Nadine de commencer. Elle avait un bon service et marqua le point. Penaude, Renée regarda Olivier, qui lui fit un sourire encourageant. Il marqua à son tour et, au coup suivant, sa partenaire renvoya la balle, qui dépassa cependant la ligne de fond. Renée entendit Joséphine ricaner sur les gradins. Olivier égalisa le score, mais Nadine servit à Renée un deuxième ace. À la balle de jeu, Olivier, en bon gentleman, fit un coup croisé à Nadine, qui monta au filet et frappa assez fort pour que la balle s'écrase devant Renée. Le coup étant gagné, on applaudit dans les gradins, et Renée rougit de colère et d'humiliation. Levant les yeux, elle remarqua Joséphine qui rayonnait de plaisir.

– À votre tour de servir, dit Olivier à sa partenaire tandis qu'ils changeaient de côté. C'est du sérieux, maintenant. Et ravalez-moi cette langue, vous allez finir par la mordre !

Renée se rendit compte que, tendue et concentrée par l'effort, elle pointait en effet sa langue à la commissure des lèvres. Mais la gentillesse et le calme d'Olivier firent effet, et elle retrouva le sourire.

– Allez, lancez ! lui dit-il, rassurant. Je me charge du reste.

Elle servit correctement, avec force, une balle que Nadine renvoya mollement. Olivier la rattrapa au filet et marqua le point.

– Bien joué, ma fille ! s'exclama-t-il, et Renée reprit confiance.

Elle plaça astucieusement son prochain coup, quoique légèrement perturbée par un mouvement subit dans les gradins, qu'elle aperçut du coin de l'œil – un retardataire, qui s'asseyait à côté de tante Yseult. Elle vit tout juste la balle que lui renvoyait Éric. Cela pouvait-il être… ? Non, cet homme était trop maigre… Bien qu'elle le reconnût à peine, elle comprit, bien sûr, que c'était

Gabriel. En un quart de seconde, Renée fut prise d'une rage incompréhensible, sans rapport avec la partie en cours. Visant directement Nadine, qui était au filet, elle frappa de toutes ses forces la longue balle d'Éric. Si fort que sa jeune adversaire ne sut ni placer sa raquette ni s'écarter, de sorte qu'elle reçut la balle en pleine poitrine avec un bruit retentissant. Cédant à la surprise et à la douleur, Nadine se laissa tomber sur les genoux, tandis qu'un murmure inquiet s'échappait de la foule.

– Il semble que vous l'ayez impressionnée… murmura Olivier à l'oreille de Renée. Mais on n'est pas obligés de les tuer, vous savez, pour gagner.

Pour permettre à Nadine de récupérer, on décida de faire une pause, pendant laquelle Renée veilla à ne pas s'attarder sur ce curieux homme efflanqué, près de sa tante dans les gradins.

Quand la partie reprit, Éric parut animé d'une énergie nouvelle, oubliant pour ainsi dire le code tacite selon lequel les garçons sont censés frapper la balle avec un minimum de douceur lorsqu'ils l'envoient aux filles. Au contraire, il se mit à bombarder Renée de coups puissants. Son agressivité ne fit que renforcer l'esprit de compétition de la jeune fille. Sans arrêter de courir, elle lui renvoya presque toutes ses balles, Olivier se chargeant des autres, flottant au-dessus du court comme un oiseau, toujours détendu et souriant. Renée remporta son service.

Après quoi, le match perdit légèrement de son intensité. Nadine devint plus hésitante, et Éric, en essayant de compenser, commit de nombreuses erreurs. En face d'eux, Renée était déterminée et s'agitait comme un beau diable, en évitant sciemment de risquer un coup d'œil vers les gradins. Quant à lui, Olivier continuait de jouer avec son aisance habituelle, plaçant ses balles chaque fois au bon endroit.

Renée était si concentrée qu'elle ne prêtait même plus attention au score. Brusquement, à sa grande surprise, la partie fut terminée, et les spectateurs applaudirent avec enthousiasme. Olivier l'entraîna vers les bancs et, galant homme, couvrit ses épaules avec son polo.

– Bravo, collègue ! Vous avez joué avec beaucoup d'esprit et de vigueur ! Vous êtes une vraie championne !

Renée entendit à peine ses compliments car, voilant le soleil, une ombre se posait sur elle.

– Bonjour, Gabriel, dit-elle d'une voix soumise.

– *Bonjour, Gabriel !* s'exclama le vicomte. C'est tout ce que vous trouvez à dire après une longue absence ! *Bonjour, Gabriel !* Vous ne pourriez pas embrasser votre pauvre père ?

Déchirée par des sentiments antagonistes, Renée était incapable de le regarder dans les yeux ; elle haussa les épaules sans se rapprocher de lui. Amélie les rejoignit soudain en courant.

– Dépêchez-vous, Renée et Olivier ! lança-t-elle avec enthousiasme. Il faut venir sur l'estrade, qu'on vous remette le prix ! Félicitations ! Allez, suivez-moi !

Renée profita de l'occasion pour échapper à son oncle. Arrivée devant le podium, elle ne voulut pas monter seule, par pudeur, à cause de sa jupe courte. Toujours attentionné, Olivier la sortit d'embarras et la prit dans bras.

– Je vous adore, murmura-t-il en la posant sur l'estrade. Laissez ce vieux bonhomme.

Se hissant adroitement à ses côtés, il poursuivit :

– Venez à la maison. Mon père et moi sommes décidés à vous protéger. Oubliez ce sale type !

Yseult leur remit la coupe sous les acclamations de la foule et le jeune homme embrassa chaleureusement sa partenaire.

– La tradition veut que, le soir venu, l'équipe gagnante ouvre le bal. Je vous attendrai, collègue.

Baissant les yeux, Renée aperçut Gabriel qui, au milieu des spectateurs, l'observait d'un air furibond.

S'approchant du podium, miss Hayes fit signe à la jeune fille d'approcher.

– Votre… *père…* veut que vous le rejoigniez immédiatement, dit-elle. Il vous attend dans sa voiture. Je vous en prie, ne faites pas de scandale.

– C'est un peu tard de ce point de vue-là, non ? rétorqua Renée.

Elle embrassa sa tante en la priant d'excuser son absence au bal.

– Ce n'est pas très poli de la part des vainqueurs de ne pas y assister, observa Yseult. Je suppose que c'est votre despote qui a mis son veto ? Il ne faut pas que vous dansiez avec plus jeune que lui ! Eh bien, partez… Puisque vous avez fait votre choix.

– Je n'ai fait aucun choix, lâcha Renée. Jamais aucun.

Gabriel était au volant de sa nouvelle automobile, un cabriolet Voisin rouge, dont le moteur tournait au ralenti.

– Dépêchez-vous ! Montez ! ordonna-t-il. Vous en avez mis, un temps ! J'ai pourtant dit à miss Hayes qu'il fallait vous grouiller.

– En effet, confirma Renée en s'enfonçant dans le siège-baquet. J'ai fait aussi vite que possible.

Elle se trouvait vraiment stupide et regrettait de ne pas être invisible. « J'aurais dû accepter la proposition d'Olivier, pensa-t-elle, et je serais en sécurité chez lui. » Mais en présence de son oncle, elle perdait tous ses moyens. Il enclencha une vitesse et la voiture s'élança le long de l'allée, pétaradant sur les nids-de-poule, sous les regards et les sourires ironiques de la petite foule rassemblée devant la maison. Serrant les dents, Renée ne put retenir un frisson.

– Vous avez froid ? lui demanda Gabriel.

S'arrêtant brusquement, il saisit derrière son siège un châle qu'il posa sur les épaules de la jeune fille. Ses tempes étaient plus grises qu'elle ne se rappelait, il avait les joues creuses et les veines saillaient sur son front haut. Le tout lui conférait une certaine élégance. Alors il sourit à Renée – ce vieux sourire tendre et familier qui, une fois de plus, prenait possession de sa chair.

– Avez-vous vendu les Roses ? dit-elle.

– Non. La maison est à vous. C'est pour vous que je l'ai gardée.

– Je n'en veux pas.

– Tout ce que j'ai est à vous.

– Je ne veux rien du tout.

Ils roulèrent jusqu'à Paris sans échanger un autre mot, et il faisait nuit lorsqu'ils arrivèrent au 29. En descendant de voiture,

Renée remarqua la cravache que son oncle avait en main, et elle n'eut guère de doutes sur ce qu'il comptait en faire.

Mathilde les accueillit à la porte.

– Apportez du thé et des fruits dans ma chambre, la pria Gabriel. Et dites à Adrien de prendre ma valise dans l'auto.

– Oui, monsieur le vicomte, tout de suite, dit la domestique. La bouilloire est sur le feu.

Renée s'engagea la première dans l'escalier.

– Où allez-vous comme ça ? s'enquit son oncle.

– Dans ma chambre. La journée fut longue, et je suis épuisée. Bonne nuit.

Il la suivit et la rattrapa dans le couloir à l'étage.

– Vous voulez dire : *notre* chambre.

– Il n'y a pas de « notre chambre », fit-elle en se retournant.

– Je vous ordonne d'aller dans notre chambre.

– Vous n'avez plus à m'ordonner quoi que ce soit.

La saisissant par les épaules, il se mit à la secouer comme un prunier.

– Qui est ce garçon qui vous fait chavirer ? C'est lui que vous voulez épouser ? Celui qui vous a embrassée ! Vous avez couché avec lui ? Allez, répondez !

– Qu'est-ce que ça change ? Vous ne voulez plus de moi. Vous ne vous rappelez pas ce que vous m'avez dit ? Vous êtes revenu sur votre décision, peut-être ? Eh bien, tant pis. Ce que vous décidez ne m'intéresse plus. Allez-vous-en. Fichez-moi la paix. J'en ai fini avec vous, c'est terminé.

Gabriel se calma brusquement et la lâcha.

– Très bien, dit-il, acquiesçant. Je comprends. Je ne vous retiens pas. Allez dans votre chambre. Demain, vous retrouverez votre petit ami. Puisque vous ne voulez ni de moi ni des Roses, je repars au Caire vendre la propriété.

Renée le regarda, abasourdie. En un tournemain, il venait de remporter la partie. Presque sans effort. Il lui donnait encore une leçon. Elle s'adossa au mur en baissant les yeux. Tout ce qu'elle s'était répété cent fois, toutes les choses qu'elle voulait lui lancer à la figure, à commencer par un grand rire, tout avait disparu.

– Eh bien, allez-y, murmura-t-il. Qu'attendez-vous ?

Elle secoua la tête.

Il enroula une mèche de ses cheveux dans sa main et la tira vers lui.

– À genoux. Suppliez-moi de vous pardonner, dit-il d'une voix lente et glaciale.

– De me pardonner quoi ?

– D'avoir séduit ce gosse pour qu'il demande votre main. Vous, une gamine de quatorze ans ! Il a dû vous baiser, salope !

– Vous êtes fou. Laissez-moi !

– Vous m'avez traité de vieux, en plus. Vous croyez que j'ai oublié, sans doute ? À genoux ! Demandez pardon !

– Non.

– Obéissez !

Cédant à une nouvelle crise de rage, il déchira sa robe de tennis et, tirant Renée par les cheveux, la força à s'agenouiller pendant que, de l'autre main, il lui cinglait les cuisses à coups de cravache.

– Suppliez-moi, traînée ! Sale petite pute !

Mathilde arrivait dans l'escalier avec le thé.

– Monsieur le vicomte ! cria-t-elle. Mais que faites-vous ? Vous allez la tuer !

Prise de panique, elle lâcha son plateau. La théière et le reste dégringolèrent sur les marches, produisant un chahut qui parut ramener le vicomte à la raison. Il se pencha pour tendre une main à Renée.

– Ne me touchez pas ! hurla-t-elle. Vous m'avez fait mal ! Vous m'avez blessée !

– N'ayez crainte, Mathilde, dit-il d'une voix étrangement calme. Je l'ai peut-être frappée un peu fort, c'est vrai. Mais elle a l'habitude. Je crois que Paris lui a tourné la tête. Elle a besoin d'être matée. Emmenez-la dans ma chambre et préparez-la à se coucher. Je vais faire ma toilette, pendant ce temps.

Laissant sa nièce agenouillée dans le couloir, il monta seul au deuxième étage. Mathilde, qui pleurait, aida la jeune fille à se relever. Elles entendirent l'ascenseur qui, au rez-de-chaussée, se mettait en marche. Il s'arrêta devant elles et Adrien en sortit avec la valise du vicomte.

– Mon Dieu, mais que s'est-il passé ? s'exclama le majordome. Seigneur, que vous est-il arrivé, mademoiselle Renée ?

– J'ai glissé dans l'escalier, c'est tout, Adrien.

– Mais non, c'est cette espèce de fou, souffla Mathilde.

– Je suis tombée, il n'y est pour rien, insista Renée. D'ailleurs ça va déjà mieux.

– C'est en tombant que vous avez déchiré votre robe ? Et ces marques sur vos jambes ? Je ne tolère pas qu'on se conduise ainsi dans cette maison. Je vais parler moi-même au vicomte.

– Non, Adrien, n'en faites rien, le supplia la jeune fille. Cela ne ferait qu'aggraver les choses. Je vous promets que ça va. Portez sa valise dans sa chambre et redescendez. C'est fini, ne vous inquiétez pas.

– Quelqu'un doit mettre le holà ! affirma-t-il.

– S'il vous plaît, pas ce soir ! Je vous en supplie, laissez-nous ! Si vous intervenez, il se vengera sur moi, et il risque de vous congédier. Vous le savez. Il vous mettra tous à la porte et j'en souffrirai également. Je vous en prie, vous êtes mes seuls amis.

Hésitant, le majordome réfléchit aux conséquences que lui exposait Renée. Décidant finalement d'obéir à sa jeune maîtresse, il monta au deuxième étage et posa la valise de Gabriel devant sa chambre. Renée et Mathilde le suivirent.

– Appelez-moi tout de suite si cela recommence, dit Adrien à cette dernière, avant de répéter : Je ne tolérerai pas qu'on se conduise ainsi dans cette maison. Même si l'on doit me congédier.

Mathilde ouvrit la porte pour Renée. Elles entendirent l'eau couler dans la salle de bains et le vicomte qui fredonnait.

– C'est un fou, marmonna la domestique tandis qu'elle asseyait sa jeune maîtresse sur le lit avant de la dévêtir.

– Mon Dieu, qu'est-ce qu'il vous a fait ! Regardez-moi ces marques rouges !

– Ce n'est rien, assura Renée. Il a raison, j'ai l'habitude. Il n'arrive plus vraiment à me faire mal.

Simplement enveloppé d'une serviette, Gabriel ressortit de la salle de bains.

– Ce sera tout, Mathilde, dit-il en la voyant. Merci.

Elle ferma les yeux.

– Dois-je vous quand même vous apporter du thé et des fruits, monsieur le vicomte ? demanda-t-elle timidement.

– Non, je vous remercie. Je pense que nous n'avons plus besoin de rien, ce soir.

– Très bien, monsieur, dit la domestique en se dirigeant vers la porte.

Se retournant, elle fit une courte révérence.

– Bonne nuit, monsieur, bonne nuit, mademoiselle Renée.

Elle regarda sa maîtresse d'un air affligé et partit.

Gabriel prit Renée dans ses bras et l'allongea. Du plat de la main, il effleura les zébrures dont ses jambes étaient couvertes. Tressaillant, Renée ferma les paupières, s'étira comme un chat, tout en écartant légèrement les jambes. Elle sentit ensuite les lèvres de son oncle sur son corps blessé – un mélange de douleur et de volupté.

– Vous aviez oublié que vous êtes à moi, souffla-t-il.

BIARRITZ
Août 1914

1

Par une chaude journée de la fin juillet 1914, la comtesse Henriette de Fontarce procédait chez sa couturière au dernier essayage d'une robe rose-thé aux épaules bordées de dentelle lorsqu'elle ressentit brusquement une violente douleur à l'estomac. Deux jours plus tard, elle décédait.

Toute la maison reprocha à Renée de ne pas pleurer suffisamment la disparition de sa mère. Quelques jours plus tard, lors de la cérémonie religieuse qui réunit les amis et la famille à l'église Saint-Augustin, elle ne versa pas une larme. Assise sur son banc sans rien dire, affichant un visage de pierre, elle tentait encore de trouver un sens à ses relations avec cette femme froide et distante que la mort n'éloignait guère plus. Sans doute était-elle vaguement contrariée que les obsèques aient lieu le jour même de son quinzième anniversaire que, bien sûr, on ne fêta jamais.

Peu après avoir enterré sa belle-sœur et ex-maîtresse, Gabriel de Fontarce quitta Paris en hâte, pour Londres où il voulait consulter ses associés. Désintoxiqué, revenu dans les bonnes grâces de sa nièce, il pouvait de nouveau se consacrer pleinement aux affaires. Il était d'ailleurs temps. Sous protectorat britannique, l'Égypte paraissait relativement intouchable, et le vicomte, comme J. P. Morgan en Amérique et les financiers qui contrôlent largement l'économie mondiale, évaluait les énormes profits à tirer d'une guerre qui allait prendre des dimensions internationales. Il faudrait des quantités illimitées de coton pour fabriquer les millions d'uniformes dont l'Angleterre aurait besoin si elle engageait son armée, ce qui ne faisait plus guère de doute. Gabriel était également convaincu que les Français, bien qu'attachés à l'apparence vestimentaire de leurs soldats, renonceraient tôt ou tard aux tenues de laine rouge et bleu, étouffantes, dans lesquelles Napoléon III les avait envoyés combattre en 1870. Elles faisaient d'eux des cibles bien trop faciles pour une artillerie moderne. En outre, aucune armée ne pourrait se passer d'une denrée aussi essentielle que le sucre.

Le 3 août 1914, l'Allemagne déclarait la guerre à la France et, sans surprendre personne, envahissait la Belgique le lendemain, violant la neutralité de celle-ci. Le 5 août, alors que Renée, miss Hayes, l'oncle Louis et Balou prenaient leur petit déjeuner au 29, avenue des Champs-Élysées, ils perçurent de curieux cliquètements dans la cage d'escalier. Un instant plus tard, Maurice de Fontarce faisait une apparition théâtrale dans la salle à manger. Il portait l'uniforme d'été – neuf et impeccable – des dragons lourds : tunique bleu foncé, culotte rouge vif, gantelets blancs, et un casque en argent dont on pouvait imaginer la longue crinière, pour l'instant au repos, flotter au vent sur le champ de bataille. Les bruits métalliques provenaient de ses éperons, de son plastron de cuirasse et du fourreau de son sabre, lequel rappelait, si besoin, son glorieux passé de bretteur. De fait, il avait tout du cuirassier de l'armée de Napoléon III. À cela près que, compte tenu de sa corpulence, de son ventre piriforme et de son âge avancé, l'ensemble avait quelque chose d'incongru. Muette d'étonnement, la maisonnée contempla l'héroïque soldat.

– Oui, c'est ainsi, annonça le comte. Ma bien-aimée venant de disparaître, je n'ai plus de raison d'attendre. La patrie est en danger et je suis né pour la défendre jusqu'à ma dernière goutte de sang.

Les larmes qu'avait retenues Renée depuis le décès de sa mère se pressèrent dans ses yeux, la guerre devenant brusquement pour elle une réalité.

– Et moi, papa ? s'exclama-t-elle. Vous ne pouvez pas m'abandonner !

– Je suis navré, ma chérie, mais ce sont les sacrifices qu'on demande aux soldats en temps de guerre. La patrie avant tout !

Se levant, Balou fit le salut militaire.

– Mon vaillant compagnon, je vais m'engager moi aussi, lui dit-il. Tu as raison, il n'y a plus un instant à perdre. Nous ne laisserons pas les Boches poser un seul de leurs souliers cloutés sur la terre sacrée de notre belle France.

Se redressant à son tour, l'oncle Louis brandit sa coupe matinale de champagne.

– Comme j'aimerais vous suivre au front, mes courageux amis, dit-il avec un léger soulagement dans la voix. Mais, à l'évidence, il faut que quelqu'un de la famille reste s'occuper de la petite. Feu ma chère sœur n'en attendrait pas moins de ma part. N'ayez crainte, Maurice, vous pouvez compter sur moi, je ne manquerai pas à mon devoir.

Il s'interrompit, sûr de son effet, et ajouta :

– Dussé-je y laisser la vie !

Comme si cette maigre contribution à l'effort de guerre devait faire de lui un héros.

– Enfin, dit Renée, s'occuper de moi n'est pas mortel ! Je suis peut-être difficile parfois, mais quand même pas à ce point !

– Puisque tout le monde a une déclaration à faire, commença miss Hayes, bien calée sur sa chaise, je vais en faire une aussi. Les hostilités étant engagées, je me sens tenue de rentrer dans mon pays.

Renée fondit à nouveau en larmes. C'était peut-être le matin le plus affreux de sa vie. Quelques courtes semaines plus tôt, elle ne se souciait que de remporter le tournoi des débutants, et aujourd'hui, sa mère était à peine enterrée que deux des personnes qu'elle aimait le plus la quittaient.

– Comment ? s'écria-t-elle. Vous ne pouvez pas me laisser, chère miss Hayes ! Maman a disparu, papa part à la guerre et Gabriel ne s'intéresse qu'à son argent. Je suis seule au monde. Je vous en supplie, ne m'abandonnez pas !

– Je suis réellement désolée, dit la gouvernante. Mais en temps de guerre, un citoyen est d'abord responsable devant son pays et sa famille. Il faut que je retourne chez moi.

– Cela fait vingt-cinq ans que vous n'y êtes pas revenue ! Vous êtes pratiquement française. Votre famille, c'est nous. Où irez-vous là-bas ?

– Je ne suis certainement pas française ! rétorqua miss Hayes, que cette soudaine assimilation n'enchantait pas. J'irai chez mon frère, dans son presbytère. À ce qu'il paraît, la Grande-Bretagne s'alignera bientôt sur la France, et il aura besoin de tout mon soutien pour desservir sa paroisse.

– Ne t'inquiète pas, ma petite cocotte, dit Louis à Renée. Ton vieil oncle prendra soin de toi. Nous allons tout de suite nous mettre en quête d'une autre gouvernante.

– Je ne veux pas d'une autre gouvernante, lâcha Renée entre deux sanglots. Je veux celle que j'ai.

– J'ai pris un peu de temps pour réfléchir à tout cela, assura le comte. Votre excellente mère serait encore de ce monde, elle aurait vite su prendre les décisions utiles.

Comme cela arrive souvent, la comtesse avait acquis dans la tombe le caractère d'une sainte.

– Quelles que soient les rumeurs, poursuivit Fontarce, l'issue de cette guerre reste inconnue. Je ne doute pas que notre pays trouvera la force de repousser l'envahisseur dans les meilleurs délais. Mais avant d'en être certain, je trouve plus sage que ma fille soit éloignée du théâtre des opérations. Le front se rapproche chaque jour de Paris, c'est pourquoi je vous demande, Louis, d'emmener Renée à Biarritz. Le Dr Vaquez lui recommande justement le soleil et l'air de la mer, qui lui permettront de se rétablir totalement et de fortifier ses os. J'insiste pour que vous partiez rapidement.

On passa le reste de la journée à remplir les valises et à pleurer le départ des uns et des autres. Il fut décidé que Mathilde accompagnerait Louis et Renée sur la Côte basque. Trop âgé pour servir sous les drapeaux, Adrien resterait avec Tata au 29 aussi longtemps que possible, ainsi que le vieux Rigobert. Balou et Maurice auraient un endroit pour dormir lorsqu'ils reviendraient en permission, et le vicomte garderait un pied-à-terre à Paris pour ses séjours d'affaires. Renée et son oncle Louis y retourneraient également, une fois le danger écarté. Au pire des cas, si les Allemands entraient à Paris, les trois domestiques fermeraient la maison et prendraient la fuite.

Le comte occupa l'essentiel de ses dernières journées dans la capitale à faire ses adieux à ses maîtresses. Elles étaient si nombreuses que Balou l'aida à établir une liste de noms et d'adresses, puis un savant itinéraire pour s'acquitter de la tâche avec un maximum d'efficacité. Alliant le romantisme à l'héroïsme, Fontarce se présenta à chacun de ses rendez-vous en uniforme complet, conduit par le fidèle Rigobert d'une résidence à l'autre.

Très affligé, ce dernier avait appris le matin même par sa femme, qui résidait encore au pavillon familial d'Orry-la-Ville, que leurs deux petits-fils, pris de ferveur patriotique, s'étaient portés volontaires. Ils étaient âgés respectivement de dix-sept et dix-huit ans, et on les avait immédiatement expédiés au front. Comme toujours, c'était l'infanterie – composée de très jeunes gens à peine sortis de l'adolescence – qu'on envoyait se battre en première ligne. Au nom de sa belle « stratégie offensive », le général Joffre ne fit pas exception à la règle. Si bien qu'à la fin de l'année, quatre mois seulement après le début de la Grande Guerre, trois cent mille soldats français avaient trouvé la mort au champ de bataille, et six cent mille autres étaient blessés et mutilés. Toutefois en août 2014, il n'était pas question d'interrompre le déjeuner de « papa » Joffre, obèse après des années de gloutonnerie, pour lui annoncer ces chiffres. Il serait plus tard nommé maréchal de France, décoré de la grand-croix de la Légion d'honneur, de la médaille militaire et de la croix de guerre.

Des unités de cavalerie lourde devaient défiler dans Paris avant de partir au combat. Avant de rejoindre la sienne, le comte fit des adieux émus aux siens, ainsi qu'au personnel et à miss Hayes, qui prenait le train pour Calais vers midi. Fontarce saisit les mains de la vieille gouvernante et lui dit :

– Vous êtes plus qu'une amie pour nous. Nous vous considérions comme un membre de la famille. Vous étiez l'ange gardien de notre Renée et je n'oublierai jamais votre dévouement. Je ne sais comment vous remercier et vous témoigner ma reconnaissance. Vous prierez pour moi, n'est-ce pas, miss Hayes ?

Il lui baisa les mains affectueusement.

Comme les troupes empruntaient l'avenue des Champs-Élysées, elles passèrent devant le 29. Renée, l'oncle Louis, Balou, Adrien, Tata, Rigobert et Mathilde se mélangèrent à la foule devant leur maison. Ils aperçurent le comte à la tête de son régiment de dragons et l'acclamèrent bruyamment. Il chevauchait sa monture préférée – nommée Abaster, comme l'un des quatre coursiers noirs du char de Pluton, censés courir plus vite que les étoiles. C'était un grand hongre noir, assez vigoureux pour supporter le poids de son cavalier. Renée, qui avait eu du mal à maîtriser son chagrin depuis vingt-quatre heures, s'enflamma à la vue de son valeureux père qui, dans son uniforme bleu et rouge, le front haut et le port aristocratique, savourait chaque instant du spectacle qu'il offrait.

– Ce qu'il est beau ! s'écria sa fille.

– Oui, il fait dix ans de moins avec son casque et sa fière crinière, renchérit Balou. Il retrouve sa jeunesse. Je crois que, toute sa vie, il a attendu ce jour, pour pouvoir servir et défendre sa chère patrie. Les Boches feront bien de prendre garde, il va les pourfendre à coups de sabre.

Se détachant du petit groupe, Renée s'élança dans l'avenue, se faufilant entre les chevaux jusqu'à atteindre celui de son père.

– Papa ! Papa ! criait-elle.

S'agrippant à sa tunique, elle se hissa derrière lui sur sa monture. Puis, le serrant dans ses bras, elle lui couvrit de baisers le dos et les épaules.

– Je viens avec vous, papa chéri ! Emmenez-moi ! Je prendrai soin de vous et d'Abaster.

Le comte rit de bon cœur, bientôt imité par quelques-uns de ses pairs autour de lui. Les défilés étaient le meilleur moment de la guerre ; les soldats étaient frais et propres dans des uniformes impeccables, qu'ils seraient seuls à voir maculés de sang et de viscères ; glorieux et d'excellente humeur, tous étaient certains que la victoire était au bout du chemin.

– C'est vrai que nous avons besoin de recrues. Mais la cavalerie française n'enrôle pas de jeunes dames. Du moins pas encore. Selon le cours que prendront les choses, peut-être fera-t-on appel à vos services, ma petite ? Pour l'instant, je vous demande de descendre. Un officier des dragons ne peut dignement conduire ses troupes avec sa fille accrochée à ses basques !

– Oui, papa, je voulais seulement vous dire à nouveau au revoir. Je sais qu'on ne me laissera pas vous accompagner. Que Dieu vous protège ! Dépêchez-vous de rentrer !

– Ma fille ! lança Fontarce, se rappelant soudain une chose. Mon frère, voyez-vous, votre cher oncle Gabriel, se trompait, en définitive ! Cette guerre *sera* menée à coups d'épée par des lourdauds à cheval !

Renée retrouva sur le trottoir le reste de la famille, qui regarda silencieusement le comte disparaître au bout de l'avenue.

2

Malgré sa promesse d'emmener aussitôt Renée dans le Sud-Ouest, Louis fit traîner les choses pendant presque deux semaines, au bout desquelles il dut se résoudre à un départ précipité.

– La guerre sera terminée avant les premières feuilles d'automne, répétait-il sans cesse. Alors il faudra rebrousser chemin pour accueillir ton père comme un héros !

Certes, Paris acclama l'entrée des troupes françaises à Mulhouse, mais les Allemands les en chassaient le surlendemain. D'autres mauvaises nouvelles arrivèrent du front : l'infanterie perdit la Lorraine, où vingt-sept mille soldats français furent massacrés, dont les deux petits-fils de Rigobert, tués deux jours à peine après leur incorporation – cibles faciles, dans leurs uniformes bleu et rouge du XIXe siècle, pour les mitrailleuses modernes de l'ennemi. Quelques jours plus tard, la deuxième armée française, après avoir pénétré en Belgique, était repoussée au sud de la frontière ; la première armée et l'armée d'Alsace subissaient de leur côté un sort analogue ; les troisième et quatrième armées étaient décimées dans les Ardennes ; et la cinquième à Charleroi. En quatre journées mortelles, du 20 au 23 août, quarante mille Français moururent au combat et les autres battaient en retraite.

Lorsqu'on apprit que les Allemands ne se trouvaient plus qu'à une quarantaine de kilomètres de Paris, l'oncle Louis, comme des milliers d'autres riches Parisiens, décida enfin qu'il était temps de fuir.

– Ils ont pris Orry-la-Ville, ma cocotte, déclara-t-il, hébété, comme s'il recevait un coup sur la tête.

– La Borne-Blanche aux mains des Boches ? s'exclama Renée. Mais c'est monstrueux, oncle Louis !

– Il faut quitter Paris immédiatement. Tout est perdu ! Mon Dieu, comment est-ce possible ? Tes valises sont-elles prêtes, ma chérie ?

– Depuis quinze jours, dit-elle. Pendant que tu faisais ribote avec tes petits copains Chez Maxim's et à Montmartre, nous avons tout préparé, Mlle Ponson et moi. Papa nous a ordonné de fiche le camp, il y a presque trois semaines maintenant !

Thérèse Ponson était la nouvelle gouvernante que Louis avait engagée aussitôt après la démission de miss Hayes, pour que sa charge de tuteur ne déborde pas trop sur une vie de plaisirs dont il ne voulait rien céder à la guerre. Mlle Ponson était une jeune femme efficace, rationnelle, dotée d'une silhouette fine et d'un teint éblouissant. Remarquablement jolie pour quelqu'un de sa profession, elle avait embrassé celle-ci quand son fiancé était parti au front. C'était pour elle la perspective d'un travail régulier, avec une possibilité de fuite, au cas où Paris deviendrait invivable, ce en quoi elle avait vu juste.

– Je n'aurais jamais cru qu'on en arriverait là, ma cocotte, admit l'oncle Louis. Comment peut-on imaginer les fridolins aux portes de Paris ? En quelques semaines ! Je demande à Adrien de faire mes bagages. Nous levons le camp demain.

Mais des queues se formaient déjà aux guichets des gares, qui grouillaient de monde. Les wagons étaient chargés jusqu'au toit, les trains avaient du retard à cause de milliers de Parisiens cherchant refuge dans le Sud – alors qu'autant de jeunes recrues, sinon plus, s'efforçaient de gagner le nord du pays. Impossible d'obtenir au dernier moment des couchettes dans le train de Bayonne, et c'est en troisième classe que durent prendre place Louis, Renée, Mlle Ponson et Mathilde. Renée et son oncle n'avaient certes pas l'habitude de s'abaisser ainsi, ni leurs fessiers douillets de quitter leurs coussins moelleux pour de durs bancs de bois.

– Je croyais que nous étions riches, demanda Renée. Pourquoi faut-il voyager avec les pauvres ?

Ce qu'entendant, Mlle Ponson se mit à rire :

– Une sage leçon que vous apprenez là. Voyez-vous, les riches ne sont que des pauvres avec de l'argent.

Après deux journées d'un voyage plus qu'inconfortable – dans un train express qui, curieusement, s'arrêtait à presque toutes les gares –, ils atteignirent enfin, un après-midi, la Côte d'Argent. Oncle Louis décida de faire étape à Bayonne et de dormir à l'hôtel.

– Je louerai une voiture demain pour Biarritz, déclara-t-il. Nous sommes trop fatigués pour continuer. Pour l'instant, nous avons besoin d'un bain et d'un dîner correct.

Lorsqu'ils sortirent de l'hôtel le lendemain, délassés après une bonne nuit de sommeil sur des matelas en plumes, un landau les attendait devant le trottoir. Comme il était d'usage dans la région, le cocher portait une livrée de couleur et un tricorne qui le faisaient ressembler aux postillons d'antan. On distinguait à distance les crêtes enneigées des Pyrénées, perçant au-dessus des brumes matinales. Paris et la guerre semblaient brusquement fort loin.

– Eh bien, dit gaiement l'oncle Louis, ce fut certes un voyage pénible, mais nous sommes presque arrivés. À Biarritz, nous choisirons un hôtel au bord de la plage.

Ils devaient vite se rendre compte que la plupart des hôtels biarrots avaient été réquisitionnés par l'armée et transformés en hôpitaux. Ils eurent finalement la chance d'en découvrir un, à la clientèle très sélect, où rien n'était disponible à moins de 125 francs la nuit. En fait, rien n'était disponible du tout, la réception était encombrée et l'on refusait du monde. Mais Louis parvint à soudoyer le jeune réceptionniste, et même à convenir d'un rendez-vous avec lui dans la soirée.

– Ah, ma cocotte, c'est que j'en fais des sacrifices pour toi, dit-il, claquant la langue et faisant sonner au bout de ses doigts les clefs qu'on venait de lui confier. Non seulement je te loge dans l'établissement le plus luxueux de la ville, mais je suis prêt à me compromettre pour ta sécurité.

– Je croyais que papa et Gabriel prenaient tous les frais à leur charge ? observa Renée. En vérité, c'est nous qui t'offrons une excursion dans le Pays basque et qui payons l'hôtel, non ? Je vois qu'il est très mignon, le garçon de la réception, mais jamais je ne te demanderais de te prostituer.

Louis fit une grimace de dégoût.

– Mon Dieu, comme tu es devenue vulgaire ! C'est à l'évidence la mauvaise influence de ton oncle Gabriel. Tu es restée trop longtemps avec ce dégénéré. L'argent, l'argent, l'argent... bougonna-t-il en agitant la main, mimant des billets de banque flottant au vent. Tu n'ignores pas que ton père, le comte, est trop délicat, trop bien élevé, pour aborder ce genre de détails...

Se redressant fièrement, il ajouta :

– Et je le suis moi aussi.

Plusieurs amis du cercle familial s'étaient également réfugiés dans le Sud, dont Mme de Granville, une riche veuve qui séjournait dans le même hôtel avec sa nièce Françoise, laquelle avait deux ans de plus que Renée. Louis, qui aimait la mode féminine, mais aussi courir les magasins et jouer les commères, était le compagnon idéal des veuves, et il ne tarda pas à se lier d'amitié avec Mme de Granville. Au bout de quelques jours, ils décidèrent de louer ensemble une maison à l'extérieur de la ville. Avec l'aide d'un agent immobilier, ils en dénichèrent une rapidement, et les deux familles s'installèrent à la Sans-Souci, une charmante villa à cinq kilomètres au nord de Biarritz. Située en haut d'une colline, elle dominait une crique abritée avec plage privée.

Comme bien souvent au Pays basque, les murs étaient chaulés, les balcons, les volets et les fenêtres peints dans un rouge sombre, produit à partir d'un pigment local. Décolorées par le soleil, les tuiles rose orange du toit changeaient de couleur au rythme des saisons et selon les heures de la journée. Sous les mimosas, les roses et les hortensias se disputaient le jardin. Depuis la terrasse, on apercevait parfois des randonneurs derrière la grande haie de tamaris.

L'automne arriverait bientôt, et les courlis, annonciateurs de grands vents, rasaient un océan gris et menaçant. À l'arrière, les arbres commençaient à perdre leurs feuilles, qu'un vent d'est balayait vers la mer.

Si Renée avait toujours entretenu des relations houleuses avec les autres jeunes filles, elle se prit vite d'affection pour Françoise. Celle-ci avait un tempérament rebelle et connaissait déjà de jeunes Basques en ville. Elle promit à Renée de faire le mur un soir, pour aller danser avec eux dans les collines.

– C'est peut-être dangereux, s'inquiéta Renée.

– Mais non, ils sont très gentils, la rassura Françoise. Il n'y a aucun souci à se faire. Bon, si tu as peur…

– Je n'ai peur de rien ! Je suis peut-être plus jeune que toi, mais tu n'as aucune idée de ce que j'ai pu vivre. Et j'adore danser.

– Formidable ! J'ai hâte que tu me racontes tout ça. Je crois que nous allons devenir de grandes amies.

3

Des trains entiers continuaient de déverser des soldats blessés dans les hôtels de Biarritz où, déjà, l'on commençait à manquer de lits. Un jour, Mme de Granville et Mlle Ponson emmenèrent Renée et Françoise, munie chacune d'un panier plein d'oranges et de paquets de cigarettes, dans un de ces hôpitaux de fortune. Les soldats étaient ravis, non seulement qu'on améliore leur ordinaire, mais aussi que la distribution soit assurée par deux jolies jeunes filles.

Un étage de l'hôtel était interdit d'accès. L'infirmière qui montait la garde dans le couloir arrêta le petit groupe lorsqu'il se présenta.

– Navrée, pas de visiteurs.

– Pourquoi ? demanda la gouvernante.

– Parce ce que ces hommes sont horriblement défigurés. C'est difficilement supportable pour les civils et cela perturbe les autres patients. Voilà pourquoi ces malheureux sont rassemblés ici.

– Vous voulez dire isolés ? En quarantaine ?

L'infirmière haussa les épaules.

– Appelez ça comme vous voudrez.

– Il n'y a pas de raison qu'on ne leur donne pas d'oranges et de cigarettes, comme aux autres, dit Mlle Ponson. Pourquoi leur refuser cela ?

– Vous pouvez me confier vos paniers. Je veillerai à ce qu'on en distribue à tous ceux qui en veulent.

– Quelle tristesse ! Un jeune homme part défendre son pays,

revient défiguré du champ de bataille et, en guise de remerciements, on le cache comme un lépreux pour ne pas heurter la sensibilité de ses camarades. Je vais laisser un instant ces demoiselles, madame, et rendre visite à ces malheureux. Ils ont sûrement besoin d'un peu de réconfort.

– Fort bien, dit l'infirmière. Puisque vous insistez. Mais je vous préviens que...

– Si vous y allez, mademoiselle Ponson, dit Renée, j'y vais moi aussi.

– Moi aussi, dit Françoise.

L'infirmière s'effaça devant elles.

– Entendu. Comme vous voudrez. Je vous assure que vous n'avez pas idée de ce qui vous attend.

Livides, sans voix, la gouvernante et les deux filles quittèrent l'étage comme on reviendrait de l'enfer. Dans la voiture, sur le chemin du retour, Mlle Ponson déclara d'une voix sourde :

– Si tous les citoyens de tous les pays voyaient ce que nous venons de voir, il n'y aurait plus jamais de guerres.

– Il y aura toujours des fous pour en déclarer d'autres, assura Mme de Granville qui, de retour à la villa Sans-Souci, interdit à Renée et Françoise de retourner à l'hôpital.

– Ce ne sont pas des endroits pour les filles de votre âge. La vue du sang, les bandages, ces pauvres types mutilés et leurs cris de souffrance... cela risque de vous marquer à vie. Désormais, nous enverrons le cocher avec nos paniers, et les infirmières se chargeront de la distribution.

Les filles protestèrent vivement, mais la vieille dame tint bon.

– Je m'en occuperai moi-même, pendant mes jours de congé, annonça Mlle Ponson. Je pense que les soldats sont contents de rencontrer des civils, parfois. Notamment des femmes. Cela leur redonne un peu d'espoir.

– C'est tout à fait votre droit, dit Mme de Granville. Vous êtes libre de faire ce que vous voulez en dehors de votre service. Mais j'insiste : vous irez seule, sans les filles.

À la surprise de tout le monde, et c'était tout à son honneur, l'oncle Louis, pourtant réputé délicat sinon impressionnable, se porta lui aussi volontaire.

– Je ne suis pas allé combattre, expliqua-t-il, car je me suis engagé à veiller sur ma nièce. Contrairement à son père, je n'ai rien d'un guerrier, je suis incapable de tuer un être humain, même un sale Boche. Mais il faut essayer de leur remonter le moral, à ces pauvres gars. Alors, pourquoi pas moi ? Je leur chanterai des chansons, je danserai pour eux. Je peux les aider à écrire à leur fiancée. D'accord, je dois dominer la répulsion que m'inspirent le sang et la violence, mais c'est un tout petit sacrifice, comparé à ce qu'ils ont enduré.

Quant à elles, Françoise et Renée adoptèrent des « filleuls de guerre », qu'elles choisirent en répondant aux petites annonces des soldats dans l'hebdomadaire *La Vie parisienne.* Elles entamèrent ainsi plusieurs correspondances avec des garçons au front. À en juger par leurs réponses enfiévrées, ceux-ci étaient enchantés de recevoir du courrier des demoiselles de Biarritz, bien loin des fusillades et des obus. Certains se prirent à rêver de se rendre dans le Sud-Ouest, à la fin des hostilités, pour les rencontrer en personne.

Faute d'avoir pu être remises, les lettres des filles revenaient parfois avec la mention « retour à l'expéditeur » et l'on présumait que le destinataire était mort pour son pays. D'autres fois, leurs missives restaient sans réponse et l'on en tirait les mêmes conclusions. Renée et Françoise se lassèrent vite de ces lettres d'amour impersonnelles et pourtant déchirantes, dans lesquelles le chagrin le disputait à l'espoir d'une vie meilleure après les horreurs de la guerre. Elles arrêtèrent d'écrire et se tournèrent vers les jeunes gens du coin, beaucoup plus accessibles. Elles oublièrent leurs « filleuls », improbables « amoureux », et tentèrent de ne pas penser à leur déception lorsqu'ils ne recevraient plus de courrier de leur part.

En revanche, Mlle Ponson, persévérante, poursuivit une correspondance avec les soldats, ainsi qu'avec son véritable fiancé.

– Cela en vaut vraiment la peine, disait-elle. Cela ne demande pas tant d'efforts, c'est important pour eux, et je n'aurais jamais cru en retirer un tel plaisir. Nous vivons souvent la moitié de notre vie avant de savoir quoi en faire.

Du coup, elle avait droit à un déluge de lettres enthousiastes, de photographies, même parfois de fleurs pressées, pourtant si rares au front – où elles étaient foulées à grands coups de bottes, retournées dans la boue, pulvérisées par les tirs d'artillerie qui, creusant le sol, le dépouilleraient pendant de longues années.

4

Au cours de leurs fréquentes excursions à Biarritz avec Mlle Ponson, Françoise avait présenté à Renée les jeunes Basques qu'elle connaissait. Ils trouvèrent les petites Françaises si jolies et intéressantes que, à chacune de leurs apparitions, ils les suivaient dans toute la ville pour leur faire la conversation. Plus jeune que miss Hayes, la nouvelle gouvernante de Renée était aussi beaucoup moins stricte. En l'absence de consignes particulières de l'oncle Gabriel, elle voulait bien reconnaître que les filles s'amusaient en tout bien tout honneur avec ces garçons. Elle trouvait même cela charmant. Françoise et Renée, plus éveillées aux choses de ce monde que les jeunes provinciaux, les taquinaient sans relâche, se moquaient de leurs assiduités, sans pour autant les éconduire, renforçant ainsi l'attraction qu'elles exerçaient sur eux.

L'oncle Louis leur avait acheté des bicyclettes, ainsi qu'à Mlle Ponson, qui pouvait de la sorte les accompagner partout, puisque c'était son rôle. Françoise et Renée étaient de toute façon ravies. Elles cherchaient depuis quelque temps un moyen de quitter la villa sans se faire remarquer et s'absentaient désormais le soir pour retrouver dans les collines Gogo et Bakar, leurs copains basques. À vélo, tout était plus facile et plus rapide.

Elles n'ignoraient plus rien maintenant de l'emploi du temps de Mlle Pinson, qui se couchait chaque soir à peu près au même moment. Cette nuit-là, après s'être assurées qu'elle ronflait gentiment dans la pièce adjacente, elles retirèrent en vitesse leurs chemises de nuit et enfilèrent des robes commodes pour danser. Leurs espadrilles à la main, elles descendirent l'escalier sans un bruit et sortirent par la porte de la cuisine, à l'arrière de la maison. Puis, toujours silencieuses, elles marchèrent en poussant leurs vélos jusqu'à une distance respectable de celle-ci.

Après avoir pédalé vigoureusement pendant une vingtaine de minutes, elles atteignirent le lieu de leur rendez-vous avec les deux garçons. Gogo leur apprit qu'il avait emprunté la voiture de son père.

– Nous avons une surprise pour vous, leur dit-il, pendant qu'elles chargeaient leurs vélos à l'arrière. Nous vous emmenons dans une auberge sur la montagne, de l'autre côté de la frontière. Il y aura un bal et nous sommes invités par une amie du village.

– Mais nous n'avons pas de passeport, objecta Renée.

– Aucune importance. Une amie nous attend à la frontière et elle nous fera passer par la vieille piste des contrebandiers.

– Formidable ! s'exclama Françoise.

Au bout d'une heure de route, ils aperçurent Kattalin, l'amie de Gogo, qui les attendait à l'embranchement d'un chemin de terre désert, à quelques kilomètres de la frontière. Ils garèrent la voiture sur le bas-côté et poursuivirent à pied, éclairés par un gros croissant de lune.

– Toutes les filles du village seront au bal ce soir, leur apprit-elle. Elles se font une joie de rencontrer des Parisiennes !

– Elles ne connaissent pas de Françaises ? demanda Renée.

– Le village est très isolé, répondit Kattalin, et il est rare qu'on s'en éloigne beaucoup. Vous verrez peut-être quelques-uns de vos compatriotes à l'auberge. Des déserteurs de l'armée française, venus se cacher en Espagne.

– C'est révoltant ! dit Renée. Et indigne, comme comportement. Ces gens-là ne sont pas mes compatriotes ! Vous ferez mieux de ne pas me les présenter, je leur cracherais à la figure !

– Une lâcheté pareille, ça me fait vomir, renchérit Françoise, véhémente.

Renée à Biarritz, 1915

– Oh, c'est bien beau d'être un héros, dit Kattalin avec un petit rire, mais vous savez, ce n'est pas très pratique de ne plus avoir de jambes jusqu'à la fin de sa vie.

– Où irions-nous si les Français pensaient tous la même chose ? jeta Françoise.

– Ils ne le pensent pas tous, admit la jeune Basque. Je ne suis pas là pour juger, mais il y a des gens qui ne sont pas faits pour la guerre.

– Et si les gardes-frontières nous arrêtent ? s'inquiéta Françoise.

– Mais non, assura Kattalin. Faites-moi confiance. Les chemins des contrebandiers leur font peur. Ils craignent de se perdre, de mourir de faim dans la montagne ou d'être assassinés.

Les cinq jeunes traversèrent plusieurs ravins et ruisseaux, en s'accrochant prudemment aux branches des noisetiers ; longèrent des bosquets de figuiers, aux troncs noueux dressés au clair de lune comme des fantômes ; foulèrent des tapis de menthe sauvage qui libéraient une odeur puissante sous leurs espadrilles. Enfin, ils distinguèrent un petit village à peu de distance, perché comme un nid d'aigle sur une saillie rocheuse.

– Nous voilà en Espagne, dit leur guide.

Un cri perçant, entre hululement et hennissement, retentit dans les bois. Terrifiées, Renée et Françoise se figèrent. La jeune Basque leur tapota gentiment sur le bras.

– N'ayez crainte, c'est l'*irrintzina.* C'est ainsi que nous communiquons dans les montagnes, expliqua-t-elle avant de pousser un cri analogue.

Un instant plus tard, des silhouettes sortirent de l'ombre – des amies de Kattalin qui lui murmurèrent quelques mots en basque.

On fit les présentations. Les nouvelles arrivantes ne parlaient pas français, ni Françoise et Renée le basque. Pendant que les autres chuchotaient, Kattalin, qui était bilingue, rapporta aux Françaises :

– Selon la légende, le diable est resté sept années dans notre pays pour apprendre la langue, mais il n'a réussi à retenir que trois mots.

L'auberge se trouvait à dix minutes de la frontière. Cachée sur trois côtés par la forêt, elle était enveloppée d'un silence profond que les lointains cris des chouettes, apportés par un vent léger, effleuraient seulement. En approchant, les filles entendirent de la musique et aperçurent les lanternes qui éclairaient faiblement les fenêtres. En regardant de plus près, elles virent des hommes assis, buvant à la régalade sans qu'une seule goutte de vin ne tombe entre l'outre et la bouche ; d'autres dansaient avec de jeunes femmes les fandangos qu'enchaînaient un guitariste et un joueur de castagnettes. Accrochés au plafond telles des guirlandes, des *ristras*[1] de piments donnaient un air de fête.

Un long couloir menait à la salle enfumée. Les hommes sourirent et examinèrent Françoise et Renée en hochant la tête. Ils avaient des traits anguleux, taillés à la serpe. Leurs compagnes étaient brunes et jolies, vêtues de robes aux couleurs exubérantes, la poitrine mise en valeur par un corselet. Leurs bras étaient couverts de bracelets cliquetant au rythme de la musique, et leurs yeux semblaient lancer des éclairs.

Renée crut deviner dans un coin de la salle quelques-uns des déserteurs dont il était question plus tôt – fumant et buvant à l'écart, le front baissé, si différents des autres clients qui riaient, chantaient, frappaient des mains et des pieds. L'Espagne n'était pas entrée en guerre, et ces hommes, voûtés dans l'ombre au-dessus de leur table, rappelaient l'atmosphère lugubre dans laquelle la France était plongée au nord.

– Ça sent la vache, ici, dit Françoise à Renée, discrètement et en anglais.

– Et alors ? Quelle importance ? Regarde comme tout le monde s'amuse. Il n'y a qu'à en faire autant. Ce que j'ai envie de danser !

– Pas un mot sur les déserteurs, conseilla Kattalin à voix basse. C'est un sujet sensible. On risque de vous prendre pour des espionnes et de vous trancher la gorge.

– Charmant ! murmura Françoise.

Gogo et Bakar étaient soudain fort discrets. Plus jeunes que

—

1. Chapelets.

la plupart des messieurs, ils paraissaient intimidés par les regards peu amènes que certains leur jetaient. Coupés du monde extérieur, les villageois formaient visiblement un clan soudé, plein de méfiance à l'égard des inconnus. Renée pensa que, si c'était ici un monde d'hommes, il se distinguait en ce que les femmes semblaient y tenir une place prépondérante. Elle se demanda si cette odeur de vache qu'avait remarquée Françoise n'était pas, tout simplement, un mélange de sueurs masculines et féminines, exacerbées par les passions charnelles ; elle lui rappelait la sienne et celle de son oncle, dans leur chambre à Armant, au bout d'une longue nuit d'amour.

Peu après leur arrivée, deux costauds quittèrent leur table et, sans plus de cérémonie, entraînèrent les deux filles dans le tourbillon de leurs danses. Pensant toujours à Gabriel, Renée, amusée, l'imagina fou de rage, impuissant, en train de la regarder dans les bras d'un autre… des bras si épais que jamais il n'oserait défier ces gaillards-là, pas plus que les pauvres Gogo et Bakar qui, renfrognés, buvaient à leur table en détournant les yeux.

Françoise et Renée furent vite envoûtées par le fandango. Un chanteur et un joueur de cajón avaient rejoint le guitariste et son compagnon aux castagnettes. Le rythme prenant de l'ampleur, plusieurs couples quittèrent les lieux pour poursuivre leur farandole sur le sol frais et tendre de la forêt.

Françoise et Renée continuaient elles aussi de danser, haletantes, empourprées, le sourire aux lèvres et le rire au ventre. Certaines des villageoises semblaient soudain hostiles, jalouses peut-être de leurs chemisiers roses et de leurs tailleurs sur mesure, à côté desquels leurs propres habits de paysannes avaient l'air vieillots. En outre, leurs hommes s'intéressaient de trop près à ces intruses et se disputaient leurs bonnes grâces. Le vin décuplant ses effets au fil de la soirée, il y eut bientôt quelques empoignades. Finalement, un grand brun arracha Françoise à son cavalier et, sans plus de manières qu'un ours de foire, la fit tournoyer à perdre haleine.

– Estebé ! cria le premier. Sale fils de pute ! Laisse-la ou je t'éventre ! Je vais te faire sécher les boyaux au soleil, moi ! Pas étonnant que ta femme t'ait quitté pour El Matador, pauvre cocu !

Le grand brun lâcha Françoise et se figea. D'un geste théâtral, il retira son boléro, l'enroula autour de son bras et dégaina le poignard qu'il portait à la taille.

– C'est toi, Alesander, fit-il en se rapprochant de l'autre, qui va crever en hurlant comme un chien !

Tirant Françoise et Renée par leurs jupes, Kattalin les écarta du groupe.

– Il vaudrait mieux que vous partiez, dit-elle avec un signe de tête à l'intention de Gogo et Bakar. Les garçons vont vous raccompagner à la frontière.

Elles se rapprochèrent de la porte, tandis que les deux hommes se défiaient d'un air menaçant et que d'autres bagarres éclataient entre leurs partisans respectifs.

Les quatre jeunes gens s'élancèrent dans la forêt.

– Des sauvages, des brutes et des déserteurs ! s'exclama Françoise, euphorique. Quelle soirée formidable ! En voilà une bande de canailles et de surineurs !

– Mais plutôt beaux gars ! Mon Basque voulait m'emmener dehors, et maintenant je ne le reverrai plus ! dit Françoise.

– Ton Basque ? releva Gogo, vexé. Je croyais que c'était moi !

– Non, mon chéri. Tu es mon *petit* Basque. Celui-là était grand et gros, et tu as bien fait de rester à l'écart. Ce n'est pas un reproche : ces gens sont du genre chatouilleux, comme nous l'avons constaté. Cela étant, je préfère tes gentils câlins, mon garçon.

L'aube pointait à l'est et le vent avait dégagé les premières brumes sur les montagnes.

– J'espère que ta tante et Mlle Ponson dorment à poings fermés dans leurs lits, dit Renée à son amie. Pas besoin de s'inquiéter pour oncle Louis, il est sûrement avec un de ses mignons. Ce n'est pas lui qui nous punira, mais les dames ne seront pas très contentes que nous soyons parties à l'aventure.

– Que veux-tu qu'elles nous fassent ? demanda Françoise en haussant les épaules.

– Nous interdire de quitter la villa, tiens.
– Eh bien, on fera le mur comme d'habitude !
De chaque côté de la frontière, les cloches des églises commencèrent à sonner, rivalisant d'intensité, tandis qu'un berger solitaire entonnait un chant mélancolique dans les collines. Quand Gogo et Bakar déposèrent les deux filles à cinq cents mètres de chez elles, le soleil s'était levé. Elles sortirent leurs bicyclettes du coffre pour parcourir le reste du chemin.

CRAGOU-VERGAM, Bretagne
Octobre 1916

1

Au début de l'été 1916, personne ne savait vraiment qui, des Allemands ou des Britanniques, avait gagné la bataille du Jutland, leurs flottes respectives revendiquant chacune la victoire. Dans la Somme et à Verdun, le carnage se poursuivait. Dans le Sud, les veuves endeuillées qui parcouraient les rues, le visage voilé, rappelaient, si besoin était, que le pays était en guerre. Une masse croissante d'affligées. Et les trains apportaient sans cesse de nouveaux soldats blessés ou estropiés dans les hôpitaux de Biarritz. Encore ceux-là avaient-ils de la chance, puisqu'ils avaient survécu.

La villa Sans-Souci était pour Françoise et Renée un sanctuaire, largement épargné par les aspects les plus sombres du conflit, et les nouvelles du front n'y arrivaient pas. En outre, les lourdes pertes rapportées par les journaux étaient souvent considérées comme extravagantes, et ceux-ci accusés de verser dans le sensationnalisme. Il faudrait attendre la fin des hostilités, même quelques années de plus, pour se rendre compte que ces chiffres étaient bien en dessous de la réalité. Personne n'imaginait vraiment que les soldats tombaient par centaines de milliers.

Un matin d'automne, l'agent immobilier se présenta à la villa pour informer Mme de Granville et oncle Louis qu'elle était vendue, qu'ils devaient vider les lieux dans un mois, à la fin de leur bail. Tant de familles riches venaient se réfugier dans la région qu'il fut impossible de trouver une autre location à proximité de Biarritz, et l'on décida que les filles partiraient avec Mlle Ponson chez les grands-parents de Françoise, qui possédaient un manoir en Bretagne. Quant à Mme de Granville, elle rejoindrait sa nièce dans le Poitou.

L'oncle Louis – ce qui est tout à son honneur – refusa de quitter ses « petits gars » à l'hôpital.

– Ils sont plus nombreux que jamais, dit-il à Renée. Je ne les abandonnerai pas pour aller me tourner les pouces dans une ferme au milieu de nulle part. À quoi servirais-je ? Ton père pensera comme moi et il te saura en sécurité là-bas en Bretagne. Je vais me trouver un petit appartement en ville et je garde Mathilde pour s'occuper de moi.

Quelques semaines plus tard, Renée, Françoise et Mlle Ponson prenaient à Bayonne le train de Paris. Les rumeurs persistaient sur l'imminence d'un bombardement de la capitale et il n'était pas question de s'y attarder. Le trio se précipita à Montparnasse et monta dans le train pour Nantes, où l'on passa la nuit près de la gare, dans un hôtel délabré et infesté de punaises.

Le lendemain matin, couvertes de piqûres, les deux jeunes filles et la gouvernante montèrent dans un antique tortillard à destination du fin fond de la Bretagne. Le voyage fut interminable, du fait que le conducteur s'arrêtait tous les dix kilomètres pour boire du cidre avec une multitude d'amis, assis sous les arbres le long de la voie. S'ensuivit une halte de deux heures au milieu de la journée, permettant au conducteur et aux mécaniciens, maintenant complètement soûls, de cuver. Le même cirque recommença l'après-midi.

Finalement, vers neuf heures du soir, le train s'arrêta devant une bicoque branlante, à la limite de la lande. Des fougères poussaient sur le ballast entre les traverses, et un panneau grossier, cloué sur un des murs, indiquait « GARE » sans autre précision. Les grands-parents de Françoise, M. et Mme du Ruffet, un vieux couple en costume local du XIXe siècle, était venu attendre le trio. Le groupe s'engagea sur une petite route, pleine d'ornières et de nids-de-poule. Un briard sans âge occupait presque tout le plancher de la voiture et pétait quand il ne ronflait pas. Il n'y avait d'autre bruit dans la lande que les coassements des grenouilles et les cris des chats errants.

Inquiète, frissonnant dans un air qui paraissait si froid et humide après la chaleur lumineuse de Biarritz, Renée demanda à son amie :

– Qu'est-ce qu'on fait pour se distraire, ici ?

– On tricote autour du feu, répondit Françoise.

2

Quand arriva bientôt Noël 1916, Renée s'était prise d'affection pour le vieux couple. Mme du Ruffet, bien qu'autoritaire et tatillonne, avait un cœur d'or. Quant à son mari, derrière son allure austère et bourrue, il s'était révélé un charmant homme, une fois que la jeune fille le connut un peu mieux. Elle passait des heures dans le petit atelier qu'il s'était aménagé à l'écurie, à le regarder silencieusement fabriquer de curieux objets à l'aide d'un tour à bois et de divers outils – de bizarres inventions censées ouvrir les portes ou attraper les vaches, pour celles du moins qui semblaient servir à quelque chose. Bien souvent, Renée n'avait aucune idée de leur utilité, mais n'osait pas demander, de peur de déconcentrer son hôte.

On célébra la messe de minuit en plein milieu d'une tempête, dans la chapelle à moitié effondrée du manoir. Le vent hurlait au-dehors, gémissait à travers les murs troués, et l'on voyait les étoiles par les fentes du toit. Se détachant du plafond, de petits bouts de plâtre tombaient comme de la neige sur la crèche ; une vieille femme arrachait quelques notes de musique à un antique piano, tandis que les fermiers et les nobles entonnaient *Il est né le divin enfant.* La tempête couvrait à moitié leurs voix.

Elle s'arrêta brusquement à la fin de l'office et le silence se fit dans la chapelle. Puis les cloches sonnèrent et les paroissiens se pressèrent vers la porte. Dehors, les hauts peupliers, parfaitement immobiles, n'oscillaient plus au vent. La lune d'argent qui s'était levée projetait leurs ombres noires dans la cour. Même le chien, qui pourtant aboyait toujours, s'était tu.

Sous leurs épais capuchons de laine, les paysans s'en retournèrent chez eux. Leurs sabots produisaient sur les pavés une musique étrange et discordante. Passant devant la cuisine du manoir, hommes et femmes sentirent l'odeur du boudin noir, du chocolat chaud, des crêpes à la vanille. Plus tard, dans leurs masures, devant les châtaignes bouillies, le cidre doux et le pain noir, ils hocheraient la tête en soupirant :

– Ah, l'bon Dieu, il les aime, les riches.

N'ayant que l'espoir pour fortune, ils ajouteraient, optimistes :

– Mais ça ira sûrement mieux l'année prochaine.

Si elle n'avait pas l'intention d'en devenir un, Renée s'était toujours intéressée aux paysans. Petite fille à la Borne-Blanche, elle aimait la compagnie des domestiques, souvent eux-mêmes occupés dans une ferme. Comme il n'y avait rien à faire dans ce lointain manoir de Bretagne, elle restait souvent à la cuisine avec Ursule, qui lui rappelait sa bien-aimée Tata. Jamais elle n'oubliait de la rejoindre le mercredi matin, jour du pain. Ursule était une jeune fille solide, aux bras musclés, hâlés par le soleil. Renée se délectait de la voir pétrir la pâte blanche, une énorme masse qu'elle levait et rabattait sèchement sur une grande plaque de pierre. À la fin, quand Ursule retirait du four sa miche dorée, elle en coupait pour la jeune fille une tranche épaisse qu'elle frottait à l'ail et au beurre. Renée disait n'avoir jamais rien mangé d'aussi délicieux de toute son existence.

En la regardant travailler, elle lui posait des questions. Renée n'en revint pas d'apprendre qu'Ursule avait vingt et un frères et sœurs, tous des mêmes père et mère, et tous bien vivants.

– Vingt-deux enfants, mais c'est impossible, Ursule ! Comment font vos parents pour nourrir autant de bouches ?

– Nous sommes très pauvres, mais nous y arrivons. Si vous ne me croyez pas, venez nous rendre visite, un dimanche. Je vous les présenterai, ainsi que mes frères et sœurs. Certains sont partis à la guerre, bien sûr, et d'autres ont fondé leur ménage. Vous ne pourrez peut-être pas les compter tous…

– Je vous crois sur parole, inutile de les compter. J'ai juste un peu de mal à *imaginer* cela. Je ne veux déjà pas d'enfant, alors vingt-deux… !

Dix jours plus tard, Ursule et Renée s'en allèrent à pied au domicile familial de la cuisinière. Françoise avait décliné l'invitation de son amie à les accompagner.

– Pourquoi diable irais-je avec toi ? avait-elle répondu. Les paysans habitent des taudis, ne se lavent pas, ils sont ignares, couverts de poux et de punaises. Ils n'ouvrent jamais un livre et se satisfont d'une maigre pitance. Dis-moi, que leur trouves-tu de si fascinant ? En ce qui me concerne, j'ai mieux à faire le dimanche que d'inspecter les terriers à lapins.

– J'ai simplement envie de voir comment ils vivent, expliqua Renée. Cela m'encouragera à dire mes prières et à remercier le bon Dieu de m'avoir bien lotie.

C'était une belle journée de printemps, une brise légère effleurait les jachères et quelques pousses vertes perçaient déjà la terre. Il faisait bon et les fleurs blanches qui garnissaient les haies embaumaient l'air. Au loin, la lande nue s'étirait jusqu'à l'horizon. Dans ce paysage désolé ne poussaient qu'ajoncs, fougères et bruyères.

En chemin, les deux filles longèrent les ruines d'un château féodal – réduit à quelques piles de débris : gravats, pierres et tuiles brisées, couverts de ronces et de mauvaises herbes. On distinguait ici et là une poutre pourrie dans les décombres, telles les côtes d'un animal préhistorique. Ursule fit le signe de la croix.

– Nos seigneurs vivaient ici autrefois, expliqua-t-elle. Jésus, Marie, dire que ces chiens galeux de Bleus ont tué nos maîtres et détruit leur bastille !

Ébahie, Renée la regarda. Sous sa coiffe, Ursule affichait autant de haine que de mépris pour les Bleus de Bretagne, les révolutionnaires locaux – comme s'ils avaient voulu la brûler vive, cent vingt ans plus tôt, avec ses « seigneurs ».

– Quand je pense à ces traîtres, mon sang ne fait qu'un tour, poursuivit-elle.

– Êtes-vous royaliste ? lui demanda Renée, qui n'aurait jamais cru en trouver parmi les paysans.

– Évidemment, répondit Ursule, elle aussi étonnée. Les Bretons le sont comme tous les honnêtes gens. Pas vous, mademoiselle Renée ?

– Bien sûr que si. Mon père est comte. Ces Bleus dont vous parlez, ou leurs équivalents, ont décapité mes ancêtres. La France n'est plus le même pays depuis.

– La vérité vraie, approuva la cuisinière en se signant à nouveau.

Elles atteignirent enfin une bâtisse au toit de chaume en bordure de la lande. Assis sur un tabouret près de la porte, un vieil homme accoutré de vêtements déteints et rapiécés taillait au couteau un morceau de bois.

– Ah, te voilà quand même, ma fille ! Ta mère sera contente de te voir.

– Bonjour, mon père. Voici la demoiselle de Paris dont je t'ai causé.

– Enchanté, mademoiselle, dit le vieil homme qui se leva et, galant, retira son chapeau.

Plusieurs gorets s'échappèrent de la maison, suivis par une nuée d'enfants crasseux. Puis la mère d'Ursule se présenta, clignant des yeux à la lumière du soleil. Petite, hâlée, ridée et courbée par les ans, elle portait un nourrisson dans ses bras, sans doute le dernier-né. Elle invita gentiment Renée à entrer, à qui l'on offrit la meilleure chaise. Puis la mère plaça une bouteille et plusieurs verres sur un banc, et demanda :

– Nous ferez-vous l'honneur d'accepter un peu de chouchen, mademoiselle ? Ça vous réchauffera. Eh, ça fait toujours du bien par où qu'ça passe !

– Avec plaisir, madame, répondit Renée.

Bas de plafond, l'intérieur sombre puait la sueur humaine et animale, et par-dessous tout le chou bouilli. Il se composait de deux petites pièces, aussi sales l'une que l'autre. La première était la cuisine où ils se trouvaient, avec le lit parental dans un coin ; la seconde n'était que nattes et couches, où dormaient les enfants. Renée ne pouvait imaginer comment ils logeaient tous là-dedans. Elle se rappela une remarque de Françoise : « On dit en Bretagne qu'une vierge est une fille de neuf ans qui court plus vite que ses frères. »

Quand tout le monde fut assis, elle sortit un porte-monnaie de la poche de son manteau.

– J'ai apporté quelque chose pour les petits, dit-elle – et la nichée entière se rua vers elle, la main tendue.

À mesure qu'ils empochaient leur aumône, le père, fièrement, indiquait leur nom. Renée le félicita, car ils avaient tous l'air costauds.

– C'est *santeux* de vivre à la campagne, déclara-t-il. Pauvreté est mère de santé. Je n'ai perdu aucun de mes enfants. Je dois reconnaître que j'ai beaucoup de chance. Vous savez, certains sont déjà mariés, et d'autres partis à la guerre. Parfois je n'arrive plus à les compter, mais ma femme est certaine : on en a vingt-deux. Faut bien que je m'amuse de temps en temps, ma petite dame, conclut-il avec un sourire entendu, alors j'y colle un nouveau gamin.

La vulgarité de ses propos fit rougir Ursule.

– S'il vous plaît, mademoiselle Renée, excusez-le.

– Mais non, je vous en prie, dit Renée. Il n'y a rien là qui m'effarouche.

L'après-midi se poursuivit ainsi. Renée était impressionnée par le stoïcisme teinté de bonne humeur avec lequel ces gens acceptaient la misère et le dénuement extrême. Elle pensa qu'on avait fait si peu, dans ces terres lointaines et oubliées, pour améliorer la situation des paysans – identique depuis le Moyen Âge. Et aussi royaliste fût-elle, pas moins que son comte de père, elle aurait presque pardonné aux Bleus et à leurs brutaux acolytes d'avoir massacré ses ancêtres. Les Bleus étaient après tout les frères et les cousins de cette famille pauvre qui l'accueillait.

Lorsqu'ils se quittèrent en fin d'après-midi, la vieille femme tendit à Renée un petit panier plein d'œufs.

– Je vous remercie, madame, mais je ne peux accepter, dit la jeune fille, surprise par tant de générosité. Vos enfants ont sûrement plus besoin que moi de ces œufs.

– Ma chère demoiselle, je ne vous laisserai pas partir les mains vides. Chez nous, à la campagne, ça ne se fait pas. Vous verrez, ils sont très bons, très frais.

Ursule ouvrit la marche d'un bon pas, afin de décourager les mauvais esprits. Le soir allait tomber sur la petite route de campagne. Au bout de quelques dizaines de mètres, la cuisinière se retourna et cria soudain :

– Il faut courir, mademoiselle ! Mon frère Éloi est à nos trousses. S'il nous rattrape, il essaiera de nous coucher dans le fossé !

Terrifiée, Renée lâcha son panier et prit ses jambes à son cou. Les deux filles n'échangèrent plus un mot avant de retrouver le manoir, à la tombée de la nuit.

– Je n'ai jamais couru aussi vite de ma vie, fit Renée, haletante.

– Éloi n'est pas méchant, expliqua Ursule, mais il est un peu ballot. Une chance qu'il ne soit pas très courageux et qu'il ait abandonné rapidement. J'espère que vous ne nous tiendrez pas rigueur de l'incident ?

– Et s'il nous avait rattrapées ? Que voulez-vous dire par « coucher dans le fossé » ?

Ursule fit la grimace.

– Tous ces enfants ont-ils vraiment les mêmes parents ? demanda Renée. Vos frères et sœurs n'en ont pas fait quelques-uns ? Ils sont si nombreux, comment être certain ?

– Enfin, mademoiselle ! s'écria Ursule, profondément vexée. Vous proférez des horreurs ! Bien sûr que nous avons tous les mêmes parents !

Ce soir-là au dîner, Renée décida de se faire l'avocate des paysans.

– Monsieur du Ruffet, ces gens vivent dans le plus complet dénuement.

– Oh, ne vous faites pas d'illusions, répliqua le châtelain, en plantant sa fourchette dans une cuisse de poulet. Ils sont plus riches que vous ne l'imaginez. C'est juste qu'ils préfèrent vivre comme des cochons plutôt que se séparer de leurs sous. Leurs matelas sont remplis de pièces de cinq francs, savez-vous ?

– Sottises ! lança Mme du Ruffet à son mari. Vous dites des

absurdités. Où voulez-vous qu'ils les trouvent, vos pièces de cinq francs ?

– Il y aura à nouveau une révolution si l'on ne traite pas mieux ces gens, affirma Renée.

– Bon Dieu, voilà que tu parles comme les socialistes, dit Françoise. Dans ce cas, on n'a qu'à leur demander de s'installer ici chez nous !

Tandis qu'elle se coiffait le lendemain matin, Renée découvrit qu'en échange de ses largesses, les gamins lui avaient offert des colonies de poux. Elle se mit à crier si fort que Françoise et Mlle Ponson accoururent dans sa chambre.

– Au diable ces paysans ! hurlait-elle. Tu avais raison, Françoise, je voulais me montrer serviable, charitable, leur faire l'honneur d'une visite, même leur donner quelque chose. Et voilà comment ils me récompensent !

– Oui, c'est pourquoi les nobles n'ont rien à faire avec cette engeance et la tiennent à distance, renchérit son amie avec un sourire satisfait. Il ne faut pas mélanger les torchons et les serviettes : les seigneurs d'un côté, les serfs de l'autre. Que cela te serve de leçon, Renée !

– Vous ne connaissez rien à l'existence de ces gens, Renée, dit Mlle Ponson. Vous avez envie de le croire, parce que cela vous amuse de jouer les grandes dames, de les honorer de votre noble présence, de mettre une pièce dans la main des enfants. Mais comment pourriez-vous savoir ce qu'ils éprouvent ? Toute votre vie, vous avez agité une clochette pour qu'on vous serve sur un plateau d'argent.

– Vous exagérez. Si vous vous penchiez sur l'histoire de mes ancêtres, vous verriez qu'ils ont enduré leur lot de souffrances, parfois pendant plusieurs générations.

– Je parie qu'ils ont toujours eu de quoi manger, rétorqua la gouvernante. Pour que tout le monde reste à sa place, on inculque aux pauvres que les riches n'ont pour eux que de la bienveillance. Vous pourriez essayer de comprendre que vous avez de la chance.

– Oui, quand la populace nous conduit au gibet, par exemple.

3

Début avril 1917, les États-Unis déclarèrent enfin la guerre à l'Allemagne, ce dont la France entière se réjouit. « Vivent les Américains ! criait-on. Vive l'Amérique ! ». Il fallut cependant attendre l'année suivante et plusieurs mois encore pour que les troupes de Pershing soient opérationnelles.

Renée resta chez les Ruffet tout l'été et une partie de l'automne. C'est au manoir que, le 31 juillet, elle entra dans sa dix-neuvième année.

– Mademoiselle Renée, lui annonça Ursule ce jour-là, mon frère Éloi est à la porte. Il a appris que c'était votre anniversaire, et il vous apporte des fraises sauvages.

– Ne le laissez pas entrer, intervint Françoise. On ne va pas se battre encore contre les poux !

Renée se présenta sur le seuil.

– Comme c'est gentil, Éloi, dit-elle en prenant le panier qu'il lui tendait. Elles ont l'air très bonnes, ces fraises. Mais voilà, si vous voulez vraiment être mon ami, il ne faut plus effrayer les jeunes filles sur la route.

Éloi était un grand échalas à la peau très blanche et aux cheveux blonds rebelles qui ressemblaient à l'herbe fanée des fins d'automne. Il ne répondit pas, se contentant de fixer Renée du regard.

– Il est amoureux de vous, mademoiselle, souffla Ursule dans le dos de Renée. Ce n'est pas un mauvais garçon, il ne pense pas à mal. Il cherchait seulement à s'amuser un peu en nous filant le train.

– S'amuser un peu, oui, c'est ça, bougonna Renée.

Le dimanche suivant, M. et Mme du Ruffet emmenèrent toute la maisonnée en voiture à Nantes pour assister à la fête annuelle du pardon. Dans leurs plus beaux costumes, des paysans des quatre coins de la région gagnaient également la ville. Coiffées de bonnets blancs et brodés, les femmes portaient des robes sublimes de soie et de velours. Ces tenues extraordinaires, ornées de rubans, de dentelles et de boutons précieux, étonnèrent Renée. Elle se demanda si M. du Ruffet n'avait pas raison, après tout. Combien de pièces de cinq francs, cachées sous les matelas, avait-il fallu réunir pour acheter ces tissus et ces étoffes de valeur ? Peut-être les paysans ne parvenaient-ils pas à nourrir leur famille, mais ils ne regardaient pas à la dépense les jours de fêtes et de cérémonies religieuses.

Cette année, les hommes brillaient par leur absence ; une absence d'autant plus remarquable que leurs veuves étaient là, drapées dans des châles noirs, allumant des cierges, priant pour le salut de leurs bien-aimés. Plusieurs messes furent célébrées, puis les malades et les monstres humains défilèrent devant Notre-Dame des grands fonds, une statuette de pierre représentant la Vierge, polie par les milliers et les milliers de fidèles qui, à travers les siècles, l'avaient frottée aux endroits où ils étaient eux-mêmes affligés.

– À en juger par tous ceux qui implorent son secours, elle doit avoir d'immenses pouvoirs de guérison, dit Mlle Ponson sans ironie. Mon Dieu, quelles plaies, quelles difformités, quelles horreurs lui expose-t-on ! s'exclama-t-elle, émue par une jeune paysanne au goitre épais comme une tête de bébé. *Quelle cour des miracles*[1] !

– L'endroit rêvé pour attraper le mal de Sainte-Marie[2], marmonna Renée.

Voyant le prêtre bien gras se placer devant une fontaine, dans laquelle les suppliants jetaient des pièces l'un après l'autre, elle ajouta :

—

1. En français dans le texte.
2. La gale.

– Regardez-moi ça : les pauvres essaient de se payer des miracles, comme vous dites, mais c'est leur bon curé qui achètera son foie gras avec leur fric.

– Ce que vous pouvez être cynique ! fustigea Mlle Ponson.

– Ils feraient mieux de les garder dans leurs matelas, leurs pièces !

Les longues processions qui se formèrent ensuite brandissaient des bannières de satin bleu et blanc, flottant doucement au vent léger. Six vieux pêcheurs portaient maintenant la Vierge sous un dais, pendant que le cortège entonnait des cantiques. À la fin de la cérémonie, la foule se rassembla sous une grande tente pour manger. Un barde vêtu comme autrefois circulait entre les travées, pinçant son luth et chantant des ballades médiévales dont les convives reprenaient le refrain en chœur.

– Malheureusement, ils seront tous bientôt soûls, confia à Renée sa voisine de table. On les retrouvera dans les fossés, empilés les uns sur les autres comme des cadavres.

Renée aperçut le jeune Éloi, qui se faufilait à proximité vers un des mâts du chapiteau. Il était certainement venu lui aussi en famille, dans l'intention de se rapprocher de la jeune fille, qu'il observait maintenant avec son air bovin. Souvent bien disposée envers qui lui témoignait de la gentillesse, Renée éprouvait une sorte de compassion pour lui. Elle lui sourit.

– Ignorez-le ! conseilla sa gouvernante. Ne souriez pas comme ça !

– Éloi, petit vaurien ! lança M. du Ruffet. Si tu t'entêtes à rôder autour de chez moi, le soir, tu vas recevoir une volée de plombs dans les fesses.

Indifférent, le garçon restait adossé au mât à contempler l'objet de ses assiduités.

– Le pauvre, dit Renée. Je dois être la seule qui le comprend. Il fait preuve d'un dévouement si attachant. Et il se satisfait de me regarder de loin.

– Jusqu'à ce qu'il t'attrape un de ces jours sur un chemin de campagne, rappela Françoise. Pourquoi le bercer d'illusions ? C'est cruel.

– Cruel de sourire à ce gamin ? De glisser une lueur d'espoir dans sa misérable existence ?

– Oui, car jamais ses espérances ne deviendront réalité. C'est d'autant plus cruel que tu fais cela, non pas par charité, mais pour flatter ton orgueil.

– C'est vrai, admit Renée en riant. Ma mère disait toujours que je ne m'intéresse qu'à moi. Je tiens cela de mon oncle Gabriel.

Quand le groupe prit le chemin du retour en fin d'après-midi, le calvados avait fait son œuvre : des hommes inconscients étaient allongés de part et d'autre de la route. Au milieu, certains zigzaguaient comme des crabes, secoués de tremblements.

– Le calvados est un vrai poison, remarqua M. du Ruffet. Il paraît que ça attaque la moelle épinière. Ce qui ne les empêche pas de se reproduire, ces pauvres gens, poursuivit-il en montrant un jeune garçon, nain et difforme. La plus belle race du monde se détruit à petit feu. Et les femmes… dit-il en hochant tristement la tête. Les femmes elles aussi boivent ça comme de l'eau. Autrefois nos Bretonnes étaient un modèle de chasteté, aujourd'hui elles n'ont pas plus de vertu que les Viennoises.

– *Les Viennoises, les Viennoises !* s'écria Mme du Ruffet, qui ne se privait jamais de corriger son mari. Jean, vous dites des énormités. À vous entendre, vous auriez fait vingt fois le tour du monde, alors que vous n'avez jamais quitté votre lopin de terre.

Se penchant vers Renée, M. du Ruffet lui murmura à l'oreille :

– Il était une fois deux frères qui avaient une cervelle, et le troisième une femme…

En septembre 1917, Renée reçut une lettre de son père. Il affirmait que l'arrivée des Américains allait bientôt changer le cours de la guerre. « Nos troupes sont épuisées, mais si nous pouvons tenir jusqu'à ce qu'ils interviennent en force, alors nous vaincrons. » Il proposait à sa fille de rentrer à Paris à la mi-octobre, date à laquelle la capitale serait selon lui hors de danger. Les employés ayant réintégré leurs domiciles respectifs depuis que les

Allemands avaient été repoussés au nord, tout était fermé au 29, mais le comte indiquait que la maison serait prête pour Renée.

Elle avait espéré que Françoise l'accompagnerait, mais M. du Ruffet s'y opposa farouchement.

– Ma petite-fille représente ma race, mon patrimoine ! s'écria-t-il. La Bretagne est notre pays et nous devons nous y maintenir. Non, je la garde auprès de moi. Je suis prêt à affronter Satan s'il le faut, en un combat mortel !

Renée trouvait fort égoïste de la part du vieux couple de confiner ainsi son amie dans cette lande isolée, mais bien sûr M. du Ruffet était le maître de la situation. En outre, Françoise n'aurait pas eu le cœur d'abandonner ses grands-parents. Le jour du départ, les deux filles se dirent au revoir, émues, dans la petite gare où elles avaient débarqué plus d'un an auparavant. Le pauvre Éloi, soupirant solitaire, fit une courte apparition, un bouquet de genêts au bras, souhaitant à sa façon bonne chance à celle qu'il avait aimée à distance.

– Bon Dieu, te revoilà, toi ! s'exclama Renée. Et encore un cadeau pour moi ! Quels genêts magnifiques ! Tiens, prends ces dix francs, je te les donne.

Comme toujours muet, il n'en voulait pas. Certes, il était pauvre, mais ce n'est pas un billet de dix francs qui allait le consoler. Renée le remercia d'un unique baiser sur la joue et il s'en repartit à pas lourds, pleurant amèrement toutes les larmes de son corps.

– Je t'ai toujours dit qu'au fond c'était un bon garçon, rappela-t-elle à Françoise. Quelle tristesse de vous quitter tous !

– Que vais-je faire sans toi ? demanda Françoise.

– Tricoter devant la cheminée, répondit Renée en se rappelant leur arrivée, de longs mois plus tôt. Viens nous rendre visite à Paris dès que possible.

Comme bien souvent en Bretagne, il pleuvait. Renée fit un dernier au revoir aux du Ruffet et à son amie, debout sur le quai branlant, de l'autre côté de la fenêtre du train. Puis l'antique tortillard se mit en marche, hésitant, et s'élança enfin dans la campagne détrempée. Dans un chemin boueux, un troupeau de vaches pie, navrées et décharnées, s'en allait, tête basse, à la traite – de vraies vaches bretonnes.

– Allons, Renée, dit Mlle Ponson, assise à son côté. Reprenez-vous. C'est toujours une joie de retrouver Paris. Vous ne pensez qu'à ça depuis un an. Et vous allez bientôt revoir votre papa.

– Vous avez raison. Mais aussi bizarres soient-ils, je m'étais attachée à ces gens. Je me sens plus proche d'eux que je ne l'étais de mes grands-parents... De ma propre famille... Françoise est maintenant une sœur pour moi. Ma vie ressemble à un constant remue-ménage. Chaque fois qu'il faut de nouveau partir, laisser des amis derrière soi, ça me brise le cœur. Soit c'est moi qui m'en vais, soit c'est eux. J'en ai assez de tous ces changements, mademoiselle. J'aime les choses qui durent.

– Il faudra vous y habituer, dit la gouvernante. La vie est faite de changements, ma petite.

PARIS
Octobre 1918

1

Gare Montparnasse, Renée et Mlle Ponson prirent un taxi pour le 29. C'était un matin frais d'octobre, Paris se réveillait à peine. Devant les kiosques, les vendeuses déballaient les journaux et magazines ; les fleuristes déployaient leurs étals sur le trottoir, pour y placer de magnifiques bouquets ; les moineaux pépiaient et sautillaient le long du caniveau, à la recherche de miettes de pain. Excepté quelques monuments, protégés par des sacs de sable, et de rares détachements de l'infanterie française, qui patrouillaient les rues d'un air las, la ville avait son aspect habituel. Bizarrement, Paris ne semblait pas avoir changé, et c'était pour Renée comme si elle n'en était jamais partie.

Quand le taxi fut pris dans un encombrement, elle remarqua un groupe de soldats américains devant un café, vêtus d'uniformes kaki impeccables et si modernes, comparés à l'attirail désuet de l'armée française, qu'elle en fut presque gênée. Ils riaient en essayant de déchiffrer le menu affiché au-dehors, et plusieurs passants, ravis de les voir, s'étaient arrêtés pour les aider et plaisanter avec eux. Ces soldats paraissaient gais, sains, innocents et ouverts… Leurs dents étaient si blanches, leurs tenues si bien coupées… qu'ils auraient pu aussi bien débarquer d'une lointaine planète, pensa Renée. Elle se rendit compte à quel point son pays, ses propres soldats et ses habitants étaient épuisés, opprimés par des années d'une guerre implacable. La présence de ces jeunes gens donnait le sentiment d'un nouveau départ, d'un sang frais, porteur de nouvelles espérances.

Les retrouvailles avec le personnel du 29 furent d'autant plus joyeuses que Renée n'avait pas revu ses bons amis depuis longtemps. Elle avait appris que Rigobert avait perdu ses deux petits-fils dès les premiers jours du conflit, et le vieux chauffeur avait accusé le coup. Voûté, ratatiné, il avait le cheveu blanc et clairsemé.

– Cela n'est pas normal, mademoiselle, dit-il en hochant tristement la tête, que ces petits soient fauchés dans la fleur de l'âge, tandis que leurs grands-parents n'en finissent pas de vivre. C'est les vieux qu'on devrait envoyer se battre. Cela ne serait pas bien grave qu'on disparaisse, et les guerres seraient plus courtes, car tôt ou tard nous trinquerions avec l'ennemi. Les vieux s'en fichent pas mal, du champ d'honneur ! S'il n'y avait pas ces politiciens corrompus, jamais on n'expédierait les gamins au casse-pipe. Et quand tout sera terminé, même si ça paraît loin, on sera de nouveau tous copains, même avec les Boches, si ça se trouve. Pendant ce temps, des milliers et des milliers de pauvres gars, comme mes petits-fils, servent de chair à canon ! On leur vole leur vie sans vergogne. Et pour quoi faire, hein ? Pourquoi, je vous le demande ! Pour que tout le monde se serre la main à la fin ?

– Pour la patrie, répondit Renée, qui s'aperçut qu'elle avait l'esprit cocardier de son père. Pour que notre pays reste libre. En Espagne, de l'autre côté de la frontière, j'ai vu des déserteurs français. Imaginez la honte que cela représente pour les parents. Vos petits-fils sont morts en héros pour défendre leur pays.

– Ils sont morts terrifiés dans le froid et la pluie. J'aurais préféré qu'ils désertent, car au moins ils seraient vivants. Ils pourraient aimer, rire, se marier, avoir eux aussi des enfants et des petits-enfants.

Rigobert se mit à pleurer.

– Ils me manqueront jusqu'à mon dernier jour, affirma-t-il. Et ce jour-là sera une libération, car il mettra un terme au deuil.

Tata et Adrien avaient eux aussi vieilli. La cuisinière n'était plus si robuste, sa peau faisait des plis comme un vêtement mal ajusté. Adrien, qui avait toujours été maigre, était maintenant squelettique. Tout le monde avait payé un lourd tribut de chair et de sang à l'entreprise militaire.

Une fois qu'elles furent réinstallées au 29, Mlle Ponson décida qu'il était temps pour Renée de reprendre ses études.

– Vous ne connaissez rien à la peinture, lui dit-elle. Nous irons au Louvre deux fois par semaine. La plupart des collections sont toujours en place. Et j'ai pensé à vous inscrire au cours de littérature de M. Bélissaurd. Il serait bon de vous initier un peu à la culture.

– À quoi bon ? Mes relations ne parlent que de leurs propriétés, de leurs chevaux et des derniers scandales. La vie culturelle et intellectuelle, ça n'est pas leur tasse de thé. À quoi voulez-vous que ça me serve, dans ce milieu ? J'aurais l'air d'un cheveu sur la soupe.

– Plaise à Dieu qu'après la guerre, les choses ne soient plus comme avant. Qu'enfin le monde se passionne un peu plus pour la peinture, la musique, la littérature. Et s'attache aux conditions de vie des plus démunis.

– Tout cela est bien romantique !

– J'y crois du fond de mon cœur, déclara Mlle Ponson. J'envisage un monde meilleur où l'on accorde une plus grande place aux idées qu'aux biens matériels. Finie, la tyrannie des marchés et des commerçants, finis, les salaires de misère ! La France doit trouver un moyen de partager ses richesses, d'améliorer la situation des plus pauvres.

– Les gens qui n'ont rien connu d'autre ne sont pas malheureux de leur sort, objecta Renée.

– Que nenni ! Un fatras d'inepties, tout ça ! La vieille ritournelle que leur servent les riches pour continuer de les opprimer. Même le chien le plus soumis sait faire la différence entre un steak et un quignon de pain rassis, ma petite, qu'il connaisse ou pas le goût de la viande.

– Il y en aura toujours qui souffrent, qui se débattent, et d'autres qui prospèrent, dit Renée. Ainsi va le monde et cela ne changera pas. D'ailleurs, les riches ne sont pas tous détestables. Beaucoup sont au contraire très généreux.

– Qui souhaite vivre d'aumône ? releva la gouvernante. Le pain de la charité a un goût amer, qui ne sied à personne. Les gens aspirent à vivre décemment de leur travail. Il est peut-être difficile de croire à l'égalité sociale, mais je pense que tout le monde devrait avoir les mêmes chances. Comprenez-vous ? Il faudrait que l'État soit le banquier des pauvres.

– Vous tenez un discours socialiste, ma chère amie.

– Et alors ? Jésus-Christ n'était-il pas le plus grand socialiste de tous les temps ? Alors qu'à cela ne tienne, soyons-le nous aussi !

– Pour ma famille, ces gens ont toujours été un cauchemar. Papa dit que, s'ils prenaient le pouvoir, on nous conduirait de nouveau à la guillotine. Je vous le demande : pourquoi sommes-nous chaque fois, nous les nobles, ceux dont on tranche la tête ? S'il doit y avoir une autre révolution, je recommande qu'on décapite un peu dans toutes les classes sociales. Cela vous ferait réfléchir, vous qui avez des idées arrêtées. Tout le monde y tient, à sa tête, non ? Qu'on soit riche ou pauvre…

– Vous êtes une petite imbécile, née avec une cuillère d'argent dans la bouche, répliqua la gouvernante en colère. Vous ne comprenez pas que, s'il y a des révolutions, c'est à cause des classes supérieures qui favorisent l'injustice ? Elles sont protégées par des murs d'argent, derrière lesquels elles ne voient rien. Le jour où ils tomberont, où on supprimera tous les privilèges, ce n'est pas moi qui irai vous pleurer.

– Vous êtes folle, c'est de la calomnie ! Je me demande si vous n'êtes pas un agent à la solde des Bleus. Je ferais mieux de fermer ma porte, la nuit, au cas où vous viendriez me trancher la gorge !

– Si je suis folle, dans ce cas vous êtes aveugle. Il faudrait qu'une fois dans votre vie, vous sachiez ce que c'est de ne pas avoir assez à manger. Vous auriez sans doute un peu plus de compassion pour les pauvres.

– La France est le pays le mieux nourri du monde ! dit Renée. On se goberge de rosbif, de poulet rôti… et n'oubliez pas le *pinard*[1] !

—

1. En français dans le texte.

– Qui permet à la bourgeoisie d'abrutir les masses populaires. Vous vous voilez bêtement la face. Avez-vous déjà oublié les paysans de Bretagne ?

– La Bretagne est une région à part. En retard, peut-être, sur le reste de la France. Mais, qu'ils soient pauvres ou pas, les Bretons oublient leurs opinions et défendent leur patrie avec courage.

– Je ne les condamne pas. Avec Françoise, vous déformez toujours les choses pour justifier vos points de vue royalistes, même les plus absurdes. Il est inutile de discuter avec vous, dit Mlle Ponson en haussant les épaules. On ne changera pas un monde dans lequel on ignore les pauvres, et où les riches ne se connaissent pas eux-mêmes. Alors, puisque la France se bat aujourd'hui pour la démocratie, espérons que cela ne soit pas en vain !

– Le France se bat contre l'envahisseur, répondit Renée, pas au nom de ces principes fumeux d'égalité sociale.

– Certes, elle combat pour sa survie, mais aussi pour la liberté et la justice. La démocratie, l'égalité, voilà précisément ce que les Allemands veulent nous retirer. Ces idéaux sont éternels. Mais vous ne savez rien de tout cela, ma pauvre Renée. Comme d'habitude, vous ne regardez pas plus loin que le bout de votre petit nez.

2

Un jour que Renée prenait le café au salon avec sa gouvernante, la porte s'ouvrit sur Adrien, suivi de l'oncle Balou, plus rougeaud que jamais dans son uniforme bleu horizon.

– Balou ! s'écria joyeusement Renée, qui bondit le serrer dans ses bras.

– Ma cocotte ! dit-il. Comme tu as grandi ! J'ai quitté une petite fille et te voilà femme, maintenant.

– Je me faisais du souci pour vous. Je vous croyais toujours à l'hôpital.

– J'ai pu sortir il y a quelque temps. Je suis tout à fait guéri.

– L'armée ne vous a pas libéré, après une blessure aussi grave ?

– Je me suis rengagé. Mais je suis dispensé de combat.

– Combien de jours de permission avez-vous ?

– Aucun. Je suis entre deux trains. Je pars pour la Somme avec pour mission d'aider au cantonnement des soldats américains. Je servirai d'officier de liaison avec la population.

– Mais enfin, avec vos poumons brûlés, pourquoi vous rengager ?

– Pour la patrie, bien sûr ! répondit Balou. Mais ne t'inquiète pas pour ton vieil oncle, ma petite. Crois-moi, comparé aux tranchées, ça va être du gâteau. As-tu des nouvelles de ton papa ?

– J'espérais tant qu'il viendrait à Noël. Il dit dans sa lettre qu'il n'aura plus de permission avant janvier.

– Je suis navré de rater mon vieil ami, constata Balou tristement. Depuis que nous sommes gamins, nous n'avons jamais été séparés aussi longtemps. Mais maintenant que les Américains sont là, dit-il en s'égayant, nous allons bientôt pouvoir rentrer. Nous serons tous réunis, à l'exception de ta pauvre mère, bien sûr, et tout redeviendra comme avant.

Eh non. Mlle Ponson avait eu raison sur ce point. Renée le savait au fond d'elle, l'expérience le lui avait amèrement appris : rien ne serait plus jamais comme avant.

En prédisant qu'à l'automne, Paris serait hors de danger grâce à l'arrivée des Américains, le comte de Fontarce péchait par excès d'optimisme. Après l'apparition éclair de Balou, l'oncle Louis revint de Biarritz quelques jours avant Noël. Pour fêter le nouvel an 1918, il décida d'emmener Renée et Mlle Ponson au Café de Paris, où l'on tenait un bal costumé pour l'occasion.

Ils arrivèrent à huit heures moins le quart au célèbre restaurant, où le maître d'hôtel les conduisit en file indienne jusqu'à leur table. Cela paraissait un drôle d'endroit pour un bal de ce genre, et le spectacle des convives dans leurs tenues extravagantes était fort amusant. Tout le monde semblait d'excellente humeur, galvanisé par la nouvelle que les Allemands s'étaient repliés vers le nord. Maintenant que les Américains étaient là, disait-on, la guerre ne durerait plus très longtemps. Grimée jusqu'aux cheveux, Renée s'était déguisée en page noir à la cour de Louis XV ; l'oncle Louis, libéré de ses œuvres d'infirmier, faisait une Jeanne d'Arc assez convaincante, malgré un léger embonpoint ; et Mlle Ponson, qui avait rapporté de la lande un costume complet, jouait les paysannes bretonnes le jour du pardon.

Très cérémonieux, le maître d'hôtel ouvrit un menu gigantesque et décrivit les différents plats avec force gestes enthousiastes. Il suggéra le homard maison flambé au cognac, le chapon aux truffes et petits pois à la française, et un entremets au Grand-Marnier. Louis commanda du champagne pour l'apéritif, et plusieurs bouteilles de pommard pour la suite. Tels des nouveau-nés, le sommelier les apporta avec un luxe de soin, les déboucha et les laissa dans leur corbeille d'osier pour qu'elles puissent s'aérer. Conciliant son respect de la classe ouvrière et son amour des grands crus, Mlle Ponson consacra toute son attention au vin. Renée constata avec plaisir que, si sa gouvernante ne ratait pas une occasion de dénigrer les privilèges des riches, elle ne se privait pas pour autant d'en profiter.

Le dîner terminé, un orchestre de jazz américain commença à jouer sur une scène au fond du restaurant, et les clients se pressèrent sur la piste de danse. Un certain nombre de soldats étaient présents, tant français qu'américains, dont beaucoup en uniforme militaire.

Un jeune aviateur, portant une tunique bleu clair, s'avança jusqu'à la table de Renée. Son képi bleu et rouge en main, il demanda respectueusement à l'oncle Louis s'il pouvait inviter sa « fille » à danser.

– Oui, monsieur. Mais je ne peux rien vous promettre. Ma nièce a son caractère, voyez-vous ?

– En temps ordinaire, dit l'aviateur, je n'inviterais pas un page noir. J'aurais trop peur d'indisposer le roi et sa cour... Mais quelque chose me pousse à faire une exception. M'accorderez-vous cette danse, mademoiselle ?

– Pourquoi n'êtes-vous pas déguisé, monsieur ? demanda Renée.

– Mais je suis déguisé ! En aviateur, précisément ! J'ai seulement quelques jours de permission et le commandant de mon escadrille nous a priés de garder l'uniforme. Il dit que c'est bon pour le moral des civils, qu'on aime nous voir prêts à repartir au combat. Ça rassure, paraît-il !

– Je danserai avec plaisir, capitaine, répondit Renée qui se leva et prit sa main.

– Hélas, je ne suis encore que caporal. Permettez-moi de me présenter, dit-il en faisant la révérence. Pierre de Fleurieu.

– Enchantée, caporal. Je m'appelle Renée de Fontarce.

Ils partirent sur la piste. Renée adorait le jazz et les pas compliqués que les soldats américains, comme les Parisiens, prenaient plaisir à exécuter. Elle venait de passer plus d'un an sans gramophone, au fin fond d'une Bretagne où l'on ne connaissait que les danses traditionnelles qu'elles avaient vues à Nantes, le jour du pardon.

Pierre semblait bien au fait des musiques actuelles et, comme toujours, Renée se familiarisa vite avec les nouvelles danses. Beau garçon, il avait un irrésistible sourire, l'humour à fleur de peau et cette grâce naturelle, pleine d'assurance, qu'elle appréciait chez les hommes. Elle remarqua les regards admiratifs que lui jetaient les femmes et elle en éprouva une certaine fierté. Il aurait pu choisir une de celles-ci – et elles étaient nombreuses –, mais c'est elle qui avait eu sa préférence.

Ils enchaînèrent le tango, le charleston, le one-step, la valse anglaise, le matchiche… Tourbillonnant gaiement sur un *Georgie Rainbow Foxtrot* endiablé, ils s'observèrent en riant, l'œil brillant, comprenant l'un et l'autre que c'était le coup de foudre et que, dorénavant, rien ne devait les séparer.

Oncle Louis avait invité Mlle Ponson à danser avant que l'orchestre fasse une pause. C'était un beau spectacle : Jeanne au gros ventre s'essayant au fox-trot avec une paysanne bretonne… Tous revinrent s'asseoir ensemble. Haletant, écarlate, Louis transpirait sous sa moumoute.

– Ah, la jeunesse ! s'exclama-t-il. Comment faites-vous pour vous trémousser pendant des heures ? Rien qu'une danse, et je suis complètement vanné ! Où avez-vous appris tous ces pas, caporal de Fleurieu ?

– Je vous en prie, monsieur, appelez-moi Pierre, dit l'aviateur. Vous me croirez si vous voulez, mais c'était à l'école de voltige de Pau, où je viens de finir mes classes. Notre instructeur, l'excellent commandant Simon, est persuadé que les mêmes qualités physiques d'adresse et d'endurance qui permettent d'exécuter des pas difficiles sont utiles aux pilotes qui, dans le ciel, doivent mémoriser et enchaîner des mouvements complexes. L'analogie lui a sauté aux yeux ici même, lorsqu'il a assisté en 1911 au spectacle du célèbre duo Vernon et Irene Castle. Simon affirme avoir fait ce jour-là une immense découverte et il est devenu grand amateur de danse. Après une journée d'entraînement à Pau, il nous emmenait dans les clubs et nous faisait guincher toute la nuit. À l'appui de sa théorie, Vernon Castle est actuellement l'un des meilleurs pilotes du Royal Flying Corps britannique. Vous avez sûrement lu dans les journaux qu'on lui a décerné la croix de guerre pour avoir abattu deux avions ennemis sur le front ouest.

– C'est extraordinaire ! admit Louis. Voilà qui explique sans doute mes maladresses sur la piste. Je suis terrifié à l'idée de monter dans un avion et j'espère bien n'y être jamais contraint. J'adhère au sol, moi ! Vous devez m'apprendre cette figure amusante que vous faisiez tout à l'heure, au début du fox-trot. Allez savoir, j'y arriverais peut-être ?

– Avec plaisir, monsieur, dit le caporal.

Minuit approchait lorsque, entre deux morceaux de musique, les convives perçurent un bourdonnement dans le lointain : des avions. Tous examinèrent le plafond comme s'ils allaient les voir au travers.

– Des Gotha, dit Pierre. Il faut descendre sans tarder à la cave.

Pendant que les sirènes se déclenchaient, Fleurieu et d'autres soldats, français et américains, aidèrent le personnel à faire évacuer dans le calme le rez-de-chaussée du restaurant. Les rumeurs faisaient état depuis longtemps de ces nouveaux avions – leur rayon d'action avait été amélioré et les Parisiens les redoutaient. Cela n'était sûrement pas un hasard si l'état-major allemand avait programmé un bombardement un 31 décembre.

On installa des tables dans les caves, où les musiciens transportèrent leur matériel et se remirent à jouer. Tandis qu'on entamait le compte à rebours du nouvel an, les premières explosions retentirent, tel un feu d'artifice pervers. Renée se rappela le bal qu'avait donné lady Winterbottom, quatre ans plus tôt au Caire. En quelque sorte, la guerre arrêtait le temps : ses souvenirs étaient ancrés dans un autre univers, une autre vie.

Malgré le bombardement, des cris de joie suivirent le douzième coup de minuit : le plaisir de fêter un 1er janvier, mais aussi le soulagement d'avoir tenu jusque-là. L'orchestre entonna *Auld Lang Syne*, que les Américains chantèrent en anglais, et les Français dans leur langue – *Le Chant des adieux* étant le même air avec des paroles différentes. Le tout produisait une curieuse cacophonie, pleine de gaieté et d'exubérance. Prenant Renée par le bras, Pierre la conduisit sous une couronne de gui qu'on avait descendue, et l'embrassa amoureusement. « J'ai seulement dix-neuf ans, se dit Renée, j'ai vécu toutes sortes de choses pendant cinq ans, et après le petit prince et son baiser furtif, enfin quelqu'un m'embrasse vraiment… qui n'est pas mon oncle Gabriel. »

Les déflagrations se succédant, on avait l'impression que la rue serait bientôt démolie et que le Café de Paris s'affaisserait dans ses fondations. Mais les danseurs continuaient de danser au son de l'orchestre qui enchaînait morceau après morceau.

– Quand partez-vous au front ? murmura Renée à l'oreille de Fleurieu, qu'elle enlaçait.

– Après-demain, répondit-il. Nous avons à peine quelques jours de permission après les classes.

– Avez-vous déjà combattu ?

– Pas encore.

Une bombe tomba si près que les murs de la cave tremblèrent.

– Je ne dois pas tomber amoureuse de vous.

– Et pourquoi ?

– Parce que, si nous ne mourons pas ce soir, je serai folle d'inquiétude de vous savoir chaque jour dans votre avion.

– Nous ne mourons pas ce soir, ni moi dans mon avion.

– Comment le savez-vous ? Ce seront vos premiers combats. Et si vous tombez sur von Richthofen ?

– Ah, le Baron Rouge, dit Fleurieu en riant. Je vois que vous lisez les journaux. J'ai beaucoup de respect pour ce monsieur, mais il ne me fait pas peur. Je suis plus jeune que lui et je danse mieux, surtout dans le ciel.

Aussi brusquement que cela avait commencé, tout bruit cessa, on entendit les Gotha s'éloigner et un étrange silence enveloppa les caves.

– Vous voyez, ma jolie, poursuivit le caporal, nous ne sommes pas morts ce soir. C'est donc qu'un bel avenir nous attend. Nous ne risquons plus rien à tomber amoureux.

– Si, c'est toujours risqué, l'amour.

3

Début février, le comte rentra à la capitale sans prévenir personne. Il téléphona un soir à onze heures au 29 et Renée décrocha.

– Allô ? Mon papa chéri, est-ce bien vous ? Je n'arrive pas à le croire. Où êtes-vous ?

– À Paris, mon ange. Je séjourne à l'hôtel Édouard VII.

– Pourquoi pas chez nous au 29 ? Venez à la maison, papa !

– Je ne voulais pas déranger tout le monde en arrivant si tard.

Renée comprit que son père s'était réfugié avenue de l'Opéra avec une de ses maîtresses.

– Ne me dites pas que vous êtes encore avec cette imbécile ?

– Qui ça ?

– Cette pauvre fille que vous aviez rapatriée à Biarritz.

– Oh non, non, non. Je l'ai complètement oubliée, celle-là. Vous aviez parfaitement raison, ma chérie. Elle était d'un pénible à la fin… Ah, ces parlotes sur la poésie moderne ! Une vraie pécore, tout à fait impertinente ! J'ai une nouvelle amie, Simone de Pont-Leroy, vous devez la connaître. D'une grande beauté, et très intelligente, cela va sans dire. Je n'ai jamais été aussi amoureux de ma vie.

Renée ne put se retenir de rire.

– Vous êtes impossible, papa ! Quand revenez-vous ? J'ai hâte de vous revoir. Et j'ai de bonnes nouvelles à vous annoncer.

– Au petit déjeuner demain, quoique un peu tard, je crains.

Pour l'instant, j'ai besoin de dormir. J'ai fait un long voyage et je suis épuisé.

– Bien sûr. Faites de beaux rêves dans les bras de Mme de Pont-Leroy.

Le lendemain, la famille rassemblée autour de la table de la salle à manger donnait l'impression de n'avoir jamais été séparée. Il ne manquait que Balou, miss Hayes et, bien sûr, la comtesse qui, encore vivante, avait souvent brillé par son absence. Mlle Ponson remplaçait fort bien la gouvernante anglaise. Fontarce la trouva charmante et elle eut la sagesse de garder ses opinions politiques pour elle.

On voulait bien sûr savoir quelle serait l'issue de la guerre. Le comte ne tarissait pas d'éloges pour les Américains.

– Un miracle de la modernité, affirmait-il. Une race nouvelle qui nous sauve de la catastrophe. Nous nous débattions sans espoir au front, et voilà qu'ils arrivent ! Le plus curieux est qu'ils soient prêts à sacrifier leur vie sans même savoir pourquoi. Officier ou simple soldat, pas un ne saura vous l'expliquer. Pourtant ils ont franchi l'océan pour nous porter secours. Ce sont des chevaliers, et d'un ordre encore inconnu ! Oui, ma chère fille, c'est chez eux qu'il faut trouver un mari fortuné.

– C'est justement le sujet que je voulais aborder, papa, dit Renée. Je me suis liée avec un jeune homme, Pierre de Fleurieu, dont vous connaissez la famille, je pense.

– Liée ? Avec Pierre de Fleurieu ? Sans blague ? Et comment ça ? Pourquoi ne me le dites-vous que maintenant ?

– Cela n'est pas des choses qu'on raconte dans une lettre. Je l'ai rencontré le soir du nouvel an et nous sommes tombés amoureux. Vous devez comprendre cela, papa. Pierre est aviateur.

– Je ne doute pas qu'il ait un charme irrésistible. Ni qu'il soit d'une très bonne famille. Mais je connais bien son père, et ton Pierre de Fleurieu n'a pas un sou devant lui. « À famille noble, assiette vide », disent les Anglais. On a besoin aujourd'hui d'espèces sonnantes et trébuchantes, ma chère fille.

Guerre ou pas guerre, le comte gardait le sens des réalités, pensa Renée. De fait, il connaissait avec une relative précision la situation financière de la plupart des gens fortunés de France, et même de certains pays étrangers.

– Sa mère lui a laissé un grand château dans le Périgord, objecta Renée.

– Sans argent pour l'entretenir. C'est le Moyen Âge là-bas, il n'y a strictement aucun confort, cela vous plaira ! Vous aimerez sûrement chier dans un seau et le vider dans les douves. Marzac est dans le même état depuis la guerre de Cent Ans.

– Papa, vous exagérez. Pierre a reconnu qu'il n'avait pas d'argent, mais il a l'intention de travailler après la guerre. Il gagnera de quoi restaurer son château. Il est comte, comme vous, et c'est un garçon capable. Je suis sûre qu'il réussira dans le domaine qu'il choisira. Il ne faut pas oublier non plus que Gabriel a fait de moi sa seule héritière, et qu'un jour ses biens seront les miens.

– Ha ! aboya Fontarce. Parce que vous le croyez sur parole ! Lui avez-vous appris que vous alliez vous fiancer avec ce Fleurieu ?

– Pas encore, admit Renée. Je voulais vous le dire d'abord.

– Eh bien, reste à voir s'il ne changera pas d'avis quand vous lui annoncerez cela. Nous le connaissons suffisamment, vous et moi, pour savoir qu'il s'opposera à un mariage d'amour. Il n'acceptera qu'un mari plein aux as pour qui vous n'aurez aucun sentiment.

– Je me fiche de ce qu'il accepte ou pas et je ne veux plus entendre parler de lui. Je suis amoureuse de Pierre et, quand le bon Dieu voudra bien terminer cette guerre, je l'épouserai.

– Vous êtes toujours aussi têtue, ma petite. Comme votre oncle, vous persistez à n'en faire qu'à votre guise. Mais vous commettez une terrible erreur. Rappelez-vous le proverbe favori de votre père : « L'amour s'envole, seul l'argent reste. »

4

Malgré l'intervention américaine, la Grande Guerre était loin d'être finie. Le comte repartit au front, où il était affecté à diverses tâches administratives, tandis que le fringant Pierre de Fleurieu se distinguait au-dessus de l'Oise dans son Spad.

Renée entretint une correspondance régulière avec l'un et autre jusqu'en 1918. Les Allemands lançant de nouvelles offensives sur le front ouest, son père demanda encore à Louis de lui faire quitter Paris, cette fois pour rejoindre des amis de la famille dans leur château près de Poitiers.

Renée perdit alors le contact avec son bien-aimé. Cachetée début mai par la poste, une dernière lettre fut réexpédiée depuis la capitale, puis plus rien. Craignant le pire, Renée tâcha de se renseigner, mais en vain. Deux autres mois passèrent sans nouvelles et elle ne douta plus qu'il avait été abattu par les Boches.

Quatre-vingt-quinze mille soldats français furent tués ou blessés au cours de la seconde bataille de la Marne en juillet 1918. Cependant, grâce aux renforts britanniques, italiens, et aux quatre-vingt-cinq mille soldats américains mobilisés, les pertes allemandes furent encore plus lourdes. La contre-offensive menée par les forces alliées permit de récupérer le terrain gagné au printemps par l'ennemi. Le vent semblait enfin tourner.

Renée passa l'été à attendre que le comte lui annonce une nouvelle permission. Elle tomba à genoux en lisant le télégramme que Balou lui adressa fin septembre. Dévasté par une « grosse

Bertha », l'immeuble dans lequel son père travaillait s'était effondré, et il était gravement blessé.

Grâce à son rang élevé dans l'armée, Balou obtint des laissez-passer pour circuler dans la zone de combat, afin de se rendre à Arras où le comte était hospitalisé. Il rejoignit Renée à Poitiers, où ils prirent un premier train pour Paris, puis un second vers le nord, par un matin pluvieux d'octobre. Alors qu'ils traversaient la forêt, elle reconnut son ancien domicile de la Borne-Blanche, près d'Orry-la-ville. Derrière la fenêtre de son compartiment, elle se demanda si les aubépines roses de la grande allée fleurissaient toujours au printemps. Le comte les avait surnommées « les arbustes de Renée », car elles avaient sa préférence. La famille avait quitté les lieux à l'automne 1913, alors qu'elle-même avait quatorze ans, et elle pensa que ce n'était pas si loin. En apercevant la maison de son enfance, où elle était née – une deuxième fois selon la légende –, elle comprit que, cinq ans plus tôt, on avait déclenché une série d'événements qui, finalement, la ramenaient ici, dans ce train sous la bruine, pour qu'elle soit spectatrice de son propre passé. Elle devina à cet instant que son père allait mourir.

Au-delà de Chantilly, où Renée avait remporté son tournoi de tennis à l'été 1914, la guerre avait imprimé sa marque. Où que l'on portât son regard, des fermes et des villages étaient en ruines ; les arbres coupés en deux par les obus, amputés par les explosions ; les champs éventrés ; et partout, partout, des alignements de tombes. On entendait au nord le feu de l'artillerie qui poursuivrait son œuvre destructrice, ravageait les terres, tuait d'autres hommes, préparait d'autres tombes.

Ils arrivèrent à Arras à trois heures de l'après-midi. Le grondement des canons était maintenant constant, et bien plus proche. La gare, à moitié affaissée, portait la marque d'un pilonnage récent. Ils hélèrent un porteur pour prendre leurs valises et partirent à pied à travers la ville ravagée. Des bâtiments entiers n'étaient plus que gravats, les rues étaient constellées de trous, parfois grands comme des autobus. Ils longèrent toute une rangée d'immeubles dont il ne restait que le mur de façade. Derrière les fenêtres, les rideaux battaient au vent, mais il n'y avait à l'intérieur que la lumière du jour. Au prochain carrefour, un enfant jouait aux billes sur le perron de sa maison – mais il n'y avait plus de maison.

Au regard de quoi oncle Louis était soudain blême. Il marchait un bras sur l'épaule de Renée, qu'il serrait fort en marmonnant :

– Bon sang, quelle désolation, quel carnage… mon Dieu, quelle abomination…

Il est vrai qu'on peut voir dans sa vie d'innombrables photos de villes bombardées, il faut y être soi-même pour saisir pleinement l'horrible absurdité de la guerre.

L'hôpital était en meilleur état que les bâtiments alentour, et ils montèrent vite au premier étage. De nouvelles explosions retentissaient lorsqu'ils entrèrent dans la chambre où le comte était couché sur un petit lit en fer. Il n'avait plus le teint rougeaud, mais gris, et il paraissait accablé. Il arborait ses médailles sur sa chemise de pyjama. Son visage s'illumina lorsqu'il découvrit Renée.

– Mon enfant chéri ! Enfin, vous voilà ! Je n'aurais pu mourir en paix sans vous revoir.

Elle le rejoignit d'un bond et le couvrit de baisers.

– Papa, papa, papa, disait-elle entre deux sanglots, faute de trouver ses mots.

– Allons, ma biquette, il ne faut pas pleurer, soyez courageuse. Parlez-moi.

Elle s'efforça de se reprendre.

– Vous avez la Légion d'honneur, dit-elle en effleurant celle-ci.

– C'est un grand bonheur. J'ai aussi la croix de guerre.

Le compte posa sa main sur celle de sa fille et grimaça soudain de douleur. La sueur gouttait sur son front.

– Je suis blessé au flanc. Ah, ils ont bien travaillé, ces sales Boches. Je n'ai pas fini de trinquer.

– Non, vous allez vous rétablir, bien sûr. Je vous en prie, ne mourez pas. Il ne faut pas me laisser seule. Qui veillera sur moi ?

– Il est temps que vous soyez mariée, ma fille, de toute façon. Votre mari prendra soin de vous.

– Je crois que Pierre est mort au combat, papa, dit Renée qui recommença à pleurer.

– Je ne savais pas. Est-ce officiel ?

– Je n'ai plus de lettres depuis des mois et je n'ai pu obtenir de nouvelles nulle part. À moins d'être mort ou grièvement blessé, il ne me laisserait pas dans le doute comme ça.

– Je suis navré, ma chérie… sincèrement. S'il n'est plus de ce monde, je suis certain qu'il est parti en héros, et non sans emporter quelques Boches avec lui. Mais vous savez très bien que je n'approuve pas cette liaison. J'ai maintenant une faveur à vous demander. Il faut me promettre solennellement une chose, sur mon lit de mort.

– Non, non, je ne promets rien ! Il n'est pas question que vous mouriez !

– Si, ma biquette, je vais mourir. Me refuseriez-vous mes dernières volontés ?

Le visage ruisselant de larmes, Renée fit une moue de soumission.

– J'ai pris contact avec votre oncle Gabriel et lui ai donné mes instructions. Votre avenir compte et il pense que j'ai fait le bon choix. Il s'occupera des préparatifs du mariage. Votre oncle Louis vous assistera également, n'est-ce pas, Louis ?

– Bien sûr, Maurice, bien sûr, dit Louis, qui pleurait également.

– Quel mariage ? demanda Renée, décomposée. Avec qui ?

– Guy de Brotonne. Il est revenu indemne de la guerre et il réside chez ses parents. J'ai parlé à son père. Ce petit a une fortune considérable et il s'occupera de vous comme il faut.

– Je n'en veux pas ! s'écria Renée. Ne me forcez pas, papa, je vous en prie ! Je connais à peine ce garçon et je ne l'aime pas du tout !

– Vous m'avez donné votre parole. Devant mon lit de mort.

– Ce n'est pas juste.

Une infirmière entra dans la pièce et expliqua que le comte avait besoin de repos.

– Vous pouvez revenir demain, suggéra-t-elle.

– Je voudrais parler seul à seul à ma fille, dit Fontarce. Veuillez sortir un instant, Louis.

Louis s'exécuta et le comte reprit d'une voix de plus en plus faible.

– Je n'ai plus très longtemps à vivre, ma biquette. Je ne serai peut-être plus là demain, quand vous reviendrez. Non, ne pleurez pas, ma douce. C'est un homme heureux qui meurt devant vous, un homme qui, au terme d'une vie merveilleuse, ne connaît pas le regret. Le monde ne me doit rien. J'ai eu une bonne santé, des amis dévoués, de superbes maîtresses et une fille que j'adore. Je n'ai pas eu à subir ce qui fait le quotidien de la plupart des gens. Quoi demander de plus ? On m'accorde en outre le grand honneur de mourir pour mon pays.

Baigné de sueur, il s'empourprait.

– Je vous en supplie, papa, taisez-vous une minute, il faut vous reposer.

– J'ai l'éternité pour me reposer. Mes minutes sont comptées. Vous ne vous rendez pas compte, mais vous me remercierez plus tard. Épousez Brotonne. Accordez-moi la joie de partir en sachant que ma fille adorée n'aura besoin de rien.

– Bien, papa, je ferai comme vous voudrez.

Le lendemain matin, Balou arriva à Arras, où il retrouva Renée et Louis à leur hôtel. Ils se précipitèrent à l'hôpital. Plus faible encore que la veille, Fontarce parlait d'une voix presque inaudible. En retrouvant son ami d'enfance, il sourit et pleura à chaudes larmes. Comme si de rien n'était, ils se saluèrent avec les mots habituels.

– Bonjour, mon vieux lapin.

– Salut, mon bonhomme. Je te croyais sur les mers aux commandes de la flotte alliée. J'étais sûr qu'on me mettrait dans ma boîte avant de te revoir.

– Qui parle de mourir ? demanda Balou.

– Je ne me fais pas d'illusions, mon petit pote. Je ne pensais pas en finir comme ça, figure-toi, mais la lumière baisse et bientôt ce sera le noir complet. Ce qui me chagrine, c'est de vous abandonner, mes chéris. Occupez-vous bien de ma petite fille.

– Bien sûr qu'on le fera, dit Balou, qui n'en menait pas large. Nous viendrons bientôt te rejoindre, tu sais, bonhomme.

Le regard de Fontarce se voila comme celui d'un aveugle. Il serra l'une après l'autre les mains de Louis et de Balou, puis celle de Renée qu'il garda dans la sienne. Frissonnant, il ferma les yeux, cherchant un dernier souffle au fond de sa poitrine. Son corps retomba et il resta immobile, une gouttelette de sang au coin des lèvres.

PARIS
Novembre 1918

1

Moins de deux mois après la disparition du comte, les armées allemande et française cessèrent les combats et l'on signa l'armistice dans la forêt de Compiègne. La terre meurtrie des lignes de front, gorgée du sang de toute une génération, finirait par se cicatriser, mais resterait à jamais hantée. Comme le vieux Rigobert se l'était demandé après le décès de ses petits-fils : pourquoi tous ces jeunes, par centaines de milliers de chaque côté, étaient-ils morts en définitive ? Renée se posait la même question à propos de son père, qui avait rendu l'âme pendant les toutes dernières semaines d'hostilités, pour deux médailles épinglées sur la poitrine, enterrées avec lui dans sa grande parure de dragon. « Si je me présente en uniforme à la porte de saint Pierre, avait plaisanté Fontarce, toujours crâne, sur son lit d'hôpital, il comprendra que j'ai donné ma vie pour la France, alors peut-être voudra-t-il bien me pardonner mes péchés et m'accepter au paradis ? »

Renée, l'oncle Louis et l'oncle Balou avaient rapporté son cercueil depuis Arras pour l'enterrer à Paris. Le vicomte Gabriel de Fontarce était revenu d'Égypte pour les obsèques, auxquelles, nota Renée, assistèrent treize anciennes maîtresses de son père. Gentleman raffiné d'une époque révolue, celui-ci avait su rester en termes cordiaux, voire préserver une certaine intimité avec ces dames, qu'il fût ou non à l'origine de la rupture. Tout le monde avait eu de l'affection pour le comte, et la cérémonie, célébrée dans la même église où Renée se marierait l'année suivante, avait réuni de nombreuses familles nobles de France – ce qui était en soi remarquable –, mais aussi un fort contingent d'habitants d'Orry-la-Ville et, bien sûr, tout l'ancien personnel de la Borne-Blanche. Bien des employés pleurèrent à chaudes larmes la disparition de leur maître.

Le service terminé, Renée accepta les témoignages de sympathie des uns et des autres, sans parfois reconnaître de qui ils émanaient. Elle était dans un état second, affligée par la perte de cet être si cher, lorsqu'un jeune homme saisit sa main et la serra doucement.

– Ma mère, très souffrante, n'a pu se rendre à la cérémonie, lui dit-il. Mais, au nom de toute la famille, elle me prie de vous présenter nos plus sincères condoléances.

Renée parut se réveiller en reconnaissant ses yeux.

– Pierre ? dit-elle. Pierre, est-ce bien vous ?

– Oui, Renée, répondit Fleurieu avec un doux sourire. C'est bien moi.

– Mais où étiez-vous passé ? demanda-t-elle, soudain en colère. Pourquoi ce long silence ? Je me suis fait un sang d'encre pour vous ! Je vous croyais mort.

– Mort non pas, lui expliqua Pierre, mais on m'a envoyé à l'hôpital. Et je n'en suis pas ressorti avec tous mes membres.

Il haussa l'épaule droite pour que Renée remarque la manche vide de son veston.

– Pourquoi ne m'avez-vous rien dit ? Y a-t-il longtemps que vous êtes à Paris ? Il fallait reprendre contact !

– Je pensais que vous n'auriez guère envie de danser avec un manchot. Je ne veux pas de votre pitié. Il était préférable que vous me croyiez disparu.

– Imbécile ! s'exclama Renée. Espèce de pauvre idiot !

Et les larmes qu'elle n'avait pu libérer dans l'église ruisselèrent sur ses joues.

À condition d'être placé où il faut, envoyer des gamins au casse-pipe peut se révéler extrêmement lucratif. C'est ainsi que

Gabriel de Fontarce multiplia quasiment sa fortune par dix au cours de l'innommable, l'interminable guerre. Pour satisfaire la demande des armées française, anglaise et américaine, énormes consommatrices de coton et de sucre, il acquit des milliers d'hectares supplémentaires dans le delta du Nil, qui lui permirent d'augmenter sa production et ses revenus dans de considérables proportions.

– Comme vous le savez, dit-il à Renée le lendemain des obsèques, votre père – que Dieu ait son âme – estimait toute activité commerciale indigne de sa condition. Avec cette vision féodale du monde, il aurait dû vivre quelques siècles plus tôt, ce que je lui ai souvent fait remarquer. Je suppose même que mon frère s'est réjoui de mourir pour la patrie, n'est-ce pas ? En ce qui me concerne, j'aime autant être du bon côté du manche – bien vivant et riche.

– Papa était un héros, répondit Renée. Et vous un lâche, terré dans votre Égypte à compter votre argent.

Gabriel s'esclaffa.

– J'ai servi mon pays d'une autre manière, ma chère. On n'envoie pas combattre des soldats nus et affamés. J'ai concouru à vêtir et nourrir trois armées. Où est le mal si cela m'a rapporté un peu ? En outre, il fallait bien quelqu'un pour subvenir aux besoins de la famille, et je vous rappelle que je pourvois à vos voyages et à votre entretien depuis plusieurs années. Grâce à l'argent que je gagne. Vous devriez me remercier, au lieu de me critiquer.

– Eh bien, puisque vous êtes si riche, il n'est plus nécessaire que j'épouse votre Guy de Brotonne. J'ai changé d'avis, je me suis fiancée avec Pierre de Fleurieu. Nous allons nous marier.

– Ah, chère amie, je crains que cela soit impossible.

– Et pourquoi ?

– Parce que vous avez promis à votre père, sur son lit de mort, d'épouser Guy.

– Parce que je croyais Pierre disparu à la guerre, dit Renée. Depuis quand vous attachez-vous aux promesses, d'ailleurs ?

– Votre père avait raison, le petit Brotonne est celui qu'il vous faut. Les Fleurieu sont pratiquement sans le sou.

– Cela m'est égal. Je suis amoureuse de Pierre. Mais puisque je suis l'unique héritière de votre immense fortune, comme vous me l'avez tant répété, peut-être pourriez-vous nous soutenir financièrement ?

– Les mariages d'amour, commis sur un coup de tête, durent moins longtemps que les mariages de raison, affirma le vicomte. Si vous épousez malgré tout Pierre de Fleurieu, ma fille, je me verrai obligé de vous déshériter. À votre âge, il vous faut un mari. Brotonne est issu d'une bonne famille qui ne manque pas de ressources. Vous trouvez sans doute romantique de vous attacher à un héros de l'aviation, mais vivez donc chichement quelque temps, et on en reparlera. Vous ne savez pas ce que c'est de compter ! Je crains que ça ne vous plaise pas !

– Il fut un temps où vous vouliez vous-même m'épouser. Auriez-vous oublié ?

Gabriel s'esclaffa encore.

– Allons, vous êtes maintenant trop vieille pour moi !

– Vous n'avez pas de cœur, jeta Renée. Je sais pourquoi vous tenez à ce que Brotonne devienne mon mari. Pour vous débarrasser de votre nièce. Car vous êtes incapable de vous engager, monsieur le vicomte. Et cela vous ferait trop mal que je me lie à quelqu'un pour qui j'éprouve sincèrement de l'affection. Papa avait raison sur ce point-là aussi. Vous ne voulez plus de moi, cependant vous êtes trop égoïste pour me libérer complètement et me savoir heureuse avec un autre homme. Vous préférez me garder en cage.

– Je l'admets volontiers. Vous me connaissez bien, ma petite.

– Mais je ne vous donnerai pas ce plaisir. Je ne veux pas de votre Brotonne et je vais épouser Pierre. Si j'avais su qu'il était vivant, je n'aurais rien promis à papa.

– Une promesse est une promesse, rétorqua Gabriel. En ce qui me concerne, je n'accorde pas d'importance à de telles broutilles. Vous, si. Vous ne renoncerez pas à votre parole. Voyez-vous, je vous connais aussi.

– Je vous déteste.

Il rit une troisième fois.

– Je sais. Et, de plus, vous m'aimez.

2

Son fiancé ayant miraculeusement survécu à la guerre, Mlle Ponson donna son congé aux Fontarce peu après l'armistice, afin de l'épouser. Si elle appréciait la compagnie de sa gouvernante, Renée, à dix-neuf ans, se passait maintenant de ses services, cependant elle assimila ce départ à un abandon. Les gens mouraient, s'en allaient, et, dans un cas comme dans l'autre, Renée se sentait trahie, délaissée. Tous la quittaient un beau jour – sa mère, miss Hayes, le comte, Mlle Ponson, et une fois encore Gabriel qui s'en retourna à ses plantations.

Repoussant l'échéance d'un mariage forcé, Renée demanda qu'on lui laisse le temps de surmonter son chagrin, de faire le deuil de son père. Une année lui parut un délai raisonnable. Tout combat avait cessé sur le territoire français, mais le vicomte et les parents de Guy de Brotonne convinrent d'attendre la signature d'un traité de paix, marquant la fin officielle du conflit. D'ici là, conclurent-ils, le pays aura pansé quelques-unes de ses blessures et le mariage n'en sera que plus gai.

On pensa également que les promis en profiteraient pour apprendre à mieux se connaître, et le jeune de Brotonne commença à rendre visite à Renée au 29. Ces rencontres, guindées, embarrassantes, ne firent que confirmer les premières impressions de Renée : Guy était une sorte de dandy hautain et sarcastique, imbu de lui-même sans que rien ne semble le justifier. Sa conversation était banale, et ses intérêts, pour autant qu'elle pût en juger, se limitaient à la chasse et aux dîners bien arrosés avec ses amis.

Elle comprit que jamais elle ne réussirait à l'aimer, et la simple idée de coucher avec lui la dégoûtait. Elle prêta cependant attention au fait que sa famille était assez riche pour entretenir un grand hôtel particulier, boulevard Maurice-Barrès à Neuilly, et qu'en cadeau de fiançailles elle confierait au jeune homme le domaine qu'elle possédait en Bourgogne, à proximité du village de Vanvey : un monastère du XVIe siècle, dénommé le Prieuré, que les jeunes mariés occuperaient au moins une partie de l'année. Avec son esprit pratique, Renée ne pouvait ignorer qu'en matière de mariage on aurait pu lui réserver pire.

Quant au fringant comte Pierre de Fleurieu, le jeune héros de l'aviation qui, bien que manchot, pouvait pratiquement conquérir toutes les jeunes femmes qui lui plaisaient, il implorait toujours Renée de changer d'avis, de tenir tête à son oncle tyrannique, de croire en ses propres chances de réussir et de lui offrir la vie qu'elle désirait. Il lui envoyait des missives enfiévrées. « Oubliez la fortune du vicomte, écrivait-il, je vais faire mon chemin dans le monde. Nous nous donnerons l'un l'autre la force dont nous avons besoin. Nous aurons notre amour pour nous soutenir. » Mais Renée se résignait à un mariage inévitable, se rappelait les mots immortels de son père à ce sujet – une devise qui l'accompagnerait jusqu'à la fin de ses jours : « L'amour s'envole, seul l'argent reste. »

Toujours muni d'un bouquet de fleurs, Fleurieu se présentait régulièrement au 29. Chaque fois, Renée priait Adrien de le reconduire, le vieux majordome obéissant à contrecœur.

– Je suis sincèrement navré, monsieur, disait-il au jeune homme qu'il appréciait et admirait. Je crains que mademoiselle soit souffrante.

– Ah, elle ne guérit jamais, n'est-ce pas ? répondait un Fleurieu ironique. C'est que j'ai l'impression qu'elle refuse de me voir, finalement.

– Je regrette, monsieur, répétait Adrien.

– Voudrez-vous bien lui remettre ce bouquet avec ma carte ? Je lui ai écrit un petit poème au dos.

– Bien entendu, répondait le majordome en s'inclinant légèrement. Je continuerai à le faire.

Et Pierre repartait d'un pas lourd, la tête rentrée dans les épaules.

Renée à son premier mariage. Avec des ciseaux, elle a supprimé son mari, Guy de Brotonne, de la photo.

3

Renée de Fontarce et Guy de Brotonne se marièrent le 28 janvier 1920 à l'église Saint-Augustin de Paris, en présence de la plupart des grandes familles nobles de France, comme lors des obsèques du comte, plus d'un an auparavant. Si, de l'avis général, la jeune femme ne manquait pas de charme, avec sa petite taille et ses yeux bruns, certains remarquèrent aussi la triste mine qu'elle affichait ostensiblement.

La cérémonie fut suivie d'une somptueuse réception dans le salon d'apparat des Brotonne à Neuilly. Comme le veut la tradition, Renée ouvrit le bal avec son mari, lequel, déjà ivre, tanguait lourdement sur le parquet ciré, piétinant sa traîne à maintes reprises. Puis elle dansa gaiement une bonne partie de la nuit avec tous ceux qui, jeunes comme vieux, le lui demandaient – plusieurs fois notamment avec l'oncle Gabriel qui, impudique, la caressait sous sa robe à l'insu de Guy. L'ignorant, ce dernier préféra boire dans son coin avec quelques amis guère fréquentables.

– Restez avec moi, ce soir, murmura Renée, dans les bras du vicomte.

Celui-ci éclata de rire.

– Le soir de vos noces ? Chez vos beaux-parents ? Vous êtes devenue folle ?

– Ils dorment à l'autre bout de la maison, ils ne s'apercevront de rien. Et depuis quand vous souciez-vous de ce que l'on pense de vos actes ?

– J'imagine que votre époux souhaite s'occuper de vous, ma chère.

– Je n'ai aucune intention de coucher avec Brotonne. Ni ce soir, ni peut-être jamais.

Le vicomte rit de plus belle.

– Les choses s'étaient passées ainsi avec Adelaïde, admit-il. Elle est tellement laide que je n'ai pu me résoudre à la toucher ! Ce qui, tout bien considéré, n'empêche pas notre mariage d'être une réussite.

Ce fut Renée qui rit alors.

– En ce qui vous concerne, oui. Vous avez profité de sa fortune. Et la pauvre se morfond dans un couvent comme une petite souris au fond de son trou.

– C'est son choix, je n'ai rien à voir là-dedans, affirma Gabriel.

Peu avant l'aube, tandis que les derniers invités quittaient les lieux, Renée entraîna son oncle vers l'escalier de service, dans l'aile du bâtiment que les parents de Guy offraient au jeune couple pour leur servir de résidence parisienne.

Brotonne s'était effondré comme une masse sur un divan, dans la bibliothèque où il avait bu et joué aux cartes toute la soirée avec ses amis. Se réveillant quelques instants après le départ de sa femme, il se dirigea vers sa chambre, dont il trouva la porte fermée à clef. Certain qu'elle lui opposait sa timidité, il frappa discrètement.

– Ouvre, ma petite chérie. C'est moi, ton mari. Laisse-moi entrer, je serai doux et tendre avec toi.

L'entendant, Renée et le vicomte – en pleine œuvre de chair – se mirent à glousser et se cachèrent sous leurs oreillers pour ne pas être entendus.

– Va-t'en, parvint finalement Renée à répondre. Je dors.

– Ouvre, ma chérie, murmura Brotonne d'une voix enrouée. C'est notre nuit de noces et je désire consommer notre mariage.

Ce qui redoubla l'hilarité des amants adultères.

– Vous êtes ivre, monsieur, déclara Renée, qui pleurait de rire. Partez.

– Pourquoi riez-vous ? demanda Brotonne. Y a-t-il quelqu'un avec vous ? J'exige que vous ouvriez cette porte immédiatement !

– Il n'y a personne, répondit Renée. Je faisais un rêve amusant et je pouffais, c'est tout.

Elle se blottit contre Gabriel, qui n'avait pas retiré son énorme membre de l'intimité de la jeune femme – tous deux étaient plus excités encore.

– C'était un rêve fort agréable, ajouta celle-ci. Je vous ai dit de vous en aller !

– Vous êtes mon épouse, lui assena Guy. Je suis votre mari et le maître de ces lieux. C'est notre nuit de noces, *madame de Brotonne*, et vous allez m'ouvrir cette porte tout de suite !

– Je ne dormirai pas avec vous ce soir, monsieur, répliqua Renée. Un point, c'est tout ! Vous pouvez bien rester sur le palier jusqu'à midi si cela vous chante, mais vos suppliques finiront par réveiller le personnel et vous ne réussirez qu'à vous couvrir de ridicule. Je n'ouvrirai pas. Maintenant, et pour la dernière fois, *partez ! Fichez-moi la paix !*

Même soûl, le jeune marié avait encore assez de jugeote pour se représenter humilié le soir de ses noces devant les domestiques qu'il avait connus toute sa vie, et l'idée le fit reculer. Il grommela à voix basse qu'il réglerait ce différend le lendemain matin avec madame – bien qu'on fût déjà le lendemain –, puis se dirigea, indigné, vers sa chambre de célibataire où, sans prendre la peine de retirer son habit, il dormit d'un sommeil de plomb. Lorsqu'il rouvrit les yeux, bien plus tard dans la journée, il ne se rappela que très vaguement les événements de la nuit. Mais, si sa condition d'époux avait quelque chose d'une découverte, il était en revanche certain de ne pas avoir consommé le mariage.

LE PRIEURÉ
Vanvey
Côte-d'Or, Bourgogne

1

Au retour d'une lune de miel – aussi chaste que peu enthousiaste – à Biarritz, le jeune couple s'installa dans le domaine offert par les parents Brotonne en Bourgogne, où Guy, suivant les brisées de ses ancêtres, put se consacrer à sa passion : chasser le cerf et le sanglier, précédé d'une meute, dans les centaines d'hectares de champs et de forêt qui lui appartenaient maintenant.

De fait, Renée attendit trois bons mois avant de permettre à son mari de la rejoindre au lit, cela pour vaincre un ennui désespérant. Ravi de jouer les gentilshommes campagnards, Brotonne proclamait haut et fort qu'il ne quitterait plus jamais le Prieuré, tandis que Renée appréhendait la débilitante monotonie d'un avenir tout tracé – d'interminables semaines à ne rien faire, ponctuées de cancans, de cocktails, de parties de chasse, la vie même que ses parents avaient menée, comme les leurs auparavant, et qu'elle ne connaissait que trop bien. Guy invitait ses amis de Paris, les châtelains de la région et d'ailleurs, menait grand train, organisait pour eux des banquets somptueux, leur réservant les meilleurs vins et les meilleurs mets. En sus d'un veneur, les Brotonne avaient conservé au service des jeunes mariés un maître-chien, plusieurs garçons d'écurie, un valet et une femme de chambre, un chauffeur, un chef cuisinier et une secrétaire, logés sur place avec leurs familles.

Le printemps approchait, les invités jouaient au tennis et au croquet, préparaient les sorties de chasses du prochain automne dans leurs propriétés respectives. On avalait des quantités impressionnantes d'alcool – Brotonne lui-même buvait une coupe de champagne chaque matin au petit déjeuner, un ou deux bons cognacs avant la chasse, des apéritifs et du vin à profusion au déjeuner, des gin tonics comme les Anglais après les jeux de l'après-midi, puis il continuait au dîner, après quoi il se retirait dans la bibliothèque avec ses hôtes, où il leur offrait digestifs et cigares. Renée ne s'en plaignait pas puisque, à l'heure de se coucher, il était en général tellement soûl qu'au moins il lui fichait la paix. Au Prieuré également, elle exigeait d'avoir sa propre chambre à coucher.

Un dimanche soir de début avril, alors qu'ils se retrouvaient seuls, comme toujours en silence, à la salle à manger, Renée lui annonça :

– Je voudrais un enfant.

– Je croyais que vous n'en vouliez pas ? dit Guy. Que vous les détestiez ?

– J'aime ceux des autres, déclara-t-elle. Et je vais devenir folle si je ne trouve pas un moyen de m'occuper.

– Parfait ! convint Brotonne. Je crois pourtant tenir que, pour engendrer une progéniture, un homme est censé accomplir une certaine formalité avec son épouse. Ce qui, si ma mémoire est bonne, constitue une lacune de notre mariage.

– Je suis disposée à la combler. Cette nuit, si vous le souhaitez.

– « Disposée » ! s'exclama Guy. Quel romantisme ! Autant se faire arracher une dent, n'est-ce pas ?

Saisissant la clochette sur la table, il appela le majordome.

– Eh bien, ma chère, conclut-il, peut-être pouvons-nous ouvrir une bouteille de champagne pour célébrer notre nuit de noces avec un brin de retard.

Si elle ne buvait qu'exceptionnellement, Renée pensa que quelques coupes l'aideraient à s'armer de courage. Brotonne engloutit au dîner une bouteille de vin, puis deux cognacs, s'assurant d'être tout à fait ivre à l'heure d'honorer son épouse. Bien qu'il se fût aspergé d'eau de Cologne, il puait l'alcool et le tabac lorsqu'il la rejoignit au lit, tombant sur elle comme un poids mort, tandis qu'immobile elle détournait la tête. Il termina rapidement sa petite affaire en étouffant une sorte de hoquet, si bien qu'elle redouta de le voir vomir. Puis il s'endormit sur elle, avec force ronflements.

– Merde. Cochon ! murmura-t-elle en se tortillant pour se dégager.

Suivant le conseil de Paulette, la vieille cuisinière du Prieuré – Renée en avait fait sa confidente, comme bien souvent ses domestiques –, elle maintint quelques instants ses pieds en l'air pour que la semence de son mari atteigne correctement son but. Un remède de grand-mère peut-être inefficace, mais essayer ne coûtait rien. Puis elle se leva et retira de la coiffeuse le petit flacon de sang de poulet que Paulette avait réservé pour elle. « Un vieux truc de paysanne, madame, avait expliqué la cuisinière avec un clin d'œil. Tous les maris veulent croire qu'ils ont eu la primeur et ça les rend plus doux pendant un moment. Faites-moi confiance, monsieur n'y verra que du feu. » Renée versa donc un peu de sang à sa place sur le drap. Peu désireuse de dormir à cet endroit, ni de supporter les ronflements de Brotonne, elle se munit de son oreiller, d'un plaid, et s'installa sur la méridienne dans un coin de la pièce.

Le jeune Guy se réveilla le lendemain matin dans le lit de sa femme en caressant l'espoir que sa vie maritale prenne enfin une tournure plus heureuse, voire sentimentale. S'il ne gardait qu'un souvenir brumeux de ses ébats nocturnes, il était sûr, toutefois, d'avoir excellemment rempli son devoir conjugal.

Puis, les sabots d'un cheval claquant dehors sur les pavés, il comprit que ce bruit l'avait tiré de son sommeil. Il s'aperçut que Renée avait disparu, qu'il n'avait pas senti son corps pendant la nuit, qu'ils ne s'étaient plus touchés. En repoussant les couvertures, Brotonne remarqua la tache rouge pâle sur le drap, qui le remplit, comme escompté, d'une orgueilleuse satisfaction. Elle confirmait non seulement que son épouse avait été vierge, mais aussi qu'il avait dignement tenu son rôle. Finalement, non, il n'avait pas rêvé.

Il alla à la fenêtre ouvrir les volets et laisser entrer le soleil. Renée, sur son cheval, sortait de l'écurie et traversait la cour. Il l'observa un instant à son insu, admirant sa mince silhouette, à laquelle le costume d'écuyère convenait si bien. Ressentant pour elle une étrange tendresse – pour la première fois peut-être depuis leur mariage –, il la salua d'une main et lui jeta :

– Ma petite chérie !

Renée sursauta et leva les yeux.

– Pourquoi ne m'avez-vous pas réveillé avant de partir ? lui demanda-t-il.

Guy se rendit compte qu'il était nu à la fenêtre avec une érection matinale. Il écarta les bras en riant.

– Vous voyez ? Vous auriez dû !

Il ne put que noter l'expression contrariée qu'afficha le visage de son épouse.

– Habillez-vous, pour l'amour du ciel ! siffla-t-elle. Avant que les domestiques vous aperçoivent.

– Qu'importe ! lança-t-il, effronté. Revenez vous coucher. Nous ferons monter du champagne pour le petit déjeuner.

Se détournant sans répondre, Renée éperonna son cheval et quitta la cour au petit trot. Guy regarda s'éloigner sa jolie femme, tandis que son membre perdait de sa vigueur et que ses espoirs d'un mariage plus heureux s'amenuisaient. « Aucune importance, pensa-t-il, je le boirai tout seul, mon champagne. »

Renée ne lui demanda plus de partager sa couche, ni le lendemain ni aucun autre soir. De fait, leurs relations retrouvèrent aussitôt leur rigueur habituelle, un mélange de formalisme et de courtoisie guindée. Lorsqu'ils étaient de nouveau seuls, sans leurs invités, les époux dînaient en silence, s'adressant l'un à l'autre sous les termes de « monsieur » et « madame ». Ils se rencontraient rarement la journée et, le soir, Renée prenait fréquemment ses repas dans sa chambre. Aussi souvent que possible, elle demandait au chauffeur de la conduire à la gare de Châtillon-sur-Seine, puis le train l'emmenait à Paris, d'où elle rejoignait leur résidence de Neuilly.

En moins d'un mois, elle sut qu'elle était enceinte. Cela impliquait un certain nombre de préparatifs et lui donnait toutes les raisons de rester plus longtemps en ville. Au bout de six mois, Renée s'installa pour de bon à Neuilly, où elle pourrait bénéficier de soins médicaux dignes de ce nom. Pas question pour elle de s'en remettre aux mains tremblantes de l'antique médecin de Vanvey, le Dr Morel, encore moins d'accoucher là-bas, sans personne d'autre que Mme Bonnette, la vieille sage-femme superstitieuse, pour l'assister.

Guy ne s'opposa aucunement à son déménagement ; c'est à peine, d'ailleurs, s'il remarqua l'absence de sa femme. Ses amis lui rendaient toujours visite et, en automne, on marqua l'ouverture de la chasse dans le respect des traditions – les dîners plantureux, les beuveries, les tenues élégantes, la mélopée obsédante des cors, les abois des chiens dans la forêt.

Consciencieux, Brotonne se rendait chaque mois à Paris pour sauvegarder les apparences – il restait après tout un homme marié –, et se faire remettre sa pension par le comptable de la famille. L'accouchement approchait et Renée se félicita que, en pleine saison de chasse, son mari ne risquât pas d'être présent pour l'occasion.

L'enfant naquit le 7 décembre 1920. C'était une fille, que l'on baptisa Marie-Blanche Renée Gilonne Marguerite Mauricette Gabrielle de Brotonne.

2

Si elle adorait sa fille, Renée, devenue mère, ne s'ennuyait pas moins à Vanvey et l'arrivée d'un enfant ne fit rien pour améliorer ses relations avec son mari. Elle demeurait de plus en plus longtemps à Neuilly, laissant la petite Marie-Blanche aux bons soins de Louise, sa nourrice et gouvernante, une robuste paysanne du village. Trouvant bientôt pesante la proximité de ses beaux-parents, elle exigea de Guy qu'il lui procure un autre appartement en ville. Sans avoir de compte à rendre à personne, elle eut ainsi toute liberté de fréquenter ses amis, de sortir dîner aussi souvent qu'elle le désirait, même d'aller danser avec d'autres hommes. Son oncle Gabriel quittait régulièrement l'Égypte pour Paris, où il séjournait parfois chez elle plutôt qu'à son club. Il possédait également un appartement à Londres où, lui rendant visite à l'occasion, Renée en profitait pour faire des courses en solitaire.

Lors d'un de ces voyages, à l'été 1921, Renée dînait en bonne compagnie au Claridge's quand le sommelier lui apporta une bouteille de Moët & Chandon 1914.

– Je crains qu'il n'y ait une erreur, lui dit-elle. Vous devez vous tromper de table. Je n'ai pas commandé de champagne.

– C'est de la part d'un gentleman, madame, répondit l'homme en s'inclinant légèrement. Il vous présente ses hommages et m'a prié de vous donner sa carte.

Quelques mots étaient griffonnés au dos de celle-ci :

« Cette cuvée date de l'année de notre premier baiser, au

premier coup de minuit sous la couronne de gui. Vous rappelez-vous ? Puisse-t-elle seoir à vos lèvres comme celles-ci aux miennes ce jour-là. »

Avant que Renée retourne la carte pour lire le nom de son bienfaiteur, elle avait deviné de qui il s'agissait – son « petit pacha », le prince Badr el-Banderah.

– Le prince se trouve-t-il ici ce soir ? demanda-t-elle.

– Bien sûr, madame, répondit le sommelier, en train d'ouvrir la bouteille, tandis que le serveur disposait des verres pour Renée et ses trois compagnons.

– Pouvez-vous me dire où ?

– Une table au fond du restaurant à votre droite, madame, dit l'homme sans même lever les yeux. En compagnie d'une femme et d'un couple.

Renée nota quelques mots au dos d'une de ses propres cartes, priant le prince de la rejoindre sur la terrasse dans un quart d'heure.

– Aurez-vous l'amabilité de lui remettre ceci, s'il vous plaît ?

– Mais bien sûr.

– Dites-moi, monsieur, 1914 est-il un bon millésime ?

– Eh bien, madame, quand les récoltes ont commencé cette année-là, dit le sommelier, les Allemands s'étaient déjà emparés des vignobles. Ce qui n'a pas facilité la tâche des vendangeurs et des viticulteurs. Cependant, on a produit de très bonnes bouteilles en 1914.

Quand Renée sortit sur la terrasse, Badr, accoudé à la balustrade, fumait une cigarette en contemplant les jardins.

– Bien sûr que je me rappelle ce baiser, dit Renée en le rejoignant. Comment aurais-je pu l'oublier ?

Le prince se retourna en souriant. Son teint mat faisait ressortir des dents d'un blanc étincelant.

– J'étais en train de repenser au jour où nous avons berné votre pauvre gouvernante, miss Hayes, sur la terrasse du palais de mon père, pour aller danser dans le tombeau de mon ancêtre.

– Un autre souvenir impérissable, dit Renée en riant. Bonjour, prince.

– Bonjour *lady* Renée. Quel plaisir de vous revoir. Après tout ce temps…

Ils s'embrassèrent sur les deux joues.

– La dernière fois, c'était au 29 à Paris. Vous m'annonciez que mon oncle était malade et que les Allemands projetaient d'occuper Armant. Mon Dieu, le monde… nos vies… ont été bouleversés depuis, n'est-ce pas ?

– Vous pouvez le dire.

– Avez-vous fait la guerre, Badr ?

– Oui, Renée. Je suis citoyen britannique, ne l'oubliez pas. J'ai servi dans le Royal Flying Corps.

– Et cette charmante personne à votre table est votre femme, je suppose ?

– En effet. J'ai appris que vous étiez mariée, vous aussi ?

– Êtes-vous heureux ?

– Très. Nous avons déjà trois enfants, deux garçons et une fille. Et vous ?

– Une fille. Elle n'a pas encore un an. Je suis peut-être moins heureuse en mariage que vous.

– J'en suis désolé.

– Je n'ai à m'en prendre qu'à moi, affirma Renée. J'aurais dû vous épouser lorsqu'il était temps, mon petit pacha.

Il rit et ils s'embrassèrent à nouveau, sur les lèvres cette fois.

– Il faut que j'aille retrouver mes amis. Je réside chez mon oncle Gabriel en ville. L'adresse est sur ma carte. J'y suis seule quelques jours encore. Faites-moi l'honneur d'une visite, quand vous voudrez.

– Dès ce soir ? demanda le prince.

– De préférence.

3

À son retour de Londres, Renée fournit un effort à ses yeux plus héroïque encore qu'auparavant, lorsqu'elle coucha de nouveau avec ce mari qui l'écœurait en tout point. Mais, du fait qu'elle était fille unique – après la mort de son frère trop fragile –, elle souhaitait que Marie-Blanche ait un petit frère ou une petite sœur. En outre, compte tenu de ses récentes amours avec le prince, ce n'était sans doute pas une mauvaise idée de se rapprocher de Guy… Ce serait en tout cas leur second et dernier accouplement. Pour Guy, que sa femme pût de nouveau concevoir tenait en revanche du miracle, ou attestait d'une virilité hors du commun.

– Si nous faisions l'amour plus souvent, ma chère, dit-il fièrement en apprenant qu'elle était enceinte, nous aurions une maison pleine d'enfants, comme les paysans de la France profonde.

– Quelle horreur ! s'exclama Renée, en se rappelant la famille d'Ursule en Bretagne, avec ses vingt-deux bouches à nourrir – dont celle d'Éloi, le simple d'esprit qui lui faisait la cour.

Leur deuxième enfant naquit l'année suivante, en mars 1922. Baptisé Thierry de Brotonne, et surnommé Toto, le joyeux petit frère de Marie-Blanche avait le teint mat, des cheveux bouclés, mais pas le nez proéminent des Brotonne – contrairement à sa sœur et au grand soulagement de sa mère. Il inspira à Renée des sentiments qu'elle n'avait pas éprouvés pour sa fille. Si cela fit d'elle une mère légèrement plus attentive, ses relations avec son mari ne s'améliorèrent pas, et elle séjourna de plus en plus souvent dans la capitale où elle emmenait parfois ses deux enfants et leur gouvernante.

Dix mois environ après la naissance de Toto, Renée participa à un bal masqué à Paris, où, se grimant pour l'occasion, elle remit au goût du jour son costume de page noir à la cour de Louis XV. Elle était toujours excellente danseuse et des hommes de tous âges l'entourèrent de leurs attentions.

Le plaisir qu'on retire de ce type de réjouissance tient pour une large part à l'idée qu'on s'y rend incognito, que l'on ne devine pas toujours qui sont ses cavaliers ou cavalières, même que l'on peut s'y permettre un écart ou deux. Renée se préparait à quelques délicieux frissons sensuels. Trois hommes, apparemment inconnus d'elle, s'étaient déguisés en mousquetaires, comme les héros du roman d'Alexandre Dumas : longues perruques, fausses barbes et fausses moustaches, hauts-de-chausse, bottes, tuniques, capes et chapeaux à plumes. Sans oublier les épées, les fourreaux et les baudriers. Renée dansa avec l'un d'eux – qui se présenta sous le nom d'Athos –, puis avec Porthos et, enfin, Aramis. Quand d'Artagnan tenta de prendre la place de ce dernier, les trois autres, feignant l'outrage, le mirent en garde, l'arme à la main. S'ensuivit un combat à l'épée, lequel, réglé comme une chorégraphie, avait soigneusement été répété – les quatre hommes se révélant d'excellents bretteurs. Ravis, les invités du bal formèrent un grand cercle autour des mousquetaires, en les encourageant gaiement.

Le dénommé Porthos frappa l'épaule gauche de d'Artagnan, dont le bras se détacha brusquement. Des exclamations jaillirent dans la foule, aussitôt suivies par des rires, quand les spectateurs s'aperçurent que ledit bras n'était qu'un accessoire en bois, qui rebondit en claquant sur le plancher. Quand l'orchestre recommença à jouer, d'Artagnan saisit la taille de Renée avec l'autre et l'entraîna sur la piste.

– Et voici, ma chère, comment j'ai réellement perdu un bras, lui murmura-t-il à l'oreille.

Renée se figea et se détacha de son cavalier. Les traits de celui-ci étaient masqués par une moustache, une barbiche, et de longs cheveux encadraient son visage. Toutefois, lorsqu'elle le regarda dans les yeux, Renée le reconnut instantanément.

– Pierre de Fleurieu, maudit chenapan !

– Ah, Renée de Fontarce, répondit-il, amusé, mon petit page noir. Je n'allais tout de même pas me laisser abuser par votre costume et votre maquillage.

– C'est que j'ai l'air fin, maintenant, dit-elle. Si j'avais su que j'allais retrouver ici quelqu'un du nouvel an 1918 au Café de Paris, j'aurais choisi une tenue différente. Mais celle-là était toujours dans ma malle et elle me va encore.

– À ravir, ma chère ! Elle me rappelle d'autres charmants souvenirs, puisque nous sommes tombés amoureux ce soir-là. Allons, dansons maintenant sans crainte des bombes.

– Vous étiez un merveilleux cavalier... Et vous l'êtes encore. Au fait, mon nom est aujourd'hui Renée de Brotonne.

– En effet, en effet. Je me suis tenu au courant, voyez-vous, ces dernières années. Êtes-vous heureuse d'être mariée, d'avoir des enfants ?

– Moins encore que je ne l'escomptais, admit Renée.

– C'est moi qu'il fallait épouser, je me suis tué à vous le répéter.

– Je vous ai déjà expliqué, c'était impossible, Pierre. J'avais promis à mon père sur son lit de mort.

– Oui, et vous avez tenu parole. Cependant vous n'avez pas promis d'être l'épouse de Brotonne jusqu'à la fin de vos jours. L'avenir me sourit, ma chère, et drôlement. Je travaille avec André Citroën, qui m'a chargé d'ouvrir des concessions en Roumanie, en Turquie, en Égypte, en Yougoslavie et en Grèce. Notre entreprise est vouée au succès. Avec l'argent que je gagne, j'ai entrepris de restaurer entièrement le château Marzac. Il faut que vous veniez voir ça.

– Vous me parlez comme si nous étions déjà ensemble.

– Mais c'est bien le cas, n'est-ce pas ?

Il n'en fallut pas plus pour que Renée et Pierre retombent amoureux et qu'ils comprennent, comme lors de leur première rencontre, qu'ils étaient faits l'un pour l'autre, que rien ne pouvait les séparer. Après tout, Renée avait tenu sa promesse. Quelques semaines plus tard, elle quittait Guy de Brotonne et ses deux enfants – Marie-Blanche et Toto, âgés respectivement de deux et d'un an –, s'enfuyant en pleine nuit avec le sémillant comte de Fleurieu.

LIVRE II

MARIE-BLANCHE

1920-1966

Portrait de Marie-Blanche Fergus

LE PRIEURÉ
Vanvey, Côte-d'Or

Le Prieuré

1

Je garde un souvenir précis de ma conception, du premier bref accouplement de mes parents dans un lit à baldaquin, sur des draps de dentelle, par une douce nuit du printemps 1920 en Bourgogne. Le sperme enivré de papa, semence de ma propre destruction, cerne l'ovule amer et froid de maman. Je serai le fruit de ces ébats. Quelle mauvaise étoile m'est donc réservée ?

J'ai hérité du gros nez de mon père français, Guy de Brotonne, un nez qui, constamment, rappellera à maman un court et malheureux mariage. Elle ne me pardonnera jamais ni l'un ni l'autre, ni le mariage ni la ressemblance. C'est l'un des mystères persistants de l'enfance, de ceux qui nous hantent jusqu'au bout, que de se voir reprocher les erreurs de nos parents, à commencer par leur union, puis notre aspect physique. Cela revient à nous en vouloir d'être nés, comme si, du simple fait de notre existence, nous étions complices de leur désastre.

Pour effacer toute trace de son premier mari, ma mère m'enverra à l'âge de seize ans dans une clinique privée de Zurich, où un célèbre chirurgien esthétique me rabotera le nez pour lui donner une allure plus féminine. Je serai encore assez naïve, ce jour-là, pour nourrir le secret espoir qu'elle m'aimerait davantage dès que je ressemblerais moins à papa.

Pour l'instant, je ne suis qu'un bébé, allongé dans son berceau, qui regarde par la lucarne le toit pyramidal en ardoise rouge du Prieuré, un ancien monastère du XVIe siècle, converti depuis plusieurs générations en manoir de campagne. J'aperçois dehors, sur une arête du toit, une énorme tête de sanglier en cuivre qu'un de nos aïeux avait fait mouler par un sculpteur parisien, renommé en son temps. Avec ses grosses défenses autour du groin, il donne l'impression de surgir des combles pour s'envoler. Malgré son air féroce, il ne me fera jamais peur, sans doute parce qu'il a toujours fait partie du décor. Au contraire, je le considère comme un ami, bien décidé à me protéger. Sur le toit en face, dans une sorte d'alcôve sous un pignon, se trouve une statue en pierre plus avenante d'un saint François béat, placé là, je suppose, par les moines pendant la construction du Prieuré. Cependant c'est bien la hure, dressée au-dessus de la cour telle une idole païenne, qui domine les lieux. Papa, l'actuel propriétaire, chasse à courre cerfs et sangliers dans la forêt des Brotonne, comme ses ancêtres.

Je suis née le 7 décembre 1920 dans une clinique privée à Neuilly-sur-Seine, où mes parents résident parfois dans l'hôtel particulier des grands-parents paternels. Bien que maman ait vécu à la campagne et adore elle-même chasser, Vanvey se trouve bien plus loin de Paris qu'Orry-la-Ville, où elle a grandi. Il faut compter au moins trois heures de train, plus une quatrième en voiture pour atteindre le Prieuré, et elle s'y ennuie vite. Encore jeune et gaie, elle est assez ouverte aux choses de ce monde pour que la vie en province lui soit un exil, surtout en compagnie d'un homme pour lequel elle n'éprouve rien. De plus, elle se méfie des médecins et des sages-femmes de Bourgogne, qu'elle qualifie de « charlatans », de « sorcières », et sa grossesse lui fournit le prétexte idéal pour se réfugier fréquemment dans la capitale.

En revanche, papa, qui n'aime pas la ville, chérit son existence de gentilhomme campagnard. Il quitte le domaine aussi rarement que possible et s'arrange pour que ses amis viennent lui rendre visite. Les week-ends de chasse à Vanvey sont notoirement l'occasion de festoyer ; c'est avant tout un monde d'hommes, qui se comportent comme des seigneurs, avec le Prieuré pour fief. Leurs bacchanales me réveillent parfois la nuit. Papa ne s'inquiète pas des absences répétées de sa femme, que ses beuveries et gueuletons dégoûtent plus qu'autre chose. Il se réjouit au contraire de ne pas subir devant ses compères les commentaires méprisants de maman.

Louise, la nourrice qui m'a allaitée, est une robuste paysanne à la poitrine tombante (« de vraies mamelles », dit ma mère), qui est devenue ma gouvernante. Dans les années 1920, c'est encore une pratique assez courante dans l'aristocratie que d'engager des paysannes comme nourrices, et maman, très vieille école de ce point de vue, l'a fait dans le but avoué de préserver ses seins parfaits.

– C'est la nature des choses, explique-t-elle. Le bon Dieu a placé des femmes sur terre pour qu'elles allaitent les nourrissons. Il a donné à Louise la poitrine qu'il fallait pour cela. Les dames de notre famille appartiennent à une autre catégorie.

Elle a aussi embauché Louise pour se libérer de toute obligation au Prieuré. Je passe donc plus de temps auprès de « l'aimable bovin », comme l'appelle ma mère, qu'avec celle-ci, toujours absente ou sur le départ. Ce seront mes plus vieux souvenirs d'elle : je la vois de dos et j'entends le froufrou de sa robe tandis qu'elle se dirige vers la porte. Mais cela ne me dérange pas, j'ai mon berceau, mon petit monde, la tête protectrice du sanglier sur le toit et la poitrine massive de Louise. Il ne m'en faut pas plus et ce sont là les plus beaux jours de mon existence.

Quand mon petit frère, Toto, naît au printemps 1921, j'ai quinze mois et je suis très contente de partager avec lui le lait de ma nourrice. Elle en a bien assez pour nous deux.

C'est au printemps de l'année suivante que maman s'enfuit pour de bon du Prieuré, avec oncle Pierre, « au milieu de la nuit » comme le veut la légende. Le scandale est assez retentissant dans le petit village de Vanvey pour que ses habitants – présents et futurs – en parlent encore trois quarts de siècle plus tard, comme s'ils s'en souvenaient à la place de leurs parents ou grands-parents.

– Oui, monsieur, dit un ancien à mon fils Jimmy lorsque, trente-cinq ans après mon décès, il se rend là-bas à la recherche du Prieuré et d'une trace de sa mère. C'est bien ce petit château que vous voyez à l'entrée du village.

Le vieil homme a le doigt tendu vers la grosse bâtisse abandonnée qui, de l'autre côté de la rue, s'affaisse derrière ses murs de pierre.

– En effet, poursuit-il sur le ton de la confidence, comme s'il colportait un ragot tout neuf, c'est là qu'habitait Guy de Brotonne, dont la première femme, Renée, a fichu le camp avec Pierre de Fleurieu. J'étais un jeune garçon, mais je m'en souviens comme si c'était hier. La lune était pleine et nous avons été réveillés par une voiture. Cela n'arrivait pas souvent à l'époque, encore moins à cette heure-là. Ma mère avait ouvert les volets pour se rendre compte, comme d'autres familles au village. Le comte Fleurieu avait une Citroën blanche, une Torpedo, un nouveau modèle que nous n'avions jamais vu. Et, sous nos yeux, Mme de Brotonne s'est enfuie avec lui, au beau milieu de la nuit, laissant derrière elle deux enfants en bas âge, tout seuls au Prieuré avec leur père. Ah, je vous garantis que ça en a fait, du bruit, au village !

Je suis évidemment trop jeune pour avoir la moindre idée de l'endroit où maman est partie, et avec qui. Mais, bien que Louise me nourrisse et me berce depuis toujours, je suis parfaitement consciente – un bébé le sait d'instinct – que ma mère m'a abandonnée. Je ressentirai cette absence jusqu'à la tombe, tel un membre fantôme après une amputation.

2

Je ne peux pas dire que je n'aime pas mon père, ou que je manque de quoi que ce soit, au cours de mes premières années au Prieuré. Nous avons des poneys, des chevaux, et papa a même acheté un buggy, rien que pour Toto et moi, dans lequel un garçon de Vanvey, payé par ses soins, nous mène l'été en promenade. Telle la famille royale, nous traversons les rues pavées du village en saluant la population. Nous avons tout autour de nous des champs, la forêt de Brotonne à explorer, ainsi qu'un ruisseau derrière la maison où nous allons nager et pêcher de petites truites.

Papa n'est peut-être pas le plus attentif des pères, mais je sais qu'il nous aime. Fils unique, très gâté par ses parents, il a nourri en grandissant un fort sentiment de supériorité et un humour sarcastique dont les autres font les frais. Un humour pas forcément drôle, qui sert à cacher ses insuffisances et tourne à la méchanceté pure et simple à partir d'une certaine quantité d'alcool. Malheureusement, plus il est soûl et plus il souffre d'avoir été plaqué. À présent que maman est partie, Guy rechigne toujours plus à s'éloigner du Prieuré. Reclus, il n'arrête pas de manger, de boire, et passe le reste de son temps à chasser ou à inspecter ses terres. Les week-ends de chasse s'étendent maintenant sur des semaines entières, sinon plus, et toutes sortes de parasites et de propres à rien s'invitent chez nous pendant les mois que dure la saison.

Papa quitte cependant le domaine chaque matin, sur son

boguet, pour son petit déjeuner au café-bar du village. Il me permet parfois de l'accompagner. En fait de petit déjeuner, il commande une tartine de confiture pour moi et un double Pastis pour lui. Boire de l'alcool à n'importe quelle heure de la journée paraît déjà normal à une petite fille qui sera un jour détruite par celui-ci.

Une fois par mois, Guy prend le train à Châtillon-sur-Seine pour rendre visite à M. Renaud, son comptable, dans ses bureaux du boulevard Raspail à Paris. Pour se rendre à la capitale, il enfile un costume et une cravate au goût du jour, et il emporte sa serviette en cuir. Le tout lui donne, je pense, l'impression d'être un grand patron en voyage, bien qu'il n'ait pas travaillé un seul jour de sa vie. Il va simplement remettre en main propre à M. Renaud les factures qui se sont accumulées depuis le mois dernier.

Difficile, cependant, de le prendre pour un homme d'affaires, à cause des sandales qu'il porte toujours pour ce petit trajet. C'est une autre de ses excentricités.

Jeune homme au début de la guerre de 14, il a réussi à se faire incorporer comme aide de camp, grâce à un ami de la famille, le général Pétard. Comme dans toutes les armées modernes, les généraux mènent leurs troupes depuis l'arrière-garde, ce qui permit à papa d'être stationné aussi loin que possible du front. Ce sont plutôt les fils de la campagne, les paysans, qu'on envoie mourir par dizaines, puis par centaines de milliers, dans les tranchées. Aussi limitées fussent-elles, il ne put cependant s'acquitter de ses obligations, car ses pieds difformes le faisaient terriblement souffrir, au point que, moins d'un an après l'appel, il fut réformé et renvoyé dans ses foyers. Par la suite, papa devait être mortifié en apprenant que le comte Pierre de Fleurieu, qui lui volerait sa femme, était considéré comme un véritable héros. Aviateur, médaillé militaire, Fleurieu a perdu un bras lors d'un combat aérien au-dessus de la Picardie.

Les chaussures normales torturent tellement le pauvre Guy qu'il ne porte plus que ses sandales – sauf, bien sûr, à cheval, mais alors il monte avec les bottes que le cordonnier du village lui a faites sur mesure. Même au cœur de l'hiver, peu importent

Guy de Brotonne, Neuilly-sur-Seine, 1914

la neige ou le froid glacial, il garde ses sandales aux pieds. Il ne se soucie guère de ceux qui, sur les trottoirs de Paris, s'amusent, méprisants, de ses chaussures ridicules. Je crois que c'est aussi une affectation de sa part, associant son humour pervers et le besoin de se distinguer du reste du monde. Comme bien des excentriques, des aristocrates et des alcooliques – il est, après tout, les trois –, papa est persuadé d'être un individu supérieur, sinon exceptionnel, bien que rien ne vienne étayer cette conviction.

Au rayon bizarreries toujours, il aime à se promener nu dans la maison. Non qu'il soit spécialement fier de son corps ou qu'il ait un physique d'Adonis. Bien au contraire ; il raffole du foie gras, des escargots, de la cuisine bourguignonne, nourriture riche s'il en est, sans parler des vastes quantités de vin, de champagne et de cognac qu'il ingurgite et qui lui valent de grossir constamment. Peut-être cette nudité traduit-elle simplement son désir d'être à l'aise, de se dispenser de toute contrainte vestimentaire, cependant l'effet qu'elle produit sur les autres – les domestiques, la famille, les invités – semble beaucoup l'amuser. À moitié ou carrément nu, il accueille parfois d'innocents visiteurs, hommes ou femmes, à la grande porte du Prieuré, et descend prendre l'apéritif en sandales, avec un manière de pagne qui ne cache pas grand-chose. Papa ne commente jamais ses drôles de tenues, ne paraît pas en éprouver de gêne et, bien sûr, la maisonnée s'y est habituée. Ses vieux amis ne se formalisent plus de ses extravagances, trinquent et dînent avec lui comme si de rien n'était.

Quelques années après le départ de maman, il a épousé tante Monique, une gentille fille timide d'un village voisin, si différente de sa première épouse qu'il ne peut pas l'avoir choisie par hasard. Tante Nanisse (comme nous l'appelons, faute de savoir encore prononcer son vrai nom) est une merveilleuse belle-mère, simple et attentionnée, certainement pas une de ces femmes qui s'enfuient au milieu de la nuit avec un autre homme. Elle n'est pas du genre à critiquer son mari, aussi extravagant soit-il, et malgré tout l'alcool qu'il ingurgite chaque jour.

Certes, le Prieuré n'est pas un endroit très folichon pour une jeune fille. Les hivers bourguignons n'en finissent pas et les domestiques ont beau entretenir des feux dans les cheminées de chaque pièce, la froidure s'empare de la pierre et ne la quitte plus jusqu'à l'été. Bien que l'arrivée de tante Nanisse y ait rétabli une touche féminine, l'endroit ne se départit jamais de son caractère original, de cette atmosphère lugubre de monastère reconverti en domaine de chasse – un univers foncièrement masculin. Le mobilier de noyer est lourd, sombre. Aux murs, de vieilles tapisseries fanées représentent des scènes de vénerie, entre les portraits maussades des résidents d'antan. C'est peu dire qu'ils n'ont pas l'air de s'amuser, ceux-là, avec les regards mauvais qu'ils braquent sur Toto et moi. Autour de la cage d'escalier sont accrochées des dizaines de têtes d'animaux, empaillées de longue date – cerfs aux imposantes ramures, sangliers aux défenses saillantes – et dotées chacune d'une plaque commémorant le nom du chasseur et la date de la mise à mort. En sus de ces inévitables trophées, les esprits moroses des moines qui habitèrent les lieux aux XVIe et XVIIe siècles paraissent toujours ici chez eux. On accuse mon imagination débordante, pourtant j'entends sans cesse leurs pas traînants, l'écho de leurs vœux de silence, l'air glacé qu'ils déplacent dans les couloirs et dans ma chambre à toute heure du jour et de la nuit. Je n'en ai pas spécialement peur, mais ce ne sont quand même pas de riants partenaires de jeux.

Avec Louise, l'été, puis avec tante Nanisse, nous allons jouer, Toto et moi, sous le chaud soleil de Bourgogne, réconfortant après un long hiver dans ces murs ténébreux. Nous avions à peine commencé à marcher que nous montions déjà sur nos poneys. Georges, le maître d'écurie, les selle pour nous et nous emmène en promenade, jusqu'à ce que nous soyons assez grands pour le faire tout seuls. Nous cueillons des fleurs sauvages le long du ruisseau, nous regardons les truites filer dans l'eau claire. Ou nous écoutons le chant des oiseaux, assis sur les marches de la petite chapelle, à côté du bâtiment central, sous les platanes qui filtrent le soleil dont les rayons ricochent sur les vieux vitraux.

Pendant bien des années, je conserverai quelques photos en noir et blanc de cette époque. Elles démontrent que nous étions heureux. Pourtant, quand je les regarde, je vois mon enfance disparue. Cela revient à découvrir son corps dans son cercueil ouvert avant d'être enterré. Mon frère Toto et moi sommes brouillés aujourd'hui ; comme presque tous les autres, il ne supportait plus que je boive.

Mais non, non, non… De nouveau, mon imagination me joue des tours. Je suis encore l'un de ces deux enfants en maillot en bain, dans la lumière tamisée par les arbres. J'ai seulement quatre ans, nous avons nagé dans le ruisseau, si frais que nous en revenons avec la chair de poule. Alors nous allons sur les marches de la chapelle nous réchauffer au soleil de midi. Tante Nanisse sort de la maison avec le nouvel appareil que papa lui a acheté et nous demande de ne pas bouger, sinon la photo sera floue. À trois ans, petit Toto ne comprend pas très bien de quoi il s'agit. Croyant que tante Nanisse le gronde, il fait la moue, au bord des larmes, et elle appuie soudain sur le déclencheur. Voilà l'expression qui restera de lui, ce jour-là. À son côté sourit une minuscule petite fille, confiante, pleine d'amour et d'espérance.

3

La vie commence à changer au Prieuré quand maman nous envoie le père Jean. On nous avait expliqué qu'un précepteur viendrait de Paris nous donner des leçons, faute d'une école fréquentable dans la région. La plus proche se trouve à Châtillon-sur-Seine, à trente kilomètres de chez nous. Papa ne veut pas que nous y allions, de peur que nous attrapions des poux ou le croup au contact des autres enfants. Nous ne comprendrons que bien plus tard les vraies raisons pour lesquelles maman nous adjoint ce prêtre : il est chargé de nous observer, de recueillir les preuves qui lui serviront lorsqu'elle demandera à la justice la garde de ses enfants. Son but est de faire valoir que Toto et moi sommes mal soignés, mal éduqués à Vanvey.

Un jour d'automne en fin d'après-midi, le chauffeur de papa va chercher le père Jean à la gare. On nous a mis nos habits du dimanche, ceux que nous portons à la messe, et nous l'attendons dans la cour. Tout ce que je sais des prêtres, c'est qu'ils me font peur, à commencer par le père Michaud, au village, un vieil homme austère et imposant qui, depuis sa chaire, semble implorer les foudres du Ciel de s'abattre sur nous. Celui que nous voyons ce jour-là descendre de la voiture est un jeune homme maigre au torse creux, au menton fuyant, aux cheveux roux clairsemés et au visage constellé de boutons ; il paraît tout juste sorti de l'adolescence. Lorsqu'il prend ma main dans la sienne, molle et moite, je remarque ses ongles rongés jusqu'au sang. Comme je vais détester ses mains blanches, ses taches de son, sa cuticule rougeâtre et abîmée !

Malgré son allure quelconque, nous apprenons à le craindre, lui aussi. Le père Jean est un maître exigeant qui, lorsque nous ne savons pas bien nos leçons, nous frappe le creux des jambes à coups de verge. Ni Toto ni moi n'étant bons élèves, il a toute latitude pour nous faire tâter de sa baguette. Le jour arrive bientôt où il ne s'inquiète plus des mauvais résultats de mon frère, de sorte qu'il me punit moi uniquement, m'infligeant des fessées à la moindre erreur. Je suis heureuse qu'il épargne Toto et j'accepte mon châtiment. Que puis-je faire d'autre à mon âge ?

Bientôt, se passant d'explication, le prêtre m'indique simplement ses genoux d'un air autoritaire. Je dois comprendre que je suis à nouveau coupable de quelque transgression à l'égard de son Dieu, ou des lois implacables du latin et des mathématiques. Obéissante, je prends place sur ses cuisses, il relève ma robe, baisse ma culotte, puis me bat jusqu'à ce que, silencieuses, mes larmes coulent sur mes joues. Alors il pousse un petit gémissement, entre le regret et le plaisir, comme s'il souffrait plus que moi sous les coups. Je comprendrai avec le temps qu'il est en train d'éjaculer. Pour l'instant, je ne sais ce qu'il trafique, mais j'apprends à pleurer plus vite pour que cela dure moins longtemps. Je n'en parle à personne dans la famille, pas même à Louise. Elle remarque certainement les rougeurs sur mes jambes et mes fesses mais, comme la plupart des paysans, c'est une fille très religieuse qui ne remet pas en question l'autorité du père Jean, ni les moyens qu'il emploie pour se faire respecter.

Puisqu'il est là pour moucharder, le prêtre ne tarde pas à interroger discrètement les domestiques et, à ses moments de libre, il rôde dans Vanvey, à la recherche de commerçants mécontents qui diraient du mal de papa. Il n'est guère difficile, dans un petit village, de trouver quelques mauvais coucheurs, et le père Jean y parvient d'autant plus aisément que maman lui donne de l'argent pour payer leurs ragots. Toutes les deux ou trois semaines, il reprend le train pour Paris afin de confier ses informations à ma mère. Elle rapporte le tout à son avocat, lequel bâtit tranquillement sa plaidoirie contre mon pauvre papa qui ne se doute de rien.

Constantin, Marie-Blanche et Toto, le Prieuré, 1905

Quand celui-ci me fait appeler un matin, une enveloppe est ouverte sur son bureau.

– Marie-Blanche, qu'avez-vous raconté au père Jean à mon propos ?

– Mais rien, papa, lui dis-je sincèrement.

– J'ai reçu une lettre de l'avocat de votre mère. Il faut croire qu'avec M. de Fleurieu, elle demande à un juge de leur confier votre garde. Je suis censé conserver celle de votre frère. Du moins provisoirement…

Il prend la feuille entre ses mains et lit :

– « Si l'on peut faire valoir au tribunal que les conditions de vie de cet enfant ont été suffisamment améliorées pour accorder ladite garde. »

Il repose le papier.

– Alors s'il vous plaît, ma fille, qu'avez-vous raconté au prêtre en ce qui nous concerne ?

Sa méfiance me blesse.

– Mais rien, papa, je vous jure. Il pose des tas de questions sur vous, sur tante Nanisse, il consulte aussi les domestiques. Mais je ne lui réponds pas. Je ne lui dis rien, même quand il me frappe avec sa baguette.

– Il vous frappe avec une baguette ?

– Oui, papa, cela arrive.

– Et où ?

– Dans la chapelle, en général. Il prie la sainte Vierge pendant qu'il me bat.

– Et à quel endroit vous frappe-t-il ?

Je me sens tellement idiote que je n'ose plus regarder Guy.

– Sur les fesses, murmuré-je. Quand je fais des erreurs. Même quand je n'en fais pas.

– Cela laisse-t-il des marques ?

– Oui…

– Montrez-moi. Remontez votre robe, Marie-Blanche.

– Je ne veux pas, papa. J'ai honte.

Me prenant entre ses bras, il me fait faire volte-face et baisse ma culotte.

– Pourquoi ne nous avez-vous rien dit ?

Papa se met facilement en colère et je vois le rouge lui monter aux joues.

– Il bat votre frère aussi ?

– Plus maintenant.

– Où est-il, le père Jean ?

– Je ne sais pas. À la chapelle ? Il doit donner sa leçon à Toto.

– Allez me le chercher. Dites-lui que votre père veut le voir immédiatement dans son bureau.

C'est bien à la chapelle que je le trouve. L'inquiétude le gagne aussitôt.

– À quel sujet votre père demande-t-il à me voir ?

– Je l'ignore.

– Ne mentez pas, mon enfant. Que vous a-t-il dit ?

– Il a reçu une lettre.

– Une lettre de qui ?

– De quelqu'un qui travaille pour maman. Je n'ai pas tout compris. Il demande simplement à vous voir tout de suite.

Au bureau, papa referme la porte derrière eux. Collant mon oreille sur celle-ci, j'entends mon père parler d'abord doucement, comme pour échanger des civilités, et le prêtre qui répond par de petits rires mal assurés.

– J'aurais dû me douter dès le début que vous serviez d'informateur à mon ex-femme, lâche soudain papa, sur un ton sec.

– Non, monsieur, se défend le père de sa voix flûtée. Je suis ici en tant que précepteur, c'est tout.

– Dans ce cas, comment certaines... informations personnelles, concernant notre existence au Prieuré, se sont-elles retrouvées à Paris, précisément dans le bureau de son avocat ? s'énerve papa.

– Aucune idée, monsieur. Je suis un homme de Dieu, chargé de l'instruction de vos enfants. Je ne suis pas au fait des questions matérielles. Les domestiques, peut-être, parlent-ils de ces choses ?

– Quelles choses ? répète papa, hors de lui.

– Ces informations personnelles dont vous parliez à l'instant, monsieur, répond le père Jean, plus qu'embarrassé. Madame aura sans doute placé quelqu'un à son service au sein du personnel.

– Ah bon ? Et comment ce quelqu'un communiquerait-il avec elle ? Aucun de nos domestiques ne se rend jamais à Paris. Alors que vous y retournez toutes les semaines.

– Seulement pour garder le contact avec ma paroisse.

– Menteur ! C'est évident, mon ex-femme vous a envoyé ici dans un but bien établi. Comment ai-je pu être assez naïf pour ne pas m'en apercevoir ?

– On m'a chargé d'éduquer vos enfants, monsieur de Brotonne. C'est bien tout, je puis vous l'assurer.

J'entends la chaise de papa qui racle le sol, puis le flip-flap familier de ses sandales tandis qu'il contourne son bureau.

– À propos d'éducation, dit-il d'une voix plus calme, et c'est certainement sa cravache qui claque en cadence dans sa main. Il paraît que vous utilisez votre baguette pendant vos leçons ?

– Elle sert à me faire respecter, à empêcher les enfants de rêvasser, à leur rappeler qu'il faut bien étudier.

– Ouais, c'est ce qu'on me racontait quand j'étais petit.

Toujours le bruit de sa badine.

– Penchez-vous, monsieur ! ordonne papa.

– *Comment ?* s'exclame le père, alarmé.

– Il y a une éternité que j'ai envie de fouetter un curé, pour me venger des mauvais traitements que les jésuites m'ont infligés dans ma jeunesse. Je ne vais sûrement pas rater une telle occasion ! Penchez-vous et relevez votre soutane.

– Je suis un homme de Dieu ! Je vous en prie, vous me faites insulte !

– Non, c'est vous qui m'insultez en vous introduisant chez moi sous le prétexte d'éduquer mes enfants ! Et je vous ai bêtement laissé faire ! Cela fait combien de temps, maintenant… que… que vous en profitez pour espionner ma famille, interroger mes domestiques et les gens du village… Oui, je suis au courant, aussi, figurez-vous. Il y a belle lurette que j'aurais dû en finir avec vous. En outre, j'apprends aujourd'hui que vous battez mes enfants. C'est un abus d'autorité, jamais je ne vous l'aurais permis.

– Tout le monde admet qu'il n'est pas de discipline sans autorité, et il faut de la discipline pour enseigner.

– Certainement, dit papa, penchez-vous, monsieur l'enseignant. Et concentrez-vous bien, ne rêvassez pas !

– Monsieur, je vous en prie !

– Plus vite que ça ! Relevez votre soutane et baissez votre caleçon ! Vous allez me présenter votre cul, comme vous avez forcé ma fille à le faire.

– Vous êtes fou ! s'écrie le prêtre. Soyez sûr que j'en référerai à madame et à monseigneur l'évêque.

– Parfait ! Je me réjouis que vous trouviez enfin le courage de vous confesser. J'espère que vous accepterez dignement votre châtiment, comme votre seigneur Jésus-Christ.

Un moment passe, puis j'entends le claquement du cuir sur la peau – un premier coup de cravache, appliqué de main de maître.

– Aïe ! crie le prêtre, et encore : Aïe ! tandis que papa recommence.

Celui-ci poursuit d'une manière cadencée, avec toujours plus de force, semble-t-il : Vlan ! Vlan ! Vlan !

– Aïe ! Aïe ! Aïe ! fait le père Jean.

Je grimace à chaque coup en plaignant bizarrement le prêtre, car je connais bien la souffrance qu'on lui inflige à son tour.

Puis je file avant qu'il ressorte du bureau. Trop heureux d'échapper enfin à ces leçons épouvantables, à ces matières pour lesquelles nous ne sommes pas faits, Toto et moi nous faufilons dans l'escalier pour le voir s'en aller un moment plus tard. Nous sortons dans la cour au moment où Michel, le chauffeur, lui ouvre la porte de la Renault. Le père Jean monte, s'assied avec précaution et tressaille quand même, à l'évidence meurtri. Tournant la tête, il nous aperçoit. Toto, si mignon, lève gentiment la main pour lui dire au revoir. Les yeux bleu clair du prêtre, sous des cils presque blancs, sont encore rouges et humides. Je devine qu'il a pleuré sous les coups. Un pleurnichard, et cela ne m'étonne pas. Sans répondre à Toto, il brandit un doigt tremblant à mon intention.

– *Vous*… dit-il à voix basse en agitant l'index. *Vous !*

Guy de Brotonne à cheval, avec Marie-Blanche, le Prieuré, 1935

4

Pendant plusieurs années, papa et l'avocat de maman continuent de s'écrire. Presque chaque jour arrivent par la poste des lettres et des papiers officiels, qui s'accumulent sur le bureau de mon père. Des requêtes parviennent au tribunal, des audiences sont prévues, et il se rend plus souvent à Paris. Nous ne sommes que des enfants et tout cela nous dépasse. Mais en le voyant pousser fréquemment des tirades enfiévrées contre maman – notamment lorsqu'il a bu, à savoir presque tout le temps –, nous comprenons que quelque chose ne va pas, qu'il est perturbé et que cela doit être notre faute. C'est du moins ce que je crois.

Bien que le père Jean soit maintenant interdit de séjour au Prieuré, j'ai l'impression désagréable de ne pas en avoir fini avec cet homme. Je ne peux m'empêcher de penser à lui, je le revois sans cesse me dire depuis la banquette de la voiture : « *Vous !* » J'en fais des cauchemars la nuit, je rêve qu'il me poursuit et, chaque fois que je me retourne, il disparaît. Cela devient une obsession, je l'imagine sans cesse tapi dans un coin, derrière ou juste à côté de moi. Je suis sûre de l'apercevoir du coin de l'œil, mais j'ai beau y regarder à deux fois, il n'est jamais là, comme s'il venait de s'engouffrer dans une pièce ou de filer au bout d'un couloir. Il semble être partout – dans les rues du village, le matin au marché où j'accompagne Adèle, la cuisinière ; dans les bois quand nous nous promenons à cheval ; et surtout, bien sûr, le dimanche à la messe. L'église en soi est déjà un endroit effrayant pour un enfant, avec son faible éclairage, ses violentes images de souffrance, le crucifix, cette musique sinistre, ces rituels pesants, solennels, et ces chants incompréhensibles. Tout cela est calculé, finis-je par penser, pour créer une impression durable chez les plus petits, de sorte que, devenus adultes, nous n'oserons pas douter de Dieu ni de ses serviteurs. Quand je m'agenouille sur le bois dur d'un banc, j'ai la sensation que le père se trouve encore derrière moi, que ses yeux me percent le dos. Je n'aurai qu'à tourner la tête et il sera là, à braquer son index sur moi. « *Vous !* »

Marie-Antoinette, la nièce de tante Nanisse, est ma meilleure amie. Elle réside à Aubepierre, à presque trente kilomètres de chez nous. Un peu plus âgée que moi, grande, intelligente et dégourdie, Marie-Antoinette a beaucoup d'assurance et ne craint pas grand-chose. Elle semble bien partie pour réussir dans la vie et je me sens toujours en sécurité avec elle. Un samedi qu'elle nous rend visite, dans l'intention de rester quelques jours, elle me pose la question :

– Pourquoi regardes-tu sans cesse derrière toi ?

C'est une belle journée de printemps. Assises dans l'herbe du jardin, derrière le Prieuré, nous buvons la citronnade qu'a préparée Nanisse pour rafraîchir sa nièce après son long trajet. Elle a fait les trente kilomètres à vélo, en passant par la montagne.

– Tu as l'air tellement nerveuse, remarque-t-elle.

– J'ai quelqu'un à mes trousses, lui dis-je à voix basse. Quelqu'un qui me suit.

– Qu'est-ce que tu racontes ! s'exclame-t-elle en riant, pensant peut-être à une plaisanterie. Qui diable peut bien te suivre ?

Je regarde autour de moi au cas où il serait là à écouter.

– Le père Jean, avoué-je dans un murmure.

Elle s'esclaffe.

– Tu te moques de moi ! Il est rentré à Paris. Tante Nanisse m'a dit que ton père l'a renvoyé il y a plus de deux mois, et qu'on ne le reverrait plus. Tu en as, de la chance, d'éviter les leçons ! C'est comme des vacances tous les jours, non ?

– Non, il est ici. Il est revenu et il me suit partout. Je parie qu'il est en train de nous épier, en ce moment.

Marie-Antoinette suit la direction de mon regard.

– Tu commences à m'inquiéter, Marie-Blanche. Je ne comprends rien à tes histoires. Et d'où crois-tu qu'il nous observe ?

– Je ne sais pas. Je n'arrive jamais à le surprendre, mais je suis sûre qu'il n'est pas loin. Peut-être dans les buissons près du ruisseau. Ne te retourne pas, parce qu'il disparaîtra aussitôt. On ne l'aperçoit que du coin de l'œil.

– Ma petite cousine, tu as trop d'imagination et je te l'ai déjà dit. Si tu ne le trouves pas quand tu le cherches, c'est simplement qu'il n'est pas là. Tu le vois dans ta tête, pas avec les yeux. Allez, suis-moi ! m'ordonne-t-elle d'un air entendu.

S'écartant brusquement, elle se lance vers le ruisseau au bas de la pente en agitant les bras.

– Sortez de là, sortez de là, où que vous soyez ! hurle-t-elle. On sait que vous êtes là, père Jean. Allons, montrez-vous !

Elle se roule dans l'herbe en riant et lance à mon intention :

– Tu vois bien qu'il n'y a personne ! Viens te rendre compte toi-même !

Je lui obéis.

– Tu le prends pour un magicien ? Un sorcier, capable d'apparaître et de disparaître à volonté ? dit-elle en faisant claquer ses doigts.

– Peut-être. Je n'en sais rien.

– Ne répète pas cela à tante Nanisse, chuchote Marie-Antoinette, elle est tellement superstitieuse ! Mais moi, je crois que ton père Jean est un gars bien ordinaire, sans aucun pouvoir spécifique. Il est parti pour de bon, Marie-Blanche, alors arrête tes bêtises et oublie-le.

J'admets que ce discours rationnel me ragaillardit. Je suis une jeune fille craintive, par trop solitaire, dotée d'une imagination fertile. On m'appellera souvent la « boule de nerfs ». C'est l'alcool qui, au fil des années, m'aidera à brider cette imagination et à les calmer, ces nerfs.

CHÂTEAU MARZAC
Tursac en Périgord, France
Décembre 1928

Château Marzac

1

Ma mère obtient ma garde au terme d'une procédure qui dure bien plus d'un an. Le fait qu'elle nous a abandonnés plaide plutôt en faveur de papa, mais c'est le témoignage du père Jean qui finalement convainc le juge. Le prêtre ne se prive pas de détailler les excentricités de mon père – sa nudité, son ivrognerie –, mais surtout il rapporte la rossée qu'il lui a infligée. La plus laïque des chambres de justice acceptera toujours difficilement qu'on frappe un membre du clergé, à coups de cravache, de surcroît. Les avocats de maman font également valoir que, depuis le renvoi du père Jean, les deux enfants ne reçoivent aucune forme d'instruction et que, à mon âge, je devrais aller à l'école. Enfin, si papa a enfilé costume et cravate pour se présenter devant le tribunal, il avait aux pieds ses légendaires sandales, ce qui ne l'a pas avantagé.

On lui laisse quand même la garde de Toto, parce que c'est un garçon et qu'il est le plus jeune. Toutefois, comme le tribunal souhaite ne pas séparer entièrement le frère et la sœur, un accord est conclu entre les avocats, selon lequel je séjournerai à Vanvey pendant une partie de mes vacances, et Toto viendra à certaines périodes dans le Périgord chez l'oncle Pierre.

Je suis triste de quitter mon père, mon frère et tante Nanisse, ainsi que mon demi-frère Constantin, qui vient de naître avec un bras atrophié. En mon for intérieur, cependant, je me réjouis de vivre à Paris plusieurs mois dans l'année, et au château Marzac, dans le Périgord, le reste du temps. J'y suis déjà allée rendre visite à maman et à l'oncle Pierre. L'endroit, plus ancien que le Prieuré, est merveilleux, lumineux, magique, baigné d'une atmosphère très différente. Y vivent les esprits immortels d'héroïques chevaliers et des belles damoiselles qui attendent patiemment leur retour des combats, beaucoup plus gais que les lugubres portraits des moines et des chasseurs qui hantent le Prieuré.

Et j'adore l'oncle Pierre. Il est charmant, drôle et élégant, plein de joie de vivre avec une sorte d'esprit enfantin.

– Mais monsieur, où est votre autre bras ? lui ai-je demandé la première fois que je l'ai vu.

À cet âge, on ose encore poser innocemment ce genre de questions.

– D'abord, Marie-Blanche, a-t-il dit en riant, appelez-moi oncle Pierre, pas monsieur. Je suis votre beau-père maintenant, entendu ?

– Oui, monsieur, ai-je répondu avant de me corriger. Oui, oncle Pierre. Mais où est votre autre bras ?

– Je l'ai perdu à la guerre.

– Perdu ? Où ça ?

– Dans les cieux, au-dessus de l'Oise, ma jolie.

– Comment avez-vous fait pour le perdre dans le ciel ?

Trop jeune pour comprendre ce qu'est la guerre ou une amputation, j'imaginais son bras en train de flotter quelque part sur un nuage.

– Vous ne l'avez jamais retrouvé ? Il ne vous manque pas ?

Il a ri de nouveau.

– Ah, vous en posez, des questions, ma petite ! Oui, il me manque parfois. Surtout quand je lace mes chaussures. Avez-vous déjà essayé de lacer vos chaussures d'une seule main ?

J'ai réfléchi un instant : cela me paraissait insoluble.

– Je ne sais pas encore faire ça, oncle Pierre. C'est Louise, ma nounou, qui s'en occupe pour moi.

– Eh bien, voilà une chose que je pourrai vous apprendre, dit-il en souriant : comment nouer ses lacets d'une main. C'est très utile, vous savez ! Et quand vous serez un peu plus grande, je vous raconterai l'histoire de mon bras perdu dans le ciel.

Je savais que je ne serais pas séparée toute l'année de papa, Toto et Nanisse, que je pourrais toujours revenir à Vanvey, et cet arrangement me convenait très bien. Je gagnais en fait sur les deux tableaux. J'étais même heureuse d'aller bientôt à l'école, où je rencontrerais certainement d'autres filles de mon âge. Excepté ma cousine Marie-Antoinette, je n'avais pas d'amis là-bas.

Tandis que nous remplissons les malles, ce qui m'inquiète le plus est de cohabiter avec maman. Au fil des ans, nous avons passé peu de temps ensemble et je ne sais d'elle que ce que papa en disait lorsqu'il était ivre, qu'il pestait en lisant les lettres de son avocat. Elle nous avait abandonnés, c'était une mauvaise mère, une femme infidèle, une « salope », une « pute »... La pauvre tante Nanisse, toujours si douce, s'efforçait de minimiser ces propos virulents, et jamais elle ne prononça un mot de travers à son sujet.

Le jour du départ, Michel nous conduit en voiture, papa, Louise, Toto et moi, à la gare de Châtillon-sur-Seine. Comme je ne suis pas en âge de voyager seule, Louise m'accompagne jusqu'à Paris, où elle me confiera à maman avant de prendre le train du retour. Nous sommes à quelques jours de Noël, les arbres sont nus, le ciel bas et gris, et il a neigé – une de ces mornes journées d'hiver en Bourgogne.

– Vous nous écrirez chaque semaine, hein, ma fille ? me demande papa.

– Oui, papa, toutes les semaines, promis.

– Vous ne laisserez pas votre mère vous monter contre moi, n'est-ce pas ?

– Non... lui dis-je, hésitante, car je ne suis pas sûre de ce que cela signifie.

À la gare, Michel reste dans la voiture, tandis que papa, prenant Toto par la main, nous mène, Louise et moi, jusqu'au quai où nous suit un porteur qui pousse mes bagages sur son chariot.

– Vous savez que vous avez le droit de nous rendre visite le week-end, de temps en temps, Marie-Blanche ? Et de passer les grandes vacances chez nous ?

– Oui, je sais, papa. Et à Noël aussi ?

– Pas celui-ci, ma chérie. Cette année, vous le fêterez avec votre mère. Ce sera notre premier Noël sans vous au Prieuré. Mais tante Nanisse a emballé vos cadeaux. Ne les ouvrez pas à l'avance. Bon, il est temps de monter, maintenant. Au revoir, ma jolie.

Il s'agenouille, me serre les épaules et m'embrasse sur les deux joues.

– Au revoir, papa.

J'embrasse Toto, trop jeune pour ressentir de la tristesse en se séparant de moi, cependant il a une expression soucieuse. Je crois surtout que l'absence de Louise l'inquiète, puisqu'elle le quitte pour la journée.

– Au revoir, petit frère. Prenez bien soin de papa, de Nanisse et de Constantin en mon absence.

Louise et moi prenons place dans le train et je m'assieds près de la fenêtre, d'où je peux faire signe de la main à papa et Toto pendant que la locomotive démarre. Je continue jusqu'à ce que je ne les voie plus. Puis je m'adosse à la banquette, tout à la fois craintive et excitée, pensant à cette aventure qui commence. Je regarde le pays de ma prime jeunesse défiler devant mes yeux – les champs recouverts de neige, les hautes prairies, les vallons, les collines, les quelques bêtes encore dehors à cette heure. Et au milieu la Seine, qui a sa source tout près d'ici. Elle prend forme et volume en chemin, et nous allons au même endroit qu'elle.

2

Il neige encore quand le train se rapproche de la capitale. Nous sommes le 19 décembre 1928 et j'ai fêté mon huitième anniversaire douze jours plus tôt. Ce sera mon premier Noël à Paris et il faut imaginer une petite provinciale qui arrive dans une ville magique, aux immeubles gris et aux toits blancs, comme dans un conte de fées. Je crois n'avoir jamais été aussi excitée de ma vie que ce soir-là. Je ressens, bien sûr, une certaine appréhension à l'idée de revoir ma mère, mais les enfants ont l'intime conviction que leurs parents feront pour le mieux, que tout se passera bien, que chacun sera heureux. Je sais que maman s'est battue bec et ongles pour obtenir ma garde, ce qui suggère au moins qu'elle m'aime et me désire auprès d'elle.

Tandis que le train entre en gare de Lyon, j'éprouve tout de même une vive anxiété en me rendant compte que Louise, à qui je suis très attachée, ne restera pas. Excepté lors de courtes vacances chez l'oncle Pierre, nous avons toujours vécu ensemble. Cette paysanne bourguignonne a été une vraie mère pour moi. J'enfouis mon visage dans son ample poitrine – qui m'a nourrie et consolée – et je me mets à pleurer. Elle fait le même geste que lorsque j'étais toute petite : une main délicatement posée sur mon crâne, elle me presse contre son sein.

– Que vais-je faire sans toi, Lulu ? lui demandé-je entre deux sanglots. Qui me bordera le soir ?

– Ta maman le fera, mon bébé.

« Bébé » – elle m'a si souvent appelée ainsi, et je retrouverai ce surnom des années plus tard en m'installant à Chicago.

– Ils auront sûrement engagé une gentille nounou pour s'occuper de toi, m'assure-t-elle.

– Pourquoi pas toi, Lulu ? Pourquoi ne restes-tu pas avec moi ?

– Parce que je travaille pour ton papa, ma chérie. Et ton petit frère Toto a besoin de moi.

– Mais moi aussi, j'ai besoin de toi.

Je recommence à pleurer à l'idée de notre séparation imminente.

À la blancheur immaculée de la ville succède brusquement l'éclairage électrique, blafard, de la gare couverte. Le train s'arrête dans un crissement de freins en relâchant un jet de vapeur. Grâce à cette résilience propre aux enfants, j'oublie rapidement mon chagrin et je scrute la foule à la recherche de ma mère. J'observe le visage de tous ces gens, emmitouflés dans leurs pardessus, leurs écharpes, leurs chapeaux, venus à la rencontre de leurs proches. De la buée s'échappe de leur bouche, l'air est glacial, mais imprégné de l'atmosphère joyeuse des fêtes de fin d'année. En m'apprêtant à reconnaître maman, je ressens une vive émotion qui part de l'estomac, remonte dans la poitrine, le long des bras, des jambes, et confine à l'engourdissement.

Alors je l'aperçois. Sans la moindre expression de joie, il m'attend sur le quai en étudiant attentivement les fenêtres du train. Il me voit derrière la mienne et ne me quitte plus des yeux. J'ai le cœur serré, l'estomac noué, et tout le plaisir que j'éprouvais a disparu. Ce n'est pas ma mère qui est là, mais le père Jean.

– Regarde, Lulu, murmuré-je, anéantie. Maman n'est pas venue. Oh non, elle n'est pas venue me chercher…

– Ne t'inquiète pas, bébé. C'est sans doute qu'elle a un rendez-vous important. Le père Jean t'emmènera chez elle. Allez, ne te fais pas de souci, tout ira bien.

– Je t'en prie, Lulu, reste avec moi ! Accompagne-moi à la maison. Tu rentreras demain.

– Je ne peux pas, ma petite. Désolée. Michel m'attend à la gare, au train du retour.

– Alors garde-moi avec toi, l'imploré-je. Ramène-moi au

Prieuré, s'il te plaît. Je ne veux plus habiter chez maman et oncle Pierre. Je veux rentrer chez papa, Toto et tante Nanisse. Rentre avec moi, je t'en prie.

– Allons, ma fille, il faut descendre, maintenant. Je ne peux pas te garder. La décision a été prise, tu vas vivre chez ta maman et le père Jean va certainement t'y amener.

Le prêtre s'approche tandis que nous descendons.

– Bonjour, mademoiselle, dit-il à Louise d'un ton sec, avec une courte révérence.

– Bonjour, père Jean, répond-elle en l'imitant.

Il m'étudie d'un air maussade, avec ses petits yeux délavés, aussi éteints que d'habitude. Son visage boutonneux est rougi par le froid.

– Où est maman ? m'écrié-je.

– C'est comme ça que tu dis bonjour ? me reproche Louise. Veuillez l'excuser, mon père. Elle s'attendait à voir sa mère, elle est un peu déçue.

– Madame et le comte de Fleurieu sont partis tôt ce matin dans le Périgord, explique-t-il. Madame a préféré l'accompagner plutôt que venir prendre l'enfant à la gare. Il y avait apparemment un problème à traiter d'urgence au château Marzac.

J'avais eu le temps d'oublier qu'il m'appelait toujours « l'enfant ». Ignorant mon prénom, il parle de moi comme si je n'étais pas là.

– Elle dormira chez eux, poursuit-il, et je l'emmènerai demain à Marzac par le train.

– Tu vois, ma chérie, voilà pourquoi ta maman n'est pas là, assure Louise, tentant de me consoler. Mais tu vas passer Noël dans le Périgord, c'est merveilleux ! Tu en as de la chance !

– Fort bien, mademoiselle, la coupe le prêtre, impatient de s'en aller. Je m'occupe d'elle désormais.

Il fait signe à un porteur qui, accoudé nonchalamment à son chariot, fume une cigarette en papier maïs.

– Par ici ! crie le père Jean en faisant claquer ses doigts d'un air autoritaire.

Peu impressionné, l'homme s'approche sans hâte. Comme au

Prieuré déjà, je pense que le prête inspirerait peu de respect sans sa soutane noire et son col romain. Bien au contraire : avec ce torse creux, ces cheveux roux clairsemés, cette acné persistante et ces ongles rongés... J'étais la seule à avoir peur de lui et c'était normal : il n'avait d'autorité sur nous que parce que nous étions des enfants. Je me suis rappelée, non sans un brin de satisfaction, la correction que lui avait infligée mon père, ses gémissements de petite fille, la pitié qu'il avait implorée et, l'espace d'un instant, le souvenir de sa faiblesse me rend plus forte.

– Je dois filer, assure Louise en se penchant vers moi. Il faut que j'aille au guichet demander sur quelle voie part le train de Châtillon, tout à l'heure. Au revoir, mon bébé, on se reverra très bientôt.

– Au revoir, Lulu, lui dis-je d'une voix minuscule, presque incapable de la regarder.

J'essaie surtout de ne pas fondre en larmes devant le prêtre.

Louise m'embrasse, me serre bien fort contre elle, puis s'éloigne de son pas décidé de bonne paysanne. Elle se retourne cependant pour me saluer de la main.

Alors seulement le prêtre baisse les yeux vers moi.

– Avez-vous été sage depuis la dernière fois ? me demande-t-il avec un mauvais sourire.

– Oui, mon père.

– J'en doute, lâche-t-il, content de lui. Avez-vous fait vos devoirs ?

– Oui, mon père.

Mensonge.

– Eh bien, c'est ce qu'on verra à la prochaine leçon. Je vérifierai s'il reste quelque chose de ce que j'ai essayé de vous inculquer et que vous êtes trop bête pour comprendre. Après quoi, une petite correction s'imposera, n'est-ce pas ?

– Oui, mon père.

Je hais cet homme au point de le souhaiter mort et je prie Dieu pour qu'il le tue.

Son mégot jaunâtre calé entre ses lèvres noires, le portier empile mes bagages sur son chariot et nous le suivons jusqu'à la sortie. La neige qui continue de tomber, terriblement froide, brille comme une poudre cristalline à la lumière des réverbères. Je vois la buée s'échapper de ma bouche. Une queue s'est formée à la station de taxis, que le prêtre feint d'ignorer. La main levée, il se place directement en tête. Personne ne moufte – qui oserait se plaindre qu'un curé en soutane n'attende pas son tour comme les autres, à quelques jours de Noël, qui plus est ? Je reste sur le trottoir avec le porteur, qui rallume sa cigarette en frottant une allumette sur son ongle, ce qui me donne l'impression d'un joli tour de magie.

Voyant le prêtre les héler, deux taxis déboîtent en même temps de la file garée le long du trottoir. Sans se soucier du règlement, ils se font concurrence, pensant sans doute que le bon Dieu les récompensera d'avoir chargé un abbé si près de Noël. Tandis qu'ils approchent, le père Jean se tourne vers notre porteur :

– Eh bien, dépêchez ! Vous ne voyez pas qu'on a un véhicule ? Allons, les bagages dans le coffre !

Au dernier instant, l'une des deux voitures double l'autre, et je vois son conducteur rire derrière son pare-brise, tandis que le second lève paisiblement la main, en acceptant, fair-play, d'avoir perdu une course. La première, une Citroën noire, freine en se rapprochant de nous, mais ses roues glissent sur une invisible plaque de verglas, et l'homme change d'expression en comprenant que son véhicule file en ligne droite vers le trottoir, que ses coups de volant n'y pourront rien changer. Au contraire, il prend de la vitesse. Quand le père Jean se retourne, la Citroën fond vers lui. Je doute qu'il ait le temps de formuler la moindre prière. Épouvanté, le chauffeur regarde le prêtre dans les yeux quand sa voiture le heurte et le projette quelques mètres plus loin. Un phare vole en éclats, la soutane du père tourbillonne, ses bras moulinent par réflexe, il atterrit sur le dos et se fracasse le crâne, tandis que le taxi, continuant de foncer, lui passe sur le corps. Alors seulement, il s'immobilise, le père Jean entre les deux essieux.

La petite foule pousse des cris, comme moi-même, horrifiée par la violence subite de l'accident. Le père Jean, vivant, hélait un taxi, engueulait le porteur et, l'instant d'après, ce n'est plus qu'un sac d'os fracturés, aplati sous le châssis d'un véhicule. Une mare de sang se forme sur les pavés enneigés, et je venais juste de prier pour qu'il meure.

La police arrive rapidement sur les lieux, suivie par une ambulance et un camion de pompiers. Avec force gesticulations, ces messieurs débattent de la meilleure façon de dégager le prêtre, coincé sous la Citroën. Finalement, après s'être assurés qu'il est bien mort, ils attachent un câble à l'essieu arrière de la voiture et la tirent avec le treuil des pompiers, de sorte que les roues avant repassent sur son corps, comme s'il fallait l'écraser une deuxième fois. Ce voyant, le pauvre chauffeur, en pleurs, lève des bras désespérés lorsqu'on dégage son véhicule du prêtre inanimé. Cela n'augure rien de bon, pense-t-il certainement, de tuer un curé quelques jours avant Noël. Peut-être est-ce un bon catholique…

Avec toute cette agitation, on ne fait guère attention à moi. Évidemment, personne ne sait qui est ce prêtre, ni avec qui il voyageait, et le porteur ne s'est pas manifesté auprès des hommes en uniforme. Il a discrètement reculé sur le trottoir avec son chariot et nous avons observé la scène à quelque distance. Il s'agenouille finalement devant moi, son mégot toujours au coin d'une bouche presque aussi jaune que le papier de sa cigarette. Son haleine empeste le tabac.

– Je ne veux pas être mêlé à tout ça, mam'zelle. Mais tu pourrais peut-être aller te présenter aux gendarmes, me suggère-t-il à voix basse. Dis-leur que le curé devait t'accompagner chez toi et donne-leur ton adresse. Je suis sûr qu'ils t'aideront. Je laisse vos bagages ici, sur le chariot.

– Je ne connais pas mon adresse. Je ne veux pas, monsieur, je n'ai que huit ans et ils me font peur, les gendarmes.

Jetant un coup d'œil aux agents, il hoche la tête et affiche un sourire ironique.

– Ouais, moi aussi, mam'zelle. Sinon, j'irais les voir avec toi. Où veux-tu aller ?

Je me rappelle soudain qu'avant de quitter le Prieuré, papa a noté l'adresse et le numéro de téléphone de maman sur un bout de papier qu'il a mis dans mon manteau, au cas où Louise et moi serions séparées en chemin. Je cherche dans une poche, puis dans l'autre, mais en vain. Le papier a dû tomber dans le train.

– Ma mère et mon oncle ne sont pas à la maison, monsieur. C'est pour ça que le prêtre est venu me chercher.

– Il doit bien y avoir quelqu'un chez toi. Ta maman a sans doute des domestiques ?

– Oui, mais je préfère retourner chez mon père. J'ai perdu l'adresse de maman. Ma nounou prend le train du retour pour Châtillon-sur-Seine. Vous croyez qu'on peut la retrouver ?

Il consulte sa montre de gousset.

– Bien sûr. Je sais depuis quelle voie il part, ce train.

Son mégot, long de trois centimètres à peine, étant de nouveau éteint, il le rallume en penchant la tête pour ne pas se brûler le nez.

– Viens avec moi, mam'zelle, dit-il en recrachant la fumée, on va la chercher, ta nounou.

Louise vient de montrer dans sa voiture quand nous la rejoignons. Elle redescend lorsqu'elle m'entend l'appeler.

– Que fais-tu là, bébé ? demande-t-elle, étonnée. Où est le père Jean ? Tu ne t'es pas enfuie, dis-moi ?

– Non, Lulu, non. Il a eu un accident.

– Qu'est-ce que tu racontes ? Comment ça, un accident ?

Elle se tourne vers le porteur.

– S'il vous plaît, monsieur, qu'est-il arrivé au prêtre ?

– C'est comme elle vous dit, m'dame, un accident. Il s'est fait renverser par un taxi juste devant la gare. Mort sur le coup, comme si le bon Dieu lui en voulait.

– Seigneur, Jésus, Marie ! s'écrie Louise en faisant le signe de croix.

– Je veux rentrer avec toi, Lulu ! Je t'en prie, ramène-moi chez papa !

– On ne peut pas quitter Paris comme ça, bébé. Ta mère va se faire un sang d'encre si elle apprend que tu n'es pas chez elle avec le père Jean. Donne-moi le papier que ton père t'a donné avant de partir.

– Je ne l'ai plus. Je l'ai perdu.

Anxieuse, Louise fouille dans mes poches, sans plus de chance que moi.

– Mais comment as-tu fait ton compte ?

– Madame, il faut se décider, dit le porteur. Je ne vais pas me promener avec la petite tout l'après-midi. J'ai besoin de gager ma vie, vous comprenez ?

– Oui, bien sûr, monsieur. Je vais vous dédommager.

Le chef de gare appelle une dernière fois les passagers à embarquer.

Pleine d'espoir, je regarde Louise.

– Bien sûr que je ne vais pas te laisser seule, bébé, poursuit-elle. Ton père m'a chargée de te conduire à ta mère et j'ai bien l'intention de le faire. Je vais t'emmener moi-même dans le Périgord. Nous allons demander au guichet à quelle heure part le prochain train. Ensuite, j'envoie un télégramme pour dire que notre programme a changé. Ton père devrait être capable de contacter le comte et ta mère pour leur expliquer la situation.

Je commence à me sentir vaguement coupable d'avoir éprouvé un certain soulagement, une sorte d'allégresse secrète en voyant disparaître le père Jean, même dans d'aussi horribles circonstances. Je suis sûre que mes prières ont précipité sa mort. Ce sera peut-être la première et la dernière fois que le Seigneur les exauce. Mais voilà : j'ai envoyé le curé au Ciel, ou en enfer, et je pars avec Lulu dans le Périgord. Quoi souhaiter de mieux ?

3

Il doit neiger partout en France car tous les trains sont retardés, et nous passons une bonne partie de la nuit assises sur un banc de bois, dans une gare de province mal chauffée. Peu m'importe, tout cela est une belle aventure. Louise a refermé son grand manteau sur nous deux et, la tête nichée contre sa poitrine, je profite, bien à l'abri, de la chaleur de son corps. Le matin venu, nous reprenons un train pour terminer notre voyage et nous regardons le soleil se lever sur un magnifique paysage, tout recouvert de neige.

Nous n'atteignons les Eyzies qu'en fin d'après-midi. Avant notre départ de Paris, Louise a télégraphié à papa, qui a ensuite contacté le château Marzac, expliquant que le père Jean était décédé et que nous arrivions. Cette fois, maman et oncle Pierre sont là pour nous attendre. Joseph, le chauffeur, les a conduits dans la Citroën.

Maman, qui paraît sincèrement heureuse de me revoir, m'embrasse avec une tendresse inhabituelle.

– J'étais folle d'inquiétude, ma chérie. Dieu merci, vous vous teniez à distance du père Jean lorsqu'il s'est fait renverser.

– Le bon Dieu l'a emmené au Ciel, maman, lui dis-je d'un air grave. J'étais restée sur le trottoir.

– Vous avez bien fait, c'était votre place. Le Seigneur avait peut-être ses raisons de rappeler le prêtre, mais pas vous, vous êtes trop jeune !

Le soir tombe et Joseph avance prudemment sur une route de

plus en plus enneigée, qui crisse sous les roues. Deux fois il doit descendre avec oncle Pierre pour pousser l'auto au milieu des congères, dans les virages, pendant que maman prend le volant.

– Bien joué, madame la comtesse, la complimente Joseph quand les deux hommes, essoufflés, remontent dans la voiture.

Elle rend sa place au chauffeur qui, s'il n'est plus très jeune, a un corps mince et vigoureux, doté de gros bras noueux comme des branches d'arbre.

– On a de la chance qu'il ne soit pas trop tard, sinon la route serait impraticable, dit oncle Pierre. On serait forcés de rester la nuit entière dans la voiture et on n'aurait pas bien chaud.

Me regardant avec une lueur dans les yeux, il ajoute :

– Et il faudrait faire attention aux loups.

– Aux loups ?

– Ne l'effrayez pas, proteste maman. Elle a vu assez de choses épouvantables en vingt-quatre heures.

– Racontez à Marie-Blanche l'histoire des loups, Joseph, lui demande Pierre, passant outre.

– Joseph, je vous interdis !

– Fort bien, madame la comtesse, acquiesce le chauffeur en inclinant légèrement la tête. Navré, monsieur le comte, mais les désirs de madame sont des ordres.

– Voyez-vous, Marie-Blanche, m'explique gentiment Pierre, cela fait un demi-siècle que Joseph est au service de la famille et, depuis quelques jours seulement qu'elle est là, il n'obéit plus qu'à votre mère. Eh bien, je vais la raconter moi-même, cette histoire.

– Pierre, vous êtes impossible ! lui reproche maman, sans vraiment le penser.

– Par un après-midi, il y a bien longtemps… commence-t-il en prenant un ton adapté. Oui, c'était d'ailleurs l'année où nous avons engagé Joseph. Évidemment, il n'y avait pas encore d'automobiles en ce temps et il conduisait notre vieille voiture en bois, attelée à deux chevaux rapides, gris pommelé…

– Une jument qui s'appelait Adélaïde et un hongre dénommé Arthur, complète Joseph, incapable de résister. Ah, c'était un bel attelage !

– Et donc, ce jour-là, Joseph se rendait à la gare pour chercher mon père qui, comme vous, arrivait de Paris par le train du soir.

– Paix à son âme, dit le conducteur en se signant. Votre père était l'excellence même, monsieur le comte.

– La vérité vraie, Joseph. Qu'il repose en paix, renchérit Pierre, faisant lui aussi le signe de la croix. C'était une soirée d'hiver, très semblable à celle-ci. Il faisait froid, il neigeait et la pleine lune se levait.

Je me rapproche de Louise pendant qu'il poursuit. La nuit est tombée et il neige toujours.

– À mi-chemin entre la gare et la maison, les chevaux s'affolèrent soudain. Ils se sont emballés et papa s'est retrouvé projeté au fond de la voiture. Retrouvant à peu près l'équilibre, il a ouvert la vitre et demandé : « Joseph, que se passe-t-il ? » « Des loups, monsieur le comte », a répondu Joseph qui tirait de toutes ses forces sur les rênes, essayant d'arrêter les chevaux et de contrôler la situation.

– Ils sortaient des bois pour attaquer les chevaux, explique le conducteur. Et ils étaient une fameuse bande, le long de la route. Une vieille astuce qu'ils ont apprise à travers les siècles : ils effraient les bêtes pour qu'elles paniquent et que l'attelage se renverse. Souvent un cheval se casse une jambe, si ce n'est pas le cocher ou un passager... Alors les loups fondent sur eux et se repaissent de leur chair.

Frissonnant, je me blottis contre Louise.

– Joseph, que vous ai-je dit ? intervient sèchement ma mère. Vous voulez la terroriser ?

– Navré, madame la comtesse. C'est à cause de monsieur, je me suis laissé emporter...

– Ne les écoutez pas, m'ordonne maman. Ils enjolivent toute cette affaire. Ce devait être un chien galeux qui boitait au bord de la route et qui a inquiété les chevaux. Sûrement pas une bande de loups affamés !

– Si, si, madame la comtesse, proteste Joseph, le doigt levé. Veuillez m'excuser, mais c'était bien des loups. Ces animaux diaboliques ! Je les ai vus de mes yeux, comme M. le comte.

– Oui, oui, confirme Pierre. Papa les a vus aussi par la vitre, sortir de la forêt et courir sur le bas-côté. « Des ombres de fantômes au clair de lune », voilà comment il les décrivait.

– Et que s'est-il passé ensuite ? demandé-je, captivée, sans me détacher de Louise.

– Rien, mademoiselle, répond Joseph. Rien du tout. Il vaut mieux suivre le conseil de Mme la comtesse et ne pas aller plus loin.

Oncle Pierre n'allait pas laisser l'orgueil du vieux chauffeur froissé par les soupçons de maman.

– Disons que Joseph, qui savait manier les rênes et connaît bien les chevaux, a repris le contrôle de l'attelage. Ils ont dépassé les loups, qui ont abandonné la partie. Et qu'ils aillent voir ailleurs pour trouver de la chair fraîche ! Papa a toujours éprouvé une vive reconnaissance à l'égard de son conducteur, qui est depuis resté au service de la famille.

– Est-ce que les loups viendront nous attaquer, ce soir ? m'inquiété-je, plus émoustillée qu'angoissée.

– Voilà, vous êtes content ? jette maman. Elle est dans tous ses états, maintenant.

– Mais non, ma petite, dit Pierre. Les loups ont disparu de la région depuis des années. On raconte que j'ai moi-même tué le dernier quand j'étais gamin.

– C'est vrai ?

– Oui, c'est vrai. Bien des gens ne me croient pas quand je l'affirme, et pensent qu'il n'y en avait déjà plus. Mais une nuit, alors que j'avais douze ans, j'ai été réveillé par mon chien qui aboyait dans la cour. Il poussait de drôles de gémissements, le pauvre. J'ai ouvert la fenêtre pour comprendre ce qui se passait et j'ai vu un loup qui rasait le mur, les poils du cou hérissés, en s'approchant de lui. Il était prêt à bondir et à lui planter ses crocs dans la gorge. J'ai attrapé mon fusil et j'ai tiré depuis la fenêtre. Il est mort sur le coup. C'est le dernier qu'on a vu dans les parages et cela m'a valu d'être une gloire locale, pendant un temps. On en parle encore au bourg. Parfois, la nuit, j'ai l'impression d'entendre leurs hurlements lugubres dans la forêt, mais cela n'est peut-être qu'un souvenir d'une lointaine époque, transmis par mes ancêtres. Marzac est capable de vous jouer des tours dans ce genre. Le passé vit dans la pierre, ici. Vous comprendrez ce que je veux dire au bout d'un petit moment.

Au sortir d'un virage de la route sinueuse, le château se dresse devant nous, plein d'une majesté séculaire, perché sur une colline au-dessus du village. Son donjon massif, flanqué par des tours rondes aux quatre coins de l'édifice, domine la vallée de la Vézère. Ses toits d'ardoise grise scintillent sous la neige dans la lumière du crépuscule. Il émane de ses murs – un abri sûr contre les loups et les maraudeurs – une poésie intemporelle, à la fois brutale et tendre.

Nous franchissons les grilles du portail en fer, suivons la longue allée menant au château et passons sous la voûte de pierre de la cour intérieure. Joseph s'arrête devant la grande porte.

– Nous voilà rendus, Marie-Blanche, déclare oncle Pierre. Sans encombre.

François sort pour nous accueillir, suivi par deux femmes de chambre, Constance et Nathalie. François, le majordome en livrée, est un grand homme maigre qui paraît toujours jouer un rôle, comme si cela faisait partie de ses attributions. Ses deux aides sont des filles du village, d'allure assez quelconque. J'apprendrai par la suite que maman a renvoyé toutes les domestiques dotées d'un peu de charme, les remplaçant par les filles les moins séduisantes qu'elle ait trouvées à Tursac. Ma mère est une femme très jalouse, et Pierre, c'est notoire, a un faible pour les dames.

François, Constance et Nathalie prennent nos bagages dans le coffre, tandis que nous entrons dans le château. Le vestibule est éclairé par des chandelles sur des appliques. Elles diffusent une lumière douce, ambrée, qui nous réchaufferait presque après ce long trajet dans le froid. Un feu brûle dans l'énorme cheminée du grand salon, dont l'immense manteau, en pierre sculptée, donne l'impression d'occuper tout un mur. Les canapés et les fauteuils sont garnis d'un superbe tissu à fleurs, en soie, que maman a choisi elle-même. Sur les surfaces cirées des tables et des armoires anciennes miroite la brillance de l'âtre.

– Marzac te souhaite la bienvenue, Marie-Blanche ! déclare oncle Pierre en ouvrant grand les bras. Nathalie et Constance vont vous montrer vos chambres, à Louise et toi. Je suppose qu'après cet interminable voyage, vous aurez envie de faire un brin de toilette et de vous changer.

– Oui, merci, lui dis-je, ravie qu'il me parle comme à une adulte.

– Je viendrai vous chercher pour le dîner, assure ma mère.

– Oui, maman, merci beaucoup.

Les servantes nous conduisent vers l'escalier central, également éclairé, de chaque côté, par des appliques. Marzac est tellement spacieux que je m'y sens toujours plus petite que ma taille, comme si je rétrécissais en passant la porte. Louise, elle aussi éblouie par tant de splendeur, me jette des regards émerveillés.

Il émane encore une chose de ces murs, que je n'identifie pas tout de suite. Au fil de mes séjours, je finirai par mieux la connaître, intimement même : c'est que Marzac a une âme, difficile à décrire, tant elle réunit de destins particuliers. En montant les marches de l'escalier, adoucies par les siècles, je sens dans mes pas les milliers d'autres individus qui les ont gravies avant moi, et dont la courte existence, les voix, la chair et le sang restent pour toujours imprimés dans la pierre. Ce sont les fées et les fantômes qui deviendront les heureux compagnons de mon enfance. Des amis chers qui m'entoureront et me protégeront. Pendant une courte période, du moins.

4

C'est l'été, j'ai dix ans et j'ignore encore que ce sont mes plus belles années. Je vis maintenant avec oncle Pierre et maman au château Marzac, une partie des grandes et des petites vacances, et le reste du temps à Paris où ma mère m'a inscrite en externe à l'école de filles Sainte-Marie. Je passe l'autre moitié des vacances à Vanvey, avec papa et Toto, dont un mois au moins pendant l'été. J'ai toujours l'impression de profiter du meilleur des deux mondes.

Oncle Pierre est un merveilleux beau-père, doux et gentil, avec un formidable sens de l'humour. Depuis un moment, il semble que les relations soient plus tendues avec maman. Je l'entends piquer des crises de jalousie derrière les portes fermées, ils échangent des propos houleux qui résonnent sourdement le long des murs du château. Il y a de la tension dans l'air, c'est comme l'odeur de l'ozone avant l'orage et cela me rend extrêmement triste.

Pierre a beau être comte et posséder ce château magnifique, il ne reste plus grand-chose de la fortune familiale. On a longtemps considéré vulgaire, chez les aristocrates, de travailler pour de l'argent, car cela revenait à prendre un emploi à quelqu'un qui en avait besoin. Après la guerre, Pierre fut cependant le premier d'une longue ligne de Fleurieu à s'y résoudre, puisque nécessité fait loi. Il a été récemment engagé par André Citroën pour ouvrir des concessions automobiles en Roumanie, Turquie, Égypte, Yougoslavie et Grèce. Ma mère ne supporte pas la solitude et cela n'arrange pas leurs affaires qu'il soit constamment parti. Pour éviter l'ennui, elle reçoit à Marzac des quantités d'invités et, quand Pierre entreprend de longs voyages, nous séjournons de plus en plus souvent à Paris, où elle sort presque tous les jours pour déjeuner ou dîner avec ses nombreux amis. Je ne la vois que rarement.

Peut-être les leçons d'autrefois avec le père Jean m'ont-elles à jamais brouillée avec les études, toujours est-il que je ne réussis pas à l'école. Selon maman, c'est simplement parce que je suis bête. Elle reconnaît qu'elle n'était pas très brillante en son temps, non qu'elle ne fût pas intelligente, plutôt paresseuse et indisciplinée. À l'en croire, non seulement elle était plus fine que les autres élèves, mais elle surpassait également ses professeurs, qu'elle méprisait tous. C'est une forte personnalité qui a une haute idée d'elle-même. Je regrette de ne pas lui ressembler davantage, d'avoir si peu d'assurance, de craindre autant le monde extérieur.

À Marzac je n'ai pas besoin d'être intelligente. Je vais partout avec Henri, mon petit épagneul, et, lorsqu'il est de retour, oncle Pierre nous emmène avec lui dans le domaine ; nous traversons les bois, nous cherchons des champignons, nous explorons les grottes aux noms légendaires et mystérieux – « la grotte de l'Homme assassiné », « du Bandit » ou « de la Fin du monde ». Nous allons parfois pêcher à la rivière où je ne suis pas censée me rendre seule. J'y retourne quand même en son absence, juste pour m'asseoir sur la berge et regarder l'eau couler. J'écoute les oiseaux chanter, je cueille des fleurs qui sentent la vanille, et, à l'automne, les figues mûres le long de la rive.

Je connais tous les métayers de la propriété, les parents, les enfants, qui se fichent bien, eux aussi, de mes résultats à l'école. En promenade, je longe leurs petites maisons de pierre. Ils ont chacun un cochon dans le jardin, des poules, des canards et des oies grasses, un clapier à lapins, deux vaches dans le pré et au moins un bon cheval. Ils ne manquent jamais de m'inviter à partager quelque chose. « Mademoiselle Marie-Blanche ! disent-ils en me voyant arriver. Venez, venez manger un morceau avec nous ! » Ils mettent de côté ce qu'ils étaient en train de faire et m'assoient à leur table, devant une soupe paysanne, des rillettes de porc, du confit, du pain juste sorti du four, et une goutte ou deux de vin rouge dans mon eau.

Pierre de Fleurieu avec Marie-Blanche et Toto, 1926

Quand les amies de Paris descendent pour le week-end, je les emmène à mon tour dans les bois et les grottes. Les lieux n'ont presque plus de secret pour moi, pourtant nous découvrons toujours quelque chose de nouveau. Nous partons à cheval, nous jouons au tennis, nous nageons dans la rivière – sous la surveillance d'un domestique, le plus souvent Joseph, qui n'est pas le mieux qualifié puisqu'il m'a avoué un jour ne pas savoir nager. Les journées sont longues en été, mais nous ne restons jamais sans rien faire et, quand nous nous couchons le soir, épuisées après mille activités, nous nous endormons aussitôt et rêvons les doux rêves des enfants.

Lorsqu'il pleut, l'hiver, ou qu'il fait trop froid pour sortir, il y a largement de quoi nous occuper à l'intérieur. Avec ses tours, ses niches secrètes, Marzac est un château magique, sans compter les portes dérobées qui mènent au labyrinthe de passages souterrains qui permettaient jadis aux habitants de fuir pendant les sièges, comme m'a expliqué Pierre. Plus personne ne viendra nous attaquer sur notre nid d'aigle, perché sur une falaise rocheuse impossible à escalader. Mes amies et moi jouons aux princesses médiévales, courtisées par de valeureux chevaliers qui ne reculent devant rien pour nous protéger des barbares qui rôdent aux alentours. Nous mettons à contribution les fantômes et les fées, qui ne demandent pas mieux. Complices de nos caprices, ils vivent ici depuis des temps immémoriaux et n'en partiront plus. Ils en savent bien plus long que nous sur l'histoire de Marzac. Chacun a son titre, sa personnalité et, curieusement, tout cela nous paraît évident. Il suffit d'un peu d'imagination pour qu'ils fassent partie de la bande, comme les autres. C'est une des grandes tristesses de l'existence que de perdre cette faculté – on se détache de l'enfance comme nos bonnes fées se détachent de nous, et un jour on ne voit même plus leur visage. J'ai toujours eu envie de revenir là-bas pour essayer de les retrouver.

Si je me plais à Marzac, je suis contente de revenir chez papa, Toto, tante Nanisse et Constantin au Prieuré, qui est, je l'admets, un endroit moins riant. Papa boit toujours comme un trou et il est toujours aussi excentrique. Mais il est affectueux, gentil, il se met en quatre pour me distraire pendant que je suis là. Il n'oublie jamais d'inviter les enfants des châteaux voisins pour que nous jouions ensemble. Et il y a ma fidèle copine Marie-Antoinette, si prompte à me soutenir et me réconforter, qui traverse les montagnes pour nous rendre visite.

Je suis moins heureuse à Paris, à cause de mes difficultés à l'école, et maman répète constamment que je suis idiote. Elle sort si souvent que je la vois à peine et, quand c'est le cas, rien de ce que je fais ne semble lui plaire. C'est un reproche après l'autre – le nez que j'ai hérité de mon père, mes piètres résultats, ma timidité, ma sottise.

Lorsqu'il est là, jamais Pierre ne me reproche rien. Il me traite comme une personne normale, presque comme une adulte. À mon insistance, il a finalement admis que j'étais assez grande pour me raconter comment il a perdu son bras.

– Venez là, ma petite, je vous dirai tout.

Je m'installe sur ses genoux et il commence d'une voix grave :

– C'était vers la fin mai 1918, une belle journée de printemps, le ciel était d'un bleu splendide, avec à peine quelques nuages blancs. Quand on se prépare au combat, on apprécie ces journées-là, car ça peut toujours être la dernière. Avec mon bon ami et compagnon de régiment, Claude de Montrichard, nous avons décollé de la piste du Plessis-Belleville dans nos Spad, suivis par deux ou trois autres avions de l'escadrille. Quand nous sommes arrivés au-dessus de la ligne de front, Montrichard me précédait. Il était environ six cents mètres plus bas. Soudain, j'ai vu six Allemands déboucher d'un nuage juste au-dessus de lui. L'un d'eux l'a aussitôt pris en chasse et s'est mis à tirer. Je savais que Claude se défendrait comme un beau diable mais, à six contre un, il risquait de ne pas s'en sortir. J'ai pensé à manœuvrer pour abattre deux des zincs qui le survolaient, ce qui n'aurait rien arrangé car les autres se rapprochaient de lui. Non, si je voulais le sauver, il fallait mettre hors d'état de nuire celui qui lui collait au train.

« J'ai entamé un piqué, et j'en ai vu encore six autres, avec la croix noire, qui piquaient eux aussi, de plus haut. Ça en faisait douze au total, douze Boches contre nous deux. Nous étions perdus mais, si je devais mourir, j'allais leur faire payer chèrement ma vie. J'étais maintenant derrière celui qui suivait Claude et j'ai tiré une salve de mitrailleuse. Je ne savais pas si je l'avais touché, mais j'ai cru que oui, parce qu'il a décroché sur sa gauche. Je l'ai poursuivi et, au moment où j'envoyais une nouvelle rafale, j'ai ressenti une vive douleur dans le bras droit, comme un violent coup de matraque. L'instant d'après, je n'arrivais plus à le bouger, ce bras, il était engourdi. J'ai lâché le manche à balai, je l'ai secoué avec la main gauche pour voir si je pouvais le réveiller. Ma main était couverte de sang et j'ai compris que la balle avait sectionné une artère.

Pierre s'interrompt pour ajouter au suspense. Je le regarde en écarquillant les yeux. Captivée par son histoire, je ne pense pas une seconde que, si je suis là assise sur ses genoux, c'est qu'il a survécu.

– Et après, que s'est-il passé ? lui demandé-je, impatiente. S'il vous plaît, racontez-moi la suite !

– Eh bien, ma petite, je n'avais pas le choix, j'ai piqué à la verticale, à fond les gaz, en pilotant avec le bras gauche. Les Boches avaient des zincs trop légers pour me suivre à cette vitesse. J'étais étourdi à cause du sang que je perdais, mais j'ai réussi à regagner les lignes françaises où j'ai repéré un champ de blé. Je me suis redressé, j'ai coupé le moteur et, presque au moment d'atterrir, j'ai perdu conscience. Quand je me suis réveillé, j'avais la tête en bas et les pieds en l'air. Il n'y avait que ma ceinture pour me retenir au siège. Mon Spad avait fait un tonneau, le sang giclait de mon bras et m'arrosait la figure. Je crois que c'est ça qui m'a réveillé. J'ai cherché comme un fou le pansement hémostatique qu'on avait tous dans nos avions, mais je ne suis pas arrivé à le saisir. Alors j'ai compris que j'étais mort. Tout était fini.

Hochant la tête avec tristesse, il s'interrompt de nouveau.

– Et ensuite, oncle Pierre ! Je vous en prie, continuez !

Il s'esclaffe, avec cette lueur espiègle qu'il a souvent à l'œil.

– Eh bien finalement, non, ce n'était pas fini, ma chérie ! Brusquement, on a remis l'avion dans le bon sens, on a détaché ma ceinture et on m'a libéré. Aussitôt quelqu'un m'a posé un garrot pour stopper l'hémorragie. C'était Claude de Montrichard, dont j'avais sauvé la vie, et qui sauvait la mienne. Me voyant piquer, prêt à m'écraser, il avait réussi à échapper aux Boches et à atterrir.

« Mais nous n'étions pas tirés d'affaire pour autant. Trois des avions allemands ont dépassé les lignes françaises, ils ont foncé vers nous et se sont mis à nous mitrailler. Claude m'avait extirpé du cockpit et m'entraînait au bout du champ, pendant que les balles soulevaient la terre autour de nous. On s'est finalement réfugiés dans une tranchée, où nous nous sommes cachés, le temps que les Boches abandonnent la partie et reprennent de l'altitude. Cette fois, c'était terminé. Plus tard, Claude a compté trente impacts de balles sur son zinc. Nous avions eu beaucoup de chance, tous les deux. À part que j'avais l'os du bras brisé. On m'a envoyé dans un hôpital à Paris, où les chirurgiens ont essayé de le sauver, mais la gangrène s'est déclarée et ils ont été obligés de m'amputer. Voilà, ma petite, comment j'ai perdu le bras droit dans le ciel au-dessus de notre beau pays.

Maman entre soudain dans le salon, l'air franchement en colère.

– Descendez de là tout de suite ! m'ordonne-t-elle. Que fait-elle sur vos genoux, Pierre ?

– Je lui raconte une histoire, c'est tout.

– Elle a besoin de s'asseoir sur vos genoux, pour ça ?

– C'est loin d'être la première fois, ma chérie. Vous ne me l'avez jamais reproché.

– Eh bien, aujourd'hui si. Cela n'est plus de son âge.

– Enfin, elle a dix ans, Renée.

– Vous m'entendez ? répète maman. Descendez de là tout de suite !

5

Ainsi passe le temps. J'ai dix ans, j'ai onze ans et presque douze maintenant. L'enfance, qui file à toute vitesse, n'est qu'une petite partie de nos vies, pourtant ces années-là nous marquent jusqu'à la fin de nos jours.

Gabriel, l'oncle de maman, qui est très riche et possède une grande plantation en Égypte, est venu nous rendre visite à Marzac. Il a proposé un travail à Pierre. Fort de sa réussite en Orient, il se propose de lancer une opération semblable dans un nouveau pays, qui offre les mêmes avantages que l'Égypte au moment où il s'y était implanté : une main-d'œuvre abondante, bon marché, et le coût peu élevé d'une terre fertile. Ce pays, c'est le Brésil, où il voudrait envoyer Pierre, sur les rives du fleuve Paraguay, près des frontières du Paraguay et de la Bolivie, dans les plaines du Mato Grosso. En toute discrétion, il a acquis un immense domaine de plusieurs centaines de milliers d'hectares : le Barranco Branco. Lorsqu'il a étalé la carte sur la table de la cuisine, pour nous le montrer à tous, j'étais à la fois effrayée et enthousiaste. C'est un endroit tellement isolé, un des plus sauvages qui soient, dit-il, et terriblement loin de la France.

– À la vérité, Pierre, explique Gabriel ce soir-là, personne ne sait vraiment ce qu'il y a là-bas. Je ne suis même pas sûr que quiconque, à part quelques indigènes, ait couvert tout le territoire. Moi, je suis devenu trop vieux pour faire le voyage et je vous propose de me servir d'agent, d'être mes yeux et mes oreilles, d'évaluer toutes les caractéristiques du domaine, puis de me rendre compte de sa composition et de son potentiel agricole.

– Cela m'a tout l'air d'une aventure formidable, vicomte, déclare Pierre, à l'évidence emballé.

– Combien de temps serait-il absent ? demande maman.

– Pas moins d'un an, j'imagine. Peut-être plus longtemps. Avant que vous preniez votre décision, Pierre, je serais coupable de ne pas insister sur les risques réels que comporte une telle entreprise. D'abord, il faut vous attendre à être séparé de votre épouse pendant une très longue période, car je vous demanderais de faire, pour ainsi dire, vos classes dans plusieurs haciendas en Argentine et au Paraguay, afin de vous familiariser avec l'agriculture de cette partie du monde. J'ai des amis qui possèdent des propriétés dans ces pays, et ils vous apprendront tout ce qu'il faut savoir dans ce domaine. Si vous acceptez mon offre, je vous promets de tenir compagnie à Renée autant que je le pourrai, afin qu'elle souffre le moins possible de votre absence.

« Ensuite, je dois vous rappeler que vous serez un Européen isolé, plongé dans une culture que vous ne connaissez pas, dans une région sauvage, hostile, à des milliers de kilomètres de la civilisation. Qu'adviendrait-il si vous tombiez malade, si vous aviez un accident, même banal – un os cassé après une chute de cheval, par exemple ? Il faut bien peser toutes ces choses avant de vous décider.

Oncle Pierre n'est pas du genre à se laisser intimider par les dangers encourus. Au contraire. Bien qu'il n'ait qu'un seul bras, c'est encore un homme jeune et fort, avec un goût marqué pour l'aventure. Je vois dans ses yeux pétillants qu'il ne peut refuser de participer à une entreprise aussi romanesque. Après le dîner, Gabriel s'étant retiré dans sa chambre, Pierre plaide sa cause dans le salon auprès de maman :

– Réfléchissez, ma chérie… C'est un territoire plus grand que plusieurs départements français. En étant associés à parts égales, comme il me le propose, nous tenons une chance de devenir comme lui multimillionnaires. Tels des princes, nous mènerions grand train entre l'Europe et l'Amérique du Sud. Nous avons encore la vie devant nous, et il me semble qu'être séparés un an n'est pas si cher payé pour une telle occasion. Votre oncle a dit lui-même qu'il vous assisterait en mon absence, et je n'aurais pas à craindre pour votre sécurité.

– Inutile d'essayer de me convaincre, Pierre, répond maman, toujours réaliste. Quoi que j'aie à dire sur le sujet, je sais déjà que vous voulez accepter.

Après quelques semaines de préparation – il faut acheter du matériel, des vêtements, des armes, des médicaments, et se prémunir avec les vaccins appropriés –, le jour du départ arrive finalement. Maman et moi accompagnons Pierre au Havre, où il embarque sur *Il Biancanomo*, un navire italien à destination de l'Argentine.

Les matelots jettent les amarres tandis que, là-haut sur le pont, Pierre nous regarde à terre. Il m'a toujours donné l'impression d'un homme fort, solide mais, comparé à cet énorme bateau, il paraît petit, insignifiant – tellement seul aussi, même immensément triste, comme si l'enthousiasme qu'il a ressenti à l'idée de ce voyage cédait devant la réalité : il quitte pour longtemps sa patrie et ceux qu'il aime. La sirène retentit, le navire se détache lentement du quai et je lis dans ses yeux le sentiment terrible que cet instant n'est pas seulement un commencement, mais aussi une fin. De fait, lorsqu'il reviendra en France un an plus tard, tout dans nos vies aura changé, et définitivement.

Maman le ressent également. Le bateau n'est pas encore parti qu'elle tourne les talons et, me prenant par la main, s'éloigne déjà. C'est elle tout craché : dure et pragmatique – ne pas verser une larme, ne pas regarder en arrière, passer directement à l'étape suivante, quelle qu'elle soit.

Je jette un coup d'œil derrière moi, pour avoir une dernière image de Pierre, et je lui fais un petit signe en vitesse, auquel il répond de même.

6

Comme promis, Gabriel est souvent avec nous à Marzac, ou à l'appartement de Paris quand nous y séjournons. J'ai peur de lui, je n'aime pas sa présence, il me donne la chair de poule et des frissons. Mes amis les fées et les fantômes, qui ne l'apprécient pas non plus, chuchotent que je dois prendre garde. Ils ont appelé au secours le duc Albert, un des chevaliers, afin qu'il me protège. Albert porte une cotte de mailles qui fait un bruit de tonnerre quand il se déplace. Il chevauche un immense destrier de Gascogne, nommé Danton, habitué à foncer droit sur l'ennemi. Armé de sa grande lance, le duc désarçonne les autres cavaliers, puis Danton leur décoche des ruades et les piétine jusqu'à la mort. À eux deux, ils ne feraient qu'une bouchée de l'oncle Gabriel.

Il se dispute avec maman, dans la chambre de l'un ou de l'autre, derrière la porte fermée. J'essaie de ne pas les écouter car, pour des raisons que je ne comprends pas bien, tout cela me perturbe. Dès qu'ils commencent, je file me réfugier dans ma propre chambre, où je fais parler mes amis fantômes, mes copines les fées et mes valeureux chevaliers pour ne pas les entendre. Mais parfois, je ne peux pas faire autrement, alors je recueille des fragments, des bribes qui me renseignent sur le monde mystérieux des adultes. Un peu comme des tessons de verre, tombés d'une fenêtre, que je ramasse par terre.

Un soir, plusieurs mois après le départ d'oncle Pierre, j'entre dans le salon où maman et Gabriel, qui vient de rentrer à Marzac, prennent l'apéritif avant de dîner. Ils poursuivent leur conversation sans me remarquer. Comme avec mes compagnons imaginaires, j'ai l'impression d'être invisible.

– Si l'on avait voulu détruire mon mariage, dit maman, on ne s'y serait pas pris autrement. Je n'ai plus de nouvelles de Pierre depuis trois mois.

Gabriel lâche un de ces rires méprisants dont il a le secret.

– C'est peut-être votre frigidité... conjugale qui le pousse vers des climats plus chauds, ma chère.

À mon grand étonnement, maman lui donne une gifle et je suis plus ébahie encore de le voir la lui retourner. Le coup est porté assez fort pour qu'elle tourne la tête malgré elle. Sa joue blanchit, puis rougit intensément. Sans crier, sans produire un seul son, elle regarde calmement Gabriel avec un fin sourire aux lèvres.

– Si les autres hommes m'intéressent aussi peu, c'est surtout par votre faute, lui dit-elle, avant de s'apercevoir que je suis là. Dans votre chambre, Marie-Blanche ! Restez-y jusqu'à ce que je vous appelle.

– Je pourrai venir dîner ?

– Je demanderai à Amélie de vous l'apporter. Fermez la porte derrière vous.

J'obéis et je reste dans le couloir le temps d'entendre la clef tourner dans la serrure. Tout paraît calme à l'intérieur, mais je perçois quelques murmures et je suppose qu'ils se réconcilient. Puis, dans ma chambre, j'attends Amélie et un dîner qui n'arriveront jamais.

Quand j'ouvre les yeux, le lendemain matin, Gabriel est penché au-dessus de mon lit. Il a mis ses bottes et sa culotte de cheval.

– Debout, ma fille, dit-il à voix basse. Nous partons nous promener. J'aimerais que vous me montriez les grottes préhistoriques. Je ne les ai jamais vues. Il paraît que vous êtes une jeune exploratrice, que vous n'avez peur de rien et que vous les connaissez.

Pas bien réveillée, je me frotte les yeux.

– Oui, oncle Gabriel, je les connais. Est-ce que maman vient avec nous ?

– Elle est encore au lit. Ce sera notre aventure à nous deux. Je vous trouve très timide, Marie-Blanche. J'ai l'impression de vous faire peur. Voilà l'occasion de vous prouver que le vieux Gabriel n'est pas un ogre, contrairement à ce que vous imaginez. Allons, levez-vous. Je descends aux écuries demander à Joseph de seller nos chevaux. Retrouvez-moi là-bas quand vous serez habillée. Ne traînez pas.

Les chevaux sont prêts quand je le rejoins, et il a monté le sien. J'ai à peine eu le temps d'avaler une tartine à la confiture d'abricot que Mathilde, la cuisinière, me préparait déjà. Je mâchonne la dernière bouchée en arrivant aux écuries.

– Bonjour, mademoiselle Marie-Blanche, m'accueille Joseph.

– Bonjour.

Je suis très attachée à Joseph, qui a toujours été très gentil. Il veille sur moi en l'absence de Pierre et, quand je me promène seule dans la propriété, il semble savoir où je suis à tout moment – comme s'il avait un réseau d'espions parmi les métayers (ce que je crois volontiers). Ou peut-être, par prudence, me fait-il suivre (c'est bien possible aussi). Il connaît chaque parcelle du domaine, chaque bête qui y vit, et toute l'histoire de Marzac. C'est lui qui a enflammé mon imagination avec le récit des chevaliers qui, jadis, défendaient le château, tandis que les dames, dans le donjon, attendaient leur retour de la guerre.

– Une belle matinée pour une promenade à cheval, mademoiselle.

– Oui, Joseph. Oncle Gabriel veut que je lui montre les grottes.

– Ah, fait-il, levant un œil méfiant vers celui-ci. Votre oncle Pierre ne vous a pas dit qu'il fallait seulement y emmener des gens de votre âge ?

Je fronce les sourcils. Il a raison. Pierre répète sans cesse que les troglodytes sont réservés aux enfants, seuls capables de communiquer avec les esprits de nos lointains ancêtres, qui ne supportent pas la présence des adultes. « Moi-même, j'ai perdu le contact avec eux, m'a-t-il expliqué. Pourtant nous étions très proches quand j'étais gamin. Ils ont arrêté de me parler quand j'avais treize ou quatorze ans. Ils s'en vont peu à peu, et un jour c'est fini. Soudain, les dessins sur les murs ne s'animent plus comme avant, les animaux ne bougent plus, ils restent figés sur les parois. » Je devais avoir l'air perplexe car il a ajouté : « Vous comprendrez ce que je veux dire d'ici quelques années, ma petite. »

– C'est vrai, Joseph, oncle Pierre m'a avertie et j'ai oublié. Mais il ne devrait pas être fâché que je les montre à Gabriel. Ils sont amis, et même associés, maintenant.

– Allons, pressons, Marie-Blanche, dit mon oncle qui s'impatiente et dont le cheval, énervé, fait des pas de côté. Quelles absurdités racontez-vous, Joseph ? Évidemment que Fleurieu ne s'y opposerait pas. Je fais tout de même partie de la famille. Allez, aidez la petite à monter, mon vieux. Il est temps de se mettre en route.

Joseph n'est pas impressionné par ces manières. Famille ou pas, Gabriel n'est pas le patron et notre chauffeur ne voit aucune obligation de lui obéir.

– Avec tout le respect que je vous dois, monsieur, le comte de Fleurieu a établi des règles précises en ce qui concerne son domaine, et mon devoir est de les faire respecter. J'en rappelle seulement quelques-unes à ma jeune maîtresse.

– Et moi, dois-je vous rappeler quelle est votre place ? Encore un mot de votre part et j'en réfère à Mme la comtesse.

– Oui, monsieur le vicomte, dit Joseph avec un sourire ironique. Je sais très bien quelle est ma place. J'ai servi fidèlement trois générations de Fleurieu, et que le patron soit absent ne change strictement rien à mes responsabilités. Moi, je vous rappelle que vous n'êtes pas le maître ici, seulement un invité.

Gabriel brandit sa cravache.

– Je devrais descendre de cheval et vous faire payer votre insolence, vieil homme. Vous ne seriez pas long à demander grâce.

– Certainement, monsieur le vicomte, lui répond Joseph, narquois.

Puis, comme s'il ne s'était rien passé, il m'aide à monter.

– Promenez-vous bien, Marie-Blanche.

Il agite l'index et ajoute avec un clin d'œil :

– Faites attention aux loups dans les bois, jeune fille.

C'est devenu une plaisanterie commune au fil des ans, depuis le soir où il est venu nous chercher à la gare, quand Pierre, sur la route enneigée, nous a raconté son histoire.

Je lui réponds avec un grand sourire :

– Oui, je ferai attention. Je vous dirai si j'en vois.

Quelle superbe matinée ! Les vallons sont verts après les pluies récentes, le paysage ondoyant. Le soleil n'a pas encore dissipé la brume légère qui suit les méandres de la Vézère. Nous longeons les champs de fraisiers dont les fruits, rouge vif, se détachent sur le sol noir, puis traversons le verger en cueillant au passage quelques pommes de la saison, fermes, juteuses et fraîches. Nous empruntons ensuite un chemin fermier, parallèle à un champ de tournesols si jaunes qu'ils sont éblouissants. Les sabots des chevaux font un bruit creux sur le pont au-dessus de la rivière qui tourbillonne. Nous ne disons rien, mais je me sens un peu plus détendue avec Gabriel. Il est difficile d'avoir peur de lui par une si belle journée et je suis contente d'avoir quelqu'un avec qui la partager. De plus, il est bon cavalier.

Sur l'autre rive, nous prenons le vieux sentier qui s'enfonce dans les collines de calcaire ; oncle Pierre pense qu'il suit le même tracé qu'une ancienne voie romaine. Malgré les avertissements de Joseph, je ne vois pas d'autre choix que d'aller aux grottes. Par fidélité envers Pierre, je décide de ne pas emmener Gabriel dans celles que nous préférons, difficiles d'accès, mais de lui montrer seulement celles que tout le monde connaît au village. Sommairement décorées, ce ne sont pas les plus intéressantes. Certaines, d'ailleurs, ne sont que de grosses entailles dans la roche, qui servaient sans doute d'abri temporaire. Leurs parois couvertes de suie révèlent que les hommes allumaient des feux pour se réchauffer et se nourrir. Elles ont presque toutes des dessins sur les murs, grossiers ou plus élaborés, représentant pour la plupart des animaux et des scènes de chasse. Les plus profondes ont sans doute logé des familles entières à long terme, et les décorations y sont très nombreuses. Pierre dit qu'en ces temps incroyablement lointains, l'écrit n'existait pas. Il n'y avait ni livres, ni journaux, ni magazines, strictement rien qui serve aux loisirs ou à l'éducation, c'est pourquoi nos ancêtres avaient peint leurs cavernes, pour raconter leur histoire en images. Ils nous livrent une chronique de leur époque, de leur vie, dans un langage universel qui a traversé les millénaires. Pierre croit qu'on peut imaginer trois générations d'une famille en train d'orner les parois. Les anciens broyaient les pigments, les petits les regardaient faire et apprenaient à dessiner, jusqu'à ce qu'un jour, ils soient assez grands pour poursuivre ce travail quasi-religieux.

Je précède Gabriel le long d'un chemin étroit et je saute à terre à l'approche d'une grotte.

– Nous y sommes, lui dis-je. Il y en a une juste ici. Vous voyez l'ouverture ?

Il descend de cheval et nous attachons nos rênes, sans les serrer, à une branche. J'ai toujours le cœur qui bat en entrant dans une grotte, persuadée d'y trouver un grand feu allumé et les occupants d'antan – les mères en train d'allaiter leurs bébés, les pères en train de peindre ou de préparer à manger. Où sont-ils partis ? Pierre a toujours réponse à tout, mais pas à cette question.

Gabriel retire de sa sacoche une petite lampe à huile, enveloppée dans de la toile cirée, et un flacon de pétrole. Après l'avoir remplie, il l'allume en grattant en allumette.

– Voilà qui nous permettra d'y voir quelque chose, assure-t-il en me confiant la lampe. Faites le guide. Passez la première, je vous en prie.

C'est une caverne peu profonde et il faut se baisser pour ne pas se cogner au « plafond ».

– Oncle Pierre dit que les premiers hommes étaient bien plus petits que nous. Si petits qu'à l'intérieur ils tenaient entièrement debout.

Ma voix résonne étrangement sur les parois.

– Comment le sait-il, puisqu'il n'en a vu aucun ?

– Bien sûr qu'il n'en a jamais vu, ballot ! Ils habitaient là il y a des milliers d'années. Mais il sait des tas de choses.

Je lève la lampe à huile vers le mur noirci d'un côté de l'entrée.

– C'est là qu'ils faisaient leur feu. Regardez les dessins, là ! Il faut faire un petit effort d'imagination, mais Pierre pense que c'est un ours, là, montré-je en suivant du doigt les contours de l'animal. Selon lui, il y avait des ours ici, à l'époque.

– Tiens donc ?

Vu le ton qu'emploie Gabriel, j'ai la nette impression de l'ennuyer.

– Il a découvert ces grottes quand il était petit. On peut s'asseoir sur les rochers plats, là. Ils servaient de sièges. Vous voyez comme ils sont lisses ? lui fais-je remarquer en passant une main sur la surface. Pierre dit qu'ils portent l'empreinte d'une paire de fesses !

Il s'installe sur un des rochers.

– Ces gars-là devaient en avoir de petites ! Cela n'est pas franchement confortable.

– Ils les recouvraient de peaux de bêtes, c'était plus doux et plus moelleux.

– On peut supposer, oui, dit-il en scrutant la minuscule caverne. Quelle existence misérable ils devaient avoir ! À vivre dans des grottes comme des animaux. Ils n'étaient pas vraiment autre chose, d'ailleurs. Quelques-uns ont dû se faire dévorer par les ours et les loups. Cela permet de mieux apprécier la vie moderne et ses commodités, non ?

– Je n'ai jamais vu cela sous cet œil.

Je suis un peu déçue par cette réaction. À l'évidence, il ne fallait pas emmener Gabriel ici, ni lui ni aucun adulte. Mais je réponds :

– Ils devaient bien s'arranger, quand même. Selon Pierre, il n'y avait ni châteaux, ni fermes, ni villages. Rien que des habitations troglodytes et les animaux. Ils ne savaient pas que cela existait, les commodités, donc ça ne leur manquait pas.

– Vous avez sans doute raison. En revanche, nous, ça nous manquerait, s'il fallait vivre comme eux, hein ?

– Je crois que ça serait drôle, moi.

– Vous n'auriez pas peur d'être mangée par un ours ?

– Peut-être un peu. Ma famille serait là pour me protéger.

– Il vous protégerait, votre Pierre ?

– Ah oui, sûrement !

– Êtes-vous amoureuse de lui ?

– Amoureuse ? Je ne sais pas ce que cela veut dire, oncle Gabriel. C'est mon beau-père. Je l'aime beaucoup, mais je ne suis pas amoureuse !

Voilà qu'il met un bras sur mon épaule et m'attire près de lui.

– Moi aussi, je vous protégerais, ma petite. Au cas où un ours approcherait.

Puis il prend mon menton dans sa main et m'étudie d'un air inquisiteur.

– Il vous a embrassée, l'oncle Pierre ?

– *Quoi ?* Mais non, bien sûr que non. Quelle idiotie !

– Aucun homme ne vous a embrassée, alors ?

– Non. Pourquoi me posez-vous ces questions ?

– Vous voulez essayer ? Je vous donne un petit baiser ?

– Non ! Pourquoi dites-vous toutes ces bêtises ? Vous me faites peur.

Je me tortille pour essayer de lui échapper.

– La première fois que j'ai embrassé votre mère, elle avait exactement votre âge.

– C'est dégoûtant ! Et je ne vous crois pas. Vous êtes son oncle. Mon grand-oncle. Un vieil homme !

– Vous êtes moins jolie qu'elle au même âge. Et moins intelligente, aussi.

– Je sais, elle me l'a souvent répété.

– Elle avait un charmant petit nez rose. Et vous…

– Je sais. Le nez busqué de mon père. Et alors ?

– Ça va pour un homme, mais ce n'est pas très séduisant chez une femme.

– C'est ce que dit maman.

– Estimez-vous heureuse qu'un vieil homme comme moi ait envie de vous embrasser. Il y en a beaucoup qui n'aimeraient pas, avec un nez pareil. Allez, revenez, je ne vais pas vous mordre.

Un petit baiser, ça devrait vous plaire. Votre mère, ça lui avait plu. Et votre grand-mère aussi.

– Rentrons, maintenant, oncle Gabriel. Vous m'effrayez.

Je me retourne pour ramper vers l'entrée de la caverne, mais il me retient par la cheville.

– Pas si vite, m'ordonne-t-il en la serrant. Ne me forcez pas à le voler, ce baiser. Vous pourriez être flattée, d'ailleurs. Allons, rien qu'un, je vous le promets. Ensuite, nous rentrons au château. Venez, mon enfant. Donnez un baiser innocent à votre oncle Gabriel.

– Vous me laisserez, après ?

– Oui.

– Rien qu'un, c'est promis ?

Il rit.

– Rien qu'un, promis, assure-t-il et il me lâche.

– Mais pas sur la bouche, parce que c'est sale. Sur la joue, et rien de plus.

– Ah, vous êtes dure en affaires. Vous n'avez pas son nez, mais vous tenez de votre mère. D'accord, un baiser sur la joue, c'est tout. Pour faire plaisir à un vieil homme inoffensif.

Je lui présente ma joue et, de nouveau, il saisit mon menton pour que je tourne la tête vers lui. Alors il m'embrasse au coin des lèvres, les effleurant à peine.

– Vous trichez ! m'écrié-je avant de m'essuyer la bouche du revers de la main.

– Juste un peu. Ce n'était pas si affreux, si ?

– Peut-être pas, lui dis-je, soulagée qu'au moins cela soit terminé.

– Laissez-vous aller une seconde, suggère-t-il, m'attirant plus près de lui. J'ai envie de vous câliner. Vous verrez que je ne vous veux pas de mal.

Il fait froid dans la grotte et j'admets que son corps me réchauffe. Son odeur d'eau de Cologne et de tabac n'est pas déplaisante. Il me frotte le dos.

– Voyez, ma petite. Je ne suis pas l'ogre que vous pensiez.

Alors il me tâte les fesses, les cuisses, et plonge une main entre celles-ci. Puis il remonte vers ma poitrine, frôlant du bout des doigts mes seins à peine formés.

– Vous n'êtes pas aussi jolie que Renée, mais vous êtes quand même bien faite.

Le compliment me touche. À l'évidence, je ne supporte pas la comparaison avec ma mère et j'ai terriblement besoin d'un peu d'attention. Mes parents ne sont pas démonstratifs, ni même affectueux. Jamais maman ne me serre contre elle, papa non plus, et au moins Gabriel apprécie mon physique, ce qui est agréable. Tels ceux d'un masseur, ses gestes sont curieusement impersonnels, presque rassurants. Je ne pense pas à appeler le duc Albert au secours, je ne crois pas avoir besoin de lui. Maman a raison, je suis idiote.

– N'est-ce pas agréable, ma petite ? Détendez-vous, je vais vous faire du bien.

Brusquement, ses mains sont partout, me caressent, me flattent, me pelotent, et je ne résiste plus. Je m'abandonne, dans un état second, gagnée par une sensation de chaleur et de sécurité. Une sensation qui m'envahit entièrement et m'en rappelle une autre, éprouvée dans un rêve, lors d'une nuit magique où je m'étais envolée… Cela commence par un picotement aux orteils, qui remonte lentement le long des jambes, vers les reins, et m'atteint tout au fond. Je flotte dans une sorte d'apesanteur. Entre spasmes, frissons et frémissements, je vogue dans de lointains espaces…

Peut-être me suis-je endormie, car un long moment semble s'être écoulé quand j'entends de nouveau la voix de Gabriel.

– Voyez où votre vieil oncle peut vous emmener. Il suffit d'un gentil baiser et d'un petit câlin. Bien, nous devrions rentrer. Votre mère va s'inquiéter. Pour être franc, je ne suis pas épaté par vos grottes. Savez-vous qu'en Égypte, il y a des pyramides, vieilles aussi de milliers d'années, mais beaucoup plus impressionnantes que ces abris avec leurs dessins primitifs ? Les Égyptiens de l'Antiquité étaient un peuple civilisé, pas des hommes des cavernes. Je pourrais peut-être vous les montrer un jour. Cela vous plairait-il, Marie-Blanche ?

– Sans doute, lui dis-je, troublée, en me demandant ce qui vient de m'arriver.

– Très bien ! Alors il faudra me rendre visite à Armant.

Nous prenons en silence le chemin du retour, traversons les collines et la forêt. Quand nous arrivons près de la rivière, le château Marzac se dresse comme toujours devant nous, en haut de la falaise. Un havre de paix, solide et majestueux.

– À la maison, nous ne dirons rien à Renée de cette promenade. Elle aura certainement appris que nous sommes partis ensemble et j'ai idée qu'elle ne sera pas contente. Je suppose même qu'elle sera en colère contre nous.

– Pourquoi ?

– Vous aurez peut-être remarqué, s'amuse-t-il, qu'elle est souvent fâchée contre moi.

– Je vous entends parfois vous disputer. Mais je n'écoute pas.

– Vous nous entendez faire autre chose ?

– Je crois que de temps en temps vous vous réconciliez. Mais je n'écoute pas non plus.

– Cette discrétion vous honore. Quoi qu'il en soit, votre mère ne doit rien savoir. Ne parlez pas de la promenade, ne lui dites pas que nous nous sommes embrassés, ou caressés. Que cela reste seulement dans notre mémoire à tous deux. Est-ce bien compris ?

– Je ne voulais pas vous embrasser, c'est votre faute.

Il rit.

– Cela ne vous a pas gênée, vous l'avez reconnu. Vous n'avez rien fait de mal, ma petite. Vous apprenez simplement à obéir à votre oncle Gabriel, à lui faire plaisir comme à vous-même. C'est un aspect très important de votre éducation. Voyez-vous, en l'absence de Pierre, je vais passer beaucoup de temps en votre compagnie ici. De bien des façons, je serai comme un père pour vous jusqu'à ce qu'il rentre d'Amérique du Sud.

– Oncle Pierre ne m'a jamais embrassée. Pas comme ça. Pas comme vous.

– Il faut me donner votre parole que vous le cacherez à votre maman.

– Oh, jamais je ne lui raconterais ça. J'aurais bien trop honte.

– Ni à quiconque. À personne. Pas même aux jeunes amies qui viennent vous rendre visite. Il faut me promettre.

– D'accord, je promets.

Je sais qu'ici, mes compagnons de jeux, mes fées, mes fantômes et mes dames d'honneur sont déjà au courant. Cela n'est pas un secret pour eux, ils en parlent et ils sont furieux. En regardant Marzac se profiler non loin, j'entends leurs murmures indignés.

7

À peine sommes-nous rentrés que maman m'appelle dans sa chambre.

– Pourquoi êtes-vous partie avec Gabriel ? brûle-t-elle de savoir.

– Parce qu'il me l'a ordonné. Il est venu me réveiller et m'a dit de m'habiller. Il voulait que je lui montre les grottes.

– Je vous interdis de recommencer, vous m'entendez ?

– Oui, maman. Mais ai-je le droit de lui désobéir ? Il m'a dit qu'en l'absence d'oncle Pierre, je peux le considérer comme mon père.

– Ce que vous pouvez être bête, mais bête ! me crache-t-elle à la figure. Il n'est *pas* votre père, vous n'avez aucune raison de lui obéir. C'est à moi que vous obéissez et à personne d'autre. Ne restez jamais seule avec lui. Jamais, jamais, sous aucun prétexte, c'est compris ? S'il vous demande de l'accompagner quelque part, venez aussitôt m'avertir. Et s'il rentre dans une pièce où il n'y a que vous, sortez-en immédiatement.

Me prenant par les épaules, elle me secoue en répétant :

– *C'est compris ?*

– Pourquoi m'en voulez-vous ? Qu'ai-je fait de mal ?

– Je l'ignore, Marie-Blanche. Et vous, le savez-vous ?

Le rouge me monte aux joues et je n'ai pas besoin de répondre. Tant pis pour le secret que je me suis engagée à tenir.

– Il vous a embrassée, n'est-ce pas ?

Je me mets à pleurer.

– J'ai promis de me taire. Je ne voulais pas. C'est lui qui a insisté.

– Quoi d'autre ? Vous a-t-il touchée ?

Mes yeux ne quittent plus le sol.

– Je ne sais pas ce que vous voulez dire, maman.

Alors elle me gifle, chose qu'elle n'avait encore jamais faite.

– Menteuse ! Répondez-moi ! Vous a-t-il touchée ?

Je pose ma main sur ma joue, tellement choquée que je retiens un moment mes larmes. Puis je me répands en sanglots de douleur et d'humiliation.

– Il m'a pelotée. Il voulait me protéger au cas où un ours arriverait et il m'a retenue par la cheville quand j'ai tenté de lui échapper. Il n'acceptait de me lâcher que si je le laissais m'embrasser.

– Sur la bouche ?

À l'expression de maman, je comprends que ce n'est pas tant mon intégrité ou ma virginité qui l'inquiète – non, elle est simplement jalouse.

– Pas vraiment. Peut-être un peu.

Ses mains sur mes épaules, elle me secoue plus vivement encore.

– Vous êtes une garce, Marie-Blanche ! Une imbécile ! Et votre oncle est un salopard. Évitez-le comme la peste !

– Pourquoi l'invitez-vous si c'est un mauvais homme ? lui demandé-je en pleurant encore. Je n'aime pas qu'il soit là. Il me fait peur. Ce n'est pas moi qui lui cours après.

– Allez dans votre chambre. N'en ressortez pas avant que je vous appelle.

Allongée sur mon lit, je tente de retrouver mes amis.

– Pourquoi le duc Albert n'est pas venu me défendre ? Vous aviez dit qu'ils me protégeraient, Danton et lui.

Comme pour me punir, ils restent curieusement muets.

– Où êtes-vous tous passés ? Pourquoi vous taisez-vous ? Qu'y a-t-il ? Je n'ai rien fait de mal. C'est sa faute. Je vous en prie, répondez-moi !

Enfin la petite Constance, qui est morte pendant la grande peste de 1348, prend la parole.

– Cela t'a plu quand Gabriel t'a embrassée. Et quand il t'a touchée aussi. Tu n'as pas appelé le duc à ton secours. Il serait venu, autrement. Tu as accepté ce qu'il t'a fait, ton oncle. Tu voulais qu'il te prête un peu d'attention.

– Non, ce n'est pas vrai.

– Cela n'est pas notre avis.

– Bon, peut-être un peu. C'est pour ça que vous ne me parlez plus ?

– Oui, tu es trop grande, maintenant. Tu n'es plus un enfant, tu as perdu ton innocence.

– Non, j'ai seulement douze ans.

– Bientôt treize. Et tu as eu tes règles.

– J'avais le même âge que toi, Constance, il n'y a pas longtemps. J'avais huit ans, moi aussi, tu te souviens ?

– Tu as grandi. Moi, j'ai toujours huit ans.

– Je n'y suis pour rien.

– C'est un vieux, lui. C'est ton oncle. Jamais tu n'aurais dû le laisser t'embrasser et te toucher.

– Je ne lui permettrai plus.

– Trop tard, Marie-Blanche, ce qui est fait est fait. Adieu.

Ce seront les derniers mots de Constance, de toutes les fées et de tous les fantômes. Jamais plus ils ne me parleront. Pourtant je sais qu'ils sont là, comme ils l'ont toujours été et le seront toujours. Pendant quelque temps, je continue à sentir leur présence le long des couloirs, les tourbillons d'air frais qu'ils soulèvent en montant dans la tour, les portes qui s'ouvrent et se referment, la nuit, tandis qu'ils changent de pièce. Peu à peu, ils ne laisseront plus de traces et disparaîtront entièrement. Ce que m'a dit Constance, lors de cette conversation, est vrai. J'ai presque treize ans, j'ai atteint la puberté, j'ai perdu mon innocence dans la grotte avec Gabriel. Adieu, mon enfance.

Dès lors, Marzac ne sera plus le même endroit. À l'automne,

maman m'inscrit comme pensionnaire à l'école Notre-Dame du Sacré-Cœur, à Paris. Excepté une brève visite le Noël suivant, je ne séjournerai plus au château pendant des années. Cet hiver-là, après une absence de presque quatorze mois, oncle Pierre revient finalement d'Amérique du Sud. Son retour marque la fin de son mariage avec maman, qui n'aura pas survécu à l'éloignement. Par ailleurs, l'idée d'une plantation en plein centre du Brésil est en fait irréalisable. C'est tout simplement un pays trop lointain, trop sauvage, trop difficile d'accès. Plutôt que d'investir de nouvelles sommes dans le projet, Gabriel a décidé de revendre ses terres là-bas. Quant à lui, oncle Pierre a sans doute vécu une belle aventure, mais la France lui a constamment manqué et il n'a plus l'intention de chercher fortune au bout du monde. Si ce voyage a réellement servi à quelque chose, c'est à briser totalement son ménage – peut-être était-ce dès le départ le but de Gabriel.

LONDRES, Angleterre
Juillet 1933

1

Maman se remarie aujourd'hui. Fidèle à elle-même, toujours pratique, sinon calculatrice, elle n'a pas perdu de temps pour mettre le grappin sur un nouvel époux – le troisième. Après papa et le comte de Fleurieu, voici maintenant Leander J. McCormick, de la famille McCormick-Harvester de Chicago. Leander est le descendant de Cyrus McCormick, l'inventeur de la moissonneuse-batteuse. Elle trouve toujours mieux, semble-t-il. Sa première union était un mariage arrangé, elle avait épousé Pierre par amour, mais maintenant c'est l'argent.

Elle avait des vues sur oncle Leander – oui, encore un oncle… – avant même que le divorce avec Pierre soit prononcé. À l'automne dernier, elle m'a retirée de l'école du Sacré-Cœur avant la fin du trimestre et nous sommes aussitôt parties à Londres, où elle m'a inscrite à la Heathfield School, un internat privé de jeunes filles dans la banlieue. Installée dans un appartement en ville, propriété de l'oncle Gabriel, resté en Égypte, elle a fréquenté quelque temps l'acteur David Niven. Il souhaitait l'épouser, mais elle ne voulait plus de relations sexuelles avec personne, c'est pourquoi elle l'a éconduit. D'ailleurs, si elle a fini par quitter Pierre, ce n'est pas tant à cause de leur longue séparation, mais parce qu'à un moment donné, elle a refusé tout rapport intime avec lui. Non qu'il ait fini par lui déplaire ; Pierre, qui est plutôt sexy, attire naturellement les femmes. La réalité est que maman a terriblement peur de retomber enceinte. J'étais trop jeune pour m'en rendre compte, mais j'ai compris avec le recul que c'était souvent le sujet de leurs disputes à Marzac. Pas étonnant que Pierre, puisqu'il aime les femmes autant qu'elles l'aiment, soit parti en Amérique du Sud où les conquêtes n'ont sûrement pas manqué.

De toute façon, faire des enfants n'est pas un moyen de tromper l'ennui, elle s'en est vite rendu compte. Elle a déjà du mal à nous supporter, Toto et moi. Si elle nous a envoyés en pension, c'est pour que notre présence à la maison ne l'empêche pas de mener sa vie. Quand Niven l'a demandée en mariage au Claridges, elle lui a répondu avec son petit rire flûté, caractéristique, que les messieurs trouvent charmant.

– David, vous savez que je vous adore. Mais vous n'êtes qu'un tout jeune acteur, avec un avenir incertain, et loin d'être assez riche pour moi.

– De grands succès m'attendent, ma chère Renée, je vais gagner beaucoup d'argent. Vous verrez, cela n'est qu'une question de temps.

– C'est ça, et ensuite ? Vous aurez autour de vous de jolies partenaires et on sait comment cela finit. Célibataires, les comédiens sont déjà volages et cela ne change pas quand ils se marient… Non, je suis navrée, mais je dois refuser, même si votre offre me touche beaucoup.

– Enfin, ma chérie, je vous emmènerai partout avec moi, puisque vous y tenez. Les plateaux, les extérieurs… Je ne vous perdrai pas de vue une seconde.

– *Quelle horreur*[1] ! a-t-elle dit en riant. Soyons francs. Je crois que vous me demandez ma main parce que je n'ai pas voulu coucher. Vous êtes très correct à cet égard et vous imaginez que la solution consiste à officialiser nos relations.

– Oui, c'est en effet ce que j'espère, a reconnu Niven, perplexe. Le devoir conjugal me paraît être un privilège naturel du mariage…

– Je regrette, mais pas en ce qui me concerne, l'a coupé maman sans ambages. S'il y a une chose qui m'épouvante, voyez-vous,

1. En français dans le texte.

c'est l'idée d'avoir d'autres enfants. Chaque fois que je m'aventure sur ce terrain, il se révèle particulièrement glissant. À savoir que je tombe aussitôt enceinte. J'ai donc renoncé à l'amour physique.

– Je ne suis pas sûr de bien comprendre, a relevé Niven, toujours plus dérouté. Vous avez été mariée deux ans à Guy de Brotonne, qui vous en a donné deux. Vous l'avez quitté pour le comte de Fleurieu, avec qui vous êtes pratiquement restée une décennie. Cela implique-t-il, comme vous le dites pudiquement, que vous ne vous soyez aventurée que deux fois sur ce… terrain ?

– Guère plus.

– Ah… a-t-il jeté, songeur

Un long silence s'est ensuivi, qu'elle a brisé en riant.

– Cela fait de moi un parti moins intéressant, non ?

– Vous avez eu raison de me le dire. Le reste, comme quoi je suis un acteur sans moyens, susceptible de succomber à ses partenaires à l'écran… cela n'est qu'un prétexte, n'est-ce pas ?

– Pas du tout ! Je le pense foncièrement. Même sans rapports sexuels, si nous étions ensemble et que, devenu célèbre, vous courriez après les femmes, j'en serais malade de jalousie. C'est ma nature, je n'y peux rien, a-t-elle dit en riant encore. Un de mes amis m'appelait autrefois « sa petite Narcisse », car je crois depuis toujours que le monde tourne autour de moi. J'ai quand même l'intention de me remarier. Reste seulement à trouver la bonne personne… suffisamment argentée.

– Il faudrait quelqu'un d'assez original pour accepter ces conditions, a remarqué Niven. Un type très vieux, peut-être, pour qui ces choses-là sont révolues.

– *Quelle horreur !* a répété maman. Je n'ai pas envie de servir d'infirmière à un incontinent. Même très riche.

– Bon Dieu, mais c'est vous qui êtes bizarre, ma chérie. Et plutôt exigeante, si je peux me permettre. Pas d'acteurs, pas de vieux et… on ne consomme pas !

– J'offre ma beauté et ma vivacité.

– Qui me suffiraient amplement, si je n'étais porté sur la chose. Ou si j'étais sénile…

– Mon cher David, pour quelqu'un qui essuie un refus,

j'admets que vous vous comportez comme un homme civilisé, ce qui n'est pas le cas de tout le monde.

– Parce qu'on vous a fait de nombreuses propositions, j'imagine…

– Des dizaines ! a reconnu maman avec son rire flûté.

– Chérie… Il me vient soudain à l'esprit que… j'ai ce bon ami, américain, qui… Non, non, ne faites pas cette mine. Sa mère est britannique et il a étudié en Angleterre. Plein aux as, spirituel, raffiné, beau garçon. (Une lueur espiègle dans les yeux de Niven.) En fait, on nous prend souvent pour des frères. Mais c'est lui le plus beau de nous deux et il est certainement plus riche que moi. Je devrais vous le présenter. Voyez-vous, il cherche lui aussi… une sorte… d'arrangement. Allez savoir si vous n'êtes pas faits l'un pour l'autre.

– Mon cher David, vous êtes ce qu'on appelle un vrai gentleman !

2

Moins de six mois plus tard, maman et oncle Leander – l'ami américain que David lui fit rencontrer la semaine suivant leur conversation au Claridges – se marient un matin.

Les fiancés arrivent en retard à l'office de l'état-civil de Henrietta Street, dans Covent Garden. Leander laisse tourner au ralenti le moteur de son cabriolet Mercedes (recarrossé et personnalisé par Thrupp & Maberly), le temps d'aller avec madame signer sur le registre, en présence de leurs témoins M. et Mme M. V. Wakefield. Les jeunes mariés remontent en vitesse dans la voiture et filent dans les rues de la capitale en direction de Savoy Chapel, où se tient la cérémonie religieuse. Tel un coureur automobile pour un arrêt technique aux Vingt-Quatre Heures du Mans, Leander s'arrête dans un crissement de pneus devant la petite église, descend d'un bond, fait le tour du véhicule et aide Renée à sortir.

Tous les journaux anglais ont envoyé reporters et photographes pour couvrir l'événement. Bien que de nationalité américaine, Leander McCormick a étudié à Eton et Cambridge. Grand amateur de chasse et de pêche, il court les quatre continents mais réside couramment à Londres. À quarante-quatre ans, il a encore fière allure – mince, élégant, tiré à quatre épingles – et le maintien gracieux des grands sportifs. Il a en outre la réputation d'un excellent danseur. Il porte pour l'occasion une jaquette et un pantalon rayé impeccables, un œillet blanc à la boutonnière, un haut-de-forme et une canne au bras. La mariée a revêtu un manteau d'été bleu marine sur une robe blanche toute simple, avec un chapeau assorti, bleu à bords blancs. Pas d'œillet pour elle, mais une aigrette de fines orchidées. Maman, à trente-trois ans, est toujours ravissante. Aussi petite soit-elle, elle a tant d'allure et d'assurance que, sans être exactement un canon de beauté, elle en donne l'impression.

Les appareils photo crépitent, et c'est vrai qu'ils forment un beau couple lorsque, avançant bras dessus bras dessous vers la chapelle, ils se frayent un chemin entre les journalistes.

– *Mister McCormick !* lance l'un d'eux. Pourquoi revenir à l'autel ?

Oncle Leander a été marié autrefois, mais vit seul depuis plus d'une dizaine d'années.

– L'amour, bien sûr ! répond-il galamment. Quelle autre raison peut-il y avoir ?

Une quantité, sans doute, mais passons.

– Madame de Fleurieu ! crie un second reporter. N'êtes-vous pas triste de renoncer à votre titre de comtesse pour épouser un roturier, de surcroît américain ?

Maman émet un de ses délicieux rires de gorge.

– Leander, un roturier ? Cela n'est pas vraiment ce que je dirais ! Et j'adore les Américains ! Surtout celui-ci.

Autour de moi attendent les quelques amis proches qui ont été invités, dont sir John et lady Dashwood, chargés aujourd'hui de s'occuper d'une Marie-Blanche qui a bientôt treize ans. Lady Dashwood me tient par la main et, de l'autre, je fais signe à maman. Tout affairée qu'elle est à répondre aux journalistes et à poser devant leurs appareils, elle ne me voit pas. L'école est terminée et j'ai passé mes premières semaines de vacances à Vanvey, avec papa, Toto et tante Nanisse. Puis on m'a raccompagnée à Londres pour le mariage, sans Toto qui nous rejoindra plus tard en Angleterre. Je ne connais pas encore très bien oncle Leander, mais il est toujours gentil avec moi. Il me fait un clin d'œil discret en me reconnaissant dans la petite foule. C'est adorable et je l'apprécie d'autant plus.

Leander J. McCormick et Renée de Fontarce Fleurieu arrivent
à leur mariage le 18 juillet 1933.

Il n'y aura pas de réception. Leander possède un domaine dans le Hampshire, sur la rivière Test, qui s'appelle The Heronry[1], et où nous partons demain jusqu'à la fin de l'été. Il est, paraît-il, un pêcheur émérite.

Je retournerai à Heathfield en septembre, et ils embarqueront alors pour l'Amérique, où maman fera connaissance à New York avec les McCormick, puis avec d'autres membres de la famille et leurs amis à Chicago – et finalement en Californie où réside un des frères de Leander.

La cérémonie est expédiée, après quoi les époux repartent dans la Mercedes. Ils passeront leur nuit de noces dans leur appartement de Londres (quoique dans des chambres séparées). Sir John et lady Dashwood doivent m'y emmener tout à l'heure. Oncle Pierre et Marzac continuent de me manquer. La vie n'arrête pas de changer. Ou, plutôt, c'est maman qui n'arrête pas d'en changer.

—
1. La Héronnière.

Marie-Blanche arrive au troisième mariage de sa mère.

La Héronnière sur la rivière Test, Hampshire, Angleterre, juillet 1933

3

Nous prenons le train au matin, tous trois, jusqu'à la gare de Whitchurch où M. Jackson, le chauffeur d'oncle Leander, vient nous chercher. C'est un grand bonhomme, raide comme la justice, qui porte un uniforme noir et une casquette.

– De la part de tous les employés de la Héronnière, permettez-moi de vous souhaiter la bienvenue, madame la comtesse, lui dit-il. À vous, monsieur, nous vous adressons nos plus vives félicitations.

– Je dois vous rappeler, Jackson, lui répond maman, que je ne suis plus comtesse. Je suis simplement Mme McCormick, désormais.

– Oui, madame, bien sûr, reconnaît-il en s'inclinant. La force de l'habitude, n'est-ce pas ?

Il se tourne vers moi :

– Et qui est cette charmante jeune personne, si je puis demander ?

– Ma fille Marie-Blanche, Jackson.

Il me tend la main. Il a de très, très longs doigts minces, la peau sèche et une poignée franche.

– Ravi de faire votre connaissance, mademoiselle Marie-Blanche. Vous avez un fort joli prénom. Si je puis faire quoi que ce soit pour rendre votre séjour plus agréable, n'hésitez pas à me consulter.

Jackson nous mène le long d'une route de campagne qui, suivant les méandres de la Test, s'enfonce dans une verte vallée, bordée de luxuriantes prairies où paissent les moutons. On distingue ici et là une ferme ou un minuscule hameau de toits de chaume. Nous arrivons finalement à la Héronnière, que maman appelle toujours « le cottage », c'est pourquoi je pensais à une petite maison de campagne, semblable à celles que nous apercevons en chemin. Évidemment, j'aurais pu me rappeler qu'oncle Leander est immensément riche et, de toute façon, je vois mal ma mère vivre à la campagne dans une chaumière. Lorsque nous nous engageons dans l'allée, après avoir franchi le petit pont de pierre qui enjambe la rivière, c'est un manoir d'un étage qui se dresse devant nous et n'a rien d'un « cottage ».

– Qu'en pensez-vous, Marie-Blanche ? me demande Leander. Cela vous plaît-il ?

– C'est magnifique !

– Je l'ai acheté pour pouvoir pêcher devant ma porte, dit-il en souriant.

De fait, endiguée à cet endroit et garnie de passerelles, la rivière coule à quelques mètres de la maison. De plus, une turbine hydraulique fournit de l'électricité.

– Mais aussi, poursuit-il, l'œil pétillant de malice, parce que votre cheval mérite un logement décent.

– Mon cheval ? m'étonné-je. Mais je n'ai pas de cheval, oncle Leander.

– Ah bon ? fait-il, comme étonné lui-même. En êtes-vous sûre ? J'aurais pourtant juré que si. Monsieur Jackson, ne nous a-t-on pas livré un sauteur, récemment ?

– Je crois bien que si, monsieur McCormick, répond le majordome. Il avait une étiquette accrochée au cou... Voyons, qu'y avait-il de marqué ? Ah oui, Marie-Blanche de Brotonne.

Mon cœur bat à tout rompre.

– Mais c'est moi ! m'écrié-je bêtement.

– Eh bien, jeune fille, dit oncle Leander, nous allons vous installer, vous enfilerez vos jodhpurs et vos bottes, puis nous irons aux écuries voir si nous le trouvons, ce cheval.

M. Jackson arrête la voiture devant le manoir. Louisa, la femme de chambre, une Allemande bien en chair, et le majordome M. Grinsted sortent par une porte latérale pour prendre nos bagages.

Marie-Blanche avec sa maman à la Héronnière, été 1933

Renée, Leander et Marie-Blanche sur le pont de la rivière Test

Je parviens mal à dominer mon enthousiasme. Dans ma chambre, je revêts ma tenue de cheval dès qu'arrivent mes bagages, puis Leander m'emmène aux écuries. Dans un box se trouve un hongre bai, à la robe étrillée et luisante au soleil de la fin d'après-midi – la lumière baigne les stalles. C'est un bel animal de saut et de chasse. J'ai monté à cheval presque toute mon enfance, tant à Vanvey qu'à Marzac, mais je n'en ai jamais eu un à moi.

– Comment s'appelle-t-il ?

– *Hubert*, répond Leander, avant d'essayer de prononcer le nom à la française.

Il ne s'exprime pas bien dans notre langue et son accent maladroit me fait pouffer.

– Mais c'est bête, comme nom, pour un cheval !

– Vous pouvez lui en donner un autre. Saint Hubert est le patron des chasseurs, m'explique-t-il.

– Non, ça me plaît bien, oncle Leander. *Hubert* ! répété-je, à l'anglaise, bien qu'il me soit difficile d'aspirer le *h*.

Je n'ai étudié qu'un trimestre à Heathfield et mon anglais est loin d'être parfait. Comme maman le rappelle assez souvent, je ne suis pas très intelligente.

– Bonjour, *Hubert* ! dis-je au cheval en lui caressant le front. Tu en as, un beau nom !

Voici maintenant la fin de l'été, qui est passé bien trop vite, comme toujours. La vie à la Héronnière est vraiment agréable et oncle Leander a été charmant avec nous. Toto nous a rejoints une semaine après le mariage, c'était chouette d'avoir mon petit frère avec moi. J'ai monté Hubert presque tous les jours et Leander a engagé un professeur pour m'apprendre à sauter à cheval. Il m'assure que, lorsqu'il sera rentré des États-Unis avec maman, je pourrai revenir à la saison de la chasse. Lui-même ne s'intéresse pas beaucoup à la chasse à courre, encore moins aux renards ; il préfère tirer à la carabine et pêcher. Mais maman aime toujours la vénerie, qu'elle pratique depuis son tout jeune âge. Elle m'a parfois accompagnée quand je me promenais à cheval.

Ils reprennent le bateau fin août pour l'Amérique, et je dois retourner en avance à Heathfield où les cours ne recommencent qu'en septembre. Toto nous quitte cette semaine pour Vanvey. Maman ne veut pas que je parte avec lui, car elle ne fait plus confiance à papa. Elle craint qu'il n'essaie de me retenir là-bas et, dans ce cas, elle serait trop loin pour intervenir. Voilà pourquoi je réintègre le pensionnat, beaucoup trop tôt, et j'y serai toute seule.

Pendant qu'ils voyageaient au printemps dernier, j'y ai déjà passé les congés. En principe, les élèves rentrent chez eux pendant les vacances, mais maman paie la principale, Mme Barton, pour me garder. Une baby-sitter, à mon âge… Ça lui fait d'agréables fins de mois, tout de même ! Mais ce n'est vraiment pas drôle, je vous assure, de n'avoir qu'elle pour compagnie. J'entends mes pas se réverbérer dans les couloirs et les dortoirs vides. Seule dans l'immense réfectoire, je mange la nourriture fade que me sert un personnel réduit – quelques cockneys grincheux, pour la plupart alcooliques, envoyés par les services sociaux. Ils détestent les élèves de cette école, tous issus des classes supérieures, et ils paraissent m'en vouloir spécialement d'être là avant les autres. Je les soupçonne de mettre des saletés dans mon assiette. Mme Barton ne partage sans doute pas sa petite prime avec eux… Les rares professeurs présents sur le campus m'évitent consciencieusement : surtout ne pas fréquenter d'élèves pendant les vacances, ni même les croiser. Je ne le leur reprocherai pas, je n'ai aucune envie de les voir.

Maman dit que j'ai l'âge ingrat, la peau abîmée et toujours ce nez trop grand – même plus grand que jamais. Elle espère que je me distinguerai mieux cette année, car je n'ai pas été très brillante jusque-là. Elle prétend que c'est une bonne idée que je sois là en avance, que je finirai peut-être par apprendre quelque chose. Je ne suis pas très futée, elle a raison. Elle pense que je devrais tenter ma chance dans le théâtre – à condition de me faire refaire le nez. Les comédiennes n'ont pas besoin d'être intelligentes, dit-elle, mais seulement jolies, capables de réciter les tirades que d'autres écrivent pour elles. Elle a l'air d'y croire et cela semble être un métier merveilleux. C'est d'ailleurs celui qu'elle aurait souhaité exercer.

CLINIQUE DE LA MÉTAIRIE
Lausanne, Suisse
Mai 1965

1

– Savez-vous pourquoi vous êtes là, madame Fergus ?

J'étudie cette pièce inconnue. À l'évidence, ce n'est pas une cellule de prison, ni une chambre d'hôpital. Pas psychiatrique en tout cas, car je ne crois pas être sanglée. Non, elle est plutôt agréable, gaie, joliment arrangée. De simples meubles en bois, d'impeccables rideaux de dentelle blanche aux fenêtres qui, à ce que je vois, donnent sur un jardin arboré. Je ne suis pas à l'hôtel non plus. Près de moi, un médecin est assis sur une chaise, et une jeune infirmière se tient debout au pied du lit.

– À tout hasard… aurais-je bu ?

– Exact. Vous êtes à la clinique de la Métairie, dans la banlieue de Lausanne. Je suis le Dr Chameau.

– Drôle de nom. Quel jour sommes-nous ?

– Lundi.

– La date ?

– Le 5 mai. De quelle année ?

– De quelle année ?

– Vous ne savez pas quelle année nous sommes, madame Fergus ?

– Juste pour vérifier. J'étais en train de rêver de la Héronnière. C'était l'été 1933 et j'allais fêter mon treizième anniversaire.

– Nous sommes le 5 mai 1965, madame, et vous avez quarante-cinq ans.

– Je sais.

– Et les circonstances de votre arrivée ici, vous les connaissez ?

– Donnez-moi un indice.

– Votre beau-frère, John Fergus. Il a pris l'avion avec vous.

– Ah oui, à l'aéroport, je suis allée droit au bar et j'ai commencé à boire. Il est mignon, Johnny, il ne m'embête pas avec ces choses, contrairement à Bill, mon époux. On a bu quelques verres ensemble et j'ai stocké tout un tas de mignonnettes dans mon sac, en prévision du voyage.

– Vous étiez ivre morte quand l'avion a atterri à Genève. Il a fallu vous faire descendre dans un brancard. Vous vous êtes réveillée dans l'ambulance et vous avez eu une réaction violente. On a dû vous faire une piqûre pour vous calmer.

– Où est Johnny ?

– Il est reparti hier pour les États-Unis. Vous avez eu une crise sévère de delirium tremens, madame Fergus.

– Je ne me rappelle pas. C'est ma mère qui a choisi cet endroit ?

– Avec l'accord de votre mari. J'ai écrit à Mme McCormick à Paris pour lui demander de me faire parvenir quelques affaires.

– Quelles affaires ?

– Des souvenirs d'enfance, des albums de photos, ce genre de choses. J'ai constaté que c'était souvent utile dans une thérapie. Cela permet de rétablir des liens avec le passé.

– Dans quel but ?

– Afin de retracer le chemin parcouru. Pour comprendre comment, et pourquoi, on se retrouve dans la situation où on est.

– Cela m'étonne que maman ait accepté de se séparer de ses albums. Surtout à mon bénéfice.

– Cela s'est fait par l'intermédiaire de son avocat, avec des consignes très strictes.

– Où sont-ils, ces albums ?

– Ici même, sur votre table de chevet. Je ne peux que vous encourager à les regarder, dès que vous aurez récupéré. J'aimerais d'ailleurs procéder avec vous. Nous pouvons en parler ensemble quand vous vous sentirez mieux.

– J'ai besoin d'un verre.

– Ah, ce n'est pas ici qu'on vous en donnera un, madame,

je peux vous l'assurer, jette le médecin d'un air déterminé. Nous vous avons donné des comprimés après votre delirium. Dans votre cas, l'alcool est, pour ainsi dire, contre-indiqué. Vous êtes censée suivre une cure de désintoxication.

– Bien sûr, bien sûr. Cela ne sera pas la première fois. Suis-je venue de mon plein gré ?

– Absolument.

– Et Johnny a pris l'avion avec moi ?

– En effet.

– J'aimerais jeter un coup d'œil tout de suite à ces albums.

– S'il vous plaît, dit le médecin en se tournant vers la jeune femme qui, au pied de mon lit, n'a pas encore ouvert la bouche.

Elle paraît tout à fait charmante, son uniforme blanc est impeccable et j'ai toujours admiré la propreté chez les Suisses.

– Madame Fergus, je vous présente Gisèle, une de nos infirmières. Gisèle, voulez-vous aider Mme Fergus à s'asseoir dans son lit ? Elle sera plus à l'aise pour regarder ces albums.

– Peut-être aimeriez-vous aller d'abord aux toilettes ? propose-t-elle. Je vais vous aider à vous lever.

– Oui, s'il vous plaît. J'en ai vraiment besoin. Essayons, n'est-ce pas ?

2

Gisèle m'assiste à la salle de bains, me fait un peu de toilette et, lorsque nous revenons, le médecin est parti. Les aides-soignants ont changé mes draps, redressé mes oreillers, relevé ma tête de lit. J'ai fréquenté bon nombre de ces établissements au fil des ans et je dois admettre que celui-ci est le plus agréable de tous. Si le service est impeccable, il présente cependant, comme dans les autres, l'inconvénient majeur de ne rien pouvoir vous monter à boire. J'appelle cela un hôtel quatre étoiles, sans bar, et doté d'un mauvais restaurant.

Gisèle m'aide à reprendre place dans mon lit et me tend un des albums. Je suis encore épatée que maman ait daigné les prêter, que le médecin ait réussi à l'en convaincre. Je l'ai tellement déçue qu'elle ne me parle même plus. Elle refusera que je lui rende visite à Paris, je le sais, et elle ne viendra pas me voir ici. Ma mère a honte de moi et fait comme si je n'étais plus sa fille. Comment le lui reprocher ?

C'est oncle Leander qui a pris la plupart de ces photos et tenu ces albums à jour (j'ai fini par l'appeler papa lorsqu'il nous a adoptés, Toto et moi, bien que mon père fût encore vivant). Leander est mort il y a deux ans et il était extrêmement doué pour tout : la peinture, l'écriture, en sus de la photographie. Comme il n'a jamais eu besoin de travailler, il y consacrait beaucoup de temps. Il a fait publier un livre qui a pour titre *Fishing Around the World*[1], et il écrivait tous les jours dans un journal qu'il souhaitait

—

1. Pêcher aux quatre coins du monde.

faire publier après sa mort. Maman a préféré le détruire, car il comprenait des détails compromettants. Il reste cependant ces albums qui fourmillent de détails sur leur vie ensemble – et par extension sur la mienne. Avec une calligraphie élégante, il indique soigneusement, sous toutes les photos, le jour et le lieu où elles furent prises, et qui elles représentent.

Je vois celles de notre unique été à la Héronnière, et d'autres de Heathfield où Leander m'avait emmenée dans sa Mercedes, fin août cette année-là, avant de partir pour l'Amérique avec maman. Elle était revenue à Londres faire leurs bagages et quelques emplettes avant la traversée. Leander était très riche, sa famille brassait des millions, il était plus célèbre aux États-Unis qu'en Angleterre et on avait prévenu ma mère : les échotiers, tous les journaux à sensation seraient sur le quai à l'arrivée du paquebot *Carinthia II*. Il y en aurait d'autres dans les gares, à Chicago et en Californie. Elle a toujours eu beaucoup d'allure et elle voulait être impeccable d'un bout à l'autre du voyage, notamment en présence des photographes.

Leander avait son appareil avec lui lorsqu'il m'avait emmenée à l'école, et il avait pris quelques clichés de moi.

– Je comprends que cela vous fait de la peine de revenir ici, m'avait-il dit, mais plus tard, quand vous aurez mon âge, vous serez contente de les trouver, ces photos, et vous penserez que ces jours-là étaient les plus beaux de votre vie.

Comment le savait-il ? J'ai aujourd'hui un an de plus que lui à cette époque et, oui, ces temps-là respiraient la douceur et l'innocence. Avec le recul, mon retour à l'internat avant la fin des vacances ne paraît plus si terrible.

Pourtant, je suis frappée par la fillette que j'étais. Elle a l'air malheureuse et ne sourit presque jamais. Je lis une certaine anxiété dans son regard, une sorte d'égarement, comme lorsqu'elle se croyait poursuivie par le père Jean.

Le Dr Chameau, dont le nom ne cesse de m'amuser (est-il si chameau que ça ?) passe soudain la tête par la porte.

– Puis-je vous tenir compagnie un moment, madame Fergus ?

– Oui.

Il tire une chaise et s'assied près de moi.

– Alors, ces photos, elles vous plaisent ?

Il a quelque chose d'ouvert, d'amical et de vaguement mélancolique, qui n'est pas sans rappeler, finalement, l'expression de l'animal en question.

– Oui, docteur. Je me faisais la remarque qu'elle a l'air bien triste, cette petite fille.

– Quelle petite fille ?

– Celle-ci, là.

– C'est vous. Vous parlez de vous à la troisième personne ?

– Eh bien, parce qu'elles sont très vieilles, ces photos. Je me rends compte que je ne suis plus cette fille… sauf en rêve, parfois. Mais ici, bien réveillée, j'ai l'impression de regarder l'album de quelqu'un d'autre.

– Pas celui de quelqu'un d'autre, ni d'une autre petite fille, madame Fergus. C'est un album de votre famille et ce sont des portraits de vous à l'âge de douze ans. La légende est suffisamment claire : « *Marie-Blanche, The Heronry, July 1933.* »

– Sans doute, sans doute. Mais croyez-vous vraiment que nous restions la même personne toute notre vie ? Je ne ressemble plus du tout à cette gamine. Je ne pense plus comme elle, elle n'a rien à voir avec moi. Son fils de cinq ans n'est pas mort dans un accident. Elle n'a pas subi plusieurs cures de désintoxication dans divers établissements. Elle n'a pas blessé ni humilié ses autres enfants. Donc je ne suis pas cette Marie-Blanche et elle n'est pas moi. Elle est encore jeune, elle a toute la vie devant elle, elle n'a pas commis mes erreurs. Tout peut se passer différemment dans sa vie.

– Non, madame. Je regrette, mais nous savons qu'elle ne sera pas différente. Cette vie est la vôtre et c'est pour cela que nous sommes là, pour essayer de la comprendre et d'améliorer les choses.

– Si vous voulez.

– On a pris ces photos en Angleterre, devant la maison de votre beau-père, c'est cela ?

– Oui. Elle s'appelait la Héronnière. Une très belle maison

au bord de la rivière Test. Avant l'incendie, évidemment. Nous n'y sommes jamais retournés ensuite.

– Pourquoi semble-t-elle si malheureuse, cette jeune fille ?

– Ah, vous voyez, docteur ! Vous aussi, vous parlez de moi à la troisième personne.

– En effet, admet-il avec un petit rire. Laissez-moi reformuler la question : pourquoi avez-*vous* l'air si malheureuse ? L'étiez-vous ?

– Je ne me souviens pas. C'est ce que je voulais dire : nous ne sommes pas les mêmes à tous les moments de notre vie. Je ne suis plus cette petite fille et je ne me rappelle pas ce qu'elle avait dans la tête. Avant que vous entriez, je lui trouvais un air affolé, comme si le père Jean la poursuivait encore.

– Qui est le père Jean ?

– Mon précepteur quand j'étais petite. Un prêtre. Il aimait me renverser sur ses genoux et me donner des coups de règle, parce que je ne suis pas maligne et que j'apprenais mal mes leçons. Il me frappait jusqu'à atteindre l'orgasme. Littéralement.

– Navré. Cela devait être épouvantable. Pourquoi dites-vous que vous n'êtes pas maligne ?

– Parce que tout le monde le pensait. Cet homme et ma mère en particulier. Je n'étais vraiment pas bonne élève.

– Et ce père Jean vous poursuivait ?

– Cela n'était qu'une impression. Il est parti un jour, mais je le voyais toujours rôder aux alentours.

– Est-ce qu'il vous suit encore ?

– Cela n'est plus possible. Il y a longtemps que je me suis débarrassée de lui, voyez ? J'ai demandé au bon Dieu de le tuer. J'avais sept ans, c'était à Paris, avant Noël, en 1927. Aussitôt il s'est fait écraser par un taxi. Pour la première et la dernière fois, Dieu a exaucé mes prières. Ce qui m'a permis de passer Noël à Marzac, un des plus beaux Noëls de ma vie, d'ailleurs. Depuis lors, je n'ai jamais plus imaginé que cet homme me poursuivait.

– Croyez-vous que Dieu ait tué un homme à votre demande, madame Fergus ? Un prêtre ? Pour que vous passiez de bonnes fêtes de fin d'année ?

– Quelle autre explication, docteur ? J'ai prié pour qu'il disparaisse et, un instant plus tard, il était mort. Cela vous paraît-il fou ?

– C'est un mot que nous évitons ici, madame.

– Évidemment. Alors, disons... insensé ? Les gens demandent au Seigneur de satisfaire leurs désirs et ils sont sûrs que ça marche. Lorsqu'il leur arrive quelque chose de positif, ils le remercient comme s'il était personnellement responsable de leur petite vie minable, qu'il les écoutait et se souciait d'eux.

– Oui, quand c'est une *bonne* chose. Ils lui demandent de faire le bien et, s'il le fait, ils lui rendent grâce.

– Je ne dis pas le contraire. C'était pour moi une bonne chose que le père Jean ne soit plus là. Je n'ai ressenti aucune culpabilité et je n'en ressens toujours pas. Après tout, des pays entiers pensent que Dieu les aide à gagner leurs guerres, à pourfendre leurs ennemis, à tuer des bébés et d'innocentes victimes à coups de bombes, de produits chimiques, tout ce que vous voudrez. C'est pour eux une bonne chose, ils sont persuadés d'avoir Dieu à leurs côtés. Où est la différence ? Je lui ai seulement demandé de supprimer une personne – le père Jean, qui était un type épouvantable. Il me faisait peur et me battait. Je n'étais qu'une petite fille, moi.

– Croyez-vous en Dieu ?

– Non, mais à l'époque, oui. Je n'avais que sept ans. Aujourd'hui, je lève mes mains tremblantes vers le ciel : « Seigneur, donnez-moi un verre... Un bloody mary ne serait pas de trop. » Voyez, docteur, le bon Dieu ne m'écoute plus quand je m'adresse à lui. Il n'a exaucé qu'un de mes vœux, ce jour-là en 1927.

– Dieu n'est pas un barman, madame Fergus. Vous n'êtes pas dans un bar, de toute façon. Comment pouvez-vous désirer un verre, après tout le mal que cela vous a fait ?

– À votre avis ? Parce qu'une fois ivre, j'arrête de penser un moment à ces choses. Et je ne souffre plus du delirium.

– Gisèle va vous apporter des médicaments pour ça.

Le médecin se tourne vers l'infirmière, qui hoche la tête et quitte aussitôt la pièce.

– En attendant son retour, dites-moi ce que vous souhaitez oublier.

– Comme c'est notre première séance, je vous épargne la version longue… Vous vous contenterez de l'essentiel.

– Très bien.

– Je vous l'ai dit, mon fils aîné est mort dans un accident. Je n'ai pas été une bonne mère, ni pour lui ni pour les autres. Ma fille me déteste, elle a toutes les raisons pour cela, et j'ai brisé le cœur de mon deuxième fils. Ils se félicitent de me voir partie. Mon mari demande le divorce. Depuis toujours, je n'ai fait que décevoir ma mère, qui me désavoue ouvertement. Mon frère ne m'adresse plus la parole. Et me revoilà dans une clinique où l'on veut encore me soigner. Savez-vous combien j'en ai essayées, docteur ? Voilà une petite part des choses que j'ai envie d'oublier. Et vous, croyez-vous en Dieu ?

– Cela n'a aucune importance.

– Pour moi si.

– Puis-je vous demander pourquoi ?

– Parce que j'essaie de savoir si vous êtes capable de m'aider.

– Quel rapport y a-t-il avec mes convictions religieuses, madame Fergus ?

– Je ne sais pas, mais vous m'avez posé la question et c'est moi qui vous la pose à présent.

– Je suis un homme de science, dit le Dr Chameau. Mais je n'écarte pas la possibilité d'un ordre spirituel de l'univers. Je tiens compte de l'immense réconfort que la croyance en un être suprême offre à tant de personnes.

– Un peu évasif, comme réponse, mais j'en conclus que vous n'avez pas la foi, cette foi qui profite à certains.

– Revenons à ce qui nous intéresse. Boire vous aide donc à oublier les choses dont vous parlez.

– Pendant un moment, du moins.

– Mais ensuite, vous vous réveillez avec la gueule de bois et elles sont encore là, ces choses, non ?

– Bien sûr.

– Ne sont-elles pas encore plus insupportables, avec la nausée et le mal de tête ? En outre, vous avez sûrement honte de vous, je suppose ? Alors vous recommencez à boire…

– Bien observé, docteur ! Ne seriez-vous pas alcoolique vous-même… ?

Ma longue expérience dans cette sorte de clinique m'a appris que les médecins répondent toujours à cette question par le silence.

Mais revoilà Gisèle avec mes pilules et un verre d'eau.

– Vous dormirez mieux avec ceci, madame, dit-elle.

– Ce n'est pas de refus.

– Je vous laisse pour l'instant, annonce le médecin. Demain, si vous le souhaitez, nous parlerons des photos. De votre mère, peut-être ?

– Entendu. Ce serait un bon début. À propos d'être suprême… Je dois avouer que ma mère, que je croie en elle ou pas, ne m'a jamais offert beaucoup de réconfort.

3

– Pourquoi semblez-vous si malheureuse sur ces photos ? me demande tout de suite le Dr Chameau, le lendemain matin.

– Je ne me rappelle pas.

– Faites un effort, s'il vous plaît.

Je les ai étudiées un long moment, sur plusieurs pages de l'album. Oncle Leander m'a souvent prise sur mon cheval, Hubert. Parfois avec maman, devant la Héronnière. Il y en a plus d'une douzaine en tout, et une seule où je souris. On me voit sur celle-ci avec cinq ou six autres enfants des propriétés voisines, que Leander avait invités pour nous apprendre à chasser le renard. Nous sommes montés à l'envers sur nos chevaux, c'est censé être comique et nous sommes hilares, très contents de nous.

– Tenez, docteur, dis-je en la lui montrant. Je souris.

– Oui, en effet. Vous vous amusez avec les autres petits.

– Oui.

– Et vous n'avez pas besoin de boire.

– Évidemment, je n'ai pas encore découvert les joies de l'alcool.

Le Dr Chameau m'indique une autre photo.

– Regardez celle-là. Vous vous tenez avec votre maman devant la maison. C'est un portrait joliment composé, d'ailleurs. Votre mère a un air sérieux, on dirait même sévère, et vous paraissez toute timide, triste, presque effrayée. Est-ce une interprétation correcte, madame Fergus ?

– Je pense que oui, docteur.

– Aviez-vous peur d'elle, madame ?

– Tout le monde a peur d'elle.

– Je ne parle pas de tout le monde, mais de vous. Aviez-vous peur de votre mère ?

– Oui, bien sûr. Et encore aujourd'hui.

– Pourquoi ? Vous a-t-elle maltraitée de quelque façon ?

– Non. Elle m'a giflée mais juste une fois.

– Vous a-t-elle blessée psychologiquement ? Mentalement ?

– C'est difficile à expliquer. Ma mère a une forte personnalité. Elle en impose. Elle attend certaines choses des autres et, s'ils ne les font pas, s'ils la déçoivent, alors elle ne veut plus en entendre parler et elle les rejette. Presque tout le monde finit par la décevoir.

– Ce qui vous est arrivé, madame ? Vous l'avez déçue et elle vous a rejetée ?

– Beaucoup déçue, oui. Depuis toujours. Seulement, je suis sa fille, et elle ne pouvait pas entièrement se débarrasser de moi. Nous étions quand même obligées de nous voir. À certaines époques, du moins. Et elle me rejetait chaque fois. Voyez-vous, je ne suis pas très intelligente, je n'étais pas douée pour les études. Je ne suis pas non plus assez jolie ; j'ai hérité du grand nez de mon père. Donc elle m'a fait refaire le nez et, un beau jour, j'ai pris des cours de théâtre – à Chicago. J'ai même eu un peu de succès. Il a été question de faire un bout d'essai à Hollywood, pendant un temps. C'est alors que j'ai rencontré Bill, et nous nous sommes mariés sans rien dire. Ah ! elle a encore été déçue… Plus que jamais ! Maman ne l'a jamais aimé. Il est originaire de l'Ohio, imaginez ça : de Zanesville ! Son père était électricien, son grand-père agriculteur. Mais il monte bien à cheval et il est devenu un grand joueur de polo, connu dans le monde entier. Pourtant, ça a beau être un sport de riche, lui ne l'a jamais été. Maman l'a toujours traité de paysan. C'est ainsi qu'elle l'appelle. « Tu n'aurais pas dû épouser ce paysan… » La seule chose que j'aie réussie à ses yeux, c'est mon premier enfant, Billy. Elle l'adorait.

« Quand Bill a rejoint l'armée, Billy et moi avons vécu chez elle à New York pendant la plus grande partie de la guerre. Elle se l'est presque approprié. Elle était davantage sa mère que moi. J'étais si jeune et immature, je ne savais pas ce que c'était, être une mère. Comment aurais-je pu ? Je ne pensais qu'à m'amuser. Je m'étais trouvé un petit ami à New York, alors même que j'étais mariée. Maman s'en fichait. Au contraire, elle m'encourageait parce que mon petit ami provenait d'une bonne famille de Chicago. Elle souhaitait que je quitte Bill, que je suive son propre exemple et que j'épouse un homme riche. À l'armistice, Bill est rentré, et Billy est mort quelque temps après. Maman me tient toujours responsable de sa mort. Comme quoi il serait encore vivant si j'avais été une meilleure mère. Je l'ai laissé mourir et elle a été déçue au-delà de tout ce qu'on peut imaginer. C'est à ce moment-là que je me suis vraiment mise à boire. L'alcool est devenu mon seul refuge, mon seul ami au monde. On pourrait presque affirmer qu'il m'a sauvé la vie.

– Il vous détruit en même temps, madame Fergus. Vous en êtes consciente, tout de même ?

– C'est la vie qui me détruit, docteur. L'alcool n'est qu'un de ses instruments, une de ses armes. Faut-il blâmer l'arme elle-même, ou celui qui tire ?

– Bonne question. Êtes-vous la victime ou celui qui tire, justement ?

– Celui qui tire.

– Alors vous assumez la responsabilité de vos actes ?

– Parfaitement. Comme maman aime à me le rappeler : « Il ne faut t'en prendre qu'à toi, Marie-Blanche, tu es faible. »

– Pensez-vous qu'avoir laissé Billy mourir était une sorte de revanche sur votre mère ?

– Mais allez vous faire foutre ! C'est obscène, de poser une question pareille ! Je ne l'ai pas laissé mourir, c'était un accident.

Le médecin consulte les notes qu'il vient de prendre.

– Vous venez de dire : « Je l'ai laissé mourir et elle a été déçue au-delà de tout ce qu'on peut imaginer. » Vous reprochez-vous la mort de votre fils, madame Fergus ?

– Oui… et non. C'est surtout la faute de Bill. Il aurait dû le surveiller. Bill a tué Billy. Je n'ai pas envie de parler de ça maintenant, docteur. Cela ne m'aide en rien.

– Bien, madame. Nous ne sommes pas obligés. Personne ne vous forcera ici à aborder des sujets qui vous dérangent. De quoi aimeriez-vous parler ? De l'incendie à la Héronnière, peut-être ? C'était en décembre 1933, non ?

– Vous avez étudié les albums, n'est-ce pas ?

– Oui, je voulais avoir une idée de leur contenu pour vous connaître un minimum avant votre arrivée. J'ai aussi envoyé une série de questions à votre mère, mais elle ne m'a pas encore répondu.

– Elle ne répondra pas. Ma mère considère tout cela – les cliniques, les thérapies – comme de pures sottises à l'usage des incapables. Précisément ce dont je suis l'incarnation. Elle ne supporte ni la bêtise ni la faiblesse.

LA HÉRONNIÈRE
Whitchurch, Hampshire, Angleterre
Décembre 1933

1

On me laisse rarement venir le week-end à la Héronnière, surtout quand maman et oncle Leander ont des invités, à savoir presque toutes les semaines – notamment à cette époque de l'année, quand la chasse a commencé. Mais ils ont fait une exception car c'était hier, le 7 décembre, mon treizième anniversaire, et Leander a promis que, demain, je participerais à la chasse. Afin que je puisse prendre le train du matin pour Whitchurch, il a obtenu de Mme Barton, la directrice, que je saute les cours à Heathfield, un privilège qu'elle accorde seulement à ses plus riches clients, parmi lesquels figure bien sûr M. McCormick. Elle m'a elle-même accompagnée à la gare, et me voilà confortablement installée à ma place. Je suis tellement contente de quitter l'internat et de revenir à la Héronnière ; je n'y étais pas retournée depuis les grandes vacances, puisque Leander et maman étaient en Amérique où ils sont restés près de deux mois. Surtout, c'est la première fois que je vais chasser à courre et je suis enchantée.

Je reconnais M. Jackson sur le quai à Whitchurch. En m'avançant vers lui, je remarque qu'il tient un petit panneau avec l'inscription « Duc Louis Jean Marie de la Trémoïlle ». La calligraphie est jolie, cela ne peut être que l'œuvre d'oncle Leander, qui est si doué pour tout.

– Il semblerait que vous attendiez quelqu'un d'autre, monsieur Jackson. Dois-je me passer de chauffeur ? lui demandé-je, taquine.

– Bonjour, mademoiselle Marie-Blanche, me dit-il avec sa gentillesse habituelle. Oui, un de nos invités arrive de Londres par le même train que vous. Comme je ne l'ai jamais rencontré, votre beau-père m'a confié ce panneau, explique-t-il en agitant celui-ci. De la belle ouvrage, n'est-ce pas ? Ouvrez l'œil avec moi. Ce monsieur est un de vos compatriotes, peut-être le connaissez-vous ?

– Non. Qui est-ce, monsieur Jackson ?

– Le nom de la Trémoïlle vous est certainement familier. Une des plus anciennes et des plus illustres familles de la noblesse française. Une lignée ininterrompue depuis la campagne de Louis II contre les Vikings en 879. Le jeune duc est premier duc de France, douzième duc de Thouars, treizième prince de Tarente, dix-septième prince de Talmont. C'est un ami de M. McCormick, et il vient pour la chasse.

– Oui, bien sûr, Louis le Bègue.

– Je vous demande pardon, mademoiselle ?

– Louis II était bègue, expliqué-je. D'où son surnom. On vient de l'étudier en classe. Je ne suis pas bonne en maths, mais l'histoire de France m'intéresse. Je suis française et c'est une des rares disciplines dans lesquelles je me distingue.

– Bravo, Marie-Blanche, je vous félicite ! Les origines de ce jeune homme n'ont donc aucun secret pour vous.

– Regardez ! dis-je en tendant l'index. Je parie que c'est lui.

Un monsieur très chic, vêtu d'un manteau en poil de chameau bien coupé, et coiffé d'un élégant chapeau en feutre, avance vers nous sur le quai. Marchant à pas longs, énergiques, il est suivi par un porteur qui a du mal à le suivre. Et pour cause : ce dernier pousse sur son chariot un assortiment de bagages Louis Vuitton, de la grande malle jusqu'au carton à chapeau, lequel contient sûrement une bombe de cheval.

– Pas étonnant qu'il ait mis du temps à descendre du train. A-t-il l'intention de s'installer définitivement à la Héronnière, monsieur Jackson ?

– Je crois qu'il ne reste qu'un week-end. J'ai cru comprendre qu'il voyageait beaucoup pendant la saison de la chasse, en Angleterre et sur le continent.

– Je comprends. Il doit avoir son cheval dans une malle…

– Vous êtes fort drôle, me dit M. Jackson. En réalité, ses

chevaux sont arrivés la semaine dernière. Soyez polie avec notre invité. C'est un gentleman très distingué.

– Certainement, monsieur Jackson. Je suis toujours polie. Pourtant, vous en conduisez, des personnages illustres et importants. Celui-ci a l'air de vous impressionner.

– À la vérité, mademoiselle, la noblesse française est chez moi une passion. C'est mon péché mignon.

Très souriant, le duc nous rejoint. Brun, élégant, il a un fort joli nez et une sorte de grâce aristocratique qui incite les gens à se retourner sur son passage. Évidemment, le panneau dont s'est muni M. Jackson n'y est pas pour rien.

– Je pense que vous m'avez trouvé, dit le voyageur à ce dernier.

Lequel s'incline profondément.

– Monsieur le duc, c'est un grand honneur de vous rencontrer. Je m'appelle Francis Jackson, je suis le chauffeur de M. McCormick et je vais vous emmener au manoir. M. McCormick vous prie de l'excuser de n'être pas venu vous attendre en personne. Ses amis le capitaine Rodney et son épouse ont pris la route depuis Londres cet après-midi et il souhaite les accueillir lui-même à la propriété.

Jackson se tourne vers moi d'un air jovial avant d'ajouter :

– Nous avons déjà une brillante invitée, ce week-end, et nous aurions été un peu serrés dans la voiture. Monsieur de la Trémoïlle, permettez-moi de vous présenter la jeune maîtresse de la Héronnière, Marie-Blanche de Brotonne, qui est la fille de Mme McCormick.

Le prince ne se départit pas de son sourire.

– J'allais vous le demander, monsieur Jackson. Quelle charmante jeune femme !

Cet homme a une telle prestance, un regard si pénétrant que je m'empourpre, incapable de prononcer un mot. Tête baissée, je fais la révérence en marmonnant :

– Bonjour, monsieur le duc, euh… votre altesse.

– Enchanté, mademoiselle Marie-Blanche, dit-il alors en français. Ravi de faire votre connaissance. J'aurai moins le mal du pays en votre compagnie. Nous accompagnez-vous demain à la chasse ?

– Oui, monsieur. Ce sera une première pour moi !

– Merveilleux ! S'il vous plaît, puisque nous devons chasser ensemble, oublions un peu le protocole. Je porte un trop grand nombre de titres et je me perds parfois dans mon arbre généalogique. Si vous acceptez que je vous appelle Marie-Blanche, vous m'appellerez Louis.

Je rougis toujours jusqu'aux oreilles, mais je suis ravie de parler ma langue maternelle, ce dont j'ai rarement l'occasion à Heathfield.

– Oh, monsieur le duc, je ne sais si j'y arriverai.

Il rit. Cet homme est si franc, si sympathique qu'il en est désarmant.

– Si cela vous convient mieux, Marie-Blanche, appelez-moi prince Louis, comme mes vieux amis conformistes. Pour l'occasion, nous pourrions cependant renoncer aux usages.

Le porteur et M. Jackson chargent les bagages dans le coffre de l'automobile, le duc et moi montons à l'arrière et nous partons à la Héronnière. À treize ans révolus, j'aurais cru avoir un peu d'assurance et de maturité, mais je suis encore embarrassée, à court de mots, en présence du prince. En essayant de rassembler mes esprits, je regarde la campagne défiler par la fenêtre. C'est une de ces rudes journées d'hiver dans le Hampshire. Le ciel est bas et sombre, il souffle un vent glacial. Avec ces arbres dénudés, ces champs déserts, le paysage n'est plus du tout celui de l'été dernier, quand tout débordait de verdure.

Manifestement, le prince Louis a l'habitude d'aider ses nouvelles rencontres à vaincre leur timidité.

– Voyez-vous, Marie-Blanche, me confie-t-il, bien que j'aie l'habitude de sillonner la Grande-Bretagne, je n'étais encore jamais venu dans le Hampshire. La campagne a l'air fort jolie…

– Elle l'est plus encore en été, monsieur le duc.

– Vous vouliez dire prince Louis ? s'amuse-t-il.

Je ris volontiers. Il réussit à me mettre à l'aise.

– Oui, voilà… C'est plus joli en été, Louis !

Eh bien, je suis une grande personne, finalement ! Et j'ajoute :

– Aimez-vous pêcher, Louis ?

– Beaucoup, Marie-Blanche. J'aime tous les sports de plein air.

– Vous devriez revenir cet été pêcher dans la rivière avec oncle Leander. Selon lui, aucune rivière au monde n'a plus de truites que la Test, mais il faut savoir bien s'y prendre…

– Je serais ravi d'essayer. Si l'on m'y convie, naturellement. Vous savez que votre beau-père est un remarquable pêcheur ! Je parie qu'il trie ses hôtes sur le volet et que les truites de la Test ne gobent pas n'importe quelle mouche. Peut-être voudrez-vous me recommander auprès de lui, Marie-Blanche ?

– Avec plaisir, Louis ! assuré-je, ravie d'avoir gagné sa confiance.

– Vous savez, le nom de Brotonne ne m'est pas étranger. Peut-être ai-je rencontré certains membres de votre famille dans les cercles de chasseurs français.

– Mon père est un chasseur, Louis, déclaré-je fièrement. C'est toute sa vie ou presque.

– Un homme comme je les apprécie. Oui, je suis sûr que nos chemins se sont croisés. Parlez-en à votre père et transmettez-lui mon bon souvenir.

Connaît-il réellement papa ou se plaît-il à me mettre en valeur ? Dans un cas comme dans l'autre, je suis heureuse et flattée.

Il se penche vers le siège avant.

– Dites-moi une chose, monsieur Jackson, lui demande-t-il. Avez-vous toujours vécu dans le Hampshire ?

– Toujours, monsieur le duc.

En regardant ses yeux dans le rétroviseur, je remarque l'air étonné de Jackson qui, en tant que domestique, n'a pas l'habitude d'entamer une conversation avec ses passagers – encore moins s'il s'agit d'un duc de France. Comme tous les bons chauffeurs, le nôtre est un homme scrupuleux, très britannique, respectueux des usages, qui n'oserait pas de lui-même adresser la parole aux invités de la maison.

– Je suis né et j'ai grandi ici, comme mes parents et mes grands-parents.

– Admirable ! dit le duc. C'est un des grands plaisirs de l'existence d'avoir ce qu'on appelle une maison de famille. Moi-même, je ne suis rentré chez moi que récemment, après mon service militaire dans la cavalerie – le onzième cuirassiers. À peine descendu de mon train à Thouars, j'étais envahi par une formidable sensation de bien-être. J'étais précisément là où il fallait que je sois, j'avais le sentiment d'appartenir à cette ville, même à tout le département. La France est dans mon sang, et moi dans le sien. Comprenez-vous ce que je veux dire, monsieur Jackson ?

– Tout à fait et, avec votre permission, vous l'exprimez fort bien. Vous êtes le douzième duc de Thouars et vos racines remontent à loin.

– Connaissez-vous si bien ma famille ? s'étonne le duc.

Je ne laisse pas à Jackson le temps de répondre.

– La noblesse française le passionne. C'est son péché mignon !

– Bravo, monsieur ! s'écrie le prince Louis, ravi. J'ai deviné tout de suite que vous étiez instruit. Plutôt véniel, comme péché, n'est-ce pas ? Que savez-vous de nous, si je puis vous poser la question ?

– Eh bien, vous êtes originaires du Poitou, déclare fièrement notre chauffeur, dont l'œil brille dans le rétroviseur. Sauf erreur de ma part, on y recense un Pierre de la Trémoïlle dès le XIe siècle.

– Juste ciel ! Vous êtes un spécialiste !

– Puis-je avoir l'impudence de vous poser à mon tour une question, monsieur le duc ?

– Je vous en prie.

– Vous descendez d'une longue lignée d'officiers et de militaires, aux prestigieuses carrières… Guy, capturé à Nicopolis en 1396 ; Georges, prisonnier à Agincourt en 1415 ; Louis II de la Trémoïlle, tué à la bataille de Pavie en 1525 ; Charles Armand René, qui se montra si vaillant à Guastalla en 1734… Je pourrais continuer ainsi pendant…

– Vous frisez l'ostentation, monsieur Jackson ! s'exclame Louis en riant franchement.

Jackson rit à son tour.

– J'admets volontiers que c'est plus fort que moi !

– Et moi, je suis bigrement impressionné. Quelle mémoire encyclopédique ! Je vous soupçonne de connaître notre généalogie mieux que ma famille. Peut-être avez-vous raté votre vocation ? Vous auriez dû être historien.

– J'aurais tant aimé poursuivre des études, croyez-le bien, si cela avait été possible. Mais, voyez-vous, les gens de ma condition doivent gagner leur vie à un âge précoce. Les universités ne sont pas pour nous. C'est peut-être aussi le cas en France.

– Veuillez m'excuser, monsieur Jackson. De fait, il en va de même chez nous, ce que je trouve déplorable, dit le duc.

Une injustice qui paraît sincèrement le désoler, comme sa question qui manquait de tact.

– Eh bien, pardonnez-moi. Que vouliez-vous me demander, tout à l'heure ?

– Certes, cela ne me regarde pas, monsieur, mais je serais curieux de savoir si la politique, la vie militaire, l'esprit de conquête sont inscrits dans votre sang. Transmis au fil des siècles par vos illustres ancêtres ? Vous sentez-vous contraint de suivre le même chemin ?

– Voilà un point fort intéressant. J'y ai souvent pensé moi-même, dit Louis qui s'interrompt un instant pour réfléchir.

Il reprend :

– Naturellement, les rejetons de la noblesse sont pour beaucoup censés suivre ce chemin-là. Il s'est longtemps agi de privilèges royaux, faits de devoirs et de droits, transmis de génération en génération par le seul fait de la naissance. Mes parents ont eu quatre filles avant moi et mon père voulait un héritier mâle afin de lui transmettre son titre. Finalement, à son grand soulagement, je suis arrivé. C'était une figure masculine qui exerçait une vive influence sur moi, ainsi qu'un bel exemple à suivre, mais que pouvait-il faire avec cinq femmes à la maison ? Il est mort quand j'avais douze ans et j'ai pratiquement été élevé par ma mère et mes sœurs. Avec cette sorte d'éducation, je pense qu'un garçon aura tendance à porter un regard plus tolérant – je dirais même : féminin – sur l'existence.

« Naturellement, j'ai été imprégné de l'histoire de ma famille, de ces ancêtres qui, comme vous le dites, ont mené tant de guerres, de campagnes, de croisades. Nombre d'entre eux y ont laissé la vie. Certes, j'ai été obligé de faire mon service militaire et, oui, mon père aurait souhaité que j'embrasse la carrière des armes. Mais pour être tout à fait franc, monsieur Jackson, je suis plus un amoureux qu'un guerrier. J'apprécie particulièrement les arts et les sports de plein air. Tel que vous me voyez, je suis diablement soulagé d'avoir quitté l'armée et c'est un vrai plaisir de voyager, de me détendre, de chasser, de visiter musées et galeries. Je suis heureux de rencontrer du beau monde en Angleterre, dans le reste de l'Europe, et de penser à mon avenir.

– Merci, monsieur le duc, dit Jackson avec un signe de tête. Voilà une réponse aussi complète qu'intelligente. Vous me pardonnerez, j'espère, de vous avoir ainsi interrogé. Votre vie privée ne me regarde pas et j'ai en quelque sorte outrepassé mes droits. Mais ces choses m'ont toujours fasciné. Je ne suis qu'un chauffeur de maître et, dans ma position, comment savoir si j'aurai encore l'occasion de converser avec le premier duc de France ?

Je vois dans le rétroviseur que son regard pétille toujours.

Le duc rit de nouveau.

– Nul besoin de vous excuser. Votre curiosité me flatte autant que votre connaissance de ma famille. J'ai été favorisé par l'existence et j'ai plaisir à m'en ouvrir à vous.

Il fait un triste temps en ce mois de décembre 1933 et, malgré le froid, nous passons un moment agréable sur la route de la Héronnière. J'ai la chance d'assister à ce rare échange entre un noble et un roturier, un Anglais et un Français – deux hommes aux origines et à la situation très différentes, qui se comprennent et se témoignent mutuellement un grand respect.

Le trajet n'est pas long, mais la jeune fille de treize ans que je suis y trouve l'occasion d'apprendre bien des choses. Je me rends compte que je ne me suis jamais vraiment intéressée à M. Jackson, ne lui ai jamais posé aucune question d'ordre personnel et j'en suis vaguement honteuse. Mais, tout simplement, cela ne se fait pas dans notre milieu, ce qui rend les bonnes dispositions de M. de la Trémoïlle d'autant plus remarquables.

En chemin, j'ai brusquement la sensation que nous sommes tous trois liés par une sorte d'amitié. Dans un silence plaisant, nous regardons le paysage défiler derrière les vitres, les méandres de la Test, les hameaux pittoresques avec leurs toits de chaume. C'est un de ces moments précieux de l'existence que l'on aimerait prolonger indéfiniment.

2

Ma mère et oncle Leander apparaissent sur le seuil de la maison au moment où M. Jackson atteint le bout de l'allée. Louisa, la femme de chambre allemande de maman, et M. Grinsted, le majordome, sortent au même instant par la porte de service, comme si le tout avait été soigneusement mis en scène – ce qui est sans doute le cas.

Les domestiques commencent à décharger les imposants bagages du jeune duc.

– Je serai en déplacement pas loin d'un mois, annonce-t-il lors des salutations. J'ai dû emporter mes affaires de cheval, mais aussi une carabine, du matériel pour une battue en Écosse, plus quelques fusils et des munitions pour chasser la grouse. Sans oublier mes tenues de soirée. La vénerie a ses exigences, n'est-ce pas, Leander ?

– Eh oui, prince Louis, répond Leander en embrassant son jeune ami. Mais Renée est presque aussi chargée quand nous quittons Londres pour le week-end.

– Il exagère, monsieur, minimise maman en riant. Enfin, un petit peu… Bienvenue à la Héronnière. J'espère que vous avez fait bon voyage.

– Tout s'est très bien passé. Surtout les derniers kilomètres en compagnie de votre charmante fille et de votre chauffeur dont l'érudition en surprendrait plus d'un. Nous sommes déjà tous trois de vieux amis.

Le compliment me fait rougir et M. Jackson, occupé avec

les bagages, s'efforce de contenir le fier sourire qui lui vient aux lèvres, mais que son rang ne lui permet pas.

Maman se tourne vers moi et m'embrasse sans enthousiasme sur les deux joues.

– Bonjour, ma chérie. Comme nous recevons, ce week-end, vous dormirez dans la chambre d'amis, à côté de celle de M. et Mme Jackson, dans le pavillon des domestiques. Louisa va prendre votre valise.

– Très bien, maman. Mais je peux la porter toute seule. Elle ne contient pas grand-chose.

– Oh non ! s'exclame le duc. Ne me dites pas que je vous vole votre chambre, Marie-Blanche ?

– Ne vous inquiétez pas, Louis, je serai très bien.

– *Louis ?* répète maman, offusquée. Marie-Blanche, veuillez vous adresser à notre invité avec les honneurs qui lui sont dus.

– Mais non, Renée, déclare-t-il. Je l'ai moi-même priée de m'appeler par mon prénom. Le décorum est parfois pesant. C'est moi qui l'ai voulu et je vous assure qu'elle m'a témoigné la plus grande courtoisie. Permettez-moi d'être, ce week-end, un convive comme un autre. Je vous l'ai dit, nous sommes déjà de bons amis !

À l'évidence, cette quasi-familiarité indispose ma mère, cependant elle ne peut guère s'y opposer. Par ailleurs, j'avais déjà prévu que le prince dormirait dans ma chambre et cela ne me dérange aucunement. Le personnel réside dans une dépendance, à quelque distance du bâtiment principal. Toto et moi y avons souvent dormi, l'été, lorsque les invités étaient nombreux. En réalité, il y a d'autres pièces dans le manoir où j'aurais pu loger, mais de toute façon, pour maman, les enfants bien élevés doivent être tenus à l'écart des adultes.

– Je viens vous aider à ranger vos affaires, m'annonce-t-elle. Leander va s'occuper de M. le duc, pendant ce temps.

On éprouve à mon âge ce curieux besoin – parfois dramatique – de recueillir l'approbation de ses parents et, sur le chemin des dépendances, j'insiste à ma façon :

– Je crois qu'il m'aime bien, le prince Louis, maman. Nous

avons eu une discussion très agréable en route. C'est un homme charmant.

– *Louis, prince Louis*... ânonne-t-elle, moqueuse. À votre âge, on ne parle pas ainsi à un noble.

– Oui, j'ai compris que cela ne vous plaisait pas. Mais vous avez bien entendu : c'est sa décision.

– Et, pour ce qui est de vous « aimer bien », ne vous faites pas d'illusions, ma chère. Il a beau être extrêmement poli, il ne vous aime pas comme vous le croyez.

– Comment cela ?

– Eh bien, comme un homme aime une femme.

– Ce n'est pas ce que je voulais dire, maman.

– Pour commencer, voyez-vous, les filles ne l'intéressent pas.

– Cela m'est égal, remarqué-je, un peu déconcertée. Il m'apprécie assez pour m'inviter chez sa famille en France.

– Simple politesse, Marie-Blanche, je vous assure. Il ne le pense pas vraiment.

– Ah... ce n'est pas ce que j'ai compris.

Quoi que je réussisse, même modestement, ma mère s'arrange toujours pour me rabaisser.

– Ses préférences mises à part, il est fils unique et il lui faudra bien un jour une femme pour assurer sa descendance.

– Je ne parlais pas de l'épouser. Je n'ai que treize ans, de toute façon.

Je m'aperçois à cet instant que maman ne m'a pas souhaité un bon anniversaire.

– Il faut tout de même y penser, calcule-t-elle. Dans quelques années, il aura besoin de se caser et vous serez en âge de vous marier. Mais il se choisira une épouse proche de la couronne, d'Angleterre ou d'ailleurs, pas chez les faux noblards comme votre père.

– J'aimerais seulement être son amie. Je n'ai pas l'intention de l'épouser.

– Comme disait miss Hayes, ma gouvernante, qui était sage et avisée : « Jour après jour dans le cours d'une vie, l'amitié compte bien plus que l'amour. » Souvenez-vous-en, Marie-Blanche. Avec l'éducation que vous avez reçue, vous serez plus heureuse avec un aristo qu'avec un paysan, croyez-moi. Il faut être pragmatique, dans ce domaine.

– Je sais que vous préférerez dîner sans moi, mais puis-je vous rejoindre pour l'apéritif ?

– Non, ce soir est réservé aux grandes personnes.

– S'il vous plaît… Avez-vous oublié que j'ai eu treize ans, hier ? C'était mon anniversaire.

– Mais oui, bien sûr, le 7 décembre, je n'ai pas oublié. Voilà pourquoi nous vous avons invitée à la chasse, ce week-end. Pardonnez-moi, Marie-Blanche, je n'aime pas toujours me rappeler que j'ai eu des enfants de votre père.

– En guise de cadeau, laissez-moi tout de même venir un petit instant ?

Elle doit se sentir coupable puisqu'elle finit par céder.

– D'accord, ma chérie, d'accord. Cela ne vous fera pas de mal, je suppose, de nous rejoindre un moment. Les Rodney seront sûrement contents de vous voir. Bien, présentez-vous dans une heure, le temps de vous débarbouiller et de vous changer.

3

Lorsque j'arrive, les grandes personnes sont déjà réunies au salon. Le capitaine Rodney et son épouse, un couple que j'aime beaucoup, m'accueillent chaleureusement.

– Comme vous avez grandi depuis l'été dernier, Marie-Blanche ! s'exclame Mme Rodney. Vous êtes presque une jeune femme, maintenant.

Américaine, originaire de Seattle, elle est très sympathique.

– C'était mon anniversaire, hier, lui annoncé-je fièrement. J'ai eu treize ans.

– Votre anniversaire ? Mais voilà ce qu'il faut célébrer ce soir !

– Vous n'avez rien dit dans la voiture, Marie-Blanche, me reproche le prince Louis. Et je suis là, les mains vides, sans rien à vous offrir.

– Nous de même, s'étonne Mme Rodney. Renée, pourquoi nous avoir caché cela ? Nous lui aurions apporté des cadeaux !

– Marie-Blanche ne voulait pas vous encombrer de paquets inutiles, prétend maman. Elle avait insisté pour qu'on n'en parle pas. Je suis étonnée qu'elle le fasse maintenant.

Je ne perds rien du regard courroucé qu'elle me jette. Ma mère aime être le centre d'intérêt et déteste partager la vedette, surtout avec moi.

– Ce n'est pas par négligence que je ne vous l'ai pas souhaité à votre arrivée, assure Leander. Je préférais le faire maintenant avec une bouteille de champagne !

Il sonne la clochette à l'intention de M. Grinsted, le majordome.

– Nous avons plusieurs choses à fêter en même temps que vos treize ans, poursuit-il. L'arrivée de nos amis à la Héronnière et la chasse de demain à laquelle vous allez participer. Je crois que vous êtes aujourd'hui assez grande pour trinquer avec nous.

M. Grinsted apparaît presque aussitôt, muni d'un plateau, de coupes à champagne et d'une bouteille de Dom Pérignon dans un seau. Oncle Leander la débouche lui-même, avant de remplir les verres que le majordome a distribués.

– À Marie-Blanche, dit-il en levant le sien. Et à sa quatorzième année.

Tout le monde l'imite et me félicite. Moi qui n'avais jamais bu de champagne, j'ai l'impression d'être majeure. J'ai les narines qui picotent, mais c'est délicieux.

Je me demande si cet épisode ne marque pas le début de ma vie de beuveries – ce premier verre de champagne, mémorable, à la Héronnière, pour mes treize ans ; une impression de maturité, et la proximité des adultes. Les bulles semblent me monter droit au cerveau, je me sens gaie et légère ; ma timidité, mes inhibitions, même ma peur de maman paraissent s'évanouir et mon naturel prend le dessus. Je ris avec le prince Louis, flattée par ses attentions, amusée au fond de moi de voir ma mère un peu jalouse. J'ai comme la sensation, pour une fois, de lui faire concurrence.

Comme le duc a vingt ans de moins que Leander, que les Rodney, et dix de moins que maman, je me pose forcément deux questions. En dehors du fait, bien sûr, qu'il aime la chasse et la pêche, pourquoi l'a-t-on invité ? Et pourquoi a-t-il accepté ? Il est mon aîné de dix ans, il en a donc vingt-trois. Visiblement, il apprécie ma compagnie et ne cache pas sa déception en apprenant que je ne reste pas dîner.

Mon verre de champagne terminé, maman me fait signe de retourner au pavillon. Je traîne un instant, juste pour la contrarier.

– Marie-Blanche, je dois monter rapidement dans ma chambre, annonce le prince Louis. Je reviens tout de suite. Surtout ne partez pas avant mon retour.

Il redescend très vite, muni d'un joli coffret décoratif en bois gravé, qu'il me tend.

– *Et voilà.* Un petit cadeau pour vous, tout de même. S'il vous plaît, ouvrez-le.

Étonnée et ravie, je pose le coffret sur une table et l'ouvre délicatement. À l'intérieur, sur une garniture de velours, est fixée une plaque de bois servant de support à un sabot de cerf. Un médaillon de cuivre, en dessous, indique une date et un lieu.

– *Un pied d'honneur*, me dit le duc en français, avant de traduire pour les autres. C'est le premier qu'on m'a donné, quand j'avais moi-même treize ans, dans la forêt de Rambouillet. Cadeau de l'équipage de Mme la duchesse d'Uzès à Bonnelles, annonce-t-il, faisant référence à un célèbre veneur. Je ne m'en suis jamais séparé, c'est mon talisman, je l'ai toujours avec mes bottes et mon fusil. Je souhaite aujourd'hui vous l'offrir en témoignage de notre amitié, en l'honneur de vos treize ans et de votre première chasse à courre.

– Je ne peux accepter, prince Louis, protesté-je. Votre premier pied d'honneur, cela n'a pas de prix.

Je n'oublierai jamais ce qu'il m'explique ensuite.

– Un vrai cadeau, Marie-Blanche, a forcément une grande valeur pour celui qui l'offre. C'est un honneur pour moi de vous donner celui-ci et je serais blessé que vous le refusiez. J'espère seulement qu'il vous portera chance autant qu'à moi.

– C'est extrêmement généreux de votre part, Louis, remarque oncle Leander.

Je suis tellement touchée par ce geste que je me mets à pleurer et ne sais dire au revoir que la voix brisée.

– Dormez bien, Marie-Blanche, me conseille mon beau-père. Vous aurez besoin d'être en forme demain.

– À demain matin, sur nos chevaux, ajoute Louis en m'embrassant sur les deux joues.

Le champagne n'y est pas pour rien, mais je rougis de fierté, de gratitude et de plaisir.

4

À ma grande surprise, M. et Mme Jackson, ainsi que les autres domestiques, me fêtent mon anniversaire au pavillon. M. Grinsted les a avertis et Mme Jackson a mis un gâteau au four. La chef cuisinière, Josie, et le reste du personnel préparent le dîner des adultes, mais ils prennent un moment pour me présenter leurs vœux. Ce sont de bonnes gens, extrêmement gentils avec moi. Tous sont très impressionnés par le cadeau du prince Louis qu'ils demandent plusieurs fois à revoir.

– C'est un jeune homme exceptionnel. Je ne crois pas avoir rencontré un autre duc de France aussi sympathique ! s'exclame notre chauffeur.

Oncle Leander nous a fait parvenir une bouteille de vin, dont on m'autorise à boire un verre, puis une goutte de brandy avec le gâteau. Après le champagne de l'apéritif, cela fait beaucoup pour une jeune fille qui n'a jamais bu. Je suis franchement pompette à la fin de la soirée.

Les Jackson se retirant dans leur chambre, je décide de me promener un instant pour m'éclaircir les idées. Le froid est vif, le vent du nord s'est levé. En passant devant le manoir, je vois par la fenêtre du salon que tout le monde est encore debout. Un beau feu danse dans la cheminée. J'ose m'approcher assez près pour jeter un coup d'œil. Le prince Louis fait des tours de cartes et les autres s'amusent beaucoup. On rit, on boit, on fume. Cette nuit me paraît être une juste métaphore de mon enfance : dehors par une nuit d'hiver, je regarde les grands, au chaud devant le feu, gais, joyeux, empourprés. J'ai tant envie de mûrir, de faire moi aussi partie de ce monde-là, de profiter de mille bonheurs.

J'ai alors une de ces idées bizarres auxquelles, hélas, les ivrognes s'habituent au fil du temps – une de celles qui, sur le moment, paraissent excellentes, mais qui, le lendemain, à la lumière du jour, révèlent leur imbécillité. Par jeu, je vais m'immiscer à l'intérieur et les espionner. Je sais que maman sera furieuse si elle me surprend, mais cela ne fait que renforcer mon excitation. Enhardie par l'alcool, je me crois douée de pouvoirs surnaturels.

Je me faufile par la porte de service qui est restée ouverte. Il est tard, presque minuit, j'entends résonner les voix et les rires, plus bruyants que tout à l'heure. À l'évidence, ils ont descendu pas mal de verres. Seule ma mère, toujours sobre, a sa voix habituelle. Marchant à pas de loup, je me tapis contre le mur à l'entrée du salon. Le cœur battant, je risque un regard dans la pièce. Le prince Louis exécute de nouveaux tours devant le groupe admiratif qui, rassemblé autour de lui, l'observe attentivement.

– Mais mince, comment faites-vous ? s'exclame le capitaine. Montrez-nous encore une fois !

Le duc ne se fait pas prier.

– Ça marche toujours mieux quand les spectateurs sont légèrement ivres, et que l'illusionniste s'est abstenu, s'amuse-t-il. Ce qui, je l'avoue, n'est pas tout à fait le cas.

– Cela vaut pour tous les jeux de cartes, dit Rodney. C'est la raison précise pour laquelle de jolies filles en tenue suggestive vous offrent des cocktails au casino de Monaco.

Maman leur annonce bientôt qu'elle va se coucher. Mme Rodney reconnaît qu'il est temps de l'imiter avec son mari, puisqu'il faut se lever tôt demain pour la chasse.

– Louis, un dernier brandy avec moi ? propose oncle Leander. Cela nous aidera à dormir. Peut-être arriverai-je à vous convaincre de m'expliquer comment vous faites.

– Ah, mon cher ami. Vous pouvez me servir tout le brandy de votre cave, le secret d'un bon tour ne se révèle jamais.

– Gredin ! s'écrie le capitaine, et les autres s'esclaffent.

Je bats en retraite vers la salle à manger où les lumières sont éteintes et le couvert déjà mis pour le petit déjeuner. Maman et les Rodney montent dans leurs chambres, leurs portes s'ouvrent et se referment, et je reviens me cacher dans le couloir.

Leander et le prince Louis parlent à voix basse, d'un ton grave, et il n'est plus question de magie. Même en tendant l'oreille, j'ai du mal à les entendre.

– Je crains de n'avoir pas beaucoup de temps, ce week-end, chuchote mon beau-père.

– Essayons quand même de nous ménager un instant, mon bon ami, répond tendrement le prince.

Un long silence s'ensuit. J'ai terriblement envie de jeter un coup d'œil par la porte entrebâillée. Mais ils sont seuls, certainement attentifs, et j'ai trop peur d'être découverte. Donc je ne bouge pas. Ils finissent par reprendre leur conversation, en murmurant à peine, si bas que je ne comprends plus rien. Soudain, une porte s'ouvre très doucement à l'étage et, prise de panique, je me réfugie dans la salle à manger. Tout bruit paraît cesser et je me demande si je n'imagine pas quelqu'un en train de descendre l'escalier, pieds nus, à pas furtifs... Mon cœur se remet à battre fort et je n'ose pas aller vérifier.

Puis la voix de ma mère, calme, mesurée, brise le silence dans le couloir du rez-de-chaussée.

– Pas chez nous, Leander, dit-elle. Nous ne sommes pas mariés depuis six mois que vous violez déjà notre accord.

Elle s'adresse ensuite au duc, toujours d'un ton égal, sans une once de colère :

– J'avoue que je préfère vous voir courtiser ma fille, monsieur, plutôt que mon mari. Je sais que vous êtes fils unique et que vos parents ont hâte que vous trouviez une compagne pour prolonger votre illustre descendance. Mais ce n'est pas en flirtant avec des hommes plus âgés que vous les aiderez. Je vous serais reconnaissante de bien vouloir épargner l'endroit où je réside. Comme aimait à le dire ma mère, la comtesse de Brotonne : « Évitons les scandales autant que faire se peut. » Pour l'instant, ce n'est pas allé bien loin, il n'y a que moi pour témoin. Alors restons-en là, je vous prie.

– Oui, madame, répond Louis avec humilité. Veuillez m'excuser, je ne suis pas digne de votre hospitalité. Je vous promets d'observer désormais toutes les règles de la bienséance.

– Je n'en doute pas, *monsieur le duc*. Merci. Allez, oublions cela. Bonne nuit, mon cher Louis. À tout à l'heure au petit déjeuner.

Tous trois s'engagent dans l'escalier pour regagner leurs chambres respectives. Je suis encore trop jeune et trop naïve pour comprendre la teneur de cet échange, ou pour interpréter les chuchotements intimes qui l'ont précédé. Qu'a-t-il pu se passer entre les deux hommes qui puisse constituer un « scandale » ? Quel est cet « accord » qu'a mentionné maman ? Voici les questions que j'ai en tête en reprenant le chemin du pavillon. Perplexe et troublée, mais convaincue, une fois de plus, que ma mère garde les choses en main.

5

Peu après deux heures du matin, le rêve se transforme en cauchemar. Tout part en fumée : la bonne humeur de la soirée, mon anniversaire, ma première partie de chasse en compagnie du prince… Réveillée par des coups répétés à la porte du pavillon, j'entends les cris hystériques de maman :

– Au feu ! Vite, monsieur Jackson, vite !

Pendant qu'il ouvre, je bondis hors du lit et je rassemble mes vêtements.

– Il y a le feu à la Héronnière. Dépêchez-vous !

La voix de Mme Jackson résonne ensuite :

– Couvrez-vous bien, Francis ! Tout le monde est-il dehors, madame ?

– Je ne sais pas. Je les ai tous avertis, les ai priés de descendre et ils m'ont répondu. Mais il y avait tant de fumée dans le couloir que je suis sortie par la fenêtre. Je me suis suspendue au toit de la bay-window du salon, d'où j'ai sauté à terre.

– Où est M. McCormick ?

Habillée, je sors de ma chambre en boutonnant mon pardessus, tandis que Jackson décroche son manteau, suspendu près de la porte.

– Parti chercher l'extincteur au bas de l'escalier, mais je ne l'ai pas revu depuis, répond maman. Venez vite !

– J'arrive ! Je passe chez M. Gay prendre l'échelle, on risque d'en avoir besoin.

Malgré mon lourd paletot d'hiver, la bise est cinglante après la chaleur douillette du pavillon. Au premier étage du manoir, de la fumée s'échappe par les fenêtres et certaines s'embrasent déjà dans la violence des flammes.

Tout se passe si vite qu'il sera difficile de replacer les choses dans le temps – nous faisons face à une catastrophe que rien ne semble pouvoir expliquer. Des cris retentissent dans le manoir, le personnel se précipite à l'extérieur sans savoir quoi faire exactement. Oncle Leander apparaît soudain à la porte et prend maman dans ses bras.

– Dieu merci, vous êtes là, Renée, lui dit-il. Je vous ai cherchée partout. Je me demandais si vous étiez arrivée à sortir. Impossible de remonter à l'étage avec l'extincteur et le téléphone est coupé. Je vais chez le batelier avec la petite voiture, pour appeler les pompiers. Je ne serai pas long.

Nous autres nous regroupons devant l'aile est du bâtiment, où nous découvrons Mme Rodney qui, étendue sur la pelouse, paraît souffrir. Elle a dû sauter par la fenêtre de sa chambre, à au moins six mètres de hauteur. Puis elle s'est écartée en rampant, avec difficulté, pour que son mari ne lui tombe pas dessus. M. Fields, le jardinier, qui réside dans une autre dépendance avec M. Grinsted, l'aperçoit le premier.

– Ne me touchez pas ! hurle-t-elle. C'est le dos, je ne peux plus bouger !

Avec effort, elle indique le premier étage :

– Mon mari est encore là-haut.

Nous le voyons en train d'enjamber la rambarde, de même que, devant sa fenêtre, la femme de chambre de maman. Louisa Krug est la seule domestique qui loge dans le bâtiment principal. Elle aussi perchée au-dessus du vide, elle hésite, effrayée.

M. Jackson nous rejoint.

– Ne sautez pas, monsieur Rodney ! J'ai l'échelle !

Trop tard, le capitaine vient de s'élancer et atterrit avec un bruit sourd sur le gravier gelé. Il gémit en projetant un souffle de buée.

– Je n'ai rien ! dit-il à sa femme, avant de lui demander : Rien de cassé, chérie ?

Jackson se rapproche de lui :

– Pouvez-vous vous lever, monsieur ? Je vais vous aider.

– Je pense que oui, répond Rodney au chauffeur qui l'épaule.

– Votre main saigne, capitaine. Je vais l'envelopper avec mon mouchoir. N'ayez crainte, il est parfaitement propre.

– J'ai dû me couper en cassant le carreau.

– Louisa, ne sautez pas ! ordonne Jackson à Mme Krug. Accrochez-vous à la conduite et laissez-vous glisser !

Solidement bâtie, elle parvient à faire ce qu'il lui conseille. Quelques instants plus tard, elle est hors de danger.

– Le duc ! Le duc n'est pas là ! s'exclame soudain ma mère d'une voix angoissée. Mon Dieu, quelqu'un l'a-t-il vu ?

Attisé par le vent, le feu s'est rapidement étendu. On nous dira plus tard que les flammes, visibles à des kilomètres alentour, s'élevaient bien au-dessus de la Héronnière. M. Jackson cale son échelle contre la fenêtre du prince Louis et gravit les échelons. Protégeant sa main avec la manche de son manteau, il brise un carreau pour ouvrir le battant. Les lumières sont encore allumées dans la pièce noire de fumée. Courageusement, le chauffeur se glisse à l'intérieur.

– Francis, sois prudent ! le met en garde son épouse, qui le regarde faire avec nous.

Il réapparaît en toussant, un bras sur la bouche et le nez.

– Il n'est pas là, crie-t-il. Je ne le vois pas !

– Alors redescend, Francis ! lui intime sa femme.

– Obéissez ! renchérit M. Fields. Vous avez fait votre possible, mon vieux. Ne restez pas là !

La voiture de mon beau-père s'arrête soudain derrière nous.

– Mitchell a appelé les pompiers d'Andover et de Whitchurch, dit-il en ouvrant la portière.

Mitchell est le batelier qui veille au bon fonctionnement de la turbine hydraulique. Il réside avec sa femme dans un cottage à un kilomètre environ de la Héronnière.

– Ils ont vu les flammes depuis chez eux avant même que j'arrive, rapporte oncle Leander. Les pompiers ne devraient pas tarder. Tout le monde est-il sain et sauf ?

– Tout le monde sauf Louis ! répond maman. On ne sait pas où il est passé.

– *Quoi ?* Mais il vous a parlé tout à l'heure !

– Oui, il m'a dit de ne pas m'inquiéter. Je pensais qu'il allait sortir tout de suite. Le couloir était envahi par la fumée et j'ai été obligée de sortir par la fenêtre. Il n'a peut-être pas réussi à atteindre l'escalier. Jackson vient de monter dans sa chambre avec l'échelle, et il n'y est pas.

– Bon Dieu ! lâche mon beau-père, terriblement inquiet. Il est coincé à l'intérieur.

M. Jackson recule la voiture afin de pouvoir charger et emmener nos deux blessés à l'hôpital de Winchester. Nous avons tous peur de soulever Mme Rodney, de lui briser les vertèbres, et c'est elle-même qui, au prix de durs efforts, se traîne dans l'herbe gelée jusqu'au véhicule. Avec notre aide, elle réussit à se hisser à plat ventre sur la banquette arrière, en gémissant de douleur. Installé à l'avant avec M. Jackson, le capitaine se retourne pour soutenir son épouse en chemin.

Il faut encore attendre une demi-heure les pompiers de Whitchurch, suivis, peu après, par ceux d'Andover. Un vent violent a continué d'attiser le feu et la Héronnière n'est plus qu'un brasier. À l'évidence, le duc a succombé à une mort atroce mais, espérant un miracle malgré nous, nous nous attendons à le voir surgir d'un instant à l'autre.

M. Beale, le chef de la brigade d'Andover, pose son échelle contre la fenêtre de sa chambre et il monte voir à son tour. Bien qu'il y ait beaucoup de fumée dans la pièce, l'incendie ne s'est pas propagé dans cette aile avec la même intensité qu'ailleurs, compte tenu de la direction du vent. Les lumières sont encore allumées, ce qui donne une impression étrange, cependant M. Beale ne trouve personne, lui non plus.

La rivière coulant à quelques mètres de la maison, les pompiers ont suffisamment d'eau pour alimenter la pompe motorisée de la brigade d'Andover et celle, manuelle, de Whitchurch. Après avoir combattu les flammes pendant plus de deux heures, les hommes maîtrisent la situation et pénètrent au rez-de-chaussée. Ils commencent à sauver ce qui peut l'être, notamment les peintures que maman et Leander ont fait expédier depuis les États-Unis lors de leur dernier voyage. Certaines sont encore en bon état, mais d'autres, des portraits, semblent brûlés de l'intérieur. Comme si des vandales les avaient abîmés lors d'un macabre cérémonial.

M. Grinsted demande à l'un des pompiers s'il peut tenter de récupérer l'argenterie, rangée dans l'office. Je n'ai encore rien dit dans toute cette confusion, mais je prends la parole, ébahie :

– Qui se soucie des peintures et de l'argenterie, franchement ? Bon Dieu, c'est un homme qu'il faut sauver, le premier duc de France !

Mais après tout, le majordome ne fait que son travail, comme toujours et, curieusement, c'est grâce à son sens du devoir, au calme qu'il garde dans cette tragédie, que l'on découvre le corps carbonisé du prince Louis. En atteignant l'office, le pompier l'aperçoit, face contre terre. Il y a un grand trou dans le plafond, par lequel il est tombé quand le plancher de l'étage, calciné, a cédé. Par la suite, la police conclura qu'après avoir quitté sa chambre pour atteindre l'escalier, le duc a rebroussé chemin à cause des flammes. Peu familier des lieux, désorienté, il aura tenté de revenir dans sa chambre où il aurait pu, comme les Rodney et Louisa, sauter par la fenêtre. En tâtonnant dans le couloir, il est entré dans une salle de bains et s'est écroulé en suffoquant. Sans le savoir, il avait gagné le foyer de l'incendie, qui s'était précisément déclaré là, entre le plancher de la salle de bains et le plafond de l'office.

Le pompier prie un collègue d'apporter une civière. Quelques instants plus tard, ils ressortent de la maison le corps de Louis de la Trémoïlle, recouvert du drap que leur fournit M. Grinsted. Tandis qu'ils descendent les marches du perron, une rafale de vent soulève le drap qui, tel un ange blanc, s'envole dans l'allée où il reste suspendu un moment. Quelqu'un crie en voyant le corps. Les vêtements du prince ont complètement brûlé, ses cheveux aussi ; de la fumée s'élève encore de sa chair noircie ; sa bouche dessine un rictus grotesque, parodie d'un sourire qui fut si éclatant.

Je repense à notre rencontre, à peine quelques heures plus tôt, au jeune homme élégant qui, sur le quai de la gare, nous a rejoints d'un pas décidé, à ceux qui se sont retournés sur le passage d'un visiteur certainement renommé. Après celui du père Jean, je viens d'assister pour la deuxième fois au décès de quelqu'un, et la disparition de Louis est cent fois plus choquante. Je me rappelle notre conversation dans la voiture avec M. Jackson. Ravi d'avoir terminé son service militaire, le prince se préparait à visiter l'Angleterre et l'Europe, à passer du temps dans les galeries et les musées. Il pensait à son avenir… un avenir qui se limiterait à une courte soirée. Si gentil envers moi, il m'a mise à l'aise en me parlant comme à une adulte. Un ami… un vrai ami. Et comment ne pas repenser au cadeau qu'il m'a fait, son premier pied d'honneur, un porte-bonheur ? Un précieux souvenir, un objet rare qui risque de m'obséder jusqu'à la fin de mes jours… Comme s'il avait renoncé à sa chance pour me la confier, et voilà que, quelques heures plus tard, il passe devant moi sur une civière. Ce n'est plus qu'une masse charbonneuse qui dégage une odeur de viande brûlée dans la brise de décembre.

Dec. 16, 1933 THE ILLUSTRATED LONDON NEWS 967

THE TRAGEDY OF THE HERONRY:
THE FATAL COUNTRY HOUSE FIRE.

THE HERONRY, NEAR WHITCHURCH, HANTS, AS IT WAS BEFORE THE FIRE THAT COST THE DUC DE LA TRÉMOÏLLE AND CAPTAIN THE HON. J. H. B. RODNEY THEIR LIVES: THE HOME OF MR. L. J. McCORMICK.

THE RUINS OF THE HERONRY, AFTER THE DISASTROUS FIRE: A HOSE PLAYING ON THE WINDOWS OF THE BEDROOM FROM WHICH TWO OF THE GUESTS, CAPTAIN AND MRS. RODNEY, JUMPED—THE FORMER TO DIE LATER IN HOSPITAL.

MRS. RODNEY, WHO RECEIVED SERIOUS INJURIES THROUGH JUMPING FROM A WINDOW.

CAPTAIN THE HON. J. H. B. RODNEY, M.C., WHO DIED AFTER JUMPING FROM HIS BEDROOM WINDOW.

THE DUC DE LA TRÉMOÏLLE: THE PREMIER DUKE OF FRANCE, WHO LOST HIS LIFE IN THE FIRE AT THE HERONRY.

Incendie à la Héronnière, 15 décembre 1933

6

Le lendemain, dimanche, la duchesse douairière Hélène de la Trémoïlle a pris l'avion pour Londres, afin d'identifier le corps de son enfant, puis de le rapatrier en France et de l'inhumer dans le cimetière de famille – dernier domicile du dernier duc de la Trémoïlle. C'est une mère inconsolable et j'en pleurerais encore. Sa vie durant, elle sera poursuivie par cette vision d'horreur : les restes carbonisés de son seul fils. Nombre de ses prédécesseurs, pour certains héroïques, sont tombés au champ d'honneur, dans le sang et la violence, mais dans cette longue lignée de ducs, il n'y aura pas eu de mort plus inutile, sans doute, que la sienne.

Lundi, le surlendemain, une enquête est ouverte au Church Hall de Whitchurch. Pour ajouter à la tragédie, le capitaine Rodney est décédé le dimanche matin. Aucune de ses blessures n'était spécialement grave mais, selon l'inspecteur, il a été foudroyé par un infarctus, conséquence peut-être d'un choc émotionnel. Il a succombé tandis qu'on lui faisait une anesthésie locale.

Oncle Leander étant issu d'une famille fortunée, la presse a prêté une attention particulière à l'incendie. De nombreux quotidiens et magazines américains, dont *Time* et le *New York Times*, ont publié des articles, et tous les journaux de Londres ont envoyé reporters et photographes pour suivre l'enquête.

Je suis rentrée à Londres en train, le dimanche après-midi. Personne n'a rapporté à la police ma présence à la Héronnière ce week-end. Je ne me trouvais d'ailleurs pas dans le manoir lui-même. Oncle Leander s'est arrangé pour que mon nom ne soit publié nulle part, pensant que cela ne me vaudrait rien de bon à Heathfield. J'ai suffisamment de problèmes comme ça à l'école.

Bien sûr, il ne m'a pas échappé que maman m'a sauvé la vie, même involontairement, en me logeant dans le pavillon des domestiques – j'aurais autrement occupé la chambre du prince Louis. Elle et mon beau-père ont été dégagés de toute responsabilité dans l'affaire, mais je ne peux que me demander si ma mère aurait quitté la maison aussi vite si j'y avais dormi. Il fut établi, pendant les auditions, qu'elle avait alerté les Rodney, le duc et Mme Krug, leur conseillant de sortir aussi rapidement que possible, et que tous trois lui avaient répondu. Selon son témoignage, le prince Louis lui aurait dit : « Ça va, ne vous inquiétez pas pour moi. » Mais alors, puisqu'elle est passée par la fenêtre de sa chambre, le couloir et l'escalier étant envahis par la fumée, pourquoi n'a-t-elle pas incité les invités à sortir de la même façon qu'elle ? Maman a un instinct de survie très développé et une prédisposition peu commune, c'est le cas de le dire, pour retomber sur ses pieds.

Principal témoin de l'enquête, Leander a déclaré que, cherchant à maîtriser le feu, il a couru à l'office des domestiques où se trouvaient les deux extincteurs. Il croyait y arriver lorsqu'un pan de mur, ou un cadre de porte, s'est brusquement effondré, libérant des gerbes de flammes qui l'ont forcé à reculer.

Également interrogé par la police, M. Jackson a expliqué qu'il était monté dans la chambre du duc avec son échelle et qu'il l'avait fouillée en vain ; puis que M. Grinsted et lui-même étaient entrés par la grande porte pour inspecter le rez-de-chaussée. Celui-ci était encore intact à ce stade des choses, l'air y était respirable, cependant le tapis brûlait en haut de l'escalier et la fumée tournoyait dans le couloir à l'étage. Si la cause exacte de l'incendie n'a pas été officiellement déterminée, on suppose qu'il s'est déclaré entre le plafond du rez-de-chaussée et le plancher du premier, à la suite d'un court-circuit causé par de vieux fils électriques.

Les journaux américains ont prétendu que, conséquence du drame, les cheveux de M. McCornick avaient blanchi du jour au lendemain. C'est une absurdité, mais oncle Leander est assez traumatisé pour décider avec maman de ne plus résider en Grande-Bretagne. Ils n'y reviendront que pour de courts séjours, afin que Leander puisse rendre visite à sa famille. Quant à moi, je continue mes études au pensionnat de Heathfield.

Eu égard à la notoriété de Leander, la presse française a aussi consacré de nombreux articles à l'incendie. Juste après celui-ci, il a envoyé un télégramme à papa, au Prieuré, pour lui apprendre que j'étais indemne et que, contrairement à ce qui était prévu, Toto ne nous rejoindrait pas en Angleterre pour Noël. La fin de l'année était trop proche pour penser à un autre endroit et Leander avait quelques affaires juridiques à régler, liées aux événements. J'ai passé les vacances avec eux à l'appartement de Londres. Pour dire le moins, ce furent de tristes fêtes.

Le dimanche matin à l'aube naissante, après le départ des pompiers et avant que M. Jackson me conduise à la gare, j'ai parcouru les pièces de façade du manoir. La Héronnière n'était plus qu'une coquille vide, l'ombre creuse de ce qu'elle avait été. Un frisson m'a parcouru l'échine quand j'ai aperçu la table mise pour le petit déjeuner, la nappe et les assiettes recouvertes de suie. Bien sûr, je n'y retournerai plus, et je n'aurai pas eu ma première chasse à courre dans la forêt de Harewood. Je conserverai toute ma vie le sabot de cerf du prince Louis, dans un endroit secret pour ne pas avoir à le regarder, car c'est trop douloureux. J'ai les plus vives difficultés à ouvrir ce coffret. Je crois avoir privé le duc de toutes ses chances lorsqu'il me l'a donné, un sentiment qui me poursuivra indéfiniment.

La Héronnière après l'incendie

LONDRES
Avril 1938

Portrait de Marie-Blanche, Londres, 1936

1

Lettre de Marie-Blanche à son père, Guy de Brotonne

Mon cher Papa,

Je vous écris pour vous annoncer une grande nouvelle qui, je crois, vous fera plaisir. J'ai rencontré un garçon charmant, issu d'une des plus grandes familles d'Angleterre. Il s'appelle John Harwood, il a une situation merveilleuse et nous voulons nous marier. Maman approuve et je suis très heureuse, car je l'aime infiniment. J'espère pouvoir vous le présenter cet été à Vanvey, et je suis sûre que vous l'aimerez beaucoup. J'aurais besoin que vous m'envoyiez régulièrement un peu d'argent, car je n'ai plus pour m'habiller que la petite pension que maman me verse chaque mois. Cela représente un grand effort pour elle et cela m'aiderait beaucoup si vous pouviez également contribuer.

John et moi pensons nous marier dans six mois. Je souhaiterais que vous fassiez sa connaissance avant de me donner votre entier consentement. Nous nous sommes connus chez lady Wilkinson à l'automne dernier et sommes tombés amoureux. Nous passons depuis de merveilleuses journées ensemble.

Il fait un temps superbe en ce printemps à Londres où commence la saison des bals et des œuvres de charité.

Écrivez-moi.

Je vous embrasse de tout cœur.

Marie-Blanche

PS. Naturellement, je compte bien que vous me fournissiez une dot.

2

Maman et moi sommes arrivées, cet après-midi, au domaine de lady Wilkinson, dans le Yorkshire, pour le grand week-end de chasse à courre qu'elle y organise chaque année. C'est l'un des principaux événements mondains de la saison et y être convié tient pratiquement de l'exploit. Comme souvent, oncle Leander est parti à la pêche dans un pays lointain. Monter à cheval et chasser le renard l'intéressent assez peu, et il voyage avec des amis qui partagent ses goûts. Leander est moins sociable que ma mère et, comme nombre d'artistes, ne dédaigne pas la solitude de temps en temps. En revanche, maman déteste rester seule.

J'ai maintenant dix-sept ans, je me suis fait refaire le nez en Suisse et, de l'avis de maman, c'en est fini de mon adolescence et de mes maladresses. Si je puis me permettre, je suis assez jolie et les garçons ne me regardent plus tout à fait de la même façon qu'auparavant. Maman est décidée à me trouver un beau parti, à savoir un Anglais de bonne famille, selon son expression. J'ai bien l'impression qu'elle s'en est ouverte à lady Wilkinson. La table du dîner, dans la grande salle à manger lambrissée, est si longue qu'il faudrait crier pour se faire entendre d'un bout à l'autre. Le premier soir, j'ai la chance d'être placée assez loin de ma mère, dans la partie réservée aux invités les plus jeunes. Chance, oui, car en sa compagnie je ne suis guère à mon aise dans le monde. Elle m'écoute toujours attentivement pour pouvoir me reprocher ensuite d'avoir dit ce qu'il ne fallait pas, et j'en suis à chaque fois profondément humiliée.

J'ai à mon côté un élégant jeune homme, dénommé John Harwood, qui a quelques années de plus que moi. Il a récemment été diplômé de l'université de Cambridge. J'ai presque appris par cœur les noms et situations des partis intéressants de cette ville et je sais que, sans être du clan royal, John appartient à une famille de très riches industriels britanniques, ce qui le place en bonne position. Cela étant, la longueur de la table a ses avantages. Compte tenu du bruit ambiant et du nombre de conversations simultanées, notre proximité offre une certaine intimité et nous permet de faire facilement connaissance. Certes, les rares sujets que je maîtrise – les magasins à Londres, les mondanités, mes projets de voyages et mes amis, pour l'ensemble ennuyeux – ne présentent que peu d'intérêt pour quelqu'un comme John, plus cultivé et plus intelligent que moi. J'en suis consciente, mais j'ai tout de même quelques qualités dont je profite autant que je peux en présence des garçons, à savoir mon accent français, que certains apprécient, et le rire très gai que j'ai hérité de maman. Et puis je suis menue, enjouée, pleine de joie de vivre et j'adore m'amuser – de quoi cacher mon côté immature et superficiel, du moins pendant un temps.

Je vois bien que, comparée aux Anglaises pâlichonnes et un rien chevalines avec lesquelles il a grandi – nous en avons autour de nous –, John me trouve plutôt originale. La plupart de ces filles sont plus âgées que moi et je ne perds rien de leurs regards furtifs. À l'évidence, j'ai tout d'une dangereuse intruse à cette table, ce que je tourne à mon avantage en jouant tous les registres de la séduction. John et moi rions beaucoup en abordant des domaines sans grand intérêt intellectuel : les chevaux, la chasse, nos familles. Je remarque les coups d'œil qu'il jette à ma poitrine, à présent bien développée et mise en valeur par ma robe de soirée noire. Je lui plais manifestement. De temps en temps, je m'adresse au jeune homme assis de l'autre côté, je bavarde et ris également avec lui, pour piquer un petit peu la jalousie de John, lui montrer qu'il n'est pas seul à tomber sous le charme. Je ne dois pas avoir l'air d'être trop vite conquise.

Malgré ses critiques acerbes, maman est un bon professeur ;

ayant étudié les hommes depuis sa tendre enfance, elle a appris, non seulement à les comprendre, mais aussi à penser comme eux. « Mon père disait toujours que les femmes sont bêtes, m'assure-t-elle. Ce qui est souvent vrai, et la plupart des hommes le croient. Votre opinion ne les intéresse pas, Marie-Blanche. Ils vous poseront peut-être des questions, mais seulement pour prouver qu'en définitive ce sont eux qui ont raison. Dans l'ensemble, ils se moquent de ce que vous pouvez dire sur quoi que ce soit, sauf s'il s'agit d'eux et de ce qu'ils font. Votre oncle Leander est une exception à la règle, mais… voilà, il est d'un genre à part. Des comme lui, vous n'en aurez pas parmi vos amoureux. N'oubliez pas qu'il vous revient de poser les questions, de vous intéresser à eux, de vous extasier sur ce qu'ils racontent. C'est ainsi qu'on gagne leur cœur et, si vous vous débrouillez bien, ils risquent de ne pas remarquer que vous n'êtes pas spécialement brillante. D'ailleurs, ça leur sera peut-être égal. »

Et donc le jeune John Harwood se laisse enjôler par la jeune Française. La conversation a démarré sur nos relations communes, et je m'attache vite à sa personne, comme me l'a enseigné maman. S'il fait seulement semblant de se soucier de moi, il le fait fort bien car, me posant mille questions, il écoute mes réponses avec attention.

– Allez-vous monter votre propre cheval demain, à la chasse ? Ou un de ceux de Mme Wilkinson ? me demande-t-il.

– Le mien, John. Mon premier cheval de chasse, qui s'appelle Hubert. Mon beau-père, Leander McCormick, me l'a offert pour mes treize ans.

– Un nom bien choisi ! Saint Hubert est le patron des grandes chasses.

– Exactement ! Quand Leander me l'a donné, j'ai trouvé son nom ridicule, mais il m'a expliqué et finalement il me plaît beaucoup.

– Que pensez-vous de la vie en Grande-Bretagne ? Vous y plaisez-vous ? Votre patrie ne vous manque-t-elle pas ?

– Si, franchement. Mais je vais souvent rendre visite à mon père et à ma belle-mère. Cependant j'aime beaucoup votre pays et ses habitants. Comme j'ai fait pratiquement toutes mes études ici, je me considère presque comme une Britannique.

– Je crains qu'on ne puisse se méprendre, Marie-Blanche, avec ce doux accent qui chante à mes oreilles, me susurre-t-il d'un air complice. Et vous avez de bonnes joues roses, contrairement à nos voisines au teint si pâle.

– Parce que vous me faites rougir ! lui dis-je en riant.

– Ah, et quel rire charmant !

Voilà comment tout a commencé – le frisson des amours naissantes qui donne la chair de poule, deux jeunes gens qui se regardent dans les yeux, pleins d'espérance et d'émotion, un de ces moments brefs, mais décisifs, dont on se souvient toute sa vie. Je n'ai pas besoin de paraître intelligente avec John. Il suffit – pour l'instant – que je sois cette jolie Française au rire gai, vive et enjouée, à l'accent délicieux et au décolleté plongeant.

3

Les mois suivants sont une période de grâce, de joies, de découvertes. Comme il est merveilleux de tomber amoureux ! D'autres parties de chasse nous attendent, nous fréquentons les bals… À Londres, nous allons au théâtre, à l'opéra, au restaurant – pour de longs déjeuners et dîners romantiques. Maman est enchantée : John est tout ce qu'une mère peut souhaiter pour sa fille : un beau garçon, raffiné, spirituel, attentif – et riche, évidemment. Terrifiée à l'idée que je commette une gaffe, elle m'explique chaque jour comment me comporter afin qu'il ne se lasse pas de moi. « S'ils pensent que nous sommes folles d'eux, que nous les aimons plus qu'ils ne nous aiment, les hommes prennent la fuite, Marie-Blanche. Les miens ont continué de me courir après, une fois que je les ai quittés. Savez-vous pourquoi ? Parce que je me fichais d'eux. Et cela, quand ils sont attachés à nous, c'est au-dessus de leurs forces. »

Je suis trop jeune, trop ingénue, pour suivre ce genre de conseil. Je n'ai pas non plus l'aptitude bien connue de ma mère pour le mépris. « Je m'en fous », dit-elle comme un leitmotiv. Si je ne l'ai pas entendu mille fois… « Je m'en fous », et c'est la vérité vraie. Mais je suis éprise de John, je ne lui cache pas mes sentiments et n'ai aucune envie de le faire.

– Cela n'est pas bon signe qu'il ne vous ait pas encore présentée à sa famille, remarque-t-elle alors que nous nous fréquentons, lui et moi, depuis plus de cinq mois. Pourtant, à vous entendre, vous parlez déjà de mariage. S'il était sérieux, il y aurait pensé.

Un jeune homme bien élevé comme lui demande l'accord de ses parents avant de poursuivre une relation.

John fait partie des champions de l'équipe d'aviron de Cambridge. Un beau jour de printemps, il m'invite à une promenade sur la Tamise. Pas dans un de ses canots de course, bien sûr, mais dans une barque commune, à fond large. Au bout d'un moment, il arrête de ramer et, relevant les avirons, il laisse le petit bateau dériver avec le courant. Posant un genou devant moi, il sort de sa poche un écrin en satin qu'il ouvre avant de me le présenter.

– Marie-Blanche, me ferez-vous l'honneur de devenir ma femme ?

L'écrin contient une bague de fiançailles en platine, sertie de diamants et de saphirs.

Je tremble tellement que je n'ose pas la toucher – j'ai trop peur qu'elle tombe dans l'eau ou que la barque chavire. Des larmes de joie me baignent les yeux.

– Chérie, permettez-moi de la mettre à votre doigt.

– Oui, mon cher John, je serais honorée d'être votre épouse. Je vous en prie, faites.

Il dégage la bague de son support, saisit fermement ma main et plaisante :

– Si vous n'arrêtez pas de gigoter, elle va finir au fond de la Tamise et nous avec !

Il glisse alors l'anneau à mon doigt.

– Je vous emmène demain chez mes parents. J'ai attendu un certain temps, car je voulais être sûr. Je n'ai maintenant plus aucun doute que nous sommes faits l'un pour l'autre et pour rester ensemble. *Toujours.*

Toujours. Dans ma courte existence, je n'ai jamais été aussi amoureuse de quelqu'un. Ma bague de fiançailles brille de mille feux au soleil du printemps.

4

Les parents de John possèdent un appartement à Londres, ainsi qu'une propriété à la campagne, près de Bath, où il me conduit, ce week-end-là. Son père, sa mère, son frère et sa sœur sont réunis pour accueillir la petite Française. Sans être intimes, les Harwood entretiennent des relations depuis des années avec les McCormick et ils apprécient Leander. Bien sûr, maintenant qu'il est remarié, ils connaissent également maman. Cependant les Anglaises, depuis des temps immémoriaux, nourrissent une certaine méfiance à l'égard des Françaises. Peut-être est-ce simplement de la jalousie, mais l'idée est répandue ici que leurs voisines d'outre-Manche sont, au mieux, d'une propreté douteuse, et au pire, carrément dépravées. Après plusieurs mariages, ma mère a la réputation d'une aventurière. Elle en est bien consciente et traite la chose avec le haussement d'épaules et l'interjection habituels : « Pff, je m'en fous ! » En fait, je la crois ravie d'être prise pour une femme fatale…

Je suis donc suspecte aux yeux des Harwood, notamment ceux de lady Harriet et de Beatrice, sa fille. Dès les présentations, elles m'examinent d'un air soucieux, vaguement sceptique, sans rien dissimuler de leurs réticences qui me mettent mal à l'aise. En revanche, le père et le frère semblent enchantés de voir enfin « la petite Française », mais cela ne joue pas en ma faveur vis-à-vis des deux autres.

Une fois que nous sommes installés dans nos chambres respectives, John me fait faire le tour du domaine, tout à fait ravissant avec ses jardins à l'anglaise menant à un petit étang parfaitement idyllique. Nous nous asseyons sur un banc de pierre, devant les cygnes qui paraissent glisser sur un miroir, et mon compagnon m'embrasse.

– Je n'ai pas l'impression de beaucoup plaire à lady Harriet, ni à Beatrice, dois-je avouer.

Il rit.

– Ne dites pas de bêtises, elles viennent juste de vous rencontrer. Elles n'ont aucune idée de qui vous êtes.

– J'ai la sensation d'être observée, comme si on me mettait à l'épreuve.

– Bien sûr que l'on vous observe, ma chérie. Bien sûr que l'on vous étudie. C'est une formalité nécessaire, en quelque sorte. Vous devez en passer par là avant d'être acceptée. Ma famille vous aimera autant que... non, peut-être pas autant que moi. Allons, détendez-vous, soyez naturelle et ils tomberont sous le charme. Vous gagnerez facilement leur affection.

L'après-midi, nous faisons la sieste, chacun dans sa chambre, nous prenons un bain avant de nous changer, et nous nous retrouvons tous au salon pour l'apéritif. Sir Harwood est un homme jovial, dont le teint rougeaud et le nez couperosé trahissent un penchant manifeste pour la boisson.

– En l'honneur de votre visite, Marie-Blanche, dit-il, j'ai pensé qu'un peu de champagne était *de rigueur*[1].

– Mais vous parlez français !

– Très mal, ma chère. J'improvise, c'est tout. En vérité, je pratique surtout la langue de vos vins.

Précisément, le majordome, M. Stanley, nous rejoint, muni d'un seau à glace et de verres sur un plateau.

– Bollinger 1929, annonce le maître de maison. Cela vous conviendra-t-il ?

– Il est sûrement très bon, sir Harwood. J'adore le champagne.

– Parfait ! Je crois que nous allons bien nous entendre, tous les deux. Et, je vous en prie, appelez-moi sir Ralph.

—
1. En français dans le texte.

M. Stanley ouvre la bouteille et remplit les verres.

– Pour que vous vous sentiez ici chez vous, Marie-Blanche, j'ai choisi quelques bouteilles à la cave pour le dîner. Du vin français, bien sûr. Mon Dieu, comme s'il en existait d'autres !

– C'est fort aimable à vous, merci. Moi qui pensais qu'en Angleterre on ne buvait que du gin.

Ma remarque le fait rire.

– Cet élixir incolore qui sert de fondation à l'Empire britannique ! Vous êtes originaire de Bourgogne, à ce que m'a appris John. Est-ce exact ?

– Oui, de la Côte-d'Or. J'y ai toujours de la famille.

– Pour une jeune Française, cela doit être terrible de ne plus avoir ces excellents crus à portée de main. J'espère que mon fils vous offre une bonne bouteille, de temps en temps ?

– Oui, dis-je en souriant à celui-ci. Il est très attentionné. Mais je ne bois pas beaucoup. Cela me monte vite à la tête.

Le majordome passe avec son plateau. Je saisis une flûte et la lève.

– Rarement plus d'un verre, ajouté-je.

Préférant attendre la fin du dîner pour parler de ses intentions et créer la surprise, John m'a priée de ne pas porter ma bague de fiançailles. Je suis donc étonnée lorsqu'il déclare :

– Père, j'avais l'intention de n'aborder ce sujet qu'au dessert mais, comme nous dégustons ce merveilleux millésime, le moment me paraît plus approprié.

Sortant l'écrin de sa poche, il l'ouvre et lui montre la bague.

– J'ai demandé à Marie-Blanche de m'épouser, annonce-t-il en la passant à mon doigt. Elle a accepté.

– Bravo, fils ! s'exclame sir Ralph, levant son verre à son tour. Portons un toast à l'heureux couple ! Quelle magnifique occasion !

Je ne peux ignorer le regard qu'échangent lady Harriet et Beatrice. S'il ne dure qu'un instant, il révèle leur déception profonde, voire leur consternation, que leur fils et frère puisse convoler avec cette poule qui, forte de son accent français et de son rire stupide, se croit irrésistible. Une poule initiée par sa mère à l'art de mettre le grappin sur de riches héritiers. Les deux femmes trinquent avec un sourire mou. Le champagne me pique les narines, je pouffe et m'étrangle dans la foulée, avant d'éclater franchement de rire. Eh oui, mesdames les Anglaises qui êtes si bien élevées : nous sommes un peu frustes, nous autres Françaises. John rit avec moi, sir Ralph également. J'ai au moins gagné à ma cause un second membre de la famille. Les bulles semblent fourmiller partout dans mon corps, je prends un peu d'assurance et me détends.

Arthur, le cadet de John, ne ressemble en rien au reste de la fratrie. Selon son grand frère, c'est une petite canaille, alors que John est le bon élément, responsable et travailleur. Leur sœur Beatrice, déjà presque vieille fille, ne sort pas de chez elle. Âgé de dix-neuf ans, Arthur est plus proche de moi, joli garçon, sûr de lui et doté d'une bonne tignasse frisée. Il doit être porté sur la chose, car je le surprends plusieurs fois en train de me reluquer, une lueur grivoise dans l'œil, comme si, tacitement, il faisait de moi sa complice.

Le dîner est servi dans la grande salle à manger. Les domestiques portent la livrée, on ne les entend pas arriver sur le tapis Aubusson. Ils annoncent les plats à voix basse, dans un anglais parfait. Il n'y a d'autre bruit dans l'immense pièce que le cliquetis de l'argenterie sur les assiettes.

Tel un sommelier, M. Stanley présente solennellement les bouteilles qu'a sélectionnées sir Ralph. Je suis assise à sa gauche et il me détaille les spécificités de chaque millésime, comme si, compte tenu de mes origines, j'étais l'experte qui allait confirmer le bien-fondé de ses choix.

– Pour la seconde entrée, j'ai pensé à un montrachet 1906 de la maison Bouchard, me dit-il. Un de vos voisins, n'est-ce pas ? Une excellente année, quoiqu'on ait peut-être un peu trop attendu. Voyons cela…

Il fait tournoyer le vin dans son verre, le lève à la lumière pour admirer sa belle teinte dorée. Puis il le hume longuement, prélève une petite gorgée qu'il roule songeusement dans sa bouche avant de l'avaler.

– ... Oui, c'est le bouquet caractéristique d'une fort vieille cuvée. Mais je dois avouer que cela n'est pas mal, pas mal du tout. Donnez-moi votre avis, Marie-Blanche, demande-t-il pendant que M. Stanley me sert.

Flattée par ces attentions, je finis par me prendre pour une vraie spécialiste. Maman boit peu mais, au fil des années, j'ai tant de fois entendu papa parler de vins à table que je suis en mesure d'apprécier les bouteilles de valeur que sir Ralph a remontées de sa cave.

Je reproduis le rituel qu'il vient de suivre devant moi, goûte le vin et j'admets qu'il est excellent.

M. Stanley apporte une autre bouteille.

– Maintenant, le summum ! annonce sir Ralph. Quelque chose de tout à fait exceptionnel : un Château Lafite 1900.

Je commence à être éméchée, je supporte vraiment mal l'alcool et je ris très fort, d'un rire de plus en plus aigu. Malgré les regards hostiles des deux Anglaises, je m'amuse follement. Je remarque cependant l'expression soucieuse de John, assis en face de moi. À ma gauche, son frère affiche un sourire narquois. Je crois qu'il me fait du genou, mais sans doute n'est-ce que mon imagination. Tout se brouille peu à peu dans mon esprit. En revanche, quelques instants plus tard, je sens nettement son pied – il s'est déchaussé – remonter le long de ma jambe. Comme cela n'est pas désagréable, je ne bouge pas. Incroyable comme quelques verres de vin peuvent bouleverser l'ordre des choses.

Le reste du dîner se perd un peu dans ma mémoire, excepté quelques temps forts : je ris bruyamment à chaque mot de sir Ralph, ce qui ne semble pas le déranger. Je me rappellerai aussi les sourires suffisants de lady Harriet et de Beatrice, qui, satisfaites, voient leur frère John s'effondrer devant elles.

– Vous avez peut-être assez bu, Marie-Blanche, jette celui-ci alors que son père me ressert. À l'évidence, vous n'avez pas l'habitude, chérie.

– John, *mon amour*, il serait criminel de gaspiller cet excellent Lafite. Pensez, il date du premier anniversaire de ma mère. À maman ! proposé-je, portant un toast d'un geste théâtral.

– Ah, et pour le dessert, très chère, poursuit sir Ralph qui, loin de se rendre compte que je vais bientôt me distinguer, inspecte la bouteille que lui soumet M. Stanley, toujours imperturbable. Un Château d'Yquem 1921, considéré par la plupart comme sa meilleure année depuis 1847. Voilà qui est plus proche de votre propre naissance, si je ne me trompe ?

Je pousse un rire strident.

– Juste un an après ! Un Lafite pour maman et un sauternes pour moi ! Mais c'est extraordinaire !

Après le dessert et ce dernier verre, je suis complètement, désespérément soûle. L'expression triomphante de ces dames les Anglaises brusquement m'exaspère. J'éprouve le besoin de me défendre en leur jetant à la face quelque chose d'assez osé pour rabattre leur caquet. Pleine d'orgueil enivré, je me dresse et leur signifie ma façon de penser. Il s'ensuit un silence stupéfait, et Arthur, interloqué, éclate de rire. Je repousse mon siège, m'apprêtant à faire une sortie théâtrale. Mais j'en suis incapable, j'ai la tête qui tourne et, perdant l'équilibre, je m'écroule sur la table dans un fracas d'assiettes brisées.

– Marie-Blanche ! s'écrie John qui se lève à son tour. Marie-Blanche, ça va ?

Sans répondre, je me mets à vomir, parcourue de tremblements.

– Enfer ! crie son frère qui, dégoûté, s'écarte de moi. Elle rend son dîner sur la nappe. Qui parlait de gaspillage ?

– La ferme, Arthur ! hurle John.

– Sapristi ! s'exclame sir Ralph. Je lui ai peut-être donné trop de vin.

– Peut-être ? ironise John. Enfin, vous n'avez cessé de lui remplir son verre !

Accourant de mon côté, il tente vainement de me redresser.

– Elle n'a que dix-sept ans et elle est toute menue. Elle ne peut boire comme vous, père.

– Vous avez raison, John, parfaitement raison. Tout cela est ma faute. Je vous prie de m'excuser. Je souhaitais qu'elle soit à l'aise et j'y suis allé trop fort.

– Enfin, dit sa sœur, distante, personne ne l'a forcée à boire, n'est-ce pas ? Elle aurait pu se contenter poliment d'une petite gorgée de chaque vin, comme nous.

– Elle était tendue, répond-il en prenant ma défense. Cette façon que vous avez eue de l'observer depuis son arrivée, toutes les deux, avec cet air méprisant… Elle voulait faire plaisir à père, tout simplement, apprécier ses bons vins. Pour l'amour de Dieu, me donnera-t-on un coup de main ?

– Je ne la toucherai pas ! jette Arthur. Elle baigne dans son vomi…

Le majordome accourt après avoir entendu le bruit de la vaisselle cassée.

– Stanley, lui indique lady Harriet, je crois que notre invitée se trouve mal. Un petit incident…

– Oui, madame, je vois cela.

– Veuillez aider John à l'emmener dans sa chambre. Peut-être voudrez-vous demander à Lilian de lui faire couler un bain ? Il serait bon qu'elle se lave. Et que l'on envoie sa robe à la buanderie, s'il vous plaît.

– Bien sûr, madame. Je m'occupe de tout.

– John, déclare lady Harriet, pendant que, aidé, par le majordome, ils me posent difficilement sur mes deux jambes, vous pourrez un jour remercier votre père d'avoir révélé les penchants de cette malheureuse jeune femme.

– Que voulez-vous dire, mère ?

– Eh bien, au vu des circonstances, vous serez sans doute amené à reconsidérer ces fiançailles un peu… hâtives. Du moins attendre pour cela que vous sachiez mieux à qui vous avez affaire. Je n'ai pas besoin de vous apprendre qu'un tel goût pour l'alcool se transforme aisément en maladie chronique.

À demi-consciente, je suis si affaiblie que je n'aurais jamais pu marcher toute seule. Dans ma stupeur, cependant, je constate que John n'objecte pas, tandis que M. Stanley me fait sortir de la pièce.

5

Lilian, la femme de chambre, vient me retirer ma robe souillée et me préparer un bain. Je me prélasse pendant une heure dans l'eau chaude et parfumée. Lilian se charge d'en faire couler d'autre à mesure qu'elle refroidit. Elle m'apporte également une tasse de thé. Purgée d'une bonne partie de l'alcool que j'ai absorbé, je reprends peu à peu mes esprits.

– Mon Dieu, mais qu'ai-je fait ? marmonné-je. John ne voudra jamais m'épouser, maintenant. Je crois que j'ai insulté sa mère et sa sœur.

Lilian, qui a le teint laiteux et certainement le même âge que moi, baisse les yeux sans répondre.

– Vous m'avez entendue, tout à l'heure, n'est-ce pas ? lui demandé-je.

– Dans la cuisine, tout le monde vous a entendue. Et on en parle encore.

– Qu'ai-je dit ? Je ne m'en souviens pas. Je vous en prie, rappelez-le-moi.

– Je n'aimerais mieux pas, mademoiselle, fait-elle en rougissant.

– S'il vous plaît. Que leur ai-je dit exactement ?

– Y tenez-vous vraiment ?

– Absolument.

– « Arrêtez de me regarder comme ça, espèces de vieilles connes desséchées. »

Gênée, empourprée, elle n'a sûrement jamais prononcé de telles paroles dans sa vie.

– Oui, mademoiselle, c'est bien cela. Désolée.

J'ai honte de mon comportement, honte d'avoir obligé la jeune femme à me rapporter ces propos…

– Non, Lilian, c'est à moi de m'excuser de vous faire répéter des choses aussi vulgaires. Veuillez me pardonner.

– Ne vous en faites pas pour moi. En fait, nous avons trouvé cela très amusant, à la cuisine.

– Eh bien, si je vous ai fourni un peu de distraction… Ensuite, je me suis levée et je suis tombée sur la table, c'est cela ?

– En effet.

– Et j'ai vomi, bien sûr.

– Oui, mademoiselle.

– John ne voudra plus de moi. Et que vais-je dire à ma mère ?

Ce soir-là, il ne reviendra pas s'inquiéter de moi comme je l'espérais. Dans d'autres circonstances, comme lors des week-ends de chasse où nous nous sommes retrouvés, il se serait faufilé dans ma chambre, une fois tout le monde couché, et se serait allongé avec moi. Nous avions fait l'amour, sans bruit, à la sauvette. Oui, il m'a fait perdre ma virginité – sans doute la raison pour laquelle, en vrai gentleman, il m'a proposé le mariage. Mais il ne vient pas, du moins pas pour l'instant… J'entretiens le maigre espoir d'arranger les choses – j'y arriverai sûrement s'il m'aime assez. Avant de m'endormir, je décide de lui promettre que, s'il a assez de cœur pour me pardonner, je ne boirai plus jamais une goutte d'alcool. Et je demanderai humblement pardon à sa famille.

Me réveillant tard dans la nuit, je crois qu'il est malgré tout revenu, car je le sens remuer sur moi… Je me rends vite compte que ce n'est pas lui, mais son frère, que je tente de repousser.

– Bon Dieu, que faites-vous ?

– L'amour, murmure-t-il. Comme vous, d'ailleurs. Ne dites pas le contraire. J'ai bien vu que vous me désiriez, tout à l'heure. C'est plutôt bon, non ?

– Bon sang, que m'arrive-t-il… Mais que m'arrive-t-il ?

– Vous avez royalement foutu en l'air votre dîner de fiançailles, pas vrai ? jette Arthur. Vous avez encore de la chance que j'aie envie de vous après cette scène ! Je suis sans doute le seul ami qu'il vous reste dans cette famille et je veux bien fermer les yeux. En revanche, pour ce qui est de la bouche… Vous avez une haleine chargée… Ne m'en veuillez pas si je ne vous embrasse pas…

En sanglotant, je m'efforce à nouveau de le repousser, mais n'en ai pas la force. Soudain, la porte s'ouvre et je reconnais la voix de John :

– Marie-Blanche ! Que se passe-t-il ici ? *Marie-Blanche ! Arthur ! Arthur ! Au nom du Ciel !*

Et donc… oui… mes fiançailles avec John Harwood en resteront là.

CHICAGO
Septembre 1938

1

Compte tenu des troubles que traverse l'Europe, oncle Leander nous a rapatriés à Chicago, où sa famille a fait fortune. Il a proposé de nous adopter, Toto et moi, et, après une correspondance de plusieurs mois entre son avocat et celui de mon père, ce dernier a finalement signé les papiers à contrecœur. Évidemment, tout cela est l'œuvre de maman, qui est ravie puisque, en tant qu'enfants adoptés, nous bénéficierons un jour d'une part de l'héritage.

Papa était contre, au départ, c'est pourquoi elle m'a incitée à lui écrire, sachant qu'il m'adore et que j'étais la seule à pouvoir l'influencer. L'aurait-elle fait elle-même, cela n'aurait servi à rien, puisqu'il la déteste. Elle m'a d'ailleurs dicté ce que je devais écrire… à savoir qu'il serait bon qu'il réfléchisse et qu'il accepte la proposition de Leander, qui nous permettrait, Toto et moi, de ne pas finir sans le sou.

J'ai bientôt dix-huit ans, je suis à présent citoyenne américaine et mon nom complet est Marie-Blanche de Brotonne McCormick. Ce qui, bien sûr, déplaît foncièrement à mon père. Il est encore plus mécontent que Toto, son aîné, ne porte plus le sien. Toto a seulement quinze ans, et comme maman nous a fourré dans le crâne, moult exemples à l'appui, que l'argent est indispensable au bonheur, il se réjouit d'être bientôt un distingué McCormick. C'est le patronyme d'une célèbre famille d'industriels, à la tête d'une fortune considérable. Pour un jeune garçon comme lui, le nom de naissance n'a pas un caractère sacré.

– Maurice de Fontarce, mon propre père, nous répète maman, n'était pas très avisé en affaires. Ce qui ne l'empêchait pas d'avoir l'esprit pratique. Il me disait toujours : « Rien ne coûte plus cher que le temps libre », et, faute de mieux, il me conseillait d'épouser un grand négociant pour continuer à vivre dans l'oisiveté, car c'est ainsi que j'ai grandi. « L'argent, cela compte, de nos jours », insistait-il. Leander se situe bien au-dessus de lui dans l'échelle sociale, et l'argent compte plus que jamais. Alors, lorsqu'on a le choix entre épouser une bourse pleine ou une bourse vide, croyez-moi : il est aussi facile de tomber amoureuse d'un riche que d'un traîne-misère. Papa avait pour devise : « L'amour s'envole, seul l'argent reste ».

Tout cela est pour moi nouveau et enivrant. De plus, après mes mésaventures avec John, je suis ravie d'avoir changé de décor. C'est incroyable comme l'on a rapporté partout mes écarts de conduite chez ses parents. Je soupçonne son frère Arthur d'être une commère. La fameuse phrase que j'ai lâchée à table a fait le tour, mot pour mot, de la plupart de nos relations. À ma grande honte, ma bonne amie Moyra Browne, la seule que j'aie eue là-bas, me l'a répétée elle-même.

– C'est vrai, Marie-Blanche, que tu as dit ça ? m'a-t-elle demandé.

J'ai hoché la tête et elle a ri.

– Mais comment une telle chose a-t-elle pu te traverser l'esprit ?

– Je ne sais pas, Moyra. Quand j'ai bu, je pense parfois aux pires horreurs.

En revanche, ce qui s'est passé ensuite n'a circulé nulle part. Soit la plupart des gens, y compris Moyra, ont eu trop de tact pour aborder le sujet, soit les Harwood ont décidé de garder le secret pour ne pas davantage humilier John. Quoi qu'il en soit, j'ai rapidement cessé de recevoir des cartons d'invitation, les visites sont devenues plus rares à la maison et finalement maman a eu vent de l'incident. Préférant le mensonge, évidemment, je lui ai dit que John a rompu nos fiançailles sans explication – ce qui n'est pas entièrement faux. Le lendemain matin, Stanley, le majordome, était monté dans ma chambre chercher ma valise et me dire que leur chauffeur me conduisait à la gare. J'ai quitté les lieux sans revoir personne et, bien que j'aie parfois tenté de le contacter, je n'ai jamais plus reparlé à John. Quelques années plus tard, après la guerre, j'ai appris qu'il avait épousé une Anglaise de son milieu, qui lui a donné plusieurs enfants. Ils mènent entre Londres et leur domaine à la campagne une vie confortable et tout à fait conventionnelle. J'ai souvent repensé à lui au fil des ans et, en fin de compte, il a eu de la chance de ne pas m'épouser. Il s'en est fallu de peu ! Il pourrait presque me remercier de m'être si mal comportée.

– Votre père était déjà un ivrogne et un bon à rien, Marie-Blanche, a commenté maman quand elle a su. Je l'ai entendu comme vous insulter les gens lorsqu'il avait bu, et je ne doute pas que vous étiez ivre. Je crois d'ailleurs que, si vous n'aviez pas subi son influence, vous n'auriez jamais dit une chose pareille. Maintenant, c'est à vous de décider si vous voulez l'imiter ou pas. Si c'est le cas, j'aime autant que vous renonciez aux avantages dont vous profitez en Amérique, grâce à moi et à votre oncle Leander, qui a la gentillesse de vous adopter. Retournez à Vanvey. Vous pourrez boire au Prieuré autant que vous voudrez avec votre cher papa, et injurier impunément qui vous plaira à la table du dîner. Est-ce vraiment ce que vous attendez de la vie ?

– Non, maman, ai-je admis, rouge de honte, ce n'est pas ce que j'attends.

Et je me suis mise à pleurer.

– Vos frasques vous ont fait perdre un fiancé remarquable. Un jeune homme qui vous aurait assuré une existence merveilleuse. Gardez cela à l'esprit, la prochaine fois. Vous n'en rencontrerez pas à tous les coins de rue, des comme lui. Il faut s'accrocher à sa chance, voyez-vous ?

– Oui, maman.

Oncle Leander, elle et moi logeons dans une suite de l'Ambassador East Hotel. Ma mère n'a qu'à descendre à la Pump Room, où elle prend ses repas plusieurs fois par semaine, pour recevoir ses amis. C'est là aussi qu'elle s'entretient avec les chroniqueurs mondains et qu'elle me présente à la bonne société. Je reconnais que les usages ne ressemblent en rien à ceux de l'Europe. Il paraît que New York est une ville plus raffinée que Chicago, ce dont j'ai bien l'impression. Les gens, ici, me paraissent terriblement ennuyeux – de vrais provinciaux ! On est chez les cowboys ! Maman souhaite que je fasse bientôt « mes débuts dans le monde » et je m'y refuse déjà. Les garçons du cru me fatiguent. Ils passent leur temps à se prévaloir des collèges – Andover, Choate, Hotchkiss – et des universités – Yale, Princeton, Harvard – qu'ils fréquentent. Ne parlent que de leurs parcours de golf ou de leur future carrière dans l'entreprise familiale. Bla-bla-bla ! et tout ça me sort par les yeux. Seulement, maman veut à tout prix me trouver un beau parti et, compte tenu de mes exploits en la matière, il faudra bien que je coopère un peu.

– Le nom que vous portez désormais, assure-t-elle, vous ouvrira des portes. La jeunesse de la ville s'intéressera à vous.

– Peu m'importent les gens qui s'intéressent à moi pour cette raison !

– Ma chère, on tire parti de ce que l'on a. Vous êtes assez jolie, mais pas assez intelligente pour envoûter un homme. Le nom de McCormick est une manne formidable. À ce propos, maintenant que l'adoption est officielle, vous appellerez votre beau-père papa.

– Non, maman. J'en ai déjà un, de papa. Il serait terriblement vexé. Toto et moi lui avons fait assez de peine en donnant notre accord pour l'adoption.

– Il n'aura pas besoin de le savoir.

– Moi, je le sais. C'est un peu compliqué d'avoir deux pères.

– Croyez-en ma propre expérience, vous vous y ferez. Vous repartez à zéro dans une ville nouvelle, dans un pays nouveau, avec un nouveau père. Vous êtes à présent citoyenne américaine. Tout cela grâce à Leander, que vous voudrez bien remercier en l'appelant papa. Votre premier père réside en France, et c'est une époque révolue de votre existence. Si j'en juge par les événements en cours, des années peuvent s'écouler avant que vous le revoyiez, si vous le revoyez jamais. Il sera votre papa là-bas, si vous y tenez, mais en Amérique, c'est Leander.

Ces mots-là n'étaient pas spécialement agréables à entendre, mais maman, comme je l'ai souvent dit, est quelqu'un d'avant tout pragmatique.

– D'accord, d'accord, j'essaierai. Il faut que je m'habitue un peu.

Maintenant les déjeuners et les thés de cinq heures se succèdent dans la Pump Room, où l'on me présente des garçons assommants, immatures, avec qui je n'ai strictement rien en commun. Ce que je suis et ce que j'ai à dire les captive aussi peu qu'ils m'attirent et je ne fais guère d'effort pour les intéresser. La mention de mon nouveau nom suscite parfois une vague lueur d'intérêt, ce qui n'est pas spécialement flatteur. Je ne suis d'ailleurs pas une vraie McCormick, tout au plus une sorte d'aspirante.

La vie mondaine, dans cette ville, me rappelle le chenil où papa allait acheter ses chiens de « race pure ». Quelques-unes des familles les plus en vue de l'Illinois servent de matrice, acceptant à l'occasion d'être associées à un étalon ou à une bonne femelle, provenant d'une branche voisine de Saint Louis ou de Cincinnati – voire, plus intéressant, d'une dynastie new-yorkaise, ou du Connecticut, ou du Massachusetts. Ainsi établit-on des ménages stables, que l'on installe à Lake Shore Drive ou dans un manoir de Lake Forest, avec une position enviable et une nichée de gamins qui préserveront une lignée exemplaire. Lorsque, de temps à autre, une bâtarde atterrit en ville – française par exemple –, les cow-boys de Chicago se demandent quoi en faire, craignant de corrompre la race par des ascendants incertains.

Après plusieurs semaines de ce martyre à la Pump Room, je n'en peux tout simplement plus. Dieu merci, la plupart des « beaux partis » s'en sont retournés à l'automne dans leurs belles universités, et je n'ai plus à endurer ces rendez-vous guindés. Il reste cependant leurs mères, qui, fortes d'un discernement affirmé de génération en génération, évaluent soigneusement mes aptitudes au mariage. Je m'attends souvent à ce qu'elles inspectent mes dents et mes jarrets, à la recherche d'un défaut de fabrication.

Leur seule préoccupation consistera bientôt à préparer le retour de leurs enfants chéris, pour le week-end de Thanksgiving, qui servira de prélude aux vacances de Noël, pendant lesquelles les débutantes feront leur entrée dans le monde… Franchement, il y a de quoi vous pousser vers la première bouteille.

J'ai annoncé à maman que, pour échapper à cette prison de classe, je souhaite m'inscrire ce mois-ci à la Goldman School of Theatre, dans l'intention de devenir comédienne. Ce qu'elle peut difficilement me reprocher puisqu'elle-même me l'avait suggéré, il y a quelque temps. Je pense d'ailleurs que ma mère est une actrice refoulée. Elle a toujours rêvé sans le dire d'une carrière sur les planches ou à l'écran. Enfin, elle joue tout de même dans le beau monde… En témoigne cet article paru dans les pages mondaines du *Chicago Evening American* :

Depuis l'arrivée de Renée à l'automne, Chicago succombe au charme français. Pour ceux qui ne le sauraient pas encore, Renée est le prénom de Mme Leander McCormick. Si nous vivions des temps meilleurs, avec la même effervescence sociale qu'autrefois, nous dirions volontiers qu'elle fait un malheur. Dans l'état actuel des choses, nous affirmons seulement qu'une réception sans son esprit agile et son visage gracieux manquerait beaucoup d'intérêt. Plus envoûtant encore est son anglais, et ce qu'elle parvient à exprimer dans notre idiome. C'est que l'on retient son souffle autour d'elle, de peur de rater quelque chose. Déroulant ses longs tentacules, la radio s'est déjà emparée de Renée, qui bientôt chantera pour nous, avec son merveilleux accent. Il nous faudra ensuite la télévision pour découvrir vraiment celle qui se cache derrière le micro.

Leander McCormick a adopté la jeune fille de Renée, Marie-Blanche, que l'on a vue dernièrement en compagnie des futures débutantes de la bonne société.

Ma mère découpe toutes les brèves dans lesquelles on parle d'elle et d'oncle Leander, puis elle les colle dans ses albums. Elle suit ainsi au jour le jour leur cote de célébrités mondaines. Elle a déjà de nombreuses pages remplies avec des coupures

THE CHICAGO DAILY NEWS

WEDNESDAY, NOVEMBER 16, 1938.

A DISCUSSION OF DRAMATICS ENSUED

The conversation naturally turned to dramatics when Mrs. Leander McCormick (left) and Mrs. Robison Bailey lunched together. Mrs. McCormick's daughter, Marie, is studying for a stage career at Goodman Theater, and Mrs. Bailey has alreadv turned her talents to radio.

[By a staff photographer.]

✦ ✦ ✦

Mrs. Leander McCormick, who's too active for the purely social life, asked Santa Claus for a job and got it already. She begins January 1 in a fashionable Michigan av. dress shop.

✦ ✦ ✦

Renée et ses chapeaux, Chicago, 1938

de journaux de Londres, et de Kitzbühel où mon beau-père a acheté une maison, un an après l'incendie qui a dévasté la Héronnière. Mais cela n'est rien à côté de Chicago, un petit royaume dont les McCormick occupent le trône, où l'on consigne leurs moindres faits et gestes. Maman a une collection de chapeaux qui lui a déjà valu plusieurs articles entiers. Elle ne se prive pas de critiquer le manque de raffinement de nos nouveaux concitoyens, mais elle adore que l'on s'intéresse à elle. Elle est devenue une gloire locale. Je n'en reviens pas de voir comment un heureux concours de circonstances vous mène à la notoriété, sans que l'on n'ait eu pour cela besoin de lever le petit doigt. J'ai d'autres ambitions en ce qui me concerne, et je serais enchantée par une carrière dans le théâtre. Certainement plus drôle que le thé à la Pump Room avec une escouade de commères, que les sorties en ville avec les « futures débutantes », ou les jeunes raseurs égocentriques du gratin local.

2

LE CARNET MONDAIN
de Lee CARSON

Selon la comptine enfantine, l'enfant du samedi trimera toute sa vie[1]... *L'espiègle Baby (Marie-Blanche) est née, elle, un mercredi avec une cuiller en or dans la bouche. Elle a apporté de France son petit air mutin, après le mariage de sa mère, il y a trois ans, avec Leander McCormick du clan Harvester. Contrairement aux autres débutantes, Baby refuse de frayer avec l'élite de Lake Forest et de Lake Shore Drive. À peine descendue du train, pourrait-on dire, elle a filé droit vers la Goodman School of Theater. Les vieilles conventions, les rendez-vous imposés, les thés dansants, les potins et le mariage au bout, bref les habituelles entrées en matière de nos jeunes femmes, cela n'est pas pour elle.*

Depuis son inscription au cours de théâtre, Baby travaille toute la journée et souvent tard dans la nuit. Son but n'est pas d'emménager dans une « cabane » de vingt pièces à Lake Forest, ni de trouver une place agréable en haut de l'échelle sociale, mais de se confronter au répertoire et peut-être un jour de décrocher un rôle à Broadway.

Pendant que ses semblables préparent leurs débuts dans le monde, Baby a vaincu un accent français tenace, appris à se faire entendre des dernières rangées et consacré des heures à toutes sortes de mystères, tels la présence scénique, la réplique bien envoyée, les entrées fracassantes, le choix des accessoires, le maquillage et, bien sûr, la mémorisation. « Je me suis

1. Voir fin de l'article.

beaucoup amusée pendant que j'étais étudiante, à Paris puis à Londres, mais ça suffit comme ça, dit-elle. Je me suis calmée et mon objectif est maintenant d'arriver à quelque chose sur les planches. »

* * *

Trouvant la vie difficile avec sa mère et son beau-père, elle s'est installée dans un petit appartement avec deux autres élèves du Goodman, loin des tourbillons de la vie mondaine. Ces jeunes dames apprennent leurs textes le soir, se font elles-mêmes leur petit déjeuner le matin à sept heures et prennent l'autobus pour se rendre au « travail ». Pour la plupart, leurs condisciples ignorent ou se moquent de savoir que Baby est la fille d'un comte et d'une comtesse, qu'elle a été adoptée par un des héritiers McCormick (qui est l'époux de sa maman). Baby, une « fille comme les autres », tient à se détacher du côté superficiel des choses et cherche dans l'art dramatique l'intensité qui leur manque souvent.

Fuir les mondanités et la fréquentation des gens-comme-il-faut ne lui pose guère de problème. Cette vie-là ne l'attire pas, les soirées l'ennuient et, lorsqu'il faut se divertir, le cinéma, le patinage, le ski, la natation ou le bowling font très bien l'affaire.

Elle déteste et évite les réceptions. Si vous lui demandez ce qu'elle pense de l'Onwentsia Club, du Racquet Club et des autres chapelles, elle vous répondra sans mettre de gants : « Ils sont vraiment ennuyeux. Je n'ai rien à leur dire et je ne suis pas leur genre. »

Dès son arrivée, on l'a confrontée aux notables de Chicago dans leurs palais de Lake Forest. Le résultat fut désastreux : Baby a refusé tout net de se conformer au moule ; et ces messieurs dames furent choqués par une jeune fille de dix-sept ans aux idées arrêtées, pour qui les toilettes, les garçons, les établissements de renom, le bridge et le premier bal des demoiselles ne signifient rien.

* * *

« Cela n'a pas duré longtemps. Mes parents ont eu vite fait de baisser les bras et je me suis inscrite chez Goodman », conclut Baby avec un sourire furtif.

À propos de garçons, elle trouve les nôtres immatures et bien moins intéressants que leurs semblables outre-Atlantique, qui ont déjà souvent, à vingt ans, un travail, un logement à eux et une épouse. Elle préfère, d'ailleurs, les gars du centre-ville à nos riches banlieusards, qu'elle traite volontiers de « provinciaux ».

Pas question de mari, en tout cas, avant quelques années. Baby veut d'abord vérifier si une vraie carrière l'attend sur les planches... dans, ce cas, le mariage s'y ajoutera, sans la remplacer.

Si elle a adopté la décontraction et le style vestimentaire des jeunes Américaines, elle déplore en revanche la curiosité mal placée et les cancans. « Au début, cette sorte de propos me blessait, dit-elle avec regret, fronçant deux noirs sourcils. Mais il n'y a rien à faire, ils ne peuvent s'empêcher de fourrer leur nez là où il ne faut pas, et ensuite ça jase. J'ai appris à ne plus y prêter attention. »

Baby n'est pas tentée de retourner en France. Être ici est pour elle une chance et elle a bien l'intention de rester aux États-Unis. Les raffinements du Vieux Continent ne lui manquent plus. [...] Elle désire plutôt décrocher un rôle d'ingénue et voir briller les feux de la rampe à Broadway – côté scène.

Baby apprend en ce moment le texte de Consuelo dans Larmes de clown. *Mais le rôle qu'elle préfère est celui de Frankie dans* George et Margaret. *À l'affiche du Goodman le 18 mars prochain, elle jouera en alternance avec Lee Smith. Petite, mince, bien proportionnée, jolie à sa manière avec de beaux yeux noirs, l'énergique miss McCormick devrait réaliser son rêve le plus cher : devenir un « enfant du samedi*[1] *».*

Comme c'est souvent la règle, mon ancienne vie s'efface sous la nouvelle, ici à Chicago. Il me faudra quelques années pour

—

1. Comptine enfantine : « Blond, l'enfant du lundi, Gracieux celui du mardi, L'enfant du mercredi aura une vie de chagrins, Celui du jeudi ira loin, L'enfant du vendredi sera tendre et généreux, Celui du samedi trimera toute sa vie. Mais l'enfant qui naît un dimanche est bon, joyeux, vif et heureux. » (*Monday's child is fair of face, Tuesday's child is full of grace, Wednesday's child is full of woe, Thursday's child has far to go, Friday's child is loving and giving, Saturday's child works hard for a living, But the child who is born on the Sabbath Day, Is bonny and blithe and good and gay.*)

commencer à comprendre l'immense chagrin qu'a éprouvé mon vrai père. Pas étonnant qu'il se soit soûlé à mort. Sa première épouse le plaque, lui laisse deux enfants en bas âge, lesquels, quelques années plus tard, ne pensant qu'à eux, renoncent à porter son nom. Puis, une fois la procédure d'adoption terminée, ils s'entêtent à lui demander de l'argent et j'insiste moi-même pour qu'il me fournisse une dot, alors que ma mère n'a aucune intention de l'inviter à mon mariage. Ma mère qui a épousé l'héritier d'une des plus riches familles d'Amérique…

J'imagine quelle réaction il a eue en lisant ma triste correspondance, destinée, comme le reste, à lui extorquer des sous – maman tirant les ficelles dans mon dos. Je le vois à table, le verre à la main, en train de la couvrir d'injures, de la caricaturer devant ses amis, puisant dans l'humour et le cynisme de quoi le protéger, du moins le détacher un peu de son chagrin.

Au début de la guerre, papa a décidé de rester chez lui avec tante Nanisse et Constantin, mon demi-frère qu'il a eu avec elle et que nous appelons Tino. La Côte-d'Or fait partie de la zone occupée et les Allemands ont réquisitionné le Prieuré pour y loger leurs officiers ; plusieurs gradés se sont installés au rez-de-chaussée, tandis que la famille s'est regroupée à l'étage.

Dans les lettres qu'il continue de m'envoyer, il prétend que ces messieurs sont de parfaits gentlemen qui, malgré les inconvénients de l'Occupation, ne causent aucun ennui aux Brotonne. Certains sont d'excellents cavaliers et l'accompagnent même, l'automne venu, aux chasses à courre. Évidemment, en cette période, ses amis habituels ne lui rendent plus beaucoup visite.

En outre, contrairement à la population locale, les Allemands reçoivent de la nourriture et divers produits difficiles à obtenir, qu'ils confisquent pour eux-mêmes et leurs troupes, laissant les Français sans ressources, sous-alimentés, privés de leurs poules, vaches et cochons… Les officiers domiciliés au Prieuré partagent généreusement leurs vivres avec la famille, qui s'efforce de redistribuer ce qu'elle peut aux villageois.

De leur côté, maman et oncle Leander se sont ralliés à l'organisation de la France libre. Bien en sécurité à Chicago, ils donnent d'innombrables dîners pour collecter des fonds, sans compter les réceptions et les déjeuners à la Pump Room de l'Ambassador Hotel. Autant d'activités qui soulagent quelque peu leur mauvaise conscience d'avoir fui une France qui a besoin d'eux. Mais qui peut vraiment le leur reprocher ?

Un jour du printemps 1947, papa enfile son costume, noue sa cravate et chausse ses sandales. Muni de sa serviette en cuir et des factures de la maison, il prend le train pour Paris. Comme chaque mois depuis un quart de siècle, années de guerre exceptées, il rend visite à son comptable. Sauf que, cette fois, lorsqu'il arrive boulevard Raspail dans le 7e arrondissement, le bureau de M. Renaud est fermé et un panneau « À louer » barre la porte d'entrée. M. Renaud aura sans doute déménagé récemment et il aura omis de l'avertir. Papa demande au cordonnier à côté s'il connaît la nouvelle adresse du comptable. Le regardant par-dessus la monture de ses lunettes, l'homme hausse légèrement les épaules, comme le font les Français, et lui répond :

– Aucune idée, monsieur. Vous n'êtes pas le premier à me poser la question. En fermant un soir le mois dernier, assez tard, je l'ai vu par la fenêtre travailler à sa table, comme d'habitude. Le lendemain matin, quand j'ai ouvert, son bureau était vide. Complètement vide : il n'y avait plus rien, ni meubles ni classeurs. Une semaine plus tard, le propriétaire est passé pour faire le ménage et fermer les volets, et il a mis le panneau sur la porte.

– Lui avez-vous parlé ? s'inquiète papa, sentant l'angoisse lui serrer la gorge. M. Renaud lui a peut-être donné sa nouvelle adresse ?

– Je n'avais pas de raison de le faire, monsieur. Ce n'est pas mon comptable, je n'ai pas besoin de le contacter. Nous étions voisins depuis plus de vingt ans et, si parfois nous nous disions bonjour, nous n'étions pas spécialement amis. Le proprio a indiqué que M. Renaud avait quitté Paris en pleine nuit. Il a pris la fuite, quoi. D'autres clients sont venus, ce mois-ci, qui ne l'ont pas trouvé non plus, et la police aussi. Je leur ai dit la même chose qu'à vous. Il est peu probable que votre homme ait laissé une adresse. Je pense qu'il ne tient pas à ce qu'on lui remette la main dessus. C'est sans doute un escroc.

– Mais il a mon argent, lâche mon père d'une petite voix. *Tout* mon argent, précise-t-il.

Abasourdi, il a des picotements dans les oreilles et jusqu'en haut de crâne.

– C'est également ce qu'ont dit les autres. Je suis navré pour vous.

Baissant les yeux, le cordonnier pose un regard étonné sur les sandales de papa.

– Il faudrait les ressemeler, monsieur, remarque-t-il.

– Je supporte mal les chaussures, explique mon père, baissant les yeux à son tour.

– Je vois. Je vous les arrange pour demain, si vous voulez. Gratuitement.

– Non, je vous remercie, dit papa avant de se retourner, abattu. C'est très aimable à vous. Une autre fois, peut-être.

Il note le numéro du propriétaire indiqué sur le panneau afin de le contacter, mais ce sera peine perdue. M. Renaud a disparu dans la nature et mon père est ruiné. Tante Nanisse et lui doivent prendre des pensionnaires au Prieuré pour joindre les deux bouts. Étant le notable du village et, jusque-là, le plus riche de ses habitants, il exerce depuis longtemps la fonction de maire. Il reçoit un petit salaire que, magnanime, il reverse aux familles moins fortunées de Vanvey. Désormais, humilié, il a besoin de son indemnité – une aumône en réalité, mais signe pour le village que M. de Brotonne est tombé bien bas.

CLINIQUE DE LA MÉTAIRIE
Nyon, Suisse
Septembre 1965

1

– Cela vous fait quel effet, madame Fergus, de voir ces photos, de relire ces lettres, ces articles dans les albums de votre mère ? C'est votre vie qui défile devant vos yeux.

– À votre avis, Dr Chameau ? Je me sens triste, vieille. À quoi s'ajoutent la honte, le remords, l'humiliation… J'ai l'impression d'un échec, d'un gâchis. Ces photos ressemblent à l'existence de quelqu'un d'autre, pas à la mienne. Tout cela est fini maintenant, c'est comme si rien n'était jamais arrivé.

– Pouvez-vous m'expliquer votre surnom, « Baby » ?

– Ma gouvernante, Louise, m'appelait ainsi quand j'étais petite. Au Goodman, pratiquement tout le monde en avait un - surtout lorsqu'on porte un nom étranger. Bien des gens prononçaient le mien à l'américaine, avec l'accent nasillard de Chicago - *Mayry-Blench.* Comme le personnage de Tennesse Williams, Blanche Dubois, que je trouvais plutôt antipathique. Les autres élèves m'appelaient « Baby » parce qu'ils avaient lu dans le journal que Leander m'avait adoptée. C'est resté et je suis devenue Baby McCormick.

– Pensez-vous qu'un tel surnom ait pu vous maintenir dans l'enfance, faire de vous une adulte immature ?

– Possible. Un bébé a besoin que l'on veille sur lui. Et il faut de grandes personnes pour cela.

– Exactement. Avez-vous pensé que, si votre mère a conservé ces lettres, ces articles, et qu'elle les met aujourd'hui à ma disposition, c'est parce qu'elle vous aime réellement ? Qu'elle souhaite sincèrement votre guérison ? Et qu'à sa façon, elle essaie de prendre soin de vous ?

– Êtes-vous en train de me dire que ma mère est une bonne mère ?

– Je pose simplement la question.

– Si elle m'aime tant, si elle veut vraiment s'occuper de moi, pourquoi refuse-t-elle de me voir ? Pourquoi m'interdire de lui rendre visite ?

– Pour la même raison que votre premier fiancé, John Harwood, a rompu avec vous, madame… Pour la même raison que votre mari vous a envoyée ici, et demande le divorce… Pour la même raison que l'on vous a séparée de votre frère et de vos enfants… Vous la connaissez, cette raison, n'est-ce pas ?

– Ce n'est pas parce qu'on m'appelle « Baby » qu'il faut me traiter comme une enfant. Bien sûr que je la connais, je suis alcoolique.

– Votre mère sait d'expérience – elle l'a appris à ses dépens – que, si elle vous ouvre votre porte, vous en profiterez pour recommencer à boire.

– Vous boiriez aussi, si c'était la vôtre.

– Piètre excuse, madame, si je puis me permettre. En outre, comme vous ne semblez pas l'apprécier beaucoup et que vous avez peur d'elle, pourquoi voudriez-vous qu'elle vous rende visite ?

– Bonne question. Parce que… c'est ma mère, voilà.

– Bonne réponse ! Elle est la seule personne qui vous connaisse depuis le jour où vous avez quitté son corps. Peut-être aimeriez-vous quand même qu'elle vous conseille et vous réconforte ?

– C'est un petit peu tard, non ?

– Puis-je aussi vous faire remarquer que, jusque-là, elle a répondu favorablement à toutes mes demandes ? Elle paraît sincèrement préoccupée par votre santé. Dans le même ordre d'idées, si vous tenez à guérir, la première chose à faire serait de ne plus rejeter sur les autres vos propres responsabilités.

– Elle a réussi à vous enjôler, docteur ! Son charme est moins efficace avec les femmes, certes, mais avec les messieurs, il fonctionne parfaitement. Même à son âge… soixante-six ans… elle parvient toujours à obtenir ce qu'elle veut. Cela étant, si je bois, c'est ma faute, les autres n'y sont pour rien. Je n'ai jamais accusé personne de me tenir la bouche ouverte pour me forcer à picoler.

– Si je vous comprends bien, votre mère a une forte personnalité. Je crois que nous serions tous gagnants si j'arrivais à la convaincre de venir ici et de participer au traitement.

– Il n'en est pas question. Je ne veux pas la voir dans cette clinique. C'est *ma* thérapie, et l'ivrogne, c'est moi. De toute façon, elle refuserait.

– Fort bien, madame Fergus. Cela n'était qu'une suggestion. Nous sommes d'accord : vous restez maître des opérations. Vous donnez le cap et je vous suis. Et si vous me parliez un peu plus de Chicago ? Il semble que vous y étiez heureuse, que vous vous démeniez pour faire carrière dans le théâtre.

– Ah oui, je me voyais à Broadway ! Une carrière sur les planches, et le mariage ensuite ! Quelle petite imbécile j'étais, et je suis encore…

– Pourquoi vous traitez-vous fréquemment d'imbécile ? Pourquoi ne seriez-vous pas intelligente ?

Je balaie la chambre du regard, m'attarde sur la fenêtre. Les arbres verts se détachent sur le ciel bleu. Je finis par répondre :

– C'est un endroit très agréable, ici, docteur. Je m'y plais assez. Mais nous sommes tout de même loin de Broadway, non ?

– Bien des gens ne réalisent pas leurs rêves, madame. Bien des gens empruntent des chemins très différents de ceux qu'ils avaient prévus. Certains fondent une famille avec quelqu'un qui ne leur ressemble pas, font carrière dans un domaine qu'ils n'auraient pas imaginé. Et, très souvent, ils sont heureux comme ça.

– Cela vaut certainement pour *bien des gens*, comme vous dites. Moi, je ne vois pas en quoi cela devrait me rassurer, dans ma situation.

– Je ne dis pas cela pour vous rassurer. C'est juste une observation, quelque chose à considérer. Pour vous rendre compte qu'il est possible de voir la vie autrement, que l'avenir n'est pas totalement dépourvu d'opportunités. Vous pouvez choisir une route qui vous sorte de votre alcoolisme, de son cortège d'impuissance et de désespoir.

– Vous ne croyez pas que j'aie encore un avenir dans le théâtre, alors ? demandé-je en riant.

– À ce que j'ai cru saisir dans cet article des pages mondaines, vous étiez un peu non-conformiste dans votre jeunesse. Même, compte tenu de l'époque, assez révoltée contre votre milieu. Est-ce votre avis ?

– Pas vraiment. J'étais une Européenne loin de chez elle, et je m'ennuyais facilement. J'étais immature, je cherchais des distractions et la compagnie de gens intéressants. Comme je l'ai déjà indiqué, la bonne société de Chicago était débilitante, surtout pour quelqu'un qui avait vécu à Paris et à Londres. Cela ne dérangeait pas trop maman, car elle a vite pris une place prépondérante dans ce milieu. Elle se distinguait des autres femmes, elle était étrangère, elle avait épousé un membre d'une famille prestigieuse et, de plus, elle avait tellement de charisme que même les vieilles rombières s'inclinaient devant elle. Je pense d'ailleurs qu'elle a ouvert les horizons de ces gens, qu'elle les a dégrossis un peu. En ce qui me concerne, j'aimais particulièrement le monde du théâtre, qui était animé, vivant, et je m'amusais beaucoup avec mes amies à l'appartement.

– Vous buviez déjà ?

– Pas pendant la semaine, parce que nous travaillions. Ni le week-end, quand il fallait jouer. Mais quand nous avions le temps, oui, nous allions dans les bars, et là, je buvais. Je n'ai jamais franchement supporté l'alcool. Je me sentais bien après un premier verre, ça me détendait, c'était agréable d'être un peu gaie, mais au second je devenais gaffeuse, et au troisième j'étais trop ivre pour tenir debout. Bon, je me relevais quand même… Mais je ne savais plus les compter, j'étais complètement soûle et je me comportais mal. Je rentrais à la maison avec de drôles de types… Il suffisait qu'ils demandent. C'est à cela que je fais allusion, dans l'article, quand je parle de cancans et de curiosité mal placée. J'avais une petite réputation, on jasait sur mon attitude.

Les gens du théâtre étaient plus compréhensifs. Dans ce métier, l'alcool et le libertinage seraient presque considérés comme des titres de noblesse. Alors que la bonne société ne voyait en moi qu'une ivrogne et une salope. Maman était soulagée quand j'ai refusé que l'on tienne un bal en mon honneur, parce qu'en vérité elle avait peur que je me soûle et que je fasse scandale. Elle a certains côtés rebelles, mais elle est très conformiste malgré tout.

– Excepté l'alcool, qu'est-ce qui vous a poussée à ces excès… sexuels ?

– J'étais jeune, je voulais faire la fête, me sentir proche de quelqu'un. Que l'on fasse attention à moi. Que l'on m'aime.

– Et c'était amusant, de boire et de coucher ? Cela vous contentait ?

– Je pensais que ça le serait mais, bien sûr, ce n'était pas toujours le cas. J'ai parfois ramené de vrais salauds à la maison.

– Vous dites que vous étiez immature. Manquiez-vous d'assurance, étiez-vous angoissée, ce qui expliquerait ce rapport à l'alcool et au sexe ?

– Probablement. J'ai été immature et angoissée toute ma vie. Bill disait que je n'arriverais jamais à être mère, car j'étais restée un bébé.

– Qu'avez-vous fait après la mort de votre enfant, madame Fergus ? Vous avez bu ?

– Pourquoi cette question, docteur ? Je croyais que nous étions en 1939, que j'avais dix-neuf ans, que je suivais des cours de théâtre. Je n'ai pas encore rencontré Bill. Il n'existe même pas. J'ai précisé que je ne voulais pas en parler. J'ai envie de rester un moment dans mon appartement d'Ontario Street, avec mes copines Rhonda et Gail, qui suivent les cours avec moi. Que l'on continue à faire la fête, que l'on se retrouve dans les bars, le week-end, avec nos amis du théâtre, à boire et faire l'amour avec de drôles de types. Ce sont les plus beaux jours de ma vie.

– Vraiment, madame Fergus ? Est-ce là que vous aimeriez vous retrouver ?

– Ce serait déjà mieux qu'ici. Peut-être que Baby McCormick aurait un autre avenir. Peut-être n'épouserait-elle pas Bill Fergus et ne feraient-ils pas de petit Billy. Dans ce cas, Billy ne mourrait pas, parce qu'il ne serait pas né. Et peut-être que Baby jouerait à Broadway, finalement, qu'elle aurait son nom en haut de l'affiche. Elle est encore jeune en 1939, les choses peuvent se passer différemment.

– Les choses sont comme elles sont, ce qui est fait est fait, dit gentiment le Dr Chameau. Nous avons déjà abordé ce sujet. Vous pouvez revenir sur le passé – je vous encourage à le faire –, mais pas le changer. Vous pouvez le revivre en mémoire, mais pas dévier le cours de l'histoire. Je me réjouis que vous vous en souveniez aussi bien, que vous parliez de vous à la première personne. Au présent, d'ailleurs, comme d'une chose actuelle, ce qui est assez sain. Vous ne vous dissociez plus de certaines périodes, ce qui, selon moi, constitue un progrès. La prochaine étape consiste à regarder les choses en face, à vous ancrer dans la réalité : vous êtes Marie-Blanche McCormick Fergus et nous sommes en 1965. Votre vie vous a conduite à la clinique de la Métairie, à Lausanne en Suisse, pour une cure de désintoxication. Vous avez épousé Bill Fergus, votre fils Billy est né, puis il est mort. Nous sommes ici, vous et moi, pour essayer d'y voir plus clair, de comprendre comment vous en êtes arrivée là, pour vous réconcilier avec vous-même et vous permettre d'aller de l'avant.

– Que voulez-vous comprendre à la mort d'un enfant ? Je vous l'ai dit, je ne veux pas parler de Billy. Vous devriez me laisser, maintenant. Je suis très fatiguée.

– Très bien, madame Fergus, acquiesce le Dr Chameau en se levant. Pas de problème. Nous parlerons seulement de ce que vous déciderez. Je vous laisse tranquille. Nous continuerons demain, si vous le souhaitez.

– Demandez à la réception de me monter un cocktail, s'il vous plaît. Un gin tonic avec une tranche de citron vert, ce sera parfait… Ou mieux, carrément la bouteille, je me passerai de tonic. Ça me réconciliera avec moi-même.

Son lugubre sourire de chameau aux lèvres, il s'incline légèrement.

– Je n'y manquerai pas.

2

Je partage mon appartement avec deux filles. L'une, Rhonda, est rousse, dégingandée, adorable, originaire de Milwaukee. Elle a une voix puissante qui porte loin dans la salle. L'autre, Gail, vient de Kansas City. Elle est un peu forte et joue souvent les rôles de matrone dans les pièces que nous montons. Comme je suis brune et assez petite, nous formons un trio pour le moins coloré. En bonnes représentantes du Middle West, où elles ont eu une enfance sans problème, elles me trouvent diablement originale. Le simple fait que je sois française a pour elles une odeur de scandale et, quand je parle de mon existence, elles ouvrent de grands yeux étonnés. Ce que je leur apprends de Paris, de Londres ou de Kitzbühel, sans rien enjoliver pourtant, leur paraît si extraordinaire que je pourrais aussi bien débarquer de la planète Mars.

Résultat, bien qu'elles aient un an ou deux de plus que moi, je suis *de facto* le chef de notre petite bande – mais aussi le maître-queux de la maison. Ces filles ont de solides appétits (j'ai eu le temps de remarquer que les Américains, notamment ceux du Middle West, avalent des quantités impressionnantes de nourriture) et j'ouvre un peu leurs horizons culinaires en les initiant à la cuisine française. Nous nous amusons terriblement toutes les trois. Je leur prépare des coqs au vin, du bœuf bourguignon et d'autres choses simples de la campagne que j'appréciais quand j'étais petite. J'ai appris tout cela au Prieuré en regardant faire Nathalie, notre cuisinière, qui avait vécu toute sa vie à Vanvey et ne connaissait que les plats de la région. J'aimais rester à la cuisine avec elle et les autres domestiques. C'était la seule pièce où il faisait toujours chaud. Été comme hiver, on entretenait le feu de la grande cheminée qui couvrait presque tout un mur, ainsi que celui du fourneau. Des odeurs merveilleuses flottaient dans l'air – celle du pain frais, des soupes dans les marmites, du gibier en train de rôtir dans l'âtre.

Rhonda et Gail s'exclament devant mes modestes préparations, comme si on était Chez Maxim's ou que je suivais les recettes compliquées d'Escoffier. Cela n'est pourtant que de la cuisine paysanne. Je ne me plains pas – comme je disais : elles ont bon appétit et me couvrent de compliments.

Les cours à l'école demandent beaucoup d'efforts, mais au moins je n'ai pas à m'embêter avec les sciences et les mathématiques, des matières pour lesquelles je n'ai aucune disposition. J'ai en revanche bien du mal à prendre l'accent américain et je ne sais si j'y parviendrai un jour. Je pense que le théâtre offre un éventail de métiers merveilleux, on y est entouré par des gens intéressants et créatifs et c'est un vrai soulagement après la Republican Society de Chicago, dans laquelle maman a tenté en vain de m'introduire. En outre, c'est tellement amusant de faire semblant d'être quelqu'un d'autre !

J'ai rencontré au théâtre Sam Connor, qui est devenu mon petit ami. Originaire de Detroit, il veut devenir auteur. Son père est militant syndicaliste dans l'industrie automobile. Lui-même ardent socialiste, Sam a les cheveux bouclés, ébouriffés, un regard bleu et pénétrant, tranchant comme une lame de couteau. Il semble deviner vos points faibles et vos plus sombres secrets avant même que vous ayez ouvert la bouche. Il n'a que du mépris pour McCormick et les autres magnats de la région, et il se lance souvent dans de longues diatribes contre l'exploitation des classes laborieuses. Mais c'est peut-être ma famille qui, bizarrement, l'a rapproché de moi ; lorsqu'on n'a rien, la haine des possédants s'accompagne souvent d'une certaine fascination, mêlée d'un sentiment de jalousie. Les extrêmes s'attirent.

– La noblesse française n'a rien appris de la Révolution ? me demande-t-il.

Il me prend pour une aristo et je n'essaie pas de le détromper.

– Oh si, on se méfie des anarchistes et de tous ces enragés qui ne pensent qu'à voler notre argent, nos terres, avant de nous envoyer à la guillotine.

– Exactement ce que je voulais dire, vous n'avez rien retenu. C'est la raison pour laquelle ça recommencera, et cela arrivera en Amérique aussi. On ne peut indéfiniment réduire les ouvriers à l'esclavage dans le seul but d'enrichir plus encore ceux qui possèdent déjà tout. Voilà ce que les classes dominantes refusent de reconnaître et qui rend les révolutions inévitables.

Sam n'a pas le sou. C'est un vrai artiste, qui surgit d'un monde dont je ne connais rien. Il habite une pension infestée par les rats dans le quartier irlandais du sud de Chicago – un endroit où je ne mettrai jamais les pieds. Il cumule les petits boulots, fait la plonge dans plusieurs restaurants, le ménage dans les immeubles de bureaux la nuit et le week-end. On ne peut pas être plus différent des jeunes gens que ma mère m'a présentés. Elle serait consternée si elle savait que je le fréquente. Bien sûr, je ne lui en dirai rien. Si cela devait parvenir à ses oreilles, elle me retirerait du Goodman.

J'invite parfois Sam à dîner avec d'autres camarades du théâtre et il lui arrive de dormir chez nous. Par comparaison avec son taudis infect, il appelle notre appartement « le château », ce qui peut se comprendre. Notre logement est pourtant modeste, petit, même si maman l'a fait arranger par un décorateur et qu'elle a choisi presque tous les meubles. S'il voyait les vrais châteaux dans lesquels j'ai grandi, le pauvre Sam et ses copains cocos me feraient décapiter.

Les amis apportent toujours du vin et du whisky, et je prépare un de mes plats bourguignons. Tout le monde fume, boit, mange, rit, discute d'art et de politique, et nous passons d'agréables moments. Puis quand les invités sont partis, si Sam décide de rester, nous faisons l'amour passionnément – souvent un peu enivrés aussi.

Je nourris une certaine appréhension à l'idée que ma mère débarque sans prévenir dans une de ces soirées. Elle comprendrait tout de suite que j'entretiens une liaison avec lui ; son intuition est infaillible pour ce genre de choses et on risque une explosion à confronter ces deux-là. Elle détesterait ses manières frustes, surtout quand, en bon Irlandais, il a un coup dans le nez. De son côté, il ne manquerait pas de trouver ridicules sa toque, son étole de renard ou de vison, et son impeccable tailleur Lanvin. Je le vois très bien dévider son chapelet révolutionnaire, galvanisé par la présence de quelques copains avinés. Selon l'heure, évidemment, je suis susceptible d'être soûle, moi aussi. Rhonda et Gail s'emploient de leur mieux à m'empêcher de boire et je m'applique à ne pas avaler une seule goutte avant que le repas soit prêt. Mais ensuite, lorsque nous sommes assis à table ou qu'au salon nous nous lançons dans des impros, je ne résiste plus. Quand chacun a un verre en main, que les rires fusent de tous côtés, je ne vais quand même pas me priver. La vie est tellement plus drôle dans les brumes accueillantes de l'alcool, dans cette bulle de bonne humeur qui se forme autour de nous. S'exclure en restant sobre, en braquant sur les autres un jugement froid et distant, très peu pour moi. Au contraire, j'ai envie de les rejoindre et de m'amuser.

3

Comme je le craignais, un soir qu'elle se rend à un dîner en ville, maman fait un crochet par chez nous, comme d'habitude sans m'avoir prévenue. Il est assez tôt, nous n'avons pas mangé et, contrairement à nos invités, je n'ai encore rien bu.

– Pardonnez-moi, chérie, me dit-elle à la porte, je ne pouvais pas deviner que vous aviez du monde. Mais j'aimerais bien rencontrer vos amis.

Sans me demander mon avis, elle se faufile devant moi en ajoutant :

– Je ne resterai qu'un instant.

Je la débarrasse de son manteau. Bien que nous soyons en hiver, elle ne porte par-dessous qu'une veste bien coupée et une simple robe de soirée noire, parée d'une énorme broche en diamant. Elle est coiffée de ce qu'un chroniqueur mondain a appelé sa « malicieuse toque de fourrure ».

Tout commence sous les meilleurs auspices. À mon grand soulagement, Sam et les autres garçons se lèvent respectueusement lorsqu'elle entre dans la pièce. Je fais les présentations. Bien sûr, Rhonda et Gail connaissent déjà ma mère, qui les intimide légèrement, comme il se doit.

– Puis-je vous servir un whisky, ma petite dame ? lui demande George.

– Je vous remercie, répond-elle avec un sourire pincé, n'appréciant guère ces familiarités. Je ne bois pas de whisky.

– Un verre de vin, alors ?

– Vraiment, je bois assez peu. Mais je vous remercie.

– Et le toutou, il aimerait quelque chose ?

– Je vous demande pardon ?

Sam affiche un sourire discret, espiègle, dont maman ne perd rien. Je l'observe d'un air implorant pour qu'il ne nous conduise pas à la catastrophe.

– Votre toutou, m'dame, fait-il, tête levée, en regardant la toque de fourrure. Comment s'appelle-t-il, le petit chéri ?

Tout le monde, y compris Rhonda et Gail, s'esclaffe.

Sam prélève une cacahuète dans le bol sur la table et se rapproche de maman, en la tenant entre le pouce et l'index.

– Puis-je lui offrir une arachide grillée, ma petite dame ? Peut-être qu'il aime ça ? Il ne mord pas, j'espère ?

– Très drôle, jeune homme. Mais je ne suis pas votre petite dame et vous m'appellerez Mme McCormick.

– Mes excuses, ma petite dame, insiste Sam avec un sourire désarmant. La force de l'habitude, faut croire. Cela n'est pas tous les jours, pensez donc, que je croise une tête couronnée de notre belle ville. Ils se font rares dans mon quartier, les McCormick.

– Oui, je suppose. À l'exception de ma fille, évidemment.

– Ah, votre excellente fille, dit-il en me dévisageant affectueusement. Sans l'esprit démocratique du théâtre, ma petite dame, les tristes gens de ma sorte, et les Willy Shakespeare, n'auraient pas l'occasion de rencontrer de jeunes femmes comme votre Baby. Ça nous ouvre un peu les horizons, ça nous élève un peu, voyez ? Les idées se pressent sur le papier, ensuite.

– Ravie de l'apprendre. J'en conclus que vous êtes un futur auteur dramatique, monsieur Connor ? Pour vous comparer ainsi à William Shakespeare !

Sam rit.

– Oh, depuis le bas de l'échelle, madame McCormick… Certes, nous avons des racines communes, lui et moi, mais Willy se débrouille beaucoup mieux, ces temps-ci. Tout de même, j'essaie de travailler à une nouvelle pièce, qui traite des conflits de classes. Je potasse le carnet mondain pour m'initier au mode de vie de la haute.

– J'imagine qu'il est difficile d'aborder un sujet dont les portes vous sont, pour ainsi dire, fermées. Les pages du carnet mondain manquent un peu de profondeur.

Se redressant, Sam prend la pose et commence à déclamer :

– « M. Leander McCormick et sa charmante épouse française, Renée, résident en ce moment chez M. et Mme Leslie Wheeler dans leur manoir de Forest Lake. Leur emploi du temps est surchargé. Voyez plutôt : à peine descendaient-ils du train qu'ils durent se précipiter à l'apéritif offert par M. et Mme Billy Clow, suivi aussitôt d'un déjeuner au Shore Acres Club, animé par Ralph Hines ; ensuite thé et baignade au Noble Judah, et enfin un de ces dîners mémorables que personne, je dis bien personne, ne sait mieux organiser que Mme Clifford Rodman, avec le charme qu'on lui connaît. » Vous voyez, ma petite dame, il n'y a pas besoin de sonder les profondeurs, n'est-ce pas ?

– Vous avez une bonne mémoire, monsieur Connor. Et un certain talent d'imitateur. Cependant l'art ne se réduit pas à la caricature.

– *Touche !* jette Sam, comme recevant un coup d'épée. J'appelle plutôt cela de la satire. Et un auteur se sert de son imagination. Je n'ai jamais déjeuné au Shore Acres Club, je ne pense pas que cela m'arrivera un jour, mais je me représente très bien ce que c'est.

– Croyez-vous ?

– Oui, ma petite dame. Pas besoin d'avoir une imagination débordante pour concevoir à quel point cela doit être ennuyeux. C'est là où l'écrivain entre un jeu : son rôle est d'en rajouter pour séduire le public.

– Alors vous pensez que l'argent et les privilèges favorisent plus l'ennui que la misère, monsieur Connor ?

– Peu de choses sont plus pénibles que la misère, répond-il. Je le reconnais. Mais les pauvres n'ont guère le temps de s'abandonner à l'ennui, madame McCormick. Êtes-vous d'accord avec moi ?

Maman sourit ; j'ai l'impression que Sam lui plaît et c'est un soulagement.

– Je suis d'accord, dit-elle en hochant la tête.

Avant d'ajouter pour moi :

– Marie-Blanche, puis-je vous parler un instant avant de partir ? Il faut vérifier que le repas est prêt, sans doute ?

– Oui, maman.

– Je veux que vous quittiez cet homme tout de suite, m'ordonne-t-elle en entrant dans la cuisine. N'en doutez pas, il ne vous vaudra que des ennuis.

– C'est à peine si vous le connaissez !

– Oh, j'en sais bien assez. Certes, il est joli garçon, intelligent et bourré de charme. Mais c'est un de ces Irlandais sarcastiques, alcooliques, irascibles, et il finira par vous taper dessus, s'il n'a pas déjà commencé. Par-dessus le marché, il est communiste.

– Je l'aime beaucoup, maman ! Il est drôle, il me fait rire et il a du talent. Jamais il ne lèverait la main sur moi. Et puis nous sommes des copains du théâtre, c'est tout.

– Balivernes ! J'ai bien vu comment vous vous regardez. Je me fiche bien qu'il vous fasse rire. Vous allez rompre sans tarder.

– Non, rétorqué-je, moi-même étonnée, pour une fois, de lui tenir tête. J'ai dix-huit ans et je suis libre de choisir mes amis.

– Comme vous voudrez, Marie-Blanche, dit-elle en haussant les épaules. En effet, vous avez dix-huit ans. Dans ce cas, puisque vous tenez à votre indépendance, vous allez commencer par payer votre loyer vous-même et pourvoir à vos besoins. Ce qui inclut vos frais de scolarité au théâtre. Rien ne vous empêche de vous installer chez M. Connor, il vous entretiendra selon les exigences dues à votre rang. Oui, c'est très romantique, la vie d'artiste, surtout chez les crève-la-faim, vous verrez. Je ne doute pas qu'il habite un agréable pied-à-terre dans les beaux quartiers. Bonne soirée, ma chérie, on m'attend pour dîner.

5

Sam et moi buvons un dernier verre au salon, ce soir-là, quand tout le monde est parti, y compris Rhonda et Gail qui ont raccompagné leurs petits copains chez eux. Elles ne reviendront qu'au tout début de la matinée. Pour une fois, je n'ai pas trop bu, car je voulais avoir les idées claires pour parler à Sam de l'ultimatum que m'a posé maman.

– Ça m'étonne de ma part, me confie-t-il, mais elle me plaît plutôt.

– Je crois que c'est réciproque.

– J'en suis moins sûr ! s'amuse-t-il. En tout cas, elle aime la bagarre. Une adversaire digne de ce nom ! Je parie qu'elle arrive souvent à ses fins.

– Pari gagné.

– Je vois qu'elle te fait peur, d'ailleurs. Une force de la nature, cette femme. Pas très grande, mais irrésistible. Elle fera un personnage intéressant dans ma nouvelle pièce.

– Et pourquoi aurais-je peur d'elle ?

Il rit.

– Tout le monde s'en est aperçu, Baby. Dès qu'elle a eu passé la porte, tu ressemblais à un petit chien timide, qui se demandait ce qu'il avait fait de mal et qui craignait d'être puni. J'imagine que ça n'est pas facile tous les jours d'avoir une mère comme elle.

– Sam, maman veut que je te quitte.

– Eh oui… La voilà, la punition. Pourtant tu as dit qu'elle m'aimait bien.

– Je le crois. Elle t'a trouvé charmant, intelligent, joli garçon, mais elle pense que tu es un emmerdeur.

– Oui, bon, je suis peut-être un peu emmerdant sur les bords, Baby, mais est-ce une raison suffisante pour me quitter ?

– Elle dit aussi que tu es colérique, sarcastique, alcoolique…

– Et alors ? J'attends une vraie raison, moi.

–... et que tu me frapperais probablement.

– Bien sûr, le cliché de l'Irlandais éthylique et violent, n'est-ce pas ? Je reconnais que les clichés ont une part de vérité… Il y en avait, des comme ça, au pays. En rentrant du pub, mon père nous balançait des tartes parfois, à ma mère, à mes frères et moi. Non qu'on lui ait désobéi ou quoi que ce soit, il croyait qu'on les méritait de toute façon. Mais dis-moi vraiment pourquoi tu veux qu'on se quitte, Baby ?

– OK, Sam, parce que tu es fauché.

– Ah, la vérité ! Quand même ! Merci…

– Maman suppose que je ne me plairais pas dans ton quartier.

Il rit encore, de bon cœur.

– Pas que ça me plaise spécialement moi-même ! Alors une poulette chic comme toi n'y serait pas très à l'aise, non. Mais qui t'a demandé de t'installer chez moi ? Je ne t'ai pas posé la question, que je sache. Pourquoi quitterais-tu ton joli château, princesse ?

– Le chantage de ma mère. Si je continue de te fréquenter, elle me coupe les vivres et je n'ai plus qu'à emménager chez toi.

– *Aaaaah*, nous y voilà ! fait-il en hochant la tête. Tout s'explique ! Évidemment, la vieille tactique de la carotte – la sainte finance qu'invoquent les nantis pour garder la main sur leur progéniture ! L'étoffe même de la pièce que j'écris. Alors, que lui as-tu répondu, Baby ?

– Que je t'aimais beaucoup, mais que nous étions seulement amis.

– Bien sûr que tu m'aimes beaucoup. Mais encore ?

– Elle n'a pas cru le reste.

– Il fallait s'y attendre. À l'évidence, ce n'est pas une imbécile. Alors, tu as eu le temps de réfléchir ?

– Sam, elle m'obligerait à payer moi-même mes études chez Goodman, à me trouver un appartement, à subvenir à mes besoins, lui avoué-je en pleurant. Je suis désolée, mais je n'ai jamais travaillé de ma vie. Je ne sais rien faire de mes dix doigts.

Il me prend dans ses bras.

– Ça, non, tu ne sais rien faire… Où aurais-tu appris ? Allons, ne t'inquiète pas, j'aurai bien une petite place pour toi. Certes, il faudra que tu vendes une partie de ta garde-robe… Ce n'est pas vraiment une suite à l'Ambassador, mais on y arrivera. Tu viendras avec moi faire le ménage dans les bureaux le soir et les week-ends. On travaillera ensemble, c'est pas chouette, ça ?

Cette fois, je m'effondre en sanglots, au point de ne plus pouvoir parler, et Sam s'amuse du vilain tour qu'il vient de me jouer.

– Pleures-tu parce que ta mère te coupe les vivres ? Parce que tu m'es reconnaissante de te prendre sous mon aile ? Ou bien parce que nous allons rompre ? Vois-tu, Baby, avant cette discussion – en fait, dès que ta mère t'a emmenée à la cuisine pour un petit conciliabule –, j'ai compris ce qu'elle allait te dire et ce que tu allais faire. Ça n'est pas un choix difficile, n'est-ce pas ? D'un côté, la fortune des McCormick, de l'autre un avenir incertain avec un auteur irlandais, mal luné, alcoolo et sans le sou… Qui te battra probablement… Hmm… Moi-même, je choisirais le fric, tu sais. Et je ne t'en veux pas. Allons, buvons encore un verre et envoyons-nous en l'air comme deux ivrognes débraillés. « Si douce est la tristesse de nos adieux », comme disait mon vieux pote Willy.

– Ça ne serait pas les mots de Juliette, plutôt ?

J'ai le hoquet d'avoir tant pleuré et il lâche un petit rire.

– Si, ma chérie, bien entendu. Juliette donne les répliques que Willy a créées pour elle. C'est un personnage, joué par une actrice comme toi, Baby. Sans dramaturges pour vous pondre un dialogue, vous ne seriez que des marionnettes amorphes, sourdes et muettes !

Tout en m'embrassant, Sam déboutonne mon corsage, qu'il fait glisser sur mes épaules. Puis, d'un geste adroit, il libère mes seins de mon soutien-gorge. Il m'allonge sur le canapé, retire ma jupe et ma culotte, et me voilà nue devant lui. Le premier verre me fait l'effet d'un baume, je sens l'alcool me griser, m'emporter dans ce monde chaud et rassurant où me guette toujours l'envie d'une resucée.

– Je ne déteste pas être une marionnette, parfois…

DAYTON, OHIO
Novembre 1940

Wild Bill Fergus

1

J'ai fichu le camp avec Bill. Maman va être absolument furieuse. Je lui ai envoyé un télégramme ce matin, à elle et papa McCormick, depuis l'Ohio où l'on nous a unis hier soir. Je n'ai pas encore reçu de nouvelles, mais j'imagine sa réaction. Je n'ai pas osé lui dire que j'avais l'intention d'épouser Bill, car je savais qu'elle s'y opposerait, de la même façon qu'elle m'a forcée, l'année dernière, à rompre avec Sam Connor. Je suis incapable de lui tenir tête, sinon en faisant les choses ainsi, lâchement, dans son dos.

Sur le moment, cela semblait si romantique, si audacieux. Nous sommes partis en voiture dans l'Ohio, à Dayton où un juge de paix nous a mariés. Les parents de Bill habitent tout près, à Troy, où nous sommes ensuite allés dîner le soir de Thanksgiving. Ils sont très gentils, assez collet monté, des gens de la classe moyenne du Middle West, différents des Américains que je connais. Bill a trente et un ans, onze de plus que moi, et c'est une des choses qui m'ont attirée chez lui. Il est plus mûr que les gamins de Chicago que l'on m'a forcée à fréquenter. Je me sens en sécurité avec lui, il me donne l'impression de pouvoir prendre soin de moi. Ses parents paraissent bien âgés. Le père s'appelle Guy, comme le mien en France, ce qui nous a beaucoup fait rire, mais ils sont vraiment à l'opposé l'un de l'autre. Déjà, leurs prénoms ne se prononcent pas de la même façon dans les deux langues. Guy a quelque chose d'austère, avec ses cheveux blancs, son visage anguleux, son regard noir et inquisiteur. Il est pro-républicain, fume sa pipe d'un air grave et serait plutôt dépourvu d'humour. Je n'ai pas l'air de lui plaire – cela se voit tellement lorsqu'il me regarde que je préfère me détourner. À l'évidence, je ne suis pas le genre de fille qu'il souhaitait pour son fils. Il me trouve trop « différente », trop « française », certainement pas sérieuse… et peut-être a-t-il raison. Sa femme se montre plus aimable ; épaisse, imposante, elle garde les cheveux relevés dans un tout petit chignon, porte des robes imprimées, informes, aux couleurs ternes, qu'elle coud sans doute elle-même et qui lui donnent l'allure d'une institutrice dans un village reculé. Ils n'ont vraiment rien de *glamour*, dans aucun sens du terme. J'entends déjà les commentaires de maman…

J'ai rencontré Bill cet été, à un match de polo à Lake Forest. Lieutenant dans l'armée, il joue dans l'équipe du 124e régiment d'artillerie de campagne, basé à Chicago – elle représentait les États-Unis contre celle de l'armée cubaine à La Havane en 1937. Bill est très connu dans le monde du polo. Les journaux l'ont surnommé Wild Bill, car il prend beaucoup de risques sur le terrain. Brun, séduisant, assez réservé, il a un humour malicieux. Le polo est un sport pratiqué dans l'ensemble par les riches, pourtant Bill est sans le sou. Pour l'instant, il vend des assurances à mi-temps, et certaines des familles aisées de Chicago et de Lake Forest font appel à lui pour entraîner leurs enfants au polo. Bien sûr, elles ont les moyens et leur achètent les meilleures montures. De son côté, Bill parcourt la campagne à la recherche de chevaux bon marché qu'il dressera lui-même – et il a l'œil pour ça. Il arrondit parfois ses fins de mois en les revendant aux nantis.

Après tous les efforts qu'a faits ma mère pendant deux ans pour me présenter aux privilégiés, elle sera outrée que je me sois enfuie pour l'épouser en douce. Papa et elle l'ont vu aux matchs, et elle m'avait mise en garde dès le départ. « Ce n'est rien qu'un paysan de l'Ohio, un fana de sport, un arriviste qui vit en marge de la bonne société, mais ne l'intégrera jamais, car il n'a ni argent ni éducation. »

J'allais oublier… Avant de rencontrer Bill, je me suis fiancée un temps avec un certain Ernest Eversz junior. On nous voit plusieurs fois dans les pages mondaines, alors que nous dînons à la Pump Room, ou à diverses réceptions. Quand j'ai quitté Sam Connor, il a promis de ne pas m'en vouloir, mais en fait il est furieux. Il apporte les journaux au théâtre et s'amuse à lire le carnet à haute voix pour me ridiculiser devant tout le monde.

– Voyons ce que nous avons aujourd'hui, raille-t-il en tournant les pages du *Herald Examiner.* Ah oui, rubrique « le beau monde »... Je ne sais pas ce que vous en pensez, mais moi, c'est ce que je préfère dans cette feuille. Peu importent la politique, les relations internationales, la guerre en Europe, tout ce qui m'intéresse, c'est les combines du gratin. Ça, pour être beau, il est beau, leur monde ! Et, regardez-moi ça, nous avons une photo de notre amie avec son chéri ! *Élève assidue,* lit-il d'une voix théâtrale, *la charmante fille de Leander McCormick, Baby la petite brune, sort de ses cours chez Goodman presque chaque jour à l'heure du thé. Nous la voyons ici lors d'un bal au Vassar Club en compagnie d'Ernest Eversz, toujours en bonne place parmi ses soupirants. On parle beaucoup de fiançailles secrètes dans les milieux autorisés, cependant Baby maintient qu'elle poursuivra ses études jusqu'au bout. Calme et sérieuse, elle vous explique qu'elle adorerait visiter Sun Valley, Hawaï, les Bermudes, tous les endroits fréquentés par la jeunesse dorée. « Mais, conclut-elle, sereine, il n'en est pas question tant que je n'ai pas terminé ma troisième année chez Goodman. » À moins, bien sûr, note votre serviteur, qu'Ernie la persuade de suivre la route toute tracée qui la conduirait à l'allée centrale de la très chic église Saint-Chrysostome de Chicago.*

Les autres élèves n'aiment rien tant que l'entendre déclamer ce genre de choses. Si, pour la plupart, ils sont loin d'être aussi engagés que Sam, il exerce une vive influence sur eux. Tous reconnaissent son talent, voient en lui un véritable artiste, peut-être même un génie en herbe, alors que nous sommes, pour beaucoup, de simples dilettantes. Moi plus que les autres, apparemment, puisque je suis la petite McCormick. C'est la nature humaine, n'est-ce pas, on aime se moquer des riches... Bon sang, on croirait entendre parler ma mère !

Bien sûr, Ernest avait ses faveurs, puisqu'il est issu du gotha. Mais voilà, un soir que j'avais bu – nous nous voyions alors depuis plusieurs mois –, je l'ai invité à l'appartement. On ne peut pas dire que nous ayons fait l'amour, tant c'était lamentable. J'étais dans un état second, il avait peu d'expérience et il a éjaculé prématurément. Je pense que, par la suite, Ernest a eu honte de s'être laissé séduire par la petite garce française, car il ne m'a plus jamais appelée. Je suis une dévoyée… Qu'importe, je commence à avoir l'habitude.

Évidemment, les pages mondaines n'ont pas rapporté ce fâcheux épisode, cependant Rhonda et Gail, qui étaient à la maison ce soir-là, ont dû en parler au Goodman, car tout le monde a vite paru au courant. À sa décharge, Sam n'a jamais ironisé sur mon comportement, il s'est même montré plutôt attentionné pendant un certain temps. S'il tient de grands discours de gauche, c'est aussi parce qu'il a un cœur et qu'il prend en compte les souffrances des autres. Voilà peut-être ce qui faisait de lui un bon écrivain.

Mais Sam ne deviendra jamais un grand auteur dramatique. Après avoir quitté le théâtre pour épouser Bill, je n'aurai plus aucun contact avec lui. J'apprendrai plus tard qu'il est mort à Omaha Beach, lors du débarquement.

2

Bill et moi nous rencontrons entre deux chukkers, alors que je me promène le long du terrain de polo avec mon amie Moyra Brown, venue de Londres me rendre visite. Je ne peux pas dire que je me sois fait beaucoup d'amies dans notre milieu, et mon aventure avec Ernest n'a rien arrangé aux rumeurs qui circulent à mon sujet. Naturellement, il s'est sans doute passé de rapporter ses prouesses au lit… Bref, j'ai l'image d'une « fille facile » – d'une Française débauchée, une « poule » dont on profite facilement, surtout lorsqu'elle a bu un ou deux verres. Ma réputation me rend peut-être intéressante aux yeux de certains, mais pas assez pour envisager le mariage. Les garçons privilégiés de Lake Forest et Chicago sont presque aussi prudes que leurs sœurs ; ils veulent des épouses vierges, glaciales et, pour la plupart, elles se conforment très bien à l'idéal. Risquez-vous à « coucher », aussitôt vous serez bannie et, de fiançailles, il ne sera question avec personne. Voilà pourquoi les filles dites faciles proviennent généralement des classes inférieures. Ou alors, comme moi, elles sont d'origine étrangère. On sait à quoi elles servent. En tout cas, nous ne sommes pas de celles que ces jeunes messieurs aiment présenter à papa et maman – sauf si, bien entendu, l'on s'appelle Mlle McCormick.

Je porte une jupe rouge (le rouge est ma couleur préférée) avec un motif hawaïen à fleurs blanches, un corsage blanc tout simple et un œillet blanc dans les cheveux. C'est une belle journée d'été, Bill desselle un cheval écumant pour en seller un autre, frais et prêt pour le prochain chukker. Il a déjà marqué trois buts, c'est de loin le meilleur joueur du lot et le plus expérimenté. Il transpire à cause de la chaleur, il a allumé une Camel sans filtre en sortant du terrain. Moi, je trouve ça sexy, un homme en bottes et culotte de cheval. Son maillot est trempé et les odeurs de sueur – humaine et animale – se mêlent à celles du cuir et du tabac blond. Contrairement au reste de l'équipe, Bill n'est pas un gamin, mais un homme, très à son aise à l'écurie et sur le terrain, qui sent l'herbe d'été fraîchement coupée, le gazon noir et gras retourné par les sabots.

Je me rendrai compte plus tard que, fatalement, il n'est pas aussi à l'aise partout. Bien sûr, il n'a pas grandi dans mon milieu et, comme maman l'a observé, on ne le tolère que pour ses qualités sportives. Elle a raison, jamais il ne sera entièrement accepté, il restera un étranger, un observateur. Mais il n'est pas arriviste, peu lui importe d'être intégré dans notre groupe social. Quelques années plus tard, nous emménagerons, lui et moi, à Lake Forest, où nous deviendrons membres de l'Onwentsia Club. C'est papa Leander qui réglera, je crois, la cotisation annuelle, qui est d'un montant exorbitant. Nous le ferons parce que les parents des autres enfants, à l'école, en sont également membres. Bill souhaitait que Leandra et Jimmy prennent des leçons de golf et de tennis pendant les vacances d'été, et qu'ils puissent profiter de la piscine avec leurs amis. Mais il n'y ira jamais lui-même, sauf en famille pour un repas de Pâques ou de Noël. Il déteste Lake Forest et son arrogance bourgeoise, se sent contraint, gêné, en présence des nantis et n'a pas de vrais amis dans le voisinage. Il ne consent à vivre ici que dans l'intérêt des enfants. En fait, il a toujours eu envie de revenir à la campagne, dans une petite ferme avec quelques chevaux. Ce qu'il projettera de faire quand nous divorcerons. Mais je prends encore de l'avance sur mon existence…

Je porte donc une jupe rouge avec un motif à fleurs, un corsage blanc tout simple et un œillet blanc dans les cheveux. C'est une belle journée et Bill desselle un cheval écumant pour en seller un autre. Moyra et moi sommes sur le point de le croiser et je ne vois que lui. Il retire la cigarette qu'il a à la bouche, dégage un grain de tabac collé sur sa langue et me sourit. Un grand et beau sourire.

Marie-Blanche regarde Bill Fergus lors d'un match de polo, été 1940.

– Comment faites-vous pour être aussi fraîches par cette chaleur ? remarque-t-il.

– Nous n'étions pas sur le terrain, *monsieur !* lui dis-je en jouant de mon accent français.

– Vous êtes la fille de Leander McCormick, non ? demande-t-il en contournant son cheval pour nous rejoindre. Je vous ai vue aux matchs. Bill Fergus, annonce-t-il.

Il me tend sa main et je la serre.

– Mais oui, nous vous connaissons. Nous venons de vous admirer. Voici mon amie Moyra Brown, de Londres, et je suis Marie-Blanche.

– Ravi de vous rencontrer, mademoiselle McCormick... de même, mademoiselle Brown.

Il lui serre la main à son tour.

Il a de jolies dents blanches, dont certaines sont fausses, comme je l'apprendrai par la suite (il s'en est cassé plusieurs sur le terrain, et de nombreux os également).

– J'espère que vous appréciez le match ? lui dit-il.

– Appelez-moi Moyra, je vous en prie. Oui, c'est un très beau match.

– Et appelez-moi Marie-Blanche, suggéré-je. Ou Baby, si vous préférez. Vous jouez remarquablement bien.

– Vous me flattez. Mais c'est l'un des avantages de ce sport, il y a plein de jolies filles dans les tribunes.

– Je comprends pourquoi les journaux vous ont surnommé « Wild Bill ». Vous êtes un sacré cavalier, *monsieur.*

– Personne ne m'appelle jamais *monsieur* ! s'exclame-t-il, en prononçant le mot si mal que j'éclate de rire. Ne soyons pas formalistes, Marie-Blanche !

– Comment faut-il vous appeler, alors ? Wild Bill ?

Il rit également.

– Bill, ça va très bien. Vous devez vous y connaître un peu, pour faire ce genre de compliment. Cela n'est qu'un jeu, je sais, mais c'est mon tempérament : il faut que je donne le meilleur de moi-même.

– Voilà ce que je trouve admirable chez vous. J'aime les gens qui se donnent à fond.

Sans vergogne, j'applique les bons principes de ma mère : j'use de flagornerie pour m'insinuer dans ses bonnes grâces. Ce qu'elle jugerait sans intérêt, en l'occurrence, puisqu'il s'agit de Bill Fergus, « le paysan ».

Je n'ai pas fait cela vainement car, deux jours plus tard, il me téléphone à Chicago pour m'inviter à dîner. N'étant pas membre de notre petite société, il ignore la réputation que l'on m'a forgée – une Française aux mœurs dissolues – ou… peut-être que si ?

Pour notre premier rendez-vous, il m'emmène dans un grill qui occupe le sous-sol d'un vieil immeuble de Randolph Street. Un endroit simple, à l'éclairage tamisé, charmant avec ses nappes blanches et ses chandelles. Le personnel l'appelle par son petit nom et le garçon nous place à une table à part. Bill est attentif et courtois toute la soirée ; il n'a jamais voyagé en Europe et le fait que j'ai grandi en France paraît vivement l'intéresser. De son côté, il reste plutôt modeste sur sa carrière, moins enclin que les gosses de riches à se faire mousser. Il boit deux Martini-gin en apéritif, et un troisième au cours du repas, ce qui m'étonne. Comment peut-on boire du gin en mangeant ? Il n'est pas amateur de vin, m'explique-t-il, du fait surtout qu'il en a rarement goûté, sinon lors de repas en famille, dans l'Ohio. À l'occasion, ses oncles apportaient une décoction douceâtre, à base de fruits, qu'ils produisaient eux-mêmes et appelaient « du vin ». J'ai décidé de bien me conduire, je m'en tiens à une coupe de champagne au début, que je déguste lentement, et à un demi-verre de mauvais rouge ensuite. J'aime bien Bill et je ne veux pas tout compromettre lors de notre premier rendez-vous.

Le dîner terminé, il commande un scotch et il n'a pas du tout l'air ivre. Bill a « une jambe en bois », comme disent les Américains, ce qui signifie qu'il peut ingurgiter de grandes quantités d'alcool sans que cela se remarque. Tout mon contraire ! Nous restons tard au restaurant, à parler gaiement, puis il me raccompagne à mon appartement d'Ontario Street, se gare et marche avec moi jusqu'à la porte. Les filles étant à la maison, je ne l'invite pas à monter. Il me demande la permission de m'embrasser sur la joue et je lui montre comment font les Français : les deux joues, l'une après l'autre, ce qui l'amuse. Il sent la lotion capillaire, le whisky et les Camel qu'il a fumées toute la soirée. Cela n'est pas déplaisant du tout, même assez sexy…

3

Tandis que j'emballe mes affaires à l'appartement de Chicago, après notre lune de miel, Rhonda et Gail m'apprennent que tout le monde au Goodman est resté muet de surprise quand les journaux ont rapporté dans les pages mondaines que j'avais disparu avec Bill. Je n'avais rien dit aux filles, que je savais incapables de garder un secret. Bien qu'il m'eût parfois couvert de ridicule en lisant le carnet, j'en aurais peut-être parlé à Sam, à qui Bill aurait sans doute plu, pour la simple raison qu'il est issu, comme lui, de la classe ouvrière.

Une fois mariés, nous sommes partis dans sa Studebaker à White Sulphur Springs, en Virginie de l'Ouest, où nous avons passé au Greenbrier Hotel nos premiers jours ensemble. Au début des années 1930, Bill avait organisé des parties de polo pour l'hôtel et la direction le connaît bien. On nous traite royalement, comme si nous étions McCormick père et mère. Sans doute la raison pour laquelle il a choisi cet endroit.

Je regarde les photos d'un album. L'une d'elles nous représente, lui et moi, à la réception au moment de notre arrivée. Je porte une veste de fourrure marron clair, aux épaules rembourrées, sur une jupe beige plissée qui me couvre les genoux, et des escarpins noirs. Malgré ses petits moyens, Bill s'habille avec beaucoup de goût – ce jour-là, un costume rayé marron, un gilet crème, une chemise blanche et une cravate à motif bleu marine… La photo est en noir et blanc, mais je me souviens de ces détails. Il a coiffé ses cheveux très bruns en arrière, il sourit devant l'appareil et moi, je le couve du regard. Nous formons un beau couple. J'admets que je suis plutôt jolie et il est absolument superbe. Nous paraissons heureux, fiers et, à l'évidence, très amoureux.

Sur une autre photo, prise le soir alors que nous dînons à une table dans un coin de la salle du restaurant, il a revêtu un smoking noir. Les gens disent qu'il ressemble à Humphrey Bogart et c'est vrai – sauf qu'il est encore plus beau. J'ai enfilé une robe rouge à fines bretelles et bonnets doubles, avec ce que nous appelons, en français, un grand décolleté. Nous tournons légèrement la tête vers le côté. Mais qui sont ces deux-là, ce couple si séduisant ? Enfin, on dirait deux vedettes de cinéma ! Que sont-ils devenus ? Où sont-ils aujourd'hui ?

Nous sommes allés ensuite à Washington, où nous avons séjourné au Mayflower Hotel, et nous avons poursuivi jusqu'à Philadelphie et Baltimore. Je ne connaissais des États-Unis que New York et Chicago. Bill aime bien conduire et souhaite me montrer son pays. Ce qu'il est mignon ! Il conserve les pochettes d'allumettes de presque tous les endroits où nous mangeons ou dormons et, quand nous revenons à Chicago, il les découpe pour les coller dans son album avec les photos et les additions – dix dollars la nuit au Greenbrier, sept au Mayflower. Sans être très riche, il a insisté pour que nous choisissions les plus beaux établissements, puisque c'était notre lune de miel, et non une des « taules », comme il dit, où il loge lorsqu'il voyage seul. Il a également mis dans l'album les télégrammes de félicitations de nos amis et, bien sûr, les articles de la rubrique mondaine.

– Un jour, Marie-Blanche, me glisse-t-il un après-midi alors que nous venons de faire l'amour, nos enfants et nos petits-enfants seront contents de feuilleter ces pages. Elles leur parleront de leurs parents et de leurs grands-parents. Avec un peu de chance, nous serons encore là pour les feuilleter avec eux, nous nous rappellerons notre voyage, notre mariage, le bon temps de notre jeunesse… Bien que je ne sois plus si jeune. À côté de toi, je suis un vieux, ma chérie…

Il m'enveloppe de ses bras et ajoute :

– ... un sale petit vieux.

– J'aime bien les sales petits vieux, moi.

Marie-Blanche et William Fergus, lors de leur lune de miel,
Greenbrier Hotel, novembre 1940

Bill est un vrai sentimental et je suis ravie qu'il compose ces albums. C'est formidable : il imagine la vie heureuse que nous mènerons, la merveilleuse famille que nous formerons, et le jour où nous regarderons tous ensemble les photos de notre lune de miel. « Avec un peu de chance », pense-t-il... Mais si elle vient à nous manquer ? Comment pourrions-nous deviner, lui ou moi, que ces albums serviront avant tout d'accessoire à la thérapie que je suivrai vingt-cinq ans plus tard dans une clinique de Lausanne ? Nous sommes loin de nous douter, aussi, que les seuls enfants qui nous survivront ressentiront une profonde tristesse en parcourant les décombres de notre vie, tels des sauveteurs dégageant les corps après un tremblement de terre.

Back from Their Honeymoon

(TRIBUNE Photo.)

MR. AND MRS. WILLIAM D. FERGUS.

Mr. and Mrs. William D. Fergus who were married on Nov. 23 in Dayton, O., returned to Chicago yesterday. Mr. Fergus and his bride, the former Miss Marie Blanche McCormick, were dining with the latter's parents, Mr. and Mrs. Leander J. McCormick, in the Pump room when this picture was taken last night. Mr. and Mrs. Fergus will be at home at 2136 Lincoln Park West until just before Christmas when they will go to Dayton to spend the holidays with Mr. Fergus' parents, Mr. and Mrs. Guy Carleton Fergus. On Jan. 3 Mr. Fergus will report at Camp [illegible] in Tennessee for his year's military training.

Bill & Baby, de retour à Chicago après leur lune de miel, décembre 1940

3

– D'où proviennent ces albums, Dr Chameau ? Ce ne sont pas ceux de maman.

– Non, madame Fergus. J'ai demandé à votre mari de me les envoyer. Il a accepté, à condition que je lui donne l'assurance de les lui retourner absolument intacts, avec tout ce qu'ils contiennent.

– Cela n'était pas nécessaire. Je n'ai aucune intention d'en retirer quoi que ce soit.

– Je n'en doutais pas.

– Il y a des années que je ne les avais pas revus. Après la mort de Billy, nous avons emménagé dans une autre maison à Lake Forest. Je crois que Bill l'avait achetée avec l'aide d'oncle Leander. Il a rangé notre album de mariage et celui de Billy dans une boîte au fond du placard, sous l'escalier, et il a entamé un second album à la naissance de Leandra. Comme quoi nous fondions une nouvelle famille… Mais c'était impossible, n'est-ce pas ?

– Je le crains.

– Je crois que, de temps en temps, une fois que nous étions couchés, Leandra, Jimmy et moi, il allait chercher la boîte pour feuilleter les albums en buvant des scotchs, tard dans la soirée. Surtout celui qui contient les photos de Billy. Il aimait tant ce petit garçon.

– Pas vous ?

– Bien sûr que si. Mais c'était différent pour lui. J'ai eu Billy si vite après notre mariage… À la vérité, j'étais déjà enceinte et tout s'est passé si rapidement. Nous avons quitté Chicago pour nous installer dans le Tennessee, où Bill faisait son service militaire. J'étais si immature, pas prête à jouer le rôle d'une mère... En fait, je n'ai jamais vraiment su, même avec les autres enfants. Pendant son service, Bill s'est plus occupé de Billy que moi. Il avait engagé une jeune Noire pour nous aider, quand il manquait de temps.

– Nous allons travailler sur deux de ces albums, dit le Dr Chameau. Ils correspondent aux époques dont vous parlez. Celui qui rassemble les articles de journaux relatant votre mariage, avec les photos de votre lune de miel. Puis celui consacré à la naissance de Billy et à sa petite enfance. J'ai eu le temps d'y jeter un coup d'œil. Voulez-vous tournez les pages avec moi, madame Fergus ?

– Sa petite enfance ? Mais c'en est resté là, docteur ! Il est mort six semaines avant son sixième anniversaire.

– Veuillez m'excuser. Je n'aurais pas dû employer cette expression.

– À quoi bon raviver cette blessure ? Dans quel but ? Qu'est-ce que cela m'apporte ? Quand je vois des photos de Billy, je suis forcée de penser à lui, alors je n'ai envie que d'une chose : boire et oublier. Vous ne comprenez donc pas ?

– Bien sûr que je comprends. C'est la raison pour laquelle je trouve important de revenir sur cette période. Je crois que vous n'avez pas accepté la mort de ce garçon et, par conséquent, vous n'avez jamais fait votre deuil. Vous avez tenté de vous anesthésier en buvant et, quand les effets de l'alcool s'évanouissent, tout vous retombe dessus : une culpabilité écrasante, les reproches, la colère, le mépris de soi. Alors, bien sûr, il faut boire à nouveau, reprendre des pilules, pour calmer le jeu. Aussi pénible cela soit-il, je suis là pour vous aider à vous souvenir, et c'est par le souvenir que vous affronterez enfin cette disparition, que vous en porterez le deuil et qu'au bout vous trouverez la paix. Mais ici, à la clinique, comme vous l'avez très bien compris, vous ne boirez plus pour essayer de l'oublier.

« Si vous voulez bien, poursuit-il, regardons ensemble l'album concernant votre lune de miel. Il représente un moment agréable pour vous. Puis-je vous dire, madame Fergus, qu'en parcourant ces pages, j'ai été frappé par une chose. Votre mari et vous avez l'air très amoureux. Il y a dans vos regards une grande tendresse – cela ne peut être que de l'amour. Vous semblez plus heureuse sur ces photos qu'à n'importe quel autre moment de votre existence.

– Nous venions de nous marier. Bien sûr que nous étions amoureux. Du moins, nous le croyions. Les couples ne se détestent pas quand ils décident de partir vivre leur vie, docteur. C'est après que cela vient.

– Vous avez donc épousé Bill sans en parler à votre mère et la première question que j'aimerais vous poser est celle-ci : l'avez-vous fait pour la défier, ne serait-ce qu'un peu, consciente qu'elle réprouverait ce choix ?

– Tout le monde pensait qu'on avait tort. Non seulement elle, mais aussi les parents de Bill. Nous étions trop dissemblables, disaient-ils, et ils avaient raison.

– Vous ne répondez pas à ma question.

– Non, sans doute pas. Je me suis enfuie avec lui car j'étais sûre de rendre maman furieuse. C'était aussi une façon de lui échapper, de ne plus être sous sa coupe. Sinon, je savais qu'elle trouverait un moyen de faire obstacle… et j'étais folle de Bill.

– Vous l'aimiez donc ?

– Oui. Du moins je le croyais. Cela n'était peut-être qu'un béguin, finalement. J'étais une épouse de guerre, très romantique. Comme il partait à Camp Forrest au début du mois de janvier, nous avions décidé de nous marier le week-end de Thanksgiving pour que je puisse l'accompagner. J'étais si jeune, si bête, si immature. Surtout, je cherchais quelqu'un d'autre que ma mère pour s'occuper de moi.

– Que vous avez trouvé en la personne de votre mari ?

– Bill me paraissait à la hauteur. Un homme fort.

– Vous aviez tant besoin qu'on s'occupe de vous ?

– Je vous l'ai déjà dit : pourquoi m'appelait-on Baby, à votre avis ?

– Étiez-vous heureuse au début de votre mariage ?

– Oh oui. Je ne me souviens pas bien, mais je pense. Pourtant, sur ces photos au camp militaire, il est évident que je m'ennuie. On s'ennuie vite, une fois mariée. Se faire la cour, tomber amoureux, et puis la lune de miel, c'est là les bons moments, n'est-ce pas ? Mais ce n'est qu'une illusion, vite remplacée par la routine, la lassitude… Et puis, le Tennessee, quel endroit pitoyable !

– C'était pourtant réel, sur le moment, non ?

– Bien sûr. La nature même d'une illusion est de paraître réelle…

– Vous pensiez être amoureuse et, même si ce n'était qu'un béguin, ce sont de vrais sentiments. Et vous, madame Fergus, étiez quelqu'un de réel, pas une illusion. Votre mari n'en était pas une non plus. Vous êtes peut-être différents aujourd'hui, mais vous restez réels. Naturellement, les gens changent avec le temps, avec l'âge, ils changent de contexte, de comportement. Le changement est un aspect fondamental de la vie. Mais il n'infirme pas ce que vous éprouviez alors, cela n'en fait pas une illusion. Et je crois qu'il est bon de se rappeler qui on a été, même si c'est parfois amer, voire douloureux.

– Les gens ne changent pas vraiment, docteur. J'étais déjà presque une ivrogne, tout simplement plus jeune. Bill aussi. Au début, je trouvais sympa qu'il boive un ou deux Martini le soir, puis un scotch, mais ensuite il commençait dès le déjeuner, et le soir il n'arrêtait plus de remplir son verre, whisky sur whisky, cigarette sur cigarette, pendant qu'il lisait son journal. Alors il a pris du ventre, il a eu un emphysème, il est devenu cardiaque…

– Ce que vous venez de décrire, madame, reste un changement, même progressif. Rien n'est immuable. On vieillit, les illusions s'envolent avec la jeunesse, l'amour disparaît et le chagrin prend le dessus. Pour une bonne part, la vie consiste à se préserver, et notre espèce n'est pas très douée pour cela.

– Voilà la chose la plus juste et la plus triste que vous m'ayez dite à ce jour. Vous avez raison, c'est exactement ce qui se passe.

– Mais voyez-vous, il n'en est pas toujours ainsi. Du moins pas pour tout le monde. Certains font la paix avec eux-mêmes, comprennent leurs erreurs et dominent leur chagrin. Ils se débarrassent de leurs servitudes et vont de l'avant au lieu de s'embourber dans les sables mouvants du passé. Il y en a même qui… arrivent à être heureux.

– Certains, certains… oui, sûrement, mais je m'en fous, moi, de ceux-là ! Ce n'est pas mon cas, ni celui de Bill. Vous ne comprenez pas ?

– Si vous baissez les bras, madame Fergus, je ne peux pas vous aider.

– Nous avons tous deux renoncé après la mort de Billy. Même si nous ne le savions pas encore. On a pensé d'abord que faire d'autres enfants nous permettrait de surmonter l'épreuve. Remplacer la mort par la vie, en d'autres termes. Bill y croyait. Encore une illusion. Pour être honnête, j'étais moins convaincue. Je n'ai pas été une bonne mère pour Billy, je ne savais pas ce qu'il fallait faire et comment l'aurais-je su ? Maman était si souvent absente quand j'étais petite. Mes seules idées en la matière, je les dois à Louise, ma gouvernante, qu'on payait pour s'occuper de moi. Un métier assez pénible, à mon avis, qui représentait beaucoup de travail. Bill s'est entièrement chargé de Billy. Il a été son père et sa mère en même temps.

– Étiez-vous gênée qu'il endosse votre rôle ?

– Cela ne m'a jamais traversé l'esprit… Non, je ne crois pas. C'était plutôt bienvenu. Je l'ai laissé prendre soin de lui parce que j'étais immature et paresseuse. Je voulais m'amuser et que la vie retrouve son charme. Cela n'est pas drôle d'être enceinte, docteur, ni d'accoucher, ni la suite. Cela n'est pas le théâtre, cela n'est pas Broadway, cela n'est pas Hollywood, ni les bals, ni les réceptions, ni les bons restaurants. Maman le savait et elle me l'avait dit. Oui, voilà ce qu'elle m'avait appris : élever un enfant n'est pas marrant, c'est un travail qu'il vaut mieux confier à quelqu'un. Mais cela n'embêtait pas Bill. Au contraire, il aimait ça. Il adorait ce petit et il s'en occupait très bien. Il avait le sens des responsabilités, plus que moi. C'est le genre d'homme qui fait les choses correctement, qui doute même que les autres y arrivent aussi bien que lui. Cela s'est souvent vérifié. Il n'était pas sûr que, moi, j'y parvienne et je l'ai laissé faire. Pourquoi pas ? Cela ne me plaisait pas, de toute façon.

– Cela ne vous a pas empêchée d'avoir deux autres enfants.

– En effet, et je n'en rejette pas la responsabilité sur lui. Je voulais une seconde chance et j'ai pensé que je m'en sortirais mieux avec les suivants. J'étais décidée à m'améliorer.

– Mais vous n'avez pas pu ?

– Loin de là, j'ai été encore plus lamentable. Nous aurions dû divorcer après l'accident. Divorcer, nous remarier, refaire sa vie chacun de son côté. Nous aurions peut-être réussi à oublier. Alors qu'en restant ensemble, nous nous sommes rappelé l'un à l'autre, jour après jour, que Billy était mort. Nous nous sommes torturés pendant presque vingt ans.

– Que voulez-vous dire par torturer ?

– Que nous nous rejetions mutuellement la faute. Maman aussi nous en a voulu. Le reproche était toujours là, constant, comme un gros nuage noir au-dessus de nos têtes, qui ne s'est jamais dissipé. Nous avions beau boire tout l'alcool du monde, cela ne changeait rien. Même après la naissance de Leandra et Jimmy, qui ont servi de substituts, nous vivions toujours dans le reproche. Plus encore, dans un sens. Nous n'avons jamais pu les aimer pleinement, vous comprenez ? Impossible de ne pas les comparer à Billy, et ce n'était pas en leur faveur. Maman faisait pareil.

– Vous a-t-elle dit clairement qu'elle vous reprochait sa mort, ou est-ce une projection de votre sentiment de culpabilité ?

– Non, elle l'a dit bien des fois. À Bill également. Elle lui répétait sans cesse : « Pourquoi l'avez-vous laissé sans surveillance ? À jouer dans la grange, seul avec une petite fille, sur un tracteur qui avait la clef dans le contact ? Vous n'êtes qu'un paysan doublé d'un imbécile ! Mais qu'avez-vous dans la tête, tous les deux ? Cela n'existe pas, des parents comme ça ! » Elle avait raison, évidemment, c'était inepte et irresponsable de notre part. À la vérité, je buvais ce jour-là un verre avec notre amie Lucia Wakem et sa fille, Kathy, qui nous rendaient visite. Bill prenait une douche avant de nous rejoindre. C'est sa faute si Bill est mort, comprenez-vous ? Je n'y suis pour rien, moi, s'ils jouaient dans la grange avec le tracteur, les petits. C'était à lui de veiller sur eux, de voir ce qu'ils faisaient. C'est sa faute, il a tué Billy.

4

De retour à Chicago après notre lune de miel, je quitte le logement que je partageais avec les filles. Je renonce à mes cours au Goodman où je ne reviens même pas dire au revoir à mes amis. J'ai peur de tomber sur Sam Connor et je suis un peu gênée d'abandonner le théâtre après avoir si longtemps affiché mon ambition de faire carrière. En réalité, j'ai mis une croix sur deux années de dur travail, tout cela n'est qu'un beau gâchis, je ne remettrai plus jamais les pieds sur les planches. Je n'ai pour me rappeler mon échec que ces albums stupides, pleins de coupures de presse, de photos de moi sur scène, de vieux programmes des productions Goodman – les déchets jaunissants, vains et frivoles, des rêves abandonnés. Je m'installe avec Bill à Lincoln Park West et nous n'avons qu'un mois pour préparer notre départ pour le Tennessee. Comme je m'y attendais, notre nouvel appartement a tout d'une garçonnière : peu de meubles, décoration minimale, mais au moins Bill veille à ce que tout soit bien rangé. Évidemment, je n'ai jamais cohabité avec un homme et la vie quotidienne avec lui va peu à peu dissiper les sentiments amoureux.

Maman a fait publier notre avis de mariage dans la presse. Dans une des brèves parues en notre absence, un journaliste rapporte ses propos : « Nous sommes enchantés par cette union, c'est un garçon charmant. » Il ne faut pas être devin pour en relever l'hypocrisie.

Comme je le craignais, elle n'est pas « enchantée » du tout

quand je lui rends visite, le lendemain de notre retour, dans la suite qu'elle partage avec Leander à l'Ambassador West. J'ai à peine passé la porte qu'elle s'exclame :

– Vous avez tout fichu en l'air, Marie-Blanche ! Tout ce que j'ai entrepris pour vous, tout ce que j'ai fait pour votre avenir, et je n'ai pas ménagé ma peine ! Vous avez tout anéanti pour ce paysan, ce va-nu-pieds. Mais qu'avez-vous dans le crâne, espèce d'imbécile ? Profiter de mon absence pour vous marier ! Avez-vous perdu la raison ? Vous ne comprenez pas que c'est une décision ridicule dont vous allez subir les conséquences jusqu'à votre dernier jour ? À trente et un ans, il n'a toujours pas de vrai métier, votre joueur de polo !

– Si, protesté-je, il est agent d'assurances. De toute façon, il est incorporé avec les officiers, le mois prochain, dans le Tennessee.

– Sans blague ! Un beau parti, vraiment ! Quel avenir radieux vous attend ! Je vous présente des jeunes gens décents, issus de familles respectables, fortunées, et vous vous empressez de choisir un agent d'assurances à mi-temps. Pour le rejoindre ensuite dans un camp militaire ! Ce que vous allez vous amuser, ma chère !

– Regardez les choses du bon côté, maman. Au moins, ce n'est pas l'écrivain communiste que vous détestiez.

– Je commence à me demander si je n'aurais pas préféré cela. Au moins, les Irlandais ont un peu d'imagination. Vous êtes une idiote, Marie-Blanche.

– Oui, je sais, vous me l'avez toujours dit.

Bien qu'elle condamne notre mariage et qu'elle déteste franchement Bill, elle vient cependant, quelques jours plus tard, assister au match qui oppose son équipe du 124e régiment à celle de Detroit. La rencontre a lieu au Chicago Armory, où il n'y en aura plus jusqu'à la fin de la guerre. Je pense que papa – qui est aimable avec Bill et qui l'apprécie – a convaincu maman de l'accompagner, afin que l'on ressemble à une famille unie. Bill n'ignore rien des sentiments de maman à son égard, mais il s'est tout de même débrouillé pour nous réserver les meilleures places de la tribune, dans la zone la mieux exposée. Évidemment, elle rate rarement une occasion de se montrer en public – puisqu'on la voit le lendemain dans les pages mondaines – et elle n'a pas trop de raisons de protester.

L'équipe de Bill gagne haut la main. Comme d'habitude, il marque un grand nombre de buts et il sera la vedette de la soirée. Je suis très fière de lui, très fière d'être son épouse. Peu m'importe qu'il n'ait pas de vrai métier et qu'il gagne peu d'argent. Nous sommes le 7 décembre 1940, jour de mon vingtième anniversaire.

Et tout mon univers, une fois de plus, va bientôt basculer.

CAMP FORREST
Tullahoma, Tennessee
Novembre 1941

Bill Fergus sur son vélo, Bessie, Camp Forrest, Tullahoma, Tennessee, février 1941

1

Pour les épouses de ces messieurs, la vie à Camp Forrest manque cruellement de romantisme, comme maman l'avait prédit. Elle a beau être exaspérante, avoir des opinions sur tout, je dois souvent reconnaître qu'elle voit les choses clairement.

Nous avons logé les six premiers mois dans un minuscule pavillon du quartier des officiers mariés. Bill part rejoindre son service à bicyclette – qu'il a surnommée Bessie – et revient me faire l'amour dès qu'il a un moment de libre. Comme il sait que je m'ennuie à mourir, il est aussi prévenant et gentil qu'un mari peut l'être en ces circonstances.

Du fait que je suis enceinte, il a ensuite obtenu l'autorisation de louer pour nous deux une maison à Winchester, la ville voisine. C'est tout simple, mais quand même plus grand que notre pavillon dans le camp, et il y a un petit village avec une épicerie où acheter les produits de première nécessité. J'ai au moins quelque chose à faire pendant que Bill part en manœuvres, sillonne le camp en Jeep, vaque à ses tâches avec ses compagnons ou s'occupe de la paperasse militaire. Pour être franche, cela paraît tellement barbant, leurs affaires, que je ne prends presque plus la peine de lui demander ce qu'il fabrique toute la journée. Je reste seule chez nous à regarder mon ventre gonfler. Les nausées matinales et autres désagréments de la grossesse sont réellement pénibles. J'ai dit à Bill que ce sera la dernière. Je ne suis pas faite pour être mère, et puis voilà.

Je n'ai pas d'amis ici. Chicago, le Goodman et mes camarades me manquent terriblement – même cette canaille de Sam Connor, le jeune dramaturge. Je n'aurais jamais dû partir. Comme j'aimerais retrouver ma vie là-bas ! La belle société de maman et les interminables déjeuners à la Lunch Room sembleraient presque enthousiasmants, comparés aux femmes de militaires que je rencontre, leurs petits-fours et leurs cancans – ce qu'elles sont rasoir ! Elles ne préparent plus de forêts-noires car, paraît-il, cela fait trop penser à l'Allemagne ! Avec son Brownie, Bill est toujours prêt à prendre des photos pour nos albums (il ne doute pas que nos enfants et petits-enfants se réjouiront de les feuilleter, ni qu'écrire les légendes et garnir les pages soit pour moi un merveilleux passe-temps…), mais les photographes du carnet mondain ne sont plus à l'affût de mes toilettes chic, ni des nouveaux chapeaux que j'ajoute à ma collection… Plus personne ne feint d'écouter mes inepties sur la carrière que j'embrasserai dans le théâtre une fois mes études terminées. Maman avait également raison sur ce point : j'étais et je reste une imbécile.

Billy est un petit bébé heureux puisque, à sa conception, nous le sommes encore, Bill et moi. Je ne buvais pas à l'époque, je n'ai pas bu pendant ma grossesse, à l'exception d'une fois, juste avant d'apprendre que j'étais enceinte. Revenant un jour à la maison, Bill m'a trouvée évanouie dans la baignoire. Nous n'étions pas à Camp Forrest depuis très longtemps et, en me réveillant ce matin-là dans le petit pavillon, je m'étais rendu compte de l'erreur commise en l'épousant et en l'accompagnant ici. J'en avais l'estomac soulevé – d'autant plus que ma mère m'avait prévenue et qu'il me fallait l'admettre. Alors, une fois Bill parti, je m'étais servi un verre de scotch, puis un autre, et encore un autre… pour me débarrasser de cette sensation épouvantable. Et voilà : quand il est rentré déjeuner, j'étais inconsciente dans l'eau froide. Je ne me souviens pas d'avoir pris un bain, ni de le voir arriver, et c'est un miracle que je ne me sois pas noyée. Bill a dû me sortir de la baignoire, me sécher et me mettre au lit. Quand j'ai rouvert les yeux, plus tard, et qu'il m'a expliqué, j'ai eu tellement honte que j'ai promis de ne plus boire une goutte d'alcool jusqu'à la fin de ma vie. La fin de ma vie…

William et Marie-Blanche Fergus avec leur fils aîné, Billy,
Winchester, Tennessee, septembre 1941

Je me demande combien de fois j'ai fait cette promesse au fil des ans, à lui et aux enfants. Leandra m'observe toujours avec son sourire narquois de gamine : « Mais oui, maman, c'est ça… », dit-elle. Elle me déteste franchement et comment le lui reprocher ? J'ai été si dure avec elle. Elle n'est pas jolie et je le lui répète souvent. Quant à Jimmy, il me regarde d'un air triste, comme au bord des larmes. J'ai beau le décevoir sans arrêt, je lis dans ses yeux qu'au fond de lui, tout au fond, il continue de m'aimer, de croire que j'arrêterai bientôt de boire, que tout s'arrangera finalement. Aussi infime soit-il, ce reste de confiance me brise le cœur, plus encore que la haine légitime que me voue ma fille. Quelle mère lamentable j'ai été !

Billy est un petit garçon heureux qui a un père merveilleux. Ils s'adorent tous les deux. Bill lui a acheté un boxer, que nous avons baptisé Nadi – ce sera son premier chien et son protecteur. Il a aussi engagé une nourrice, une Noire répondant au nom de Sissy. Dès avant la naissance, il était clair pour nous deux que je n'avais aucune aptitude à jouer les mamans et, visiblement, je n'allais pas faire de progrès dans cette voie. Bien sûr, ça le désolait – je n'ai pas l'instinct maternel, cela ne m'intéresse pas. Certes, quand j'ai accouché, notre fuite amoureuse n'avait plus grand-chose de romantique et, d'une courte remarque à la suivante, j'ai bien perçu son mécontentement. Je n'étais ni l'épouse qu'il désirait, ni la mère qu'il souhaitait pour le petit. Voici comment l'amour s'efface, lentement mais sûrement. Un regard oblique de votre mari révèle qu'il redoute, lui aussi, d'avoir commis une grave erreur ; car non, vous ne ressemblez pas à sa chère maman du Midwest. J'aurais pourtant cru cela évident dès le départ. Mince, j'étais quand même plus sexy qu'elle, et je le serai encore un certain temps. Mais je ne vais pas me mettre à faire le ménage, une tâche qui m'est totalement étrangère du fait qu'on s'en est toujours occupé pour moi. Même à l'appartement que je partageais avec les filles à Chicago, nous avions une bonne que maman nous envoyait chaque semaine pour faire la poussière et prendre notre linge sale. Je ne vais pas non plus servir à Bill un rôti-pommes de terre, chaque soir au retour d'une journée d'entraînement, comme les autres femmes de militaires. J'aime bien cuisiner, cependant à Chicago j'adorais sortir plusieurs fois par semaine et j'invitais parfois mes amies à dîner. Bien sûr, il n'y a aucun restaurant correct dans le Tennessee, et il est même difficile d'acheter des aliments dignes de ce nom à l'épicerie locale. Quant à changer les couches du petit et lui faire prendre son bain, très peu pour moi. Je ne sais pas m'y prendre et ça ne m'intéresse pas plus que le reste. Les nourrices, ça sert à ça. J'en ai eu une pour veiller sur moi, et ma mère également. Elle et sa propre mère ne se sont jamais embarrassées avec ces histoires, je ne vois pas pourquoi elles l'auraient fait, et moi non plus. Voilà pourquoi Bill nous a trouvé Sissy.

Pour lui, cela confirme que je suis une fille de riche, une sale enfant gâtée. Ce qui lui aurait échappé au début, aveuglé qu'il était par le prestige d'une petite Française globe-trotter, membre de la richissime famille McCormick. Je me suis pourtant présentée sous mon vrai jour. Je n'ai jamais tenté de ressembler à sa mère, cette grosse femme fade, bien que fort aimable, avec ses robes informes, ses lunettes en cul de bouteille et ses chignons serrés. Comment a-t-il pu imaginer que, par magie, j'allais devenir un modèle d'épouse et de maman pour la seule raison que nous sommes mariés et que j'ai eu un enfant de lui ?

Je n'étais pas enceinte de quatre mois qu'il a arrêté de revenir me faire l'amour dans la journée, craignant que cela soit dangereux pour le bébé. J'étais privée d'un de mes rares plaisirs. Aujourd'hui que nous sommes logés à Winchester, il passe chaque fois qu'il peut, même cinq minutes, pour voir son fils, jouer avec lui, lui voler une risette – ce n'est guère difficile, car Billy est un enfant naturellement joyeux. En revanche, de moi il n'est pas question. Bill arrive en pétaradant au volant de sa Jeep, le visage illuminé d'un sourire, mais ne me prend plus dans ses bras en riant comme autrefois. Il n'a d'yeux que pour le petit, c'est à peine s'il me regarde encore. De fait, il prête davantage attention à notre bonne qu'à sa propre femme.

– Qu'avez-vous fait avec Billy aujourd'hui ? lui demande-t-il en cajolant son fils.

– Une longue promenade en landau, monsieur Fergus. Avec Nadi. Mme Fergus nous a accompagnés.

Ils parlent de moi comme d'une enfant, ou comme si je n'étais pas là.

– C'est bien, Sissy, dit-il. Billy a-t-il mangé tout son déjeuner ?

– Et comment, monsieur Fergus ! Jusqu'à la dernière bouchée. C'est qu'il les aime, ses petites boîtes !

Alors, comme chaque fois :

– Bon, j'avais juste une minute, il faut que j'y aille.

Il embrasse fort son Billy, puis le rend à Sissy. Si par chance il se rappelle ma présence, il pose sur ma joue un baiser pour la forme en ajoutant :

– Bon après-midi, ma chérie.

Et moi de me demander : « Un bon après-midi à faire quoi ? Le tour du quartier avec la nourrice, derrière la poussette ? Quel bonheur ! »

Bill embrasse une nouvelle fois son fils, passe la porte, saute dans sa Jeep, allume une Camel avec son Zippo et repart en vrombissant aussi vite qu'il est arrivé.

Je suis une garce immature et ingrate, qui n'aurait jamais dû se marier ni enfanter. Maman avait raison, j'aurais au moins pu me choisir quelqu'un de fortuné, avec une ribambelle de domestiques pour s'acquitter des corvées.

2

Ma mère séjournait à New York avec Leander quand Billy est né. Elle veut le voir et elle va descendre de Chicago. J'appréhende cette visite. Je souhaite l'accueillir comme il faut, c'est pourquoi j'ai demandé à Sissy de faire le ménage à fond dans le pavillon. C'est tout petit, mais maman tient absolument à dormir sur place. Sissy déploiera un lit de camp dans la chambre de Billy, nous prendrons la sienne et prêterons la nôtre à maman. Cela ne durera que quelques jours, cependant Bill est loin d'être enthousiaste.

– Je ne comprends pas pourquoi elle ne séjourne pas dans un hôtel en ville, s'étonne-t-il. Elle ne m'apprécie pas, alors quel intérêt de s'installer chez nous ?

– Ce n'est pas nous qu'elle vient voir, mais Billy. Elle veut lui consacrer tout son temps.

– Au moins, je serai au camp la plus grande partie de la journée. Ta mère et moi n'avons pas grand-chose à nous dire. J'aurai déjà assez de mal à lui faire la conversation au dîner.

Lorsque Bill rentre, le soir de son arrivée, tous les meubles ont changé de place. Maman en a fait livrer de nouveaux par un magasin en ville, et ceux de notre propriétaire sont empilés sur le palier. Billy porte des vêtements de bébé qu'elle a achetés chez Marshall Field à Chicago.

– Arrangez-vous pour qu'on vous débarrasse de ces vieilleries, ordonne-t-elle à Bill, qu'elle n'appelle jamais par son nom – comme s'il n'était ni mon mari ni le maître de maison, mais tout au plus un domestique.

– C'est un meublé, Renée, répond-il. Je ne vais pas faire enlever les affaires du propriétaire.

– Eh bien, s'il veut les récupérer, priez-le de s'en charger lui-même, ce sera plus facile. De toute façon, cela n'a pas dû lui coûter très cher. Que mon petit-fils grandisse dans une bicoque, passe encore, mais pas entouré de ce bazar !

– Nous habitons un modeste pavillon, pas une bicoque, marmonne Bill. Et nous ne resterons pas ici jusqu'à la fin de nos jours, Renée.

Voilà la tournure que les discussions prennent souvent avec maman. Elle a un talent fou pour mettre les gens mal à l'aise, les confronter à leur humble existence, les pousser dans leurs derniers retranchements. Au départ, pourtant, Bill était assez fier de ce pavillon, notre premier vrai logement à tous trois. « C'est une maison très simple, a-t-il dit en m'y amenant la première fois. Mais elle est propre et lumineuse. »

Évidemment, nous garderons à l'esprit les mots de ma mère – « la bicoque ».

En outre, elle est sortie acheter un uniforme noir et blanc pour Sissy – qui est une fille gentille, décente, toujours bien habillée. Je me demande franchement où elle a pu trouver ça en ville ! Mais voilà, elle trouve incorrect que les employés portent leurs vêtements personnels pendant le service.

– Bon Dieu ! grommelle Bill, le soir dans notre chambre. Déjà que les familles des autres officiers pensent qu'on se donne des airs parce qu'on a une nounou. La plupart des mamans s'occupent elles-mêmes de leurs enfants, tu sais ? Et maintenant, la tienne veut déguiser Sissy en soubrette ! Je refuse qu'elle porte cet uniforme. C'est insultant.

– Je t'en prie, chéri. Elle le mettra tant que maman est là. Il n'y en a plus que pour quelques jours. Après quoi, elle remettra ses habits normaux.

Bill finit par accepter. Il se rend compte qu'il vaut mieux se soumettre aux volontés de ma mère, ce que l'on apprend tôt ou tard. Bien sûr, avec ses exigences, son caractère autoritaire, elle peut vous gâcher l'existence. Mais si on la contrarie, si on s'oppose à elle, alors elle fait de votre vie un véritable enfer.

Tout bien considéré, cela ne se passe pas si mal. Évidemment, maman tombe sous le charme de Billy, son premier petit-fils. Comment lui résister, avec son sourire d'ange, sa bonne humeur presque constante ? J'ai la bonne idée de ne rien boire pendant qu'elle est là. Sissy a enfilé son uniforme, les derniers jours ; je sais que ça la gênait, mais Bill lui a donné un peu d'argent pour compenser et elle s'est radoucie.

Le départ de ma mère est pour chacun un soulagement. Au grand dam de tout le monde, et de Bill en particulier, elle nous a annoncé son intention de revenir régulièrement pour « nous aider avec Billy ». Elle n'a pas tardé, elle non plus, à voir en moi une mère incompétente, qui aurait besoin de tout son talent pour élever correctement notre fils – alors qu'elle s'est distinguée par son absence la plus grande partie de mon enfance. Incroyable, cette faculté qu'ont les grands-parents de réinventer l'histoire, de s'attribuer une autorité parentale qu'ils n'ont jamais démontrée dans l'éducation de leurs propres gosses.

3

Des amis de Bill viennent de quitter Chicago pour Camp Forrest. Wally Wakem, lui aussi cavalier accompli, mais spécialisé dans le saut, est à son tour affecté ici. Sa jeune épouse Lucia l'accompagne. Nous avons trouvé une autre maison à louer à Monteagle, dans la montagne, un petit cottage tout blanc, très mignon, où il fera certainement moins chaud l'été. Il est assez grand pour que nous y soyons à l'aise tous les cinq, et cela ne revient pas trop cher puisque nous partageons le loyer. Monteagle est un lieu de villégiature avec de nombreux hôtels, restaurants et boutiques, ainsi qu'un club privé équipé d'une piscine. Je me sens beaucoup mieux ici et j'apprécie beaucoup la compagnie de Lucia.

C'est Bill qui a eu l'idée de louer quelque chose ensemble. Il sait combien je m'ennuyais à Winchester et il s'inquiète de me voir recommencer à boire. J'avais selon lui besoin de changement et il a pensé que la présence de Lucia me serait bénéfique. Il a raison. Elle est drôle, vive, ce qui ne l'empêche pas d'être intelligente et, comme dit Bill, d'avoir « la tête sur les épaules ». Une façon de suggérer, sans doute, que cela n'est pas mon cas. Lucia est une fille sobre qui exerce une bonne influence sur moi. Je suis moins tentée de siroter du matin au soir pour combler ma solitude. Wally lui a offert un électrophone comme cadeau de mariage et, pendant que les hommes s'affairent au camp, nous repassons sans cesse les mêmes disques, notre collection étant assez limitée. Parfois nous dansons même ensemble. Dès que

Bill et Wally auront une nouvelle permission, nous irons tous à Chicago et nous en achèterons de nouveaux.

Wally aime l'alcool autant que moi, que Bill aussi, et nous consacrons une bonne heure le soir à l'apéritif. Bill insiste pour que je me limite à un verre et, malgré quelques écarts, je m'en tiens là. Ce qui n'est pas toujours facile quand les autres s'envoient deux ou trois whiskys-sodas et que l'ambiance est à la fête.

Nous venons d'apprendre que Bill et Wally sont admis à une session spéciale de formation pour officiers, à Fort Sill dans l'Oklahoma, où nous partirons début août pour trois mois. C'est pour Bill une promotion et il est enchanté. Pas moi. Égoïstement, je n'ai aucune envie de plier bagage à nouveau, alors que les choses s'arrangent en ce qui me concerne. On dit que l'Oklahoma est plat, moche, et qu'il y fait une chaleur épouvantable.

– Nous pourrions peut-être rester ici, Billy, Sissy, Lucia et moi ? proposé-je à mon mari. À deux, vous trouverez plus facilement un endroit pour loger, Wally et toi. Vous viendriez nous voir un week-end de temps en temps ?

Il paraît déçu et choqué par ma proposition. Parfois, il réagit vraiment comme un petit-bourgeois du Midwest. Maman devait avoir raison sur ce point aussi.

– Sûrement pas, me répond-il. Nous formons une famille, Marie-Blanche, et une famille doit rester soudée. Je ne vais pas vous laisser tout seuls, Billy et toi, et je ne crois pas que Wally ait très envie de se séparer de Lucia. N'oublie pas qu'ils viennent juste de se marier.

– C'est seulement pour trois mois. Il ne faut pas t'inquiéter pour nous. Nous ne serions pas seuls, à trois. De plus, maman serait ravie de venir nous rendre visite.

– Tu ne veux pas m'accompagner, chérie ? me demande Bill, à l'évidence blessé.

– Bien sûr que si. Je cherchais simplement une solution qui convienne à tous.

– Eh bien, le mieux est de rester ensemble. Je ne vais pas abandonner mon petit garçon pendant trois mois.

Voilà à quoi je m'attendais. Cela ne gênerait pas tant Bill, je pense, de se passer de moi un moment. Mais de son fils adoré, il n'en est pas question.

4

– Madame Fergus, qu'avez-vous éprouvé quand votre mari et votre mère ont mis le grappin sur votre enfant ? me demande le Dr Chameau.

– N'avons-nous pas déjà abordé ce sujet ?

– Rapidement. Je tiens à savoir ce que vous avez éprouvé à ce moment-là.

– Ce moment-là ? Je vous l'ai dit, je m'en fichais.

– Vraiment ? Je trouve cela difficile à croire.

– Comme je vous l'ai expliqué, jouer les mamans m'ennuyait. On me déchargeait d'un poids, pourquoi cela m'aurait-il gênée ?

– Vous n'étiez pas fâchée que l'on vous relègue au second plan ?

– Vaguement, peut-être. À la vérité, j'étais plus fainéante que jalouse ou mécontente. Chacun à sa manière, maman et Bill se sont bien occupés de Billy. Je n'ai donc pas eu à le faire.

– Mais avec le recul, si vous réfléchissez, ne vous sentez-vous pas légèrement coupable qu'ils aient pris votre place ?

– À l'époque, je ne ressentais aucune culpabilité. Aujourd'hui, en reconsidérant les choses, oui, je l'admets. Après l'accident, aussi, je me suis reprochée de ne pas avoir été une mère plus attentive.

– Et, devant ces photos de votre fils, que ressentez-vous aujourd'hui, madame Fergus ?

– Cela fait presque vingt ans que je ne les ai pas regardées. Nous en avions une de Billy, encadrée au salon. Mais Bill avait caché les albums, comme je vous l'ai dit.

– Je m'en souviens. Que ressentez-vous en les revoyant ?

– Rien.

– Vraiment ?

– Rien. Vraiment.

– C'est encore difficile à croire. Pourriez-vous définir ce « rien » ?

Je ris.

– Je n'en suis pas à ma première thérapie et il faut être psychiatre pour poser de telles questions ! J'ignorais que le mot avait plusieurs définitions.

– Disons qu'on peut l'interpréter de différentes façons, répond le Dr Chameau. Pouvez-vous mieux me traduire ce que signifie ce « rien » ?

– Billy a cinq mois sur cette photo. C'est mon écriture, en dessous. J'ai rédigé la plupart des légendes. C'était une idée de Bill. Il fallait que je m'occupe, que je fasse quelque chose de mon temps. « Oh, merci, mon chéri. Je ne demande pas mieux que noircir toutes ces pages ! Vite, j'ai hâte de commencer !.... » *Billy et Nadi. Billy et Bill. Billy et maman. Billy et Sissy. Billy et moi. Wally Wakem joue avec Billy. Billy à Fort Sill. Billy est content. Billy prend un bain de soleil...* Il y en a des dizaines, n'est-ce pas ? Des centaines. Je ne ressens rien en les regardant. J'ai l'impression d'être morte.

– Cela n'est pas rien.

– Ah bon ? Qu'y a-t-il de plus inexistant qu'un mort ?

– Décrivez-moi cette impression.

– Cette personne n'est plus, dis-je en tapotant du doigt sur une photo. Elle a disparu avec ce petit garçon.

– Votre fils était un très bel enfant. Un enfant bien vivant lorsqu'on a pris ces clichés. Vous aussi, vous étiez vivante. Et vous l'êtes toujours.

– Qu'en savez-vous ?

– Je suis navré pour vous, madame. Mais la mort de ce garçon n'empêche pas qu'il ait vécu, qu'il ait eu du bonheur dans sa courte existence, qu'il ait donné et reçu de l'amour. Sa disparition ne vous empêche pas de continuer à l'aimer, ni de continuer à exister.

– Bien sûr que si. Sa mort efface tout. Vous ne comprenez vraiment rien, docteur ?

– Si je lis bien les légendes, votre fils allait encore vivre trois ou quatre ans. Vous ne pouviez pas savoir ce qui allait lui arriver. À ce moment précis, c'était un enfant heureux, choyé par ses parents. Vous-même semblez plutôt heureuse. Comment vous sentiez-vous à l'époque ? Vous avez une excellente mémoire, quand vous voulez.

– En effet. Mais je n'ai aucune envie de me replonger dans cette période. Ni d'en parler avec vous. Je ne me souviens pas. Je ne me souviens de rien. Je vous l'ai déjà dit, je ne ressens rien.

– En décidant de ne « rien » éprouver devant ces photos, vous niez l'existence de cet enfant, vos souvenirs de lui, l'amour dont vous l'entouriez et celui qu'il avait pour vous. Et, bien sûr, en niant qu'il ait vécu, vous niez qu'il soit mort.

– Exactement. Combien de fois devrai-je vous le répéter ? Billy n'aurait pas vécu, il ne serait jamais parti. J'aime autant ne rien ressentir, cela m'empêche de souffrir.

– Pourtant il a vécu, madame. Puis il est décédé, et vous souffrez. Vous ne pouvez vous forcer à ne rien ressentir. Dites-moi, avez-vous pleuré sa disparition ?

– Bien sûr que j'ai pleuré. J'étais hystérique, il a fallu m'administrer des calmants jusqu'au jour des obsèques.

– Il y a une différence entre les larmes et l'hystérie, madame. Avez-vous simplement pleuré – je veux dire : exprimé votre chagrin, votre affliction ?

– Je ne me rappelle pas. J'étais abrutie par les médicaments. Je ne veux plus parler de cela.

– Fort bien, madame Fergus, vous n'êtes pas obligée.

Billy Fergus près de la fontaine devant l'hôtel Plaza à New York, 1945

5

Nous passons finalement deux étés à Fort Sill, en 1942 et 1943, à la Field Artillery School où Bill accomplit plusieurs périodes d'instruction. Bien qu'il soit impatient de s'y rendre, on ne l'a toujours pas envoyé au front et cela n'aura pas lieu. Je suppose que le commandement le juge trop âgé pour l'exposer aux combats sans expérience préalable. Il y a pour cela des hommes plus jeunes – qui ne reviendront pas. Bill est donc assigné à une série d'emplois administratifs, aussi reposants les uns que les autres.

Fin 1945, on le nomme chef d'un des premiers camps de reconstruction au Japon. Billy et moi rejoignons maman et Leander dans leur appartement de New York. Maman endosse le rôle de mère que Bill et Sissy ont tenu jusque-là et – avec ses encouragements – je retrouve toute liberté de sortir, même de fréquenter d'autres hommes. Je rencontre un jeune banquier, Evan Crawford, issu d'une riche famille de Greenwich, dans le Connecticut. Maman, ravie, me conseille de demander le divorce. Bill et moi n'avons pas l'intention de faire d'autres enfants et, si je m'y prends tout de suite, dit-elle, nous pourrions encore limiter les dégâts. Il faudrait profiter du fait que Bill se trouve au Japon et tout serait terminé avant son retour. Selon elle, nombreuses sont les épouses de guerre qui se séparent de leur mari absent.

– Ce paysan ne vous permettra jamais d'avoir la vie que vous voulez, Marie-Blanche, la vie dont vous avez besoin. Vous avez eu le temps de vous en rendre compte. Vous auriez dû me consulter avant de l'épouser. Mais il n'est pas trop tard, après tout vous êtes encore jeune et séduisante. Je l'étais moi aussi quand j'ai quitté votre père, qui n'avait pas les moyens de m'entretenir et que je n'aimais pas. Il faut parfois être sans pitié, prendre la décision de rompre. À trente-six ans, votre mari n'a ni emploi ni métier. Que fera-t-il, une fois démobilisé ? Il se remettra à vendre des assurances à mi-temps ? À traîner sur les champs de polo jusqu'à la fin de ses jours ? Voilà l'avenir que vous envisagez, pour votre fils et vous ? À vivre en parasites, en marge des gens normaux, aux crochets de vos amis fortunés, dans l'espoir que l'un d'eux vous mette le pied à l'étrier ? C'est ça, l'époux idéal ? Leander vous trouvera le meilleur avocat de Chicago. Nous demanderons la garde de Billy. Nous pourrons peut-être même l'adopter.

– Mais j'aime mon mari, dois-je mollement protester. Et il aime Billy. Bill ne vous laissera jamais l'adopter.

– Il n'aura pas son mot à dire. Aucun tribunal, aucun juge de Chicago ne refusera quoi que ce soit à un McCormick. Et, si vous l'aimez tant que ça, votre mari, que faites-vous avec le petit Crawford ? Votre paysan n'a pas quitté le pays depuis deux mois que vous sortez déjà avec un autre. Cela doit signifier quelque chose, Marie-Blanche.

– Je m'ennuie, maman, c'est tout. J'ai simplement envie de m'amuser un peu.

– Si c'est ce que vous appelez l'ennui, laissez encore passer une dizaine d'années et votre mariage sera une prison. D'ici là, vous aurez perdu votre jeunesse, votre beauté, et plus personne ne voudra de vous.

– Vous aviez plus de trente ans quand vous avez rencontré Leander, lui fais-je remarquer.

– Leander et moi, cela n'a rien à voir.

Évidemment, je n'ai aucune intention de suivre son conseil. Quand Bill rentre du Japon, un an plus tard, nous nous installons à Libertyville, dans l'Illinois, où nous louons une ferme. Bill achète un poney et une charrette pour Billy, ainsi que deux chevaux de polo pour lui. Comme maman l'a prédit, il reprend son job

Billy à Southampton,
État de New York, 1945

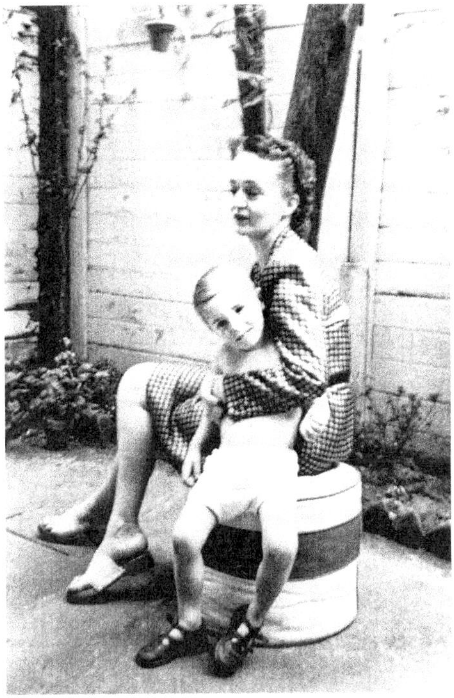

Renée avec Billy à Southhampton,
État de New York, 1945

Billy, Renée et Marie-Blanche sur la plage de Southampton,
État de New York, 1945

dans les assurances et se remet à jouer le week-end. Elle m'en veut que je lui retire Billy. C'est une des raisons, je pense, pour lesquelles elle souhaitait que je divorce. Elle croyait sincèrement qu'elle pourrait adopter le petit et nous l'enlever à tous deux.

– Marie-Blanche, me dira-t-elle peu après l'accident, avez-vous pensé que, si vous aviez quitté votre paysan comme je vous y encourageais, votre fils serait encore vivant ?

6

C'est un dimanche après-midi de juillet 1947, une de ces chaudes journées du Midwest, sauf que… celle-ci ne ressemblera à aucune autre et que nos existences en resteront bouleversées. Lucia, qui réside à Lake Forest, est venue nous rendre visite avec Kathy, sa fille de quatre ans. Bill a attelé le poney à la charrette pour elle et Billy. Bien qu'il n'ait pas encore six ans, notre fils manie déjà fort bien les rênes et Bill les laisse se promener un moment pendant qu'il travaille près de la grange. Au retour, Billy range la charrette dans celle-ci comme on le lui a appris. Bill détache le cheval, lui donne à boire et l'enferme dans son box.

– Nous sortons dîner ce soir, les enfants, leur dit-il. Vous pouvez jouer encore un peu et ensuite vous rentrez vous préparer.

Il revient avant eux et file se laver.

Lucia et moi buvons un verre au salon, en parlant de choses et d'autres comme de bonnes amies. Kathy nous rejoint quelques instants plus tard, toute seule.

– Bonsoir, chérie, lui dit Lucia. Vous avez fait une belle promenade ?

– Oui, maman, lui répond sa fille qui passe devant elle d'un air hébété.

Elle s'arrête devant moi, mais évite mon regard.

– Billy a conduit la charrette très vite.

– C'est bien. Où est-il, ma chérie ? lui demandé-je.

Kathy reste sans expression, comme si elle ne m'avait pas

entendue. Je sens la peur naître dans mes entrailles, gagner mes bras, engourdir mon visage.

– Kathy ? Où est Billy ?

Elle me regarde finalement. Le ton pressant de mes questions l'a sortie de sa torpeur.

– Il est blessé, répond-elle d'une voix étrangement calme.

– Mais où ça, ma chérie ? dit Lucia en se levant.

– Derrière la grange.

Je me rue en criant dans notre chambre. Bill est encore sous la douche.

– Qu'est-ce qu'il y a ?

– Il est arrivé quelque chose à Billy ! Dépêche-toi !

J'ai déjà fait demi-tour lorsqu'il sort de la salle de bains, trempé, et qu'il enfile son caleçon.

– Où est-il ?

– Derrière la grange ! Vite !

Lucia est là avant moi, et Bill me suit, à moitié nu. Mon petit garçon est allongé par terre sur le dos. Je suis trop affolée pour comprendre ce qui s'est passé. J'aperçois le tracteur acculé contre la clôture, à une quinzaine de mètres de Billy. Le moteur fait un bruit d'enfer en dégageant de la fumée, pendant que les roues creusent des sillons dans le sol. Il faut croire que l'engin, pourtant toujours rangé dans la grange, a écrasé le petit : on voit la trace d'un pneu sur sa poitrine. Billy a le cuir chevelu en sang, mais n'a pas perdu connaissance. Bill le prend dans ses bras pour le transporter à la maison.

– Papa, ce que j'ai mal ! balbutie notre enfant, qui se met à sangloter.

– Ne pleure pas, lui dit son père.

Billy obéit et garde le silence.

À la maison, Bill l'étend sur notre lit pendant que Lucia téléphone à l'hôpital. Je ne leur suis d'aucune utilité, je n'arrête pas de crier comme une hystérique. Bill prie finalement Lucia de me faire sortir.

– Sers-lui quelque chose à boire, dit-il. Ça la calmera peut-être.

Billy à Libertyville, Illinois, été 1947

Le Dr Edwards, que je ne connais pas, se présente dix minutes plus tard. Avec l'aide de Bill, il pose une attelle à Billy, qui a le bras droit cassé. Mon fils ne veut plus qu'on le touche, la douleur est trop vive, et le médecin appelle une ambulance. Elle arrive au bout de quelques minutes et l'hôpital Condell Memorial n'est pas loin. Après deux verres, et la piqûre de morphine que le médecin m'a faite, je retrouve une contenance. Je monte avec Bill dans le véhicule où l'on a installé Billy sur un brancard.

– Que s'est-il passé, fils ? lui demande son père sur le chemin de l'hôpital. Comment es-tu passé sous le tracteur ?

– Nous jouions dessus, avec Kathy. S'il te plaît, ne me gronde pas.

– Mais non, bien sûr.

– On jouait et, en se levant, Kathy a appuyé sur le démarreur. Le tracteur est parti très vite en marche arrière. Je me suis mis à courir pour l'éviter, papa, mais partout où j'allais, il me poursuivait. Comme s'il faisait exprès.

On place Billy sous une tente à oxygène. Il a soif et demande à l'infirmière s'il peut avoir un soda.

– Merci beaucoup, dit-il lorsqu'elle le lui apporte.

Mon fils si bien élevé, qui la remercie.

Il ne cesse de répéter, comme si c'était chaque fois une surprise :

– Aïe, ce que j'ai mal !

Il dort profondément un moment, puis se réveille en sursaut, comme au sortir d'un mauvais rêve.

– Vite, Kathy, cours ! crie-t-il. Va chercher de l'aide !

Puis il appelle Kathy et Jeffrey, comme s'ils allaient le rejoindre pour jouer. Et la toute dernière chose que fait mon petit garçon sur terre est de claquer sa langue pour que Peppy, son poney, avance plus vite. Lorsqu'il ne respire plus, le tracé sur l'écran s'aplatit, les bips-bips s'arrêtent, le signal devient continu.

Le médecin de garde et l'infirmière se précipitent dans la pièce, mais ne parviendront pas à ranimer Billy, qui a le torse broyé. Le médecin éteint l'électrocardiographe.

– Navré, dit-il. Nous ne pouvons rien faire de plus. Nous vous laissons avec votre fils. Restez le temps que vous voulez.

Je suis inerte, engourdie par la morphine. Je ne pleure pas. Tout cela n'est qu'un cauchemar dont je vais me réveiller. Tout redeviendra normal.

– Billy a conduit Peppy au ciel, murmure Bill.

7

Je ne me souviens guère des deux journées suivantes. Je sais que nous ne dormons pas du tout la première nuit. Wally et Lucia restent avec nous, et nos voisins, les Grant, passent plusieurs fois nous voir. Nous ne mangeons rien, buvant tour à tour du café et de l'alcool. L'effet de la morphine se dissipe, je redeviens impossible au point qu'il faut appeler le Dr Edwards, qui revient me faire une piqûre.

Bill et moi nous engageons déjà sur la voie des reproches et des accusations. La culpabilité, les blâmes – qui vont détruire notre mariage, nous hanter jusqu'à la fin de nos vies et nous tuer finalement – couvent sous la surface. Je m'en veux comme une folle d'être une si mauvaise mère et, bien sûr, je ne peux revenir en arrière. Alors je pense à avoir d'autres enfants, comme s'ils pouvaient remplacer Billy, combler le vide qu'il laisse dans nos existences. Cela a-t-il un sens ? Bill s'immerge dans la douleur ; en sus de son rôle de père, il a cru endosser le mien et il a échoué. Je devine qu'il me condamne de ne pas avoir été à la hauteur, mais il se condamne aussi lui-même, car il se sent entièrement responsable de l'accident. Je ne cache pas tout à fait que je suis de cet avis. Nous ne sommes que les occupants de cette ferme et seul un employé de notre propriétaire utilise parfois le tracteur. Toutefois Bill aurait dû s'apercevoir que la clef était dans le contact, qu'un enfant de quatre ans était capable d'actionner le démarreur. Que sais-je de tout cela, moi ? Pourquoi Bill a-t-il laissé les enfants jouer seuls dans la grange ? Ce soir, la morphine agit avant que, l'alcool aidant, j'ose lui lancer à la figure : « Tu as tué Billy ! » Ce qui, de toute façon, deviendra un leitmotiv entre nous, au fil des ans.

Nous aurions dû nous séparer tout de suite, entreprendre une vie différente, chacun de son côté, chacun avec sa propre conscience, plutôt que partager ce fardeau de honte et de remords. Je crois qu'en restant ensemble, nous avons fait pénitence, lui et moi. Nous nous sommes châtiés d'avoir permis une telle horreur, cet échec monumental qui nous enfermerait de jour en jour, tant que nous aurions à nous regarder l'un l'autre. Car nous ne parviendrons pas à rétablir la situation, à réparer cette affreuse erreur en mettant d'autres enfants au monde. Nous serons seulement déçus, terriblement déçus, qu'ils ne soient pas Billy.

Hortense, la sœur aînée de Bill, nous rejoint le lendemain matin depuis l'Ohio. Ils sont très proches et il se raccroche à elle.

– Le monde entier s'est écroulé, lui dit-il entre deux sanglots.

Elle nous prépare un repas, nous force à manger et ses paroles nous apaisent un instant – Bill surtout, soulagé que sa sœur bien-aimée soit là pour veiller sur lui. Je suis pratiquement hors d'atteinte, repliée sur moi-même, trouvant refuge dans la morphine, l'alcool et les somnifères qui m'aident à tenir les journées suivantes.

Le mardi, vers seize heures trente, on nous rapporte le corps de Billy. C'est le jour des obsèques. Hortense reçoit les employés de la morgue, tandis que Bill m'emmène dans la voiture, sachant que je vais à nouveau être dans tous mes états. Ils descendent à la cave les meubles du salon, à l'exception du bureau et du canapé, afin de faire de la place pour le cercueil – et les fleurs qu'on livre à chaque instant. Hortense s'occupe de les arranger. Deux bouquets de grands delphiniums blancs, dont quelques-uns à hampes bleues, chacun à une extrémité de la bière ; un grand panier de fleurs blanches qu'elle a acheté pour le père de Bill, ainsi qu'un bouquet de roses roses et de bleuets qu'elle pose tout près de Billy. Maman a envoyé une magnifique gerbe d'œillets blancs et de gypsophiles, piqués sur un fond vert, qui recouvre le cercueil et ses flancs ; et Libby Swift nous adresse une superbe couronne de gardénias. La salle à manger est elle aussi remplie de fleurs. Jamais je n'en ai vu une telle quantité. C'est presque tout ce que je me rappelle, tant je suis assommée par l'alcool et les médicaments.

Bill veille son fils toute la nuit, avec Camel, café et whisky. Quelques instants avant l'aube, il demande à Hortense de prendre sa relève pendant qu'il se dérouille les jambes ; il ne supportait pas l'idée de laisser seul son petit garçon mort. Je reste couchée, anesthésiée, inutile, d'aucun secours pour mon mari et pour mon petit. Même dans ces circonstances, je n'ai rien d'une bonne mère.

Plus tard dans la matinée, maman et Leander arrivent de New York. Je crains de ne pouvoir affronter ma mère – les reproches qu'elle ne nous adressera pas, mais qu'elle a certainement en tête. Je suis à peine levée que mes nerfs lâchent une fois de plus quand j'aperçois mon fils dans son cercueil, entouré de tant de fleurs. « Réveille-toi, Billy. Il ne s'est rien passé. Cela n'est qu'un mauvais rêve. Réveille-toi, petit garçon. Monte sur ton poney. Va jouer avec tes amis. Cela n'est qu'une illusion. »

Bien qu'elle soit elle aussi brisée, maman se montre forte comme toujours, et sa présence est appréciée de tous. Elle me fait couler un bain, m'aide tant bien que mal à me ressaisir. Puis le médecin me donne d'autres sédatifs qui me calment un peu.

Bill a prié le pasteur méthodiste de Libertyville de conduire le service funèbre chez nous. C'est un homme jeune, aimable et doux, et la cérémonie est brève. La famille – Bill et moi, maman et papa – avons pris place sur le lit dans la chambre. Nous n'avons rien pour asseoir les autres participants, qui restent debout à divers endroits de la maison – la cuisine, la salle à manger, le perron. Je ne me rappelle plus exactement qui était là. Ce sera la journée la plus chaude de l'année, trente-sept degrés à l'ombre, et le parfum des fleurs est oppressant.

Nous prenons ensuite la route, derrière un véhicule de police, jusqu'au cimetière de Lake Forest. Perché sur une colline au-dessus du lac Michigan, c'est un parc magnifique, bien entretenu, avec d'immenses érables, chênes et ormes. Seuls Hortense, Bill et moi nous approchons de la tombe. Les autres assistent à l'inhumation quelques mètres derrière nous. Maman et papa sont restés dans leur voiture. Ma mère ne peut plus se retenir. Écrasée de chagrin, elle fond en larmes.

Hortense me tient fermement par la taille pour que je ne m'écroule pas. Le jeune pasteur prononce quelques mots auxquels, dans ma torpeur, je ne comprends rien, puis on descend le cercueil. Leander a acheté la concession au dernier moment. Il y a deux autres places, pour Bill et moi, de chaque côté de notre fils. Au cours des dix années suivantes, je penserai souvent qu'il aurait mieux valu en finir là, nous aussi, nous allonger chacun dans le sol, et au revoir. Cela nous aurait évité tant de douleurs et de tourments. En larmes, Bill s'agenouille pour ramasser une poignée de terre qu'il jette dans la tombe.

SAINT-TROPEZ
Juillet 1955

1

Moins de deux mois après la mort de Billy, je tombe enceinte de Leandra. (Sans vergogne, nous lui donnons le nom de papa, dans l'espoir de récupérer un peu d'argent des McCormick… Non, trêve de cynisme, nous la baptisons ainsi parce que papa est un type bien, qu'il a toujours été gentil et généreux avec nous. Ou disons qu'il y a un peu des deux.) Elle naît le 30 juillet 1948, la veille du quarante-neuvième anniversaire de maman. Je me fais une joie d'avoir une fille, cependant elle hérite du front disproportionné de son grand-père maternel et l'accouchement est particulièrement douloureux. Je sais bien qu'il ne faut pas, mais j'en veux à ce bébé de me causer tant de difficultés. Leandra a le front si large que nous demandons un test de dépistage au cas où elle serait mongolienne. Le résultat est heureusement négatif. N'empêche, elle n'est pas très jolie avec sa grosse tête et, les apparences comptant plus que tout dans la famille, je mentirais en disant que je déborde d'amour maternel à son égard. Au fond de moi-même, je suis déçue qu'elle ne soit pas mignonne et menue, ce que je ne manquerai pas de lui rappeler à mesure qu'elle grandit. Eh non, contrairement aux promesses que j'ai faites après la mort de Billy, je ne serai pas meilleure mère avec elle.

Bill et moi voulons un autre garçon et il s'écoule à peine un an avant que je retombe enceinte. Sans doute nous croyons-nous capables de reproduire Billy, de le recréer, de le rendre à la vie dans la peau d'un nouvel enfant. Mais Jimmy est un bébé plus délicat que Billy ; grognon, agité, il pleure souvent. Il est plus timide et n'a pas sa gaieté. Si nous n'osons pas aborder le sujet, Bill en est sûrement frustré. Il a tant aimé son premier petit garçon qu'il ne peut s'empêcher de les comparer. Oui, même si nous n'en parlons pas, la vérité est que nous sommes déçus par la petite sœur et le petit frère. Leur présence n'arrange rien et, au lieu de nous aider à l'oublier, ils nous rappellent sans cesse leur aîné.

Je ne reverrai jamais mon vrai père, mon père français. À ma grande honte, j'ai perdu tout contact avec lui après la guerre. Avec mon mariage, la naissance de Billy, son décès, puis Leandra qui est arrivée l'année suivante… quand aurais-je pu aller le voir là-bas ? Nous cessons finalement de nous écrire. Bouffi, ictérique, le foie sclérosé, il meurt d'un coma éthylique, âgé de seulement cinquante-deux ans, cinq mois avant la naissance de Jimmy au printemps 1950. Il ne connaîtra pas ses petits-enfants et je n'irai pas à son enterrement.

Après la disparation de Billy, maman et Leander reviennent en France, où ils acquièrent un appartement dans l'île Saint-Louis à Paris, ainsi qu'une petite maison à Saint-Tropez, sur le port des pêcheurs. Vivant en bonne intelligence, s'aimant à leur façon, comme d'excellents amis, ils sont heureux ensemble. Ce sont pour eux des années fastes.

À l'été 1955, Bill et moi emmenons les enfants en Europe pour la première fois. Quelques semaines plus tôt, j'ai terminé une cure de désintoxication dans une clinique de Floride et je n'ai pas bu une goutte d'alcool depuis.

Nous faisons la traversée à bord de l'*Andrea Doria* et débarquons dans le port de Gênes, où maman et papa nous attendent dans leur Rolls Royce. Puis nous gagnons Saint-Tropez par la route. Bill n'est encore jamais venu en France et j'appréhendais ce voyage, comme toujours avant de retrouver ma mère – d'autant plus que, résidant chez elle, nous serons entièrement à sa merci.

Saint-Tropez est un charmant petit village de pêcheurs qu'ont récemment découvert toute une flopée d'artistes et quelques riches bourgeois bohèmes semblables à mes parents. Cet été, le réalisateur Roger Vadim tourne ici son film *Et Dieu créa la femme*,

Danser sur la Ponche, Saint-Tropez, 6 août 1950

avec la si jolie Brigitte Bardot dans le rôle principal. Ceux de la jeune femme habitent sur place, et maman entretient de bonnes relations avec eux et leur fille. Elle est un peu du genre sauvage, mais vraiment adorable. Elle a même gardé Jimmy et Leandra un après-midi qu'elle ne travaillait pas, pendant que nous allions faire des courses à Toulon.

Depuis huit ans qu'elle a ses habitudes ici, maman est un peu devenue la reine de Saint-Trop'. Lorsque, avec Leander, elle a commencé à fréquenter le village en 1947, celui-ci se remettait à peine des épreuves de la guerre. Ce furent d'abord les Italiens qui l'ont occupé – en bons voisins, pourrait-on dire. Bien des familles d'ici sont d'origine italienne, continuent de parler leur langue et certaines ont eu des parents dans l'armée mussolinienne. Toutefois l'Italie s'est rendue aux Alliés en septembre 1943, et ce sont alors les Allemands, certes plus autoritaires, qui ont pris le relais. Quand en août 1944, à la Libération, les Alliés ont bombardé le village pour les faire fuir, ils ont détruit une grande partie du vieux port. N'étant pas dépourvus de moyens, maman et Leander ont pu aider quelques familles dans le besoin à reprendre les activités qu'elles avaient dû abandonner pendant ces années épouvantables. Maman, surtout, s'occupe des enfants, organisant et finançant pour eux plusieurs fonds d'assistance et programmes de soutien scolaire.

Étant sa fille, c'est avec une certaine curiosité que je la vois entretenir avec eux un rapport privilégié – elle se plaît à les cajoler, les asseoir sur ses genoux, leur offrir bonbons et gâteaux. Évidemment, ils se laissent faire avec plaisir et lui rendent bien son affection. Quel enfant n'y succomberait pas ? Comment résister à ces gestes de tendresse ? Je n'ai pas souvenir qu'elle ait agi ainsi avec moi quand j'étais petite et elle n'a jamais favorisé le contact physique avec Jimmy et Leandra, qui ont tous deux un peu peur d'elle. Seul Billy avait réussi à rentrer dans ses bonnes grâces. Je crois que ses relations avec les enfants de Saint-Tropez lui permettent d'apaiser le chagrin qu'elle éprouve depuis sa mort. Si je n'ai pas été une mère formidable, elle a été pour lui une merveilleuse grand-mère et c'est tout à son honneur.

Renée et Leander avec les gosses de Saint-Tropez, été 1947

Elle a plus ou moins adopté une des filles du quartier, Françoise, dont le père travaille dans la marine marchande. Maman l'adore visiblement, et la petite habite autant chez elle que chez ses parents. Leander, qui ne parle pas très bien français, l'a une fois appelée « Framboise » et c'est resté – nous avons tous fini par la surnommer ainsi.

Au fil des années, maman pourvoira à son éducation, la placera dans les bons lycées et les bonnes facs, l'emmènera avec elle partout dans le monde. En quelque sorte, les parents de Framboise lui confieront leur fille, reconnaissants à Mme McCormick de s'intéresser de si près à elle, de lui ouvrir tant de portes qui, compte tenu de leurs maigres ressources, seraient autrement restées fermées. Pour maman, Framboise sera plus qu'une compagnie, elle prendra en réalité ma place, sans presque jamais la décevoir.

2

Oncle Pierre et sa femme, tante Jeanne, passent eux aussi l'été dans leur maison de Saint-Tropez. Je ne l'ai pas revu depuis plus de vingt ans – bien avant mon départ pour Chicago en 1937 – et c'est merveilleux de se retrouver. J'ai beau avoir trente-cinq ans, je me sens toujours gamine en sa présence ; j'adore m'asseoir sur ses genoux et écouter ses histoires. Comme il n'a pas perdu sa réputation de coureur, je dois admettre que cela ne me fait pas le même effet que quand j'étais petite. Curieusement, bien qu'ils soient divorcés depuis plus d'un quart de siècle, maman, jalouse de ses attentions, se place en concurrente ! Elle a pourtant plus de cinquante ans et s'amuserait plutôt des prétendues idylles de Pierre avec des créatures souvent plus jeunes que lui.

– Je vous ai quitté car je savais que vous ne me seriez pas fidèle, lui dit-elle gentiment alors qu'ils se promènent bras dessus bras dessous dans les rues du village (où il ne manque pas de reluquer les jolies filles). Je suis trop narcissique pour partager un homme avec d'autres femmes. Voilà pourquoi Leander et moi sommes si heureux ensemble.

Pierre répond en riant sur le même ton badin, propre aux anciens amants qui, devenus amis, n'ont plus rien à se cacher.

– Ce n'est pas un secret, je vous adorais, ma chère Renée. Mes sentiments pour vous n'ont d'ailleurs pas changé. Mais les femmes me sont aussi indispensables que l'air à mes poumons. Cela étant, quand votre oncle Gabriel m'a exilé en Amérique du

Sud, il est apparu clairement, cette année-là, que vous comme moi aurions du mal à le rester, fidèles.

– Oui, il a un certain talent pour bouleverser mes relations avec les hommes. C'est ainsi que Leander, de son point de vue, est devenu l'époux idéal.

Tout compte fait, ces vacances à Saint-Tropez sont plutôt réussies… du moins jusqu'aux derniers jours. Je reste sobre, nous allons à la plage presque chaque matin, le soleil bronze ma peau, les enfants nagent dans cette mer d'un bleu impossible et bâtissent des châteaux de sable. Mais nous ne séjournerons plus ici, car Bill ne s'y plaît pas. Il s'entend très bien avec papa, l'accompagne volontiers à la Ponche, en face de la maison, où les pêcheurs reviennent avec leurs filets pleins. Bill apprécie leur présence car ce sont des travailleurs manuels mais, comme il ne parle pas français, il se lamente de ne pouvoir communiquer avec eux. Et il se fatigue vite de cette vie futile de dîners et de réceptions qui a la faveur de ma mère. Bill reste avant tout un prolétaire, un « paysan », comme elle me le rappelle sans cesse, jamais à son aise parmi les nantis. Il ne joue plus guère au polo, sinon quelques parties improvisées, le week-end, à l'Onwentsia. Il n'a plus son aura de vedette, ni sa photo, jour après jour, dans les pages sportives ou mondaines des journaux de Chicago. À l'aide de son ami fortuné Jim Simpson, qui le finance et sera un jour mon amant, Bill a ouvert une concession Ford à Skokie, dans l'Illinois – sous la bannière « Fergus Ford » –, ce qui, pour être honnête, ne le prédispose pas aux conversations du beau monde tropézien. De son côté, maman ne fait jamais d'effort pour l'accueillir chaleureusement, ni pour cacher le mépris qu'il lui inspire.

Pierre de Fleurieu, qui pointe son doigt ; derrière lui à sa droite, Renée ; à côté d'elle la femme de Pierre de Fleurieu, Jeanne. Leander est à la première rangée, à l'extrême droite.
Saint-Tropez, 1948

Marie-Blanche sur les genoux de Leander, Saint-Tropez, été 1955

Dix marins, Saint-Tropez, été 1955

Port des pêcheurs, Saint-Tropez

Une belle prise de sardines par Botue

Château Marzac

3

— Je vais à Marzac, dis-je à Bill un matin, vers la fin de notre séjour à Saint-Tropez. J'en ai parlé à oncle Pierre et il a demandé au gardien de la propriété de me recevoir. Je prendrai le train et n'y resterai que quelques jours. Je n'y suis pas revenue depuis mon enfance et j'ai envie de revoir le château. Qui sait quand nous retournerons en France ?

– Tu as l'intention de me laisser seul ici avec ta mère ?

– Tu t'occuperas des enfants. Et puis Leander sera là.

– Tu ne veux pas qu'on t'accompagne ?

– Je ne préfère pas. J'ai de merveilleux souvenirs là-bas, j'ai envie de les retrouver toute seule. Et ça me reposera un peu des enfants. Tu peux comprendre ça, mon chéri ?

– Tu vas en profiter pour boire ? Voilà pourquoi tu veux être seule ?

C'est un des nombreux fardeaux d'une vie d'alcoolique : lorsqu'on est au régime sec, tout le monde dans la famille – y compris vous-même – reste à l'affût de l'inévitable rechute.

– J'ai été sobre pendant deux mois. Je t'ai dit que j'en avais fini avec ça, une bonne fois pour toutes.

Comme bien des alcooliques, je sais que c'est un mensonge, que, peut-être… j'accepterai une coupe de champagne pour fêter mon retour. Nous autres soiffards n'aimons rien tant que nous séparer de nos gardiens. Nous berçant d'illusions, nous persistons à croire que nous saurons nous limiter à un seul verre. Et donc je fais à Bill la même promesse que d'habitude et nous sommes bien conscients que je ne la tiendrai pas. De toute façon, je ne veux pas de lui là-bas. C'est chez moi, mon enfance, mon château. Il n'y comprendrait rien. Bill est un chic type, mais il manque d'imagination. Sans doute, au fond de lui, est-il en fait soulagé de ne pas m'accompagner. Cela doit être aussi épuisant de surveiller quelqu'un que d'être surveillé soi-même.

À la gare des Eyzies, je prends un taxi pour Marzac. Roland, le gardien, m'attendait. Il a ouvert le portail et m'accueille dans la cour.

– Vous allez trouver le château bien changé, mademoiselle Marie-Blanche.

Il ouvre ensuite la lourde porte d'entrée avec une de ces énormes clefs qui semblent dater du Moyen Âge.

– M. le comte travaille beaucoup à Paris, m'explique-t-il, à vendre des maisons et des appartements. Tout l'argent qu'il gagne passe dans les rénovations. Et il aide de son mieux les quelques métayers que nous avons encore sur place. Mais il n'a presque jamais le temps de venir nous voir, le pauvre. Vous verrez par vous-même tout ce qu'il a accompli depuis votre dernière visite. Si vous avez besoin de quoi que ce soit, mon épouse et moi habitons le pavillon juste à côté. Vous vous rappelez : ce sont les anciennes écuries, converties en habitations.

– Où sont passés les chevaux ?

Roland hausse les épaules en ouvrant les bras.

– Il y a belle lurette qu'ils ne sont plus là. Même les écuries ont été transformées. Le comte n'avait plus les moyens de garder les chevaux. Ni la plupart des domestiques. Surtout qu'il vient très rarement, avec la comtesse. Beaucoup de pièces sont fermées dans le château, leurs meubles protégés par des housses. Mais nous avons fait le lit dans votre ancienne chambre. Je vais vous monter votre valise. Josette, ma femme, vous a laissé de quoi manger à la cuisine, si vous avez faim. Et elle a préparé un cassoulet pour ce soir. Il est dans le four. J'espère que ça vous plaira, mademoiselle Marie-Blanche. S'il vous faut quoi que ce soit au village, dites-le-nous demain matin.

– Roland, vous me parlez comme si on se connaissait. Je me trompe ?

– Mon père, Joseph, était le chauffeur de M. le comte. Je travaillais dans les champs et au verger quand vous étiez petite fille. Vous ne devez pas vous souvenir de moi.

– Mais bien sûr que je me souviens de vous, Roland. Pardonnez-moi, je ne vous ai pas reconnu tout de suite. Nous étions amis, n'est-ce pas ?

Il sourit gentiment.

– Eh bien, comme peuvent l'être un domestique et ses patrons, oui.

– Et votre père, Roland ?

– Il est mort il y a quelques années.

– Je ne l'ai jamais oublié. C'était un homme merveilleux. Il a toujours été très gentil avec moi et je l'aimais beaucoup.

– Merci, mademoiselle, sourit Roland avec un petit hochement de tête. Il vous aimait beaucoup aussi, je m'en souviens.

Il monte ma valise avant de prendre congé. C'est la fin de l'après-midi et j'essaie de me repérer dans le château. Roland dit vrai : tout a été modifié, redécoré, mis aux normes. Ce n'est plus du tout comme dans les années 1920 et 1930. Dans le grand salon du rez-de-chaussée, les meubles sont recouverts de draps et, apparemment, personne n'y va plus. Mais le petit salon où nous nous retrouvions avant et après manger est ouvert. Cela n'est plus la même pièce, et pourtant si, à la manière de ces époques de la vie qui paraissent à la fois intimes et distantes. En déambulant dans le château, je me donne l'impression d'un fantôme venu hanter mon enfance. Mais je suis si contente d'être ici, et d'y être retournée seule. J'emprunte l'escalier dont je connais si bien les marches que j'ai l'impression de les avoir gravies la veille. Je crois être de nouveau la petite fille d'antan et je m'efforce de réunir mes fées et mes esprits, qui restent silencieux. Tant d'années nous séparent qu'ils ne savent plus qui je suis. Si je devais mourir ici, je me demande si je pourrais les rejoindre.

À l'étage, ma chambre a été refaite et on a installé un cabinet de toilettes contigu. Je monte jusqu'au deuxième et je poursuis dans l'escalier en spirale jusqu'à la tour où nous allions jouer, enfants. Elle surplombe les champs, les vergers, la rivière et le village. Avec les autres petites filles, nous nous prenions pour des dames du Moyen Âge qui attendaient le retour de leurs braves chevaliers. Tout est pareil, mais tout a changé ; les voix de mon enfance ne me parlent plus ; ce paysage qui était jadis si familier m'est soudain étranger, si étendu aussi qu'il en serait menaçant. Henri, mon petit chien, repose à l'orée de la forêt. Je veux aller demain sur sa tombe, que j'avais marquée de plusieurs pierres, soigneusement empilées. Joseph m'avait aidée à l'enterrer là. Quand je regarde le village de l'autre côté, je ne peux plus revêtir mes faux habits de princesse, ni imaginer que les paysans me jalousent. Je retrouve seulement le mépris ridicule de la gamine que j'étais et que je voudrais tant redevenir. Je colle ma joue au mur de la tour, constatant avec plaisir qu'il a gardé la chaleur du soleil. Ces moellons sont imbriqués là depuis cent générations et ils en verront encore cent. Mes lèvres rencontrent la pierre. C'est comme embrasser un vieil amoureux que l'on a gardé au fond de son cœur, avec le sentiment doux-amer que sa bouche nous est interdite.

– Remettez-moi dans le secret, murmuré-je. Je vous en prie, parlez-moi comme avant. S'il vous plaît, ouvrez-moi les bras.

J'ai soudain la certitude que, plus jamais, je ne reviendrai. Et je me félicite à nouveau d'être là sans Bill et les enfants. Ce monde m'appartient, je n'ai aucune envie de le partager avec quiconque. J'irai demain chercher la tombe d'Henri, mon chien, et j'essaierai de retrouver les grottes préhistoriques dans lesquelles nous allions jouer quand nous étions gosses.

Quand, d'un pas léger, mes chaussures à la main, je redescends l'escalier circulaire, je suis presque la fillette qui, hier matin, y frottait ses pieds nus. Le soleil s'est couché et les meurtrières filtrent les lueurs argentées du crépuscule. Le château est baigné d'un silence qui n'appartient qu'à lui. Les voix des siècles passés se taisent mais, dans mes souvenirs, j'entends toujours le murmure des âmes. Je sens sur ma nuque le souffle froid de l'archer vigilant à son poste.

À la cuisine, le cassoulet de Josette m'attend dans le four. Il y a une baguette encore tiède sur le buffet, une terrine de foie gras du Périgord, un fromage de brebis, de la vinaigrette dans un bol, un saladier plein de laitue fraîche du jardin. Et une bouteille de saint-émilion. Je la couve d'un œil plein de nostalgie, la soulève, la caresse avec douceur. Oncle Pierre n'a pas dit à Roland, sans doute, qu'il ne faut pas me soumettre à la tentation. Si je débouche cette bouteille, je serai obligée d'en chercher une autre à la cave, ou de fouiller dans le buffet – et Roland et Josette me découvriront demain matin, évanouie par terre dans une mare d'urine.

Si seulement je pouvais me contenter de deux verres. Combien de fois Bill et moi avons essayé – avec du vin ou autre chose ? Cela ne marche jamais : une fois que j'ai commencé, je ne sais plus m'arrêter qu'ivre morte. Mais peut-être aujourd'hui, pensé-je en levant la bouteille, en admirant le rouge profond du vin derrière le verre fumé, peut-être y arriverai-je ? Oui, il serait temps que je me comporte en adulte ; j'ai trente-cinq ans, j'ai subi une cure et je n'ai rien bu depuis presque trois mois. Je pourrais me limiter à deux verres et garder le reste pour le dîner de demain soir, telle une adulte responsable. Un peu de saint-émilion en mangeant – c'est un acte civilisé, un bienfait que tout bon Français s'accorde à cet instant. D'ailleurs, mes hôtes seraient contrariés que je n'y touche pas, à cette bouteille de choix. Je ne voudrais pas les vexer – ils ont fait l'effort d'ouvrir la maison pour moi, de me préparer un délicieux repas. Allons, pour une fois dans ma vie, je vais être une femme raisonnable, me contenter de deux verres en mangeant, avant une bonne nuit de sommeil dans ma chambre de jeune fille. C'est tout ce qu'il faut pour me requinquer.

4

C'est l'après-midi et je n'arrive pas à me rappeler si, oui ou non, j'ai goûté au cassoulet. Probablement pas… À l'évidence, Roland et Josette ont réussi à me coucher, puisque je me suis réveillée sous les couvertures dans mon ancienne chambre. Mes vêtements sont proprement pliés sur le fauteuil. Je crois que Josette les a lavés, puis les a fait sécher ce matin au soleil avant de les repasser. Il y a un plateau sur la table avec mon petit déjeuner – un croissant, du beurre, de la confiture, et le café a refroidi. Elle a dû essayer de me réveiller plus tôt – oui, cela, je m'en souviens vaguement. Bien sûr, j'ai pratiquement tout oublié de cette nuit.

Je finis par me lever, un peu chancelante, avec la nausée, mais je suis tout de même moins atteinte qu'au bout de plusieurs jours de cuite, quand je ne fais que boire, m'écrouler, boire encore et ainsi de suite… Cela n'est pas une vie pour une femme, je vous l'assure. Non, à ma grande surprise, je suis d'assez bonne humeur. Allez savoir si je n'ai pas bu que deux verres, hier soir ? Je m'habille et descends l'escalier. Pas de traces du dîner à la cuisine, ni bouteilles vides ni verres ou assiettes cassés. Je sors et j'aperçois Josette, à l'autre bout de la cour, agenouillée dans le potager devant sa maison. Charmante scène bucolique, dans un paysage français, par une splendide journée d'été. Je n'aurais jamais dû partir d'ici. Josette se redresse à mon approche, avec cette expression perplexe et légèrement soucieuse à laquelle les ivrognes s'habituent au fil des ans.

– Bonjour ! lui dis-je, sur le ton le plus banal, le plus bénin, que je puisse adopter. Vous êtes sûrement Josette ? Moi, Marie-Blanche. Ravie de faire votre connaissance.

Elle essuie ses mains sur son tablier.

– Bonjour, madame, répond-elle en évitant mon regard.

– C'était fort aimable de me préparer à dîner, hier soir.

Un sourire gêné se dessine sur ses lèvres et je comprends, évidemment, que je n'ai pas touché à son cassoulet.

– Je vous en prie, dit-elle avec un petit haussement d'épaules.

– J'ai peur d'avoir un peu dépassé la dose, hier soir.

– En effet, admet-elle avec un sourire timide, presque imperceptible.

– J'espère ne pas vous avoir causé trop de désagréments, à Roland et vous. Merci en tout cas de m'avoir couchée. Et d'avoir lavé mes affaires.

– De rien, madame.

Elle hoche légèrement la tête.

– Si vous ou votre mari recevez un coup de fil de M. le comte, ce serait gentil de votre part de ne pas lui répéter ce qui s'est passé. Je veux dire… le fait que j'ai un peu bu. Ma famille se ferait du souci.

Josette détourne la tête sans répondre. J'ai l'impression que Roland a déjà parlé à l'oncle Pierre. Dans ce cas, Bill ou… grands dieux ! maman… débarquera bientôt en mission de sauvetage. Combien en a-t-elle aujourd'hui à son actif ?

– Je vais faire une promenade près de la rivière, Josette. Vous savez, quand j'étais gamine, Joseph, le père de Roland, gardait un œil sur moi quand j'allais dans les bois. Parfois il envoyait son fils, un métayer ou un de ses enfants. Ou encore un chevalier du château – le duc Albert et son destrier de Gascogne. Si vous avez grandi dans le village, vous avez sans doute entendu parler de ces chevaliers imaginaires, quand vous étiez petite ? J'ai toujours su que j'avais un ange gardien pour veiller sur moi. Je les apercevais, de temps en temps. Ils avaient beau se cacher, le bruit de leur cotte de mailles les trahissait toujours. C'était agréable de se sentir protégée, en sécurité. J'étais heureuse ici. Ce furent les plus belles années de ma vie. J'aimerais tant pouvoir revenir.

Mi-stupéfaite, mi-consternée, elle me dévisage avec insistance.

– Bien, madame, lâche-t-elle finalement en baissant les yeux. Je vais dire à mon mari que vous partez vous promener.

– Merci. Merci beaucoup.

Je passe le portail et je traverse le jardin à la française. Les haies ne sont plus taillées comme jadis et les mauvaises herbes ont envahi les sentiers. Je longe l'allée qui mène au vieux colombier, où nous allions jouer autrefois. Les nombreux perchoirs sont toujours là, il ne manque que les roucoulements. Tout paraît familier et différent à la fois – la vision d'un enfant ne cadre pas avec celle de l'adulte que je suis devenue. Le passé me renvoie son image comme à travers un miroir déformant. Je coupe par le chemin qui borde la prairie, avant de suivre celui de la rivière. Il aboutit à une vieille construction de pierre, en forme de grande ruche, qui servait d'abri aux bergers ; c'est à proximité que j'avais enterré mon chien. Les cailloux avec lesquels j'avais marqué sa tombe ont disparu. Peut-être d'autres enfants les ont-ils éparpillés au fil des ans, peut-être sont-ils recouverts de terre, ou bien la rivière les a-t-elle emportés lors d'une crue printanière. Qu'importe. Je m'assieds près de l'endroit où Henri doit reposer, et je mets ma main bien à plat sur le sol. C'était un petit chien adorable et un merveilleux compagnon.

Je n'ai jamais été capable de me rendre sur la tombe de Billy. Le jour de l'inhumation, j'étais tellement bourrée de calmants que je m'en souviens à peine. Je ne supporte pas de savoir mon petit garçon en train de suffoquer sous le poids de la terre. Ce n'est pas la même chose avec Henri – je trouve presque rassurant d'imaginer sa dépouille à la même place depuis tout ce temps. Il n'a pas eu besoin de quitter Marzac, de grandir à Londres ou à Chicago. Il n'a jamais commencé à boire, ne s'est pas marié, n'a pas eu d'enfants, n'en a pas perdu. Quand nous nous promenions ensemble dans le domaine, je n'étais qu'une petite fille, pas une ivrogne. Je n'avais pas accouché, mon fils n'était pas mort. J'aurais préféré rester ici, enterrée près d'Henri – une gamine pour l'éternité, comme Constance, mon amie imaginaire qui aura toujours huit ans. Peut-être Billy a-t-il eu de la chance, après tout ?

Je reste assise un moment à me rappeler nos aventures d'antan, et je me lève.

– Viens, mon chien, dis-je à mon vieux compagnon.

Ensemble, nous franchissons le pont de pierre au-dessus de la rivière et commençons à monter sur le versant escarpé, de l'autre côté. Je me demande si je saurai retrouver quelques-unes des grottes primitives. Je parie que oui – je revois bientôt le monde à travers mes yeux de fillette et j'avance en terrain connu.

Presque aussitôt, nous tombons sur cette caverne peu profonde que j'avais montrée à l'oncle Gabriel. Je préfère l'éviter, car elle symbolise le tout dernier jour de mon enfance, quand Constance et les autres ont définitivement cessé de me parler. Je me rappelle que, ce matin-là, Gabriel avait insisté pour que je laisse Henri au château. Henri, qui ne l'aimait pas, grognait toujours en sa présence. J'aurais dû écouter mon chien ; j'aurais dû écouter mes amis imaginaires. Mais ce n'est pas ma faute, je n'ai pu empêcher cet homme de m'embrasser. Ce n'est pas non plus ma faute si j'ai grandi, si j'ai eu mes règles. Je ne voulais pas. Je voudrais n'être toujours qu'une petite fille.

Nous trouvons une autre grotte plus haut, dont l'entrée est presque masquée par des plantes grimpantes. C'est l'une des plus vastes ; nous venions y jouer, l'été, avec mes amies de Paris. Je me rappelle que nous nous défiions d'y pénétrer la première. J'éprouve le même frisson d'inquiétude, le même tressaillement dans les épaules. Peut-être sont-ils toujours à l'intérieur, les hommes préhistoriques, en train de préparer le dîner, d'allaiter les bébés, de peindre ces formes mystérieuses sur les parois. Mais je n'ai pas peur, Henri est là pour me protéger. Je m'accroupis, puis je m'y introduis en rampant. C'est qu'il fait noir, là-dedans. Nous apportions des allumettes et nous faisions de petits feux de brindilles et de feuilles, à l'endroit où nos ancêtres entretenaient les leurs. Le jeu consistait à nous répartir les rôles dans une de ces familles disparues. Cette fois, j'ai une lampe électrique que je sors de mon sac. Je dirige son faisceau sur la paroi, puis vers le plafond, de sorte que les bêtes paraissent courir à la lumière – un défilé de chevaux, de mammouths, de bisons, de bouquetins, qui s'agitent en tous sens, comme s'ils avaient patiemment attendu que je revienne les libérer.

Et pour célébrer mon retour, je sors la bouteille d'armagnac que j'ai prélevée cet après-midi dans le buffet du salon. Après des mois d'abstinence, le saint-émilion a fait office de détonateur, attisant un besoin terrible qui s'est manifesté dès mon réveil, cet après-midi. La bête insatiable qui sommeille toujours en moi attendait elle aussi qu'on vienne la libérer. Il me faut boire pour la satisfaire, et qu'elle se rendorme à nouveau. J'avale une bonne rasade au goulot, je sens l'alcool me brûler la gorge… ah, mon Dieu, que ça fait du bien…

5

Les aboiements m'ont réveillée. Je ne suis pas bien sûre de savoir où je suis. Il fait sombre… un peu de lumière passe par une petite lucarne… non, pas une lucarne, un genre d'ouverture… Étendue par terre, j'ai froid. Je me suis pissé et vomi dessus. Je suis gelée, mouillée, poisseuse. En tâtant le sol glacial avec le plat de la main, je reconnais la forme d'une bouteille… Une sensation bizarre, mais rassurante. Je la ramasse et porte le goulot à mes lèvres. Déception : il ne reste que quelques gouttes. Puis je tombe sur une lampe que j'essaie d'allumer. Elle l'était déjà, mais la pile est fichue. Ah, ça y est, je me souviens. J'appelle doucement :

– Henri ? Henri ?

Non, mon chien est mort depuis presque un quart de siècle. Je ne suis plus une petite fille, mais une femme de trente-cinq ans, une pocharde.

Les chiens se rapprochent et j'entends des voix. Celle de Bill qui crie :

– Marie-Blanche ! Marie-Blanche !

Que diable fait-il ici ? Oui, voilà, Roland et Josette ont probablement appelé oncle Pierre à Saint-Tropez, et ils seront venus ensemble me chercher. Quel jour sommes-nous, depuis combien de temps suis-je là ? Une nuit s'est écoulée, mais où étais-je hier ? Si je reste immobile, sans faire de bruit, peut-être s'en iront-ils, me laisseront-ils tranquille ? Si seulement j'avais une autre bouteille ! Rien qu'une autre bouteille !

Les chiens ont atteint la grotte ; ils grondent, glapissent, jappent. Il doit y en avoir quatre. Accroupi devant l'entrée, l'un d'eux renifle l'air vicié à l'intérieur. Puis il lève la tête et pousse un long gémissement lugubre, signe qu'il a reconnu mon odeur.

– Va-t'en ! chuchoté-je. Laisse-moi tranquille !

– Je crois qu'on l'a trouvée ! jette une voix, celle du maître-chien, sans doute.

Le faisceau déchirant d'une torche vient m'aveugler et je suis obligée de fermer les yeux.

– Oui, elle est là-dedans !

Oncle Pierre, la lampe à la main, est le premier à entrer.

– J'avais l'intuition que tu serais là, me dit-il. Tu n'as rien, Marie-Blanche ?

– Ça va.

– C'est qu'on était drôlement inquiets.

– J'aurais préféré que vous passiez sans me voir. Je veux rester ici.

– Tu aimais beaucoup ces grottes quand tu étais petite, n'est-ce pas ?

Braquant la torche sur la paroi, il illumine les animaux qui, cette fois, ne bougent pas – figés comme toujours, depuis des siècles.

– Je me rappelle encore le jour où je t'ai emmenée dans cette grotte, où je t'ai parlé des premiers hommes. Tu t'en souviens ?

– Bien sûr que je m'en souviens, Pierre. Tu m'avais expliqué que certains d'entre eux vivaient là, il y a des milliers et des milliers d'années, bien avant que le château soit construit. Des ours, aussi, s'y réfugiaient. Je n'ai jamais compris pourquoi ces gens ont disparu. Où sont-ils partis ? Ce sont les ours qui les ont dévorés ? Et les ours, où sont-ils maintenant ?

– Personne ne sait vraiment répondre à tout ça, ma petite, répond-il, employant les mêmes mots que lorsque j'étais enfant. Mais revenons à ce qui nous préoccupe, qu'est-ce que tu fais là ? Roland dit que tu as bu, qu'ils t'ont trouvée évanouie, avant-hier au château, et qu'ils t'ont couchée. Quand tu n'es pas réapparue hier soir, ils ont craint le pire. Roland a passé la nuit à te chercher.

Josette m'a téléphoné à Saint-Trop', et nous avons aussitôt pris la voiture pour Marzac. Dis-moi ce qui ne va pas, Marie-Blanche.

– Ce qui ne va pas ? En dehors du fait que je suis une ivrogne ? Maman a dû tout te raconter.

– Je sais que tu as eu la vie dure, ma petite. Bill m'a expliqué bien des choses sur la route.

– Pourquoi l'as-tu emmené ? Je ne veux pas le voir. J'ai envie de rester seule. Ne le laisse pas entrer. Elle est à moi, cette grotte.

– Ton mari nous attend dehors. Nous sortirons quand tu voudras, mon enfant.

– Je ne veux pas partir, oncle Pierre. Laisse-moi rester à Marzac.

– Tu sais bien que cela n'est pas possible. Tu n'es plus une gamine. Il faut revenir avec nous à Saint-Tropez.

– Mais je m'amusais bien, ici.

Pierre rit doucement et m'éclaire avec sa torche.

– Tu as vomi, Marie-Blanche ? Et tu as fait pipi sur toi. Ça sent déjà à l'extérieur. C'est cela, pour toi, s'amuser ? Boire jusqu'à perdre connaissance, passer la nuit dans une caverne sombre et froide, avec cette odeur épouvantable ?

– J'ai bien peur que oui, oncle Pierre.

– Je suis navré pour toi, pour tout ce qui est arrivé.

– Tu as toujours été très gentil avec moi et je t'ai toujours beaucoup aimé. Mais il ne faut pas être navré. Je suis contente d'être ici avec toi, comme quand j'étais petite…

Je ris en ajoutant :

– Enfin, pas exactement, non… Je n'allais pas boire des bouteilles d'armagnac dans les grottes, à cette époque…

– En effet.

– Je garde de si bons souvenirs de mon enfance à Marzac. Je n'aurais pas dû revenir. J'ai tout gâché en faisant ça, puis en m'enivrant ici. Constance ne me parlera plus jamais.

– Qui est Constance ? demande Pierre, perplexe.

– Une de mes amies, quand j'étais môme. Il y a bien longtemps qu'elle ne me dit plus rien.

– Je ne me rappelle personne de ce nom. Elle habite toujours par ici ? Qui sont ses parents ?

– Cela n'a pas d'importance. Constance était une amie imaginaire.

– Tu as besoin d'être soignée, Marie-Blanche. Cela paraît nécessaire.

– Soignée, oui… bien sûr…

Le lendemain matin, comme nous franchissons le portail dans la Citroën d'oncle Pierre, je regarde une dernière fois, par la lunette arrière, mon château bien-aimé, toujours majestueux, perché sur sa colline depuis des siècles. Je sais que je n'y reviendrai pas – pas dans cette vie, du moins. Devant leur pavillon, Roland et Josette ne savent pas trop s'ils doivent sourire, me saluer, mais ils sont visiblement soulagés de voir déguerpir cette espèce d'ivrogne cinglée. Cela leur fera une responsabilité de moins.

La route est longue jusqu'à Saint-Tropez et Pierre, courageusement, s'efforce de parler de choses et d'autres avec Bill, assis avec lui à l'avant. Mon mari reste taciturne, maussade. Je ne suis pas non plus d'humeur à bavarder. Combien de fois l'aurai-je ainsi désespéré ? Combien de fois aura-t-il posé sur moi ce regard froid, contrarié, fuyant ? C'est arrivé si souvent que son exaspération me laisse indifférente. Pour tout dire, je le trouve agaçant. Lui ai-je demandé de venir ici ? De m'arracher à ma grotte ? De dormir dans ce château ? *Mon château.* Non, jamais. Et, d'ailleurs, Bill s'est-il un jour arrêté de boire pour m'aider à rester sobre ? Certainement pas. Il picole, lui aussi, il tient mieux l'alcool que moi, c'est tout. Et ce n'est pas ainsi que j'aurais souhaité partir, comme un malfaiteur sur la banquette arrière d'un véhicule de police. Je ne peux garder ce souvenir-là d'un endroit qui m'a protégée et je ne tiens pas à ce qu'il conserve cette image de moi. Je n'aurais pas dû revenir. Il fallait laisser mon enfance intacte en ces lieux.

Après avoir rechuté misérablement, retrouver maman est aussi pénible que je m'y attendais. Elle m'accueille sans la moindre émotion. Son détachement est pire que la déception ou la colère. Indifférente, elle se lave les mains de ce qui m'arrive. Cette fois, elle en a fini avec moi, et comment le lui reprocher ? Après quelques journées tendues, empreintes de raideur et de silence, nous prenons le train pour Gênes où nous attend l'*Andrea Doria*, à destination des États-Unis. Malgré leur jeune âge, nos enfants comprennent que leur mère a encore transformé leurs vacances en désastre. Cela ne sera ni la première ni la dernière fois. Si nous étions revenus à Saint-Tropez, l'été suivant, en 1956, nous aurions sans doute utilisé le même bateau au retour. Cette année-là, l'*Andrea Doria* a sombré à proximité de l'île de Nantucket. Nous ne sommes pas revenus et tant mieux – cela aurait pu être pire, comme désastre…

LIVRE III

JIM

Jim, Saint-Tropez, 2007

1

Paris
Septembre 1970

En 1966, quatre ans après la mort de Marie-Blanche, je suis revenu en France pour la première fois depuis l'été 1955. Malheureusement, ma mère ne nous avait pas enseigné le français quand nous étions petits, ma sœur et moi. Je l'ai cependant étudié au lycée et par la suite, et j'ai toujours manifesté un vif intérêt pour ce pays et mes origines, au sujet desquelles j'avais encore tout à apprendre.

À l'automne 1970, j'ai suivi des cours de français à l'université de Grenoble, dans le cadre de la traditionnelle année américaine d'études à l'étranger. Mais je ne m'étais pas inscrit à l'avance et je n'avais pas prévenu ma fac aux États-Unis que je serais absent pendant un semestre. J'avais à Grenoble un certain nombre de condisciples scandinaves, canadiens, et de compatriotes avec lesquels je parlais anglais quand nous étions entre nous. À l'évidence, je n'allais pas m'immerger ainsi dans la langue ou dans la culture, et je me suis mis à sécher fréquemment les cours, jusqu'à ne plus y aller du tout.

Les nombreux cafés de la ville sont devenus mon université, où je fus un étudiant appliqué. Aurait-il existé un prix pour cette sorte d'assiduité, on me l'aurait sûrement décerné. Je traînais dans les bars en essayant de paraître aussi français que possible – après tout, ma mère ne l'était-elle pas ? Cela ne me donnait-il pas la double nationalité ? Je l'admets avec embarras : j'ai même porté un béret. Je lisais les journaux du pays, ses livres, en commençant par *L'Étranger* de Camus, d'un niveau de langue accessible. Je fumais des Gitanes maïs, buvais, selon l'heure, du café, du pastis et du vin, en tentant de séduire les filles avec mon médiocre français et mon affreux accent américain. Faute d'y arriver, je me suis souvent rendu dans la capitale où j'ai arpenté la rue Saint-Denis, alors un des hauts lieux de la prostitution parisienne, et où les jeunes hommes apprenaient un tout autre vocabulaire qu'à la fac. Pas étonnant que, lors de mon retour aux États-Unis, le directeur du département de français – à qui j'ai servi de copieux mensonges – n'ait pas voulu me donner une unité de valeur en équivalence de mon cursus hexagonal.

Pour financer mon école buissonnière à Paris, j'ai bien des fois séjourné chez ma grand-mère Renée, dans son appartement de l'île Saint-Louis. Deux ans avant mes propres parents, Leander était mort à Saint-Tropez en 1964, et Renée, affligée par sa disparition, avait quitté le village l'année suivante, pour se faire construire une maison en Ardèche. Mais elle passait dorénavant une bonne partie de son temps dans la capitale.

Si elle était parfois venue nous rendre visite à Chicago et à Lake Forest quand j'étais petit, je me suis rendu compte en la revoyant que je la connaissais très mal. Mamie, comme l'appelaient ses petits-enfants, fut très généreuse avec moi. Quand je la retrouvais le week-end à Paris, elle me donnait en général cinq cents francs, que je dépensais aussitôt chez les belles-de-nuit. Elle m'invitait à déjeuner ou à dîner, et nous parlions de choses et d'autres. Je lui ai confié que je souhaitais devenir écrivain et elle m'a plutôt conseillé d'apprendre la cuisine, prévoyant la vogue culinaire qui surviendrait au cours des décennies à venir. « En tant qu'écrivain, tu mourras de faim, me dit-elle, pas en tant que chef cuistot », ce qui, avec le recul, se révèle un conseil pertinent.

Au cours de ces séjours, j'ai appris qu'elle avait publié deux romans sous son nom en Amérique, lorsqu'elle y habitait avec

Leander dans les années 1940. *Little Coquette*[1] fut le premier roman d'une Française à bénéficier d'une critique dans le magazine *Time.* Son second ouvrage, au titre fantaisiste (*Rustle of Petticoats*[2]), en constitue plus ou moins la suite. Renée m'a affirmé qu'elle les avait écrits couchée, à l'hôtel Ambassador, avant et après la guerre, et que Leander les avait traduits en anglais pour elle. Elle m'a donné un exemplaire de chacun, et expliqué qu'il s'agissait d'un récit romancé de son enfance.

Après les avoir lus, ainsi que le livre de Leander, *Fishing Around the World*[3], j'en suis venu à l'inévitable conclusion qu'il avait fait bien plus que les traduire : il les avait adaptés à sa manière. Je ne les qualifierais pas de grandes œuvres littéraires, mais Leander – un intellectuel et un peintre – était bien plus instruit que Renée, et l'on entend davantage sa voix que celle de sa compagne.

Quelques années plus tard, j'ai eu l'occasion d'en discuter avec ma tante Mari, l'épouse de Toto. « Bien sûr qu'elle ne les a pas écrits ! s'est-elle moquée. Je ne suis même pas sûre qu'elle ait jamais *lu* un livre ».

J'ai fréquemment logé chez ma grand-mère, cet automne-là à Paris, et j'ai passé un week-end dans sa maison en Ardèche. Je ne peux dire que nous ayons établi des liens très chaleureux, ni honnêtement lui en imputer la faute. C'était volontaire de notre part à tous deux. Renée s'était promis de ne pas s'attacher à ses petits-enfants, de peur de souffrir terriblement si l'un d'eux, comme Billy, venait à disparaître, et elle a tenu parole. De mon côté, j'avais perdu mes parents quatre ans plus tôt et n'avais pas été en mesure de faire mon deuil. J'avais enfermé père et mère dans un coin inaccessible de mon cœur, en attendant le moment où cela serait possible. À cette époque, on allait moins facilement consulter un psychologue.

Lors de nos rencontres, je ne me rappelle pas que Renée et moi ayons une seule fois discuté de ma mère, ni même men-

—

1. « Petite coquette ».
2. « Le Froufrou des jupons ».
3. « À la pêche autour du monde ».

tionné son nom. J'avais vingt ans et j'ignorais encore la cause de son décès. Je suppose que nous avons évité le sujet, chacun avec ses raisons, creusant entre nous un fossé infranchissable, au fond duquel gisaient nos peines et nos tourments. Nous avons été cordiaux l'un envers l'autre, mais jamais intimes. Comme bien d'autres choses, avec le temps, je regrette aujourd'hui que nous n'ayons pas eu cette conversation, que nous n'ayons pu alléger nos fardeaux respectifs. Peut-être aurions-nous su nous réconforter un peu, comprenant que nous partagions le même vide, le même chagrin. Mais nous en étions simplement incapables.

La veille de mon retour aux États-Unis, un jour de décembre, j'ai eu droit à un dernier déjeuner avec mamie, en compagnie de son amie Framboise, comme je l'appelle toujours, qui était à présent avocate. Je ne l'avais pas revue depuis que, à l'âge de cinq ans, j'avais fait sa connaissance à Saint-Tropez. Je ressentais quand même une certaine amertume envers elle, car elle avait bénéficié de l'amour et de la protection de Renée – contrairement à ma mère et à ses petits-enfants.

Renée, qui avait alors soixante et onze ans, affectionnait un petit restaurant ouvrier, situé à quelques minutes de marche de son appartement de l'île Saint-Louis. On y servait une cuisine campagnarde, traditionnelle, à des tarifs raisonnables et sans chichi. Évidemment, vu le quartier, il a disparu depuis longtemps. Renée nous y a conduits, Framboise et moi, ce jour-là. Une longue file s'apprêtait dehors à déjeuner – à la française, pendant deux ou trois heures. Comme souvent au restaurant, Renée avait emmené son petit chien, un shih tzu, qu'elle confia à Framboise à quelques mètres de l'établissement. Puis elle se fraya un chemin à travers la queue, tel un nageur à grandes brasses, tandis que nous la suivions vers l'entrée. C'était un de ses comportements typiques que je garderai toujours en mémoire : Renée, minuscule et impérieuse aristo, fendant ce petit monde d'ouvriers.

Le patron nous a accueillis à la porte :

– Bonjour, madame McCormick ! Venez, votre table est prête !

La salle était déjà pleine et la table réservée de ma grand-mère nous attendait. On nous fit asseoir, elle reprit son chien dans les bras de Framboise et le posa sur la nappe. Aussitôt arriva un garçon, muni d'un bol d'eau et d'une platée de biscuits, qu'elle offrit un par un à son shih tzu qui les dévora à grand bruit.

Nous avons passé commande, mangé, tenu conversation – cordialement, avec quelque chose d'emprunté –, la table fut débarrassée et le café servi. Puis Renée fit encore une chose que je n'oublierai jamais. Plaçant une main sur celle de Framboise, elle me regarda droit dans les yeux et déclara :

– C'est elle, ma *vraie* fille, dit-elle en tapotant sa main. Ma seule *vraie* fille.

2

Rand, Colorarado
Octobre 1990

Le texte ci-dessous a été publié en 1992 dans une anthologie constituée par David Seybold, intitulée *Fathers & Sons*[1]. Je l'avais écrit deux ans auparavant, quand j'étais entré en possession de plusieurs cartons pleins d'albums de photos, de lettres et divers souvenirs de famille qui avaient disparu lors du décès de mes parents en 1966. Je croyais ces cartons irrémédiablement perdus quand, vingt-quatre automnes plus tard, ils sont miraculeusement réapparus, livrés par UPS à ma petite bicoque dans le Colorado. J'ai passé une semaine assis par terre devant la cheminée à trier leur contenu, une tâche souvent très émouvante, du fait qu'il révélait des choses que j'ignorais et comportait des images que je n'avais jamais vues. J'en ai pleuré à chaudes larmes. Puis j'ai saisi crayon et carnet pour rédiger en quelques heures cet essai, dans lequel je n'ai par la suite pas changé un seul mot, une seule virgule. Les vannes s'étaient enfin ouvertes, et le chagrin, si longtemps contenu, a débordé.

---

1. « Pères et fils ».

LE FILS DE MON PÈRE

Mon père, Bill Fergus, était propriétaire d'une concession Ford à Skokie, dans l'Illinois. Il paraît qu'elle existe toujours sous le même nom – « Fergus Ford » –, bien qu'il soit mort depuis près de vingt-cinq ans et que personne dans la famille n'ait aucun intérêt dans l'affaire. Il y aurait même à présent une « Fergus Nissan ». Mon père, qui a servi au Japon à la fin de la guerre, trouverait cela plutôt bizarre.

Parfois, l'été, il m'emmenait à la concession. J'adorais les voitures, j'adorais y aller, parler avec les mécaniciens et le personnel. À midi, nous déjeunions dans un merveilleux relais routier, à l'éclairage tamisé, aux nappes blanches amidonnées, éclairé par des chandelles. Mon père y est allé chaque jour pendant des années et, bien sûr, tout le monde le connaissait. Il avait sa table réservée. Mon père fumait des Camel sans filtre et buvait au déjeuner deux Martini-Beefeater avec deux olives au fond du verre. Moi, j'avais droit à deux Roy Rogers[1] avec deux cerises sur le rebord.

Je n'ai jamais apprécié le scotch, qu'il aimait boire le soir. J'ai pourtant dû lui en servir des milliers pendant mon enfance. En revanche, j'ai cultivé un penchant pour le gin et j'ai longtemps fumé des Camel. Un des rares objets de mon père que je possède encore est un vieux cendrier en marbre, qui se trouvait chez nous près de son fauteuil. Pendant des années, chaque fois que j'écrasais une cigarette dans ce cendrier, ou que j'en laissais une se consumer toute seule, je le revoyais assis en train de boire son scotch et de fumer en lisant le journal. J'aimais cette image, je l'ai chérie. Ce cendrier nous associait. Je pensais qu'il avait tué mon père, encrassé ses poumons et que, maintenant, il me tuait, moi. J'ai fini par faire la seule chose raisonnable – renoncer au tabac et reléguer le cendrier à un usage purement ornemental.

Mon père est mort à la maison, le matin de mon seizième anniversaire. Il avait cinquante-six ans. Il souffrait d'une grave

—

1. Coca grenadine.

pneumonie et, regrettable coïncidence, avait décidé la veille de quitter l'hôpital contre la recommandation de son médecin, pour fêter mon anniversaire à la maison. La plus grande erreur de sa vie.

Onze jours plus tôt exactement, ma mère était décédée à Lausanne, en Suisse, dans sa quarante-sixième année. Cela faisait quinze ans qu'elle subissait des cures de désintoxication dans divers établissements, menant une guerre perdue d'avance contre son alcoolisme chronique. À cette époque, on ne parlait pas d'« abus d'alcool », comme on dit aujourd'hui par euphémisme ; cela n'était ni à la mode ni héroïque. Une telle conduite était stigmatisée, sujette aux interprétations les plus grossières, et ma mère tout simplement considérée comme une ivrogne incorrigible. Lorsqu'il m'a annoncé sa mort, mon père l'a attribuée à une cirrhose du foie, ce qui, dans ces circonstances, faisait une explication plausible. Je devais apprendre la vérité, il y a seulement quelques années, en rencontrant par hasard une vieille amie de maman dans une rue de Chicago : ma mère avait sauté du quatrième étage, par la fenêtre de son appartement. « Votre maman était très courageuse », m'a affirmé cette femme, sous le vent d'hiver qui soufflait depuis le lac Michigan.

Mon père est entré à pas lents dans ma chambre, à cinq heures ce matin-là, le dernier de son existence. Nous avions enterré les cendres de ma mère quelques jours auparavant. Quand nous l'avons lui-même inhumé, la terre n'avait pas durci autour de la tombe, les fleurs n'avaient pas eu le temps de faner. Entre eux reposait la dépouille de leur fils aîné, victime d'un accident alors qu'il n'avait pas six ans. Il avait été le soleil de leur vie, sa mort leur avait brisé le cœur et ils ne s'en étaient jamais remis. Bien que cela prît près de vingt années, la mauvaise conscience, les récriminations, le désespoir, certes attisés par l'alcool, s'étaient chargés de les achever.

Et mon père respirait difficilement. Le souffle rauque, il m'a demandé d'appeler le médecin. Comme tout adolescent réveillé avant l'aube, j'étais de mauvaise humeur, contrarié qu'il vienne me déranger. C'était les vacances de Pâques, mon anniversaire, et j'avais envie de faire la grasse matinée. Je me suis levé lentement, à contrecœur. Évidemment, je ne pouvais deviner qu'il allait mourir, mais je me reprocherai mon attitude jusqu'à ma propre mort. Je me souviens de tout dans les moindres détails.

Le médecin n'est pas arrivé à temps. Il était trop tôt pour lui également. De mauvaise humeur comme moi, il m'a prié de le rappeler si la situation s'aggravait. Je lui ai téléphoné trois fois avant que, de mauvaise grâce, il accepte de venir. Alors il était trop tard. L'ambulance a traîné, elle aussi. J'aurais dû appeler les secours avant toute chose, mais mon père voulait son médecin. Comment savoir ? Mon père avait de l'eau dans les poumons, il est mort noyé dans son lit sans personne pour lui porter assistance. Impuissant, j'ai vu son visage devenir rouge, puis violet. C'était horrible et terrifiant. J'espère ne plus jamais revoir un visage prendre cette couleur. Pris de convulsion, il s'est finalement relâché. Et moi, au téléphone, je criais notre adresse au service des urgences.

Lui-même alcoolique, le médecin négligent succomberait quelques années plus tard à une crise cardiaque, lors d'un congrès professionnel. Pour lui donner un aperçu de l'enfer, il aurait autour de lui tous les collègues qu'il lui faudrait. Pour l'instant, il s'est contenté, la main sur mon épaule, de m'annoncer que j'étais désormais le chef de famille. « Quelle famille ? » lui ai-je demandé.

Ils étaient jadis trois, dans cette famille, trois qui reposaient à présent ensemble. Son histoire avait commencé par une idylle, semblable à celles des miniséries nunuches de la télévision. Ma mère était une adorable petite Française de souche aristocratique, qui, âgée de dix-huit ans, avait épousé mon père contre l'avis de ses parents. D'un rang social inférieur au sien, lui était un gars de la campagne, originaire de Zanesville, dans l'Ohio. De onze ans son aîné, il avait été élevé dans la religion méthodiste. Lorsqu'ils avaient lié connaissance, mon père était un fringant lieutenant de l'armée américaine et un joueur de polo de niveau international. Il avait fière allure en bottes et culotte de cheval, et on notait volontiers qu'il présentait plus qu'une vague ressemblance avec Humphrey Bogart. En rendant compte de ses exploits sur le terrain de polo, les journaux l'avaient surnommé « Wild Bill Fergus[1] ». Il se payait ses montures grâce au soutien de riches parrains et il serait le seul, dans le milieu hippique où il avait rencontré ma mère, à devenir concessionnaire.

J'atteins aujourd'hui l'âge qu'avait mon père à ma naissance – quarante ans, ce qui n'est plus très jeune pour avoir des enfants, surtout à son époque. Il était alors sérieusement accro à ses Camel et il s'étourdissait, chaque soir, avec sa bouteille de Dewar's. À mon souvenir du moins, c'était un homme strict, triste et taciturne, dont l'élan vital avait été freiné, coupé, ce que je ne devais comprendre que bien après sa mort. Comme son père avant lui, il soutenait ouvertement le Parti républicain. Un type bien, juste, décent, honorable. Je l'aimais, le respectais, mais j'en avais un peu peur. Bien qu'il fût certainement alcoolique, je n'ai jamais pu remarquer s'il était ivre ou pas. Sans aucun doute, nos parents étaient une génération de buveurs qui mit au monde une génération de pleurnichards.

Mes parents n'ont jamais pu résoudre l'odieuse question de savoir lequel des deux était responsable du décès de leur fils. Un poison bilieux qui, pendant mon enfance, remontait souvent à la surface. « Tu as tué Billy ! » s'exclamait ma mère, tard le soir, un refrain malade et alcoolisé qui finissait par propulser mon père au bar du quartier, où il noyait sa culpabilité dans le whisky. Avant de s'effondrer, trop soûle pour marcher, ma mère rampait à quatre pattes dans ma chambre, jusqu'à mon lit, et me demandait : « Pourquoi tu ne me baises plus ? » Ivre au-delà de toute mesure, elle me confondait, moi son fils terrifié de dix ans, avec son mari. Les yeux fermés et les larmes aux paupières, je faisais semblant de dormir. Je l'avais déjà entendue prononcer ces mots-là. Sans pitié, mon père répondait chaque fois : « Va te regarder dans la glace. » J'attendais avec impatience le jour où je me protégerais moi-même en assénant des paroles aussi dures et, de fait, une fois devenu grand, je me suis parfois pris pour lui.

—

1. « L'impétueux Bill Fergus ».

Mes parents furent jadis jeunes, heureux et amoureux. C'est une grande consolation de le savoir ; je détiens des lettres, des photos qui le prouvent. Ils vécurent dans une ferme après l'armistice et Billy, leur premier-né, était un superbe enfant, la prunelle de leurs yeux. J'ai un portrait de lui sur mon bureau. Je suis en train de le regarder. Je le regarde chaque jour. Cette photo-là a été prise pendant la guerre, tandis que mon père était posté à l'étranger. Ma mère et Billy vivaient alors à New York. Il doit avoir environ cinq ans et il lui reste seulement un an ou deux à vivre. Assis sur le rebord de la fontaine du Plaza Hotel, il porte un short, un chandail, des chaussettes blanches enroulées autour des chevilles, des sandales à lanières. Blond, il a le front haut, large, intelligent, et de grands yeux clairs. D'une main, il tient la grosse chaîne qui entoure la fontaine, tandis qu'il observe quelque chose sur le côté. Son expression est frappante et on la retrouve sur d'autres portraits. Elle paraît bien trop tragique, bien trop lucide pour un petit enfant. Ce n'est pas le recul qui me porte à le dire, mais ce garçon, plus vieux que son âge, a compris une chose, un terrible secret, ignoré de tous. C'est de la prémonition. Dans les yeux de ce petit garçon se lisent non seulement sa propre mort, mais la vie que mènent à présent son père et sa mère, un tas de ruines et de chagrin. Tout est là dans cette seule photo.

Billy jouait dans la grange avec Kathy, la fille des meilleurs amis de ses parents, qui avait un an de moins que lui. L'avant du tracteur était garé dans la grange et on avait laissé la clef dans le contact. Billy se trouvait juste derrière, dans le jardin. Il ne devait pas monter dessus, il le savait. Kathy, elle, n'a pas hésité et, lorsqu'elle l'a fait, elle a mis le pied sur le démarreur, situé sur le plancher du véhicule. La marche arrière était enclenchée, la manette des gaz réglée au maximum, et le tracteur a foncé hors de la grange. Affolée, Kathy s'est mise à tourner le volant de gauche et de droite, de sorte que l'engin a commencé à zigzaguer. Billy a couru pour tenter de lui échapper, mais, à chaque fois qu'il changeait de côté, le tracteur l'imitait, comme s'il avait décidé de le prendre en chasse. Il a fini par le renverser, une roue est passée sur le petit corps de Billy, puis le véhicule s'est arrêté contre la clôture, le moteur en marche, les roues patinant dans la terre.

Il était environ dix-huit heures trente. Mon père allait ressortir de la douche et ma mère discutait au salon avec celle de Kathy, quand celle-ci est venue leur annoncer l'accident. Maman a crié que Billy était blessé et mon père s'est précipité à la grange, juste vêtu d'un caleçon. La mère de Kathy était déjà auprès de Billy. J'ai une lettre de ma tante – la sœur de mon père –, datée du 3 août 1947, dans laquelle elle décrit la suite des événements : *Bill l'a pris dans ses bras et l'a soulevé,* écrit-elle. *« Papa, j'ai mal, très mal », gémissait Billy, qui a commencé à pleurer. « Ne pleure pas », lui a dit mon père. Il s'est arrêté et n'a pas recommencé. Bill l'a transporté jusqu'au lit, dans la chambre des parents, le médecin est arrivé dix minutes plus tard, puis une ambulance l'a emmené à l'hôpital de Libertyville, où on l'a placé sous une tente à oxygène. La poitrine broyée, il a agonisé pendant quatre heures. Il a demandé à l'infirmière s'il pouvait avoir un soda et l'a remerciée vivement quand elle le lui a donné. Il répétait sans cesse : « Dieu que j'ai mal ! » et il implorait : « Vite, Kathy, vite ! », puis il voulait qu'elle et Jeffrey le rejoignent pour jouer. La toute dernière chose qu'il a faite a été de claquer sa langue pour que Peppy, son poney, avance plus vite. Et Bill a eu ces paroles définitives : « Billy a conduit Peppy au ciel. »*

La nuit précédant les obsèques, mon père a veillé le corps de son fils devant le cercueil ouvert. Il y avait tant de fleurs dans la maison qu'il a fallu descendre la plupart des meubles à la cave pour avoir assez de place. Je sais ce qu'il a fait toute la nuit, je sais ce qu'il a pensé car, bien sûr, les fils sont leurs pères ; je le sais avec autant de certitude que si j'avais été là. Il a fumé, bu du whisky et chuchoté à son fils, murmurant des promesses qu'il tiendrait dix-neuf ans plus tard. Et il a pleuré. À quatre heures du matin, il est sorti pour marcher un moment, tout seul, après avoir demandé à sa sœur de rester auprès de Billy. Il ne supportait pas de laisser son petit garçon seul face à la mort. Mes parents étaient déjà brouillés – « en léger désaccord », glissait avec tact ma tante dans sa lettre. On avait fait une piqûre de morphine à ma mère et, le jour des funérailles, elle était hébétée par les somnifères. « Ce fut le jour le plus chaud de l'année », rapportait ma tante, il y a plus de quarante ans, et son odeur suffocante me vient encore aux narines. « Trente-sept degrés à l'ombre et, à l'intérieur de la maison, le parfum des fleurs était oppressant. »

Quand j'étais petit, mes parents ne parlaient jamais de Billy – du moins pas à jeun. Je ne connaissais de lui qu'une photo dans le salon, celle d'un petit garçon angélique aux yeux tristes, en costume blanc de marin, un fantôme en arrière-plan de nos vies. Je ne l'ai jamais considéré comme mon frère. Comment aurais-je pu ? En fait, j'ai su l'année dernière seulement, grâce aux lettres de ma tante (je les découvrais), qu'ils n'avaient pas eu l'intention d'avoir d'autres enfants. Ma mère n'avait pas aimé s'occuper de Billy, ne lui avait pas accordé beaucoup d'attention, de sorte que mon père avait tenu son rôle en sus du sien. *Bill s'est raccroché à moi,* écrivait ma tante le jour de l'accident. *Il m'a dit : « Ma sœur, le monde s'est écroulé. » Marie est dans tous ses états. Elle se reproche de ne pas avoir été une meilleure mère et elle veut maintenant d'autres enfants.* Ce sont donc le remords et la mauvaise conscience qui ont prévalu à la conception de ma sœur et de moi-même.

Ma sœur est née l'année suivante et, comme mes parents désiraient un autre fils, je suis arrivé deux ans plus tard. À mon âge, il est étrange de comprendre que, si Billy n'était pas mort, je n'aurais pas existé. Je ne sais pas bien quoi faire de cette idée, c'est une responsabilité impossible. Le fantôme de Billy continue de me hanter par des voies que je commence tout juste à entrevoir. Mon père était un type bien, mais, ce jour-là, il a été anéanti. Après quoi, malgré tous ses efforts, le cœur n'y était plus, il n'a fait que passer le temps.

Je n'aurai moi-même jamais d'enfants. C'est un choix délibéré, un enchaînement que je décide d'interrompre. Ce monde n'est pas un endroit pour eux. Le chagrin de mon père représente déjà plus que je ne peux endurer. J'en ai hérité ; il est dans mes gênes, comme ses addictions mais bien plus difficile à vaincre. J'aimerais que son fils soit toujours sur terre. J'aimerais pouvoir revenir en arrière, comme dans les films, jusqu'au 27 juillet 1947. Retourner là-bas, courir à la grange et crier : « Petite, ne monte pas sur le tracteur ! » Alors je prendrais Billy dans mes bras et je le ramènerais à la maison pour en faire don à mon père. Son père.

3

Lake Forest, Illinois
Mars 1966

Mon oncle John est venu de Californie pour assister à l'enterrement de son frère, et ma sœur est remontée de Floride où elle passait les vacances de Pâques avec des amis. Après la cérémonie, nous nous sommes réunis à la maison où nous attendait un buffet. Renée se trouvait en France. Elle n'avait donné de nouvelles ni après le décès de sa fille ni après celui de notre père. Mais voilà que, dans l'après-midi, tandis que nos hôtes, au salon, grignotaient des canapés et buvaient l'apéritif avant l'heure, quelqu'un a sonné. Je suis allé ouvrir à deux hommes en costume noir, portant chacun une grande sacoche. Ils représentaient la banque de Chicago qui gérait les actifs de Leander McCormick. Renée, sa veuve, les avait priés de récupérer toute l'argenterie – couverts, ustensiles et vaisselle – qu'elle avait donnée à ma mère. Je venais d'avoir seize ans, j'étais encore sous le choc après la mort de papa et je me fichais bien de l'argenterie. Mais j'étais stupéfait que la banque ait eu l'indécence de choisir ce moment pour ses basses œuvres. J'ai fait entrer ces messieurs, qui ont aussitôt consulté oncle Toto, lequel, à l'évidence, avait planifié leur visite au bénéfice de sa mère. Puis ils ont procédé à la saisie.

Je n'étais pas d'humeur causante et n'avais guère envie de voir les huissiers ouvrir commodes et tiroirs pour en sortir nos affaires. Je suis monté à l'étage pour m'asseoir dans le fauteuil club de mon père, dans un coin de son dressing. C'était un homme très ordonné, Bill Fergus, toujours rasé de près, tiré à quatre épingles, les cheveux bien lissés en arrière. Même pour faire les courses du week-end en ville, il portait veston et chapeau. J'aimais l'odeur de cette pièce, un mélange de la sienne propre, de sa lotion capillaire et de son après-rasage. Soudain l'oncle John, son frère, est entré et, sans me voir, s'est dirigé tout droit vers la garde-robe. Il l'a ouverte, en a retiré une veste en tweed et l'a enfilée. Lorsqu'il a reculé pour se regarder dans la glace, il a aperçu mon image derrière lui. John a tressailli et, vivement embarrassé, s'est retourné. C'était un gars sympa, l'oncle John. Je l'aimais beaucoup et, à l'instant, j'étais triste pour lui. Il était le frère cadet, le mouton noir de la famille. Mon père l'avait souvent aidé quand il avait des ennuis d'argent.

– Désolé, Jimmy, mais ton père et moi avons les mêmes mensurations et je me suis dit que je pourrais peut-être lui prendre une ou deux vestes… et un costume aussi. Il avait beaucoup de goût, de beaux habits. Pardonne-moi, je ne t'avais pas vu en entrant. Bien sûr, je n'aurais rien emporté sans te demander la permission avant. Je voulais juste essayer un truc ou deux d'abord.

– Pas de problème, John. Je veux bien que tu prennes tout. Les chemises sont dans le troisième tiroir de la commode. Sers-toi, choisis ce qui te plaît.

Les larmes aux yeux, il est venu s'agenouiller près du fauteuil.

– Tu sais, Jimmy, je l'aimais beaucoup, ton papa.

– Oui, je sais, oncle John.

– J'ai fait le con toute ma vie, Jimmy, et Bill était mon héros. Maintenant qu'il est parti, et notre sœur Fern aussi, je suis le seul de la fratrie qui soit encore là. Ça n'est pas juste.

– Je suis navré pour toi.

– Je le suis aussi pour toi. Que fais-tu là tout seul, fiston ?

– J'avais besoin de m'isoler un peu. Des huissiers, notamment.

– Toto dit que c'est ta grand-mère qui les a envoyés.

– Oui. M'est égal. Que veux-tu qu'on fasse de l'argenterie, Leandra et moi ?

– Tu n'as pas l'impression d'être dévalisé, quand même ?

– Quand même, oui.

John décéderait à ton tour, trois ans plus tard, d'une crise cardiaque.

Je suis retourné à l'internat quelques jours après l'enterrement. La maison a été vendue ; ma sœur et moi n'y remettrions plus les pieds. Les cartons remplis de souvenirs de famille, de lettres et d'albums de photos – y compris ceux que mon père gardait cachés dans le placard sous l'escalier – se sont évanouis dans la nature. J'avais bientôt quarante ans quand ils sont soudain réapparus, sous la forme de colis postaux, dans ma petite bicoque du nord du Colorado.

Au lycée, j'ai poursuivi mes études, repris le sport ; puis je me suis inscrit à l'université du Colorado ; et je suis venu en France à l'automne 1970, recherchant inconsciemment – ce que j'ai compris depuis – les traces qu'y avait laissées ma mère…

4

Lake Forest, Illinois
Octobre 1982

Au printemps 1982, mon oncle Toto McCormick s'est rendu en France pour ramener sa mère, maintenant âgée de quatre-vingt-trois ans, aux États-Unis.

Le troisième mari de Renée, Leander McCormick, avait disparu vingt ans plus tôt ; et le deuxième, son bon ami le comte Pierre de Fleurieu, avec qui elle entretenait des relations suivies et qui résidait aussi à Paris, était mort en 1977. Framboise, la protégée de Renée – « sa seule vraie fille » –, l'avait profondément déçue en épousant un homme qui lui déplaisait. Renée, qui avait meublé l'appartement de Framboise, exprima son mécontentement en envoyant une équipe de déménageurs le vider. La jeune femme travaillait ce jour-là, si bien qu'en rentrant chez elle le soir, Framboise se retrouva pratiquement sans meubles. Renée finissait toujours par se croire trahie par ses proches, que ceux-ci meurent purement et simplement ou qu'ils refusent de se soumettre à ses désirs. Framboise en paya le prix.

Renée craignait autant la solitude qu'en son jeune âge. Pour compenser la perte de nombreux êtres chers – sans compter ceux qu'elle avait répudiés –, elle s'était entichée d'un groupe de prétendus jeunes artistes de la rive gauche. Plus particulièrement d'un nègre de l'édition, qui était gay, n'avait jamais rien publié sous son nom, et qui l'aida à rédiger son dernier roman. Sans doute l'a-t-il écrit lui-même d'après ce qu'elle lui racontait. Comme les deux précédents, publiés aux États-Unis dans les années 1940, c'est une sorte de biographie romancée. Elle décrit l'enfance d'une fillette dans une famille d'aristos excentriques – en fait, une période de sa vie pleine d'émotions refoulées.

Ce dernier ouvrage allait cependant un peu plus loin que les précédents. Publié en France par JC Lattès, en 1976, sous le titre *Une petite fille sous la table*, il était écrit à la première personne. Une certaine Simone (le prénom que Renée aurait aimé porter, cela n'était pas une coïncidence) y racontait une relation bizarrement consentie avec son oncle paternel, oscillant entre l'inceste et la maltraitance. Sous couvert d'étudier leur « projet » – et les suivants –, le nègre et quelques copains pique-assiette déjeunaient et dînaient plusieurs fois par semaine au restaurant avec Renée. Ils profitaient tant qu'ils pouvaient de sa vanité et, flattée par leurs attentions, elle payait chaque fois la note, évidemment. Lorsqu'elle donna à son ami gay une procuration sur son compte bancaire, Toto comprit qu'il devenait urgent de rapatrier sa mère aux États-Unis, avant qu'elle épuise totalement la rente que lui avait laissée Leander.

Il l'installa dans une suite du Deerpath Inn, à Lake Forest. J'avais dépassé l'âge de trente ans et je travaillais à l'époque comme journaliste. Peu après le retour de ma grand-mère, je me trouvais à Chicago où un journal m'avait confié une pige, et j'ai loué une voiture pour aller déjeuner avec elle. Je ne l'avais pas revue depuis mon séjour en France, plus de dix ans auparavant.

Elle m'a appris qu'elle se sentait seule dans cette petite ville où elle ne connaissait pratiquement plus personne, la plupart de ses vieux amis comme ceux de Leander étant morts ou infirmes. Selon elle, Toto ne lui avait pas rendu visite depuis qu'elle était arrivée, trois mois plus tôt. Renée prenait presque tous ses repas au restaurant de l'hôtel, où nous étions assis, et insistait pour que le personnel l'appelle « madame la comtesse ». Elle m'a donné une de ses cartes de visite, imprimée chez le papetier local, avec la mention en français : « Comtesse Renée de Fontarce McCormick ».

Elle m'a également offert un exemplaire d'*Une petite fille sous la table.* « C'est la *vraie* histoire de mon enfance, a-t-elle affirmé en tapotant sur la couverture. Je n'aurais jamais pu faire publier cela en Amérique dans les années 1940. Mais, maintenant que tu es écrivain, peut-être pourrais-tu t'en servir ? »

Comme j'avais lu les deux premiers romans que Leander avait traduits (ou écrits), qu'elle m'avait confiés en France en 1970, je croyais savoir tout ce dont j'avais besoin, concernant son enfance. Et donc, rentré chez moi dans le Colorado, j'ai rangé le troisième opus sur une étagère et ne l'ai ouvert que plusieurs années après la disparition de ma grand-mère. J'ai été alors stupéfait de découvrir que l'inceste et les violences physiques tenaient une place aussi importante dans le récit. À ma grande surprise, Simone, la narratrice, révèle ses relations amoureuses avec son oncle, dont elle affirme même être l'instigatrice. J'ai été frappé par la précision avec laquelle Renée et son nègre dépeignent la personnalité de Simone, petite fille narcissique, qui croit, telle une marionnettiste, manipuler les membres de sa famille. Une enfant qui allait devenir la comtesse Renée de Fontarce McCormick, un titre fictif qu'elle s'est attribué puisque, comme je l'apprendrais plus tard, elle n'était pas d'origine noble. J'ai vivement regretté de n'avoir pas lu le roman plus tôt. J'aurais pu en parler avec ma grand-mère – entre écrivains – et discuter de ses relations avec Gabriel qui, comme elle l'admit à la fin de sa vie, fut le seul homme qu'elle eût réellement aimé. Et je me suis rappelé sa curieuse remarque, pendant notre déjeuner à Lake Forest, lorsqu'elle m'avait suggéré d'utiliser sa prose… Ce que j'ai fini par faire.

LIVRE IV

RENÉE

Renée avec Marie-Blanche et Thierry, 1923

1

Lake Forest, Illinois
1982-1996

Au grand dam du gérant, Renée s'était mise à passer la plus grande partie de ses journées dans le hall du Deerpath Inn, assise dans un fauteuil, vêtue d'un manteau de fourrure mité qu'elle avait acheté quarante ans plus tôt chez Marshall Field à Chicago. Elle combattait ainsi sa solitude et présentait les premiers signes d'une démence sénile. Sous sa fourrure, elle ne portait qu'une chemise de nuit, et elle avait ses pantoufles aux pieds. Aux clients et visiteurs qui passaient à la réception, elle tendait sa carte telle une reine dispensant ses faveurs. Ceux qui étaient assez polis pour l'accepter s'arrêtaient pour échanger quelques mots avec elle.

– Vous êtes donc une comtesse ? s'étonnaient certains, soucieux de ne pas voir le sein flétri, visible sous la chemise de nuit dans l'échancrure du manteau. Mais c'est extraordinaire !

Ce qui permettait à Renée, privée de compagnie et de contacts humains, de leur exposer un bref résumé de son existence.

– Bien sûr, répondait-elle. Mon père était le comte Maurice de Fontarce. J'étais un « enfant de deux siècles », comme il se plaisait à dire. Née en 1899, j'ai grandi dans le château familial de la Borne-Blanche, près de la commune d'Orry-la-Ville. En sus d'un fameux cavalier, mon père, une fine lame, était capitaine des dragons. Il est mort en héros pendant la Grande Guerre.

Ayant eu vent de sa présence au Deerpath, un journaliste du

quotidien local, *The Lake Forester*, vint un matin l'interviewer dans le hall. Ils rédigèrent ensemble un article qui avait pour titre « Le Retour de la Comtesse ». Renée en fut tout à fait ravie, puisqu'il lui rappelait son heure de gloire à Chicago, lorsqu'elle était la coqueluche des pages mondaines. Elle demanda au papetier du coin de lui fournir une centaine de photocopies de l'article, qu'elle distribua ensuite dans le hall avec sa carte.

Après quoi le gérant, un peu à contrecœur, finit par téléphoner à Thierry McCormick (Toto) et le pria de bien vouloir loger sa mère ailleurs. Tout simplement, le personnel ne supportait plus qu'une vieille dame à moitié dévêtue tracasse les clients à longueur de journée avec ses excentricités. Renée emménagea alors chez Louise Parker, la femme de chambre de son fils. Avec son mari Vernon, Louise devait veiller sur elle pendant ses dix dernières années et assister à sa longue descente dans les enfers de l'alzheimer.

2

Au fil de sa vie, Renée avait démontré un talent peu commun pour s'assurer les bons soins de toutes sortes de personnes et les gouverner par la suite. Parmi elles, miss Hayes, Mlle Ponson, son oncle Gabriel, Leander McCormick, ou encore Framboise, sa fille adoptive. Une aptitude qui révélait un caractère bien trempé, un don pour la manipulation, associés bien sûr à la puissance de l'argent. Il faut cependant ajouter que Renée avait beaucoup de charme, un rire très gai, et qu'elle était animée d'une formidable joie de vivre.

Eu égard aux Parker, elle avait trouvé, pour ses derniers jours, des serviteurs particulièrement bien disposés. Tant qu'elle en était capable, ils l'associèrent à de nombreux voyages et croisières – une de ses occupations préférées – en Europe, aux Caraïbes, à Hawaï, en Alaska. De retour chez eux à Lake Forest, Renée aimait tout spécialement dîner au Denny's[1] local.

D'origine suisse allemande, Louise Parker était une femme résolue, pleine de bon sens, de taille à résister aux machinations de Renée et à son ego démesuré. Vernon, son mari, se présentait comme un homme affable à la voix douce. Un jour que son épouse était partie s'occuper des provisions, Renée, qui nourrissait quelque rancune contre celle-ci, lui susurra :

– Vous devriez la quitter, vous savez. On ficherait le camp, tous les deux. Nous n'avons pas besoin d'elle. Je suis

1. Chaîne de restaurants populaires.

encore riche, nous voyagerions, je vous emmènerais autour du monde.

À l'évidence, la demande trahissait son début d'alzheimer, quoique, comme il est fréquent à ce stade, elle correspondît encore parfaitement à sa personnalité.

Toujours aimable, Vernon, bien que stupéfait, lui répondit en riant :

– Mais Louise est ma femme, Renée. Je n'ai aucune envie de la quitter. Je l'aime. Et elle vous aime aussi.

Les années passèrent donc. Renée avait rapporté de France tous ses albums de photos, qui sont aujourd'hui en ma possession. Tant qu'elle en était capable, elle se plaisait à les feuilleter de temps à autre, se rappelant les différentes périodes de sa vie, les êtres qu'elle avait chéris et qui avaient disparu. Un jour qu'elle en regardait un avec Louise, elle tomba sur une photo de son oncle Gabriel, tel qu'elle se le rappelait jadis, fringant dans un costume de lin blanc, un coquet chapeau de paille sur la tête et la barbe bien taillée – cette barbe qui la chatouillait lorsqu'elle l'embrassait. Sauf qu'il paraissait soudain plus petit. Renée l'avait toujours cru grand, sans doute parce que ses plus vifs souvenirs de lui dataient de son enfance.

– C'est mon oncle Gabriel, apprit-elle à Louise en lui montrant la photo. Le seul homme que j'aie réellement aimé. Il m'a déflorée à l'âge de quatorze ans. Nous avons vécu en Égypte comme mari et femme. Il m'a souvent battue, mais il m'aimait et je l'aimais. Les autres hommes m'ont paru fades après lui.

En septembre 1939, la Grande-Bretagne et la France allaient bientôt déclarer la guerre à l'Allemagne quand le vicomte avait décidé de rendre visite à sa nièce et son mari, Leander McCormick, à Chicago. L'Égypte traversait une période d'instabilité, les Anglais projetaient d'établir une importante base militaire au Caire, et Gabriel de Fontarce songeait à résider en Amérique jusqu'à la fin du conflit. Il s'était arrêté quelques jours à Londres afin de consulter ses associés, lorsqu'au milieu d'une phrase il s'effondra, raide mort, dans son assiette de vichyssoise, au Claridges où il déjeunait.

Renée, Kitzbuhel, 1936

Tout à la fin de sa longue existence, Renée ne rêvait pas seulement de son oncle bien-aimé. Elle était une enfant de deux siècles, presque trois, avait vécu dans cinq pays distincts, épousé trois hommes très différents les uns des autres, voyagé partout dans le monde, même après qu'on l'eut diagnostiquée alzheimer. Elle rêvait aussi et surtout de son enfance à la Borne-Blanche ; de son adolescence en Égypte, à Paris et à Biarritz ; de son court et pénible mariage avec Guy de Brotonne que, jeune adulte, elle avait rejoint au Prieuré. Elle repensait à l'accouchement difficile de ses deux bébés, à sa fuite au milieu de la nuit – enfin, la liberté ! – avec le fringant Pierre de Fleurieu ; et aux longues années de bonheur tranquille qu'elle avait connues à Londres, Chicago, New York, Kitzbühel et Saint-Tropez avec Leander McCormick.

Les tragédies qui l'avaient marquée au fil du temps, les êtres chers qui avaient osé mourir et la déserter, revenaient hanter ses rêves. Les parents et tous ceux qu'elle avait aimés au long de presque dix décennies, dont le petit Billy, y retrouvaient la vie. Et si la société portait sur elle un jugement sévère parce qu'elle avait été la maîtresse de son oncle, qu'elle avait deux fois divorcé et s'était mariée trois, si elle avait eu la réputation d'une croqueuse de diamants, tout cela lui était égal.

Louise Parker, aidante dévouée, ne l'avait pas quittée jusqu'à la fin. Elle rapporte que, peu avant de rendre son dernier soupir, Renée avait ouvert les yeux et ri joyeusement. Avec la voix inattendue d'une jeune femme, elle avait prononcé ces mots, les premiers depuis de nombreux mois : « Je m'en fous. »

LIVRE V

MARIE-BLANCHE

Lausanne, Suisse
Mars 1966

Marie-Blanche, Bill et Jim Fergus, 1957

1

— Cela fait presque six mois que vous êtes à la clinique de la Métairie, annonce le Dr Chameau en se levant de son siège, alors que je le rejoins ce matin pour ma séance quotidienne. Je vous en prie, asseyez-vous.

– Six mois, oui, lui dis-je en prenant place. Je n'ai jamais suivi de cure aussi longue.

– Je vous trouve en pleine forme, si vous me permettez. Vous respirez la santé, affirme-t-il en se rasseyant.

– Merci.

– Vous n'avez pas bu un seul verre depuis votre arrivée ici, n'est-ce pas ?

– Ce n'est pas faute d'en avoir demandé. Le service est lamentable dans cet établissement.

– Toujours le mot pour rire ! Mais même pour plaisanter, cela ne vous est pas venu à l'esprit depuis longtemps, je crois ?

– J'ai dû finir par comprendre que cela confinait à l'impossible.

– À l'évidence, vous avez fait beaucoup de progrès, madame Fergus. Au point que nous envisageons de vous laisser partir. Qu'en pensez-vous ?

– Partir ? Mais où irais-je ? Je n'ai plus de maison. Bill et moi avons divorcé. Je n'ai pas d'endroit où aller.

– Eh bien, à ce sujet, j'ai repris contact avec votre mère à Paris. Je lui ai fait savoir, il y a quelques semaines, que vous vous portiez beaucoup mieux. Elle a eu la gentillesse, suivant ma suggestion, de louer pour vous un appartement à Lausanne. Ainsi, et à condition que le besoin se présente, vous pourrez continuer à venir me voir, en consultation externe. Bien sûr, ce sera pour vous une période de transition, si vous voulez – jusqu'à ce que vous décidiez de l'endroit où vous souhaitez vivre à plus long terme. Cela vous paraît-il raisonnable, madame ?

– Oui, euh… ça me paraît très bien.

– Parfait. Vous avez là-dedans tout ce qui concerne votre nouveau logement, m'apprend-il en glissant vers moi une enveloppe en papier kraft. Il y a vos clés et vos coordonnées bancaires. Votre mère a ouvert un compte à votre nom pour que vous puissiez régler vos factures vous-même.

– Merci, docteur. Merci pour tout ce que vous avez fait pour moi. Vous avez été très patient à mon égard. Je ne pourrais pas en dire autant, en ce qui me concerne.

– Je vous en prie, madame Fergus, dit-il en repoussant ma remarque d'un geste de la main. Nous sommes là pour ça. Bien, j'aimerais à présent aborder un sujet plus délicat. Certains membres du personnel ont observé que, ces dernières semaines, vous avez tissé avec M. Jourdan, un autre de nos patients, des liens de… de…

– D'amitié ?

– Oui, voilà, exactement.

– Alors on nous espionne ?

– Pas du tout, madame, m'assure le médecin, qui hoche vigoureusement la tête. Rien de la sorte. Mais je me permets d'en parler, car cela n'est pas la première fois que nous voyons naître une relation amoureuse dans l'établissement.

– Vous voulez dire « amicale » ?

– Oui, oui, pardon. Et nous savons d'expérience que de telles amitiés entraînent parfois certaines complications…

– Ah, oui. Deux ex-ivrognes se retrouvent en liberté et s'encouragent mutuellement à boire, c'est cela ?

– Précisément. C'est déjà arrivé. Je n'ai sûrement pas l'intention de vous aider à choisir vos relations. Cependant il est de mon devoir de vous mettre en garde.

– Merci, docteur, vos conseils sont précieux. Je crois cependant que M. Jourdan et moi-même sommes assez d'accord, en ce qui concerne l'alcool. Nous avons tout perdu à cause de lui.

– Pas tout, madame, réfute le Dr Chameau en agitant un doigt circonspect. Vous êtes sur le chemin de la guérison et la vie a encore beaucoup à vous offrir. À propos de liens, vous pouvez à présent vous rapprocher de vos enfants, de votre mère, voire de votre mari, bien que cet aspect-là dépasse mes compétences…

Je l'interromps :

– Vous ai-je répété ce que j'ai dit à mon fils Jimmy, un jour que j'étais soûle ? Peut-être même plusieurs fois…

– Je ne crois pas. Je vous écoute.

– Je me rappelle un soir… parmi tant d'autres que j'ai oubliés. J'avais bu, j'étais très soûle et nous nous étions disputés, Bill et moi, pour changer. J'ai recommencé à déverser mon fiel… Vous savez, docteur, ces reproches que nous nous envoyions à travers la figure en levant le coude : « Tu as tué Billy ! » Il a fini par se réfugier à la taverne du village pour ne plus m'entendre. Ce qu'il faisait souvent, je me souviens de vous l'avoir dit. Il restait au comptoir à fumer devant un scotch, jusqu'à la fermeture, certain qu'à son retour je serais en train de cuver.

« Leandra passait la nuit chez des amis, et Jimmy s'était couché. Je ne vois pas comment il aurait pu dormir, tant nous avions crié, Bill et moi. Tout s'entendait dans la maison. J'étais tellement soûle que je ne tenais plus debout… En rampant, je suis allée dans la chambre de Jimmy, en la prenant pour la nôtre… Vous vous rendez compte, j'ai cru que c'était Bill ! Lui, mon fils de dix ans ! Vous en connaissez beaucoup, des gens qui picolent à ce point, docteur ?

– Oui, madame. Nous en avons un certain nombre ici…

– Et vous savez ce que je lui ai dit, à mon fils de dix ans ?

– Je ne pense pas que vous m'en ayez fait part, non.

– Moi non plus. Et vous savez pourquoi ? Ce n'est pas la honte qui m'a retenue, car je ne m'en suis souvenue qu'hier soir. Il y a de ces horreurs qui me reviennent…

– Parce que vous êtes restée sobre pendant presque quatre mois. Le fait que les souvenirs remontent à la surface est un bon signe. Un très bon signe. Poursuivez votre récit, madame Fergus.

– Je croyais que c'était Bill… Je lui ai dit… je lui ai dit… j'ai crié : « Pourquoi tu me baises plus ? » Voilà ce que j'ai demandé à mon fils de dix ans qui essayait de dormir. J'étais tellement cuite que je le prenais pour mon mari, et j'ai hurlé : « Pourquoi tu me baises plus ? »

– Que vous a-t-il répondu ? fait Chameau d'une voix douce.

– Il s'est mis à pleurer en bafouillant : « Maman, maman, c'est moi, Jimmy. Tu ne vois pas que c'est moi ? » Il était terrifié, en larmes, et il s'est réfugié sous ses couvertures. Mais j'étais tellement ivre que je ne l'écoutais pas, je hurlais encore, je croyais toujours que c'était Bill. Et vous savez ce qu'il me disait, lui, quand je lui posais la question ?

– Non, madame.

– Il répondait : « Regarde-toi dans la glace. » Et il avait raison. Si j'avais réussi à me voir, j'aurais compris que j'étais devenue monstrueuse… Alors vous pensez toujours que je peux renouer avec mes enfants ?

– Oui, je le crois. Les enfants ont d'étonnantes dispositions pour le pardon. À condition que vous le leur demandiez. En outre, vous êtes maintenant capable de vous voir dans la glace, avec un regain de lucidité. Je comprends que ces souvenirs-là soient pénibles. Mais ils démontrent que votre subconscient n'est plus paralysé par l'alcool. Cela va continuer pendant un certain temps, et bien des choses vont sortir de l'oubli.

– Mais je ne veux pas ! Je ne tiens pas à me rappeler tout ça !

– Bien sûr que non. C'est le contraire qui me surprendrait. Seulement, nous ne contrôlons pas notre mémoire.

– J'en avais pourtant l'impression. Je pensais que l'alcool évacuait ces choses.

– Par bonheur, vous avez dépassé ce stade, madame Fergus. La guérison est maintenant à votre portée, j'en suis convaincu.

2

En rapportant ses indiscrétions, le personnel a dit vrai à ce bon Dr Chameau. Mon ami Émile Jourdan, qui est français, est ici pour la même raison que moi : buveur invétéré, il a presque tout perdu, notamment sa famille et une grande partie de sa fortune. Nous nous sommes rencontrés il y a environ deux mois, un jour que je me promenais dans le parc. Un parc impeccable, d'ailleurs, comme on peut s'y attendre en Suisse, autour d'une institution comme celle-ci. Le jardin est soigneusement entretenu, les arbres et les massifs bien élagués, les vastes pelouses souvent tondues. Au centre se trouve un court en terre battue où, semble-t-il, personne ne vient jamais jouer, ainsi qu'un terrain de croquet, pareillement désert. Sans oublier les splendides parterres de fleurs, et les bancs, chaises, tables placés aux endroits stratégiques. C'est d'autant plus admirable que les jardiniers, paraît-il nombreux, sont pratiquement invisibles.

Émile est un peu plus âgé que moi et, s'il est encore bel homme, ses années d'excès ont laissé de sérieuses traces. Dès le premier jour, j'ai reconnu ce regard triste, fragile et tourmenté qui n'appartient qu'aux alcooliques, comme il a dû reconnaître le mien – la secrète coalition des anciens ivrognes, unis par l'abstinence et ses incertitudes.

Émile était assis, songeur, dans le petit kiosque près du court de tennis – vide, comme d'habitude – quand je l'ai croisé. Je ne saurais dire pourquoi, mais j'avais jusque-là évité la compagnie des autres pensionnaires et, curieusement, je me suis approchée.

– Je n'ai jamais vu personne jouer ici, lui ai-je dit. Vous non plus ?

– On manque sans doute de grands sportifs dans cet établissement.

– Je m'appelle Marie-Blanche.

– Émile, a-t-il répondu en se levant.

– Non, non, restez assis. Je ne voudrais pas vous déranger, monsieur.

– Vous ne me dérangez pas, a-t-il dit en me tendant sa main. Jouez-vous au tennis, Marie-Blanche ?

– Pas très bien, j'en ai peur. Cela m'arrivait quand j'étais jeune, mais il y a bien longtemps. Et vous ?

– Oui. Nous avions un court dans notre propriété de la Loire. Après le premier set, nous faisions une pause et Georges, le majordome, nous rejoignait avec un plateau de gin tonics. Nous appelions ça des boissons fraîches – justement pour nous rafraîchir, avant le deuxième set…

– Vous y pensiez quand j'ai eu le toupet d'interrompre votre rêverie.

– C'est le moment que je préférais, a reconnu Émile avec un sourire triste. Parfois, je faisais exprès de perdre le premier pour en finir au plus vite et avaler un verre !

– Et là, vous attendez Georges avec son plateau, n'est-ce pas ?

– Exactement, a-t-il reconnu en riant. J'en rêve. Et vous ? Avez-vous de telles nostalgies ?

– Toujours, oui. Mais de moins en moins… Cela vous ennuierait-il beaucoup que je prenne place près de vous en attendant Georges ? Des gin tonics sur un plateau… une vision de paradis…

– Avec plaisir, je vous en prie.

C'est ainsi que ça a commencé – deux vieux pochards qui s'inspiraient de la sympathie. Sans même nous connaître, nous avions tant en commun. Dès le lendemain, Émile et moi avons pris l'habitude chaque jour de nous promener dans le parc. Puis nous nous asseyions dans le kiosque en guettant le majordome et ses boissons fraîches. Nous nous sommes confiés l'un à l'autre, nous racontant nos vies – des versions épurées, bien sûr, certains détails sont trop scabreux pour en faire part. Nous nous en doutions cependant, mais nous avons gardé nos secrets respectifs. L'abstinence nous donnait l'illusion de repartir à zéro et le cadre de La Métairie, tel un cocon protecteur, nous a permis de créer un univers à l'abri de nos existences « réelles ».

Bien sûr, le sexe a mis son grain de sel dans tout ça et nous n'avons guère tardé à nous rendre visite, le soir, dans son appartement ou le mien. À la vérité, la clinique tenait plus d'un hôtel quatre étoiles que d'un centre de cure, et nous disposions chacun d'une suite très confortable, située à un étage différent. De plus, nous étions là de notre plein gré et rien dans le règlement ne s'opposait à ces allées et venues.

Lui aussi divorcé, Émile est père de trois enfants, aujourd'hui grands, qu'il ne voit presque plus. Cet homme blessé, prévenant, se révèle un amant patient, doux et attentif, comme certains le deviennent avec l'âge. Alors que nous sommes allongés ensemble, ce soir après ma dernière séance avec le Dr Chameau, je lui apprends que celui-ci me croit bientôt guérie et que je vais m'installer dans un appartement en ville.

– Ah, j'avais comme l'intuition que vous alliez me quitter, Marie-Blanche. Vous sentez-vous prête à affronter le monde extérieur ?

– J'aurais plutôt peur.

– De recommencer à boire ?

– Évidemment.

– Ce serait trop tôt pour moi, dit-il. Je serais tenté de courir aussitôt jusqu'au premier bar.

– Je ne pense pas que vous le feriez, Émile. Pour vous et moi, il était possible de sortir d'ici à tout moment et de filer boire un verre. Nous avons choisi de ne pas le faire.

– Parce que nous n'avons pas d'autre endroit où revenir. Si nous avions quitté l'établissement, nos familles auraient définitivement rompu avec nous. En revanche, vous avez maintenant un logement, la bénédiction du médecin et le soutien de vos parents.

– Vous pourriez louer un appartement près du mien, lui suggéré-je. Nous serions peut-être voisins.

– Croyez-vous que nous nous inciterions mutuellement à boire ? Ou qu'au contraire nous nous aiderions à rester sobres ?

– Je ne saurais vous répondre. Tout ce que je sais, c'est que le Dr Chameau ne voit pas nos relations d'un très bon œil.

– Comment ? Il est au courant ?

– Toute la clinique est au courant, mon cher, dis-je en riant. On ne garde pas longtemps ce genre de secret, ici. Et nous n'avons pas spécialement cherché à nous cacher.

– Quand partez-vous, Marie-Blanche ? demande Émile en me prenant dans ses bras.

– Bientôt. Le temps de m'organiser un peu et de faire mes valises. Ensuite, je n'ai qu'à mettre la clef dans la serrure.

– Vous allez beaucoup me manquer.

– Eh bien, venez avec moi.

– Je doute de mon comportement au-dehors, Marie-Blanche. Mais peut-être plus tard ? Il faut vous souvenir, ma chère, que j'ai picolé pratiquement quinze ans de plus que vous. J'aurai besoin de plus de temps pour enterrer cette vie-là.

– Pas quinze ans de plus, j'espère ! Je ne serai plus toute jeune…

– Et moi, je serai mort !

– Raison de plus pour partir plus vite ! Vous savez, vous pouvez attendre autant que vous voulez devant le court de tennis, Georges ne viendra plus avec son plateau.

– Oui, et c'est précisément ce que j'apprécie ici.

3

Mon studio à Lausanne se trouve au quatrième étage de l'hôtel Florybel, une pension non loin de la gare. Minuscule mais confortable, il offre une jolie vue sur le lac Léman, au-delà duquel je vois briller la nuit les lumières d'Évian. Selon les termes de notre divorce, Bill me vire de l'argent chaque mois, qui s'ajoute à celui que maman a déposé pour moi à la banque. J'en ai suffisamment pour couvrir mes dépenses. Bien que je sois sobre depuis maintenant presque quatre mois, ma mère refuse toujours que je lui rende visite à Paris et elle n'a pas l'intention de venir ici. Elle ne communique plus du tout avec moi et c'est son avocat qui paie mon loyer, ce en quoi je lui suis également reconnaissante. J'ai abordé avec enthousiasme ma nouvelle vie à Lausanne où je me suis fait pas mal d'amis.

Mon cher Émile a quitté La Métairie un mois après moi. Il a décidé finalement de ne pas résider en ville – sans pour autant s'éloigner trop de la clinique, afin de poursuivre son traitement. Il a donc loué une petite maison à la campagne. Émile continue de s'abstenir, comme moi, et nous sommes plus proches que jamais. Toujours très amoureux, nous projetons de nous marier. Il me rejoint chaque semaine, reste dormir un jour ou deux, et je prends le train presque tous les week-ends pour le voir, parfois accompagnée par quelques amies, voire leur copain ou leur mari, qui descendent à l'auberge du village. Tout cela est très gai, très européen et, avec le recul, je me demande comment j'ai fait pour vivre si longtemps à Lake Forest, supporter cette bande de bourgeois réacs et barbants. Pas étonnant que j'aie bu. J'ai beau avoir quarante-six ans, je me sens renaître ici, où je retrouve mes racines. Cela paraîtra peut-être brutal, mais ni Bill ni les enfants ne me manquent, et je n'en attends pas davantage de leur part. Ils sont sûrement ravis d'être débarrassés de moi. Nous nous écrivons à peine. J'ai entamé une nouvelle existence et l'ancienne semble s'effacer peu à peu, s'évanouir dans le lointain.

Dans la vie de tout alcoolique repenti, il arrive toujours un moment où l'on se sent si fort, si invincible, où l'on a les idées si claires que l'on croit finalement mériter un genre de récompense. Merde, quoi, j'ai été si raisonnable ces derniers mois, je peux quand même m'accorder un verre, juste un à la fin de la journée, histoire de me détendre en regardant le soleil se coucher sur le lac, par une douce soirée de printemps. Cette heure-là de la journée, entre chien et loup, est toujours la plus pénible, la plus solitaire, la plus mortelle pour les anciens buveurs – car c'était celle des longs apéritifs. Ce serait tellement sympa de s'asseoir sur le balcon en sirotant lentement *un* cocktail – à savourer tranquillement, à faire durer autant que possible. Oui, rien qu'un. Quel mal y aurait-il ? Mon cher ami ne serait pas d'accord, mais il n'a pas besoin de savoir.

Dans mes rêves, on frappe à ma porte, de plus en plus fort, puis j'entends au loin Émile qui m'appelle. J'essaie de me secouer et, me réveillant enfin, je m'aperçois que je suis allongée nue par terre, les pieds sous la petite table devant le canapé. Le tapis persan est humide et donc j'ai pissé dessus. Je sens le vomi. Il y a trois bouteilles de vodka vides sur cette table, et une quatrième encore pleine. Je me souviens seulement d'être descendue en bas à la boutique, où j'en ai acheté une demi-douzaine… Je ne sais plus à quel moment, ni pourquoi j'ai pensé qu'il m'en fallait plus d'une pour préparer un unique cocktail. Peut-être avais-je l'intention d'inviter du monde ?

– J'arrive tout de suite, dis-je à Émile avant de vomir encore.

Pourriez-vous revenir plus tard ? Je ne me sens pas très bien, avoué-je en bredouillant.

– Ouvrez-moi, Marie-Blanche. Je vous appelle depuis trois jours. Pourquoi ne décrochez-vous pas le téléphone ?

– Ça ne va pas. Revenez une autre fois. S'il vous plaît.

– Je ne suis pas dupe, dit-il. Allons, ouvrez !

– Donnez-moi cinq minutes.

Je réussis à me lever – la tête me tourne et j'ai la nausée – et je titube jusqu'à la salle de bains où je vomis encore. Il y a de l'urine sur le carrelage ; j'ai dû tomber la dernière fois ; je vois des traces de vomissure, desséchées, sur la lunette des W-C. J'attrape ma robe de chambre, suspendue à la porte ; je m'asperge le visage d'eau fraîche en évitant de me regarder dans la glace. « Bon Dieu, cette tête de déterrée ! » Je me brosse les dents d'une main tremblante, j'essaie de coiffer mes queues-de-rat. « Oh merde, j'ai une tronche à hurler ! » Me revoilà donc.

Il y a quelques années, Bill m'avait permis de boire deux verres le soir à la maison, cependant je gardais une bouteille aux toilettes, cachée dans le réservoir de la chasse d'eau. Quand j'y allais, j'en profitais pour avaler une petite goutte. Si je ne revenais pas après un certain temps, Bill qui, comme d'habitude sirotait un scotch en fumant dans son fauteuil en cuir, demandait à Jimmy : « Va voir ce que fait ta mère, fils. » Un jour, Jimmy, qui avait douze ans, me découvrit étendue par terre dans une flaque d'urine. Ma robe relevée jusqu'à la taille, ma gaine et mes bas sur les chevilles, j'étais tombée du siège.

Me revoilà donc. Et Émile continue de frapper à la porte.

– Ouvrez-moi tout de suite, Marie-Blanche !

– D'accord, d'accord, j'arrive. Juste une minute.

Il a cette expression que Bill a eue tant de fois. Soucieux, incrédule, il aperçoit derrière moi le désordre sans nom de ma soûlographie, et il étudie mon visage défait. C'est alors la déception, le dégoût, la répulsion que je lis dans son regard.

Un regard triste et torturé. Ses paupières sont ridées, ses yeux portent la marque du désespoir. Puis son expression change, pleine de douceur, et doublée d'un immense chagrin.

– Je suis navré, Marie-Blanche, vraiment navré. Au revoir, ma chérie.

Je ne reverrai plus Émile Jourdan, je le sais. Dieu merci, j'avais fait provision de vodka. Il ne sera plus nécessaire de quitter l'appartement. Assise en robe de chambre sur le canapé, j'ouvre la bouteille qui reste et je m'envoie une bonne gorgée. Oui, ça calme gentiment les nerfs et la nausée. Une autre gorgée. Le moment est venu de vider la penderie, de me débarrasser de toutes ces vieilles nippes. Il y a si longtemps que je veux le faire, je ne veux plus les voir, je n'aurai pas besoin de grand-chose là où je vais.

Les paysans du village hériteront de mes biens. M'en seront très reconnaissants. À l'abri dans ma haute tour, je peux me montrer prodigue ! Mes jupes, mes robes, flottent au-dessus du bitume. C'est qu'elle manquait de couleurs, cette rue ! Voilà qui est mieux… Que mes culottes et soutiens-gorge aillent s'accrocher aux branches ! Orner le toit des voitures ! Dommage que personne ne soit là pour assister aux élans généreux de la princesse ! Mes sujets auront toutefois l'agréable surprise de voir les jardins du château bariolés de tons vifs, puis de découvrir leur dame bien-aimée, dormant paisiblement dans l'herbe moelleuse du printemps… Oui, ils seront en joie !

On a coutume de dire que notre vie entière défile devant nos yeux au moment de mourir, comme ces petits carnets d'images pour enfants dont on feuillette les pages à toute vitesse. Bien sûr, cela n'est pas vrai, c'est une absurdité, car pourquoi reproduire à l'extrême fin ce que nous savons déjà, ce que nous avons vécu ? De toute façon, le vrai récit de nos existences ne commence pas à la naissance, non, il faut remonter bien plus loin, prendre à contre-courant le fleuve ombilical jusqu'à la source maternelle qui, liant les générations, nous nourrit et, avec les blessures, nous inocule le poison familial. Passagère libérée de mes servitudes, je m'élance dans l'espace avant de plonger à terre, pour ce voyage-là.

ÉPILOGUE

Lausanne, Suisse
Juin 2007

Quarante et un ans après le décès de ma mère, Marie-Blanche, je me suis rendu à Lausanne avec ma compagne, Mari Tudisco, et Isabella, sa fille de seize ans. Ma mère avait disparu quand j'avais moi-même seize ans, mais je n'ai appris les circonstances exactes de sa mort qu'un quart de siècle plus tard, en rencontrant par hasard une de ses vieilles amies à Chicago. J'en avais alors trente-neuf et je m'en étais tenu à la version de mon père. Avant de mourir onze jours après elle, il m'avait affirmé qu'elle avait succombé à une sclérose du foie, ce qui semblait très plausible, compte tenu de son alcoolisme. Lorsque, au coin d'une rue, sous un vent glacial, j'ai croisé cette personne que je n'avais pas revue depuis plusieurs décennies, nous avons bavardé un instant et elle m'a dit :

– Ta maman a été très courageuse.

– Courageuse ? De faire quoi ?

– De mettre fin à ses jours comme ça.

Comprenant que j'ignorais le fin mot de l'histoire, elle est devenue blanche.

– Je suis navrée, Jim, vraiment… J'aurais cru que tu savais.

– Non, il n'y a pas de quoi. Mais il faut tout me raconter, maintenant.

Ce qu'elle fit.

J'avais apporté en Suisse deux lettres que ma mère avait écrites à son beau-frère John Fergus, qui l'avait accompagnée à la clinique de la Métairie en 1965. Sur chacune des enveloppes figurait l'adresse de retour, hôtel Florybel, où elle avait résidé au terme de sa cure et devant lequel elle devait mourir, le 12 mars 1966. Marie-Blanche y décrivait son minuscule studio et la vue qu'il offrait, au quatrième étage, sur le lac Léman.

L'après-midi de notre arrivée, Mari, Isabella et moi avons trouvé le Florybel, débaptisé et reconverti en immeuble d'appartements, pas très bien entretenu. Il était situé à quelques minutes à pied de notre propre hôtel. J'ai parlé quelques instants à la concierge, lui expliquant le motif de ma présence, et elle m'a appris qu'un nouveau locataire avait emménagé dans le studio au quatrième étage, que je lui ai décrit. Elle m'a proposé de repasser le lendemain, qui était un samedi.

Plus tard ce soir-là, j'ai laissé Mari et Isabella pour revenir tout seul au Florybel. Je me suis assis en face sur le trottoir, j'ai allumé une cigarette et observé les allées et venues des occupants. Un jeune homme s'est garé devant l'entrée, a couru rejoindre sa petite amie qui habitait sans doute là et l'attendait dans le hall. Ils se sont embrassés en riant joyeusement et sont repartis, main dans la main, vers la voiture. Peut-être allaient-ils dîner, ou au cinéma, ou au concert. Une femme âgée remontait la rue en tirant péniblement une poussette pleine à ras bord de provisions pour le week-end. J'ai pensé à une ouvrière au terme d'une longue journée de travail. Tandis qu'elle entrait dans l'immeuble, un père et sa fille en sont sortis, tenant leur petit chien en laisse pour la promenade du soir.

Je suis resté un moment à fumer d'autres cigarettes. Arrivant derrière moi, un agent de police m'a demandé en français si j'avais besoin de quelque chose.

– Non, je vous remercie, lui ai-je répondu.

– Que faites-vous ici ? a-t-il continué, sensible à mon accent américain.

– Rien de spécial. C'est interdit de s'asseoir là ?

– Vous n'êtes pas dans un square, monsieur, mais dans un quartier résidentiel, et nous avons des lois contre les rôdeurs.

– Fort bien, ai-je dit en me redressant. Je m'en vais.

J'ai fait le tour du pâté de maisons, me suis assuré que le policier n'était plus là et j'ai repris place au même endroit. Il commençait à être tard, il n'y avait personne dans la rue. Je ne sais pas ce que je voulais, ce que je m'attendais à trouver. Levant les yeux vers l'appartement à l'angle du quatrième, j'ai imaginé ma mère, Marie-Blanche, en train d'enjamber la balustrade. À cet instant précis, la lumière s'est allumée dans le studio et quelqu'un a poussé la fenêtre coulissante. Le locataire avait dû rentrer chez lui pendant que je marchais et voilà que, vêtu d'un peignoir, il apparaissait sur le balcon. À cette distance, je n'aurais su dire si c'était un homme ou une femme. La silhouette s'est accoudée à la balustrade pour regarder les lumières scintillantes d'Évian sur la rive opposée du lac. Un frisson m'a parcouru l'échine et j'avais la chair de poule.

– Ne saute pas, m'man, ai-je murmuré, s'il te plaît, ne saute pas.

J'ai commencé à pleurer.

Au bout d'un court instant, la silhouette est repartie à l'intérieur.

Le lendemain, Mari, Isabella et moi sommes retournés au Florybel et nous avons monté l'escalier jusqu'au quatrième, où j'ai frappé à la porte du studio. Un jeune homme nous a ouvert.

– Excusez-moi de vous déranger, lui ai-je dit en français. Ma mère a vécu il y a bien longtemps dans cet appartement. J'ai fait le voyage depuis les États-Unis – auriez-vous la gentillesse de me laisser le voir ?

– Bien sûr, a dit l'affable jeune homme. Mais j'ai emménagé il y a quelques jours, ne faites pas attention au désordre.

Il nous a invités à entrer et nous nous sommes présentés plus amplement.

– À quelle époque votre maman a-t-elle habité ici ? a-t-il demandé.

– En 1966.

Le minuscule salon était encombré par des cartons encore pleins. Il y avait un ordinateur portable, sur la table basse, devant le petit canapé.

– Comme je vous l'ai dit, tout est sens dessus dessous, s'est excusé le locataire.

– Ne vous excusez pas. C'est très aimable à vous de nous laisser entrer.

– Que faisait votre mère à Lausanne ?

– Ma mère était française. Elle était venue en Suisse pour raisons de santé. Elle a séjourné ici dans un établissement de soins.

– Et elle était heureuse dans ce studio ?

Mari et moi nous sommes observés un long instant.

– Oui, ai-je finalement répondu. Très heureuse. Elle appréciait la vue sur le Léman et les lumières, la nuit.

– Ah oui ! a convenu le jeune homme. Ça me plaît aussi beaucoup.

– Est-ce qu'on peut aller sur le balcon ? a demandé Mari.

– Je vous en prie.

Les filles ont mis le pied dehors pendant que je discutais avec notre hôte. À la vérité, j'ai facilement le vertige et j'évite les balcons élevés. Je me suis tout de même forcé à les rejoindre, en restant près de la fenêtre. Après tout, j'avais parcouru bien des kilomètres, quarante ans plus tard, pour me rendre compte par moi-même.

Mari et Isabella se tenaient côte à côte devant la balustrade à l'angle du balcon. Dix-huit mois auparavant, on avait appris à Mari, alors âgée de quarante-neuf ans, qu'elle avait un cancer en phase terminale. Statistiquement, elle n'aurait pas dû être vivante, mais elle l'était, et suffisamment solide pour faire le voyage. Elle devait disparaître un peu plus de douze mois plus tard.

Sans m'approcher de trop près à cause du vertige, je les ai regardées toutes les deux. Blotties l'une contre l'autre, elles observaient la rue en bas. Et j'ai entendu Isabella chuchoter – chère et douce Isabella, qui a connu tant de chagrins dans sa jeune vie, et pour qui il était inimaginable que sa propre mère attente à ses jours.

– Elle n'a peut-être pas sauté, maman, tu sais. Elle est peut-être simplement tombée.

POSTFACE

Ce fut un soulagement quand, il y a quelques années, j'ai appris qu'un de mes auteurs fétiches, Romain Gary, réécrivait souvent ses livres, tant en anglais qu'en français, même après leur parution. Cela justifiait en quelque sorte une de mes obsessions. Une telle pratique, naturellement, s'explique par le fait qu'un roman ou une biographie – comme la vie elle-même – n'est jamais vraiment achevé... avant son terme ultime. J'ai toujours été un journaliste et un écrivain compulsif, sans cesse en train de modifier, d'ajouter ou de supprimer du texte, à la recherche d'une sorte de perfection, du *mot juste*, comme dirait un autre de mes héros en ce domaine. Une perfection que, bien sûr, l'on n'atteint jamais. Je vous assure que cette idée fixe a de quoi rendre fou – notamment moi et mon traducteur.

Au cours des dix dernières années, plusieurs événements m'ont poussé à ébaucher une nouvelle édition de *Marie Blanche*. Le plaisir ou le déplaisir que procure un roman étant d'ordre purement subjectif, il est dangereux pour un auteur de prêter une trop grande attention aux critiques qu'il suscite, qu'elles émanent des professionnels ou des lecteurs eux-mêmes. Cependant, il doit parfois reconnaître la pertinence de certaines opinions. Lors de la première parution de l'ouvrage, un grand nombre de personnes m'ont rapporté qu'elles avaient été déroutées par sa construction. J'ai fini par me ranger à leur jugement et j'ai donc restructuré le roman, en procédant à des suppressions, des additions ou des changements ici et là. J'ai également ajouté quelques textes, rédigés à l'époque où j'étais journaliste free lance, de sorte que l'ensemble se rapproche plus de Mémoires personnels que d'une fiction. On y trouve aussi quelques photographies qui sont pour moi synonymes de joie, même d'enchantement, car bon nombre d'entre elles montrent ma famille en train de mener une existence heureuse, sans rien soupçonner des tragédies à venir.

Plus important encore, à mesure que j'ai pris de l'âge, qu'autour de moi des êtres chers ont disparu, j'en suis venu à poser un autre regard sur mes personnages et leur histoire, avec parfois quelque chose d'indéfinissable. J'avais entamé la rédaction de *Marie Blanche* sept ans avant la première parution, soit près de quarante ans après en avoir eu l'idée, à l'âge de 16 ans, quand mes parents sont décédés. Je savais alors déjà quelle profession j'allais exercer. C'est ainsi que j'ai grandi avec ce livre, ces personnages, et le germe d'une histoire en tête. La seule protagoniste encore vivante, trente ans après la mort de sa fille, était ma grand-mère Renée, en qui j'ai trouvé le coupable que j'avais besoin de condamner, quelqu'un sur qui reporter mon propre chagrin, ma propre colère.

Lentement, tandis que les années passaient, que s'estompait le narcissisme essentiel de la jeunesse, j'ai réuni d'autres composantes du récit, qui m'ont permis de mieux apprécier et d'accepter qui étaient mes ascendants, Renée y compris. Un cheminement qui se poursuit. En dépassant l'âge qu'avaient atteint mes parents, je les ai bientôt presque considérés comme mes enfants, et leur fils Billy, mon frère qui n'aura jamais eu que 5 ans, comme mon petit-fils. J'ai le souci de les protéger, eux et leur mémoire.

Entre l'âge de 60 et de 70 ans, les perspectives sont bouleversées. Notre condition de mortels devient une réalité concrète, poignante. C'est dans cet état d'esprit que j'ai entrepris de revoir mon roman, traçant un chemin entre la découverte de soi, la nostalgie et le pardon. Je me rends compte en approchant de la fin, encore enveloppée d'une brume qui se dissipe à peine, que ma famille me manque plus que jamais. Je voulais de nouveau la saluer. Quels que soient ses défauts, ses erreurs, ses excentricités, ses faiblesses, ses addictions, sa cruauté – consciente ou pas –, j'éprouve à son égard de l'amour, de l'indulgence et une compréhension teintée de tristesse. La vie, comme nous l'apprenons tous, est à la fois belle et brutale, et les miens, à quelques notables exceptions près, furent de bonnes gens qui ont fait de leur mieux. Ils ont connu leurs joies, leurs bonheurs, et les inévitables souffrances. J'aurais souhaité d'autres dénouements pour eux, mais ici le travail d'un biographe s'arrête aux portes de la fiction.

NOTES DE L'AUTEUR ET REMERCIEMENTS

Après la publication française de *Marie-Blanche* en 2011, une page Wikipedia (reproduite ci-dessous) m'a appris bien des choses que j'ignorais concernant la famille de ma mère. L'auteur, un généalogiste certainement compétent, révèle que les Fontarce avaient pour vrai nom Trumet de Fontarce et n'appartenaient pas à la noblesse. Il s'agissait de simples propriétaires terriens, originaires d'un hameau du même nom. J'admets que cette découverte m'a amusé puisque, toute sa vie, ma grand-mère Renée avait maintenu que son père Maurice était comte, et son oncle Gabriel vicomte. De fait, dans tous les vieux albums de famille dont j'ai fini par hériter, leurs titres fallacieux figurent sous leurs photographies – et dans les archives de journaux que j'ai consultées pour mes recherches, Gabriel est souvent désigné sous le terme de vicomte. Évidemment, la famille a fini par retirer le « Trumet » de son patronyme frauduleux. Je me suis donc demandé si Renée avait su la vérité mais, même si ç'avait été le cas, j'ai idée qu'au fil du temps elle a choisi de croire au mensonge.

Légitimement, l'auteur de la page Wikipedia suppose que, pour les besoins de la fiction, j'ai représenté ma famille sous les traits de la noblesse. Je n'avais aucune raison de faire autrement puisque cela n'avait jamais été démenti. Par ailleurs, le fait que cette mystification ait tant compté pour ma grand-mère témoigne de son caractère ambigu. D'un côté, comme indiqué dans mon récit, elle n'évoquait pas mon père par son nom, l'appelant seulement « le paysan ». De l'autre, elle fréquentait les restaurants ouvriers, nouait des liens avec ses voisins de Saint-Tropez, qu'elle ne méprisait aucunement, et elle était très appréciée dans le village. Bien sûr, cela n'était pas négligeable d'être l'épouse de Leander McCormick – pratiquement tous les fermiers de la campagne environnante possédaient un tracteur de la marque. En outre, le couple se montrait extrêmement généreux, aidant financièrement ou par d'autres moyens les villageois et leurs enfants. Aussi riche fût-il, Leander restait un homme modeste. À la Ponche, il tenait à faire connaissance avec tous les pêcheurs, leurs familles, et témoignait des difficultés de leur métier à l'aide de ses photos. Pour leur part, les habitants appréciaient le fait qu'il s'abstenait de prendre de grands airs et n'entretenait aucun sentiment de supériorité. Comme n'importe quel ouvrier bien habillé, il portait des pantalons de velours, des chandails de laine et des casquettes de tweed.

J'imagine que lui aussi devait croire à l'ascendance aristocratique de Renée puisque, dans les deux romans qu'il a traduits pour elle, elle entretient le fantasme d'une noble parentèle. Auprès des journalistes et dans son cercle d'amis, elle expliquait que cette famille romancée reproduisait de très près le monde des comtes, comtesses et vicomtes dans lequel elle avait grandi. Qu'elle ait connu ou pas la vérité, Renée a emporté son secret dans la tombe. En réalité, son père n'était pas plus comte qu'elle était comtesse, même si ses cartes de visite étaient imprimées au nom de la « comtesse Renée de Fontarce McCormick ». Quant à sa véritable mère, si l'on en croit les rumeurs, c'était un petit rat de l'Opéra. Quelle importance, finalement ? En ce qui me concerne, j'ai fait mien le dicton de D. H. Lawrence : « La seule aristocratie est celle de la lucidité ».

* * *

Une ascendance française réelle, source d'un roman

Avec son roman *Marie-Blanche*, Jim Fergus dévoile son ascendance française par les femmes issues de la famille **Trumet de Fontarce**. Jim Fergus présente, pour les besoins de la fiction, la famille de Fontarce comme de vieille noblesse et donne au chef de famille Maurice un titre de comte et à son frère puîné Gabriel, un titre de vicomte. Or, la famille Trumet de Fontarce est une famille de propriétaires terriens de l'Aube, titulaires sous l'Ancien Régime de petits offices de judicature, dont les aïeux n'ont jamais été nobles ni anoblis. C'est d'ailleurs par un décret du 30 mai 1860 que la famille *Trumet* fut légalement autorisée à ajouter à son nom *de Fontarce*, régularisant ainsi un usage familial de ce nom de terre ajouté au patronyme Trumet. **Fontarce** est un toponyme désignant un lieu-dit de la commune de Vitry-le-Croisé, soit le hameau de Fontarce ou du *Grand-Fontarce*, soit la ferme de *Fontarce-le-Petit*. C'est le premier lieu-dit que traverse, en quittant sa source, l'Arce, rivière affluente de la Seine à Bar-sur-Seine, localité où se fixe au XIXe siècle la famille Trumet, acquérant des terres alentour.

Dans une note mise en tête de son ouvrage, Jim Fergus précise bien que « tous les personnages, y compris celui de l'auteur, sont des représentations fictives, qui peuvent éventuellement comporter certaines ressemblances avec des personnes réelles, mortes ou vivantes ». Néanmoins, les divers protagonistes de cette famille sont appelés dans le roman par leur vrai nom et se retrouvent dans l'arbre généalogique des ascendants côté maternel de Jim Fergus, qui peut être reconstitué ainsi :

- Nicolas Trumet, notaire et procureur au bailliage ducal d'Aumont, résidant à Lirey
  époux de Marie Anne Lacroix
  - Edmé Antoine Nicolas Trumet (Lirey, 16 janvier 1761 – 5 mai 1846), procureur aux juridictions royales de Bar-sur-Seine, puis président du tribunal de première instance de Bar-sur-Seine
    époux de Catherine Geneviève Adélaïde Petel

- Jean Baptiste Trumet dit *Trumet de Fontarce* (16 septembre 1790 – 30 avril 1857), avocat puis magistrat et maître des requêtes au Conseil d'État
  époux le 17 décembre 1821 de Jeanne Françoise Ligeret de Beauvais (21 mars 1799 – ?)
  - Armand Trumet **de Fontarce** (Dijon, 15 août 1824 – Bar-sur-Seine, 14 septembre 1908), docteur en médecine, conseiller général du canton et maire de Bar-sur-Seine (Aube)
    époux de Blanche Caroline Henriette Delvigne
    - Charles **Maurice** Trumet **de Fontarce** (Ham (Somme) 24 décembre 1863 – ?), lieutenant de réserve au 23e régiment de dragons
      époux le 30 octobre 1895 de Marie **Henriette** Boutet (3 janvier 1875 – ?)
      - **Renée** Marie Mauricette Blanche Jeanne Henriette Trumet **de Fontarce** (Orry-la-Ville, 31 juillet 1899 – 18 octobre 1996)
        épouse
        (1) le 28 janvier 1920, **Guy** Thierry Léonce Marie Joséphine **de Brotonne** (? – 14 octobre 1949)
        (2) le 24 décembre 1923, Henri Hippolyte **Pierre** Claret **de** Fleurieu (Neuilly-sur-Seine, 11 septembre 1896 – Paris (7e), 28 novembre 1976)
        (3) en 1936, **Leander** James **McCormick**
        - **Marie-Blanche** (dite Baby) Gabrielle Mauricette de Brotonne-McCormick (7 décembre 1920 – 12 mars 1966)
          épouse William (dit **Bill**) Dodd **Fergus** (24 juin 1909 – 23 mars 1966)
          - William (dit **Billy**) Guy Leander Fergus (11 septembre 1941 – 27 juillet 1947)

        - Leandra Fergus (30 juillet 1948 –)
        - James (dit **Jim** ou Jimmy) Fergus (1950 –)
    - Thierry (dit **Toto**) Léonce Leander (de Brotonne) McCormick (23 mars 1922 – 22 janvier 2003), vice-président des brasseries Peter Hand Brewing Co., fabriquant la bière Meister Braü, puis dirigent d'un cabinet d'agent de change
        - Christopher (de Brotonne) McCormick
        - Anthony (de Brotonne) McCormick
        - Mathew (de Brotonne) McCormick
  - **Jean-Pierre** Henri Trumet **de Fontarce** (Orry-la-Ville, 24 avril 1902 – Bordeaux, 31 janvier 1971)
- François Henri **Gabriel** Trumet **de Fontarce** (4 mars 1866 – ?)
  marié le 26 avril 1889 à Paris en l'église Saint-Pierre-de-Chaillot, avec Adèle Potier (18 août 1870 – ?)
  - Blanche Marie Victorine Henriette Julie Trumet de Fontarce (Paris, 19 avril 1898 – 1916)

Pages suivantes :
Une page de l'album de famille

RENÉE
JEAN-PIERRE
ET
COMTESSE
MAURICE
DE
FONTARCET
NÉE
HENRIETTE
BOUTET

RENÉE DE FONTARCE à "LA BORNE BLANCHE" 1905

RENÉE, A ARMANTE
EGYPTE 1907

M. BERSON, COMTE MAURICE
DE FONTARCE, HENRI BERSON
1916

RENÉE A BIARRITZ
1914

2

Sous le nom de Renée de Fontarce McCormick, ma grand-mère a publié trois romans de son vivant – les deux premiers uniquement aux États-Unis : *Little Coquette*[1] et *Rustle of Petticoats*[2], tous deux traduits en anglais par Leander McCormick. Le troisième, *Une petite fille sous la table*, écrit avec un nègre, aujourd'hui décédé, dont on ne saura jamais le nom, n'a connu qu'une édition française[3]. On notera avec intérêt que, dans celle-ci, la courte bio de l'auteur comporte les mots suivants : « Renée McCormick, issue d'une vieille famille de la noblesse française… »

Malgré l'avertissement habituel (*Toute ressemblance, de quelque nature que ce soit, avec des personnes existantes ou ayant existé serait fortuite et involontaire*), les trois ouvrages sont largement autobiographiques, au point que la fillette, protagoniste du premier, *Little Coquette*, se présente au début en s'attribuant la date de naissance de Renée. Elle a grandi dans le même « petit château » qu'elle, la Borne-Blanche, à Orry-la-Ville. Étonnamment, *Little Coquette* s'est vendu à plus d'un million d'exemplaires aux États-Unis, et Renée de Fontarce McCormick fut le premier auteur français à voir son roman figurer sur la liste des meilleures ventes du magazine *Time* pendant plus d'une année.

Comme j'ai obtenu les droits de publication des trois livres,

—

1. Houghton Mifflin Co., 1944.
2. Houghton Mifflin Co., 1946.
3. JC Lattès, 1976.

j'ai librement utilisé ici quantité d'informations, de dialogues, de personnages, de descriptions paysagères, etc., provenant surtout d'*Une petite fille sous la table*, que ma grand-mère déclarait être la « vraie » histoire de son enfance. Pour autant, je n'ai pas ignoré les deux autres volumes, rédigés en anglais par Leander, dont on reconnaît la voix ici et là, lorsqu'il relate différents points de l'enfance de Renée. D'une grande richesse, ces romans contiennent une somme d'indications et de données que je n'aurais su imaginer, et je me réjouis d'avoir pu en profiter.

3

Aubepierre, Côte-d'Or
2001

En avril 2001, un an après la publication en France de mon premier roman, *Mille femmes blanches*, j'ai reçu cette lettre d'une habitante d'Aubepierre, un village de la Côte-d'Or, que mon éditeur parisien m'a fait suivre aux États-Unis :

Cher Jim Fergus,

Seriez-vous le fils ou le neveu de Marie-Blanche de Brotonne, fille de Mme McCormick et mariée à William FERGUS ?

J'ai très bien connu celle-ci dans notre enfance : nous sommes restées proches jusqu'à l'âge de 18 ans, après cela je n'avais plus de nouvelles... jusqu'à la triste nouvelle de sa mort en Suisse !

En effet, je suis la nièce de Guy de Brotonne, son père, qui avait épousé en deuxième mariage la sœur de ma mère. Nous étions comme des cousines et nous aimions beaucoup ! Nous avions le même âge et nous passions des vacances ensemble chez le père de Marie-Blanche, dans le village de Vanvey, en Côte-d'Or, pendant l'été.

Nous avons énormément de photos et de souvenirs, et nous n'avons jamais su, malgré nos questions à son frère « Toto », ce qu'étaient devenus les enfants de Marie-Blanche ! Nous serions très émus si vous étiez son fils, et nous attendons avec anxiété de vos nouvelles.

Bien sûr, c'est par votre livre que j'ai appris tout cela : ma fille a vu votre nom, et fait ce rapprochement grâce au résumé figurant sur la couverture ; Chicago, McCormick… et mère française ! Et après, en lisant… le nom Marie-Blanche de Brotonne au milieu des « mille femmes blanches » !! Nous avions beaucoup de mal à croire à cet extraordinaire hasard ! Vraiment extraordinaire !!

Nous parlons anglais, car je suis, autre coïncidence, demi-américaine, mon père était de Philadelphie. Nous supposons que vous parlez français mais écrivez-nous ! En anglais, pas de problème !

À bientôt, cher Jim, pour continuer cette conversation et savoir la vérité !

Marie-Antoinette Young-Razy

Cette lettre manuscrite d'une demi-page m'apprenait beaucoup plus que je n'en savais à propos de l'enfance de ma mère et de sa famille. Par exemple, j'ignorais dans quelle région et quel village elle avait grandi. Je ne connaissais même pas le nom de famille de mon grand-père français, encore moins son prénom. Quand nous étions petits, ma sœur et moi, ma mère n'a jamais mentionné son vrai père, qui s'est éteint un an avant ma naissance. Autant de détails et de découvertes dus au fait que, sur un coup de tête, inconsciemment, j'avais donné le nom de ma mère à un personnage secondaire, une jeune Française, dans *Mille femmes blanches.* Naturellement, j'ai aussitôt répondu à Mme Razy et prévu de lui rendre visite chez elle, en Côte-d'Or, lors de mon prochain séjour en France.

Ce jour-là, l'enfance de Marie-Blanche s'est ouverte comme un livre. Marie-Antoinette, son mari le général Razy et leurs deux filles, Chantal et Florence, m'ont présenté ma famille française. Ils m'ont reçu comme un des leurs, tel un fils et frère perdu de vue depuis longtemps. Ils possédaient des albums de photos, des lettres, des documents légaux, notamment la longue correspondance de Guy de Brotonne et de ses avocats, concernant d'abord son divorce avec Renée, puis leur amère bataille pour obtenir la garde des enfants. Également les lettres qu'avait envoyées Marie-Blanche à son père, quand elle s'est installée en Amérique ; mais aussi d'autres courriers d'ordre juridique à propos de l'adoption de Toto et de ma mère par Leander, ainsi qu'une lettre de celui-ci, le « nouveau » père, à Guy, le père négligé. En la lisant, j'ai compris l'immense chagrin qu'a éprouvé mon grand-père lorsqu'il s'est vu rejeté par ses deux enfants.

Les Razy m'ont emmené au Prieuré à Vanvey, l'ancien monastère dans lequel ma mère a grandi. Ils m'ont raconté des anecdotes à propos de Guy, un personnage excentrique, assurément, mais dont Marie-Antoinette avait été très proche. Des souvenirs qui l'ont rendu plus humain à mes yeux, de sorte que sa courte existence m'est apparue comme une tragédie.

Par la suite, j'ai rendu d'autres visites à la famille Razy quand je me trouvais en France et, chaque fois, Marie-Antoinette m'offrait un nouveau trésor, pioché dans une réserve apparemment inépuisable de photos, lettres, objets précieux et vestiges de l'enfance de ma mère ; notamment l'assortiment complet de ses robes de bébé en dentelle, rangées dans un carton et soigneusement enveloppées dans du papier de soie, ainsi que toute sa collection d'animaux en peluche.

Marie-Antoinette avait retrouvé le fils de sa meilleure amie et j'en suis venu à croire qu'elle rationnait volontairement ses bienfaits, sans doute de peur que, si elle me donnait tout d'un coup, je ne reviendrais pas la voir. Cela n'était pas idiot de sa part, bien que pour d'autres raisons. Peut-être avait-elle compris à quel point ces découvertes étaient pour moi touchantes, même bouleversantes, et mesurait-elle ses effets. Depuis que j'avais atteint l'âge adulte, je tentais de reconstituer la vie de ma mère, un puzzle auquel il manquait de nombreuses pièces. Marie-Antoinette se chargeait de me les fournir.

Elle et son mari, le général Razy, ont aujourd'hui disparu, ainsi que leur fille Florence, qui a succombé bien trop jeune à un cancer. Seule Chantal est encore parmi nous. Je suis infiniment reconnaissant à toute la famille de m'avoir rapproché de ma mère, de son histoire et de mes racines françaises.

4

Château Marzac
Octobre 2019

À l'automne 2019, ma compagne et moi-même sommes allés visiter le château Marzac, où nous avons été chaleureusement accueillis par les nouveaux propriétaires, Catherine et Jacques Guyot, qui m'avaient contacté après avoir lu l'édition 2011 de *Marie Blanche*. J'avais déjà visité Marzac quelques années auparavant, lors de mes recherches sur le premier livre. Le château appartenait à l'époque à une autre famille, d'un autre pays, et j'avais été affligé par son état et les prétendues améliorations apportées à certains bâtiments de la magnifique propriété. En revanche, M. et Mme Guyot ont entrepris avec amour un remarquable travail de restauration, qu'ils nous ont fièrement détaillé.

Lors de ce week-end avec eux, nous avons longuement évoqué Pierre de Fleurieu, le deuxième mari de ma grand-mère Renée et son ami de toujours. Je l'avais connu quand j'étais jeune homme à Paris. C'était un monsieur merveilleux, un gentleman et un poète. Également un aviateur et un héros de la Première Guerre mondiale. Malheureusement, il n'avait pas eu les moyens de conserver le château familial, ce qui lui avait brisé le cœur. Il serait aujourd'hui enchanté de voir ce que M. et Mme Guyot ont fait de son Marzac bien-aimé et je les en remercie.

J'AI LAISSÉ

J'ai perdu la maison qui était ma maison,
Perdu le doux chemin qui suivait la rivière,
Perdu l'été brûlant et l'odeur des moissons,
Et j'ai laissé deux tombes au fond du cimetière.

J'ai laissé mon enfance au pied des chênes verts
Et de grands châtaigniers que dorait chaque automne.
J'ai perdu la féerie des brouillards en hiver
Et les vastes greniers où mûrissaient les pommes ;

J'ai laissé mes jardins, mes champs, mes souvenirs,
Autant de vieux amis dont j'avais l'habitude,
Je n'y pourrai, jamais de ma vie, revenir.
Et j'ai laissé mon chien mourir de solitude.

Seigneur, pardonne-moi d'avoir tant de regrets,
Mais ta main nous reprend souvent ce qu'elle donne.
Voilà longtemps déjà que je souffre en secret,
Fallait-il qu'à ce point, Seigneur, tu m'abandonnes ?

Pierre de Fleurieu, *Poèmes*

Pierre de Fleurieu, quinze ans,
à cheval devant le château Marzac, 1911

5

Grand Marais, Michigan
1999

C'est par l'étrange entremise du hasard, de la chance, ou par une curieuse coïncidence… appelons cela comme on voudra… peut-être même le destin… que j'ai pu écrire ce livre sur ma famille. En 1998, l'édition grand format de *Mille femmes blanches* est parue aux États-Unis, suscitant quelques critiques dans les journaux et des ventes plutôt modestes. J'avais quarante-huit ans, ce qui n'est pas un âge précoce pour un écrivain. J'avais rêvé de cet instant depuis l'enfance, cependant la plus grande part de mes revenus provenait de mes activités de journaliste. À l'automne 1999, je suis parti, avec ma caravane Airstream en remorque, rendre visite à mon ami Jim Harrison dans son chalet du Michigan supérieur, où nous chassions ensemble la grouse et la bécasse. Un ami de Jim, l'écrivain français et collectionneur de manuscrits rares Gérard Oberlé, lui rendait également visite. J'avais emporté un exemplaire poche de mon roman, que je lui ai montré. Gérard m'a demandé si mon agent avait vendu les droits de la traduction en France. Je lui ai répondu que la plupart des grands éditeurs de Paris auxquels il avait soumis le roman – treize en tout… – l'avaient rejeté.

« Je suis publié par une petite maison indépendante, m'a expliqué Gérard, le Cherche Midi. Je parie que ton agent ne le leur a pas proposé. Prête-moi ton bouquin, je le leur montrerai. Ils pourraient bien être intéressés. »

Et donc Gérard l'a emporté en France où il l'a confié à son éditeur, un jeune homme dénommé Arnaud Hofmarcher. Il se trouve que le Cherche Midi projetait de lancer une collection de livres étrangers, et Hofmarcher, qui a une immense connaissance de la littérature américaine, était chargé de s'en occuper. Il a lu *Mille femmes blanches*, qu'il a suffisamment apprécié pour en faire le premier ouvrage de sa collection.

Voilà donc : si je n'étais pas allé chasser avec Harrison cet automne-là, et n'avais pas rencontré Gérard Oberlé, je n'aurais probablement pas été édité en France, auquel cas Marie-Antoinette et ses filles n'auraient pas lu mon premier roman et remarqué le nom de Marie-Blanche de Brotonne. Par la suite, je n'aurais jamais eu les éléments dont j'avais besoin pour écrire *Marie-Blanche*. Même si j'ai travaillé dur toute ma vie, je ne minimise pas le rôle exceptionnel de la chance dans mes quelques succès. Je remercie donc mon ami Gérard Oberlé d'avoir permis tout cela.

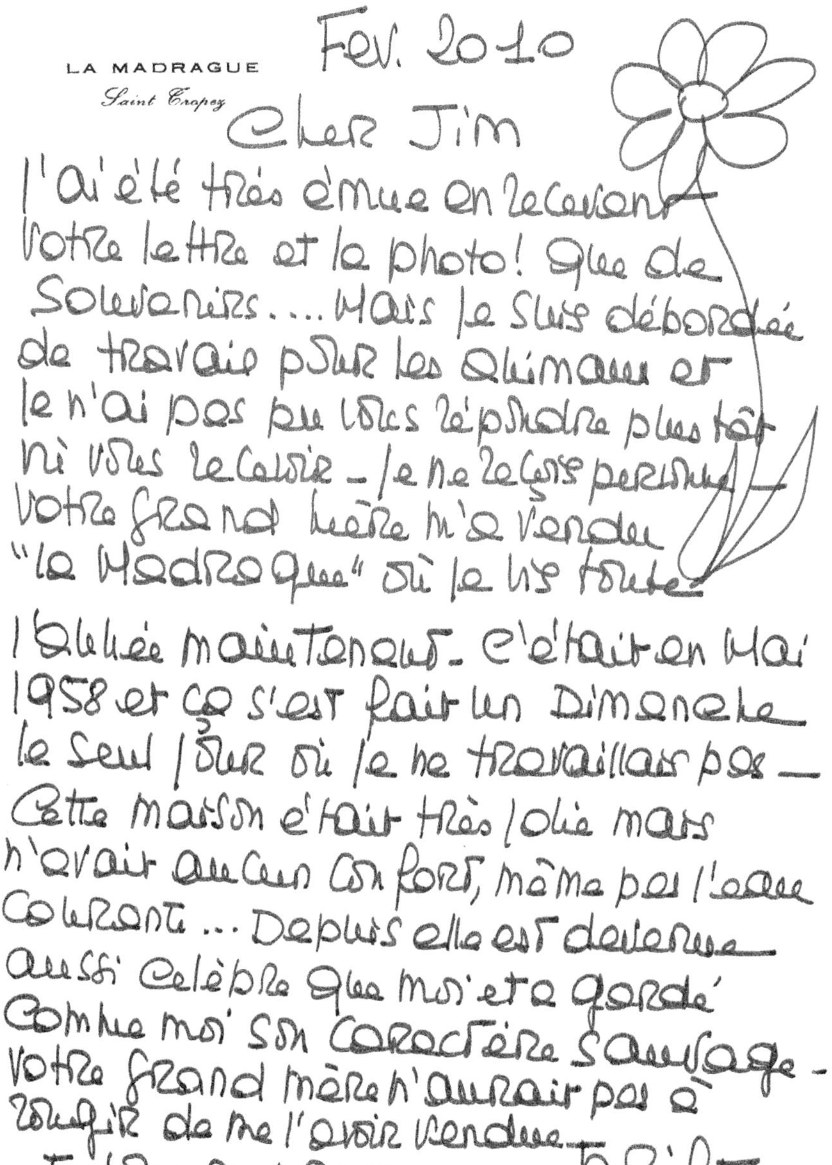

LA MADRAGUE
Saint Tropez

Fev. 2010

Cher Jim

J'ai été très émue en recevant votre lettre et la photo ! que de souvenirs... mais je suis débordée de travail pour les animaux et je n'ai pas pu vous répondre plus tôt ni vous recevoir – je ne reçois personne – Votre grand mère m'a vendu "La Madrague" où je vis toute l'année maintenant – c'était en Mai 1958 et ça s'est fait un Dimanche le seul jour où je ne travaillais pas – Cette maison était très jolie mais n'avait aucun confort, même pas l'eau courante... Depuis elle est devenue aussi célèbre que moi et a gardé comme moi son caractère sauvage – Votre grand mère n'aurait pas à rougir de me l'avoir vendue.

Je vous embrasse.

Brigitte

Lettre de Brigitte Bardot au sujet de ma grand-mère, Renée, qui lui a vendu La Madrague.

L'auteur, Rand, Colorado, 1990

6

Rand, Colorado
1996-2001

À mesure que nous suivons notre « marche solitaire vers le destin », comme le poète Harrison m'a dit un jour, nous apprenons bien sûr une multitude de choses que nous aurions aimé savoir dans notre jeunesse… Des choses qui ne nous servent parfois pas tant que ça, sinon à nourrir des regrets. Peut-être nous faisons-nous mille reproches, peut-être sommes-nous amers et en colère de ne pas avoir eu la vie dont nous avions rêvé. Ou peut-être cultivons-nous une nostalgie tranquille, bordée par les inévitables regrets que nous accumulons au cours de l'existence – les changements de direction inopinés, les mauvaises décisions, les peines que nous avons causées. Et puis, forcément, nous perdons quelques êtres chers, source d'un terrible chagrin qui nous poursuit jusqu'à notre propre fin.

Après la mort de Renée en 1996, Louise Parker, qui avait tendrement veillé sur elle pendant ses vieux jours, m'a expédié un carton assez lourd, contenant une collection de plus de cinq cents photos Stereo Realist, prises par Leander McCormick en France et en Amérique, au cours des années 1940, 1950 et au début de la décennie suivante. Leander avait du talent pour la peinture, les lettres et la photographie – c'était un homme sensible, doux et très doué. Ce carton m'a également été livré par UPS à ma petite maison du Colorado, cette fois par un après-midi d'automne. Je l'ai ouvert rapidement, sans vraiment prendre la peine de regarder les diapositives, insérées dans des cadres de verre. J'ignorais ce qu'elles représentaient et je ne voyais pas en quoi ces reliques du temps de ma grand-mère pourraient m'intéresser. J'ai donc refermé le carton, que j'ai rangé dans la remise, dans l'idée de m'en occuper un jour ou l'autre. J'ai vite oublié son existence. Je pensais avant tout à moi, à ma carrière, je me débattais pour gagner ma vie en exerçant un métier difficile. Je n'avais ni le temps ni l'énergie d'étudier ces diapos archaïques – de la même façon que j'avais, au départ, fait l'impasse sur le dernier livre de Renée, pourtant le plus pertinent des trois.

Quelques années plus tard, par un matin d'hiver enneigé, je cherchais dans la remise un objet que j'avais égaré et j'ai aperçu ce carton. Sans bien me rappeler ce qu'il contenait, je l'ai transporté à l'intérieur de la maison, par simple curiosité. La mémoire m'est revenue quand je l'ai rouvert et que j'ai reconnu les rangées bien nettes de diapositives. Emballés séparément, se trouvait un appareil photo Stereo Realist, ainsi qu'une visionneuse.

J'apprendrais bientôt que cet appareil a été inventé et produit à Milwaukee, dans le Wisconsin, à la fin des années 1940, puis vendu pendant une trentaine d'années. Deux objectifs sont montés côte à côte sur le boîtier, qui prennent chacun une photo à une focale différente. Après le développement, les deux photos sont réunies deux par deux, elles aussi, sur un support, et protégées par des plaques de verre, collées ensemble par les bords. La visionneuse portable, du fait qu'elle est en bakélite – le premier plastique synthétique –, est un instrument passablement lourd, qui évoque la période d'après-guerre, pendant laquelle on fabriquait des objets faits pour durer. On la place devant ses yeux comme une paire de jumelles, on presse le bouton rouge qui actionne l'éclairage, et les deux photos n'en forment qu'une, créant l'illusion d'une image en trois dimensions.

J'ai choisi une diapo au hasard, dont j'ai lu l'étiquette dactylographiée : « Bill & Jimmy Fergus, Saint-Tropez, juillet 1955 ». Je l'ai insérée dans la visionneuse et j'ai appuyé sur le bouton. Les mots me manquent pour décrire la beauté et le réalisme

Bill & Jimmy Fergus, Saint-Tropez, 19 juillet 1955

de cette technique photographique, aujourd'hui vieille de soixante-quinze ans. L'intensité des couleurs est saisissante, les personnages semblent s'animer… J'ai la sensation étrange d'être là-bas, un jour de juillet 1955, debout à côté de Leander lorsqu'il actionne l'obturateur ; j'ai devant moi mon père et moi, enfant, réincarnés. J'en ai la chair de poule et un frisson dans le dos.

Nous sommes assis sur un banc de pierre, moi avec un short rouge, des espadrilles rayées aux lacets noués autour des chevilles. J'ai cinq ans et je balance mes jambes. Mon père a retroussé les manches de sa chemise blanche, il porte un short kaki et des espadrilles bleu marine. Je souris joyeusement devant l'objectif, tandis qu'il pose sur moi un regard plein de fierté, d'affection… d'amour. Quarante ans plus tard, l'émotion me submerge et je fonds aussitôt en larmes.

Cela ne dure qu'une seconde. La visionneuse s'éteint et l'image disparaît. J'appuie vainement plusieurs fois sur le bouton rouge mais, à l'évidence, les piles sont mortes. Qui sait depuis combien de temps elles m'attendaient, conservant juste de quoi éclairer cette photo… ? L'appareil de prises de vues appartenait forcément à Leander. Renée l'aura rapporté avec elle lorsqu'elle a quitté la France pour les États-Unis. Ensuite, pour une raison que j'ignore, Louise me l'a envoyé à moi, plutôt qu'à un autre des petits-enfants. À nouveau, un curieux enchaînement de circonstances fait que ces objets entrent en ma possession et m'ouvrent des horizons. La première photo que je choisis nous montre, papa et moi. La façon dont il me regarde produit toute une vague d'émotions et me pousse sur la voie du roman familial que j'ai toujours rêvé écrire.

Peu à peu, je prendrai le temps d'examiner presque toutes les diapos Stereo Realist de Leander. Soigneusement étiquetées pour indiquer le mois, l'année, le lieu et le nom des personnages, s'il y en a, elles racontent chacune une histoire. Certaines portent une simple légende, du type : « Botou revient d'une formidable pêche à la sardine. » Et l'on voit son bateau plein, de retour à la Ponche.

Celles qui me captivent le plus ont été prises à Saint-Trop' entre la fin des années 1940 et la décennie suivante. Elles mettent en valeur un visage très différent de Renée, qui m'était largement inconnu, et je me suis souvent demandé si elle avait révélé cet aspect-là de son caractère à sa fille. Il faut dire que ces photos ont une particularité : lorsqu'on colle ses yeux à la visionneuse et que l'on appuie sur le bouton rouge, on a la sensation mystérieuse, presque magique, de faire partie de la scène représentée. On croit pouvoir tendre la main et toucher les personnages.

Je suis tombé amoureux d'une femme sur une diapo. « Fan-Fan Fabre, plage de Tahiti, 30 août 1953 », indique la légende. Rien que son nom en donne envie. Elle déjeune devant une cabane de rondins qui doit servir de restaurant, l'été, au bord de la plage. Ce n'est pas un pique-nique. Les pieds ronds de la table en bois sont peints en blanc, les lattes du plateau en noir, la chaise est assortie. Fan-Fan porte un maillot de bain une pièce à rayures roses et blanches, une jupe courte et des sandales. Elle a les jambes croisées, un pied sur une des barres transversales qui soutiennent la table. Ses cheveux auburn sont coiffés à la mode des années 1950. Charmante sans être vraiment belle, c'est une petite femme musclée qui a, j'en suis sûr, une personnalité attachante. Un grand sourire aux lèvres, elle regarde quelqu'un sur le côté tout en remontant son maillot au-dessus de ses seins. Sur la table se trouvent une bouteille sans étiquette (sans doute un modeste vin de campagne – le détail que je préfère) et un verre à fond plat, à moitié plein. Fan-Fan a posé ses lunettes de soleil repliées devant son verre, sur la serviette, près de son assiette blanche. Derrière la serviette, on remarque un demi-citron dans une soucoupe également blanche. On voit qu'il a été légèrement pressé. Le couteau et la fourchette sont calés sur le bord de l'assiette. Fan-Fan a seulement retiré le gras visible de son steak. Une autre assiette contient six morceaux de baguette, auxquels elle ne paraît pas avoir touché. Un saladier en verre repose sur une deuxième assiette ; une grande cuillère et une grande fourchette tiennent en équilibre, retournés sur la salade. Fan-Fan aura ajouté une goutte de citron à l'assaisonnement. Derrière, une large portion de frites attend sur un grand plat blanc ovale. Il ne semble ne pas en manquer une. Peut-être Mme Fabre surveille-t-elle sa ligne ? Le steak a dû être servi en même temps, car on distingue une trace de jus de viande dans le plat. À l'évidence, Fan-Fan entame juste son déjeuner ; la garniture est intacte. J'ai envie de lui piquer une ou deux frites pendant qu'elle regarde ailleurs… Cela fait beaucoup à manger, sur cette table, pour une si petite femme. Je ne la priverais pas, elle ne m'en tiendrait pas rigueur. D'un autre côté, cela ne serait pas galant de ma part. Mieux vaudrait lui demander la permission de s'asseoir avec elle, puisqu'elle est seule. Malheureusement, il n'y a pas de place pour un deuxième convive. Je n'engagerai donc jamais de relations avec Fan-Fan Fabre, autrement qu'en appuyant sur le bouton rouge pour éclairer son repas.

Le lecteur voudra bien m'excuser si cette longue description l'a ennuyé. Je la fournis comme exemple du réalisme frappant et de la précision que fournissent ces clichés. Il suffit d'en regarder un pour être sur place. Bien que Leander les ait réalisés il y a soixante-huit ans, que la plupart des sujets photographiés aient aujourd'hui disparu, leur univers est préservé dans les plus vives couleurs. Quand je reviens voir Fan-Fan, ce qui m'arrive parfois, elle n'a pas pris une ride. Si seulement je pouvais voyager dans le temps…

Cette présence, cette immédiateté ne sont pas le produit de mon imagination. Presque tous ceux à qui j'ai montré ces diapos réagissent de la même façon. Lorsqu'ils poussent le bouton rouge, ils en ont le souffle coupé, puis s'exclament, chacun à sa manière, pour exprimer leur étonnement. Remarquant la finesse des détails, ils s'attardent sur les images, gardent les yeux collés à la visionneuse qui leur ouvre les portes d'une autre galaxie. Tout cela pour dire qu'il n'y a pas de comparaison avec une photographie ordinaire que l'on tient dans sa main ; la sensation est beaucoup plus forte, plus entière.

Assez nombreux, les portraits de Renée représentent une femme souriante, charmante, gaie, chaleureuse, animée, dans la fleur de l'âge – c'est, je crois, la période la plus heureuse de sa vie. On aurait envie de la rencontrer, de passer un moment avec

FanFan Fabre, plage de Tahiti (mais sans le magie stéréo),
30 août 1953

elle. Cet aspect fondamental de sa personne n'est pas suffisamment évoqué dans ces mémoires romancés, ni par le mot ni par l'exemple, et ces photos permettent de mieux la cerner. Je ne l'ai pas suffisamment connue et c'est un de mes plus vifs regrets. Contre toute attente, je finis par croire que ma grand-mère et moi avions beaucoup de points communs, ce que nous aurions découvert si nous avions pu nous ouvrir l'un à l'autre. Mais j'étais un jeune homme blessé, évidemment pas assez mûr pour nouer un vrai dialogue ou pour franchement l'affronter. J'étais enfermé dans mon petit monde, victime d'idées préconçues à son sujet, qui, compte tenu de son attitude envers moi et d'autres, se confirmèrent souvent. Renée était une personnalité complexe à maints égards, lumineuse, respirant la joie de vivre. Capable d'une grande gentillesse comme d'une grande méchanceté, elle avait aussi ses côtés sombres et désespérés.

Renée à la Ponche, Saint-Tropez, 1955

Renée avec son cairn, Bobby, janvier 1950

Renée dans son Rovin, Saint-Tropez, été 1950

Dîner à la Fontanette avec Jacqueline et Stani Janin, Renée et Leander, juillet 1950

7

Tubac, Arizona
Décembre 2020

Dans les fictions que j'écris, je m'immerge d'une façon ou d'une autre dans le passé. Tous mes romans se basent sur des sujets et des personnages historiques, réels ou imaginés. J'ai toujours pris bien soin de ne pas aborder l'époque contemporaine, du fait que je suis pour l'ensemble incapable d'y trouver un sens. En outre, le comportement immuable de l'humanité, la fin désastreuse et apparemment inévitable vers laquelle elle mène la planète, ne m'inspirent pas grand espoir. Je préfère m'échapper dans d'autres univers – celui des Amérindiens, leurs légendes, leurs tribus, leurs paysages, leur culture –, sans pour autant ignorer la mainmise sournoise de l'homme blanc sur leurs territoires, la destruction de leur mode de vie, le génocide commis par la race conquérante. Dans un de mes romans les moins connus, je m'évade dans le Paris des années folles.

J'emploie le verbe « s'évader », non parce qu'il serait plus simple et plus agréable d'habiter les mondes que je crée, mais simplement parce que j'ai quelque pouvoir sur eux. Comme l'écrivait Flaubert dans une lettre : « N'importe, bien ou mal, c'est une délicieuse chose que d'écrire, que de ne plus être soi, mais de circuler dans toute la création dont on parle. Aujourd'hui par exemple, homme et femme tout ensemble, amant et maîtresse à la fois, je me suis promené à cheval dans une forêt, par un après-midi d'automne, sous des feuilles jaunes, et j'étais les chevaux, les feuilles, le vent, les paroles qu'ils se disaient et le soleil rouge qui faisait s'entrefermer leurs paupières noyées d'amour. »

Qui saurait mieux l'exprimer ? Comme la plupart des romanciers, sans doute, je trouve le réconfort dans mes livres. J'y vis pendant des mois, des années, *je n'y suis plus moi*, je deviens mes personnages, j'éprouve leurs bonheurs et leurs peines – à la place des miennes. Je peux en sauver quelques-uns, les jeter dans les griffes de la passion, les rendre heureux ou tristes, les entourer de superbes paysages. Je peux même leur donner un avenir au-delà de mes pages, de sorte que le lecteur et moi, une fois celles-ci terminées, serons capables de les imaginer au-delà. Ou pas… Comme dans la vraie vie, tout le monde n'a pas la même chance.

Mais dans une fiction basée sur un récit familial – ou, comme j'appelle ce livre, des mémoires romancés –, ce n'est pas du tout pareil. Je ne peux empêcher Billy Fergus d'être victime d'un accident, six mois avant son sixième anniversaire ; je ne peux empêcher notre père, Bill, de mourir d'une pneumonie dans son lit ; je ne peux empêcher notre mère, Marie-Blanche, de se défenestrer du quatrième étage de son hôtel ; je ne peux guérir ma compagne, Mari Tudisco, du cancer qui l'a emportée à l'âge de cinquante et un ans. Je ne peux m'épargner le chagrin. Voilà pourquoi certains d'entre nous deviennent écrivains… du moins, pourquoi j'ai toujours voulu en être un. Pour profiter des joies de la création, m'échapper un petit moment du monde « réel », avoir le rare plaisir de donner une meilleure fin à une histoire ou à une vie.

C'est tout.

* * *

Le texte des pages suivantes est largement antérieur à la parution de mon premier roman. Je le reproduis ici, faute de penser l'inclure un jour dans une véritable biographie. Il était dans un vieux classeur que j'ai rouvert entre deux résidences. Je ne sais exactement de quand il date, cependant je l'ai écrit sur une machine à écrire, avant de posséder un ordinateur, ce qui donne une idée de l'époque. Sans doute n'a-t-il jamais été publié, mais j'ai éprouvé du plaisir, même une vague fierté, à retrouver un autre moi-même, plus jeune. Pigiste fauché, dont la bonhomie cachait les doutes et les angoisses professionnelles, je poursuivais un rêve : devenir écrivain. Chose faite.

8

Rand, Colorado
Fin des années 1980 (?)

Il y a six ou sept ans, j'ai réalisé une interview de Thomas McGuane et nous avons discuté des différences essentielles entre le journalisme et la fiction. Remarquant que la plupart des journalistes de sa connaissance aspiraient à devenir écrivains, il a cité quelques très bonnes plumes, comme Hunter Thompson et Thomas Wolfe, lequel a depuis publié un roman. Afin d'alimenter la conversation, il est fréquent de poser des questions dont on connaît les réponses, et j'ai posé celle-ci à McGuane : « Alors, aussi talentueux et réputés soient-ils, s'ils veulent vraiment écrire des romans, pourquoi ne le font-ils pas ? » Quiconque s'est entretenu avec lui sait qu'il a l'art des répliques succinctes et judicieuses. Il s'est interrompu et m'a regardé un instant avant de lâcher, comme une évidence : « Eh bien, parce que c'est très difficile. » En effet.

La plupart de ceux que je connais moi-même nourrissent, eux aussi, cette ambition-là. Nous parlons à voix basse, presque révérencieusement, du livre que nous avons l'intention d'écrire un jour ou que nous avons déjà écrit. Plus ou moins achevé, il réside dans le tiroir du bas de notre bureau ou au fond d'un placard. Peut-être est-il terminé et notre agent essaie-t-il de le placer, mais il a déjà fait le tour d'une bonne douzaine de maisons d'édition et nous songeons maintenant à le réécrire, pour qu'il soit plus vendeur (ou simplement meilleur). Pour l'instant, notre travail de journaliste ne semble pas nous laisser le temps, ou l'argent, de nous en occuper. Mais nous y tenons. Nous rêvons d'avoir assez de courage et de talent pour franchir le fossé qui sépare le journalisme de la fiction, un rêve qui éloigne la peur persistante de ne pas en être capable. C'est une angoisse aussi profonde que celles éprouvées par les jeunes femmes célibataires qui craignent de se retrouver un jour à la rue. Compte tenu des piètres émoluments garantis par le métier d'écrivain, de nombreux journalistes pigistes la ressentent aussi, même si, pour la plupart, nous nous sommes résignés à cette éventualité. Je n'exclus pas de finir moi-même sans abri, de grossir les rangs des SDF américains, de pousser mes maigres biens dans un caddie, tout en continuant de solliciter d'avares revues qui, de toute façon, se donnent rarement la peine de répondre. Si, dès le départ, je n'avais pas considéré cette possibilité, j'aurais choisi une autre profession ; voilà le moindre de mes soucis. Non, ce qui me fait réellement peur, c'est de ne jamais être publié.

Quel auteur n'en a-t-il pas rêvé depuis l'enfance ? Je me rappelle encore la toute première ligne de fiction romanesque que j'ai écrite. Cela devait être l'amorce d'une longue épopée, dans laquelle une famille traversait les Grandes Plaines dans un chariot (j'étais à l'époque très influencé par les westerns et les séries de Walt Disney). Elle commençait par un dialogue qu'entamait le père et chef de clan avec ces mots : « Allons-y ! On a du pain sur la planche ! » Finalement, je trouve que ce n'est pas si mal, comme entrée en matière. Après tout, je n'avais que neuf ans.

Bien sûr, je n'ai jamais achevé ce roman, ni le suivant, entrepris à l'âge de seize ans, après la mort de mes parents. On imagine toujours le début, mais ensuite, il reste trois cents pages à remplir. Je suis allé jusqu'au bout de ma troisième tentative, deux ans plus tard, mais le résultat était tellement lamentable qu'il a fallu le supprimer, tel le chiot difforme et incurable d'une portée. Plus récemment, j'ai passé cinq années (interrompues par diverses commandes et la désagréable nécessité de devoir gagner ma vie) à écrire cinq versions d'un roman moins navrant, mais toujours insatisfaisant. Je ne suis donc publié que dans la presse, avec la mention, au bas de mes colonnes : « Jim Fergus est reporter free-lance… Ses articles paraissent dans… et dans… », avec quelques variations selon les supports. Cette année, le rédacteur en chef d'un magazine auquel je contribue, sachant que j'avais récemment terminé un roman, m'a demandé s'il pouvait imprimer celle-ci : « Jim Fergus est reporter free-lance et écrivain… » Sérieusement tenté, j'y ai réfléchi ; quel honneur ! J'en mourais d'envie, mais j'ai fini par décliner. Je n'étais pas un écrivain : ce n'est pas parce qu'on le dit qu'on l'est. N'étant pas encore publié, je n'avais pas droit au titre. C'est aussi simple que cela. Moins simple est le cocktail de chance, de talent, d'assurance et de caractère qui vous permet de l'être.

Pour le journaliste-écrivain en herbe, le processus est le suivant : vous négociez avec vos rêves, arrachez un mois ici pour votre roman, et deux mois là. Entre-temps, vous devez vous en extirper et gagner un peu d'argent, à moins que, avec de la chance, vous en ayez déjà. À votre insu, une année de travail sporadique en est devenue deux, puis trois, puis quatre et, dès lors, par bonheur, tout le monde arrête enfin de vous demander : « Où en est le "Grand Roman américain" ? » – une question de plus en plus pesante, posée au fil du temps avec toutes les intonations possibles : de la curiosité amicale au dédain à peine masqué, en passant par l'innocente taquinerie. Cette fois, Dieu merci, ils ne veulent plus savoir, soit qu'ils soient vaguement gênés de ne jamais vous voir conclure, soit qu'ils doutent, à la réflexion, que vous écriviez vraiment. Alors, dans votre dos, ils commencent à faire de discrètes allusions à votre femme, du type : « Il avance, Jim, avec son bouquin ? » – avec compassion, comme on prendrait des nouvelles d'un malade en phase terminale. À ce stade des choses, votre épouse nourrit le soupçon que, de roman, il n'y en a aucun : elle se rappelle trop bien la scène effrayante dans laquelle Shelley Duval, effrayée, découvre les écrits de Jack Nicholson sur la machine à écrire[1].

Je n'ai jamais permis à ma compagne, ni à personne, de lire

—

1. Dans *The Shining*, film de Stanley Kubrick, 1980.

une seule page des quatre premières versions de ce roman-là, pour la simple raison qu'à mes yeux il n'était pas encore bon. Je voulais qu'il soit parfait, du moins autant que j'en étais capable. J'ai donc demandé à mon épouse – et plus ou moins obtenu – une sorte de foi aveugle, sans refuser pour autant le doute et la discussion. Comment aurais-je pu ? Ma femme est économe, pragmatique (l'idéal, selon moi, pour un écrivain, car ces qualités lui assurent une certaine stabilité), du genre à vérifier qu'on ne gaspille pas le papier toilette. À propos de mes ambitions, elle n'a presque rien dit, mais je sais qu'elle considérait la chose avec un mélange de scepticisme et de tolérance, un peu comme d'autres ignorent les infidélités de leur mari dans le but de préserver leur couple. Il s'agissait pour elle d'une courte déviation, provisoire avec un peu de chance, sur le chemin de l'existence ; d'un objectif relativement inoffensif, sans espoir de rentabilité, que je finirais par oublier avant d'envisager des choses plus sérieuses et de gagner normalement ma vie. Je le sais car, tous les deux ou trois mois, d'inévitables incertitudes remontaient à la surface, sous la forme de questions sibyllines posées au moment du coucher, concernant mes dispositions à exercer un métier décent quand mon roman serait publié, au cas où tout ne se passerait pas pour le mieux – une « vraie » profession, quoi, qui rapporte correctement, pas comme mes piges de journaliste. Je dois préciser que, si au fil des années, j'ai collaboré avec bon nombre de revues nationales réputées, j'ai parfois été forcé de chercher d'autres moyens de subsistance ou, disons, une façon d'arrondir mes fins de mois. Pendant plus d'une décennie, de l'âge de vingt à trente ans, j'ai été professeur de tennis. Plus récemment, j'ai vendu des meubles de jardin. J'ai également, je dois l'avouer, emprunté de l'argent… beaucoup d'argent. Ne vous laissez pas inculquer que la vie d'écrivain respire le romantisme. Bien sûr, tout cela n'a rien d'exceptionnel ; c'est, en fait, une situation parfaitement banale, inhérente à la nature du métier, et j'en fais part simplement pour souligner que les hésitations de ma femme étaient en tout point justifiées.

Avec le recul, je pense avoir commis une grossière erreur en l'écartant de mes projets car, si l'on demande à quelqu'un de vous prêter une foi aveugle, on ferait franchement mieux, à la fin, de se montrer à la hauteur. C'est une chose de ne pas réaliser ses rêves, de décevoir ses propres attentes – elles ne s'éteignent jamais dans le cœur du romancier –, mais c'en est une autre d'abuser de la confiance et de la patience de sa femme et de ses proches. En ce qui me concerne, j'imaginais volontiers qu'à chaque nouvelle version, j'affinais, peaufinais, perfectionnais mon texte afin de me rapprocher d'une certaine vérité, ce qui est après tout le but ultime de la fiction. C'est également tout l'intérêt, tout le charme du travail d'écriture – ce qui non seulement vous propulse en avant, mais vous permet aussi de le faire avec enthousiasme, de garder confiance en vos qualités, d'envisager un résultat valable, malgré les doutes constants et les phases d'abattement. « Si l'on arrive à tenir pendant les années de misère, c'est grâce à l'idée qu'on a de soi-même », m'a dit un jour le poète-romancier Jim Harrison.

Mais là réside le danger puisque, sans vouloir tomber dans le drame, ces mêmes illusions peuvent aussi nous détruire… Car vient le jour où il faut poser sa plume, déclarer une bonne fois qu'on a terminé, que c'est aussi bien que possible, puis confronter le gouffre béant qui sépare ses intentions de son talent, la conscience de n'être pas parvenu au résultat souhaité et d'en être peut-être incapable. Alors, ce qui a permis de garder la tête hors de l'eau toutes ces années, d'une version à la suivante, et la sensation que l'on a eue de s'améliorer n'ont peut-être été qu'un combat désespéré contre ses propres limites. L'ultime justification du temps passé et des efforts fournis aurait dû être ce formidable produit fini, à présent visible par tous. Mais il ressemble plus à un babil incompréhensible qu'à l'objet vivant et soigné que l'on avait imaginé. On paie alors les pots que l'on a cassés pendant cinq ans, ou quel que soit l'intervalle, avec pour argent comptant la même peur sous-jacente d'être encore un quidam, l'anonyme pigiste, le romancier amateur, pas le vrai auquel on a cru de toutes ses forces pendant un moment aussi bref qu'éclatant. Notre carrosse est redevenu un caddie.

Mes pires craintes furent confirmées quand les premières

réactions ont filtré. Après avoir finalement lu mon manuscrit, ma femme a adopté une position neutre et impénétrable. Diplomatiquement, elle m'a fait comprendre qu'elle appréciait certaines parties, d'autres moins, mais qu'elle était trop proche de toute l'histoire pour émettre un avis objectif. À tout le moins, je l'avais impressionnée comme je le désirais tant, et j'avais récompensé sa patience. Ce que j'appellerais, en termes de baseball, prise[1] numéro un. Puis l'agent à qui j'avais envoyé le roman a répondu. Un agent très connu, réputé, qui représente quelques excellents écrivains. Du genre qui ne raconte pas de bobards, s'attache aux résultats et pour qui j'ai beaucoup de respect. Il m'a livré son opinion avec la même précision efficace que l'on assommait jadis le bétail, dans les abattoirs, d'un unique coup de masse. « Je ne vois pas comment je pourrais vendre ce livre », m'a-t-il simplement dit. Prise numéro deux. La troisième personne à me fournir son commentaire était une jeune et brillante éditrice, fille d'un grand auteur de mes relations – une femme douée d'un remarquable instinct littéraire… Mais pourquoi continuer ? Je rougis encore en y repensant. Prise numéro trois.

Résumons ce qui arrive au romancier en herbe : il a déçu sa fidèle épouse et, tandis que la mauvaise nouvelle se répand, ses amis aussi – tous ceux qui l'avaient encouragé, lui avaient souhaité de réussir. L'échec est une affaire publique. Tout aussi déprimant, peut-on ajouter, il a réjoui quelques ennemis qui rêvaient secrètement de le voir échouer. Vaut-il la peine d'ajouter qu'il a lui-même le cœur brisé ? C'est comme si, se réveillant brusquement, il constatait qu'il avait reproduit, mot pour mot, l'horrible manuscrit de *The Shining*. Il regarde maintenant le sien, partagé entre le dégoût et la stupéfaction d'avoir travaillé aussi dur et aussi longtemps pour produire un ouvrage aussi plat et aussi détestable. Il cherche un gros rocher pour ramper dessous en ne laissant derrière lui qu'une traînée de bave.

Naturellement, ce n'est sans doute pas aussi mauvais que ça,

1. Lorsqu'un batteur essaie de frapper une balle, mais n'y arrive pas – il est éliminé au bout de trois « prises » infructueuses.

mais allez savoir ? Car en fait, pour cet écrivain-là, il n'y a pas de nuance entre le bon et le mauvais – c'est tout l'un ou tout l'autre et, en ce qui me concerne, c'était l'autre. Accessoirement, j'avais gâché cinq ans de ma vie et – ô surprise ! – vieilli de cinq ans. Pendant ce temps, j'avais assisté à l'ascension fulgurante de nouveaux auteurs, très jeunes et très précoces – certains très bons, d'autres médiocres, et d'autres encore pas si intéressants que ça –, alors que j'avançais laborieusement dans mon travail. Je m'étais efforcé de ne pas leur en vouloir d'avoir eu la chance de percer. J'avais également vu quelques amis, qui, dix ans auparavant, avaient vogué dans la même galère que moi, poursuivre des carrières plus communes, plus stables (des métiers de gens sérieux), commencer à s'imposer dans leur domaine, toucher les meilleurs salaires de leur vie, accumuler les signes extérieurs de richesse, gages de la réussite aux États-Unis. Voyant sa petite affaire péricliter, l'un d'eux avait suivi une formation et trouvé un emploi chez un agent de change. Avant peu, son revenu annuel atteignit plusieurs centaines de milliers de dollars ; il s'est acheté une maison, et une voiture dont le prix dépassait celui de ma modeste demeure – pendant que je m'évertuais sur le même roman ridicule et conduisais la même bagnole cabossée. Mon épouse contemplait tout cela de loin, et je la soupçonne d'avoir regretté de ne pas être l'épouse d'un homme capable de s'élever dans l'échelle sociale.

Voilà la situation du romancier en herbe, qui, ayant consacré la fin de sa jeunesse à un roman – mauvais, répétons-le –, a la sensation affreuse d'atteindre le bout de l'impasse : cette angoisse bien connue, la cinquantaine qui approche avec un sentiment d'urgence, les premiers indices de sa propre mortalité. C'est pour beaucoup d'auteurs, comprenant qu'il leur reste un temps fini pour écrire un nombre fini de livres, le moment de redoubler d'efforts et de produire davantage. Mais le romancier en herbe n'a pas commencé, lui.

La honte cuisante et la vive déception éprouvées précédemment cèdent la place à un léger engourdissement, une sorte de stupéfaction. On rumine, on retourne dans sa tête les rares possibilités qui s'offrent encore à nous. Peut-être buvons-nous un peu plus que d'habitude. Peut-être recommençons-nous à fumer, alors que nous avions cessé quelques années plus tôt. Scénario catastrophe : la dépression nerveuse est telle qu'on doit être hospitalisé ou, pire encore, on se fait sauter la cervelle en chargeant les deux canons du calibre 12. Après avoir réfléchi à cette dernière solution, sans heureusement passer à l'acte, on se demande quoi faire à présent. Depuis le début, on a pris soin de ne pas nourrir de folles espérances à propos de son roman. De préférence, on a évité de fantasmer sur la couverture du *New York Times Book Review* qui, de fait, n'a pas reproduit notre photo. Cependant, malgré les encouragements de notre femme, on n'a pas vraiment établi de plan B. Les romanciers en herbe, semble-t-il, sont particulièrement négligents de ce point de vue et, à l'évidence, ne savent rien faire d'autre qui puisse les mener à un vrai métier.

L'engourdissement se transforme en paralysie totale, parfois interrompue par d'horribles éclairs de lucidité. Conscient que seul le travail peut vous remettre en piste, vous postez en vitesse dix ou quinze propositions de reportage à différents magazines. Évidemment, vous avez désespérément besoin de gagner un peu d'argent. Vous passez une nouvelle commande auprès du fournisseur de meubles de jardin en cyprès que vous vendez en ville, le week-end, dans un marché de fruits et légumes. Quand la commande est expédiée, vous vous rendez compte que vous n'avez pas de quoi la payer et vous téléphonez au fabricant en Floride, un descendant des premiers colons qui a un tel accent du Sud qu'on le croirait parler une langue étrangère. Vous voulez savoir quelles seraient les conséquences si vous annuliez la commande et la lui renvoyiez. « Les conséquences ? Jim, je prends l'avion, je débarque à Denver avec mon 357 magnum, je file chez toi et je t'explose la tête ! » Donc vous empruntez de quoi le payer. Les écrivains ne sont pas toujours très doués pour les affaires. Sinon, pourquoi seraient-ils écrivains ?

Pendant ce temps, vous passez un mois et demi à ouvrir la boîte aux lettres, au cas où vos rédacteurs en chef se seraient manifestés. Deux ou trois l'ont peut-être fait ; notoirement plus occupés que les auteurs, ils ne répondent pas souvent. Et les éclairs de lucidité se multiplient, chaque fois plus saisissants. Ils s'immiscent dans votre vie onirique, vous réveillent au milieu de la nuit, au moment où vous êtes le plus vulnérable. Dans un silence de plomb, irréel, vous bondissez comme après un coup d'aiguillon. Terrorisé, en sueur, vous vous rappelez que vous n'avez aucune perspective d'avenir. Incapable de vous rendormir, vous fomentez d'absurdes plans de carrière. Dans une de ces rêveries, j'avais accepté un travail de pianiste de bar. Un bon job : je buvais des cocktails à l'œil, des clients satisfaits et bien habillés plaçaient des billets d'un dollar, parfois de cinq ou dix, dans un verre de cognac géant posé sur le piano, pendant que je chantais à leur requête des standards de Sinatra, Dean Martin ou Tony Bennett. L'aube naissait quand je me suis rappelé que je ne sais ni chanter ni jouer du piano.

J'étais bientôt prêt à brûler les cinq versions que je possédais de mon roman. Cela paraissait être une solution radicale à mes ennuis, pénible à envisager, mais que je considérais comme nécessaire, de la même façon que les Eaux et Forêts procèdent périodiquement au brûlage organisé du bois tombé à terre, pour prévenir les incendies violents et favoriser la repousse. Mais je n'avais pas encore trouvé le courage de le faire, car ces cinq versions, aussi détestables fussent-elles, étaient tout ce qui me restait pour témoigner des cinq années de ma vie que je leur avais consacrées.

Puis, alors que la cinquième et dernière version – bien reliée avec une spirale, pastichant un vrai livre –, attendait son triste sort sur mon bureau, un curieux phénomène s'est produit. J'ai commencé à entendre les légers murmures qui s'en échappaient. Les jours suivants, ils ont gagné en intensité, en netteté, assez forts et insistants pour que je ne puisse plus les ignorer. C'était les voix de mes personnages, prisonniers de ces pages, qui réclamaient mon attention. L'un demandait à être mieux développé, un autre à perdre son aspect caricatural. Un troisième, l'un des protagonistes, une sorte d'ermite stoïque, me suppliait de lui donner plus de consistance. Intéressant, comme idée : un ermite qui souhaite une vie plus consistante. Trois ou quatre autres voulaient simplement reprendre leur liberté. « Il y a erreur, plaidaient-ils. On n'est pas à notre place, ici. »

Ce qui n'était au début que quelques murmures épars et inintelligibles s'est bientôt transformé en soulèvement général. J'osais à peine ouvrir mon manuscrit, de peur qu'on me traîne à l'intérieur et que mes personnages me gardent en otage jusqu'à ce que j'accepte leurs exigences. Je pouvais toujours le brûler, réprimer la révolte et les réduire à jamais au silence. Ou les écouter, tenir compte de leurs réclamations, négocier. Cela semblait être la meilleure ligne de conduite.

Encore et toujours, l'espoir redresse sa tête lasse et sourit à l'écrivain en herbe. Aux moments les plus sombres, il ressuscite la grâce de ses ambitions intactes, de ses rêves de jeunesse, pas tout à fait éteints. Au terme de plusieurs décennies, s'élève d'entre les pages d'un roman inédit une autre voix, la voix claire et pure d'un enfant, familière, qui est la vôtre seulement. À savoir la mienne, qui me dit : « Allons-y ! On a du pain sur la planche ! »

MIXTE
Papier issu de
sources responsables
FSC® C003309

L'éditeur de cet ouvrage s'engage dans une démarche
de certification FSC® qui contribue à la préservation
des forêts pour les générations futures.

Pour en savoir plus :
www.editis.com/engagement-rse/

Achevé d'imprimer en août 2021
par Normandie Roto Impression s.a.s. à Lonrai
N° d'impression : 2104000

Imprimé en France